THRENODY
輓星
TALDAIN
ROSHAR
SEL
NALTHIS

B
E
S 嚴
T 選

奇幻基地出版

無垠祕典

ARCANUM UNBOUNDED
The Cosmere Collection

布蘭登・山德森 著

Brandon
Sanderson

BEST 嚴選

緣起

在繁花似錦的奇幻文學花園裡，你或許還在門外徘徊，不知該如何抉擇進入的途徑；也或許你已經置身其中，卻因種類繁多，或曾經讀過不合口味的作品，而卻步、遲疑。

BEST嚴選，正如其名，我們期許能透過奇幻基地對奇幻文學的了解，以及對讀者的理解，站在出版者與讀者的雙重角度，為您精選好作家與好作品。

他們是名家，您不可不讀：幻想文學裡的巨擘，領域裡的耀眼新星。

它們最暢銷，您怎可錯過：銷售量驚人的大作，排行榜上的常勝軍。

這些是經典，您務必一讀：百聞不如一見的作品，極具代表的佳作。

奇幻嚴選，嚴選奇幻。請相信我們的眼光，跟隨我們的腳步，文學的盛宴、幻想世界的冒險，就要展開。

獻給奈森・哈特菲（Nathan Hatfield）——

是他協助寰宇成為了現在的樣子。

Contents

致謝

如果要在這裡感謝所有曾協助過本書中每一個故事的人，這篇文章可能就會和一整篇小說一樣長了！所以我會集中在感謝那些協助催生這本選集的人（還有對〈緣舞師〉提供協助的人，因為它在這本書裡是第一次亮相）。

但我還是想藉著這個機會，對多年來與我合作過短篇故事的所有人表達衷心的謝意。我從來不敢說自己是個短篇小說作家，但練習了十年還是有回報的，而成果就是這本選集中的故事（不過請注意，我把『短篇』的定義放得很寬。這裡大部分的故事以短篇小說的標準來看，其實算是很長的）。

多年來有許多很棒的人們幫助過我，他們的名字常常會出現在我小說的最前面。在我的生涯中能夠得到這麼多的鼓勵、回饋以及支持，實在是我莫大的福氣。

專就《無垠祕典》來說，Issac Stewărd（與我長期合作的藝術家）負責繪製了襯頁、星圖，以及書中大部分的符號。Ben McSweeney則負責了每篇故事前的繪畫，Dave Palumbo繪製了封面插畫，而Greg Collins則是美國版書封設計師。

我至今每一本奇幻史詩的編輯Moshe Feder也是這本書的編輯。雖然他並不是其中很多短篇的正式編輯，但他每次都很習慣地站出來，無償替我做了很多修正（因為只要我不把故事寄給他，他就會生氣，而且總是不讓我支付酬勞）。他在這些年來義務幫忙了很多，協助我逐漸成長為短篇小說家。為此，我要特別感謝他。

此外，一如既往令人激賞的Peter Ahlstrom則是我的內部編輯（真的是在內部，因為他就在我家裡工作）。他負責整理試讀者的回應，也自行提供了詳盡、連貫性的檢查與編輯筆記，為我大刀闊斧創造出的故事細部潤飾。

審稿人則是Terry McGarry。也要感謝Tor出版社的Tom Doherty，Marco Palmieri，Patti Garcia，Karl Gold，Rafal Gibek，以及Robert Davis。

Joshua Bilmes是這本書在美國的經紀人，英國則是John Berlyne，也對他們所屬經紀公司的其他人致上許多謝意。

〈緣舞師〉的試讀者有Alice Arneson，Ben Oldsen，Bob Kluttz，Brandon Cole，Brian T. Hill，Darci Cole，David Behrens，Eric James Stone，Eric Lake，Gary Singer，Ian McNatt，Karen Ahlstrom，Kellyn Neumann，Kristina Kugler，Lyndsey Luther，Mark Lindberg，Matt Wiens，Megan Kanne，Nikki Ramsay，Paige Vest，Ross Newberry，以及Trae Cooper。

在這裡也要不免俗地以感謝我的家人作結：喬、達林、奧立佛，以及愛蜜麗，你們最棒了！

前言

寰宇（Cosmere）一直以來都充滿著祕密。

現在回顧這項龐大計畫，我能回憶起幾個關鍵的時間點。第一件事是創造出霍德（Hoid），我從青少年時就開始構思這個角色，他連結著許多不知彼此存在的世界，懷著無人知曉的祕密。當我閱讀其他作者的書時，我會將他代入其中，想像他是人群中的一名路人，然後幻想他在故事中發生的故事。

第二件事是我讀了以撒・艾西莫夫（Issac Asimov）所著「基地」系列的後幾冊，這是協助我建構出一切的關鍵。我對他將「機器人」系列與「基地」系列連接在一起的作法感到驚訝不已。我知道自己想創造類似的作品，一部比史詩更宏大的史詩、橫跨時空的故事。

第三個關鍵點則是霍德在小說中首次登場。我緊張地將他置入情節中，擔憂著該如何讓一切步上軌道。那時我對寰宇還沒有任何計畫，對於想達成的目標只有一絲絲概念而已。

我的首部小說是《諸神之城：伊嵐翠》，再下來一部小說《龍鋼》並沒有出版（這本寫得不太好）。不過我在其中構思了霍德的背景，以及被我命名為「寰宇」的虛構宇宙的背景故事。《伊嵐翠》又過了好幾年才被出版商簽下，而那時我已經完成了整個寰宇的計畫。《迷霧之子》、《颶光典籍》以及《伊嵐翠》成為了其中的核心（這本選集中也有與這三套書相關的作品）。

我猜大部分讀者在閱讀我的作品時，並不會發覺這些書相互有關聯，在這些故事的背後，還有另一層故事。我為此感到很滿意。我常說，不希望讀者覺得必須要記住我先前的所有作品，才能享受接下來的故事。以現在來說，《迷霧之子》就是《迷霧之子》，而《颶光典籍》也就只是《颶光典籍》。這些世界的故事是直接呈現在你們眼前的。

但這並不代表我沒有在它們之中放入任何提示，事實上是有許多暗示的。一開始，我原本想把不同世界之間的提示做得更無關緊要。不過有許多讀者愛上了它們，讓我明白了提起隱藏的故事時，其實可以大方一點沒關係。

我依然小心維持著平衡。各位讀到的所有故事都被設計得自我完備，至少在它們的世界觀裡是如此。然而若你們深入鑽研，其中就會出現更多的資訊。如同凱西爾會說的：祕密背後有著更多的祕密。

這本選集是連接寰宇故事的一大步。在每篇故事前都會有克里絲（Khriss）所寫的前言，她就是先前每本小說末尾所附的祕典（Ars Arcanum）的作者。各位也會看到各星球系統的星圖。有了這些資訊，這部選集的寰宇連接性將比我任何作品都還來得強。這預示了寰宇的最終階段——各部作品將交叉、匯聚在一起。

不過，這麼做的時間還沒到。如果你覺得這一切有點太難懂，只需了解本書大部分的故事都是能夠獨立閱讀即可。有一些故事在時序上是接續著已出版過的作品，因此在正文前會附注提醒，以便你們避開劇透。

閱讀本書中所有故事都不需要任何寰宇背景知識。事實上，大部分寰宇的內容也還沒公開，所以就算你們想知道可能也沒那麼容易。

話雖這麼說，我保證這本書除了引發新的疑問之外，也會提供許多大家期待已久的解答。

ARCABUM UNBOUNDED

THE COSMERE COLLECTION

無垠祕典

寰宇選集

THE SELISH SYSTEM

賽耳系統

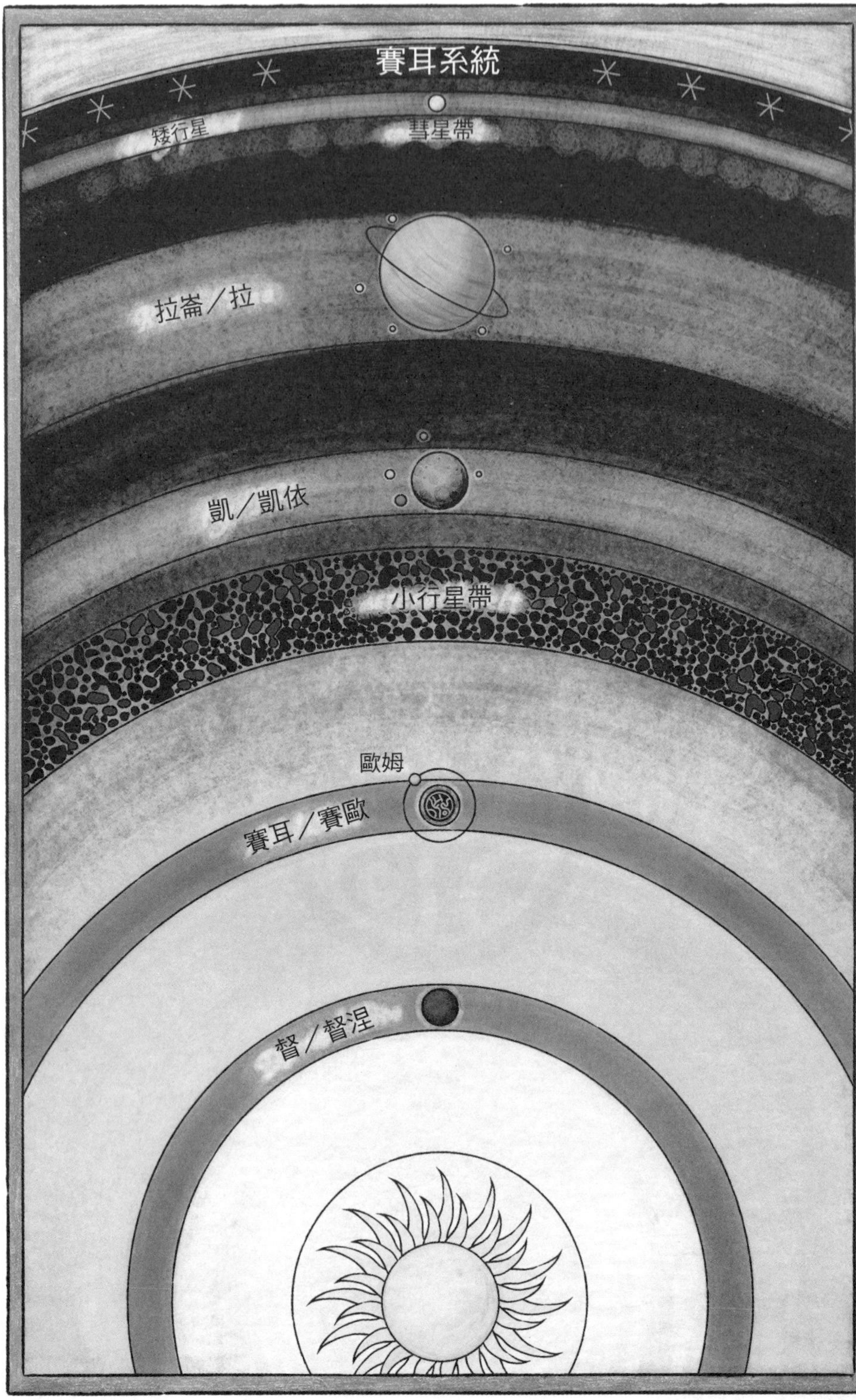
賽耳系統
矮行星
彗星帶
拉崙／拉
凱／凱依
小行星帶
歐姆
賽耳／賽歐
督／督涅

賽耳系統

此系統的焦點是行星賽耳。這個星球裡有著數個帝國，特別之處在於它們似乎對彼此沒什麼興趣。這種無視是有意為之的，三個主要區域都只將彼此視為地圖上的邊陲之地，基本上不屑一顧。

這顆星球本身的條件也助長了這種心態，因為它的體積偏大，大約是寰宇標準的1.5倍大，重力則是寰宇標準的1.2倍。寬廣的大陸與遼闊的海洋塑造了多樣化的地貌，讓這顆星球充滿各式多變的環境。這裡同時存在著白雪靄靄的山峰與綿延不絕的沙漠，讓我初次到訪時驚訝不已。不過也是因為我當時並不知道，這種多樣性在寰宇的許多星球上其實是常態。

值得一提的是，賽耳是雙碎神世界，代表它是寰宇中少數吸引了兩名雅多納西碎神（Shard of Adonalsium）的星球：在此地的碎神是統治（Dominion）與奉獻（Devotion）。這兩名碎神的存在，強烈影響了星球上人類社會的發展，此處絕大多數的宗教與傳統都能夠追溯到祂們身上。獨特的是，至今星球上各地所使用的文字與語言，也受到兩名碎神的直接影響。

我相信在早期，這裡的碎神對人類基本上是不太感興趣的。隨著人們逐步發現瀰漫在環境中的力量，社會結構才慢慢地被形塑。然而，在遙遠過去的某個時期，確切的時間點已不可考，奉獻與統治被雙雙摧毀了。祂們的授予（Investiture）——也就是力量——被裂解、意識被抹消、靈魂則被送往彼端。

我不確定祂們的力量是否不受控地在此地肆虐了一段時間，還是立刻就被拘束住了。以上的事件全都發生於賽耳的史前時代。

時至今日，構成統治及奉獻力量的大部分授予都被困在意識界（Cognitive Realm）中。這兩種極端的力量被統稱為「鐸」（Dor）。鐸被強迫束縛在一起，幾乎到了要滿溢而出的地步，成為賽耳上各式魔法型態的力量來源。

由於意識界中是有位置分別的（大多授予所在的靈魂界Spiritual Realm則否），賽耳的魔法與地理位置息息相關。不僅如此，在賽耳上，認知與意圖的重要性也被大大強化，導致語言與類似的手段能夠直接形塑魔法，並將其從意識界引出，做為己用。

此地的語言、位置與魔法間的關聯非常緊密，只要輕微的改變就會對汲取鐸的方式造成顯著的影響。誠然，我相信這裡的地貌已被強烈授予到正在發展出自我意識，這在寰宇其他星球都是前所未見的。我並不了解這是如何發生，也不確定會造成什麼後果。

我開始在想，賽耳是否正在發生某種連我們這些銀光大學（universities of Silverlight）的成員們都猜想不到的變化，而變化的源頭早已消逝在時間之中。也許埃瑞人（Ire）會有比較深的理解，但他們對此閉口不談，並多次回絕了我的合作提議。

這裡也稍微提一下被稱為侍靈（seon）與御靈（skaze）的存在。它們是擁有自我意識的授予裂片，並且發展出了近似於人類的舉止。我相信它們與賽耳的謎團有著某種關聯。

這個系統的其他地方沒什麼重要性。雖然這裡還有數個星球，但只有另外一顆勉強位於適居帶中，那裡荒蕪不宜生存，還時常有嚴重的沙暴。它太過靠近此處的太陽——瑪曦（Mashe），即便是我這個長待過泰爾丹日面（Daysidei of Taldain）的人都覺得太過炎熱了。

THE EMPEROR'S SOUL

皇帝魂

序幕

高佟納（Gaotona）的手指劃過厚厚的畫布，檢視他見過最精湛的藝術傑作之一。只可惜，是假的。

「那個女人的存在本身就是危險。」他身後有人壓低聲音說。「她的行為簡直是褻瀆。」

高佟納將畫布傾向壁爐橘紅色的火光，瞇著眼睛端詳。他的年紀大了，眼睛也不如往日中用。真是精準，他一邊心想，一邊檢視筆觸，感覺堆疊上去的濃烈油彩。就跟原作一模一樣。

他自己絕對看不出來這些錯誤：一朵花的位置稍稍偏移，一顆月亮在空中低了一點，皇宮裡的專家們花了好幾天細心檢查才發現。

「她是當今世上最傑出的仿師之一，名聲遍布帝國。我們需要處決她，以儆效尤。」說話的人跟高佟納一樣都是決議卿，他們是帝國中最重要的官員。

「不。」決議卿長芙拉法（Frava）以她又高又尖的聲音說。「她是個寶貴的工具。這個女人可以解決眼前的問題。我們必須利用她。」

為什麼？為什麼如此才華洋溢，恢宏大器的人會選擇做偽？為什麼不畫自己的原創作品？為什麼不成為真正的藝術家？高佟納百思不得其解。

我必須知道為什麼。

「沒錯，」芙拉法續道：「這個女人是個小偷，她的行為絕對可鄙。但是我可以控制她，而她的才能可以幫我們一把。」

其他人擔心地低聲反對。他們討論的女人——王珊露（Wan ShaiLu）絕對不只是個簡單的騙子，她的能力遠遠超過這個程度。她可以改變物品的本質，而這引出了另一個問題：她為什麼要大費周章地學畫？一般的技藝跟她的神祕能力比起來不會太普通了嗎？

太多問題了。高佟納坐在火爐邊，抬起頭看見其他人鑽營地聚在芙拉法的書桌邊，繽紛的長袍在火光下熠熠生輝。

「我同意芙拉法的說法。」高佟納說。

其他人瞥向他，臉上厭惡的表情透露出內心對他的意見不屑一顧，但是肢體語言所表達的絕對不是如此。他們將對他的敬重深深掩埋，卻從未真正忘記過。

「傳仿師。」高佟納站起來。「我倒要聽聽她有什麼話說。我認為她比芙拉法說的更難控制，不過我們別無選擇。不是利用這個女人的能力，就是放棄對帝國的掌控。」

交頭接耳的聲音消失了。多年來，芙拉法跟高佟納不論大大小小的事情從未取得共識，更遑論是像使用仿師這種爭議極大的決定？

另外三名決議卿一一點頭。

「去辦吧。」芙拉法輕聲地說。

第二天

珊用指甲戳了戳牢房的牆壁，一塊石頭稍稍移動了，她搓著指間的灰塵。石灰岩。在牢房的牆壁中發現這種材質很奇怪，但也不是整面牆都是石灰岩建造的，只是其中一塊石頭中的一絲岩脈含有這種成分。

她露出微笑。石灰岩。那一絲岩脈不細看的話很容易錯過，如果判斷得沒錯，她終於辨認出位於圓形地窖裡，牢房牆壁上的四十四種岩石材質。珊跪在床板邊，用一支幾乎掰彎了所有尖刺的叉子在一根木頭床腳上刻下筆記。少了眼鏡，她必須瞇起眼睛書寫。

要仿造一樣東西，首先得知道它的過去、它的本質。她幾乎準備好了。可是，當她在搖曳的燭光照射下，注意到床腳上另一組刻記時，滿意的情緒頓時煙消雲散。那些刻記標示她被囚禁在這裡的天數。

沒剩下多少時間了，她心想。如果她算得沒錯，距離她被公開處決的日子還有一天。

她整個人的神經繃得跟琴弦一樣緊。一天。她只剩下一天就要做出一枚魂印逃跑。可是她沒有魂石，手邊只有一塊粗糙的木頭，而唯一的雕刻工具是一支叉子。

工作因此變得難上加難，而這就是他們的目的。牢房被設計成專門關她這種人，牆上的石塊含有許多岩脈，大大增加了仿造石頭的難度。它們來自於不同的礦場，每一塊都有自己獨特的歷史，憑她少得可憐的了解，要偽造這些石頭幾乎是不可能的。就算她成功地變化了石頭，大概也會出現別的機制阻止她離開這裡。

死夜的！她怎麼會給自己惹上這麼大的麻煩。

她做完了筆記，發現自己盯著彎折的叉子。她將叉子的金屬部分敲下，開始在木頭手柄上雕刻，準備做成一枚粗糙的魂印。但是她同時又告訴自己：妳不可能用這種方式逃走。妳需要另一個方法。

這六天來，她都在尋找其他逃走的方法。利用守衛的弱點，賄賂某個人，透過這個牢房的特性來暗示她的能力……然而目前沒有一樣——

在遙遠的上方，地窖大門打開了。

珊立刻跳了起來，把叉子木柄藏在背後的束帶裡。他們把她的行刑日期提早了嗎？

通往牢房的臺階響起沉重的靴子腳步聲，她瞇著眼睛看著出現在上方的訪客。在四名守衛陪伴下，一個五官跟手指都很修長的男人露了臉。他是一名宏族人，領導帝國的種族，藍綠相間的袍子代表他是一名通過科舉的小官，但官位不高。

珊緊張地屏息以待。

宏族人彎下腰，隔著鐵欄杆看她，不久後揮手要守衛把欄杆打開。「決議卿們要審問妳，仿師。」

珊往後退了幾步，看著他們打開牢房的鎖，然後放下一張梯子。她警戒地沿著梯子往上爬。如果要提早將人犯押赴刑場的人是她，也會讓犯人以為是要去做別的事情，才不會遭遇反抗。但是他們把珊押出地窖時，並沒有讓她戴上刑具。

而且根據路徑看來，他們似乎真的打算把她帶往決議卿廳。珊穩定心神後心想：所以是一個新的挑戰。她有機會逃走嗎？她本來就沒理由落在別人手上，但現在也不必多想那件事，她輸了，被她以為可以信任的宮廷弄臣背叛。他拿走了她手中的《月笏》，替換真跡後逃走。

汪叔老早教過她人生勝敗無常。不論你有多優秀，總會有更優秀的人。時時謹記這點，就不會因為自恃過高而大意失荊州。

上一次她輸了，但這次她會贏。珊放下所有因為被抓而升起的煩躁，成為要把握眼前契機的人。無論是什麼，她都會緊緊抓住這個機會，妥善運用。

因為這次她的彩頭不是財富，而是她的性命。

守衛是兵族——至少這是宏族為他們取的名字。兵族人曾經自稱為穆拉狄，但是他們的國家被納入帝國的時間已經久遠到鮮少有人使用那個名字。這個種族個頭高大、肌肉修長、皮膚蒼白，頭髮幾乎跟珊一樣黑，但是他們的很捲，她的則是又直又長。她不能讓這些人注意到自己比他們矮小，珊所屬的麥彭族（注）向來不以身高著稱。

「你。」她走在最前面，對領頭的兵族說。「我記得你。」根據他的髮型看來，這位年輕的隊長不常戴頭盔。兵族頗受宏族人的重視，因此也經常被抬族，眼前這個兵族看起來野心勃勃，再加上光亮的盔甲、俐落的氣質。沒錯，他認為自己以後是要做大事的人。

「那匹馬……我被抓到以後，是你把我壓到馬背上。那匹馬很高、帶有葛馬的血統、毛色潔白。那是一匹好馬，你挺懂馬的。」

兵族人眼睛直視前方，壓低聲音說：「我會很享受殺死妳的過程，女人。」

注：在《諸神之城：伊嵐翠》中，紗芮奈曾因不會使用占杜料理中的麥彭棒而被嘲笑。

太棒了。珊心想，然後他們進入皇宮的宮殿。此處的石雕精美，是依循古代拉苗族的樣式所打造，高大的大理石柱上刻著浮雕，柱子間的大甕也是模仿久遠前的拉苗大甕。

所以，她提醒自己：掌權的仍然是傳承派……

皇帝一定是從那一派出來的，主宰帝國命脈的五大決議卿議會也是。這一派崇尚古代文化的光榮跟知識，甚至根據古代建築物的樣式改建宮殿，珊猜想在這些「古」甕下面都能找到魂印，把它們變成與古代名作並無二致的仿作。

沒錯，宏族說珊的能力是個褻瀆，但是唯一犯法的部分只有牽涉到個人的仿作。在帝國中，只要仿師受到嚴密監控，低調的物品仿作是被允許，甚至被利用的。如果有人把這個甕翻過來，除掉下面的魂印，這東西將會變成一件平凡無奇的陶器。

兵族人帶著她來到鑲金的大門前，門打開時，她瞥見蓋在內側邊緣的紅色魂印，把這扇門化身為古代某名作的仿作。守衛把她趕入一間舒適的房間，房裡有燃燒的壁爐、厚實的地毯，還有上漆的木頭家具。第五世紀風格的打獵小屋，珊猜想。

傳承派的五名決議卿都在裡面，其中兩女一男坐在壁爐邊的高背椅上，還有另一個女人坐在門邊的書桌前。她名叫芙拉法，傳承派決議卿中最資深的一位成員，或許也是亞緒拉凡皇帝（Emperor Ashravan）以外，全帝國最有權勢的人。那女人將灰色長髮與金紅交錯的緞帶編成一條長辮子，垂在一件同樣是金色的袍子外面。珊老早就在策畫對芙拉法的東西下手，因為這女人的職責中，有一樣就是管理帝國藝廊，就在她的辦公廳旁邊。

先前芙拉法顯然跟高佟納爭論過，年邁的宏族男人站在她的桌邊，挺直背脊，雙手背在身後沉思。高佟納是決議卿中年紀最大的一位，據說也是最不具影響力的一位，早就失去了皇寵。

珊進來以後，兩個人沒再說話，他們看她的方式就像是她是隻剛打翻精緻花瓶的貓。珊想念她的眼鏡，可是當她走上前去面對那些人的時候，刻意沒有瞇著眼，她希望展現出自己最強悍的一面。

「王珊露。」芙拉法伸手拿起桌上的一張紙。「妳名下的罪行還真不少。」

這說話的方式……這女人在玩什麼把戲？她對我有所求。最後珊如此判斷。否則他們沒有理由像這樣把我帶來。

機會開始顯露。

「偽裝貴族仕女、闖入皇宮帝國藝廊、重新仿造妳的靈魂，最後當然是嘗試偷竊《月笏》。妳真的認為區區仿作會讓我們錯失這麼重要的一件國家資產？」芙拉法問。

你們顯然是這麼做了，認為弄臣帶著仿作跑了。珊心想。光是想到她的作品取代了帝國藝廊中《月笏》的重要位置，就讓她頗為滿意。

「這又是什麼？」芙拉法揮動長手指說著，讓一名兵族人從一旁取東西過來。守衛把一幅畫放在桌上，是韓書慎的名作《春池百合圖》。

「我們在妳的旅舍房間裡找到這個。」芙拉法用手指敲著畫。「這幅畫是帝國最著名的畫作之一，原版在我手上，這是贗品。我們把畫交給鑑定師，他們認為妳的仿作最多不過就是外行人的作品。」

珊與那女人對視。

「告訴我，妳為什麼畫了這幅仿畫。」芙拉法向前傾身。「妳顯然打算用這幅畫跟我掛在帝國藝廊旁邊辦公廳裡的真跡掉包，可是妳明明覬覦的是《月笏》，為什麼又打算偷這幅畫？因為貪？」

「我的汪叔總是告訴我要有後備計畫，我不確定《月笏》有沒有展示。」

「這樣啊……」芙拉法臉上露出近似親切的表情，但是其中滿是掩飾差勁的鄙夷。「妳要求決議卿介入妳的極刑審判，大多數囚犯都會這樣。我出於微不足道的原因決定接見妳，因為我很好奇妳為什麼畫了這幅畫。」她搖搖頭。「可是孩子，妳不可能期待我們放妳走。妳知道妳犯了多少重罪嗎？妳的處境極為惡劣，而我們的慈悲非常有限……」

珊瞥向其他決議卿。坐在壁爐邊的決議卿幾乎完全沒有理會她，但是他們也沒有交談。他們在聽。有哪裡不對勁，珊心想。他們在擔心著什麼。

高佟納只是站在旁邊，用一種看不出情緒的眼神檢視著珊。

芙拉法的態度像是在訓誡一個孩子，並且為了讓珊期盼獲釋故意不把話說完，幾件事情湊在一起的目的就是要她服從，只要能重獲自由，她什麼都會同意。

的確是個機會……

現在輪到她主導發言了。

「你們想要從我身上得到什麼。我願意討論我的報酬。」珊說。

「妳的報酬？」芙拉法問。「小女孩，妳明天就要被處決了！如果我們真的對妳有所要求，相應的報酬就是饒妳一命。」

「我的命是我自己的，過去幾天來都是如此。」珊說。

「哼！妳被鎖在專門關仿師的牢房，牆上有三十種不同的石頭。」

「其實是四十四種。」

高佟納欣賞地挑起一邊眉毛。

死夜的！幸好我算對了。

珊瞥向高佟納。「你以為我認不出來磨石對不對？拜託，我可是名仿師，第一年所受的訓練就是在辨認石頭。那塊石頭很顯然出於賴礦。」

芙拉法開口要說話，唇邊帶著淡淡一絲笑意。

「對，我知道我的牢房石牆後面預備著抗仿金屬拉卡賴司特。」珊搶在前面說。「那面牆是道謎題，目的是讓我分神。你們才不會真的用石灰岩這類石頭建造牢房，免得有囚犯放棄仿造，直接用鑿的。你們建了牆，但是在後面墊著一塊拉卡賴司特，防止真的有人逃走。」

芙拉法猛然閉起嘴巴。

「拉卡賴司特的問題是不太堅固。」珊繼續說。「牢房上面的鐵欄杆倒是挺牢靠，我的確鑿不穿，可是薄薄的一塊鐵片？別開玩笑了。你們聽說過白煤嗎？」

芙拉法皺眉。

「那是一種會燃燒的石頭。」高佟納說。

「你們給了我一根蠟燭。」珊伸手朝腰後掏去，把自己臨時刻成的魂印丟在桌上。「我只需要仿造牆，說服那些石頭把自己當成白煤——在我知道這四十四種岩石的組成之後，這件事並不困難——然後我就可以把牆後面的鐵片燒掉。」

珊拉來一張椅子，在書桌前坐下往後一靠。身後的兵族隊長發出低吼，可是芙拉法只是抿起嘴唇什麼都沒說。珊試著放鬆全身肌肉，無聲地向未知神快速祈禱一番。

死夜啊！他們似乎真的信了。她原本還擔心這群人對仿術頗為熟悉，足以識破她的謊話。

「我預計在今晚逃跑，但是如果你們願意動用我這種罪犯，那你們打算做的事情一定很重要，所以，我們現在該來談談我的報酬。」珊說。

「我還是可以隨時叫人把妳處死。例如……現在。」芙拉法說。

「但妳不會，不是嗎？」

芙拉法下巴一緊。

「我警告過妳，她沒有那麼容易操控。」高佟納對芙拉法說。珊看得出來自己讓這個老人對她另眼相看，但同時間他的眼神似乎很……哀傷？真的是這樣嗎？她覺得這個老人跟思弗丹文寫成的書一樣難懂。

芙拉法抬起一根手指往旁邊一劃，一名僕人便走上前來，手裡捧著一個布包的小盒子。珊見狀立刻心跳加速。

僕人解開盒前的鎖扣，掀起蓋子，盒子內部用軟布襯裡，還有五個專門用來放魂印的凹槽。這五枚圓柱印章約莫跟男人的手指一樣長，跟拇指一樣粗，放在印章上面的皮革筆記本早就因經年累月的使用而變得光滑。珊聞到一絲熟悉的氣息。

這些東西叫作精章（Essence Mark），是魂印中最強大的一種。每枚精章只能配給一個人使用，目的在於暫時改寫那個人的歷史、個性、靈魂。這五枚都是珊的。

「五枚改寫靈魂的印章。每一枚都是不容於世的存在，光是持有就是犯罪的行為。這些精章今天下午就會被毀掉，就算妳逃得掉，也無法留住它們。做一個要花多久時間啊？」

「好多年。」珊喃喃道。

每一枚精章都是獨一無二的。製造過程的筆記跟圖表必須在完成後徹底銷毀，因為裡面的內容暴露太多關於自己靈魂的細節，藏得再隱密都不夠保險。她的精章從不離身，除了偶爾被別人奪走的時候。

「妳接受這些作為妳的報酬？」芙拉法抿著嘴唇，彷彿他們在討論晚上是不是要吃鼻涕跟腐肉。

「好。」

芙拉法點點頭，僕人啪的一聲闔起盒子。「那麼，讓我告訴妳，我們要交付妳的任務。」

珊從來沒見過皇帝，更不要提戳過皇帝的臉。

八十太陽神教之亞緒拉凡皇帝，玫瑰帝國的第四十九任統治者，被珊戳的時候毫無反應。他目光呆滯地望著前方，儘管臉頰色澤紅潤、健康飽滿，臉上卻不見半點生氣。

「他怎麼了？」珊從皇帝的床邊直起腰。這張床是古代拉苗族的樣式，床頭板做成鳳凰飛天的樣式。她之前在書裡看過床頭板的圖樣，這個仿作大概也是從那本書得到的靈感。

「殺手。」高佟納決議卿說。他站在床的另一邊，旁邊還有兩名大夫。在所有的兵族人中，只有名為「祖」的隊長准許進入。「前晚殺手闖了進來，攻擊陛下與他的妻子。皇后當場不治，皇帝則被十字弓射中腦門。」

「這麼說來，他看起來還真不錯。」珊評論。

「妳知道什麼是重合嗎？」高佟納問。

「大概知道。」珊說。他們的族人將「重合」稱為皮肉仿造，利用這個技術，高明的大夫可以仿造身體，或是移除疤痕與傷口。這是一門很專精的技術，仿師需要了解每根筋、每條血管、每吋肌肉才能使傷口完全癒合。

重合是少數幾個珊沒有深入研究的仿造分支之一。普通的仿造做錯了，頂多是創造了一件不具藝術價值的作品，而皮肉仿造出錯的結果則是有人會喪命。

「我們的重合師是世界上最優秀的。」芙拉法一邊說繞到床腳，雙手背在背後。「皇帝被刺殺之後，立刻有人為他治療。頭上的傷口被治好了，可是……」

「可是腦子沒好？」珊又嘗試在那個人面前揮揮手。「聽起來他們做的也不怎麼樣。」

一名大夫清清喉嚨。那個男人身材低矮，一雙耳朵像朝太陽開啟的窗板。「藉由重合治療讓身體重生，就像是書被燒過之後用新紙重新裝訂。沒錯，也許書本看起來是一樣的，從頭到尾也可能都是完整的，可是裡面的字就……不在了。我們給了皇帝一個新腦子。只是，裡面是空的。」

「這樣啊……那你們知道是誰想殺他嗎？」珊問。

五名決議卿交換眼神。他們知道。

「我們不確定。」高佟納說。

「意思是你們知道，但是沒有足夠的證據進行指控。所以是朝廷中其他的派系？」珊說。

高佟納嘆口氣。「榮光派。」

珊輕吹一聲口哨。這件事很合理。如果現任皇帝死了，那麼榮光派很有可能贏得推舉繼任人選的機會。以宏族的標準來說，四十歲的亞緒拉凡皇帝依然很年輕，至少還能再統治五十年。

如果他被取代，那麼房間中的五名決議卿們都將失去他們的地位，也將為朝廷政治帶來極大的衝擊。他們會從世界上最有權力的人，瞬間變成帝國八十派中最低階的一群。

「殺手沒有活下來，榮光派還不知道這個計謀是否成功。妳必須把皇帝的靈魂換成……」芙拉法深吸一口氣後說：「妳的仿作。」

他們瘋了！珊想。仿造自己的靈魂就夠困難了，那麼做還不需要從頭開始。決議卿們根本不知道自己在要求什麼。他們當然不懂。這些人聲稱自己痛恨仿術，卻行走在假地磚上，身邊淨是古代花瓶的複製品，甚至讓大夫修補身體，卻從來不用「仿作」稱呼這些行為。

假使仿造靈魂是他們認為不應存在世界上的技術，而珊又是他們的唯一選擇，那麼傳承派裡一定沒有其他人能辦到。她恐怕也不行。

「妳可以嗎？」高佟納問。

我不知道，珊心想。然而她口中回答：「可以。」

「妳必須仿造得一模一樣。」芙拉法嚴肅地說。「如果榮光派猜到任何一點我們做的事，他們會立刻出手攻擊。皇帝的一言一行都必須正常如故。」

「我說我辦得到，但是絕對不容易。我需要關於亞緒拉凡跟他人生所有的資料。首先是官史，但這種內容太乾淨了。我也必須跟最熟悉皇帝的人長時間密談，還有拿到他們關於皇帝的描述書寫。僕人、朋友、家人，統統都要。他有日記嗎？」

「有。」高佟納說。

「太好了。」

「那些文件是機密。」另一名決議卿說。「他希望我們銷毀……」

房間裡的每個人都轉頭去看他。那個人吞了口口水，低下頭。

「妳要什麼都可以。」芙拉法說。

「我還需要一個實驗對象。一個能讓我測試仿作的人。一名宏族，男性，跟皇帝的相處時間很長，而且很瞭解他。這樣我才能判斷是否抓住他的性格。」死夜的！弄對人格不過是第二步，第一步是要弄到能附著的魂印……她甚至不確定自己是否能夠達成這個部分。「還有，我當然也需要魂石。」

芙拉法看著珊，雙手抱胸。

珊沒好氣地說：「妳不會以為我可以不用魂石吧？必要的話我可以用木頭刻魂印，但是妳的目標十分困難。要魂石。要很多。」

「好。但是妳這三個月會受到看守。嚴密的看守。」

「三個月？我原本預計至少需要兩年。」

「妳有一百天。事實上，現在只剩九十八天了。」芙拉法說。

不可能的。

另外一名決議卿說：「皇帝過去兩天沒有出現的官方解釋是在哀悼他的妻子，榮光派認為我們在為皇帝之死盡可能拖延時間。獨自服喪的一百天過後，他們會要求亞緒拉凡上朝，如果那時他再不出現，我們就死定了。」

妳也是，女人的語氣暗示。

「我需要金子。妳原本認為我會要多少，現在我要加倍。我要很有錢地離開這個國家。」珊說。

「成交。」芙拉法說。

太簡單了，珊心想。太棒了。他們打算這件事一完成就殺了她。

好吧，至少她還有九十八天找出逃脫的辦法。「把紀錄給我。另外我需要工作的地方、很多材料，還有，把我的東西還我。」她趁他們來得及反對之前舉起一根手指。「不是我的精章，但除此之外都要還我，我才不要三個月都穿著監獄裡的衣服工作。還有，經過仔細考慮過後，我覺得現在應該立刻有人幫我放水，讓我準備泡澡。」

第三天

在珊被抓之後第一次洗澡、吃飽，並且睡了一覺之後的隔天，門上傳來敲門聲。他們給了她一個房間。房間很小，可能是全皇宮最簡陋的一間，聞起來還有一點水霉味。整個晚上珊都受到守衛的監視，儘管根據她記憶中的皇宮格局，這裡是最少人使用的一個殿，主要是用於儲藏。

即使這樣還是比牢房好，只不過好得有限。

敲門聲一響起，珊立刻停止檢視房間裡的老杉木桌，它上一次被油布擦拭的時間大概是珊出生前。接著一名守衛打開門，年邁的決議卿高佟納走了進來，手裡拿著一個兩掌寬，兩吋深的盒子。

珊衝了過去，引來決議卿身邊祖隊長凶狠的瞪視。「離大人遠點。」祖惡狠狠地說。

「我偏不你又能怎麼樣？刺我？」珊邊說邊拿過盒子。

「有一天，我會很樂意——」

「知道了，知道了。」珊走回桌邊，掀開盒蓋，裡面有十八枚魂印，底部光滑無痕。她心中一陣興奮，拿起其中一枚放在掌心檢視。眼鏡先前已經還給她了，所以現在她不需要瞇著眼睛，身上也穿著比之前那件破爛洋裝更合身的衣服：一件長度到小腿肚的紅裙子、一件帶釦的襯衫。這樣的打扮在宏族人眼中一定覺得俗不可耐，因為現在流行的是古式長袍或是開襟袍。但珊認為那種打扮很無聊。她在襯衫裡面穿著一件緊身棉襯衣，裙子底下加了條緊身褲，女孩子出門在外，難保不會碰上需要改裝易容的時候。

「這石頭不錯。」珊對手中的魂印評論道。她拿出一把尖端幾乎跟針尖一樣細小的刻刀，開始刻劃著石頭表面。的確是很不錯的魂石。石頭輕易被劃開，線條精準俐落，而且質地幾乎跟石灰岩一樣軟，刻劃的裂口卻不會擴散，可以刻出準確複雜的線條，再經由火與定紋加以固定，它就會變得幾乎跟石英一樣堅硬。唯一且更好的魂石材質是水晶，但要在上頭雕刻簡直是難到極點。

他們提供的印泥是大紅色的烏賊墨，裡面混了些許的蠟，其實任何新鮮的有機墨都可以，不過動物的比植物的效果好。

「妳……從外面的走廊上偷了一個花瓶？」高佟納朝放在房間角落的東西皺眉。她趁洗澡回來時順手抓了一個花瓶，儘管守衛試圖阻止，但是珊舌燦蓮花地說服了他。那個守衛正滿臉通紅站在旁邊。

「我對你們的仿師能力很好奇。」珊放下手邊的工具，把花瓶拿到桌上傾向一邊，露出烙印在底部的紅色戳記。

仿師的戳記很明顯。它不只是印在物品的表面上，更是深深嵌進瓶子裡，由相連的紅色凹痕形成花紋。圓印的邊緣也是紅色，但是採用的是陽刻的手法，使其高高突起。

光從一個人設計戳記的方式，就可以判斷出許多關於這個人的細節。比方說，這一枚的感覺很制式，沒有真正的藝術感，跟花瓶本身的精緻纖細完全相反。據說傳承派養了一批仿師學徒，像是在工廠中作鞋子一樣輪班製造這些仿品。

「我們的工人不是仿師。我們不用這個名字。他們是憶師。」

「還不都一樣。」

高佟納嚴肅地說：「他們從不碰觸靈魂。此外，我們所做的一切都是在表達對歷史的崇敬，而不是要拐騙別人。藉由我們的提醒，其他人才能更加了解他們的過去。」

珊挑起一邊眉毛，手上拿著鎚子跟鑽子，朝花瓶戳記突起的一角斜敲下去。她可以感覺戳記試圖抵抗，敲擊後傳來一股反作用力，彷彿想要卡住原來的位置。但是力道最終穿透過去，將整個戳記撬起來，凹痕消失後化為平面的墨水圖樣，失去原本的力量。

花瓶的顏色立刻褪成普通的灰色，外型也開始改變。魂印不僅能改變外表，更可重寫一個物品的歷史。沒有了魂印，花瓶現出了差勁的原型，拉胚的人根本不在乎自己做出什麼樣的東西，也許他們早就知道這會成為一件仿品。珊搖搖頭，繼續手邊未完成的魂印。這不是刻給皇帝的，她還沒準備好開始那項任務，可是雕刻有助於她思考。

高佟納示意要隊長之外的所有守衛離開，只留祖在他身邊。「妳是個謎，仿師。」另外兩名守衛一離開把門關上，高佟納便說道。房間裡放了兩張搖晃不穩的木椅，他在其中一張坐下。除了那兩張椅子之外，房間裡剩餘的家具就只有粗糙的床、古舊的桌子，還有裝著她個人物品的箱子。外頭的風老是透過唯一那扇窗戶的變形窗框吹進來，就連牆壁上都有裂縫。

「謎？」珊把魂印舉在面前，仔細審視自己的作品。「什麼樣的謎？」

「妳是仿師，令人不能信任，一舉一動必須受到監視。只要一想到方法，妳就會逃跑。」

「那就讓守衛看著我。」珊繼續手中的雕刻。

「很抱歉，但是我認為妳用不了多少時間就能夠欺壓、賄賂，或是勒索他們。」高佟納說。站得不遠的祖全身一僵。

「隊長，我無意冒犯，也對你的人很有信心，但是我們面對的是老千、騙子、小偷。即使是你底下最好的守衛，早晚也會化成她手中的一團陶土。」

「謝謝。」珊說。

「我不是在誇妳。被妳這種人碰到的一切事物都會腐敗，我甚至不敢用普通人看守妳哪怕一天。根據我對妳的了解，妳說不定連神都可以騙。」

她繼續工作。

「我不認為手銬能銬住妳。」高佟納輕聲說。「因為我們必須要給妳魂石，才能讓妳解決我們的……問題。妳會把手銬變成肥皂，然後趁夜笑著逃走。」

這句話完全暴露出他對仿術的無知。仿作必須具有可能、可信的成分，否則沒有辦法定型。誰會用肥皂作鐵鍊？太可笑了。

不過，她可以找出這副手銬的來源跟成分，然後重寫其中一樣；或者可以仿造鐵鍊的過去，好讓其中一個鐵環的製作過程有瑕疵，她就能從中切入。就算無法辨認鐵鍊的確切歷史，她還是有可能逃走——但是不完美的魂印維持不了太久，用鎚子打碎最脆弱的鐵環也只需要一下子的時間。

當然，他們可用抗仿金屬拉卡賴司特製作鐵鍊，但那只能延長她脫身的時間。只要有充足的時間及魂石，她就能找到方法。例如在牆上仿造一道裂縫，讓她可以扯斷鐵鍊，或是仿造鬆脫的木塊，讓它掉下砸斷鐵鍊脆弱的部分。

如果沒有必要，她也不想用這麼極端的方法。「我不認為你需要這麼擔心我。」珊仍不停雕刻。「我很好奇我們要做的事，而且你們也答應讓我發財，光這兩點就足夠讓我留在這裡。

不要忘了，我之前隨時都可以從牢房裡逃走。」

「啊，對了，那個妳用仿術就能穿牆逃走的牢房。出於我個人的好奇，妳研究過白煤？妳聲稱可以把牆壁變成那種礦石，對吧？就我所知，那是一種很難燃燒的石頭。」

這個人比其他人以為的都要聰明。

蠟燭的火很難點燃白煤。如果把白煤放在紙上，又以正確的溫度引火，這種礦物就會燃燒，但是要讓整份樣本都燒起來是非常困難的。「我可以利用床板的木頭跟變成白煤的幾塊石頭，創造合適的燃燒環境。」

「不用窯燒？不用風箱？」高佟納的聲音帶著淡淡的笑意。「這不是重點。告訴我，當牆壁以兩千度的高溫燃燒時，妳要怎麼樣在那個牢房裡活下來？火勢難道不會帶走所有的空氣？不過對了，妳可以把床單變成不利於導熱的材質，也許是玻璃，然後為自己做一個可以躲藏的避難所。」

珊不安地繼續刻著。從他說話的方式……沒錯，這個人知道她做不到他所形容的事。大多數宏族對於仿術所知有限，眼前這個男人也不例外，但是他所知的部分足以令他明白，珊不可能透過那個方式逃走，就像床單沒辦法變成玻璃一樣。

除此之外，讓整面牆變成另一種岩石也是一件大工程。她必須改變許多條件，重寫一切歷史，好讓開採這些石頭的礦場都接近白煤礦脈，而每塊帶有可燃燒礦物的石頭都是不小心被切割出來。然而這麼做實在很勉強，幾乎是不可能，尤其是她對這些礦場一無所知。

不論有沒有用到魔法，可信度都是仿造成功與否的關鍵。坊間流傳著仿術可以點鉛成金的謬論，完全沒想到點金成鉛其實簡單太多、太多了。捏造一個金條的過去曾經被人在裡面混過鉛……嗯，這個謊話很有可信度，反言之，引發點鉛成金的魂印一定沒辦法蓋上。

「我很欽佩你，大人。你想事情的方法就跟仿師一樣。」珊終於說。

高佟納的臉色一沉。

「我是想讚美你。」她立刻補上一句。

「我重視的是真實，姑娘。不是仿作。」他像是一名失望的祖父那樣看著她。「我看過妳親手完成的作品，妳模仿的畫作……非常傑出，可是它卻是為了欺騙而生的。如果妳專注於藝術，而不是財富跟欺騙的話，真不知道妳能做出什麼樣的傑作？」

「我做的已經是傑作。」

「不。妳模仿別人的傑作。妳做的東西，技術上是很神奇的，但是完全沒有靈魂。」

她手中的雕刻刀差點滑落，雙手一緊。他怎麼敢這麼說？威脅要處決她是一回事，但是侮辱她的藝術？把她講得好像……好像生產線上的仿師一樣，只專注做出一件又一件的花瓶。

她很努力才讓自己平靜下來，然後露出一抹假笑。她的索姨曾經說過，要對最難聽的侮辱微笑，同時駁回較小的侮辱，這樣才不會讓人猜中妳的心思。

「所以你到底要怎麼樣讓我乖乖聽話？」她問。「你剛才已經表達得很清楚，我是流竄在整座皇宮裡最卑劣鄙下的賤民。你不能綁著我，又無法信賴看守我的守衛。」

「所以，只要時間許可，我會親自來監督妳的進展。」高佟納說。

她比較希望來的人是芙拉法，因為那個人似乎比較好拐騙，但是這一個也可以。「你請自便。不過對不了解仿術的人來說，我做的事情大部分是很無聊的。」

「我不是要被妳娛樂才來到這裡。」高佟納說，朝祖隊長揮揮手。「我在這裡的時候，祖隊長會負責保護我的安危。我們的兵族中，他是唯一一個了解皇帝的傷勢，並且知道我們跟妳之間計畫的人。其餘時候我們會派其他的守衛前來看守，妳不准對他們提起妳的任務，絕對不能將我們的計畫洩漏一絲半點。」

「你不必擔心我會走漏風聲。」珊難得說了句實話。「越多人知道一件東西是仿作，失敗機率越大。」況且，如果我告訴守衛，你一定會為了不走漏風聲立刻將他們處死。她是不喜歡兵族，但她更不喜歡帝國，兵族也不過是他們底下的奴隸而已。珊不喜歡無端害人丟掉性命。

「很好。第二件能保證讓妳……專注於手上工作的方法正等在外面。隊長，麻煩你了。」

祖打開門，一個披著斗篷的人影跟守衛一起站在外面。接著，那個人影走入房間——步伐流暢，卻看起來很不自然。祖關上門之後，人影掀開兜帽，露出乳白色的皮膚與紅色的眼睛。

珊倒抽一口冷氣。「你居然敢說我的行為罪無可赦？」

高佟納沒有答話，只是站起身面對來人。「告訴她。」

對方用蒼白修長的手指摸著門，一面檢視。「我會把符文刻在這裡。」他說起話來帶有口音。「如果她因為任何理由離開這個房間，或是試圖改變符文或門，我會立刻知道。我的寵物會去找她。」

珊打個冷顫，瞪向高佟納。「封血巫。你居然讓封血巫進來皇宮？」

「這一個最近證明自己是很得力的幫手，忠心耿耿，口風也緊，同時非常有效。有時候……人必須接受黑暗之力的協助，才能抑制更大的黑暗力量。」

珊看見封血巫從袍子裡拿出某樣東西，又輕聲倒抽口氣。那是一枚用骨頭雕刻而成的粗糙魂印，他的「寵物」也會是白骨，用死者骨骸做成的活物仿作。

封血巫看向她。

珊往後退開。「你該不會認為——」

祖一把抓住她的手臂。死夜的，這男人力氣還真大。她感到一陣驚慌。她的精章！她需要她的精章！有了精章，她就能反抗、脫身、逃跑……

祖割開她手臂外側皮膚的時候，她幾乎沒有感覺到那道淺傷，只是不住掙扎。封血巫走上前來，用珊的血作為那噁心工具的印泥，然後轉身在門中央蓋章。

他收回手，門上已留下一個發光的紅印，形狀像一顆眼睛。就在他印下符文的瞬間，立刻在珊被割傷的地方立刻劇痛起來。

珊驚喘一聲，眼睛大睜，不敢相信有人對她做這種事。她幾乎寧願被處死！寧願被——

夠了！她硬生生打斷自己的思緒。妳要成為能處理這種事的人。

她深吸一口氣，讓自己成為另外一個人，模仿著即使在這樣的情況下依然平靜自制的自己。儘管這是個粗劣的仿作，只是自欺欺人，但仍然成功了。

她甩開祖的手，接下高佟納給她的手帕，一雙眼睛仍瞪著封血巫，感覺手臂上的疼痛漸漸消失。他白皙而透明的嘴唇朝她微笑，像是蛆的表皮。封血巫在重新戴回兜帽之前，還不忘向高佟納點點頭，然後才走出房間，隨手把門關上。

珊強迫自己平穩地呼吸，冷靜下來。封血巫的能力很直接，沒有太多迂迴，他們靠的不是技巧或藝術，而是騙術跟鮮血。無論如何，這個法子很有效，如果珊離開房間，封血巫絕對會知道。魂印上有取自於她的鮮血，不論她逃到哪裡，他不死的寵物都能憑此隨時獵捕她。

高佟納靠回椅背。「妳明白妳逃走的話會發生什麼事？」

珊瞪著高佟納。

「妳現在該清楚我們有多走投無路了。」他輕聲說，雙手在身前交握。「如果妳逃走，我們會把妳交給封血巫，妳的骨頭會成為他的新寵物。這是他唯一要求的報酬。妳可以開始工作了，仿師。做得好，妳就能逃離這個命運。」

第五天

她的確開始工作了。

珊從研究皇帝的生平記事開始。鮮少有人明白，在進行仿術的過程中，文獻收集與研究占有極大的比重。仿術其實是任何人都學得會的一門技術，只需要穩定的手法與對細節的重視。

除此之外就是願意花上好幾個禮拜，好幾個月，甚至好幾年準備刻出一枚理想的魂印。珊沒有好幾年的時間。她一邊讀著一本又一本的傳記，一邊感覺到時間的壓力，每一晚都為了做筆記熬夜到深更。她不相信自己能完成他們的要求。光是要創造出能令人信服的靈魂仿作就已經夠困難，更何況要在這麼短的時間內完成。不幸的是，她就算是裝也得裝得有模有樣，如此才有希望計畫該怎麼逃跑。

他們不讓她離開房間。內急時得用夜壺，想洗澡就提供她一浴桶熱水與衣服，不論什麼時候都有人在監視她，就連洗澡時也不例外。

封血巫早上會在門上重新蓋印，每次都需要珊提供一點血。沒多久，她的手臂上就布滿了淺淺的割痕。這段時間高佟納經常來訪。年邁的決議卿端詳著她讀書的樣子，眼神中帶著審視評判，卻沒有憎恨。

她在心中盤算逃跑計畫，同時做出決定：若想成功逃脫，免不了要在這人身上下一番功夫。

第十二天

珊在桌子上蓋下印章。

印章微微陷入桌面，一如既往。無論是印在什麼樣的材質上，魂印都會留下可以摸得出來的戳記。她將印章旋轉半圈——這麼做並不會讓印記糊掉，但是她不知道怎麼辦到的。她的一名師父曾經說過，這是因為此時印章碰觸到的已經是物品的靈魂而非實體。

她拿起印章時，木頭上已留下一個鮮紅色的戳記，清晰得像是刻在上面一樣，接下來的變化像是波浪般從戳記往外擴散。原本平凡粗糙的灰色杉木變得美麗，一看就是經常有人擦拭、照料的樣子，濃密的包漿讓桌面映照出她面前的燭光。

珊以指尖輕觸煥然一新的桌子，如今表面摸起來很光滑，桌子四周跟桌腳刻有精緻的雕紋，還搭配銀製的鑲嵌作為裝飾。

高佟納猛然坐直，放下他原本正在讀的書；祖看到當場施展的仿術，不安地挪動身體。

「剛才是怎麼一回事？」高佟納質問。

「我被木屑刺煩了。」珊重新靠回椅背，椅子發出嘎吱聲。*接下來就是你，*她心想。

高佟納站起來走到桌邊，然後伸手摸了摸，似乎覺得眼前看到的改變只是表面的幻象。完全不是。這麼精緻的桌子放在破爛的房間裡，顯得格格不入。「妳一直在做這個？」

「雕刻有助於我思考。」

「妳應該專心完成妳的任務！妳簡直是在浪費時間。帝國正處於危機中啊！」高佟納說。

並沒有。帝國並沒有處於危機，有危機的是你的政權，珊心想。可惜在經過十一天後，她仍然沒有找到高佟納的弱點，讓她有機可乘。
「我是在處理你的問題，高佟納。你們要我做的事情一點都不簡單。」
「那變化這張桌子就簡單？」
「當然。我只需要改寫它的過去，把它寫成一直以來受到極好的養護，而不是被放棄、自生自滅。那根本花不了我多少功夫。」
高佟納遲疑了片刻，終於在桌邊跪下。「這雕刻，這鑲嵌……原件沒有這些。」
「也許我多加了一些東西。」
她不確定這個仿作能否持久，也許幾分鐘後戳記就會消失，桌子也會變回原本的樣子，但是對於這張桌子的過去，她相信自己猜得滿準的。珊讀過一些歷史記載曾提到某些禮品的出處，她猜測這張桌子來自於遙遠的思弗丹(注)，是送給在亞緒拉凡之前繼位的那一任皇帝的禮品。之後玫瑰帝國與思弗丹的外交關係變得緊張，這張桌子也被皇帝收起、忽視了。
「我不認得這件作品。」高佟納還在看桌子。
「你為什麼會認得？」
「我研究很多古代藝術品。這是出於維瓦耳王朝時期？」
「不是。」
「卡姆拉夫作品的複製品？」

注：賽耳的一個東方小國，幾乎被視為菲悠丹的附屬。

「不是。」

「那是什麼？」

珊沒好氣地說：「什麼都不是。它不是任何東西的複製品，它仍然是原本的樣子，只是變得更好而已。」

好的仿作經常都遵循這個通則：做得比原版好一點點。那麼大多數人都會接受這件贗品，因為它的確比較好。

高佟納站了起來，一臉困惑。他又在想我的天分被浪費了，珊不耐煩地心想，移開一疊關於皇帝的生平紀事。依照她的要求，皇宮中人的簡述集結成這些紀事，她要了解的不只是官史。她需要真實，而不是乾燥乏味的官樣文章。

高佟納走回自己的椅子邊。「我不懂為什麼改變這張桌子花不了妳什麼功夫，雖然我很清楚這一定比交給妳的任務簡單。可是對我來說，兩件事都很不可思議。」

「改變人的靈魂難得多了。」

「我在概念上可以接受這一點，但是我不懂細節。為什麼？」

她瞥向他心想：他想要更了解我在做什麼，好藉此判別我的逃跑計畫。他當然知道她想逃跑，他們都在假裝對方不知道這件事。

「好吧。」她站了起來，走到房間的牆邊。「我們就來談談仿術吧。你用來關我的地窖有四十四種石頭，但那些只不過是陷阱，為了讓我分心。如果我想要逃走，我必定要了解每一塊岩石的成分跟來源。為什麼？」

「當然是為了製造牆的仿作。」

「但為什麼我需要知道每一塊？而不是只改變一塊或其中幾塊？為什麼我不做一個只夠我溜出去的洞，或者挖個通道也行？」

「我……」他皺起眉頭。「我不知道。」

珊伸手撫摸房間的外牆，牆壁有重新粉刷過的痕跡，只是有幾處的油漆又剝落了。她可以感覺到底下一塊塊岩石。

「高佟納，所有東西都同時存在於三個領域：實體、意識和靈魂。所謂實體是指我們可以摸到，看到的；意識是外界對物體的體察，還有物體對自身的認知；至於靈魂領域則存在物體的靈魂，或者可以說是它的精髓，還有物體與其他人事物的連結。」

「妳必須了解，我不認同妳的異教信仰。」高佟納說。

「對，你們信的是太陽。」珊憋不住聲音中的笑意。「而且還相信太陽有八十個，認為雖然每個太陽都長得一模一樣，每天升起的太陽卻是不同的。可是你既然想要知道仿術是如何運作，還有為什麼難以重現皇帝的靈魂，那麼領域就是一個很重要的概念。」

「好吧。」

「接下來是重點。一個東西以完整的形式存在越久，被別人如此看到的時間越久，那它對自我完整性的認知就越強烈。那張桌子是用不同木塊拼湊起來的，但是我們會那樣看它嗎？不會。我們看到的是一整張桌子。

「如果我要仿造這張桌子，首先必須了解它的整體，牆也是一樣。那面牆存在的時間久到已經把自己視為一個單一的存在，也許我可以分別擊破每塊石頭，也許它們仍然存有足夠的個體性，但這麼做的難度相對高出許多，因為那面牆希望以整體的形式運作。」

「牆希望被當成一個整體。」高佟納平板地說。

「沒錯。」

「妳的說法代表牆有靈魂。」

「萬物皆有靈。每樣東西都有對自己的認定，連結跟意願更是不可或缺的。這就是為什麼，決議卿大人，我不可能直接替你的皇帝寫一份人格，在他身上蓋個章就此了事。我讀了七份報告都寫他最喜歡的顏色是綠色。你知道為什麼嗎？」

「不知道。妳知道嗎？」高佟納說。

「我還不確定。我覺得是因為亞緒拉凡六歲時死去的哥哥很喜歡這個顏色，皇帝因此產生了執念，認為這顏色可以讓他想起自己的兄弟，同時也可能帶有一點他對於自己出身的認同，因為他出生於烏克吉，當地的旗幟主要是綠色的。」

高佟納顯得有點擔憂。「妳需要知道這麼細節的事？」

「死夜的，當然啊！還有其他大大小小的上千細節，我全部都要知道。我可以弄錯，我一定會弄錯，只希望大多數的錯誤並不重要，這麼一來即使他的個性變得有些不同，但反正每個人每天都在變，也還過得去。可是如果我弄錯太多，那不管人格是什麼都不重要了，因為那個魂印根本發揮不了作用，或者效用不能延續下去。我想，如果你的皇帝每十五分鐘就需要被蓋章，這場騙局也會就此報銷。」

「妳想得沒錯。」

珊嘆口氣坐下，看著自己的筆記。

「妳說妳可以辦到的。」高佟納說。

「對。」

「妳對自己的靈魂這麼做過。」

「我對我自己的靈魂很熟悉。我知道我自己的歷史，也知道要改變什麼可以達成我要的效果，但光是做出給我自己用的精章就已經夠難了。現在我不只要為另外一個人做，而且改變的範圍還大上許多，再加上我只剩下九十天。」珊說。

高佟納緩緩點頭。

「所以，現在告訴我，你們用什麼方式假裝皇帝還清醒，一切正常？」

「我們做了所有該做的事情。」

「我對你們的能力採取極大的保留態度。我想你會漸漸明白，跟大多數人比起來，我在欺騙上的造詣不只好了一星半點。」

「也許會感到意外的人是妳，畢竟我們都是政客。」高佟納說。

「算你說得有理。你們每天都有送食物吧？」

「當然。每天都有人送三餐到皇帝的寢宮，食物送回御膳房的時候已經是被吃過的樣子。事實上他真正吃下去的是補湯，有人餵的話他會喝，但是他的眼睛只是直視前方，整個人好像又聾又啞。」

「夜壺呢？」

「他無法控制自己。我們用尿布。」高佟納皺皺眉頭。

「死夜的！難道沒人假裝去倒用過的夜壺？你不覺得這很可疑嗎？侍女們會私下談論，門口的守衛也會。你得考慮到這些事情！」

高佟納被說中痛處，老臉微微泛紅。「我會派人處理，但是我不太喜歡讓別人進他的寢宮，這麼一來會讓閒雜人等有機會發現他的情況。」

「那就挑個信得過的人，或者在寢宮外定個新規矩：所有人都不准進出，除非是拿著蓋有你個人印信的卡片。我知道你想要反駁我，但我很清楚你們對皇帝的居所把關得有多鬆散，為了潛入藝廊，我老早就研究過這點。你們的安全工作不夠嚴謹，光看刺客能溜進去就很清楚。照我的建議去做，越多道安全防護越好，如果皇帝的情況洩漏出去，我相信我一定會被丟回牢房等著處死。」

高佟納嘆口氣，但終究點了點頭。「妳還有什麼建議？」

第十七天

一陣泛著濃郁奇特香氣的涼風溜進房間窗戶的縫隙，低低的歡呼聲也滲了進來。整座城市都在慶祝德巴哈節，但兩年前還沒有半個人知道這個節日的存在。傳承派不斷重現古代的慶典好影響民粹，希望能重新贏回群眾的支持。

沒有用的。帝國不是共和國，唯一能決定新任皇帝人選的是不同派系的決議卿。珊不再多想慶典的事，繼續埋首於皇帝的日記。

我終於決定同意我這一派的要求。我會自薦皇帝之位，這也是高佟納一直以來鼓勵我做的。雅沙德皇帝日漸病重，很快就要有新人選繼位。

珊做了筆記：是高佟納鼓勵亞緒拉凡角逐皇位。可是到了日記後面，亞緒拉凡卻用鄙視的口吻說起關於高佟納的種種事情。為什麼他的態度變了？她做完筆記，翻開好幾年後的一頁。

亞緒拉凡的私人日誌讓她看得入神。這是皇帝親手寫的，明確地指示在他死後，這本日記必須被銷毀。決議卿們很不情願地將日記交給她，而且拚命將自己的行為合理化。他還沒死。他的身體還活著。所以，他們可以不燒他的日記。

那些人說得自信滿滿，但她看得出他們的眼神閃爍不定，其實他們每個人在她面前都無所遁形。只除了高佟納，她仍然無法掌握這個人的思考方式。決議卿們不了解這本日記存在的意義，如果不是為了死後名聲的顯赫，為什麼要寫日誌？如果不是為了讓其他人讀，為什麼又要把自己的想法留於紙張上？

這就像問一個仿師為什麼創造仿作，明知看到仿作的每一個人都認為他們欣賞的是原作，而非她的作品，但仿師仍然從中得到成就感一樣。

這本日記讓她對皇帝的了解大幅增加，遠遠超過了官方正史，不僅僅是因為內容。從日記的書頁被翻得凌亂髒汙來看，亞緒拉凡寫下這些紀錄，的確希望有人讀。他是寫給自己讀的。

亞緒拉凡在尋找什麼樣的記憶，深刻到他會一遍又一遍地讀這本日記？或者他很自戀，喜歡重溫過去成就的喜悅？還是他其實很沒有安全感？他花費這麼多時間，搜索枯腸地寫了這麼多，只是想辯解自己的錯誤？還是另有原因？

房門打開了。他們現在已經不敲門了，何必這麼做呢？這些人拒絕讓她擁有一絲隱私。珊仍然是個囚犯，只是變得比以前更重要。

芙拉法決議卿走了進來。她拉長著臉，姿態優雅，身上穿著柔紫色的袍子，灰色的辮子這次以金色與紫色的絲線點綴，祖隊長在一旁護衛著她。珊在心裡嘆口氣，調整一下眼鏡。她原本期待有一整晚的時間研究跟計畫，好不容易高佟納去參加慶典了，沒人會來打擾她。

「據說妳進展得很慢。」芙拉法說。

珊把書放下。「其實已經算快了。我快要開始刻印章了。今天稍早我提醒過高佟納決議卿，我需要一個熟悉皇帝的實驗對象。那人與皇帝之間的緊密關係要足夠讓我在他身上實驗魂印的效果，魂印必須維持短暫的時間，久到提供我測試幾件事情。」

「會有的。」芙拉法回答。她沿著光可鑑人的桌子邊緣往前走，手指劃過表面，然後停在紅色的印記上。決議卿戳了戳印記。「真難看。妳花了這麼多精神把桌子變得更美，為什麼不把戳記蓋在下面？」

「我以我的作品為榮。任何看到這個戳記的仿師，都可以研究我是怎麼做的。」珊說。

芙拉法輕蔑地一哼。「小偷，妳不該對這種東西覺得驕傲。況且，仿術的目的不正是要不著痕跡地別讓他人發現這是妳做的嗎？」

「有時候是。當我偽裝簽名或仿製畫作的時候，隱藏來源也算是仿製的一部分，但是施用真正的仿術時，是不可能瞞得天衣無縫的。戳記永遠會在那裡，仔仔細細地描述所有發生過的一切，所以我乾脆以自己的戳記為榮。」

這正是存在她人生中的奇特衝突。要想成為仿師，懂魂印只是一部分，這門技藝其實包含了關於模仿的一切：寫作、藝術、私人徽記……在她這一族的祕密教導下，仿師學徒必須先學會所有普通的仿作技巧，最後才能學習如何使用魂印。

魂印是這門藝術的最高峰，但也是最難隱藏的。戳記當然可以安排在不惹人注意的位置，然後蓋起來，珊自己就經常這麼做。但是只要戳記是在能被找到的地方，一件仿品就永遠不可能是完美的。

「你們退下。」芙拉法對祖跟其他守衛們說。

「可是——」祖上前一步。

「我不喜歡重複我說過的話，隊長。」芙拉法說。

祖從喉嚨裡發出一聲沉吼，但還是順從地行禮，還不忘瞪了珊一眼。這些日子以來，瞪她幾乎已經變成這位隊長的副業了。然後祖帶著手下退了出去，門喀一聲被關上。

封血巫的戳記還在門上，每天早上他都會重新布置一次。在大多數日子裡，封血巫會在同一個時間出現，這點珊做了明確的紀錄。碰上他偶爾遲到的時候，戳記會在創造它的主人抵達前不久黯淡下來。他每次來的時間都正好可以重補，但也許有一天……

芙拉法檢視著珊，眼神中的心機表露無遺。

珊平靜地與她對視。「祖認為我們只要一獨處，我就會對妳做出令人髮指的事情。」

「祖的腦袋簡單，但在殺人方面卻很有用，希望妳不會有親身體驗他用處的那天。」

「妳不擔心嗎？妳現在跟一個怪物在房間裡獨處。」珊說。

「我是跟投機份子在房間裡獨處。」芙拉法走到門邊，檢視上面灼灼發光的印記。「妳不會傷害我的。妳太好奇我為什麼要遣走守衛。」

事實上，我很清楚妳為什麼要遣走他們，還有妳為什麼要趁其他決議卿同僚都在慶典上忙碌時來找我。珊心想，等著芙拉法提出她的提議。

「妳有沒有想過，如果這個帝國的皇帝採信忠言，會多麼……有用？」

「亞緒拉凡皇帝一定原本就是這樣。」

「有時候。但有時候他固執得愚蠢。如果他在重生時不再有這種傾向，那將是多麼驚人的一件事啊？」芙拉法說。

「我以為妳希望他跟以前一模一樣，盡量跟真的一樣。」珊說。

「沒錯、沒錯。可是妳被譽為當今世上最偉大的仿師之一，我的消息來源還指出，妳特別擅長製造自己靈魂的魂印。所以，我相信妳一定能複製一個可信的亞緒拉凡親親，但同樣讓他願意傾聽別人的金玉良言……只要是由某些特定的人說出口。」

燒個死夜的，珊心想。妳還真敢說啊？妳要我在皇帝的靈魂中開道後門，而且還說得面不改色，一點都不覺得羞恥。

「我……也許可以。」珊裝出第一次有這個想法、開始在考慮的樣子。「這工作不容易。我要求相應的報酬。」

「合適的回報就是相應的報酬。」芙拉法轉身面對她說。「據我了解，妳打算在被釋放後離開王都，但是何必呢？這個城市對妳而言充滿機會，尤其是當今的統治者具有憐憫之心。」

「直接點，決議卿。今晚大家都在慶祝，我有一堆書要讀，沒心思跟妳玩文字遊戲。」珊說。

「王都裡的祕密走私事業相當蓬勃，而我向來對盯著這些事很感興趣，希望能有人替我全心打理一切。如果妳願意幫我的忙，我就把這件事交給妳。」

他們總是會犯這種錯。自以為明白珊為何會學習仿術，認為她絕對不會放過這種機會，或是將走私客跟仿師相提並論，因為兩者的行為都違背了法令。

「聽起來不錯。」珊盡可能露出最真誠的微笑，笑意中帶有一絲明顯的欺瞞。

芙拉法亦回了一個意味深長的笑容。「妳慢慢考慮，我不打擾了。」她拉開門，拍手讓守衛回來。

珊震驚地重重倒在椅子上，不是因為對方的提議，這幾天來她一直等著類似的提議出現，而是因為她現在才明白背後牽扯的利害關係。掌管走私交易的提議當然是假的。也許芙拉法真的有權力把這條線交付給她，但那女人絕對不會這麼做。就算她還沒有開始計畫要怎麼樣害死珊，今天的提議也會加速這個結局的到來。

但不止是這樣。遠遠不止。那女人剛剛在我腦子裡種下操控皇帝的念頭，她不會相信我的仿術。她會認為我將在裡面埋入自己的後門，能讓我而不是她，完全掌控亞緒拉凡。

這是什麼意思？

意思是芙拉法已預備好另外一名仿師，這名仿師很可能沒有仿造別人靈魂的能力或膽識，卻能夠依靠珊的作品找出任何她放進去的後門。這個仿師更受決議卿信任，而且可以改寫珊的作品，讓芙拉法成為掌控者。

如果她進展得夠快，他們甚至能夠接手完成這份工作。珊原本打算用這一百天準備逃脫計畫，但現在，她明白自己的末日隨時都可能來臨。

越靠近完成任務的那一天，這個可能性就越大。

第三十天

「這是新的。」高佟納檢視著彩繪玻璃窗。

珊對於自己靈光乍現得出來的結果特別滿意。她曾經嘗試要把這扇窗戶仿造成更好的狀態，但屢屢失敗，每次在蓋下魂印大約五分鐘後，窗戶就會變回帶著裂痕的歪斜模樣。

直到珊在其中一邊窗框上找到一片彩色的碎玻璃，她才明白這曾經是一扇彩繪玻璃窗，就跟皇宮裡許多的玻璃窗一樣。後來窗戶被打破，打破窗戶的力道同時打彎了窗框，所以才會有那些洩進冷風的縫隙。

負責修繕的工人沒有把窗戶恢復成原貌，只是拿普通的玻璃嵌入窗框，裂開的地方也沒補。珊蓋在右下角的印記修復了這扇窗戶，並且重寫了它的歷史，改成一名細心的高明匠師發現了這扇被遺漏的窗戶，將它重新修補。這枚戳記立刻就生效了。即使過了這麼久，這扇窗戶仍然認為自己應該是美麗的。

但也許這一切只是她的浪漫臆想。

「你說今天會把測試對象帶來。」珊說完吹掉一枚魂印上的碎屑。這枚魂印剛刻好，之後她又在刻有繁複花紋的另一側，快速地刻了幾個記號。每個魂印在完成前都會留下這樣的刻痕，稱之為「定紋」，表示這枚魂印的雕刻已經結束。珊總是把作品中的定紋刻成麥彭的形狀，那是她的家鄉。

刻完之後，她把魂印放在火上烤。魂石經過火燒後變得堅硬，可以確保它不會碎裂。珊其實不需要多做這一步，有上面的定紋就已經夠了，而且無論什麼材質的魂石，到她手上都可以被刻成魂印，只要線條精準即可。然而，魂石之所以難得，就是因為這火烤而堅的特性。

烤完一端換另一端，直到整塊石頭都被蠟燭的火焰燒黑，她便把魂石舉在面前，一口氣吹了過去。灰燼被她吹飛，露出下面紅灰交錯的美麗岩石。

「沒錯，妳要的測試對象，我按照約定帶來了。」高佟納走過小房間，來到祖隊長看守的小門邊。

她往後朝椅背一靠，準備拭目以待。這張椅子兩、三天前才被重新仿造成舒服許多的樣式。她在心裡跟自己打賭：實驗對象會是皇帝的貼身侍衛之一嗎？還是某個小官？像是幫亞緒拉凡做紀錄的人？決議卿們會強迫誰為了所謂的大義來忍受珊的異端邪行？

高佟納在門邊的椅子坐下。

「怎麼樣？」珊問。

他兩手一舉。「妳可以開始了。」

珊兩腳一踏地，整個人坐挺身子。「你？」

「對。」

「你可是決議卿啊！帝國中最有權勢的人之一！」

「啊……我倒不知道這件事。我完全符合妳的標準：男性、跟亞緒拉凡同一個地方出生，而且很瞭解他。」他說。

「可是……」珊不知道該說些什麼。

高佟納向前傾身，雙手交握。「我們辯論了好幾個禮拜，也有人提出別的人選，但最後的結論是，我們不能昧著良心，命令自己的手下參與這種邪教行為，所以決定從我們之中挑出人選。」

珊甩甩頭，從震驚中恢復過來。芙拉法一定不介意命令自己的手下，其他人也不會在乎。這是你堅持的結果。

其他人把他視為競爭對手，八成很樂於看見他接受珊可怕、扭曲的擺布，儘管這麼做並不會為實驗對象帶來什麼害處，她卻不可能說服宏族相信這點。不過她仍舊希望自己動手前，能讓高佟納稍微安心。她把椅子拉到他身邊，拿出一小盒花了三個禮拜雕出的印章。

她拿起一個魂印解釋道：「這些印記不會滯留。這是我們仿師的術語，意思是印記帶來的改變太過違背常理，以至於沒有辦法持久。就算這些魂印刻對了，我認為也無法影響你超過一分鐘。」

高佟納遲疑了片刻，然後點點頭。

「人類的靈魂跟物體的靈魂不一樣。人類不斷地在成長、改變、修正，所以用在人身上的魂印效果會隨著時間而消逝，跟物品不同。就算做得盡善盡美，用在人身上的魂印最多只能維持一天，我的精章就是很好的例子，在經過大約二十六個小時之後就會消失。」

「那……皇帝呢？」

「如果我做得好，那他每天早上都必須被蓋章，就像封血巫每天早上在門上蓋印一樣。可是我會在印記裡加入記憶、成長、學習的能力，所以他不會每天醒來都恢復到同樣的狀態，而是根據我給他的基礎持續茁壯。可是，就像人的身體會衰老、需要睡眠，印在人身上的魂印也必須時時更新，好處是只要印章定型，不論是誰來蓋印都可以，亞緒拉凡自己也可以。」

她把手上的魂印交給高佟納，讓他翻看一番。

「我今天用的魂印會對你的過去或人格造成一個很小的改變，因為你不是亞緒拉凡，所以這些改變不會持久。不過你們兩人的背景類似，如果我刻對了，印記應該能持續很短一段時間。」珊續道。

「妳的意思是，這是皇帝靈魂的……模版？」高佟納看著印章。

「不是。只是一小部分的仿作而已，我甚至不確定最後是否會成功。就我所知，以前沒有人進行過這樣的嘗試，據說曾有人仿造別人的靈魂好達成一些……惡行。我現在就是利用那方面的知識來完成這個目標。如果這些印記在你身上維持至少一分鐘，那在皇帝身上就可以維持更久的時間，因為這些都跟他個人的過去有關。」

「這是他靈魂的一小部分。」高佟納把印章交還給她。「所以這些測試……妳最後的成品不會運用這些魂印？」

「不會，但是我會把魂印上的圖樣包入更大的圖樣中。你可以把這些戳記想成是寫在一張大卷軸裡的文字，等我完成的時候，就能把戳記組合在一起說個故事。關於一個人的過去與他個性的故事。不過可惜的是，就算仿術生效，他多少還是會有一點改變，因此我建議你現在就開始散布皇帝受傷的傳言。記住，不能說他傷得很重，但至少要說他腦袋上被狠狠敲了一記，這樣他性格上的改變就很好解釋了。」

「外面已經在謠傳他的死訊，都是榮光派一手散布的。」高佟納說。

「那你們就出來澄清說他只是受傷而已。」

「可是——」

珊舉起印章。「就算我完成了不可能的任務。你要知道，我也就只能成功幾回，魂印仍然不可能容納所有皇帝的記憶，它只會記錄我讀過或猜到的事情。亞緒拉凡可能有過很多私人對話，這些都是我無法仿造的。我可以讓他擁有擅於偽裝的能力，我向來對這種事情頗有心得，但是一個人再怎麼假裝都有限度，早晚會有人發現他的記憶殘缺不全。高伶納，趕快開始散播謠言吧，你們會用到的。」

他點點頭，然後捲起袖子，露出手臂準備讓她蓋印。珊舉起印章，高伶納嘆了口氣，緊緊閉上眼睛，再次點點頭。

她把印章壓在他的皮膚上。如同往常一般，魂印觸碰到肌膚時，就像是把印章蓋在一個很堅硬的東西上，好像他的手臂變成了石頭。接著，印記微微陷入。在人體上使用魂印總會有種奇怪的感覺。她一扭印章、抽回，在高伶納手臂上留下一個紅色的戳記。接著她拿出懷錶，看著指針。

戳記散發出一絲淡淡的紅煙。這種現象只有在蓋在活物身上的時候才會發生，代表靈魂正在抗拒重寫的過程，可是戳記沒有立刻消散。珊吐出一口憋著的氣。好現象。

她忍不住猜想，如果在皇帝身上嘗試，他的靈魂會抗拒這種入侵嗎？還是會接受印記，希望藉此讓自己復原？就像窗戶想要重新恢復過去的美麗那樣。她不知道。

高伶納睜開眼睛。「成了嗎？」

「現在是成了。」珊說。

「我不覺得自己有哪裡不一樣。」

「就是要這樣才對。如果皇帝能感覺到印章的作用，那他就會發現不對勁了。現在我要你用直覺回答我，不要多想。你最喜歡的顏色是什麼？」
「綠色。」他立刻說。
「為什麼？」
「因為……」他歪著頭，語音漸落。「就是喜歡而已。」
「你哥哥呢？」
「我幾乎記不得他了。」高佟納一聳肩。「我很小的時候他就死了。」
「幸好他死了。他會是個很差勁的皇帝，如果被選中的是他而不是——」
高佟納站了起來。「大膽，居然評論我的兄長！來人哪，把她……」他全身一僵，瞥向受到驚嚇預備伸手拔劍的祖。「我……兄長……」
印記消失。
「一分五秒。這一枚不錯。」
高佟納用手按著頭。「我記得兄長這件事，但是……我並沒有哥哥。我記得自己很崇拜他，我記得他死的時候有多麼痛苦。好痛苦……」
「這也會消失的。剛才的印象會像惡夢的餘燼一樣漸漸散去，一小時後你幾乎想不起來剛才為什麼那麼生氣。」她開始做筆記。「我認為你對我侮辱你哥哥的反應太強烈了。亞緒拉凡是崇拜他哥哥，卻因為罪惡感把感情隱藏得很深。他覺得他哥哥也許是比他更好的皇帝。」
「什麼？妳確定嗎？」
「這件事？確定。我得稍微修正一下那個印章，但是我認為它大致上是正確的。」珊說。
高佟納坐回椅子上，年邁的眼睛似乎想要看穿她的靈魂，挖掘到最深處。

「妳對人性很瞭解。」

「這是最早的訓練課程之一，那時候我們連魂石都不准碰。」珊說。

「妳有這麼優秀的潛力……」高佟納低語。

珊壓下立刻湧上的煩躁反應。他居然敢這樣看著她，好像她浪費了自己的生命？她深愛仿術，以及靠自己的聰明才智贏得多采多姿的生活。這就是她。不是嗎？

然後她想到自己的其中一枚精章，它和其他精章收在一起，從來沒有使用過，卻又是五枚中最寶貴的一枚。

「我們再來試另一個。」珊忽略高佟納的眼神。她不能允許自己生氣。索姨總說她的驕傲一定會為她此生帶來最大的危險。

「可以。但是我對一件事有疑問。根據妳對於過程的有限描述，我無法理解為什麼這些戳記能夠在我身上生效？就算只有很短一段時間。妳不是需要確切知道一樣東西的過去才能讓戳記生效嗎？」

「如果要維持魂印的作用，是的。就如我先前所說，關鍵是可信度。」珊說。

「但這根本不可能啊！我沒有哥哥。」

「原來是這件事。我想想看，這該怎麼解釋……」她往椅背上一靠。「我把你的靈魂重寫成皇帝的靈魂，就像我重寫了那扇窗戶的過去，包括新修的彩繪玻璃，在這兩個例子中，會成功都是因為熟悉。窗框知道彩繪玻璃窗應該長什麼樣子，它曾經是嵌過彩繪玻璃的。所以雖然新窗戶跟以前不一樣，戳記依然能發揮作用，因為彩繪玻璃窗的大致概念得到滿足。

「你跟在皇帝身邊很長一段時間，對他的靈魂很熟悉，就像窗框熟悉彩繪玻璃那樣。所以我必須在像你這樣的人身上試用戳記，而不能用我自己。我在你身上蓋印時，就好像……好像我正在給你的靈魂看一塊它應該認得的東西。前提是這東西必須渺小得微不足道，而且靈魂認為我所標記的部分屬於它所熟悉的亞緒拉凡，那麼戳記就會暫時生效，然後才被排除。」

高佟納看著她的眼神帶著疑惑。

「聽起來覺得像是迷信的胡說八道吧？」珊說。

「是有點……怪力亂神。」高佟納雙手一攤。「窗框知道彩繪玻璃的『概念』？一個靈魂了解另一個靈魂的概念？」

「這些事情存在於我們碰觸不到的地方。」珊著手準備下一個印章。「我們想著窗戶，我們知道有窗戶，所以在魂界，什麼是窗戶跟什麼不是窗戶便有了……意義，或者可以說是有了生命。這個解釋無論你相不相信都不重要，事實是，我可以在你身上試用這些戳記，如果作用至少維持一分鐘，那我便能確定自己猜對了一些事情。

「理想的狀況下，我可以在皇帝身上測試，但是以他現在的狀態，根本沒辦法回答我的問題。我需要做的不只是讓魂印持久，還得讓它們同時運作，所以我需要你來解釋當下的感覺，才能進一步把設計朝對的方向修正。現在，請你把手臂給我。」

「好的。」高佟納定下心神，讓珊在他手臂上蓋下印章。她轉半圈後鎖定，但是她一把印章拿開，戳記便消失在一片紅霧中。

「可惡。」珊說。

「怎麼了？」高佟納摸著手臂，抹開了普通的紅色印泥。戳記消失的速度快到印泥甚至來不及與它的效果結合。「妳這次對我做了什麼？」

「似乎是什麼都沒有。」珊檢視著印章表面是否有瑕疵。沒有。「這件事我猜錯了。錯得離譜。」

「什麼事？」

「亞緒拉凡同意成為皇帝的原因。燒死夜的，我原本很確定這個想法沒錯。」珊搖搖頭，把印章放到一旁。亞緒拉凡之所以願意成為皇帝候選人，顯然不是因為內心深處隱藏著對家人證明自己的渴望，同時試圖逃離關於他兄長遙遠卻漫長的陰影。

「我可以告訴妳，他為什麼這麼做，仿師。」高佟納說。

她打量著他心想：這個人鼓勵亞緒拉凡朝帝位邁進。最後亞緒拉凡因此而恨他。

「好吧，為什麼？」她說。

「因為他想改變帝國的一些事情。」高佟納說。

「他沒在日記裡寫過。」

「亞緒拉凡是個謙沖自牧的人。」

珊挑起眉毛。這跟她讀到的報告內容完全不符。

「他當然有脾氣，而且一旦與人發生爭論會緊咬著自己的論點不放。可是那個人……那個人骨子裡其實是個謙遜的人。妳必須了解這一點。」

「我懂了。」珊說。這是你對他的影響，對不對？那個失望的眼神，暗示我們每個人都應該超越自己的弱點。看來不只珊覺得高佟納像個不滿的祖父，不斷地評判自己。

光是這點就讓她想要忽略那個人的意見。可是，他自願獻身於她的實驗……那是因為他認為她做的事情令人髮指，所以堅持由自己來接受這個懲罰，而不是別人。

你真是真誠得可以了，老頭？珊心想，看著高佟納靠回椅背，眼神幽遠地思索著關於皇帝的事情。

她發現自己不開心了。

在仿師這一行裡，有很多人會取笑正直的人，說他們是容易得手的肥羊。這其實是個天大的謬論。正直不代表無知，不正直的白癡跟正直的白癡一樣好騙，只是方法不同。可是要騙倒一個正直又聰明的人永遠、永遠比不正直又聰明的人來得困難。真誠。這個特質的定義就讓它不易偽裝。

「妳那雙眼睛後面在想什麼？」高佟納向前傾身問。

「我在想你對皇帝的態度就跟你對我一樣，不斷在他耳邊嘮叨，說他應該有這個、那個建樹。」

高佟納哼了一聲。「有可能。但那不代表我說的話，不論是過去或現在，有哪裡不對。他原本可以……可以成為更優秀的人。就像妳原本可以成為極優秀的藝術家。」

「我是。」

「真的藝術家。」

「我是。」

高佟納搖搖頭。「芙拉法的畫……我們一定看走眼了什麼，對不對？她找來的鑑定師找到幾處極小的錯誤。我自己看不出來，但的確存在。仔細想想之後，我覺得很奇怪，那幅畫的筆觸完美無缺，簡直就是大師之作，風格也完全吻合。如果妳能辦到這些事情，為什麼會犯下把月亮畫得太低的錯誤？這個錯誤非常細微，我不認為妳會在這上面疏忽，至少不會是妳的無心之過。」

珊轉身去拿另一枚印章。

「所以他們認為是真的那幅畫，那幅現在掛在芙拉法辦公廳的畫，也是假的，對不對？」高佟納說。

珊嘆口氣承認：「對。我在對《月笏》下手的幾天前就把畫掉包了，那時候我為了探查皇宮的戒備溜進藝廊，順道潛進了芙拉法的辦公廳，把畫掉包作為測試。」

「所以他們認為是假的那幅一定是真的。」高佟納微笑。「妳在原作上畫了那些錯處好讓它看起來像是贗品。」

「其實不是，我以前用過那種方法，但這兩幅的確都是假的。只不過一幅假得很明顯，目的是在出問題時能夠被發現。」

「所以原作還藏在別的地方……」高佟納的聲音透露著好奇。「先前妳溜進皇宮探查守備，就拿假畫換了真畫，還在旅舍房間裡留下第二幅較差的畫作為假線索。這麼一來當妳溜進去的時候被發現，或者被盟友出賣行跡敗露，我們會查出那幅劣質的贗品，認定妳還沒掉包成功，就不會有人一直找真的了。」

「差不多就是這樣。」

「非常聰明。還有，要是妳在偷《月笏》時被逮，可以供稱妳只是要來偷畫的。只要一搜房間就會找到假畫，那妳的罪行就只是偷竊未遂，而芙拉法將是唯一的受害者，跟想要偷竊國家重寶是完全不一樣的罪行，說不定只會被罰十年勞役而不是死刑。」

「很可惜，我在最不恰當的時間點被背叛了。那個弄臣安排我在帶著《月笏》離開藝廊時被抓到。」

「可是《春池百合圖》的原作呢？妳藏到哪裡去了？」他遲疑了片刻。「還在皇宮裡，對嗎？」

「可以這樣說。」

高佟納仍然帶著微笑。

「我燒了。」珊說。

笑容立刻消失。「妳說謊。」

「這次沒有，老頭子。那幅畫不值得我冒險把它從藝廊裡偷出來，將它掉包只是為了測試皇宮裡的戒備。進入藝廊時不會被搜查，我可以輕而易舉地把假畫帶進去，不過出來的時候會有麻煩。《月笏》才是我真正的目標，偷畫是其次。掉包之後，我就把原作丟到藝廊裡的大壁爐裡燒了。」

「太可惡了。那可是韓書慎最優秀的畫作，而且是真跡啊！他已經瞎了，再也沒辦法作畫了。妳懂不懂那幅畫的價值……」他一時氣得說不出話來。「我不明白。妳為什麼，為什麼會做這種事？」

「不重要。沒有人知道我做了什麼。他們會一直心滿意足地看著贗品，所以話說回來，我也沒真的造成什麼害處。」

「那幅畫是無價之寶啊！」高佟納狠狠瞪著她。「妳只是為了滿足妳的虛榮心。妳根本不想要賣掉原畫，只是想要自己的那幅掛在藝廊裡。妳毀了一件珍品，只是為了自我膨脹！」

珊聳聳肩。其實這件事另有內情，但她燒了畫也是事實。她這麼做自有原因。

「今天就到此為止。」高佟納氣得面紅耳赤地說。

他一邊起身，一邊朝她鄙夷地揮手。「我才剛開始覺得……罷了！」

他怒氣沖沖地出了門。

第四十二天

每個人都是一塊拼圖。

這句話來自她在仿術上第一位師父——道（Tao）。仿師不是老千或騙子，而是以對人性的了解為顏料作畫的藝術家。

路上隨便一個髒兮兮的乞丐都會騙人，但仿師追求的是更高的境界。普通騙子靠的是騙過別人的眼睛，然後趁對方發現前溜之大吉；仿師則是要創造一件如此完美、美麗、真實的作品，讓他們的目標對象甚至不曾起疑。

每個個體像是一片濃密的森林，長滿了虬結的藤蔓、野草、灌木、矮樹、花朵。沒有人只有單一種情緒；沒有人只有單一個欲望，而這些欲望往往是衝突的，像是兩株玫瑰同時在爭取一片沃土。

道教會她要敬重被自己欺騙的人。在他們身上騙久了，妳就會開始了解他們。

珊一邊工作，一邊寫出一本關於亞緒拉凡皇帝一生的真實記載。這本書完成後，真實性將超越史官為了彰顯統治者功績而書寫的官史，甚至超越皇帝本人寫下的日記。珊慢慢地把這個人拼湊起來，漸漸深入亞緒拉凡的意識叢林。

正如高佟納所說，他原本真的是個滿腹理想的人。珊從他早期日記中的擔憂，還有對待奴僕的方式逐漸看出這點。帝國既不糟糕，也不美妙，帝國就是帝國，人們忍受它的統治是因為他們已經習慣它的小小殘暴。腐敗是無可避免的，學著適應就好，否則就得接受未知可能引起的混亂。

宏族占據極大的優勢。進入朝廷為官是三百六十行中，油水最豐厚也最風光的一條路，但要踏上這條路，靠的多半是賄賂與人脈關係，而不是能力或才華。除此之外，對帝國貢獻最多的其實是商人跟工人，但有上百隻手伸進了這些人的口袋，堂而皇之地奪去他們的辛勞成就。

對於種種弊端，大家心知肚明。亞緒拉凡想要改變這一切，至少一開始是如此。然後……其實也說不上來什麼時候，詩人會想要直指亞緒拉凡個性中的單一缺陷，認定他是因此而失敗，但是人不會只有一個缺點，就像他們不會只有一個愛好。如果珊的仿作中只有一個特質，她就只能做出人偶，而不是靈魂。

可是，那會不會是她最有可能達到的目標？也許她應該嘗試塑造出在特定環境下運作的人格，例如一個能在朝堂中舉止合宜的皇帝，但是卻騙不過身邊的親信。也許只需要做到像劇場裡的道具就足夠了，雖然耐不住細看，起碼演戲時看起來有模有樣。

這是一個可以達成的目標。她應該去找決議卿們，向他們解釋她可以做到的範圍，給他們一個不完整的皇帝，一個在正式場合中可以利用的傀儡，並且在對外解釋他生病後，從眾人眼前消失。

她可以這麼做。

但她發現自己不想這麼做。

那不是挑戰。那是街頭小偷會設下的騙局，只貪圖著眼前的利益。仿師之道是要能創造出長久的存在。在她內心深處，甚至對這份挑戰感到躍躍欲試，她發現自己想要讓亞緒拉凡活過來，至少也要試試看。

珊躺回被她仿造得更舒服的床，現在它有四根床柱和厚軟的棉被。她放下帳幔，夜晚的守衛在外頭的桌邊打牌。

妳為什麼會想讓亞緒拉凡活過來？妳甚至來不及看到成果，決議卿們就會把妳殺了。妳應該把逃跑視為唯一的目標。珊如此心想。

可是……那是皇帝啊。她之所以會選擇《月笏》下手，正是因為那是全帝國最著名的作品。她希望看見自己的作品被展示在帝國藝廊中。

眼前的工作更加宏大得多。有哪個仿師完成過這樣的壯舉？坐在玫瑰寶座上的仿作？

不行。她如此告訴自己，口氣更加堅定。妳不能被誘惑。小心自負的性格，珊。不要被自負驅使了。

她把書翻到最後幾頁，那裡用密語寫著逃跑計畫，看起來像是名詞與人物索引。

有一天，封血巫用跑的來到房間，好像害怕來不及蓋下新的戳記。他的衣服帶著濃重的酒味，看起來十分享受皇宮的招待。如果能讓他某天早到，然後確保他當天晚上喝得特別醉……

兵族人的山區位於扎瑪邊境，那裡同時也是封血巫們居住的沼澤，長年來兩方互有嫌隙。他們對彼此的仇恨，甚至有可能比對帝國的忠誠還要深。每當封血巫來房間蓋印的時候，有幾名兵族人的反應總是特別強烈，於是珊嘗試著跟這些守衛交好，沒事說笑兩句，稍微提及彼此背景的相似之處。兵族不應該跟珊說話，但是好幾個禮拜過去了，除了讀書還有跟老決議卿們說話之外，珊什麼都沒做。漸漸地，守衛對看守工作感到無聊，無聊讓人變得好操弄。

珊有很多魂石可以用，而且需要時絕對不會客氣，但有時簡單的方法往往更有效。人們認為仿師什麼事情都會用戳記來解決，宏族人甚至四處宣揚黑暗邪術的故事，像是仿師會趁人睡覺時在人的腳底上蓋戳記，改變他們的個性，侵入、奪取他們的意識。

事實上，魂印往往是仿師的最後選擇，因為太容易被發現了。*不過現在我願意用右手去換我的精章*，珊如此心想。

她幾乎想要刻一枚新的精章，然後用它逃跑。但是他們一定早就猜想到這種可能，而這會使一枚精章生效前的數百次實驗變得難以實踐。在自己的手臂上測試一定會被守衛舉報，在高佟納身上測試也絕對不會成功。

使用沒有測試過的精章，結果可能會非常、非常淒慘。不，她的逃脫計畫中的確會用到魂印，但最核心的部分一定是比較傳統的欺騙手法。

第五十八天

芙拉法再次來訪時，珊已經有所準備。

女決議卿站在門口，守衛毫無異議地讓出位置，由祖隊長取代他們。

「妳很忙嘛。」芙拉法說。

正在查找資料的珊抬起頭來。芙拉法不是在說她的工作進度，而是房間。珊最近改動了地板，一點也不困難，用來建造皇宮的岩石，包括其礦場、日期、石匠，統統都有歷史記載。

「妳喜歡嗎？我覺得大理石跟壁爐很配。」珊問。

芙拉法轉身，愕然地眨著眼睛。「壁爐？妳從哪裡……這房間變大了嗎？」

「隔壁的儲藏間沒人用。」珊喃喃說了一句，繼續看她的書。「而且這兩個房間是最近才隔起來的，不過就是前幾年的事情。我重寫了建築工程，讓這房間變成比較大的一間，並且添加了個壁爐。」

芙拉法似乎很震驚。「我想不到……」然後又看向珊，戴回原本嚴厲的面具。「仿師，我很難相信妳有認真地看待這份工作。妳在這裡的目的是要仿造皇帝的靈魂，而不是修整皇宮。」

「雕刻魂石讓我放鬆，擁有一間不會讓我總是想到衣櫃的工作室亦然。妳會如期得到皇帝的靈魂，芙拉法。」珊說。

決議卿大步走過房間，檢視桌子。「所以妳開始雕刻皇帝的魂石了？」

「我開始了很多部分，整個過程很複雜。我已經在高佟納身上測試過上百枚魂印。」

「是高佟納決議卿。」

「那老頭身上，每一塊印章都只是拼圖中的一小塊，一旦這些印章成功，我會用更小、更細緻的紋路重新刻過，這樣我就能把十二個測試章組合成最後的魂印。」

「可是妳說妳測試了上百個，最後只用十二個？」芙拉法皺著眉頭問。

珊笑了。「十二個？就想拼出一整個靈魂？差遠了。最後的那個章，妳每天早上要用在皇帝身上的章，就像是個……軸心，或是拱門的拱心石。在他的皮膚上只需要用到這一個魂印，但這個魂印會連結數百個其他印記。」

珊往旁邊一摸，拿出她的筆記本，裡面有最後幾個戳記的草稿。「我會把這些印在一塊鐵片上，然後把鐵片跟妳每天要用在亞緒拉凡身上的魂印連結起來。當然，他必須將這塊鐵片隨時帶在身邊。」

「他需要隨身攜帶一塊鐵片，而且每天都還要蓋一次印？妳不覺得這樣的人很難有個正常的人生嗎？」芙拉法半嘲諷地說。

「我覺得身為皇帝，本來就很難有正常的人生。妳會想到辦法的。一般來說，這塊鐵片會被設計成一種裝飾，例如一個大的長命鎖，或是四方形的上臂環。如果妳看過我的精章，就會發現那是一樣的作法，盒子裡的每個精章都有與其對應的鐵片。」珊遲疑片刻後，接著說。「不過妳要知道，我從來沒有做過這樣的事情。沒有人有。有可能……我覺得非常有可能，隨著時間過去，皇帝的腦子會吸收這些資訊。比方說，每天都在一疊紙上畫著同樣的圖樣，在經過一年後，最下方的幾張紙也都會印上這些圖樣。也許在蓋了幾年章以後，他就不需要精章了。」

「我還是認為這個解決方法很拙劣。」

「比死了還拙劣？」珊問。

芙拉法一手按上珊的筆記跟未完成的草稿，然後拿起來。「我讓書記們抄一份。」

珊站起身。「我要用。」

「我相信。正因為如此更該抄一份，以防萬一。」芙拉法說。

「抄寫會浪費很多時間。」

「我今天就會還給妳。」芙拉法輕巧地說完走開。珊朝她伸出手，但祖隊長立刻上前，劍已出鞘了一半。

芙拉法轉向他。「好了好了，隊長，用不著這樣。仿師愛護她的作品是好事，這顯示她真的在裡面投注了心血。」

珊跟祖四目對望。*他想要我死*，珊心想。*想得要命*。她現在已經完全摸清楚這個人。祖把皇宮安全這件事視為自己的職責，而珊的盜竊行為使他感覺被侵犯，更別說祖沒有抓到她，是帝國弄臣把她交出來的。守衛隊長因為這次失敗而失去安全感，因此想要除去珊作為報復。

最後是珊先垂下視線。雖然她心有不甘，但是此時此刻必須示弱。「小心點。一頁都不能弄丟。」她提醒芙拉法。

「我會把文件當成……皇帝的命根子那樣保護。」芙拉法覺得自己的笑話很好笑，給了珊一個難得的微笑。「妳有考慮我們談過的另外那件事嗎？」

「有。」

「所以？」

「好。」

芙拉法的笑容更深了。「我們很快就會再見。」

芙拉法帶著她將近兩個月以來的心血離開，珊很清楚那女人想幹什麼。芙拉法不是要找人抄寫，而是要拿給別的仿師，看看這裡面的內容夠不夠由他來接手完成。

如果那個人有信心辦到，珊就會被處死，過程完全不會驚動其他的決議卿。很有可能是由祖親自動手，一切都會在此刻結束。

第五十九天

珊那天晚上睡得很不好。

她十分肯定已做好充分的準備，但即便如此，她仍然覺得自己像個脖子上套上了繩圈，等著被吊死的人犯，整個人為此很焦慮。萬一她的判斷失準怎麼辦？

她故意把書裡的注記寫得很模糊，無處不透露出這是一個極為龐大的計畫。擁擠的小字、數不清的交叉索引、一張張未完成事項的列表……在這本厚重筆記中的每一處，都是在強調她的任務複雜到讓人神經錯亂的地步。

這同樣是個仿作，一個最困難的仿作。不是模仿某個特定的人或物體，而是要仿造口氣。那本書的口氣就是：別攪和進來。你不會想要接手完成的。你要讓我把困難的部分做完，因為如果由你自己來做，工作量會極為龐大。而且，如果你失敗了，代價就是你的項上人頭。

在她所有創造過的仿作中，那本筆記是最迂迴的作品之一。裡面的每個字都是真的，但同時也是謊言，只有大師級的仿師才有可能看穿，注意到她有多麼努力突顯這個計畫的危險性跟困難程度。

芙拉法的仿師能力如何？

明天早上以前我就會死嗎？

這些思緒令她整夜未眠。她想睡，也該睡，意識清醒的每分每秒都是種煎熬，可是一想到他們要是趁睡夢之中來抓她更可怕。

終於，她下了床，找出幾本關於亞緒拉凡生平的紀錄。在桌邊打牌的守衛瞥了她一眼，其中一個甚至朝她的紅眼圈跟精疲力竭的身形同情地點點頭。「太亮了？」他朝燈比了比。

「不會。只是心裡有事。」珊說。

她一整晚坐在床上，全神投入亞緒拉凡的生平，筆記不在手邊讓她煩躁不堪，最後乾脆拿出一張新紙，開始寫下新的紀錄，等著本子被還回來之後再填進去——如果他們會還她的話。

她覺得自己終於瞭解為什麼亞緒拉凡會捨棄了年輕時的樂觀。至少，她知道是什麼帶領他走上那條道路。腐敗是一部分，但不是全部，缺乏自信也有影響，但那也不是關鍵。

不，亞緒拉凡的墜落起源於他的生活。在皇宮裡的生活，還有跟著帝國像是鐘擺一般運行的生活。一切都在運作。當然它並沒有運作得很好，但至少是在運作的。

挑戰舊有的制度會耗費許多精力，而有時候人的精力很難聚集，更別說他身處優渥的環境。亞緒拉凡並不懶散，但人不需要懶散就能被繁瑣的朝廷官僚體制淹沒，最後自然而然地告訴自己：下個月，我一定會要求他們執行我的政令。隨著時間過去，他越來越容易順著玫瑰帝國這條大河漂流。

最後，他怠惰了。他把心思專注於皇宮的美，勝過人民的生活。他允許決議卿處理一件又一件朝廷政事。

珊嘆口氣。這樣的描述仍過於簡陋，裡面並沒有提及皇帝原本是怎樣的一個人，還有他後來又變得如何。光是按照時間來描述事情沒有辦法點出他的脾氣，他對辯論的喜好，他對美的鑑賞，或是他經常寫狗屁不通的歪詩，卻又期待所有服侍他的人把那些詩讚美得天花亂墜。

也沒有提及他的自負，還有他在內心偷偷期望自己是另一個人。這就是為什麼他不斷重複讀自己的日記，也許他是在找人生中走錯路的那條路口。

他不懂。人生中鮮少有一個明確的轉捩點，所有人都是隨著時間過去而慢慢改變，不可能走了一步就發現自己到了全新的地方。一開始先是為了避過一些石頭從正軌上偏了幾步，然後順著軌道走了一段路後又偏了一點，好踏上更鬆軟的泥土。最後，人離軌道越來越遠，再也不留心走到哪裡，直到驚覺自己來到錯誤的城市，卻不明白為什麼一路上的標記沒有給你更好的指引。

珊的房門打開了。

她在床上直挺挺地坐起來，手中的筆記幾乎掉落一地。他們來抓她了。

但……不對。已經是早上了。光線從彩繪玻璃窗流瀉進來，守衛們紛紛站起身，伸著懶腰。開門的是封血巫，他看起來又是一臉宿醉的樣子，手裡拿著一疊紙。他經常這樣。

他今天早到了，珊看了一眼懷錶後心想。*他平常這麼會遲到，為什麼今天偏偏又早了？*

封血巫一言不發地在她手臂上割了一刀，在門上蓋下戳記，讓珊的手臂感到一陣炙熱的疼痛。之後，他快步離開房間，像是要趕赴什麼約會。珊盯著他離開的身影，然後搖搖頭。

片刻後門又開了，芙拉法走了進來。

「噢，妳醒了啊。」那女人說，兵族朝她敬禮。芙拉法把珊的書重重放在桌上，她的心情似乎很差。「抄好了。妳趕緊工作吧。」

然後她就風風火火地離開了。珊靠回床上，一顆懸著的心放了下來，大大吐出一口氣。她的招術成功了，這應該能讓她再撐過幾個月。

第七十天

高佟納指著她即將要刻的大章草圖。「所以這個記號是時間標記，表示特定時刻，是……七年前？」

「沒錯。」珊撢撢一個新刻好魂印上的碎屑。「你學得很快。」

「我每天都像是躺在砧板上任人宰割。知道是什麼樣的刀子劃在我身上可以安心一點。」高佟納說。

「這些改變不是——」

「不是永久的，對，妳一直這麼說。」他伸手讓她蓋章。「可是我忍不住想，在身上割一刀的確會癒合，可是在同一個地方一遍又一遍地割，那就一定會留疤。靈魂不可能不一樣。」

「但是正好，靈魂就是完全不一樣。」珊在他手臂上蓋下魂印。

他一直沒有原諒她燒掉韓書慎畫作的那件事，她可以從兩人互動時感覺得出來，他不只是失望，還感到憤怒。

只是憤怒會隨著時間過去漸漸消散，於是他們又恢復起合作關係。

高佟納偏著頭。「我……這可奇怪了。」

「怎麼說？」珊看著懷錶上的秒針前進。

「我記得我鼓勵自己成為皇帝，還有……還有我厭惡自己，因為……母光神啊，他真是這樣想我的？」

戳記維持了五十七秒。可以了。「沒錯。」珊說這句話時，手臂上的戳記也跟著褪去。

「我相信他正是這樣看待你的。」她感覺到一陣興奮，那個戳記終於成功了！

她離目標很近了。她就快要了解皇帝，快要拼起整幅拼圖。每當她接近計畫的尾聲時，無論是繪畫，還是大規模的靈魂仿作，或者雕刻，在過程中總會有一瞬間，她能夠看到整件作品的全貌。即使離真正完成還有好一段距離，但在她的心裡，當那一刻來臨時，作品就已經完成了，接下來要做的幾乎變成一件例行公事。

在這次的任務中，她已經快要走到那一步。皇帝的靈魂在她面前展開，只剩下幾個角落還被陰影所籠罩。她想要完成它，她渴望知道自己能不能再讓亞緒拉凡活過來。在讀過這麼多關於他的事情，在開始覺得這麼了解他以後，她需要完成這份工作。

她一定能等到那時候再逃吧。

「就是那個吧，對不對？」高佟納問。「那個妳試了十幾次沒成功的印章，那枚代表他為何挺身而出、成為皇帝的印章。」

「沒錯。」珊說。

「他跟我的關係。妳這次雕刻的依據，認為他做出決定的原因是他跟我的關係，還有他跟我說話時感覺到的羞愧。」

「對。」

「而且這枚印章還成功了。」

「對。」

高佟納往後一靠。「母光神啊……」他再次低語。

珊拿起魂印，跟確定有效的那些放在一起。過去幾個禮拜，每個決議卿都跟芙拉法一樣來找過她，對她提出各式各樣的承諾，以交換對皇帝的控制權。只有高佟納沒有要這種賄賂的手段。他是個真誠的人，而且還是朝廷中位階最高的高官。真難得。利用他會遠比她以為的要困難許多。

「我不得不再說一次，你讓我很佩服。我認為沒有多少宏族願意花時間研究魂印。他們一旦認定一樣東西是邪惡的，便會徹底迴避，甚至不願意花心思去了解。你改變想法了？」

「沒有。我仍然認為妳做的事情就算不邪惡，至少也是違背神意的。可是，我又有什麼資格評判妳？我得靠這門被我們視為異端邪行的技藝，來保住傳承派的權勢地位。我們對權力的渴望遠勝過於我們的良知。」

「別人的確是如此，但這不是你個人的動機。」珊說。

他朝她眉毛一挑。

「你只想要亞緒拉凡回來，你拒絕接受失去他這件事。你把他當親生兒子一般疼愛，年少時費心教導，在他成為皇帝後又誓死效忠。即便當他對自己失去信心，你依然深信不疑。」

高佟納別過頭，閃過不自在的神色。

「不會是他。就算我成功，那也不會是真的他。你一定要明白這點。」珊說。

他點點頭。

「可是……有時候高超的贗品跟真跡是一樣的。你是傳承派，身邊都是並非真古董的古董，或者失傳名畫的仿作，有個仿造的皇帝也差不多。而你……你只想知道自己盡了一切努力。為了他。」珊說。

「妳是怎麼辦到的？」高佟納柔聲問。「我看過妳跟守衛們說話，妳甚至知道奴僕們的名字，還有他們的家庭生活，他們的喜惡，他們晚上在做些什麼……可是妳被關在這個房間裡，幾個月來沒有踏出門外一步。妳怎麼會知道這些事情？」

珊站起身取另一個印章。「用力量掌控一切是人的天性。我們築牆壁來擋風，造屋頂來遮雨。我們試圖馴服自然界的力量，讓大自然對我們折腰，讓我們感覺自己能夠掌控一切。

「只是這麼做的同時，我們其實只是換了一個影響我們的對象。影響我們的，從風變成了牆。人造的牆。生活中，人類帶來的影響無所不在：人造的地毯、人造的食物……在這個城市裡，我們碰到、看到、感覺到、經驗到的一切，都來自於某個人的影響。

「我們也許會覺得一切操控在手，但是除非我們真的深入了解人性，否則其實什麼都掌控不了。我們試圖控制的環境已經不再是擋風，而是知道為什麼宮女昨天晚上在哭，或者某個守衛為何打牌總是輸，或者你的皇帝一開始為何會聘用你。」

高佟納看著她坐下，然後把手中的印章伸向自己，他遲疑地探出手臂。「我想，就算我們十二萬分小心，還是低估妳了，女人。」

「很好，你有注意聽。」她蓋下章。「好了，現在告訴我，你為什麼討厭吃魚？」

第七十六天

我需要動手。當封血巫割開珊的手臂時，她如此心想。今天。我今天就可以走。

她的另一隻袖子藏著一張紙，是仿造封血巫早到的那些早上，經常拿在手中的紙。

兩天前，她在紙上看到有封蠟的痕跡。那些是信。腦中靈光一閃，她之前對這個人的判斷大錯特錯。

「好消息嗎？」她趁封血巫正在用她的血為戳記上色時問道。

嘴唇無色的男人輕蔑地看了她一眼。

「家裡來的消息吧。讓你經常寫信回扎瑪的那個女人，她今天寄信給你了？皇宮的信都是早上送到。他們敲你的門，送信……」把你叫醒，她在心裡補了這一句。所以你在那些日子才會準時來這裡。「如果你連她的信都捨不得留在房間，你一定很想她。」

男人放下手臂，用力拉扯珊的前襟，咬牙切齒地說：「不准妳動她，女巫。妳……不准妳動她！不論是騙術還是魔法，都離她遠一點！」

他比她猜測的年輕，這是很多人在判斷扎瑪人的年齡時會犯的錯誤。他們的白皮膚跟白頭髮讓外人很難看出他們的年紀。她早該想到的，這個封血巫不過是年紀大一點的少年。

她的嘴唇緊緊抿成一條線。「你手裡拿著一枚跟我的鮮血相連的印章，還好意思指責我的騙術跟魔法？威脅要派骷髏來殺我的人是你，老兄。我只會磨亮桌子而已。」

「妳……妳……哼！」年輕人氣得鬆手，離開房間。

守衛們帶著滿不在乎的興味與不屑看著這一幕。珊剛才那番話正是刻意提醒他們：她幹不了什麼壞事，倒是那個封血巫才是真的邪門。守衛們過去近三個月來看她鎮日忙碌，與一個和善的學者無異，而這個男人則是每天都來放她的血，用在詭異的恐怖祕術上。

我得讓紙掉到地上，她心想，一邊垂下袖子，打算趁守衛轉過身的時候，讓那封假信滑出來。這樣她的計畫就能展開，她的逃跑大計……

真正的仿作還沒有完成。皇帝的靈魂。

她遲疑了。愚蠢地遲疑了。

門再度關上，機會就此消失。

珊麻木地走到床邊坐下，假信還藏在她的袖子裡。她為什麼遲疑了？她自我保護的直覺這麼不中用嗎？

我可以再等一下，等到亞緒拉凡的精章完成，她告訴自己。

這句話她已經跟自己說了很多天，很多個禮拜了。每接近期限一天，就是給芙拉法多一次攻擊她的機會。那女人後來又來了幾次，用其他藉口把珊的筆記取走，讓人檢查。他們就快來到另一個仿師不需要費太多功夫便能代替珊完成工作的時間點。

至少那名仿師會這麼以為。工作進行得越久，珊就越明白這個計畫有多麼難以達成，卻也讓她越想要完成它。

她拿出記錄皇帝生平的筆記，發現自己重新翻看起他的少年時期。一想到這個人再也活不過來，她所有的苦心都化成只為了讓自己能順利脫逃的煙霧彈……光用想的就讓她感到心痛。

死夜的，妳對他有好感了。妳開始像高佟納那樣看待他了！她不該有這種感覺，她從來沒見過這個人。況且，他是個令人唾棄的傢伙。

可是，他不是一直都是如此。不，說實話，他甚至從來都沒有真的令人唾棄。他比那樣複雜多了。每個人都是如此。她可以理解他，她可以看到——

「死夜的！」珊站起身把書放到一旁。她需要讓腦袋保持清醒。

六小時後，高佟納來了。她正在房間的牆邊蓋下戳記，那老人一開門走了進來，就被牆壁上突然潑灑出的鮮豔色彩震懾住腳步。

藤蔓圖樣像一波波顏料從戳記往外蔓生，碧綠、鮮紅、琥珀，各種顏色的彩繪宛如具有生命一般。葉片從樹枝上發芽生長，一簇簇碩大可口的果子膨脹茁壯，所有圖樣隨著變化越來越明顯，描邊金漆也從空無一物的地方冒出，像河流一樣流瀉，最後包裹住葉片的輪廓，反射出光線。

牆上壁畫的顏色十分濃郁，每一吋都充滿動感——藤蔓蜷曲婉轉，出人意料的小刺從樹幹間探出頭來。高佟納讚嘆地吐了一口氣，站到珊旁邊。祖跟在他們身後，另外兩名守衛離開，把門關上。

高佟納伸手摸牆，但牆壁上的漆當然是乾的，就像很多年前這面牆新漆完那樣。高佟納跪下，看著兩枚珊印在底端的戳記，其實真正啟動變化的，是蓋在上方的第三枚。那兩枚在下面先蓋上的戳記是注記圖樣要怎麼成形，包括歷史的修改、指示。

「怎麼會有這些？」高佟納問。

「占杜國（注）的敦子拜訪玫瑰皇宮時，有一名兵族人負責保護他。後來敦子生病了，在臥房待了三個禮拜，他住的房間就在樓上。」

「妳用仿術改成他住在這裡？」

「是。他造訪的時間是去年天花板滲水前，所以他是有可能被安置在這個房間。牆壁記得敦子住在這裡好一段時間，虛弱得無法離開，卻有畫畫的力氣。他每天畫一點點，最後畫了整面的藤蔓、樹葉、莓果。」

「這應該不能生效啊。這個仿作很牽強，妳改變了太多事情。」

「不會。我改動的幅度剛剛好……多一分少一分都不行，是最美的那一點。」珊把魂印收起來。她對過去六個小時幾乎沒什麼記憶，整個人陷入創作的狂熱中。

「會生效的。如果你是牆壁會怎麼選？平凡無奇，還是充滿鮮活的繪彩？」

「牆又不會想！」

「但它們還是會在乎。」

高佟納搖搖頭，嘴理叨念著迷信之類的句子。「花了多久？」

「完成這個魂印？我偶爾動手刻一點，大約一個月左右吧。這是我想要替這個房間做的最後一件事。」

「畫家是占杜人，也許是因為妳跟他是同一族，所以……不對！這麼想跟妳的迷信無異。」

高佟納搖搖頭，依舊想要弄清楚為什麼壁畫會生效，雖然珊從來沒有懷疑過。

「提醒你一點，占杜人跟我們不一樣。也許很久以前有血緣，但現在已經沒有半點關係。」

注：在《諸神之城：伊嵐翠》中一個重要的東方國度，與珊所屬的麥彭族有血緣關係。

珊口氣不善地說。宏族人就是這樣。只因為兩族擁有相似的五官特色，就老是以為他們是一樣的。

高佟納看著房間中打磨光滑、雕刻精緻的家具，嵌銀的大理石地板，熊熊燃燒的壁爐跟小巧的水晶燈。除此之外，一條華美的地毯鋪在地板上，它原本只是一張有很多洞的床罩；彩繪玻璃在右牆上閃閃發光，點亮美麗的壁畫。

房裡唯一還保有原來外貌的就是那扇門，厚重又平凡無奇。她沒有辦法仿造門，因為上面有封血巫留下的戳記。

「妳知道嗎？妳現在住的是皇宮中最精緻的房間。」高佟納說。

「我懷疑。」珊哼了一聲。「皇帝的一定才是最好的。」

「最大的，可是不是最好的。」他跪在畫邊，看著她蓋在牆底部的戳記。「魂印中包括了壁畫是怎麼畫出來的詳細描述。」

「要創造出能以假亂真的仿作，自己就必須擁有模仿的技巧，至少要會一點。」珊說。

「所以這面牆的壁畫，妳其實可以自己畫。」

「我沒有顏料。」

「但是妳可以有。妳可以要顏料，我會給妳的。但是妳創造了仿作。」

「這就是我。」珊又開始生他的氣。

「這是妳的選擇。如果一面牆可以渴望成為一面壁畫，王珊露，那妳就可以渴望成為一位偉大的畫家。」

她把手中的魂印用力往桌上一拍，然後深吸幾口氣。

「妳的脾氣也不好。跟他一樣。說實話，在妳讓我親身體會幾次後，我現在完全了解那是種什麼樣的心情。妳的這個……東西，說不定可以作為幫助我們了解另一個人的工具。把情緒刻在印章上，讓別人體會成為自己是什麼樣的感覺……」

「聽起來不錯。可惜，如果仿造靈魂不是這麼違反自然就好了。」

「可惜。」

「如果你能讀懂那些魂印，那你真的已經很厲害了。」珊刻意要改變話題。「我幾乎覺得你像個仿師。」

「其實……」

珊立刻豎起耳朵，方才的怒氣消失無蹤，剩下的不滿也拋在一旁。這是怎麼一回事？

高佟納尷尬地朝袍子的口袋一探，拿出一個木盒子。裡面是她的寶貝，那五枚精章。必要時，這些對她靈魂的改寫會把她變成可能會有的樣子。

珊上前一步，可是當高佟納打開盒子的時候，她發現裡面沒有印章。

「抱歉，但我認為現在把這些給妳，我就有點……太愚蠢了。我認為任何一枚都可以讓妳立即脫身。」

「其實只有兩枚可以。」珊口氣不太好，手指微微抽動。那些魂印代表她過去八年來的心血。她在結束學徒生涯的第一天就開始了第一枚的雕刻。

「嗯，對。」高佟納說。小盒子裡面躺著一張張金屬片，各自刻了不同的戳記，組成能改寫她靈魂的藍圖。

「我想是這個吧？」他拿起一張金屬片。「珊戰。意思是……珊戰士？所以如果妳在自己身上蓋了這個章，妳會成為戰士？」

「對。」珊回答。所以他一直在研究她的精章，難怪他越來越能理解她的魂印。

「我最多只讀懂十分之一，但光是這部分，我就覺得非常佩服。這一定花了妳好幾年的時間才完成。」高佟納說。

「它們是我的寶貝。」珊強迫自己在書桌前坐下，而不是直盯著鐵片。如果能帶著鐵片逃跑，她可以輕易地重新刻出一枚新魂印。當然，這麼做還是會花上幾個禮拜的時間，但是她大多數的心血都能得以保存。可是如果這些鐵片毀了……

高佟納坐在他習慣的椅子上，隨手翻看著鐵片。如果是別人這麼做，她一定會覺得這個人的動作透露出一股威脅之意。看看我手中握的是什麼，看看我有什麼方法來對付妳。可是高佟納不同，他是真的很好奇。

可是，真是如此嗎？她向來無法壓抑自己的直覺反應。雖然她很厲害，但別人可以更厲害。就像汪叔警告過的那樣。高佟納會不會一直在耍她？她強烈地覺得應該相信自己對高佟納的判斷，但如果弄錯了，那她就大難臨頭。

說不定已經來不及了。妳好幾天前就該逃了，她心想。

「我理解把自己變成戰士的想法。」高佟納把這塊鐵片放到一旁。「這一塊也是。熟習野外生存技巧與叢林追蹤，看起來用處很多，佩服佩服。這一片則是學者。為什麼？妳已經是學者了。」

「人不可能知道一切。讀書的時間是有限的。當我拿那枚精章蓋在身上，我瞬間就能說上十幾種語言，從芬文到穆拉狄文，甚至還有幾個席克拉的語言，並且熟習十幾種不同的文化，能在其中來去自如。我理解科學、數學，還有世界上的重大政治局面。」

「原來如此。」高佟納說。

你趕快把鐵片給我就行了，她心想。

「可是這個呢？」高佟納問。「乞丐？妳為什麼會想要瘦弱不堪，還有，這是說妳大半的頭髮會掉光，皮膚上到處有疤？」

「這會改變我的外表，徹底地改變。這枚精章很有用。」珊說。但她沒有提起變成這副模樣的時候，她將熟悉大街小巷，還有如何在下層社會中生存。在沒有蓋上那個章的時候，她開鎖的技巧還可以，但只要有了那枚精章，她簡直是所向披靡。

有了那枚精章，她可以從狹小的窗戶中脫身，因為精章改寫了她的過去，讓她擁有多年雜技經驗，能夠從五層樓高的地方爬下逃脫。

「我早該知道。」高佟納說，然後他拿起最後一片鐵片。「最後這一片讓人不解。」

珊什麼都沒說。

「煮飯、農耕、縫紉。我想應該是另一個偽裝，用來模仿一個普通人？」

「對。」

高佟納點點頭，把鐵片放下。

真誠。他必須要看到我的真誠。這是假裝不來的。

「不。」珊嘆口氣。

他看向她。

「這是我……脫身的方法。」她說。「我永遠不會用。只是萬一我想用，它就在那裡。」

「脫身？」

「如果我用了那個精章，它將改寫我身為仿師的歲月。全部改寫。我連最簡單的戳記該怎麼做都會忘記，甚至會忘記自己曾經是仿師學徒。我會成為平凡人。」

「這是妳想要的？」

「不是。」

一陣停頓。

「是。也許。有一部分的我想。」珊續道。

真誠好難，但有時卻是唯一的辦法。

偶爾，珊會夢想著簡單的生活，就像有人站在懸崖邊緣，猜想如果就這樣跳下去會是如何光景的陰沉念頭。雖然很可笑，但是那個誘惑確實存在。

那枚精章可以給她一個正常的生活。不需躲藏，不需說謊。她熱愛自己的能力，熱愛刺激、成就感，以及神奇的一切。但當困在一間牢房或被迫逃命的時候，她忍不住會開始幻想另一種生活。

「妳的阿姨跟叔叔呢？」他問。「汪叔跟索姨，他們也是改寫的一部分，我有讀到。」

「他們是假的。」珊低語。

「可是妳經常引述他們的話。」

她緊閉起眼睛。

「我想，一個充滿謊言的人生中，真相跟虛假已經變得難以分辨了。可是就算妳用了這個精章，也不可能會忘掉一切吧。妳要怎麼讓自己不發現這個謊言？」

「這會是最大的仿作，甚至必須騙過我自己。我在裡面寫下了如果沒有每天早上蓋章就會死，還寫入我多年疾病纏身，後來去找了一個……你們稱為重合師的人，一個用魂印治病的大夫。我的假身分從他們那兒得到了一個方子，每天早上都需要施用一次。索姨跟汪叔會寄信給我，這同樣是騙過我自己的一部分。我已經把信寫好了，有好幾百封，在施用這枚精章之前，我會付給信差一大筆錢，讓他們定期寄信給我。」

「可是如果妳去拜訪他們呢？想要了解妳的童年……」高佟納說。

「鐵片上都安排好了。我害怕旅行。這是有根據的，因為我小時候的確不敢離開我的村子。一旦蓋上這個精章之後，我會遠離城市，並且認為拜訪親戚的旅程太危險。不過這些都不重要，我永遠不會用那枚精章。」

那個戳記會結束珊的一切。她會忘記過去二十年，回到八歲那年，才剛開始詢問要怎麼樣才能成為仿師的時候。

她會成為別人。沒有一枚精章具有同樣的能力，其他精章會改寫屬於她的一部分過去，可是她依舊知道自己是誰。但最後一個不是，最後一個是一切的終結。她怕死那枚精章了。

「妳在一個永遠不會用到的東西上也投注很多心血。」高佟納說。

「有時候人生便是如此。」

高佟納搖搖頭。

「我是被僱來毀掉那幅畫的。」珊突然脫口而出。

她不太確定自己為什麼會說出來。她需要對高佟納坦承，這麼一來她的計畫才會成功，但是他其實不需要知道這件事。對吧？

高佟納抬起頭。

「韓書慎僱我毀掉芙拉法的畫，所以我才把名畫燒了，而不是偷帶出畫廊。」珊說。

「韓書慎？可是那是他親手畫的啊！他為什麼要僱妳摧毀自己的作品？」

「因為他痛恨帝國。那幅畫是為了他心愛的女人所畫，後來女人的小孩把畫進獻給帝國。如今，韓書慎又老又瞎，幾乎不能行動，他不希望自己死後還必須掛念著這幅作品被用來增添玫瑰帝國的光輝，所以懇求我把那幅畫燒掉。」

高佟納震驚得說不出話來。他看著她，似乎想要看穿她的靈魂。珊不知道他為什麼要這麼做，在這場對話中，她已經將自己的一切赤裸裸地呈現在他面前。

「像他那樣的大師是很難模仿的，更別說如果沒有原作可以參考。其實你只要仔細想想就會發現，我需要他的協助才能做出贗品。他讓我參考草稿跟靈感來源，告訴我作畫過程，還教會我筆觸技巧。」

「妳為什麼不直接把原畫還給他？」高佟納問。

「他就要死了，擁有這麼一樣東西對他而言毫無意義。那幅畫是為了他的愛人所畫，而她已經不在了，所以他覺得那幅畫也不該繼續存在。」

「一幅無價之寶就因為他愚蠢的自傲而消失了。」高佟納說。

「那是他的作品！」

「已經不是了，它屬於所有看過那幅畫的人。妳不應該答應。毀掉那樣的藝術品永遠是不對的。」他想了想後又說。「可是我想我可以體會，妳的行為有值得尊敬的地方。妳的目標是《月笏》，洩漏自己的行動來摧毀那幅畫是很危險的。」

「韓書慎在我年輕時教過我畫畫。我無法拒絕他的要求。」她說。

高佟納雖不同意她的看法，但似乎真的了解。死夜的，珊覺得自己完全暴露在他面前。

這麼做有其必要。她告訴自己。也許……

可是他仍舊沒有把鐵片還她。她也不認為他會這麼做，至少不是現在，至少得等到他們的合作完成。但她很確定自己活不到這件事落幕，除非她逃走。

他們測試過最後一批新戳記，每一枚都花了她至少一分鐘，這完全在珊的預期之中。她現在已經看得到最後靈魂完成的樣貌。她試完那天的第六枚戳記後，高佟納等著她試下一個。

「試完了。」珊說。

「今天的份？」

「全部。」珊把最後一個戳記收起。

「妳完成了？」高佟納猛然坐起。「幾乎提早了一個月！這——」

「我還沒完成。現在開始才是最困難的部分。我得要把這幾百個戳記刻得極小，全部融合在一起，然後做出一枚關鍵章。我目前為止的工作就像是收集所有顏料、調好色彩、畫出基本素描，現在，我得把一切都整合在一起。我上一次這麼做的時候，花了將近五個月。」

「妳只有二十四天。」

「我只有二十四天。」珊感覺自己被罪惡感狠狠一戳。她必須逃，而且得快。她不能等到任務完成。

「那妳繼續忙吧。」高佟納說完站起來，放下袖子後離開。

第八十五天

就是這樣。珊一邊心想，一邊沿著床側往前爬，在成疊的紙張中翻找。桌子的空間已經不夠了，在把床單拉緊後，這張床就變成她放置筆記的地方。就是這樣，他的初戀是故事書裡的人物。所以可希娜的紅髮……但這一定是他潛意識裡的想法，他自己是不會知道的，這個想法埋得很深。

她怎麼會漏掉這點？根本離完成還差得遠，時間不夠啊！

珊把她最新的發現加入正在雕刻的戳記裡，這上面包含所有亞緒拉凡的浪漫情懷與經歷，無論是丟臉的、可恥的、燦爛的，她全都刻了進去。除了所發掘出的一切，她還額外多加了一點點，在有限的風險下盡可能讓靈魂充實完滿，像是跟一個想不起來名字的女人邂逅調情、白日夢、曾與他發展出外遇的女子如今已香消玉殞。

這部分的靈魂最難模仿，因為這也是最私密的。儘管皇帝鮮少有真正的祕密，但亞緒拉凡不是一生下來就是皇帝。

她必須靠自己的推斷，否則這個創作出來的靈魂將乏善可陳，缺少激情。她不如此私密，又如此強大。在勾勒出這些細節時，是她覺得最貼近亞緒拉凡的時候。她不是在偷窺，到了這個階段，她已經是他的一部分。

她現在有兩本筆記。正式筆記上說工作的進展大大落後，而且缺少很多細節；另一本則是真正的筆記，偽裝成一堆無用的注記，隨意地混雜在一起。

她的進度真的落後，但沒有像她正式筆記中差得那麼遠。希望這一招能為她在芙拉法下手前多爭取幾天時間。

珊在搜尋某一處的筆記時，眼神一晃，看到了她的脫逃計畫，手邊的動作也慢了下來。上面用密語寫著：第一、處理門上的戳記，第二、讓守衛安靜，第三、如有可能，取回妳的精章，第四、逃出皇宮，第五、逃出城市。

在每一個步驟底下又有更加縝密的描述。她並沒有忽視自己的逃脫大計，至少沒有完全忽視。她的計畫依然很完美。

可是因為她窮盡畢生之力想要完成這個靈魂仿造，所以她的注意力多半放在這件事情上。再一個禮拜，她告訴自己。

如果再花一個禮拜，我就會在期限前五天結束。那時我就可以逃了。

第九十七天

「喂，這是什麼？」胡利彎下腰。胡利是個很壯的兵族人，外表看似粗笨，其實內心精明，讓他在牌桌上屢屢得利。他有兩個女兒，都不到五歲，卻又私下跟另一名女守衛來往，並且心裡時常後悔為什麼不像他父親一樣當個木匠。如果胡利知道珊對他有這麼深的了解，一定會嚇得丟掉半條命。

他拿起在地上發現的紙張。封血巫剛走，這是珊被關在房間裡的第九十七天，她決定展開行動。她必須逃走。

皇帝的精章還沒有完成。快了，再一個晚上她就可以完工了，況且她的計畫也需要她多待一晚。

「一定是草指掉的。」義走過去說。她是今天早上的另一名守衛。

「那是什麼？」珊坐在書桌前問。

「信。」胡利嘟囔一聲。

兩名守衛安靜地讀著信，皇宮裡的兵族識字，二階以上的朝廷官員都必須識字。

珊安靜地坐著，緩緩啜飲一杯檸檬茶，盡可能按捺緊張的情緒，保持呼吸平穩。雖然她最不想做的就是放鬆，但還是得強迫自己放鬆。珊已經將信的內容背得滾瓜爛熟，畢竟這封信是她親手寫下，並且趁封血巫衝出去之後，偷偷地扔在他身後。信上是這麼說的：

哥哥，我在這裡的工作快要完成了，賺得的財富將能媲美阿扎雷克那次在南省區得到的金額。我看管的囚犯根本不值得我花什麼心思，但是既然有人提供不成比例的豐厚酬勞僱用我，我哪會多問？

我很快就會回去。同時，我很高興能告訴你，我的另一項任務也順利結束。我選定了幾名武藝高強的戰士，從他們身上收集足夠的樣本——頭髮、指甲，還有他們不會發現遺失的貼身物品。我相信我們很快就能得到一批專屬於我們的貼身護衛……

信的內容寫滿了紙張的正面跟背面，免得引人疑心。珊填入很多關於皇宮的內容，包括一些別人認為珊不知道，但是封血巫一定知道的事情。

珊擔心這封信太明顯了。那些守衛會發覺這很顯然是偽造的嗎？

「那個庫弩卡。」義低聲用他們那一族的母語罵道，大致上的意思是指一個人的嘴巴長成屁眼。「那個大庫弩卡！」

他們顯然相信這真的是封血巫寫的，戰士就是不會想那麼多。

「我能看看嗎？」珊問。

胡利遞給她。「他說的是我想的那個意思嗎？他一直在……收集我們身上的東西？」

「他不一定是指兵族人。」珊讀完信後說。「信上沒說是誰。」

「他為什麼要頭髮還有指甲？」義問。

「那種人只要有妳身上的一點東西就可以動手了。」胡利又罵了一通。「妳也看到他每天拿珊的血在門上做了什麼。」

「我不覺得他能拿頭髮或指甲幹出什麼壞事。」珊質疑地說。「這不過只是誇大其詞。印章上用的血必須是新鮮的，取出時間不能超過一天。他在跟他哥哥吹牛。」

「他不應該做這種事。」胡利說。

「如果我是你，我不會太過擔心。」珊說。

兩個守衛交換一個眼色，幾分鐘後，新一班守衛前來交接，胡利跟義交頭接耳地離開，信塞在胡利的口袋。他們應該不會把封血巫傷得太嚴重，但給他幾分顏色瞧瞧倒是免不了的。

大家都知道封血巫每天下午會去附近的茶店喝茶，珊幾乎要同情那個人了。這些日子以來，她推斷出當他收到家裡的信件時，來到她房門口的時間往往又快又準時，有時甚至看起來很興奮。沒消息時，他就借酒澆愁。今天早上他看起來很難過，顯然有一陣子沒消息了。

而今晚碰到的事會讓他更加難受。沒錯，珊幾乎對他產生同情，但是她隨即想起門上的戳記，還有在他放完血之後，綁在手臂上的繃帶。

守衛交接結束後，珊也深吸一口氣，重新埋首於工作。

今晚。今晚，她就可以完成了。

第九十八天

珊跪在地板上，四周散落著凌亂的書頁，每一張都寫滿了極小的字體或戳記的圖樣。在她身後，清晨悄悄來臨，晨光從彩繪玻璃窗透進來，在房間灑滿紅、藍、紫的色彩。

一枚由平滑石頭刻成的魂印面朝下，放在她面前的鐵片上。魂石的外貌看起來其實跟皀石或其他質地光滑的石頭很像，但裡面混著些許鮮紅，彷彿被血滴浸染過。

珊眨了眨疲累的眼睛。她今天真的要試圖逃跑嗎？多久了？過去三天加起來有沒有睡超過四個小時？

何不晚點再逃，至少今天能休息一天。

選擇休息，我就醒不過來了。她有點茫然地想。

她跪在原地，那枚魂印是她這輩子看過最美的東西。

她的祖先崇拜夜晚從天空落下的岩石，將那些石頭稱為殘缺神明的靈魂，並經由雕刻大師的雕琢引發其內含的形態。珊曾經認為那是蠢話，為什麼要崇拜自己創造的東西？

如今跪在她的傑作面前，珊終於懂了。她幾乎將自己的一切都灌注在那枚魂印中，本應花上兩年的努力硬是壓縮成三個月，最後花了一個晚上著急、發狂似地雕刻。那晚，她一面修改筆記，一面調整靈魂，做出極大的改變。她至今不知道那是因為她終於看到整個計畫的最終偉大全貌，還是因為自己過度疲累產生幻視、幻聽而衍生的錯誤概念。

直到使用這枚魂印之前，她都不會知道。

「完……完成了嗎？」一名守衛問。他們兩人自動跑到房間的另一邊，坐在壁爐旁，好把整塊地板的空間讓給她。她隱約記得把所有家具堆到旁邊，花了一段時間從床底拿出一疊疊紙張，然後又爬到床底下搬出更多。

結束了嗎？

珊點點頭。

「那是什麼？」守衛問。

死夜啊，沒錯，他們不知道。她心想。她每天跟高佟納講話時，普通的守衛會離開房間。這些可憐的兵族人最後應該會被派到帝國某個遙遠的駐點，一輩子守著通往遙遠泰歐半島一類地方的隘口。他們會被靜靜地處理掉，以免無意間透露出這個房間曾經發生的事情。

「想知道就去問高佟納。他們不准我說。」珊低聲說。

珊滿懷敬畏之心地拾起印章，把印章跟鐵片一起放在她準備好的盒子裡。印章躺在紅絲絨上，鐵片被鑄造成一塊又大又薄的長命鎖，卡住蓋子裡的凹槽。她闔上蓋子，取過第二個較大的盒子，裡面有五枚刻好的魂印，都是為了她接下來的脫逃計畫刻的。如果她還逃得了的話。其中兩枚她已經用過了。

真希望能睡幾個小時，幾個小時就好……

不行。而且床也不能睡了。

可是能在地上窩一下也挺美好的。

此時門被推開，珊突然感覺到一陣錐心的驚慌。是封血巫嗎？他應該要在被兵族人打了一頓後喝得爛醉，下不了床啊！

有一瞬間，她因為莫名的罪惡感有些安心。

如果封血巫來了，她今天就沒機會脫身，可以好好睡一覺了。胡利跟義沒揍他一頓嗎？珊以為自己對他們的判斷是正確的，而且……

而且，她累過頭了，發現自己太早做出結論。門整個被推開，的確有人進來，但不是封血巫。

是祖隊長。

「出去。」他朝兩名守衛喝斥一聲。

他們立刻照做。

「你們今天不用回來了。我負責看著她，直到下一班的人來。」

兩人行禮離開，珊覺得自己像是一頭被鹿群遺棄的受傷麋鹿。門喀噠一聲再度闔上，祖刻意緩慢地轉身看她。

「魂印還沒好。」珊說謊。「你可以——」

「不用等它好。」祖的笑容燦爛又不懷好意。「我三個月前就跟妳承諾過了，小偷。我們有一筆帳還沒算。」

房間很陰暗，她的油燈已經快要燃盡，天才微微透出亮光。珊連忙從他身邊退開，重新擬定計畫。眼前的狀況不在她的計畫範圍內，她打不過祖。

於是她說個不停，一部分是要讓他分心，另一部分也是在扮演她臨時決定的角色。「芙拉法若發現你打擾我，絕對會大為震怒。」她說。

祖拔劍出鞘。

「死夜的！」珊退到床邊。「祖，你不用這麼做。你不能這麼做。我的工作還沒完成！」

「會有別人替妳完成。」祖凶殘地笑道。「芙拉法另外還有一名仿師。妳以為自己聰明絕頂，大概已經為明天擬好一套逃跑計畫。可是我們這次先下手為強，妳沒料到吧，騙子？我會很享受殺妳的過程。非常享受。」

他握劍向前一撲，劍尖挑破她的上衣，在身側劃出一道口子。珊往旁邊一跳，大喊著救命。她還在扮演她的角色，但其實沒有用上什麼演技。她的心臟狂跳不止，整個人驚慌失措，最後只能繞著床跑，把床擋在自己跟祖之間。

祖露出大大的笑容，然後跳上床，準備撲倒她。

床立刻塌了。昨天晚上，她一邊鑽到床下拿筆記，一邊將床架的木頭仿造成有極大的裂痕，受到嚴重蟲蛀、結構脆弱，也把下面的床墊劃破。

祖幾乎來不及大叫，整張床就徹底崩壞，掉到珊先前在下方地板上開的大洞。她來到房間所聞到的水霉味就是因為此處曾經泡過水，而這正是關鍵。根據紀錄，要不是他們很快找出裂縫，樓下的大樑一定會腐壞，天花板也早就塌陷了。這是很簡單的仿造，而且非常可信，效果就是地板真的塌了下去。

祖摔到樓下的空曠儲藏室。珊氣喘吁吁地站起身，低頭探向洞口。那個兵族躺在破碎的床榻中央，周圍還有一些棉絮跟墊子。他應該死不了。這陷阱原本是要用來對付她挺喜歡的那群守衛其中一人。

真沒料到會發生這種事，但也還算可以。

珊衝到桌子邊拿東西：一盒魂印，皇帝的靈魂，一些額外的魂石跟印泥，還有兩本極其詳盡地介紹這枚皇帝魂印製作過程的筆記。一本官方的，一本真的。

她經過壁爐時，順手把官方那本拋進爐火，然後她停在門前，數著心跳。

她痛苦地看著封血巫的戳記閃爍著光芒，終於，在經過酷刑般的幾分鐘之後，門上的戳記閃了最後一次……消失了！封血巫沒來得及回來重新蓋下封印。

自由。

珊衝到走廊，拋棄過去三個月的住所，這間房間如今被她改造成鑲金嵌銀的樣子。外面的走廊與她只有咫尺之涯，感覺卻像是另一個國度。她把第三枚準備好的魂印蓋上她的襯衫，把穿著變成跟宮女一樣的款式，左胸口繡著皇家徽章。

她沒多少時間進行計畫的下一步。過不了多久，不是封血巫來到房間，就是祖會醒來，或者守衛也會前來換班。珊想要沿著皇宮走廊一路衝向馬廄。

可是她忍住了。在皇宮裡奔跑意謂著兩件事，不是心虛就是有要事在身，無論哪一種都會引來側目。她選擇保持快走，臉上擺出「我很清楚自己該幹什麼，誰沒事別來打擾我」的表情。

她很快來到碩大皇宮中比較多人來往的一區。沒有人擋下她。在某一段鋪上地毯的分岔口，她停下腳步。

在她右手邊，經過一條長廊盡頭就是皇帝的寢宮。裝有皇帝精章的盒子被她穩穩當當拿在手中，這時似乎跳了一下。她為什麼沒有把印章放在房間裡等高佟納找到？如果決議卿們拿到了印章，他們就不會這麼費力來找她了。

她可以把印章留在這條兩旁掛滿歷代先皇畫像，以及堆滿古代花瓶仿作的走廊裡。

不。她把印章帶在身邊是有原因的。她已準備好溜進皇帝寢宮用的工具，她早就知道自己會這麼做。

如果她選擇現在離開，她永遠不會真正知道這個印章是否生效。就像建了一棟房子，但從來沒有進去過；就像鑄了一把劍，但從來沒有揮過它；就像創造出一件偉大的藝術品，卻立刻就把它收了起來，再也不見天日。

珊朝長長的走廊前進。

眼前一不見人影，她立刻把附近一個平凡無奇的甕翻過來，破壞底部的戳記。甕馬上變回粗胚原形。

她先前早就查過這些甕的出處及創造者，第四枚準備好的印章把甕變成一個華美的金色夜壺複製品。珊順著走廊，朝皇帝的房間大步前進，朝守衛點點頭，臂彎塞著夜壺。

「我不認得妳。」一名守衛說。她也不認得他，這人臉上有道疤，瞇著眼睛在說話。正如她所預料，房間裡的那群守衛是專門負責看守她的，與其他守衛區隔開來，免得走漏風聲。

「啊，」珊一陣手忙腳亂，露出尷尬害羞的神情。「真抱歉，大人，我今天早上才被指派來這裡。」然後從口袋裡拿出一小張四方形的卡片，上面有高佟納的印信跟簽名，兩者都是用傳統方式仿造。而且最方便的是，皇帝寢宮的守衛布置沒有一處不是按照她的建議編派。

她毫無困難地通過盤查，接下來三間房間都空無一人，之後是一扇鎖上的門。她必須將那扇門仿造成被昆蟲破壞過的樣子，也就是利用之前破壞床框的那枚印章才能順利進去。她並沒有耽擱太多時間，才花了幾秒就把門踢開了。

裡面是皇帝的臥房，也是第一天決議卿們提出條件時，帶她來的地方。房間中只有一個人，亞緒拉凡躺在床上，雖然醒著，眼神卻空洞地盯著天花板。

四下一片寂靜無聲，空氣聞起來過於乾淨、雪白，像是一張空白的畫布。

珊走到床邊，亞緒拉凡沒有看她，眼睛也沒有動。她輕碰他的肩膀。皇帝有張英俊的臉，雖然比她大了十五歲，不過這對宏族來說算不了什麼，他們的壽命比一般人都長。

儘管亞緒拉凡在床上躺了好一段時間，卻仍有張堅毅的面孔。金色的頭髮，堅定的下巴，挺拔的鼻子……他的五官跟珊的族人大相逕庭。

「我了解你的靈魂。我比你更了解你的靈魂。」珊輕聲說。

外面仍未傳來混亂的聲音，珊認為隨時都會警報大作，但她還是在床邊跪下。「我真希望能有機會認識你。不是你的靈魂，而是你這個人。我讀過你的事，我看到你的心，我盡我所能地重建了你的靈魂。可是那不一樣。那並不是認識一個人，對不對？只是知道關於那個人的事情而已。」

皇宮遠處是不是傳來一聲大喊？

「我對你要求不多。我只要你活起來，我只要你存在。我已經盡了我的全力，願我的努力足夠。」她低聲說。

珊深吸一口氣，打開盒子取出精章，沾上印泥，然後掀起皇帝的上衣，讓上臂露出來。

珊遲疑片刻後，將印章蓋下。印章一碰到皮膚，兩方僵持不下，這是魂印的特性，皮膚跟肌肉要等到一秒後才會退讓，允許戳記陷入分毫。

她扭轉印章，鎖定，拿起。鮮紅色的戳記隱隱發光。

亞緒拉凡眨了眨眼。

珊起身往後退開，他則坐了起來，環顧四周。她無聲地在心中計時。

「我的房間。發生什麼事了？」亞緒拉凡問。「有人攻擊我，我……我受傷了。天哪，母光神，可希娜。她死了。」

他的表情罩上哀淒之色，但瞬間便掩飾過去。他是皇帝。也許他脾氣不好，但只要不是雷霆震怒，通常能將情緒掩飾得很好。他轉向她，活生生的眼睛，真的能看到東西的眼神集中在她身上。「妳是誰？」

雖然她早就預料到，但是這個問題仍然讓她的胃一陣糾結。

「我算是某種大夫。你受了很重的傷，我把你治好了。可是我用的方法在你們的文化中，會被有些人視為……罪大惡極。」

「妳是重合師。是……仿師？」他說。

「可以這麼說。」珊說。他會信，是因為他希望相信。「這是一種很困難的重塑，你每天都需要蓋章，而且得時時刻刻把那張鐵片帶在身邊，就是盒子裡長得像長命鎖的那一片。不這麼做，你就會死，亞緒拉凡。」

「給我。」他伸手要魂印。

她遲疑了，但不知道為什麼。

「給我。」他更堅定地說了一次。

她把魂印放在他手上。

「不要告訴任何人這裡發生過什麼事。」她對他說。「不要對守衛，也不要對奴僕說。只有你的決議卿們知道我做了什麼。」

外面的喊叫聲似乎變大了，亞緒拉凡看向聲音的方向。「如果不要人知道，那妳就必須走。離開皇宮，不要回來。」他低頭看著魂印。「我應該要因為妳知道我的祕密而殺了妳。」

這就是他在皇宮中多年來學會的自私。這一點她弄對了。

「但你不會。」她說。

「我不會。」

這就是他藏得很深的慈悲。

「趁我改變主意之前，快走。」他說。

她朝門口走了一步，然後檢查了一下她的懷錶。遠遠不只一分鐘。至少短時間內魂印生效了。她轉頭看他。

「妳在等什麼？」他質問。

「我只想再看一眼。」她說。

他皺眉。

外面的喊叫聲更響亮。

「走吧。拜託妳。」他似乎知道外頭吵鬧紛擾的原因，至少他猜得出來。

「這次要做得更好。拜託你了。」

一說完，珊便往外衝。

曾經有段時間，珊很想寫入讓皇帝具備保護她的衝動。可是，從亞緒拉凡的角度來看，這麼做完全沒有原因，也很有可能導致整個仿作失敗。除此之外，她也不相信他可以保護她。直到守喪結束之前，皇帝都不能離開寢宮或跟決議卿以外的人說話，這段時間將由決議卿負責帝國的運作。

反正平常就幾乎是他們在理事。不，為了讓亞緒拉凡保護自己，而草率地改變靈魂樣貌是不會奏效的。她來到離開皇帝寢宮的最後一扇門前，拿起剛才的假夜壺，捧在懷裡，然後衝出門外。遠處的吵鬧讓她驚叫出聲。

「是因為我嗎？」珊驚喊。「死夜的！我不是故意的！我知道我不該看到他，我知道他正在靜養，但是我開錯門了！」

守衛們緊盯著她，然後其中一人放鬆下來。「不是妳。回去妳的地方好好待著。」

珊連忙行禮快速離開。大部分的守衛都不認得她，所以——

她突然感覺腰間一陣銳利的刺痛，發出一聲驚喘。這疼痛的感覺就像是每天早上封血巫重新在門蓋上戳記那樣。

珊驚慌地用手探了腰間，在襯衫上劃破的口子連帶刺破了裡面那件深色棉襯衣，她的手指上沾了一、兩滴血。只是一點傷，不礙事。在慌亂中，她甚至沒發現自己受傷了。

可是祖的劍尖……上面有她的血。新鮮的血。封血巫發現後開始獵捕她了！痛楚代表對方正在確認她的位置，讓寵物鎖定她的方位。

珊把夜壺一拋，開始狂奔。

躲藏已經不是選擇，偽裝低調也失去意義，如果被封血巫的骷髏找到，她就死定了，絕對沒有二話。她必須趕快弄到馬匹，然後躲過骷髏二十四小時，直到她的血液失效為止。

珊衝過走廊，奴僕們朝她指指點點，有人甚至大聲尖叫，差點讓她撞倒一名穿著紅色祭司盔甲的南方使臣。珊咒罵一聲，繞過那個人。皇宮的出入口現在一定已經被封死了。她很清楚。她研究過宮內的戒備，出去幾乎是不可能的。

永遠要有備案。汪叔說過的話在她腦中迴盪。

她向來有。珊停在走廊上做出決定，正如先前判斷的那樣，朝出口衝沒有用。封血巫讓她慌張得無法思考，但是她必須保持思緒清晰。

備案。她的備案是孤注一擲，這其實也是她的唯一選擇。她又開始跑了起來，繞過轉角後照原路折返。

死夜的，希望我沒有猜錯這個人。如果他其實是比我更高明的偽裝大師，那我就只有死路一條了。未知神啊，求求您，保佑我這次猜對，她心想。

她的心臟狂跳不止，身體也忘記疲累，最後終於來到通往皇帝寢宮的走廊上。

她停在這裡等待。附近的守衛皺著眉打量她，但仍然按照訓練堅守在走廊盡頭的崗位上。他們喊她、問她問題，她差點按捺不住逃跑的衝動，尤其想到封血巫正步步逼近，帶著他的可怕寵物……

「妳為什麼在這裡？」一個聲音說。

珊轉身看到高佟納走入走廊。他先來看皇帝。其他人會去找珊，但高佟納選擇來皇帝寢宮，確保他安全無恙。珊焦急地朝他走去，心想：這大概是我有史以來最爛的備案了。

「成功了。」她輕聲說。

「妳試用了？」高佟納拉住她的手臂，瞥向守衛，然後拖著她走到他們聽不到的地方。

「妳這急躁發瘋似的沒腦袋——」

「成功了，高佟納。」珊說。

「妳為什麼來這裡？妳有機會為什麼不逃？」

「我一定要知道。一定。」

他與珊四目對望，看穿她的眼睛，看透她的靈魂，一如既往。死夜的，他絕對會是一名極出色的仿師。

「封血巫找到妳的行蹤了。他召喚了那些……東西來抓妳。」高佟納說。

「我知道。」

高佟納只遲疑了片刻，便從他寬鬆的口袋中拿出一個木盒子。珊心跳如雷。

高佟納遞給她，珊立刻一手接過，可是他沒有放手。「妳知道我會來這裡。妳知道我會把這些帶在身上，妳知道我會給妳。我被妳耍得團團轉。」

珊什麼都沒說。

「妳是怎麼辦到的？」他問。「我以為自己很謹慎地看著妳，也很確定沒有被妳操弄。可是我還是跑來這裡，猜想也許會在這裡找到妳，知道妳需要這些。我一直到現在才想通，也許這一切都是妳計畫好的。」

「我是操弄了你，高佟納。」她承認。「但是我必須用最困難的方法。」

「什麼方法？」

「真誠。」她回答。

「妳不能靠真誠去操弄別人。」

「不能嗎？你的仕宦之途不就是這麼來的嗎？真誠地說話，教導別人可以對你抱持什麼期待，然後期待他們會同樣真誠地回饋你？」

「這不一樣。」

「是不一樣，但是我盡力了。我對你說的一切都是真的，高佟納。我毀掉的畫、關於我人生和願望的祕密……真誠是唯一讓你站在我這邊的方法。」

「我沒有站在妳那邊。」他頓了頓。「但我也不想看妳死，孩子。尤其不是被那些東西害死。拿去吧。白晝啊！趁我還沒改變心意，妳拿了快走。」

「謝謝。」她低聲說道，把盒子緊抱在胸前。她在裙子口袋中掏了掏，拿出一小本厚厚的筆記。「把這收好。不要給人看到。」她說。

他遲疑地接過。「這是什麼？」

「真相。」她說，然後向前親了他的臉頰。「如果我逃掉了，我會修改最後一個精章。那枚我永遠不打算用的章……我會在上面，在我的記憶中，加入一位曾救了我一命的慈祥爺爺，一個充滿智慧跟憐憫之心的人，我非常敬愛他。」

「快走吧，傻孩子。」他說。高佟納眼中居然含著一滴淚水，如果珊不是急瘋了，肯定會為此感到驕傲，然後為這份驕傲感到羞恥。她就是這樣的人。

「亞緒拉凡活了。想到我的時候，就記得這點。成功了，死夜的，成功了！」她說。

她從高佟納身邊跑開，衝向走廊的另一端。

高佟納聽著女孩離開的腳步聲，卻沒有轉身去看她。他盯著通往皇帝寢宮的大門，兩名迷惘的守衛，還有一條路通往……什麼？

玫瑰帝國的未來。

我們的領袖將不是一名真正存活的人，而是我們汙言穢行的成果。高佟納心想。

他深吸一口氣上前，經過守衛推開門，去看自己一手創造出來的東西。

只要……不是個怪物就好，拜託。

珊捧著裝了精章的盒子，大步走在皇宮走廊中。她脫掉襯衫，露出下面的緊身棉襯衣，然後把盒子塞在口袋裡。她還是穿著裙子跟緊身褲，這跟她平常練武時穿的衣服差不多。周圍的奴僕紛紛慌亂走避。他們光從她的肢體動作就知道這個人惹不起，最好趕快躲開。突然間，珊感到一陣她已經很多年沒有感受過的自信。

她重新得回了她的靈魂。全都回來了。

她前進的同時拿出一枚精章，俐落地沾上印泥後把精章放回盒中，塞進裙子口袋。接著，她把精章貼上右上臂，鎖定，重寫了她的歷史、她的記憶、她的人生經驗。

在那一瞬間，她記得兩個歷史。她記得有兩年的時間把自己關起來，計畫、創造這枚精章。她記得身為仿師的一輩子。

但另一方面，她也記得過去十五年來住在特兀魯族，被他們收養，學習他們的武藝。

同時存在於兩個地方，兩段不同的人生。

然後前者消失，她成為了珊戰，那是特兀魯族人幫她取的名字。她變得更精瘦、更結實，全然屬於戰士的身體。她脫下眼鏡。她的眼睛很久以前就治好了，再也用不到這玩意。

要接受特兀魯族人的訓練並不容易，他們不喜歡外人。在訓練的這些年來，她幾乎被他們殺死了十幾次，但她成功了。

她忘記所有關於製作魂印的一切，所有對研究的喜好。她還是原本的那個珊，也記得最近發生的事情，包括被抓、被強迫待在那間牢房，理智上她知道手臂那枚精章的影響，知道腦中的人生是假的。

可是她不覺得那是假的。精章在她手臂上炙熱地燃燒，讓她成為如果當年被一個嚴厲的戰士民族收養，同時在他們之中生活了十幾年後的珊戰。

她脫下鞋子，頭髮變短，鼻子到右頰間生出一道長疤，走路的姿勢也成為戰士的樣子，身體隨時準備前撲，而非直立踏步。

她來到離馬廄不遠處的僕從住所，帝國藝廊在她的左邊。

一扇門在她面前打開，高壯的祖衝了出來。他的額頭上有一道傷口，上面的綳帶還滲著鮮血，身上的衣服也因先前摔了一跤而有些破爛。

他的眼中醞釀著一片風暴，咬牙切齒地看著珊說：「妳完蛋了。封血巫帶我們直接找到妳。我會很享受——」

他沒來得及說完，珊戰就如一道陰影衝了上去，將祖的手腕反折劈下，令他當場骨折，握著劍的手也跟著鬆開。接著珊回掌擊向他的喉嚨，五指收攏成拳，以指節近距離朝他胸口狠狠就是一拳，六根肋骨應聲碎裂。

祖倉皇後退喘氣，驚訝地睜大眼睛，劍匡啷一聲掉在地上。珊從他身邊走過，抽出他腰帶中的匕首，俐落地割斷他脖子上的披風繫繩。

祖倒在地上，披風已經被她拿在手中。

如果換作是珊或許會對他說些什麼，但珊戰卻沒有說笑或挖苦人的耐心。習武者行止如水，無滯無凝。她維持同樣的速度把披風一甩，披上自己肩膀，走入祖身後的走廊。

祖急喘著想要吸氣。他死不了，但也好幾個月無法握劍了。

走廊盡頭傳來動靜，接著四肢慘白的怪物現身，它們的軀體細瘦到不可能有活物擁有這種體型。珊戰穩住下盤，側身面朝走廊，膝蓋微彎。封血巫有多少怪物都不重要，她贏或輸都不重要。

她只看到面前的挑戰。

共有五隻人形怪物，手裡握著劍從走廊盡頭衝向她。它們的骨頭發出喀喀怪聲，臉上除了盯著她的空洞眼眶和露出尖銳牙齒的微笑外，沒有其他表情。有些缺少的骨頭以木塊取代，好修復打鬥時碎裂的部分，此外，每個怪物額頭上都有一枚發光的紅色戳記。它們需要鮮血才能活下去。

就連珊戰都沒跟這種怪物打過。刺它們沒有用。但是被木頭替代的部分……有些是肋骨，或是即使短少也不影響戰鬥的部位。如果那些地方被打碎或拆卸，怪物會不會跟著報銷？

這似乎是她最好的機會。她沒再多想，珊戰是靠直覺生存的。那東西撲到面前時，她抽下祖的披風，蓋在第一隻的頭上。它掙扎著攻擊披風，而她則乘隙迎向第二個怪物。

她用祖的匕首擋下骷髏的攻擊，然後上前一步，近到她可以聞到骨頭的味道，然後朝怪物肋骨下方探去。她抓住脊椎用力一扯，拔掉一把脊椎骨，連帶被尾錐的尖端劃破前臂。這些骷髏的骨頭似乎都被磨利過。

那具骷髏嘩啦垮成一堆。她猜得沒錯，少了關鍵的骨頭之後，怪物就不會動了。珊戰將手中的脊椎骨抛開。

還剩下四個。根據她有限的了解，怪物們不會累，也不會停止攻擊。她必須動作快，否則將被它們一湧而上擊潰。

後方三個骷髏發動攻擊，珊戰彎腰躲開，繞過終於把披風扯掉的第一個骷髏。她將手指插入它的眼眶，抓住頭顱，付出的代價是手臂被骷髏的劍深深劃破，鮮血伴隨扯掉頭顱的動作飛濺在牆上，怪物的身體蜷縮倒地。

不要停下來，繼續打。

動作一放慢，她就死定了。

她轉身面對另外三隻怪物，用手中的頭顱擋下一把劍，匕首則阻擋了另一邊，儘管她試著繞過第三隻骷髏的攻擊，腰部仍被刺中。

她感覺不到痛。珊戰接受過無視痛楚的訓練。幸好如此，因為那一劍絕對令人痛不欲生。

她用骷髏頭砸向那具骷髏，打得兩邊玉石俱焚，怪物也跟著倒下，珊戰隨即轉身面對剩下兩具。兩隻怪物同時反手砍向她，卻剛好與對方的劍相抵，珊戰把其中一具骷髏往後面踢開，再用身體把另一具撞到牆上，骨頭被擠壓在一起，她乘勢抓住怪物的脊椎，用力扯下。

怪物的骨頭喀啦四散，珊戰感覺腳下一軟後重新站穩。她失血過多，速度也放慢了。她什麼時候弄掉匕首的？一定是讓那怪物撞上牆壁時，不小心從手中滑落了。

專心。還剩一個。

它衝向她，兩手各握著一把劍。她用盡全力向前迎戰，趁它還來不及揮劍便近身貼上，抓住它的前臂骨，但是她無法從這個角度扯掉骨頭。珊戰悶哼一聲，不讓劍揮砍到她身上。這個動作很勉強，她開始變得虛弱了。

怪物逼得更近。珊戰低吼一聲，手臂跟腰間血流如注。

她給了它一記頭槌。

這一招在現實中的效用遠沒有故事裡的大，珊戰的視線頓時一暗，跪倒在地驚喘不止，但骷髏也在她面前倒下，裂開的頭顱因為這一擊的力道而滾落。鮮血順著她的臉頰流下，她撞破了頭，說不定也把自己的頭骨撞裂了。

她跪倒在地，掙扎著不讓自己失去意識。

眼前的黑暗慢慢消去。

珊戰發現自己在一條空無一人的石廊，身邊散落一地的骨頭，唯一的顏色就是她的鮮血。

她贏了。再次克服了一次挑戰。珊戰為收養她的家人吼出一段戰嚎，然後拿起匕首，割下幾塊上衣包紮傷口。她失血過多，即便經歷過嚴格訓練，今天也沒辦法再迎接更多挑戰了。至少是力氣上的挑戰。

她勉強站了起來，拿起祖的披風——他仍然痛得站不起來，只能以訝異的眼神看著珊。然後拾起封血巫的五個寵物頭顱，包在披風裡。

然後她順著走廊前進，試圖裝出強而有力的樣子，而非暴露出她的疲累、暈眩、痛楚。

他一定躲在附近……

她一把扯開走廊盡頭的一個儲藏櫃，發現封血巫就躲在櫃子裡，眼神仍然因為他的寵物被快速摧毀而震驚迷惘。

珊戰抓住他的前襟，一把將他拖起來。這動作幾乎又讓她昏過去。她得小心點。

封血巫嗚咽出聲。

珊戰低吼著說：「回去你的沼澤。在等你的那個人不在乎你在王都，也不在乎你賺很多錢，更不在乎你這一切都是為了她。她只要你回家去，所以她在信上才那樣措詞。」

珊戰這麼說有一部分是為了珊，因為不說珊會有罪惡感。

那人不解地看著她：「妳怎麼……啊啊啊！」

最後幾字是因為珊戰一把捅穿了他的腿。她放開封血巫的衣服，男人又倒在地上。

珊戰彎下腰，低聲說：「這是為了取你的血。不要來追我，你看過我怎麼料理你的寵物，對你我更沒有那麼好說話。頭顱我帶走了，免得你又派它們來追我。回、家、去。」

他虛弱地點點頭。然後珊戰丟下抱著流血的腿、軟成一團的封血巫邁步離開。骷髏的到來把其他人都趕走了，連守衛都沒留下。她直奔馬廄，但又突然想到一件事情停下腳步。不是太遠……

她告訴自己：妳傷重得快死了。別傻了。

最後，她還是決定傻一回。

不久後，珊戰衝進馬廄，發現裡面只有兩個嚇得半死的小廝。她選了馬廄中最引人注目的一匹馬，穿上祖的披風，趴在他坐騎的背上。然後，珊戰奔出皇宮大門，沒有半個人上前阻攔。

「高佟納，她說的是實話嗎？」亞緒拉凡問，在鏡子裡看著自己。

坐著的高佟納抬起頭。是嗎？他也問自己。他從來沒有看透過珊。

儘管因為臥床許久身體虛弱，亞緒拉凡仍堅持要自己更衣。高佟納坐在旁邊的凳子上，想要釐清此刻雜亂無比的思緒。

「高佟納？」亞緒拉凡轉向他。「我真的像那女人所說受傷了？你去找彷師來治療我，而不是用我們經過訓練的重合師？」

「是的，陛下。」

高佟納心想：他的表情。她是怎麼做到分毫不差？他在提問前皺眉的樣子、別人沒有立刻回答時偏頭的樣子，還有他站的姿勢，他在說一件他覺得重要的事情前，會先揮揮手指的動作……

「麥彭彷師？沒有這個必要吧。」皇帝穿上金黃色的外衣。

「您的傷勢並非我們的重合師所能治癒。」

「我以為他們是無所不能的。」

「我們也這樣以為。」

皇帝看著手臂上的紅戳記。表情一繃。「高佟納，這會是我的枷鎖。我的負擔。」

「您必須承擔。」

亞緒拉凡轉向他。「你這老頭，君王瀕死都沒讓你多出半點敬意啊。」

「我最近很累，陛下。」

「你在評判我。」亞緒拉凡繼續看著鏡子。「你向來如此。白晝的！有一天我一定會把你給弄走。你很清楚，對不對？我連考慮把你留下來都是因為你以前有點貢獻。」

太詭異了。這就是亞緒拉凡。要不是高佟納知情，否則以這仿作的靈性、完美，他絕對猜不出真相。他想要相信皇帝的靈魂其實一直都在他的身體裡，戳記只是把它……喚醒而已。這樣欺騙自己會輕鬆許多。也許他總有一天會這麼相信，不幸的是，他以前看過皇帝的眼睛，而他知道珊做了什麼。

「我去找其他的決議卿們，陛下。」高佟納站起來。「他們也會想見您的。」

「行。你退下吧。」

高佟納走向門。

「高佟納。」

他轉身。

「在床上躺了三個月。」皇帝看著鏡子裡自己的倒影。「不准任何人來看我，能治療任何傷口的重合師也無能為力……是跟我的腦子有關，對不對？」

他不應該猜到的。她說她不會把這點寫進去，高佟納心想。

只不過亞緒拉凡向來是個聰明的人，不論怎麼變，他骨子裡一直是個聰明人。珊讓他活過來，卻不能阻止他去思考。

「是的，陛下。」高佟納說。

亞緒拉凡哼了一聲。「幸好你賭贏了。你說不定會毀掉我思考的能力。你說不定會害我的靈魂都被賣了。冒這個險，我都不知道是應該罰你還是賞你。」

「陛下，我向您保證，過去這幾個禮拜，我已經對自己大賞大罰過了。」高佟納邊說邊離開房間。

他踏出門外，留下皇帝一個人望著自己鏡中的倒影，思索這一切背後的含意。

不論是好是壞，帝國的皇帝又回來了。

至少，他們得到了一個副本。

尾聲：第一百零一天

亞緒拉凡對八十個派系的決議卿們說道：「所以寡人希望，那些傳得沸沸揚揚的流言就此打住。病勢危急一說純屬臆測，至於刺客由何人指使一事雖無定論，但此事牽涉到皇后之死，絕不能姑息。」他看著所有的決議卿。「必有後報。」

芙拉法雙手抱胸看著副本，心中交雜著滿意與不滿意的情緒。妳這小偷在他的腦子裡開了什麼後門呢？我們一定會找到的，芙拉法心想。

奈恩已經開始研究精章，那仿師聲稱他可以解讀，只不過需要時間，也許要花上很多年。可是芙拉法總有一天會知道該怎麼樣控制皇帝。

摧毀筆記這一招的確厲害，那女人是不是猜到她其實並不是真的在抄寫？芙拉法搖搖頭，來到高佟納身邊，他坐在宣喻廳的包廂裡。她在他身邊坐下，壓低聲音說：「他們接受了。」

高佟納點點頭，眼睛盯著假皇帝。「連一絲懷疑都沒有。我們做的事不僅大膽，更是被人認為不可能實現。」

「那仿師可以威脅我們，我們行為的證據就烙印在皇帝的身上，接下來幾年得小心行事。」芙拉法說。

高佟納點點頭，一臉心不在焉。白日在上，芙拉法多希望能把高佟納從這個位置上踢掉，所有的決議卿裡，只有他會跟她唱反調。亞緒拉凡遇刺前，原本已經決定要採納她的建言這麼做了。

可是他們都只是私下會面。珊不知道，贗品也不會知道。芙拉法得從頭開始，除非她找到控制假皇帝的方法，而這兩種選擇都讓她氣惱。

「有一部分的我，還是不敢相信我們辦到了。」高佟納低聲說，臺上的假皇帝接下來說到要求眾人同心協力，合作並進。

芙拉法輕哼一聲。「計畫一直很順利。」

「珊逃了。」

「我們會找到她的。」

「我很懷疑。逮到她一次算我們運氣好，不過幸好我們不需要太擔心她的問題。」

「她會勒索我們。」芙拉法說。或者她會想辦法操控皇位。

「不。不會。她對這一切很滿意。」高佟納說。

「因為她成功逃掉了？」

「因為她的作品登上皇位。過去她的作品騙過上千人，可是現在她有機會騙過上百萬人，甚至整個帝國。在她的眼裡，揭穿她自己的行為就會破壞這件事的偉大。」

這老傻瓜真的這麼相信？他的天真經常讓芙拉法有機可乘，也正是因為如此，她會考慮留他在位。

假皇帝繼續演講。亞緒拉凡喜歡說個不停，仿師這點又弄對了。

「妳聽到了嗎？他在利用刺殺事件來加強我們這一派的地位。他在暗示我們需要團結、統一，記得過去的強盛……還有那些流言。就是榮光派在到處散播，關於他遇刺身亡的流言，提起這點可以削弱他們的立場。榮光派賭他回不來，現在他回來了，他們就顯得愚蠢了。」

「沒錯。是你教的嗎？」芙拉法說。

「不是。他拒絕讓我提出對演講的建議。不過這個行為感覺像是以前的亞緒拉凡會做的事情，像是十年前的他。」

「所以這副本不是完美的。我們得記得這點。」芙拉法說。

「對。」高佟納說。他手中握著一本厚厚的東西，芙拉法不認得那是什麼。

包廂後頭傳來一陣窸窣聲，芙拉法的一名徽族女婢走了進來，經過史第維恩特與兀緒納卡決議卿後，年輕的使者來到芙拉法身邊，彎下腰。

芙拉法不滿地瞥了女孩一眼。「有什麼事情重要到妳要來這裡打擾我？」

「對不起，卿夫人，可是您要我整理您的皇宮辦公廳，準備下午議事。」女子悄悄說。

「那又怎麼樣？」芙拉法問。

「您昨天有進去嗎？」

「沒有，忙著處理那鬼封血巫，皇帝又召見，所以……」芙拉法眉頭一皺。「怎麼了？」

珊回頭看向王都。城市裡有七座巨大的丘陵，外圍的六座山頂坐落著主要派系的主宅，皇宮則盤據在中央山頂。

她身邊的馬跟在皇宮裡選的那匹一點都不像。少了牙齒，走路時頭垂得低低的，弓著背，毛皮不知道多久沒刷過，而且在長時間挨餓下，肋骨像椅背上的木條突起。

珊過去幾天躲得很隱密，依靠她的乞丐精章躲在王都的陰暗角落。身上的偽裝和那匹馬讓她輕而易舉地從城裡逃了出來。可是一出來，她就除去自己身上的精章，用乞丐的思維來想事情，讓人感覺很……不舒服。

珊解開馬鞍，手往下探摸到發光的戳記，費了些力氣弄破戳記的邊緣，打破仿造的效果。那匹馬立刻換了個模樣，變得抬頭挺胸，身體也健壯起來。牠有點不安地踏了幾步，頭來回甩動，拉扯著韁繩。祖的戰馬擁有優秀的血統，在帝國中某些地方的價值甚至可與一棟小房子相比。

牠背上的補給品中，藏著一幅珊從芙拉法辦公室中偷走的畫。一幅仿畫。珊從來不需要偷走自己的作品，這種感覺很有趣。她把畫框底下的帆布割出個大洞，在後面的牆壁上刻了一個里歐符文。那符文的意思不怎麼好。

她拍拍馬脖子。整體來看這趟收穫不賴：一匹好馬，再加上一幅畫。雖然假，但是真到連畫的主人都以為是真跡。

*他現在正在演講。真希望能親耳聽到，*珊心想。

她的珍寶，她最偉大的作品，擔負著帝國的權威。這確實讓她感到激動，但這份刺激並不能讓她不斷向前努力，就連讓他重生都不是她最後如此拚命的原因。在最後，她把自己逼到極限，都是因為她想在那靈魂中留下幾個特定的改變。

也許真誠面對高佟納的幾個月改變了她。

*在一疊紙上一遍又一遍畫下同一個圖案，最後下面的紙也會印上同樣的圖案。直到深處。*珊心想。

她轉身，拿出會讓她成為野外求生專家與獵人的精章。芙拉法肯定認為珊會選大路，所以她要深入附近的索格迪森林，濃密的森林將完全隱匿她的行蹤。接下來的幾個月，她會小心翼翼地離開這一個省，繼續完成她的下一個任務：找到背叛她的宮廷弄臣。

不過現在，她想要離開牆，離皇宮，離朝廷的謊言越遠越好。珊翻身上馬，向王都跟王都的統治者告別。

好好活著，亞緒拉凡。要讓我為你感到驕傲，她心想。

在皇帝演講結束後那晚，高佟納回到自己的書房，坐在熟悉的壁爐邊，讀著珊給他的筆記。

心中讚嘆不已。

筆記中鉅細靡遺地記載創作皇帝魂印的經過，旁邊還有筆記注解。珊做的一切在他面前展露無遺。

芙拉法絕對找不到控制皇帝的後門，因為那並不存在。皇帝的靈魂是完整的，門戶嚴實，完全屬於他自己一人。但不代表他跟過去是同一個人。

珊的筆記對此解釋如下：

如你所見，我在這方面做了一些自己的詮釋。我想要盡量精確地重現他的靈魂。這是我的任務，也是我的挑戰。我真的辦到了。

然後，我進一步地拓展這個靈魂，強化某些記憶，再弱化某些記憶。我在亞緒拉凡的內心埋藏了一些契機，讓他對刺殺與康復事件做出特定的反應。

這不是改變他的靈魂，這不是讓他變成不一樣的人，只是鼓勵他朝一個特定的方向前進，就像街頭上擺攤詐賭的人會鼓勵目標選擇某一張牌。這就是他。是有可能成為的他。

誰知道？也許這的確就是他原本會成為的樣子。

憑高佟納自己當然看不出來，他在這方面的才能極為淺薄，但就算他是大師，他認為自己還是無法看出珊的手法。她在書裡說自己做得很小心，微妙到誰都看不出來改動的痕跡，必須有人極為了解皇帝才能猜到發生什麼事。

在這本筆記幫助下，高佟納看出珊做的改變。亞緒拉凡的瀕死經驗會讓他進入一個深沉自省的階段。他會找出日記，一遍又一遍讀著年輕時候寫下的種種。他會看到過去的自己，並且真正付諸行動把他找回來。

珊說這個過程會非常緩慢，但幾年之後，亞緒拉凡將成為他過去注定成為的人。埋藏在不同戳記中的微小偏好會推著他朝卓越，而非怠惰的方向走去。他會開始思索自己對後世的貢獻，而不是下一頓大餐。他會記得他的子民，而非晚宴。他會推動不同的派系，進行他和之前許多任皇帝都認為必須發生的改革。

簡單來說，他會成為一位鬥士，踏出從夢想家變成實踐者的那一步。但那是多麼艱辛的一步。高佟納在這本筆記中，看到了。

他發現自己在哭。

不是為了未來，也不是為了皇帝，這是因為目睹曠世鉅作在面前呈現所流下的淚水。真正的藝術超越了美，超越了技法。不僅僅是模仿。

而是大膽，是對比，是伏筆。在這本筆記中，高佟納看到一件堪可媲美任何時代最偉大的畫家、雕刻家、詩人的罕見作品。

這是他見證過，最偉大的藝術品。

高佟納崇敬地把筆記抱在懷裡將近一整晚。這是經過數月瘋狂、強烈的藝術靈感驅使所締造出的結晶，因外在壓力的逼迫而起源，像是一口氣息在憋到崩潰邊緣後全然釋放。

原始，卻精鍊。大膽，卻仔細。

偉大，卻無形。

它非如此不可。如果有任何人發現珊的行為，皇帝會立刻垮臺，連帝國都可能受到撼動。不能讓人知道，亞緒拉凡終於做出要成為一名偉大領袖的決定，卻是因為一名異教徒在他靈魂上鏤刻所引發的結果。

天光乍現時，高佟納緩慢、痛苦地從壁爐旁起身。

他緊握住那本筆記，那無與倫比的藝術鉅作，伸出了手。

將它擲入烈燄中。

〈皇帝魂〉全文完

後記

上寫作課的時候，經常聽到老師說：「寫你知道的事情。」每個寫作者經常聽到這樣的老生常談，我卻聽得一頭霧水。寫我知道的事情？要怎麼寫？我寫的是奇幻小說，怎麼會知道使用魔法是什麼感覺，更不要說會知道身為女性是什麼樣的感覺，但我仍然想寫出不同角色的觀點。

隨著寫作技巧日漸成熟，我開始明白這句話的意思。雖然在這個領域中，我們寫作的主題出於幻想，但最好的故事往往來自於真實世界中的紮實根基。對我來說，魔法寫得最順的時候都是因為它有相符的科學準則，架空世界寫得最順的時候都是因為擁有現實世界的靈感，人物塑造最順的時候都是根源於真實的情感與經驗。

所以說，作家靠的一半是觀察力，一半是想像力。

我很努力讓新的經驗為我帶來靈感，也很幸運的經常有到各地旅行的機會，每當造訪一個新的國家時，都會盡可能讓當地的文化、人物、經驗形成一個故事。

我前一陣子造訪了台灣，參觀了台北的故宮博物院，並且由編輯王雪莉跟翻譯段宗忱擔任我的解說員。數千年的中國文化不是幾個小時就能吸收完的，但是我們盡了全力。幸好我本身已經有一些亞洲歷史跟文化的基礎（我在韓國以傳教士的身分住了兩年，之後在大學裡輔修韓文）。

這一次造訪的經驗在我的心裡埋下故事的種子。當時令我印象最深刻的是印章。印章的英文有時候是用「chops」這個字，但我向來都是用韓文「tojang」稱呼，中文則是叫「印章」。許多亞洲文化都會用這些雕刻繁複的石頭來簽名。

在參觀博物院的時候，我注意到有很多紅印章，有些當然是藝術家本身的私章，但有一幅書法上面蓋得滿滿都是。宗忱跟雪莉解釋，古代中國文人跟貴族如果喜歡一件藝術品，有時也會自己在上面蓋印，歷代的某一位皇帝尤其喜歡這麼做，經常在美麗的雕刻及好幾百年的玉器上刻上自己的章或創作的詩文。

多有趣的想法啊！想像你是一國之君，因為特別喜歡米開朗基羅的《大衛像》，就把你的簽名刻在大衛的胸口上，基本上就是這個意思。

這個意象鮮明到我開始構思起關於印章的魔法，也就是〈皇帝魂〉中能夠改寫物體存在本質的魂印。由於不想要寫得跟「颶光典籍」裡的魂術過於相似，所以我利用故宮帶給我的靈感，也就是歷史的軌跡，發展出一套可以改寫物品過去的魔法。

故事就從那裡開始。因為這個魔法與我替《諸神之城：伊嵐翠》裡的世界—賽耳，發展的某一套系統很像，所以我把〈皇帝魂〉故事背景設定在那裡（賽耳裡的幾個文化也都是以亞洲文化為雛形，所以非常契合）。

人不可能只寫自己知道的事情，至少不能寫得一模一樣，但你絕對可以寫出自己看到的東西。

THE HOPE OF ELANTRIS

伊嵐翠的希望

*本篇時間點發生於《諸神之城：伊嵐翠》主線故事之中及之後。

「大人。」艾希飄進窗內。「紗芮奈小姐想請您諒解，她會遲一點再用晚餐。」

「遲一點？」瑞歐汀坐在桌前笑著問。「晚餐在一小時前就該開始了。」

艾希頓了一下。「大人，我很抱歉。但是……她要我保證，在您表示不滿時轉達一句話──『告訴他』，她說。『我懷孕了，這是他的錯，所以他要聽我的。』」

瑞歐汀大笑了出來。

艾希發出脈動，以一顆光球來說，這看起來是身為侍靈的它最困窘的樣子。

瑞歐汀嘆了口氣，雙臂放在伊嵐翠王宮的桌上，環繞四周的牆上發出微弱的光芒，因此不需要用到火炬或油燈。他記得自己曾經好奇伊嵐翠為何沒有燈架的時候，迦拉旦解釋過他們擁有輕觸就可發光的圓盤──但是他們都沒注意到牆石本身就有多少光輝。

他垂下視線，看著他的空盤。*我們曾一度為微不足道的食物爭鬥*，他心想。*現在，我們卻可以在餐前浪費一個小時。*

如今，食物已十分充足，連瑞歐汀都可以靠自己把垃圾變成品質良好的穀粒，亞瑞倫不再有人忍飢挨餓。只不過一想到這些事，瑞歐汀的思緒還是會飄到新伊嵐翠，以及他在城裡打造的和平。

「艾希，」瑞歐汀突然想到一件事。「我一直想問你一件事。」

「陛下請問。」

「你在伊嵐翠回歸的最後時刻，到哪裡去了？」瑞歐汀問。「印象中，那一晚沒看見你。事實上，我只記得你告訴我，紗芮奈被綁架到泰歐德的那一段。」

「是的，陛下。」艾希說。

「那麼，你那時在哪裡？」

「說來話長，陛下。」侍靈飄降到瑞歐汀的桌旁。「這要從紗芮奈小姐派我到新伊嵐翠，通知迦拉旦跟卡菈塔要接收一批武器開始說起，那時僧侶正要進攻凱依城，而我到了新伊嵐翠，對於即將發生的事渾然不知……」

麥黛西負責照顧孩子們。

這是她在新伊嵐翠的工作。每個人都有工作，這是靈性大人的規定。她不介意有工作——其實還挺享受的。她在靈性不在的時候還會工作得更久。自從戴希找到她，並帶她回去卡菈塔的王宮後，麥黛西一直在照顧小孩，靈性的規則只是讓這件事變成正式的工作。

是的，她享受她的責任。大多數時候。

「麥黛西，我們真的要上床嗎？」提歐爾張大眼睛問。「我們這次可以不睡覺嗎？」

麥黛西雙手抱胸，對著小男孩抬起一邊無毛的眉角。「你昨天在這個時候要上床睡覺。」她說。「前天也是，其實大前天更是。我不知道你為什麼覺得今天會不一樣。」

「有大事要發生了。」泰埃爾走到他的朋友身旁。「大人都在畫符文。」

麥黛西瞥向窗外。她看顧的五十幾位小孩待在這座被稱為「鳥巢」的建築裡，這棟開窗的建築以大多數牆面上有著複雜的鳥禽雕刻而得名。鳥巢的位置靠近這座城中城的中心——靠近靈性的住所，也就是他舉辦多數重大會議的科拉熙教堂。

大人們想要就近看顧孩童。

不巧的是，這代表孩子們也可以就近觀察大人的行為。數百隻手指在空中畫出符文，發出閃爍的光芒。夜已深沉，離孩子們上床的時間已經過了很久，但今晚要哄小孩入睡特別不容易。

泰埃爾是對的，她想。有大事要發生了。然而這並不是他不上床的理由，要是他繼續醒著，她就得等到他睡了才能出去調查騷動原因。

「沒有事要發生。」麥黛西回頭看向孩子們。雖然他們當中有些人已經裹在鮮艷色彩的被子裡，但也有很多人好奇地起身，觀看麥黛西如何處理這兩個搗蛋鬼。

「我覺得這不像是沒事要發生的樣子。」提歐爾說。

「好吧，」麥黛西嘆了口氣。「他們在書寫符文。如果你們這麼有興趣，想要練習符文的話……我們可以破例不睡。我想我們今晚可以來上點課。」

提歐爾和泰埃爾臉色一下子變白。描繪符文是他們上課的內容，是靈性強制要求他們再次參加的課程，麥黛西狡猾地笑看著兩個男孩默默走開。

「去拿羽毛筆跟紙來。我們可以畫個上百次艾歐．艾希。」她喊著。

男孩們聽懂了暗示，一溜煙跑回各自的床上。房間的另一邊，其他幾個看護在孩子們之間走動，確認他們真的入睡了。麥黛西也開始巡視起來。

「麥黛西。」有個聲音突然說。「我睡不著。」

麥黛西轉頭，看向一個坐在床鋪上的小女孩。「莉卡，怎麼會呢？」麥黛西輕輕一笑。

「妳才剛剛上床，還沒試著睡覺呢。」

「我就是知道我睡不著。」小女孩倨傲地說。「梅依會講床前故事給我聽。如果它不講故事，我就睡不著。」

麥黛西嘆了口氣。莉卡很少有睡得好的時候——尤其在她問及自己侍靈去向的晚上，更是如此。當然，她的侍靈也在霞德祕法找上莉卡時離開了。

「親愛的，躺下來。」麥黛西安慰她。「看看睡意會不會來。」

「不會來的。」雖然莉卡嘴上這樣說著，但還是躺下了。

麥黛西巡了巡其他人一遍，接著走到房門口，最後匆匆一瞥孩子們蜷縮著的小身子（儘管有許多人仍在動手動腳），知道自己也感受到和他們一樣的不安。今天晚上不太對勁。靈性大人消失不見了，雖然迦拉旦跟大家說不要擔心，但麥黛西認為這是不祥之兆。

「他們到底在外面做什麼？」埃多崔斯在她身旁悄悄低語。

麥黛西瞥向室外，許多成人站在迦拉旦周圍，在夜裡畫出符文。

「符文沒有用的。」埃多崔斯說。這個少年或許比麥黛西還年長兩歲，不過這點在伊嵐翠並不重要，畢竟在這裡，所有人的皮膚都覆滿灰斑，頭髮不是稀疏就是掉光。霞德祕法的咀咒讓人難以被測定年齡。

「我們沒有理由不練習符文。」麥黛西說。「這對他們來說是種力量，你可以親眼證實。」

確實，符文中蘊含著力量，麥黛西總是從畫在空中的光流中感受到這股湧動。

埃多崔斯不屑地哼了一聲。「毫無用處。」他一邊說，一邊雙手抱胸。

麥黛西給了個微笑。她不知道埃多崔斯的脾氣是不是一直那麼不好，還是因為他在鳥巢工作才有這個傾向。他似乎不喜歡自己被指派來照顧小孩，而不是獲准成為戴希的一員士兵。

「待在這裡。」她漫步走出鳥巢，往成人們所在的開放庭院而去。

埃多崔斯一如往常發起牢騷，坐下來確保沒有小孩偷溜出臥房，並對其他完成工作的少年點了點頭。

麥黛西在新伊嵐翠的露天街道上漫步。今天是個清冷的夜晚，但是寒冷並沒有造成麥黛西的困擾，這是身為伊嵐翠人的好處。

她似乎是少數這樣看待事物的人。無論靈性大人怎麼說，其他人仍然不把身為伊嵐翠人看作「好事」。不過，對麥黛西來說，他說的話很有道理，但她可能是因為自己的因素才這麼想。在來此以前，她本來是個乞丐——一生被人忽略，同時感覺自己一無是處。然而在伊嵐翠裡，有人需要她，她是重要的；孩子們尊敬她，而她也不需要再乞討或偷竊食物。

戴希在泥濘的巷內找到她之前，她過得很不好，身上也有傷口。麥黛西臉頰上的一道傷口，就是剛進伊嵐翠不久時弄傷的。這道傷口仍然傳遞著她受傷當下所感受到的痛覺。只不過這個代價不大。在卡菈塔的王宮中，麥黛西初嘗自己派上用場的滋味。在麥黛西與卡菈塔的幫眾遷居至新伊嵐翠後，這個歸屬感更加強烈。

而且，她來到新伊嵐翠後還獲得了其他東西：一位父親。

戴希轉過身來，見到她走近時，在燈火中報以微笑。他不是她真正的父親。霞德祕法找上她以前，她就是個孤兒。就像卡菈塔一般，戴希是那種把找到的孩子都帶到王宮的家長。

但是戴希對麥黛西特別慈祥。這個嚴肅的士兵在麥黛西出現時，比平常更會露出笑容，而他有重要事情要交辦時，也只會找她。某天，她開始稱他為父親，他也從沒有表示反對。

她在庭院邊緣加入戴希的行列，戴希將一手放在她的肩上。在他們面前，有一百多人近乎整齊畫一地揮舞著手。他們的手指在空中畫出發光的線條，也就是曾經可以施放艾歐鐸魔法的符號。迦拉旦站在大家前方，用他拉長的杜拉腔調喊出指令。

「我沒想到會有看見杜拉德人教授符文的一天。」戴希小聲說，另一隻手放在劍鼻上。

他也很緊張，麥黛西心想。她抬起頭。「父親，迦拉旦人不錯。」

「他或許是個好人。」戴希說。「但他不是學者。他畫錯線的次數比畫對更多。」

麥黛西沒有點破戴希畫符文的技術也很糟。她注視著戴希，注意到他緊抿的嘴唇。「你沒辦法接受靈性還沒回來。」她說。

戴希點頭。「他應該在這裡陪伴他的人民，而不是追求那個女人。」

「他在外面可能有重要的事情。」麥黛西小聲說。「要跟其他國家與軍隊打交道。」

「外界並不關心我們。」戴希說。他有時候很固執。

事實上，他大多時候都很固執。

迦拉旦開始在群眾面前說起話來。「很好。」他說。「這就是艾歐．達——也就是力量的符文。可了？現在我們要練習如何在符文中加入裂谷線，但我們不會用在艾歐．達上。我們也不想在美麗的人行道上打出洞來，對吧？我們會改用艾歐．瑞歐練習，這個符文看來並不重要。」

麥黛西皺了皺眉。「父親，他在說什麼？」

戴希聳聳肩。「看來因為某些理由，靈性認為符文現在有作用了，我們過去畫符文的方法都錯了之類的。雖然其實我不懂，設計符文的學者為什麼會在每個符文上都漏掉一整條線。」

麥黛西不認為學者「設計」過符文。符文其實是很……原始的東西。它們是自然的產物，就跟風吹一樣自然。

不過她什麼也沒說。戴希是個親切而堅定的人，但他並沒有多少餘裕了解學識。對麥黛西來說這不是問題，當初是戴希持劍參與了保衛戰，保護新伊嵐翠不被野人摧毀。新伊嵐翠沒有比她父親更精練的戰士。

然而，她還是好奇地看著迦拉旦談起新線條的事情。這條線很奇怪，劃過符文的底部。然後……這樣就讓符文生效？她想。看起來是很簡單的修正。但有可能嗎？

身後傳來清喉嚨的聲音，他們迅速轉身，戴希差點就要拔出劍來。

一個侍靈在他們身後懸浮。它不是失去理性在伊嵐翠飄浮的侍靈，而是還帶著理智、發出充足光芒的模樣。

「艾希！」麥黛西開心地說。

「麥黛西小姐。」艾希在空中上下擺動。

「我不是什麼小姐。」她說。「你知道的。」

「麥黛西小姐，我認為這個頭銜非常恰當。」他說。「戴希大人，卡菈塔小姐在這裡嗎？」

「她在圖書館。」戴希把手從劍上移開。

圖書館？麥黛西心想。什麼圖書館。

「啊，」艾希用沉穩的聲音說。「或許在迦拉旦大人看起來正忙得無法分身的現在，我可以把訊息傳遞給您。」

「如你所願。」戴希說。

「有一批新貨要來了，大人。」艾希低聲說。「紗芮奈小姐希望大家盡早知道這件事，把這批貨當作……維生的必需品。」

「食物嗎？」麥黛西問。

「不是的，小姐。」艾希說。「是武器。」

戴希來了興致。「真的嗎？」

「是的，戴希大人。」侍靈說。

「她為什麼要送武器來？」麥黛西皺眉問。

「我的小姐很擔心，」艾希低聲說。「外界的緊張局勢正在逐漸升高。她說……她要新伊嵐翠備戰，以防萬一。」

「我會找人做好準備。」戴希說。「然後收下這些武器。」

艾希上下晃動，顯示他覺得這是個好方法。麥黛西在父親走遠以後，注視著侍靈，腦袋閃過一個想法，或許……

「艾希，我可以佔用你一點時間嗎？」她問。

「當然，麥黛西小姐。」侍靈說。「有什麼事嗎？」

「很簡單的事情，真的。」麥黛西說。「但或許能幫上忙……」

艾希說完故事，麥黛西露出微笑，注視著小女孩莉卡在臥鋪上沉沉入睡的身影。這孩子過了好幾週，終於得到了安寧。

適才把艾希帶到鳥巢來的時候，引發了還沒睡著的孩子一陣不小的騷動。然而等艾希開口說話後，便證明了麥黛西的直覺是對的。這個侍靈沉穩、圓潤的聲音讓孩子們全部靜了下來，他的嗓音帶著讓人徹底放鬆的節奏。侍靈的故事不僅哄睡了莉卡，也誘著其他睡不著的孩子入眠。

麥黛西站起身，伸展她的雙腳，接著對門外點點頭。艾希飄浮在她身後，又走過脾氣不好的埃多崔斯身旁，他正對著一隻不知怎麼闖進新伊嵐翠的蝸牛投擲石頭。

「艾希，很抱歉佔用了你這麼久的時間。」為了不要吵醒小孩，麥黛西在走遠以後才小聲說。

「不會的，麥黛西小姐。」艾希說。「我想紗芮奈小姐不會太介意我這樣。另外，我很高興能再講起故事。我的小姐離孩提時代有點遠了。」

「紗芮奈小姐這麼小就繼承了你嗎？」麥黛西好奇地問。

「從她出生時就是了，小姐。」艾希說。

麥黛西露出遺憾的一笑。

「麥黛西小姐，總有一天，您會有自己的侍靈，我是這麼認為的。」

麥黛西歪頭問。「怎麼說？」

「是這樣的，伊嵐翠人曾經有過幾乎每個人都有侍靈的時代。我開始認為靈性大人有能力修復這座城市——畢竟他也修正了艾歐鐸。如果他成功了，我們就會幫您找到屬於您的侍靈。或許是個叫做艾提的侍靈，跟您的符文一樣的名字，對吧？」

「是的。」麥黛西說。「它的意思是希望。」

「我認為這個符文很適合您。」艾希說。「那麼，既然我在這裡的工作完成了，或許我應該——」

「麥黛西！」一個聲音說。

麥黛西瑟縮了一下，瞥向已經沉睡的鳥巢。一道光在夜裡沿著小巷搖曳而來，也是叫聲的源頭。

「麥黛西？」那個聲音又問了一聲。

「小聲點，瑪瑞西。」麥黛西發出噓聲，安靜地跨過街道，走到那人身旁。「孩子們已經睡了。」

「喔。」瑪瑞西頓了一下。這個傲慢的伊嵐翠人穿著標準的新伊嵐翠服裝（鮮豔的襯衫與長褲），但在衣服上加了幾條披帶，認為這樣會更有「藝術氣質」。

「妳那個父親在哪裡？」瑪瑞西問。

「他正在訓練人們用劍。」麥黛西低聲說。

「什麼？」瑪瑞西問。「現在是半夜耶！」

麥黛西聳聳肩。「你知道戴希的性格。只要他一有什麼想法……」

「先是迦拉旦跑走，」瑪瑞西嘟囔著。「現在戴希會在晚上揮劍。要是靈性大人回來的話……」

「迦拉旦不見了？」麥黛西提起精神問。

瑪瑞西點頭。「他有時候會這樣消失，卡菈塔也是。他們從不告訴我去了哪裡，總是保密到家！『瑪瑞西，你接管這裡。』他們一說完，就會丟下我去進行他們的祕密會議。真是的！」男人邊碎念邊帶著油燈走開。

祕密集會，麥黛西心想。是戴希提到的圖書館嗎？她注視著還飄浮在身旁的艾希。或許她只要誘導這個侍靈，他就會脫口而出……

尖叫聲響起。

突如其來的尖叫來得如此出乎意料，讓麥黛西驚跳了起來。她四處張望，試著辨認聲音的方向。聲音似乎是從新伊嵐翠正面傳來的。

「艾希！」她說。

「我這就過去，麥黛西小姐。」侍靈邊說邊竄向天空，轉眼成為夜裡的微微光點。

她轉身返回鳥巢。負責管理鳥巢的成年人泰埃德，已經穿著長睡衣走出建築物。就算在黑暗中，麥黛西也可以看見他臉上擔憂的神情。

「在這裡等著。」他說。

「別離開我們！」埃多崔斯驚慌地四處張望。

「我會回來的。」泰埃德一邊說，一邊匆忙離開。

麥黛西跟埃多崔斯互看一眼。其他照顧小孩的青少年已經在夜裡回到各自的住處，只有埃多崔斯和她留了下來。

「我要跟他走。」埃多崔斯想跟上泰埃德。

「不行。」麥黛西邊說邊抱住他的手臂，把他拖回來。遠處仍然傳出吶喊。她瞥向鳥巢。

「去把孩子們叫醒。」

「什麼？」埃多崔斯忿忿不平地說。「在我們努力讓他們睡覺之後，又要叫醒他們？」

「快照做。」麥黛西喝斥。「叫他們起來，然後要所有人都穿上鞋子。」

埃多崔斯抗拒了一會，接著一邊叨念，一邊鑽進房內。過了一會，她就聽見他照著要求叫醒小孩。麥黛西衝到街道對面的房子，也就是其中一間補給站，在裡面找到兩盞有油的油燈，以及一些打火石跟鋼塊。

她停了下來。我在做什麼？

只是做好準備。她告訴自己，耳邊同時聽著尖叫聲顫抖。聲音似乎越來越近，她衝回街道對面。

「小姐！」艾希的聲音響起。她抬頭看見侍靈往她這裡降落。侍靈的符文黯淡下來，讓她幾乎沒辦法看見它。

「小姐，」艾希急迫地說。「軍隊正在攻擊新伊嵐翠！」

「什麼？」她震驚地問。

「小姐，他們穿著紅袍，有著菲悠丹人的身高與黑髮。」艾希說。

「他們有數百人。你們的士兵在城市前線與他們戰鬥，但是寡不敵眾，新伊嵐翠已經慘遭蹂躪！小姐，軍隊正往這裡來，他們在搜索房子！」

麥黛西嚇得呆在原地。不，不，這不可能。這裡不會發生這種事。這裡很和平。是完美的。

我逃離了外界。我找到我的歸屬。那個世界不會追殺過來。

「小姐！」艾希的聲音聽起來驚惶不已。「那些尖叫……我認為……我認為軍隊已經在攻擊發現他們的居民了！」

而那批軍隊正往這裡來。

麥黛西僵立著，麻木的手指抓緊了油燈。一切都結束了。畢竟她又能做什麼呢？不久前她還是個孩子，還是個乞丐，還是個沒有家人或住所的女孩。她又能做什麼呢？

我負責照顧小孩。

這是靈性大人給我的工作。

「我們必須疏散他們。」麥黛西回神，全速衝向鳥巢。「軍隊知道該找上什麼地方是因為我們清理了這一區。這座城市很大，如果我們把孩子帶到沒清理過的地方，就能藏起他們。」

「遵命，小姐。」艾希說。

「你去找我父親。」麥黛西說。「告訴他我們要做什麼。」

她進入了鳥巢，艾希則飄往夜空之中。埃多崔斯在鳥巢裡按照她的要求，協助孩子們昏昏沉沉地穿上了鞋子。

「動作快，孩子們。」麥黛西說。

「發生什麼事？」泰埃爾問。

「我們得走了。」麥黛西對小搗蛋鬼說。「泰埃爾、提歐爾，我需要你們的幫忙。你們和其他年長的孩子都一起幫忙，好嗎？你們必須幫助年紀小的孩子們，帶著他們走，並且保持安靜，好嗎？」

「為什麼？」泰埃爾皺著眉問。「發生什麼事了？」

「發生了緊急事件。」麥黛西說。「你們只要知道這樣就好。」

「為什麼是妳主導這裡？」提歐爾走到他的朋友身旁，雙手抱胸。

「你們知道我父親戴希嗎？」麥黛西說。

他們點頭。

「你們知道他是一名士兵嗎？」麥黛西問。

他們又點點頭。

「那麼，我也是個士兵。這是傳承。他是隊長，我也是，這代表我會告訴你們該做什麼。如果你們答應照我所說的做，你們可以當副隊長。」

兩個小男孩停了一會，接著泰埃爾點頭。「有道理。」他說。

「好。現在，動身！」麥黛西說。

兩個男孩走去幫忙年紀更小的孩子。麥黛西引領他們到門外，走進昏暗的街道。然而他們當中有許多人被黑夜震住，嚇得動也不敢動。

「麥黛西！」埃多崔斯靠近她，細聲說。「發生什麼事了？」

「艾希說新伊嵐翠遭到攻擊，」麥黛西跪在油燈旁。「軍隊正在進行屠殺。」

埃多崔斯安靜下來。

她點起油燈，接著站起來。如她所想，就算是年紀小的孩子們，也會往朝著具有安全感的燈光聚集。她把一盞油燈遞給埃多崔斯，看見燈光映照出他嚇壞的表情。

「我們要怎麼做？」他用顫抖的聲音問。

「逃跑。」麥黛西邊說邊衝出房間。

孩子們緊跟著她，不願被留在黑暗中，齊齊跟著燈光行動。泰埃爾和提歐爾幫助更小的孩子，埃多崔斯則是試著安撫想要哭的孩子。麥黛西擔心起燈光會招來注意，但眼前看來這是唯一的方法。因為他們很難讓孩子們維持一開始的速度，引領他們盡快離開新伊嵐翠——直接遠離近得可怕的尖叫聲。

他們離開了新伊嵐翠的居住區。麥黛西祈禱能碰見可以幫助他們的成人。不幸的是，成人們不是在練習符文，就是與她父親練習使用武器。唯一有人居住的房子，都是艾希指出被攻擊過的地方，而裡面的居民……

不要想這種事。麥黛西一邊想，一邊帶著有五十名小孩的混亂隊伍，來到了新伊嵐翠的邊界。他們就要自由了，他們可以——

身後傳來吼叫聲，那聲音用麥黛西無法理解的短促腔調說著話。麥黛西四處張望，看向嚇壞的孩子們身後。新伊嵐翠的中心發出微弱的光。

那是火光。

新伊嵐翠燒起來了。

在死亡烈焰構成的畫面中，有三個穿著紅色制服的小隊士兵現身。他們帶著劍。

他們絕對不會殺害小孩，麥黛西想著，顫抖的手努力提著油燈。

但是她看見士兵的眼中閃過一抹危險、可怕的光芒。他們逼近了她帶領的人群。不，他們會殺掉小孩。至少會殺掉伊嵐翠人之中的小孩。

「快跑。」麥黛西顫抖著聲音說。她心知肚明這些孩子沒辦法跑得比那些人還快。「快跑！離開這裡，然後……」

突然一個光球從空中竄到地面。艾希在士兵之間旋轉，引開他們的注意力。士兵們抬頭看著侍靈，一邊咒罵，一邊憤怒地揮舞著劍。

這就是士兵沒有看見戴希衝向他們的原因。

他從新伊嵐翠的一條陰暗小巷衝了出來，朝士兵的側翼發動攻擊。他在刀光劍影中打倒一名士兵，接著轉向另外兩名士兵。士兵嘴裡吐著咒罵，拋下侍靈，轉身面對他。

我們得走了！「快走！」她催促埃多崔斯與其他人繼續移動。孩子們漸漸遠離戰鬥，跟著埃多崔斯的燈光走入夜色中。麥黛西待在隊伍後段，憂慮地轉頭看向她的父親。

他沒有辦法好好戰鬥。他是個精良的戰士，但是士兵有兩位援軍，而身為伊嵐翠人的戴希並沒有強壯的肉體。麥黛西用發抖的手指提著油燈，不確定該怎麼辦。孩子們在她背後的黑暗中抽抽噎噎，撤離的速度十分緩慢。戴希英勇地戰鬥著，他已經將生鏽的劍換成紗芮奈送來的利劍，格擋住一次又一次攻擊，卻慢慢地被包圍起來。

我必須做些什麼！麥黛西邊想邊向前走。這時戴希轉身過來，她可以看見他臉上跟身上的傷痕，看見他眼中的恐懼，使她震驚地一動也不動。

「去吧。」他發不出聲音，但是嘴巴的確在說話。「快跑！」

一名士兵的劍劈上戴希的胸膛。

「不！」麥黛西尖叫出聲，但這一叫只是在戴希倒下、在地上抽搐時，引來士兵的注意。

士兵看著她，然後逼近。戴希又打倒了幾名士兵，但還有三個活著。痛楚看來已經淹沒了戴希。

麥黛西全身麻木。

「我的小姐，拜託。」艾希飄到她身旁，著急地舞動。「您必須快跑！」

父親死了。不，比死更糟──他成了霍依德。麥黛西搖搖頭，強迫自己保持清醒。她還是乞丐時看過許多悲劇，她撐得下去，她必須撐下去。

這些人會找上孩子們。孩子們移動得太慢，除非……她看著身旁的侍靈，注意到它中心的符文。那個符文代表光輝。

「艾希，」她在士兵逼近時著急地說。「到前面找埃多崔斯。讓他熄掉油燈，然後帶他和其他人到安全的地方去。」

「安全的地方？」艾希說。「我不知道哪裡還是安全的。」

「就是你提到的圖書館。」麥黛西加快思考。「它在哪裡？」

「往北直走，小姐。」艾希說。「圖書館在一座低矮的建築下，標誌是艾歐・瑞歐。」

「迦拉旦和卡菈塔在那裡。」麥黛西說。「把孩子們帶到那裡，卡菈塔會知道該怎麼做。」

「好的。」艾希說。「好的，這想法聽起來很好。」

「別忘了油燈的事。」麥黛西在他飛走時說。她轉身面對逼近的士兵，接著伸出顫抖的手指，在空中畫出符號。

光線隨著她的手指在空中迸發。她逼迫自己保持鎮定，就算恐慌也要完成符文。士兵停下來看著她，接著其中一人用喉音講出她覺得是菲悠丹語的句子。他們繼續逼近她。

麥戴希完成了符文——艾歐・艾希，和她的侍靈朋友體內的符文是同一個。但是，這個符文當然沒有作用，它只是一如往常地懸在空中。士兵毫不在乎地接近，踏過那個符文。

最好有效。麥黛西心想，然後把手指放在迦拉旦形容的地方，畫上最後一條線。

符文馬上在士兵面前發出強烈的光芒。他們在驟起的閃光照上雙眼時大叫出聲，然後一邊咒罵一邊搖搖晃晃地後退。麥黛西從地上撈起油燈，開始狂奔。

士兵在她身後不停吼叫，並且跟了上來，然後就像孩子一樣跟著燈光——她的燈光——狂奔。埃多崔斯和孩子們還沒有走遠，她可以看見夜裡移動的身影，但是士兵的視力已經沒辦法察覺這樣細微的動作，埃多崔斯早已熄滅了燈火，士兵現在只能專心追著她的油燈燈光。

麥黛西把他們帶到黑暗中，驚恐的手指仍然提著油燈。等她完全進入伊嵐翠時，還是可以聽見他們在身後追趕的聲音。泥濘與黑暗取代了新伊嵐翠乾淨的石板路，麥黛西不能走得太快，不能因此滑倒或跌倒。

但她還是急著行動。她繞過轉角，試著不被追兵追上。她覺得自己非常無力。跑步對伊嵐翠人很困難。她沒有力氣快步行動，而且已經感受到一股龐大的疲累感。她不再聽見追趕的聲音，或許……

她轉過轉角，然後撞到站在黑夜中的兩名士兵，震驚地停在原地，抬頭發現她認得這些人。

他們是受過訓練的士兵，她想。他們當然知道如何包圍敵人、攔截敵人。她轉身逃跑，但其中一名士兵抓住她的手臂，笑著用菲悠丹語說了句話。

麥黛西大叫，扔下油燈。士兵跌了一下，還是穩穩地抓住她。

想啊！麥黛西告訴自己。妳只有一次機會。她的雙腳在泥漿上打滑。她停了下來，然後讓自己落地，用力踢了捕捉她的人。

她依靠的是自己曾經生活在伊嵐翠的經歷。她知道該怎麼在軟泥跟泥漿中移動，而這些士兵並不知道。這一踢證明她沒錯，士兵馬上滑倒，跌到他的同伴身上，然後雙雙倒在滑溜的石板路上，並且鬆開了麥黛西。

她急忙爬起身來，漂亮鮮豔的衣服現在已經沾上伊嵐翠的爛泥。她的腿上出現新的痛覺——她扭傷了自己的腳踝。她以前一直十分小心不要弄痛自己，但這個疼痛比她以前遇過的任何痛覺都來得強烈，比她臉上的傷痕還來得痛楚。她的腿因為不可思議的痛苦而灼燒，而且這股痛覺沒有減輕，仍然維持它的強度。伊嵐翠人的傷口永遠不會痊癒。

然而她還是強迫自己跛行離開。她只想趕快從士兵手中逃走，所以想都沒想就移動了。她聽見他們的咒罵，跌跌撞撞地走過來。她繼續一拐一拐地走。在看見新伊嵐翠在她眼前燃燒時，才發現自己已經繞了城市一圈。

她回到了起點。

她停了下來。看見戴希就躺在石板路上，她跑向他，不在乎任何追兵。她的父親身上仍插著劍，而她仍可以聽見他的低語。

「快跑，麥黛西。跑到安全的地方……」那是霍依德戴希一再重複的話語。

麥黛西頹然跪下。她已經讓孩子們得到安全，這就夠了。她聽見身後的聲音，轉身看見一個士兵正在接近。他的同袍一定是往不同方向去了。這個士兵身上沾著爛泥，她也認出了他，是被她踢了一腳的那個人。

我的腿受了嚴重的傷！她轉回去抱住戴希癱瘓的身體，既累又痛的她再也動不了。

士兵拐住她的肩膀，把她從父親的屍體上拉開。當他把她的身體轉了過來時，又弄痛了她的手臂。

「妳跟我說，」他用濃厚的口音說。「其他小孩去哪？」

麥黛西無力地掙扎。「我不知道！」但其實她知道。艾希已經和她說了。為什麼我會問他圖書館在哪？她斥責自己。如果我不知道，我就不會洩露他們的行蹤了！

「妳說，」士兵一手抓住她，一手摸索他的腰刀。「妳說，否則我傷害妳。不好。」

麥黛西的掙扎沒有用。如果她身為伊嵐翠人的雙眼能夠流淚的話，她早就哭了。士兵像是為了證明他的說法，把刀舉到了她眼前。麥黛西一生中從沒有感受過這樣的恐懼。

地平線在此時透露出黎明的光輝，但是這道微光被城市邊境突然迸出的光芒給蓋過。士兵停下動作，抬頭看向天空。

麥黛西突然感受到一股深深的暖意。

她不知道她多想念溫暖的感覺，她多麼適應伊嵐翠人額舊冰冷的身體。這股溫暖流過她的身體，就像有人在她的血管中注入溫熱的液體。這股美妙、神奇的感覺，讓她倒抽了一口氣。

有東西回歸正軌了。有東西精確地回歸正軌了。

士兵突然看向她。他抬起頭，接著伸出手抹過她臉頰上的舊傷。

「治好了？」他似乎感到困惑。

她感覺太棒了。她感覺到……她的心跳！

士兵看起來很困惑，還是舉起刀。「妳治好了。」他說。「但我可以再傷妳。」

她身體變得強壯。然而她仍然只是個少女，而他是受過訓練的士兵。她掙扎起來，腦袋慢慢理解到自己的皮膚不再滿布斑點，而是轉換成銀色。真的發生了！就跟艾希預告的一樣！伊嵐翠回來了。

但她還是面臨死亡的威脅。這不公平！她挫敗地大叫，試著扭動身體取得自由。實在太諷刺了。這座城市正在痊癒，卻也無法阻止這個可怕的人——

「我想你忘了東西，朋友。」突如其來的聲音響起。

士兵停了下來。

「如果那道光治癒了她。」那道聲音說。「那道光也治好了我。」

士兵立刻因為痛苦而喊叫，接著丟下麥黛西，跌到地上。她一邊退後，一邊看著那個可怕的士兵倒地，然後才發現站在士兵身後的人：那是她的父親。他從內裡發著光輝，身上不再有汙點。他看起來就像神祇一樣耀眼奪目。

他的衣服在原本的傷口上裂開，但是皮膚已經痊癒了。他的手上握著的，正是先前插在他胸口的劍。

她跑向她，迸出淚水（她終於又能哭了！），接著緊抓住擁抱她的身軀。

「麥黛西，孩子們在哪裡？」他著急地說。

「父親，我照顧好他們了。」她低聲說。「每個人都有工作，而這是我的職責。我照顧孩子們。」

「那麼，孩子們後來怎麼樣了？」瑞歐汀說。

「我帶他們到圖書館去。」艾希說。「那時迦拉旦和卡菈塔已經走了——我們想必是和跑回新伊嵐翠的他們錯過了。但我把孩子們藏在裡面，和他們待在一起並且保持所有人的鎮定。我那時很擔心城裡發生什麼事，但是這些小可憐……」

「我可以理解。」瑞歐汀說。「那麼麥黛西……戴希年少的女兒。我無法想像她經歷了什麼事。」瑞歐汀微笑。他給了戴希兩個侍靈——舊主已經去世，然後在伊嵐翠回歸時恢復神智的侍靈）——感謝他為新伊嵐翠的貢獻。戴希把其中一個給了他的女兒。

「她最後得到哪一個侍靈？」瑞歐汀問。「艾提嗎？」

「其實不是。」艾希說。「我認為是艾依歐。」

「非常合適。」瑞歐汀笑著說，在門打開時站起身來。

他的妻子，也就是紗芮奈王后，正緩步以有孕之身進入餐室。

「我同意。」艾希一邊說，一邊飄向紗芮奈。

艾依歐代表勇氣。

〈伊嵐翠的希望〉全文完

後記

這一篇有個有趣的幕後故事。

讓我們回到二〇〇六年八月，當時我與愛蜜莉交往了大約兩個月左右（後來她成為了我的妻子）。在一次約會時，愛蜜莉和我說了一件驚人的事。她有個八年級學生，一名叫麥黛西的女孩，做了一份關於《伊嵐翠》的閱讀心得報告。麥黛西當時並不知道她的老師正與我交往中，她甚至並不知道愛蜜莉認識我。這只是個奇妙的巧合。

她的報告非常驚人。那不僅只是一篇文章，她做的是一整本介紹賽耳的設定書，其中有角色的素描與簡介、釘上了伊嵐翠衣物的布料樣品，還附有許多小袋子裝著書中提到的各種原料。愛蜜莉把報告拿給我看，我佩服得五體投地。當時我還只是一名剛開始出版作品的新人作家，親眼見到麥黛西在她的報告上所投注的心力，是我早期職業生涯中印象最深刻的事情之一。

我想要為麥黛西做點特別的事以表達我的感謝。當時她還不知道她的老師正和她最喜歡的作家在交往。於是我決定替《伊嵐翠》寫一篇額外的小故事。

在任何小說中，總會有些情節因為故事步調的考量而被忍痛放棄。我清楚知道達克霍發動攻擊時，伊嵐翠城內的狀況。在我的腦海中，我也知道孩童們是被戴希以及侍靈艾希所救並保護了他們。我不想讓孩童和其他人有一樣的悲慘下場，卡菈塔這麼努力地想要保護他們，我能給她的回報就是讓孩童們不要在新伊嵐翠建立前便被殺害。

我決定寫一個小故事來說明這段情節。又因為是麥黛西啟發了我，我決定要以她來命名其中的一個角色。故事中麥黛西的行為舉止並非基於真人麥黛西，因為我並不認識現實中的麥黛西，也從未見過她——不過現在我已見過她許多次了，她偶爾會來我的簽書會，甚至把她原版的伊嵐翠報告當作結婚賀禮送給了我和愛蜜莉。

回頭再看這個故事，我覺得整體是比較情緒化了一點，希望讀者不會覺得它太過矯情（如果不考慮《伊嵐翠》的脈絡直接讀這篇故事的話，也許會這麼覺得）。不過單就故事內容來說，我算是很滿意的。

THE SCADRIAN SYSTEM

司卡德利亞系統

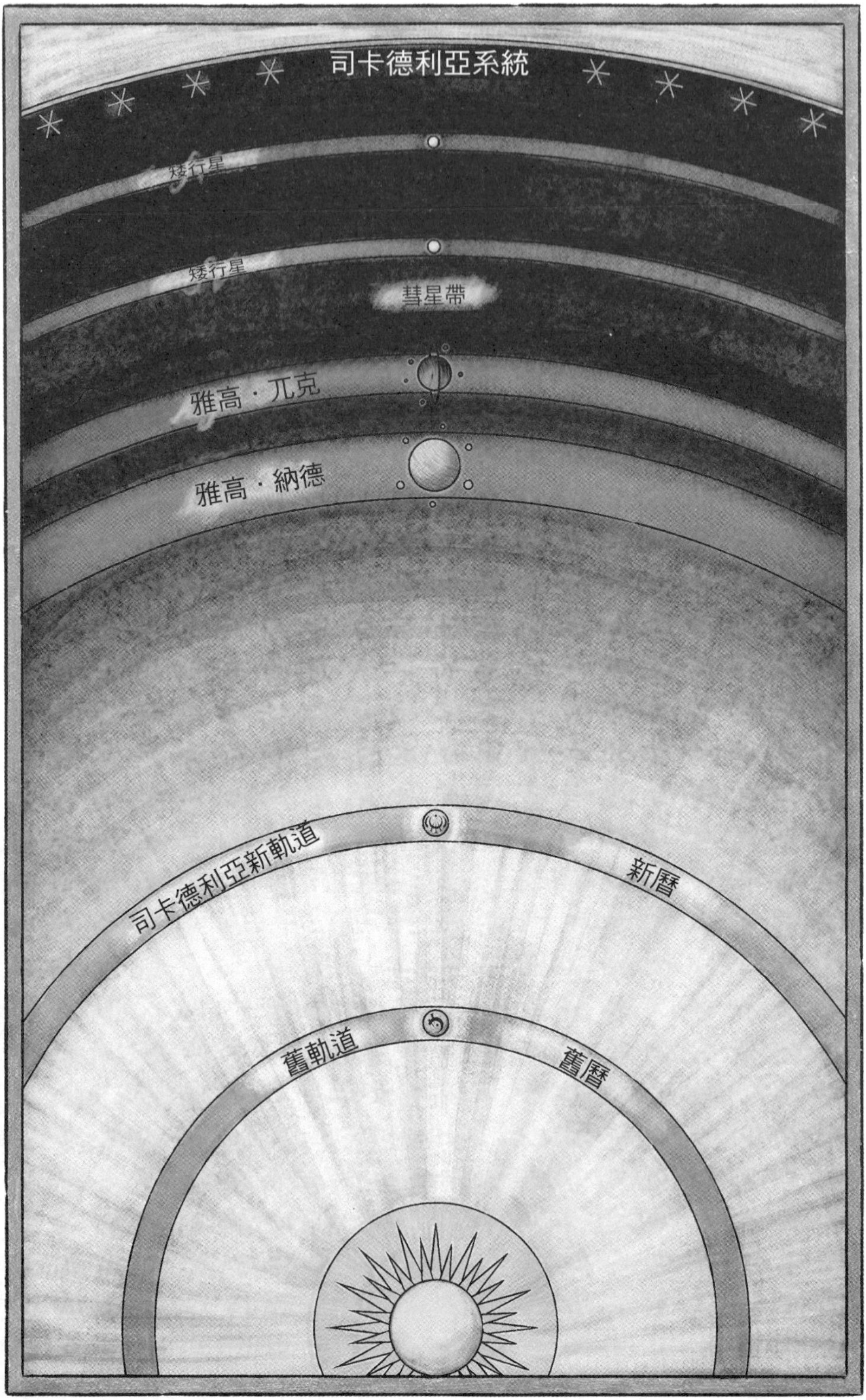
司卡德利亞系統
矮行星
矮行星
彗星帶
雅高・兀克
雅高・納德
司卡德利亞新軌道
新曆
舊軌道
舊曆

司卡德利亞系統

這裡的內星系除了司卡德利亞以外基本上是空無一物。我想這狀況應該是偶然形成的，尤其是考慮到此地在碎神的影響下經歷了劇烈的改變。

司卡德利亞的特點在於，即使反覆經歷了許多次災難，人類依然在其上蓬勃發展。寰宇中的確是有其他星球遭受過更嚴重的災難，但你不會在其中任何一處找到像司卡德利亞一樣科技這麼進步的社會。

誠然，我相信如果不是統御主壓迫了科技發展長達一千年，司卡德利亞的科學知識與技術肯定會遠比其他地方來得進步——而且完全只靠自身努力，不像在銀光的我們享有不同社會間相互交流的優勢。

司卡德利亞也是個雙碎神世界，而且有著許多獨特之處。這裡是寰宇中唯二在碎神到來前並沒有人類的地方。基於我的研究，我相信在碎神滅絕（Ruin）與存留（Preservation）來到前，這顆星球根本就不存在。祂們挑了一顆沒有重要星球的地點，尤其是此處的軌道剛好很空曠，讓祂們能隨意創造及擺放星球。

兩名碎神毫無疑問地是以攸倫（Yolen）的人類為樣板創造了此地的生命（祂們的載體在昇華前都是人類）。因此司卡德利亞的動植物也與攸倫非常類似（當然只包含了非焚生物）（注）。這顆星球的體積與重力也與攸倫非常相近，都是剛好1.0倍寰宇標準。

雖然兩名碎神一起創建了這顆星球，這裡很快就成為祂們之間的衝突之地，也因此付出了代價。研究載體的人格特質並不是我的專業，關於這點，最好去諮詢我那些專精於崩碎前傳記與歷史的同事，而不是我這個祕法學家。我所能說明的，正是祂們兩者的衝突塑造出了司卡德利亞上授予的使用方法。

這裡的魔法很驚人，人們常常能獲得非常強大的力量。除了羅沙之外，我敢保證沒人能在寰宇其他星球上發現凡人能如此輕易掌握這麼大量的授予。在司卡德利亞的歷史中，曾週期性的發生有人獲得極大的力量，伴隨著難以想像的效果。最明顯的證據就在這張星圖上，可以看到蓋因（Guyn）非常好心地幫忙標出了兩條司卡德利亞的軌道。因為這顆星球曾被持有大量授予的人直接移動過好幾次（順帶一提，這點造成研究此地過去的曆法變得極端困難）。

我曾撰寫過許多關於此地魔法的論文。誠然，我對於鎔金術、藏金術以及血金術的想法多到能集結成冊。但我還是要強調，對全寰宇最具潛在影響力的會是血金術。不論是在哪個星球或使用何種授予，只要有正確的知識，任何人都能使用血金術。這項危險的技藝已被證明能夠扭曲靈魂，創造出非碎神所料與所願的假性聯繫。

雖然星系本體有點無趣，但司卡德利亞自身已多次展現出吸引人之處，而人們可是僅住在這星球上非常小的區域裡（在最後帝國的極端環境改善後，這點也有了變化）。

從人類在其上的適應演化（不論是自願或非自願的），到各個時期劇烈的地貌變動，這些特點讓司卡德利亞一直是我在寰宇中最愛的研究地點。這裡的魔法與物理之間的交互作用既多樣化又深具層次，著實令人著迷。

注：焚（Fain），攸倫星球上的某種生物群，詳情不明。出自於作者未出版的小說《龍鋼》（Dragonsteel）。

THE ELEVENTH METAL

第十一種金屬

*本篇可於進入《迷霧之子三部曲》之前閱讀。

凱西爾捏著一小張薄薄的紙片。紙片不斷被風拉扯，但他捏得很緊。上面的圖不對。這一張圖，他至少畫了二十幾次，每次都想要把她隨身攜帶的圖片畫下來。他相信原版已不復存在，而他身邊已經沒有任何曾經屬於她，或是能作為想念的東西，所以他只能盡自己有限的能力去重新畫出她曾經鍾愛的圖片。

那東西叫作「花」。是一個傳說，一個故事，一個夢。

「你不能再畫了。我不應該再讓你畫下去。」他的同伴語氣不佳地抱怨。

「你可以試試看。」凱西爾輕聲說，將手中的紙片折疊，塞進襯衫口袋。他晚一點會再試試看，花瓣應該要更水滴形。

凱西爾平靜地看了蓋莫爾一眼，然後微笑。他覺得自己笑得很勉強，在沒有她的世界裡，他怎麼笑得出來？

凱西爾繼續笑著。他會一直這麼做，直到有一天笑容變得自然，直到他心中被打成死結的麻木感終於紓解展開，重新找回原本屬於他的情緒與感覺。如果還有這麼一天。

一定有的。拜託，一定要有。

「你再這樣畫下去，只會讓你一直想著過去而已。」蓋莫爾沒好氣地說。他已經有點年紀，留著一把凌亂的灰鬍子，頭髮亂到被風吹出來的髮型都比平常還要整齊。

「就是要這樣。我不會忘記她。」凱西爾說。

「她背叛了你。人要往前看。」蓋莫爾沒有繼續跟凱西爾爭論，說完逕自走開。他常常跟人吵到一半就自顧自地走了。

凱西爾壓下閉起眼睛的衝動，壓下朝黃昏咆哮的衝動。他不願去想梅兒的背叛，他根本不該把自己的擔憂說給蓋莫爾聽。

但他說了。說了就說了。

凱西爾笑得更燦爛。這麼做並不容易。

蓋莫爾回頭，看了他一眼。「你看起來好詭異。」

「你這團老焦灰會這樣想，是因為你這輩子從來沒真心微笑過。」凱西爾說完，趕上站在屋頂旁邊矮牆的蓋莫爾。他們低頭看著無聊的曼提茲，這座城市幾乎快被灰燼淹沒。住在西方統御區最北邊的人們不像陸沙德人那麼擅長掃地。

凱西爾以為這裡的灰會比較少，因為附近只有一座灰山。事實上，曼提茲下灰的頻率的確有少一點，可是因為沒有人在掃灰，所以看起來反而比平常還多。

凱西爾握住牆上的突起物。他向來不喜歡西方統御區的這一帶，這裡的建築物感覺就像是……融化了。不對，這麼說不對。應該說這裡的建築物讓人覺得很圓滑、沒有稜角，而且鮮少對稱——一邊的建築物要不是比較高，就是凹凸不平。

不過，灰燼還是他熟悉的樣子，無論是別處或在這裡，一視同仁地覆蓋了所有的建築，讓放眼望去的景象都是同樣的黑與灰。灰燼包覆著路面，攀附在建築物的邊緣上，堆積在小巷中。灰山的灰燼很像煤灰，比一般柴灰的顏色要深上許多。

「哪一個？」凱西爾問，輪流看著竄入天際線的四棟巨大堡壘。曼提茲在這個統御區中稱得上是大城，不過當然無法與陸沙德相比。世上也只有一個陸沙德。儘管如此，這座城市也算略有規模了。

「沙茲勒堡。」蓋莫爾指著幾乎位於市中心的一棟高瘦建築。

凱西爾點點頭。「沙茲勒。要混進去並不難。我需要一些偽裝：精緻的衣服、幾件珠寶，另外還得找個讓我縫顆天金珠子的地方，加上一個嘴巴牢靠的裁縫師。」

蓋莫爾哼了一聲。

「我有陸沙德口音。根據先前打聽來的小道消息，沙茲勒大人對陸沙德貴族簡直到了癡迷的地步。他想要跟首都的社交圈有更緊密的聯繫，會對來自那裡的貴族大獻殷勤。我——」

「這不是鎔金術師的思路。」蓋莫爾打斷他，口氣不善。

凱西爾說：「我會使用情緒鎔金術影響他，讓他——」

蓋莫爾突然大吼一聲，轉身面對凱西爾，動作奇快。男人一把抓住凱西爾的前襟，將他推倒在地，從上往下俯視他，咆哮聲撼動了磚瓦。「你是迷霧之子，不是隨便街頭混小錢的安撫者！你還想被抓嗎？被他的手下逮捕，關回原來的地方？那真是你想要的？」

凱西爾瞪著蓋莫爾，迷霧開始在兩人身邊凝聚。有時候，蓋莫爾不像人，反而更像野獸。他開始自言自語，像是在對一個凱西爾看不到也聽不到的朋友說話。

然後蓋莫爾靠得更近，口中仍不停喃喃低語，呼出的氣息又臭又刺鼻，大睜的眼睛中充斥著狂亂。這個人的神智不太正常。不對，這麼形容太含蓄了。這個人只剩下最後一絲理智，而就連這一絲理智或許都已經開始崩裂。

可是他是凱西爾唯一認識的迷霧之子，所以他媽的，凱西爾絕對要從這個人身上學到東西。不跟他學，就只能跟某個貴族學。

「你聽我說。拜託你好好聽我說。我要教你怎麼戰鬥，不是教你怎麼說話。那個你已經會了。我們來這裡不是讓你像以前那樣大搖大擺地扮成貴族混進去。我不會讓你使用言語技巧。不可以。你是迷霧之子，你該戰鬥。」

「只要有用，什麼工具都可以。」

「你要戰鬥！難道你還想繼續軟弱，讓他們把你抓走？」

凱西爾沉默了。

「你想要報仇嗎？想嗎？」

「想。」凱西爾低吼。他內心某個巨大、黑暗的存在開始蠢動，野獸在蓋莫爾的刺激下甦醒，甚至打破了他的麻木感。

「你想要殺人，對不對？因為他們對你跟你重視的人下手？因為他們把她從你身邊奪走？對不對，小子？」

「對！」凱西爾一吼，驟燒金屬，把蓋莫爾推開。

記憶。黑洞裡如剃刀般銳利的水晶、梅兒死前的啜泣，還有他自己被逼得崩潰時的啜泣，這些記憶把他壓垮，然後撕裂。

他重新拼湊起自己時發出一聲慘叫。

「對。」他站起來，體內燃燒著白鑞。他強迫自己微笑。「沒錯，蓋莫爾，我一定會報仇，但是我要用自己的方式。」

「那是什麼方式？」

凱西爾呆住了。

對他來說，這是個很陌生的經驗。他以前一直都有計畫，層層的計中計。現在，少了她，少了一切……那一簇火花被澆熄了，原本那火花總是催促他設下別人認為不可能的目標，帶領他前往一個又一個計畫，一次又一次騙局，一筆又一筆的財富。

如今，火花消失了，取而代之的是麻木的死結。他如今唯一能感覺到的就是憤怒，而憤怒無法引導他。

他不知道該怎麼辦，也痛恨這樣的自己。他以前總是知道該怎麼做，可是現在……

蓋莫爾哼了一聲。「等我教會你，你將知道要怎樣用一枚錢幣殺死上百人。你可以用鐵拉奪去敵人手中的劍，然後用同一把劍砍死他。你能把穿著盔甲的對手捏碎，像迷霧一般劃破空氣。你會是神。這一切結束後，你可以繼續在情緒鎔金術上浪費時間。現在，你得殺人。」

大鬍子靠回牆邊，瞪著堡壘。凱西爾緩緩收起怒氣，揉著胸口被用力重推的地方。然後，他想到有一點不太對勁。「蓋莫爾，你怎麼知道我以前是怎麼樣的人？你是誰？」凱西爾低語。

入夜後，油燈跟強光燈被點亮，從窗戶透出的光芒進入糾纏的迷霧中。蓋莫爾縮在牆邊，又開始自言自語。如果他聽到了凱西爾的問題，也選擇不予理會。

「你應該不停燃燒你的金屬。」蓋莫爾對走近的凱西爾說。

凱西爾不想浪費力氣辯駁。他解釋過。他是司卡小孩，所以從小就懂得節省。但蓋莫爾聽了只是笑。當時，凱西爾以為他的笑是因為這個人個性古怪。

或者……是因為他知道事實？他知道凱西爾並不是在街上長大的窮司卡？他知道凱西爾跟哥哥養尊處優，沒有人知道他們的身體裡其實帶有貴族的血液？

的確，他痛恨貴族，包括他們的舞會跟宴會，他們驕矜的自尊，他們的優越感。可是他無法自己否認自己的確是他們之中的一員。一如他是街上司卡的一員。

「怎麼樣？」蓋莫爾問。

凱西爾點燃體內的一些金屬，只燒了八種金屬中的幾種。他聽過鎔金術師們偶爾會提起體內的金屬存量，但從來沒想到自己也能感覺到。那就像是他可以汲取的能源之井。

他在體內燃燒金屬。聽起來是多麼奇怪，但是感覺又是多麼自然，就像呼吸空氣，從中汲取力量一樣自然。這八種金屬以不同的方式讓他變得更強。

「八種都燒。」蓋莫爾一定是燒了青銅才能感覺到凱西爾在燒什麼。

凱西爾原本只燒了四種肢體金屬，如今不情願地開始燃燒其他四種。蓋莫爾點點頭，凱西爾燃燒紅銅後，所有的鎔金術跡象統統消失，讓蓋莫爾無法察覺。紅銅，多麼有用的金屬——能夠把自己隱藏起來，不讓其他鎔金術師發現，同時避免自己受到他們的情緒鎔金術影響。

有些人鄙夷紅銅的力量，認為它又不能拿來打鬥，也不能改變什麼，可是凱西爾向來羨慕他的朋友，陷阱，他是個紅銅迷霧人。知道自己的情緒能夠不受外在操控是很強大的一件事。

當然，燃燒紅銅也意謂著凱西爾必須承認，他內心的所有情緒，包括痛苦、憤怒，甚至那麻木感，都是來自於他自己。

「走吧。」蓋莫爾說著躍入黑夜。

迷霧幾乎完全聚集完成。它們每晚都會出現，有時候濃，有時候薄，但是隨時都在。迷霧流動起來像是幾百條堆疊在一起的小溪盤旋流瀉，比一般霧氣更密集、更活躍。

凱西爾因為莫名的原因極為喜愛迷霧。沼澤說這是因為別人都怕迷霧，而凱西爾的自大讓他刻意要顯得與眾不同。當然，沼澤似乎也從來不怕，兩兄弟有著相同的感覺，是一種理解，一種了悟。有些人天生就是屬於迷霧的。

凱西爾從低矮的屋頂上跳下，燃燒白鑞增強自己的身體以求平穩落地，然後他跟著蓋莫爾赤腳跑在堅硬的石板路上。肚子裡燃燒的錫讓他更清醒、也更敏銳，迷霧變得比平常溼潤，輕刺在皮膚上的水滴感覺冰涼，他甚至可以聽到遙遠的小巷中有老鼠在奔跑，獵犬在吠叫，附近某棟屋子裡有人在低聲打呼，以及上千種在普通人的耳朵裡聽不到的聲音。有時候，燒錫換來的是一片雜亂聲響，所以不能燒得太旺，免得因為噪音而分神，只要能讓他看得更清楚就夠了。錫讓他眼前的迷霧顯得稀薄，至於為什麼會有這樣的效果，他完全沒有概念。

他跟在蓋莫爾詭譎的身影後面，一路來到包圍沙茲勒堡的高牆前，用背貼著牆。牆頂上傳來守衛們在夜裡互相呼喊的聲音。

蓋莫爾點點頭，拋出一枚錢幣，下一秒，乾瘦的大鬍子便一飛沖天。他穿著一件深灰色的迷霧披風，胸口以下都是穗子。凱西爾跟他要過一件，但蓋莫爾聽完只是笑了他一陣。

凱西爾走到掉在地上的錢幣前面，周圍的迷霧像是撲火的昆蟲一樣盤旋飛竄，只要附近有鎔金術師燃燒金屬就會這樣。他在沼澤身邊看過同樣的景象。

然後他在錢幣旁跪下。在他眼中，一條淺藍色、幾乎如蜘蛛絲纖細的線，從他的胸口伸出，連著錢幣。其實不只這條。他的胸口散發出數百條細線，每一條都連向周圍的一件金屬。這些線條來自鐵跟鋼，一條是鋼推，另一條是鐵拉。蓋莫爾叫他所有金屬都要燒，但蓋莫爾說的話常常沒道理。他沒有理由要同時燒鋼跟鐵，這兩者是相反的。

他熄滅了他的鐵，留下鋼。有了鋼，他可以鋼推任何與他相連的金屬。推的力量完全來自於他的精神，但非常像是用雙手在推東西。

凱西爾站在錢幣上方，朝它鋼推，就像蓋莫爾教過的那樣。因為錢幣沒有辦法再往下陷，所以變成是凱西爾往上衝，一口氣飛到十五呎高的空中，笨拙地抓著城牆上的突起。他悶哼一聲，拖著身體翻過城牆。

一團新的藍線出現在他的胸口，而且越來越密集。有金屬快速衝向他。

凱西爾罵了一聲，伸出手鋼推，原本朝他飛來的錢幣被推進夜晚的迷霧中。儘管蓋莫爾沒有下腳步，但錢幣一定是他丟的。他有時候會沒來由地攻擊凱西爾。他們在一起的第一個晚上，凱西爾就曾被那瘋子從懸崖往下丟。

凱西爾仍然不太確定這些攻擊是測試，還是蓋莫爾真的想殺他。

蓋莫爾口中喃喃自語著：「不、不，我喜歡他。他幾乎從來不抱怨。另外三個總是抱怨個沒完。這個很強。不對，不夠強。不對，還沒有，他會學會的。」蓋莫爾身後的城牆上有兩團黑影。是死掉的守衛。守衛的鮮血沿著岩石一直往下滲流，在夜色中看起來一片漆黑。迷霧似乎……怕蓋莫爾，它們沒有像在其他鎔金術師身邊那樣，繞著他不斷打轉。

不可能。凱西爾否決了自己的胡思亂想站起身，沒有提起剛才的攻擊。講了也沒用。他要做的只是保持警覺，同時盡量從這個人身上學東西，如果能不要死在半途就更好了。

「你鋼推的時候不需要用手。」蓋莫爾朝他嘟囔。「浪費時間。而且你要學會不斷燒白鑞，翻牆的動作不應該那麼辛苦。」

「我——」

「不要說什麼要保存金屬的藉口。」蓋莫爾檢視前方的堡壘。「我見過在街上流浪的孩子。他們才不會有所保留。如果對那些孩子下手，他們會用盡一切的力量，以及所有想得到的伎倆打倒你。他們知道自己的處境有多危險。小子，你最好祈禱自己永遠不會碰上那種小孩，他們會把你撕裂、咬爛，然後把你留下來的東西據為己有。」

「我剛剛其實是想說，你還沒說今天晚上我們要做什麼。」凱西爾平靜地開口。

「滲透這座堡壘。」蓋莫爾瞇起眼睛。

「為什麼？」

「有關係嗎？」

「去他的怎麼會沒關係。」

「這裡有件很重要的東西。一件我們要找到的東西。」蓋莫爾說。

「你這樣說我就懂了，你簡直是知無不言，言無不盡啊。既然你突然變得這麼擅長回答問題，能不能順便指點我一下人生的意義呢？」

「不知道。我只是認為這麼一來，大家都能死了。」蓋莫爾說。

凱西爾往牆上靠，強忍住一聲嘆息。他暗自心想：我剛才那麼說的時候，還以為會聽到多機智的回答呢！他統御主的，我還真想念老多他們。

蓋莫爾不懂幽默感是什麼，再差的笑話都聽不懂。我得回去，凱西爾心想。回到那些在乎人生的人身邊。回到我的朋友們身邊。

這個念頭讓他打了個冷顫。距離海司辛深坑發生的事還不到三個月，他手臂上的割傷雖然大多只剩下疤痕，但他還是會想抓。

凱西爾知道自己的幽默感是硬擠出來的。他的笑容裡，死寂的成分大於生氣。他不知道為什麼覺得自己必須推遲回到陸沙德的時間，但這麼做的確很重要。他的心裡有許多傷口，洞開的深孔也還沒有癒合，所以他不能回去。他不想要讓朋友看到這樣的自己。一個因為缺乏安全感，睡覺時會縮成一團的人，腦中不斷重覆過於鮮明的悲慘景象。或是一個沒有計畫也沒有遠見的人。

況且，他需要學習。蓋莫爾在教他。他不能回陸沙德，他必須……先恢復成原本的自己，至少也該是滿身是疤的自己。傷口已經癒合，回憶也不再打擾。

「那開始吧。」凱西爾說。

蓋莫爾瞪了他一眼。老瘋子不喜歡他主導事情，可是凱西爾就是這樣。總得有人這麼做。

沙茲勒堡的外型是西方統御區特有的風格，主體不是方體跟尖塔，反倒像是自由發散的不規則輪廓，前方還佇立著四座細瘦的高塔。他猜想這裡的建築物一定是以岩石為骨架，外面塗有某種堅實的混泥，經過雕塑後做出弧形與突起的造型。在凱西爾眼中，這裡的建築物，包括眼前的堡壘，看起來都像是未完成的半成品。「在哪裡？」凱西爾說。

「上去。然後下去。」蓋莫爾說完跳下城牆，給自己拋了一枚錢幣。他鋼推它，體重逼迫錢幣往下墜，在錢幣落地的同時，蓋莫爾也朝建築物的更高處飛起。

凱西爾跟著一跳，鋼推自己拋下的錢幣，與蓋莫爾接連跳過外牆與明亮堡壘主體之間的空隙。彩繪玻璃窗後面點著強光燈，在西方統御區中，彩繪玻璃窗的形狀經常建造成奇特的形狀，每扇窗戶都不太一樣。這裡的人怎麼一點美學概念都沒有？

接近堡壘主體時，凱西爾開始用鐵拉而不再鋼推，從燒鋼變成燒鐵。他一扯動連至鐵窗框的藍線，整個人便像是被繩索吊起一樣鐵拉了上去。這其實不容易辦到，因為地面仍在把他往下拉，同時還帶有向前的慣性，所以他鐵拉的時候，得特別注意別讓自己撞上東西。

他靠鐵拉爬得更高，這麼做有其必要，因為沙茲勒堡很高，這點倒是跟陸沙德的建築物一樣。兩名鎔金術師一路蹦跳，爬上堡壘正面，或抓或踩牆上的突起與石雕。過程中，凱西爾落在一個小平臺上，不得不擺動手臂以求取平衡，然後一把抓住旁邊他根本不知道為什麼會出現在那裡的雕像，雕像上貼滿了各種顏色的小片彩釉。

蓋莫爾從凱西爾右邊飛過。那個迷霧之子的動作俐落優雅，他往旁邊丟了一枚錢幣打中平臺，順勢反推，正好將自己推向正確的方向。蓋莫爾一轉身，迷霧披風在霧氣中飄動，再藉著鐵拉讓自己落在另一扇玻璃窗前。他像昆蟲一樣平貼窗戶上，手指抓著牆上的金屬跟岩石。

耀眼的強光燈透過窗戶射出，玻璃將光線打碎成不同色彩，灑在蓋莫爾身上，讓他看起來也像是被小片彩釉覆蓋。他抬起頭，唇上泛起一絲微笑。在光影中，迷霧披風的穗子垂在他身上，迷霧盤繞著他起舞，在凱西爾眼中的蓋莫爾居然尊貴了起來，跟渾身邋遢的瘋子簡直有天壤之別，變成更偉大的存在。

蓋莫爾跳入迷霧中，把自己往上鐵拉。凱西爾看著他飛走，驚訝地發現自己升起一股嫉妒的情緒。他告訴自己：*我一定要學會。我一定會變得跟他一樣強。*

自從蛻變成迷霧之子之後，他就深受鋅跟黃銅的影響，這兩者都是能操弄他人情緒的鎔金術，與他之前沒有鎔金術能力時所做的事非常相似，但是現在的他不同了，經歷過那可怕的深坑後，獲得重生。過去的他是不足的，他需要成為超越過去的存在。

凱西爾往上竄，鐵拉著自己朝建築物的屋頂飛去。蓋莫爾則飛過屋頂，直直飛向裝飾建築物門面的其中一座尖塔頂端。凱西爾拋下整袋錢幣——鋼推的金屬越多，就能飛得越快越高——然後驟燒鋼。他用盡一切力量鋼推，讓自己像飛箭一樣急速攀升。

迷霧在他身旁流瀉，明亮的彩繪玻璃色彩逐漸消散，占據兩端的尖塔也變得越來越細。他反推其中一根包了錫的尖塔，讓自己微微往右偏。

最後一次有力的鋼推帶著他來到尖錐的最頂端，約莫一個人頭大小的圓突處。凱西爾落在上面，驟燒白鑞，增強自己的肢體能力。這麼做不只讓他變得更強壯，也變得更靈敏，能夠在離地幾百呎，兩掌寬的圓球上金雞獨立。站穩後，他低頭看著自己的腳。

「你更有自信了。」蓋莫爾說。他停在與尖錐頂端有一小段距離的地方，攀在凱西爾下面。「很好。」

說完，蓋莫爾立刻躍起，一腳把凱西爾踢倒。凱西爾大喊一聲，失去平衡摔向迷霧，接著蓋莫爾又鋼推凱西爾腰帶上裝滿金屬碎片的小瓶——這是大多數鎔金術師身上的必備裝備——讓他離建築物更遠，深深落入迷霧之中。

凱西爾迅速往下墜，一瞬間失去所有思考能力，墜落引起的恐懼癱瘓了他的本能。蓋莫爾曾經說過，他必須學會控制這一點，不能怕高，墜落時也不能慌亂。

此刻所有學過的東西都從凱西爾的腦袋裡消失了。他筆直往下摔，摔得很快，身處翻騰的迷霧根本分不清東西南北。再過幾秒鐘，他就會撞上地面。

慌亂中，他鋼推身上的金屬小瓶，希望自己推的方向沒錯。瓶子從他的腰帶被扯落後往下掉，然後撞到了什麼東西碎了。是地面。

瓶子裡沒多少金屬，幾乎無法減緩下墜的速度。他才鋼推不到一秒，便重重撞上地面，撞擊力道瞬間擠出了他肺裡的所有空氣，使他眼前一黑。

他神智模糊地躺在地上，感覺到旁邊有重物落地。蓋莫爾鄙夷地冷哼一聲。「蠢才。」

凱西爾一邊呻吟，一邊用四肢撐起自己。他還活著，而且更令人吃驚的是，身上的骨頭似乎都沒斷，只有身側跟大腿痛得要命，明天的瘀青一定很驚人。白鑞讓他活了下來，換作別人這麼一摔，就算最後鋼推了一下，仍然會摔得筋骨寸斷。

凱西爾跌跌撞撞地站起來，凶狠地瞪著蓋莫爾，卻沒有出聲抱怨。這恐怕是學習的最好方法，就算不是，也一定是最快的方法。理智上凱西爾自己也會選擇這種方式——沒有任何緩衝時間，強迫從實際行動中學習。但這不代表他對蓋莫爾沒有怨恨。

「我以為我們要上去。」凱西爾說。

「然後下去。」

「然後再上去？」凱西爾嘆口氣問。

「不對。再下去。」蓋莫爾在堡壘的庭院裡穿梭，經過一片在夜裡被迷霧盤繞的造景矮樹，黑夜中的矮樹只剩下剪影。凱西爾快步從蓋莫爾身邊走過，一面留心對方是不是又要攻擊他。

「在地下室。」蓋莫爾喃喃自語。「居然是在地下室。為什麼要放在地下室？」

「地下室有什麼？」凱西爾問。

「我們的目標。我們必須爬到很高的地方才能找到入口。我想花園裡有一個。」蓋莫爾說。

「啊，這話聽起來居然挺有道理，你是不是把腦袋撞壞了啊？」凱西爾說。

蓋莫爾瞪著他，從口袋裡掏出一把錢幣。凱西爾也把自己的金屬準備好，打算回擊，但是蓋莫爾只是把手往旁邊一舉，將手裡的錢幣拋向順著小徑跑過來查看是誰在花園裡走動的守衛。兩個守衛倒地，其中一人大喊出聲，但蓋莫爾似乎不擔心會因此洩漏行蹤，只是逕自前行。

凱西爾在原地遲疑片刻，看著垂死的兩人。他們是敵人的手下。他想同情這兩名守衛，卻擠不出來半點情緒。那一部分的他已經被海司辛深坑連根拔起，但是另一部分的自己卻對於這樣的冷漠反應無法釋懷。

他追上蓋莫爾。蓋莫爾似乎找到一間存放庭園整理用具的工具間，可是當他拉開門的時候，裡面空空如也，只有通往地下的黑漆臺階。

「有燒鋼嗎？」蓋莫爾問。

凱西爾點點頭。

「注意有沒有奇怪的動靜。」蓋莫爾說完從口袋裡掏出一把錢幣。凱西爾朝倒地的守衛方向舉起手，從他們身上鐵拉出蓋莫爾先前用的錢幣，一枚枚金屬朝自己飛來。他看過蓋莫爾輕輕地鐵拉，不讓東西全速飛向自己，但凱西爾還沒掌握這個技巧，他只能蹲下來，讓錢幣越過自己的頭頂，撞上工具間的牆壁後再拾起，跟著臉色難看又不耐煩的蓋莫爾往下走。

「我沒武器。我的錢袋留在屋頂了。」凱西爾解釋。

「這種錯誤會害死你。」

凱西爾沒回答。這的確是他的錯誤。他原本是打算把錢袋拿回來，而且要不是被蓋莫爾撞下尖塔，也一定能夠拿回來。

順著臺階往下走，光線變得越來越昏暗，最後接近一片漆黑。蓋莫爾沒拿出火把或燈籠，只是揮手要凱西爾先走。又在考驗他？

凱西爾體內燃燒的鋼，讓他能透過藍線清楚地辨認出金屬的位置。他停下腳步，把手中的錢幣拋在地上。錢幣順著臺階往下滾，彈跳間使他可以知道階梯的位置，而靜止下來的錢幣也幫助他把周圍看得更清楚。

藍線跟真正「看見」是兩回事，他還是走得很小心，不過無論如何錢幣都幫了他大忙。一段路之後，他看到不遠處有個門把，身後的蓋莫爾低沉地嗯了一聲，聽起來像是難得的讚賞。「錢幣用得不錯。」男人低聲說。

凱西爾微笑，來到樓梯底部的門邊，伸手摸索一陣後抓住門把，小心翼翼地推開。門後映來光線，凱西爾把身體蹲低。也許蓋莫爾看不上眼，但他確實頗有潛入跟夜間偷竊的經驗，而且可不是什麼菜鳥。過去的生活讓凱西爾學會，像他這樣的雜種如果想活下去，要不是懂得說話技巧，就是得偷偷地來，大多數情況下正大光明打一場只是愚蠢的行為。

當然，那天晚上，無論是打架、說話、偷溜，統統沒有成功。就是他被抓的那天晚上，除了梅兒以外，不可能有別人背叛他的那天晚上。可是他們為什麼也要抓走她？她不可能會——

夠了！他阻止自己繼續想下去，然後半蹲著走入房間。房間裡擺設著許多長桌，上面放滿各式各樣的鎔鐵設備，不是用來鑄造大型重物，而是冶金師傅的小燒爐跟精緻器具。牆上燃著油燈，角落有一個巨大的紅色火爐，凱西爾可以感覺到某處有一絲新鮮空氣吹入，房間的另一端延伸出幾條走道。

房裡似乎沒人。這時蓋莫爾也走了進來，凱西爾伸手把先前的錢幣鐵拉回身邊，有些錢幣上沾著死去守衛的鮮血。之後他繼續弓著腰走過一個書桌，上頭堆滿紙筆還有許多以布料為封皮的小書。他瞥向在房間裡自在走動的蓋莫爾，老瘋子雙手扠腰，環顧四周說：「他到哪去了？」

「誰？」凱西爾問。

蓋莫爾又開始喃喃自語，在房間裡踱步，然後把桌上的器具用力一撥，它們匡啷一聲全部摔到地上。凱西爾悄悄順著房間邊緣繞圈，檢查是否有人聽到聲響，從走道那頭過來。他檢查了第一條走道，發現走道通往一個狹長的房間。裡面有人。

凱西爾全身一僵，片刻後慢慢站直。裡面有六個人，有男有女，他們的手臂都被綁在牆上。房間裡面沒有牢房，但那些可憐的傢伙看起來都像是被打得只剩一口氣，身上衣服破爛，沾了鮮血。

他從一陣暈眩中恢復，走到那一排第一個女人面前，拿出塞住她嘴巴的東西。地板還是溼的，剛才可能有人來朝囚犯們潑水，免得實驗室發臭。風從房間另一端連接的走廊吹來，帶來一絲新鮮空氣。

他一碰到那個女人，她便全身僵硬，眼睛猛然睜開，流露出畏懼的目光。「求求你，求求你，不要……」她低低地說。

「我不會傷害妳。」凱西爾說。他感覺心裡的麻木感似乎正在產生變化。「請告訴我，妳是誰？這裡是怎麼一回事？」

但女人只是盯著他。凱西爾伸手替她解開束縛的時候，她整個人往後縮，令他遲疑了。

他聽到模糊的聲響，往旁邊一瞧，第二個女人是名年紀較大的婦人，她被打得全身皮開肉綻，但是眼神沒有年輕女子那麼慌亂。凱西爾走過去，拿出塞住她嘴巴的東西。

「求求你。放我們走，或者殺了我們。」女人說。

「這是什麼地方？」凱西爾壓低聲音問，一面解開綁住她手臂的繩子。

「他在找用來測試新金屬的混血。」她說。

「新金屬？」

女人的臉上都是淚水。「我不知道那是什麼。我只是司卡，我們都是。我不知道他為什麼挑中我們。他一直在說一些事情，金屬，未知的金屬一類的。我覺得他神智不正常。他做的那些事……他說是為了引出我們的鎔金能力。可是大人，我沒有貴族血統，我不能……」

「噓。」凱西爾說，一邊解開她的繩索。存在他體內的那團麻木感正被某種情緒燃燒，類似他從前有過的憤怒，但不太一樣。那情緒不僅僅是憤怒，還讓他想哭，卻又很溫暖。

解開束縛的女人盯著自己的雙手，她的手腕被繩索摩擦得鮮血淋漓。凱西爾轉向其他可憐的囚犯，大多數都醒了。他們的眼中沒有希望，只是呆愣地盯著前方。

沒錯，他的確可以感覺到。

我們怎麼能忍受這樣的世界？允許存在這種事的世界？凱西爾心想，走去替另一名囚犯鬆綁。在這場慘劇中，最可怕的是他知道這種事情很常見。司卡是可以隨便被丟棄的。沒有人保護他們，沒有人在乎他們。

就連他都不在乎。他大半輩子對於這種殘忍視若無睹。對，他是假裝在反抗，但實際上只想要滿足他自己。所有的計畫，所有的騙局，所有偉大的理想，都是以個人為中心。只為了滿足他自己。

他又解開另一名囚犯身上的繩索，那是一名年輕、黑髮的女人，長得有些像梅兒。女人被放開之後，只是待在原地蜷縮在一起。凱西爾站在她面前，感覺自己無能為力。

沒有人反抗。沒有人認為他們可以反抗，他心想。

可是他們錯了。我們可以反抗……我可以反抗。

蓋莫爾走進房間。他看著司卡，幾乎像是沒有注意到他們，口中仍然在自言自語。他才剛走進房間幾步，就有一個聲音從冶金房裡傳來。

「這裡發生了什麼事！」

凱西爾認得這個聲音。他當然沒有聽過，但是他認得其中的驕傲、自滿、鄙夷。他察覺自己站了起來，從蓋莫爾身邊走過，回到冶金房。

一名身穿精緻套裝，白襯衫釦子扣到頸部的男人站在冶金房裡，頭上的短髮修剪成最新潮的樣子，套裝也像是來自陸沙德——絕對是根據時下最流行的樣式所裁製。

他睥睨地看著凱西爾。凱西爾發現自己在微笑。真正的微笑。這是他逃出深坑後第一次，被背叛後第一次，發自內心的微笑。

貴族鄙夷地一哼，舉起手朝凱西爾抛了一枚錢幣。短暫的驚訝後，凱西爾跟沙茲勒大人同時鋼推錢幣，兩人一起被往後抛，沙茲勒不可置信地睜大雙眼。

凱西爾重重撞向牆壁。沙茲勒是迷霧之子，不過不重要。他一邊咧嘴而笑，一邊感覺到內心升起一種新的憤怒，這種情緒像是金屬在他體內燃燒，是一種未知、閃耀光輝的金屬。

他可以反抗。他會反抗。

貴族把腰帶一抽，連同上面的金屬一起抛在地上，另外側身抽出決鬥杖向前一撲，動作快得出奇。凱西爾驟燒白鑞，緊接著燒鋼，然後鋼推其中一張桌子上的器具，抛向沙茲勒。

男人嘶吼一聲，舉起手臂把其中一些器具推開。兩個人同時使用鋼推，再次讓對手往後飛。沙茲勒靠著搖晃的桌子站穩腳步，掉在地上的玻璃摔得粉碎，金屬器材匡啷作響。

「你知道這價值多少錢嗎？」沙茲勒咆哮，放下手臂走上前來。

「顯然是你的靈魂。」凱西爾低聲說。

沙茲勒向前潛行，靠得很近，然後以決鬥杖發動攻擊。凱西爾連忙後退，並且感覺到口袋被扯動，他用力鋼推，及時把外套中被沙茲勒鋼推的錢幣往外推開。如果遲了一秒，他就會被那些錢幣開膛破肚，現在它們只是從口袋中被扯了出來，然後朝房間後方射去。

外套上的釦子也傳來震動，雖然上面只有一些金屬箔片。他脫下外套，除掉身上最後的金屬物品。蓋莫爾應該要警告我的！他的感官幾乎沒有察覺到金箔，但依舊覺得自己像個笨蛋。那個人說得對，凱西爾沒把自己當成鎔金術師在思考，他太著重外表，而不在意什麼會害死自己。

凱西爾繼續往後退，並且緊盯著對手，下定決心不要再犯錯。他曾經參與過街頭混戰，但是次數不多，因為每次遇到類似的事情他都選擇避開。打群架是多克森以前的老習慣，現在他卻希望當初自己在這方面沒那麼講究。

他繞過其中一張桌子，期待蓋莫爾會從旁邊加入。但他沒有。他大概不打算這麼做。

他從頭到尾都是為了要找到沙茲勒，好讓我能跟另一個迷霧之子戰鬥，凱西爾恍然大悟。這件事具有很重要的意義……突然間，一切變得十分合理。

凱西爾低吼一聲，很驚訝自己會發生這種聲音。心中逐漸升高的憤怒令他想要復仇，但他要的不只如此。他要更多、更偉大的事情。不只是對那些傷害過他的人復仇，而是針對整個貴族社會。

在那瞬間，在乎設備多過於司卡性命的沙茲勒高傲地大步向前，成為一切的縮影。

凱西爾跟著發動攻擊。

他沒有武器。蓋莫爾提過玻璃匕首這種東西，但他從來沒有給過凱西爾，所以凱西爾便從地上抄起一片碎玻璃，不顧手指上被弄破的傷口。白鑞讓他忽略疼痛，讓他能往前撲向沙茲勒，朝他的喉嚨攻擊。

他也許不該贏的。沙茲勒是更有能力、更有經驗的鎔金術師，但很顯然他完全不習慣跟自己一樣強的人對打。他想用決鬥杖逼退凱西爾，可是在燃燒白鑞的同時，凱西爾可以忽略對方的攻擊，並且專注於用碎玻璃捅入對方的脖子。一連三次。

沒幾秒，一切便結束了。凱西爾跌跌撞撞地往後退，這時才感覺到身體的疼痛。沙茲勒的決鬥杖也許打斷了他幾根骨頭，畢竟對方也燒了白鑞。貴族倒在自己的血泊中抽搐，白鑞能讓一個人撐過很多事情，但不包括被割破的喉嚨。

男人被自己的鮮血嗆住。「不，不可能的……不會是我……我不會死……」他抽著氣斷斷續續說。

「任何人都會死。」凱西爾低聲說，拋下沾滿鮮血的玻璃。「任何人都會。」

這時一個念頭，一個計畫的種子，開始在他腦中成形。

「剛才太快了。」蓋莫爾說。

凱西爾抬起頭，指尖滴下鮮血。沙茲勒最後一次掙扎著想要呼吸，然後靜止不動。

「你得學著用鋼推跟鐵拉，在空中飛舞，像真正的迷霧之子那樣打鬥。」蓋莫爾說。

「他是真的迷霧之子。」

「他是個學者。」蓋莫爾邊說邊走上前來，踢了屍體一腳。「我挑了個很弱的，下次不會這麼簡單了。」

凱西爾走回有司卡的房間，一個個替他們鬆綁。他沒辦法給予這些人更多幫助，但是他保證會帶他們安全離開堡壘。也許他能跟當地的地下組織聯絡，他在這座城裡待得夠久，已經認識幾個聯絡人。

他解開所有人之後，一轉身發現他們全都縮成一團、盯著自己。這群司卡的眼神中似乎多了一點生氣，而且不只一個人探頭偷看另一個房間裡沙茲勒的屍體。蓋莫爾正在翻看其中一張桌子上的筆記本。

「你是誰？」先前跟他說過話的婦人問。

凱西爾依然看著蓋莫爾，搖搖頭。「我是一個該死最後卻沒死的人。」

「那些疤痕……」

凱西爾低頭看他的手臂，上面布滿了好幾百道在深坑留下的細小疤痕，他脫下外套的同時，也把疤痕暴露在外。

「來吧。」凱西爾對他們說，抗拒遮住疤痕的衝動。「我帶你們去安全的地方。蓋莫爾，你統御主的在幹什麼？」

男人低哼了一聲，手上翻著一本書。凱西爾快步走進房間，湊過去看。

書頁上寫著：《第十一金屬存在之理論與假設》。私人手札，安提勒斯・沙茲勒。

蓋莫爾聳聳肩，把書拋回桌子上，然後小心翼翼又無比挑剔地從滿地四散的工具與實驗器材中，選了一把叉子。他開心地輕笑說：「真是把好叉。」說完便把叉子塞進口袋。

凱西爾則把書拿走。沒多久，他帶著受傷的司卡們離開堡壘，繞過在花園裡穿梭、想要弄清楚發生什麼事情的守衛。

他們回到街上後，凱西爾轉身去看燈火通明的建築物，對應著多彩美麗的彩繪窗戶。

他聽見守衛的喊叫聲變得慌亂，穿透過盤旋的迷霧。

麻木感消失了。他找到取而代之的情緒。他的專注回來了，他的火花回來了，他之前想的格局都太小。

一個計畫開始萌芽，一個大膽到他幾乎不敢想的計畫。

復仇。以及更多。

他轉身投入黑夜，投入等待的迷霧之中，去找人幫他做一件迷霧披風。

〈第十一種金屬〉全文完

鎔金祕典（ARS ARCANUM）

更詳細的鎔金術設定請見《迷霧之子三部曲》，以及作者官網：www.brandonsanderson.com。

鎔金術快速對照表（Metals Quick-Reference Chart）

金屬	鎔金術能力	迷霧人名稱
鐵 Iron	拉引附近的金屬	扯手 Lurcher
鋼 Steel	推附近的金屬	射幣 Coinshot
錫 Tin	增強感官	錫眼 Tineye
白鑞 Pewter	增強肢體力量	打手／白鑞臂 Thug／Pewterarm
鋅 Zinc	煽動情緒	煽動者 Rioter
黃銅 Brass	安撫情緒	安撫者 Soohter
紅銅 Copper	隱藏鎔金術	煙陣 Smoker
青銅 Bronze	顯示鎔金術	搜尋者 Seeker
天金 Atium	看到他人的未來	先知 Seer
脈天金 Malatium	看到他人的過去	未知
金 Gold	看到自己的過去	命師 Augur
電金 Electrum	看到自己的未來	預言師 Oracle

後記

這個短篇原本是附在Crafty Games遊戲公司所出版的「迷霧之子冒險」這款文字角色扮演桌上遊戲之中。在我們與Crafty簽約時，我答應會提供他們一篇短篇，作為給書迷的甜頭。

我知道我想寫凱西爾的故事，因此寫一篇回顧他在接受訓練成為迷霧之子時的故事，感覺很適合。讓蓋莫爾（凱西爾在『迷霧之子』主系列中曾經提到他）登場也很重要，因為這說明了滅絕是如何操縱凱西爾，驅使他去執行《最後帝國》中所做的事。

同時，我知道可能有些沒看過「迷霧之子」系列的人也會來讀這篇故事。我自己玩過許多角色扮演遊戲，所以很清楚一群玩家中常常是有一、兩人對某個故事設定非常興奮而想要嘗試，因此拖著其他對故事比較不熟悉的人來玩。

所以我對這個短篇的目標之一，就是利用它來展現背景設定——我想寫一篇故事，能讓遊戲主持人提供給不熟悉原本小說的玩家們看。一篇能夠奠定基調的故事，其中粗略地解釋了魔法系統，並提供簡短的入門介紹。

因此，比起選集中其他迷霧之子的相關故事，這篇的說明性比較強一點。因為其他的故事已經假定讀者對角色與世界設定有一定的熟悉度了。

ALLOMANCER JAK AND THE PITS OF ELTANIA

鎔金賈克與艾塔尼亞深坑

*本篇透露了《執法鎔金》的些許劇情，閱讀前請知悉。

我從睡夢中痛醒，並在頭痛欲裂的情況下，動手書寫本星期的信函。

我的頭真的很痛，親愛的讀者，這次的頭痛簡直要命，腦袋轟隆作響，就像有上百支步槍在裡面開戰。我在黑漆漆的暗室裡呻吟，痛得翻身跪起，一直把臉貼在冷冰冰的岩石上，試著減低痛楚。眼前的景物總是晃動，要一會兒後才能聚焦。

我是怎麼了？隨即想起那場和克羅司挑戰者的對決，那傢伙簡直就像蒸汽火車的引擎般粗壯有力。我一槍正中他的眉心，打敗了他，不是嗎？難道我沒有成功衛冕，讓整個克羅司族繼續效忠於我？（注1）

我爬起來，輕輕地用手撫摸後腦杓，結果竟然摸到乾涸的血漬。但我不緊張，這跟以前的傷口比起來，真是小巫見大巫。我可是身經百戰，曾經被人雙手綁在背後，腳上還掛著倖存者的半身像，沉入大海之中。（注2）

乾燥的空氣，咻咻穿過石縫的風聲，在在顯示我仍然在蠻橫區內，於是我放心了。我生來注定離不開這些刺激的險地，這裡是我的棲息地，其中富含的挑戰令我茁壯成長，活力十足。待在依藍戴那種安全舒適又市儈之城太久，恐怕我會枯萎凋亡。

注1　這結果其實出自賈克勇猛——也可以說是有勇無謀——的計策。詳情請見二十六期。而在這三期中，賈克已經是克羅司「王」，並且成功贏得最近一次的衛冕戰，同時也逐漸逼近克羅司誓死保守、關於倖存者寶藏的祕密。

注2　詳情請見十四期的〈鎔金賈克與世紀面具〉。不過，賈克在那一期中，寫的是迷霧之子大人的半身像。有人好奇賈克在文章刊出後，是否會停筆，讀一讀自己的創作。但他似乎沒這麼做。對我來說，真是不幸中的大幸。

周遭好像是座天然洞穴，石壁崎嶇，洞頂還懸掛著鐘乳石。然而山洞淺淺的，從我剛才所在的位置到盡頭，還不到幾呎，所以若是有事發生，我無路可逃。（注3）

為免洞外有人埋伏，我背貼著洞壁悄悄走到洞口，往外偷瞄一眼。空氣中透著絲絲涼意，因此我應該是在高處。果然，這座山洞就位在小峽谷的山壁上，只有一個出口，而且一出洞口就是筆直陡降的山壁，遠遠的坡底是一堆圓石。

對面的山壁頂上，有一群藍影正看守著我的山洞。那些體格粗壯的克羅司年紀都不小了，肌膚鬆弛、帶著傷口、身上有刺青，還披掛著人皮，那是牠們殺了人、吃掉內臟後所留下來的皮。（注4）

「幹麼把我關在這裡，死野獸？」我對牠們大吼著，聲音在峽谷內迴盪，「美麗的愛麗珊卓·達瑪麗呢？你們對她做了什麼？你們膽敢傷她美麗頭皮上的一根頭髮，就等著親眼目睹一個鎔金術師火山爆發吧！」

那些野人沒有回應，根本不搭理我，只是圍著燜燒中的篝火坐著，甚至連轉身看我一眼也沒有。

也許我的處境並沒有第一眼評估的那麼理想。仔細一看，洞外的山壁像玻璃一樣光滑，像馬爾里小站的威士忌價格一樣高。想爬下去，只有死路一條，就算我腦袋受傷，也不會糊塗到冒險找死。

但我也不能在這裡乾等。達瑪麗貴女，我親愛的愛麗珊卓肯定身陷險境。那女人太驕縱了，她應該遵照指示留在營地才對。我不知道她的現況，也無法得知忠僕含德維的下落（注5）。克羅司不敢傷害他，因為牠們曾對泰瑞司人發過誓（注6），但他一定會擔心我的安危。

我不知道自己是如何來到這個高高在上的危險之地。我需要金屬。如今體內的金屬存量已經耗盡；之前決鬥時，我燃光了最後的存量以穩住雙手，鎖定靶心，才能漂亮出擊，一槍正中王位挑戰者的眉心。可惜的是，閃光手槍被克羅司搶走了。儘管牠們四肢發達，頭腦卻不簡單，知道要沒收男人的槍，尤其是在見識過我使用閃光的槍法之後。牠們還拿走了所有的金屬玻璃瓶，也許只是想看看瓶裡裝的是不是威士忌吧。一些蠻橫區的鎔金術師會把金屬片儲存在威士忌內，但我向來不那麼做。一個有品味的冒險家，必須時刻保持清醒。（注7）

沒錯，藏在鞋跟暗洞內的小錫袋，可解燃眉之急。然而不幸的是，鞋跟的暗洞在我和克羅司挑戰者扭打時，不小心撞開了，小袋子已不翼而飛！我記了下來，提醒自己一定要向拉奈特匯報，這個鞋跟暗洞的設計有容易彈開的缺陷。

悲慘啊！一個沒有金屬可用的鎔金術師。看來，現在只能智取了。儘管我還算聰明機

注3　可能有讀者納悶賈克為何會覺得有逃跑的必要，畢竟剛醒過來的他根本還搞不清楚自己是否被囚禁，也尚未嘗試走出洞口。若您也有同樣的疑慮，請容我提醒，賈克曾經在某一期的一開端，有十八次因為頭痛痛醒的經歷，而且每一次醒來，都有不同的奇異靈感。

注4　賈克對當代關於克羅司的最新研究報告一無所知，他本人也樂於這樣的一無所知。所以不知道克羅司甚少（就算有的話）以人皮當戰利品。關於牠們吃人的傳說，都是誇張不實的傳言。

注5　其實我當時已經睡著了。經過冗長的一天，我精疲力盡，確實很擔心他，只是心有餘而力不足；再加上克羅司安排給我的床，出乎意料地舒服。

注6　詳情請看二十五期，以瞭解我們是如何發現克羅司保證不傷害泰瑞司人的誓言，以及牠們向我表達在與我探險的途中對我產生的敬意。我覺得這件事滿有意思的。

注7　他不是才剛提過經常在那家酒肆喝的威士忌？也許在那些賊窟中，並不需要清醒的腦袋。

智，卻還是有可能無法僅憑小聰明脫困。誰知道美麗的愛麗珊卓會惹上什麼樣的麻煩？

我心意已定，開始在黑暗中探索山洞。想找到金屬的可能性並不大，但我們所處的這塊高地可是因為蘊藏礦脈而價值不菲呢。果然，倖存者今日恩待於我，我在對面洞壁上找到了一小塊閃閃發亮的金屬物。

用肉眼幾乎看不到，我是用手摸到的（注8）。山洞昏暗，無法辨別金屬的種類，但我已沒有別的辦法。

我甚少去依藍戴城，但在寥寥無幾的進城之行中，我發現自己在城中頗富盛名，被視為大英雄。我必須先聲明，好讀者們，我只是個努力善盡職守的冒險家，不是偶像，不值得別人過分崇拜。我從不追求名聲（注9），但我是個重視名譽的人。因此，若能在接下來的冒險日誌中移除您記憶中的我的英雄形象，我會非常感激。

然而，我的目標就是忠誠地向您呈獻我在蠻橫區的所見所聞、所思所想。誠實是我最大的優點（注10）。所以我接下來記錄的，都是真實發生、並且是必須提到的人事物。

我跪了下去，開始舔舐山壁。

我當然不願意在您面前耍白癡，親愛的讀者（注11）。但要想在蠻橫區存活下去，就不能放過每一個機會。於是我抓住了機會——用我的舌頭。

這麼做，只能讓我得到極其少量的錫供應燃燒，卻足夠在短時間內增強感官（注12）。我利用這微量的金屬增強聽力，搜尋能帶我脫困的蛛絲馬跡。

我被錫加持過的耳朵捕捉到了兩件事。第一件，是汩汩的流水聲。我探頭出山洞，瞥見下面的岩石之間有條小溪流，是我之前沒注意到的。我聽到的另一個聲音，是奇怪的刮擦聲，像是有爪子在扒抓樹枝。

我滿懷期待地抬頭仰望，看見一隻烏鴉棲息在山壁上的一叢嫩草中。稀奇吧？

「做得好！」烏鴉大聲呱呱叫。「你就算被監禁，也能找到金屬，賈克。倖存者很欣慰你能臨危不亂、急中生智。」

是她，琳蒂普，是倖存者在我最窮困潦倒、最失意落魄的時候，指派給我的精神導師（注13）。多年來，我一直懷疑她是無相永生者（注14），傳說中，牠們能化身成動物。

「琳蒂普！」我大喊。「達瑪麗貴女沒事吧？克羅司沒傷害她吧？」

「沒有，勇敢的冒險家。」琳蒂普說。「但她的確被牠們抓走、關起來了。你得想辦法盡

注8 對的，那一句他是這麼寫的，他突然在這一行變成了眼睛看不見的狀況。不，他不讓我更改句子。

注9 呃……

注10 嚴格來說，這點還真不是蓋的。

注11 唔，現在說這個，太遲了吧，特別是在第一期……之後。

注12 對於賈克的舔壁事件，老實說，我必須提出一個善意的質疑。就我個人的瞭解，錫礦不會裸露在山壁外，所以不會有人能在天然山洞中發現暴露出來的錫礦。就算那是錫石（一種此區並未出產，性質類似的錫礦石），也會因成分不純而無法產生鎔金術法力。但賈克遺失錫袋的事千真萬確，因為我在他第二次被抓時，在營地地板上發現了他的錫袋，滿滿的、從未被打開的一袋。

注13 詳情請見第七期，也就是琳蒂普最近一次出現的一期。我在這裡重述當期說的話：我沒有看到，甚至可以說是從沒見過這隻傳說中會說話的大鳥，所以無法證實她是否真實存在。

注14 無相永生者原是道教的神祇，不屬於倖存者教派。但賈克從不在神學上斤斤計較，對於神祇派別的混淆，他從來都無所謂。

快脫身，因為她現在的處境很危險。」
「但我現在這樣，要怎麼脫身啊？」
「我幫不上忙，」琳蒂普說。「我只是精神導師，不能幫助輔導對象解決他的英雄式問題。倖存者認為人們都必須自己想辦法解決問題。」（注15）
「非常好。」我說。「但請告訴我，導師——為什麼我又被抓了？難道我沒贏得克羅司族的忠心？我不是牠們的王？我打敗挑戰者了啊！」
失禮了，讓您看到我的沮喪，也請多多包涵我如此不客氣地對導師說話，親愛的讀者。我當時不只擔心愛麗珊卓的安全，也因為失去克羅司民心而絕望。儘管牠們野蠻凶猛，卻似乎很樂意與我分享祕密，那些可以引領我找到矛頭記號、血足跡和倖存者寶藏的祕密。
「我不是很確定原因，」琳蒂普說。「但我猜可能因為你是用槍射殺那名挑戰者。前幾次你都是用瞄準器嚇退對手，並沒有動殺機，所以贏得牠們的心。許多克羅司部族把拿槍遠距離射殺視為懦弱行徑，而非勇猛。」
面對凶暴的猛獸，應該稱牠們為野人（注16），槍是最優雅高尚的武器，專屬於紳士的器械。
「我必須逃出去，我要去拯救美麗的愛麗珊卓。」我說。「導師，妳看見了我是怎麼被帶上來這裡的嗎？克羅司有暗道嗎？牠們是經由暗道，把我抓來這裡的嗎？」
「我看到的過程，其實滿驚險的，」琳蒂普說。「你可能會不想聽到真相：這裡並沒有暗道。你其實——是被牠們從下面丟上來的。」（注17）
「鐵鏽滅絕的！」我大叫。那些猛獸當然害怕我威力強大的槍，又不敢觸犯牠們的神祇親手殺死我，所以把我丟在這裡，想餓死我。

我必須想辦法逃出去，而且要快。我又往外一探，注意到不遠處有一團烏雲。我靈機一動，低頭望著下方谷底潺潺的流水，又注意到我這邊的山壁特別的平坦，似乎……被風化了。沒錯！我在山壁上看到幾條明顯的溝道，是以前河水湍急時切割出來的流水痕跡。於是我的逃亡路線浮出水面！其實，雨水是在上游的平原落下，急流湧入這裡的峽谷後，因河道寬度縮減，河水上漲，經年累月的切割下，在山壁形成一道道的溝渠。

我等待著潛入河流的適當時機，又在等待的同時，無視焦急的心情，抽出時間寫信給你。我把信封死在粗布褲子的特殊防水口袋中，假如我遇上不測，希望你在發現我的遺體後，能找到它。

峽谷一開始下雨，我就迫不及待地跳入上漲的河水中。（注18）

我的讀者，收信愉快。前情提要，上星期我奮不顧身，縱身躍進一片惡水中。當時，我

注15 我想這一整段都是賈克的幻覺，是之前頭部受傷的後遺症。在為他校訂文章時，我好幾次希望能跟他一起承擔痛苦。

注16 我跟賈克提過，我的族人，泰瑞司人曾一度被視為野人，至少和諧交給我們的史料是如此記載的。賈克則搭著我的肩膀說：「沒關係，有個野人朋友，可以向人炫耀啊。」他說得如此真誠，我都不知道怎麼告訴他，他的話很難聽。

注17 我覺得就算是賈克的故事，這麼寫應該是為了製造效果，比較有可能的是，他應該是被克羅司從壁頂垂吊下來的。

真的以為死期到了，但現在很高興告訴您，我大難不死活了下來。所謂的「大難不死」，即將在後面向您娓娓道來。若您堅持閱讀下去，請三思，這封信的內容十分血腥，也許會引發您的不適，甚至造成創傷，尤其身心虛弱和年幼的讀者，請斟酌。

我從山洞牢房躍入上漲的河水中（我必須慎重提醒大家除非萬不得已，切勿模仿此危險動作）。這種蠻橫區式的洪災相當可怕，洪流中都是漩渦和致命的石頭。如果有別的辦法，我絕對不會走這條險路。

翻騰的水流像一個大蜂群，困住了我。幸好，我有從這樣的大水安然脫身的經驗。（注19）想在這樣的洪水中浮游的祕訣，就是順勢而為，隨著水流而動，像小船在大浪中起起伏伏。儘管如此，要想保持浮在水面，仍然需要技巧、運氣和毅力。

我用強而有力的手臂努力划水，設法避開致命的岩石，同時奮力在這條小河匯入藍絲河，此區最大的河流時——讓自己存活下來。一進入大河，水流立刻和緩下來，我奮力向河岸游去，最後費了九牛二虎之力才爬上岸。

這時的我已精疲力竭，癱倒在河岸上。但我還來不及享受重獲自由的快樂，就被一雙強壯的手抓起，拋到空中去。

是克羅司。我又被抓到了。

猛獸將溼漉漉的我拖離澎湃奔騰的河岸，在沙石地上流下一行水漬。（注20）

我沒有反抗。牠們總共有六個，都屬於中型克羅司，全身的藍色肌膚緊繃，嘴巴兩側和大塊肌肉處都繃裂了。

牠們沒有羞辱我，而且我也清楚身上沒有槍，又沒有金屬存量，是不可能以一敵六，只好順服，任由牠們拖著走。也許會被拖回原來的山洞牢房。

結果，牠們把我拖進滿布巨石的小山谷，再拖進隱藏其中莫名其妙長出來的樹林。我從未來過這個地方，克羅司總是刻意讓我繞道，以避開此處，口口聲聲說那只是一塊荒地。既然如此，這些樹是從哪裡冒出來的？（注21）

樹林中的沙地上，藏著一座小綠洲，其中的湖水是從天然湧泉中流出的。什麼時候冒出這麼一個天然泉洞？我覺得很奇怪，因為我的地圖上已標記了所有的天然泉洞。

牠們拖著我穿過樹林，繞過泉洞。我特意瞥了一眼，好深的湧泉，深到泉水都呈藍色，而且還看不見底。池壁全是石頭。我驚訝地發現，原來水潭被塑造成類似矛頭的形狀。

會是這裡嗎？倖存者的藏寶地？真是踏破鐵鞋無覓處，得來全不費工夫？（注22）我四下張

注18　文章寫到這裡，已經來到本期的結尾，同時也是下一期的開端。而我並不知道他把那封信封死在褲子口袋後，是如何寫這最後一段的。無論如何，您應該不會以為這就是賈克的遺作，畢竟這是包含了三期的合輯，而本篇還只是第一期的內容。然而，他的許多週報讀者真的擔心這會是賈克的遺作。以前他們在另外三百期結束時，也這麼擔心過。就因為這些杞人憂天，我經常想找到這些讀者，看看他們都把腦袋裡的東西賣給誰了，又賣了多少錢。我個人比較喜歡集結成冊的讀者群，比如這一本。他們相當重視我的注解，這顯示出絕佳的個人品味和學識涵養。

注19　〈鎔金賈克與惡水〉中有更多賈克力戰洶湧波濤和湍急水流的神奇故事。我不禁納悶，為什麼我就從未遇到過如此驚天動地的災難。

注20　我不清楚上一期在他逃亡時，扮演吃重角色的那場雨的結局如何。他後來沒再提起過。

注21　不必要的「從」是賈克最不礙事的贅字，所以我沒更改，保留了下來。不過這一頁，我刪除了十六個多餘的逗號。賈克還有個刻板印象，總覺得克羅司這個詞中加個驚嘆號看起來比較順眼，我到現在都搞不清楚原因。明智如我，決定刪掉這些驚嘆號，但我擔心太遲了。

望，尋找其他記號，也就是傳說中的血足跡。但直到被拖過最靠近我們的石地時，都沒找到。

如果你在蠻橫區混得夠久，就會明白水有時候能透露出石頭真正的顏色。這情況在許多親愛的讀者居住的城市中很罕見，因為城市中的石頭不是附著煤灰，就是塵土。但這裡，山清水秀，我身上的水滴在石頭上，只見岩石上出現一組類似通往綠洲潭水裡的腳印。

就是它！但那些不是真的腳印，我能想像一個疲憊不堪的旅人來到這裡，很容易將它們誤認為腳印。在那個虛構的故事中，倖存者被矛刺傷後，帶著流血的傷口來到這裡飲水，還頗為煞有其事。

這裡的石頭上畫著克羅司刺青圖案，一些樹幹上包裹著皮革，顯然是牠們的聖地。這也說明了我為何從未聽說過這塊綠洲，為何人類會在這一區無故失蹤。所有不小心闖入的人，都被殺掉了，因為他們撞見了不該撞見的祕境。

那牠們把我帶來這裡，打算如何處置我呢？（注23）

會在這裡看到更多的克羅司，是毫無疑問的事。其中一些相當年邁，皮膚已完全爆開了，用皮革包裹著慢慢滲出血的肉體。您沒見過年邁的克羅司，算您幸運。牠們沒有口鼻，紅臉上兩個凸眼的怪異面貌就必須配上龐大的體形，才不會太過突兀。大部分克羅司在走到這個地步之前，都會死於心臟病。這些上了年紀的克羅司即使皮膚都爆開，依然會繼續成長，直到死神找上門。

在古代，上了年紀的克羅司會被殺掉。然而現今，牠們備受尊重——這只是我從故事中聽來的（注24）。我想世上所有部落，都會把耆老安置在如此神聖的地點。

拖我過來的衛士，把我扔在了老克羅司面前。我小心翼翼地跪爬起來。

「你來了。」其中一個說。
「你不是人類。」另一個說。
「你戰勝我們的首領，殺了所有挑戰者。」第三個說。
「你們想幹麼？」
我勉強把自己撐起來。儘管全身溼透，腦袋暈眩，也要正面迎戰命運。（注25）
「可能會殺了你。」一個克羅司說。
「殺不殺你，要由被你射殺的挑戰者女兒來定奪。」另一個說。
「你必須加入我們。」另一個說。
「加入你們？」我問。「如何加入？」
「所有克羅司都曾經是人類。」其中一個年邁的克羅司說。
我以前聽過這類說法。親愛的讀者，我記得我提過這些說法荒誕無稽、毫無根據。
現在，我沉重地向您認錯。我錯了，大錯特錯。我終於親眼見識到這個殘忍無比的真

注22 是的。
注23 賈克對這個地方的描述很虛幻，不過因為我也曾親眼看見過，所以必須跳出來支持他。那圖案的確很像腳印，水池的外形也像矛頭。克羅司沒跟外人提過這裡。他竟然真的找到了倖存者的藏寶處。這也證明和諧看顧我們所有人，也只有神才會有如此殘酷的幽默感，不斷讓賈克這樣的人重複歪打正著，達成如此不凡的成就。
注24 關於此事的講述，詳情請見二十五期。
注25 或者說，「我當下逃不了，但必須做好準備，只要一有機會，我會像孩子尖叫一聲，拔腿就跑。於是我站了起來。」

相，古人是對的。

克羅司是人類的一員。

而變化成克羅司的過程，慘不忍睹。為了把人類納入克羅司族的一員，牠們四下捕捉，再用小金屬尖刺刺入人體，使人產生一種謎樣的轉化，智力和個性被嚴重弱化，最後，變得像克羅司一樣愚鈍且單純。

克羅司不是經由母體分娩出來的，而是被製造出來的。牠們的殘暴性情存在於我們每一個人的身上。這就是親愛的含德維一直努力要我明白的一點。（注26）

牠們說我必須加入，成為牠們一員。這表示我的末日到了？我將在偏遠的荒村裡，過著失去神智、野獸般的生活？（注27）

「既然你們提到挑戰者的女兒，」我說。「那麼她是誰？」

「就是我。」一個柔和又熟悉的聲音說。

我轉身，看到愛麗珊卓・達瑪麗從附近幾棵大樹後面走了出來。她的連身洋裝不見了，全身只有勉強遮掩住隱私部位的皮革。

若是我在這裡太深入描寫她此時此刻的模樣，恐怕我感性的讀者們會驚嚇過度，於是我決定略過不提（注28）。她依然戴著眼鏡，金髮一如往常地紮成馬尾，但她的肌膚……她的肌膚現在泛著藍色色調，我以前從未見過她如此。

愛麗珊卓。美麗的愛麗珊卓，擁有克羅司血統（注29）！

「這不可能！」我大叫，兩眼死死地瞪著我美麗的愛麗珊卓。我滿心愛慕的女人，傾盡所有珍惜的女人，居然從頭到尾都在欺騙我，對我隱藏了她的真實本色。

愛麗珊卓擁有克羅司血統。

我真希望我不必寫下這些句子，我英勇的讀者。但這些都是事實，並且真實到令我痛心疾首，像這紙張上的墨跡一樣的真實。

「是化妝。」愛麗珊卓的眼神鎮定平靜。她垂下眼繼續說：「你也看到了，和其他克羅司相比，我的皮膚只泛著微微的藍色，只要善用粉底和手套就能掩蓋過去。」

「但妳有自己的意志！」我朝她走去。「能獨立思考，而且很機智，跟這些猛獸截然不同！」(注30)

我想碰觸她，卻又不敢。我對她的瞭解原來全是一派謊言。她是野獸，不是我美麗優雅的女人。她是野蠻的生物，是殺人犯、嗜血者。

注26 唔，實情並非如此，但我不計較。請注意賈克在這裡提到的事，很不幸的，都是真實的。我自己親眼看過轉化過程，一些專家也是，所以關於人類轉化成克羅司的描述，都是真實的。我的確好幾次向賈克解釋過。

注27 我不確定是否真會失去神智，這就像拿零來做除法。

注28 這當然不會影響傳紙編輯，他們仍然決定在原版連載上加入此場景的插畫。

注29 報紙連載的這一期故事，就結束在此，事後我被告知這差點引起了暴動，進而在隔天產生了一份前所未有的傳紙，包含了本故事的結局。幸好，我們把三期的稿子裝袋，一併交了出去。我一直驚訝讀者對賈克生硬的文筆有如此寬大的包容度，以至於等不及我來校稿，為他們呈獻出更流暢且條理清晰的文章。如此的大眾閱讀品味，就是當初我離開依藍戴，到蠻橫區流浪的主要原因之一。若不去蠻橫區，我一定會舉槍自盡，而我的管家和平誓言箝制了我傷人害己。

注30 研究顯示擁有克羅司血統的人，平均來講，智力並不比人類差，但接受過轉化的道地純種克羅司，就不在此列，大部分冒險者也是。

「賈克，」她說。「我依然是我。我生來就是克羅司，但從未被轉化過。我的智力跟人類一樣敏銳。拜託，親愛的，請忽略我的膚色，請你看看我的心。」（注31）

我無法抗拒她的哀求。也許她又在騙我，但她依然是我的愛麗珊卓。我投入了她的懷抱，腦袋一團亂的我，只感受得到她美妙的體溫。

「你現在的處境相當危險，親愛的。」她在我耳邊低語。「牠們要把你變成克羅司的一員。」

「為什麼？」

「你嚇走了牠們的族長。」愛麗珊卓低語。「儘管我們不斷刁難，你還是掌管了克羅司族。最後，還射殺了牠們派出去的最出類拔萃的戰士，也就是我母親。」

「那個挑戰者是個女人？」我問。

「當然。你沒發現？」

我瞥了聚集過來的克羅司一眼，牠們都繫著腰布，但大多袒胸露背。若沒有……啊呃……偷看，是分辨不出男女的，所以我還真沒發現。事實上，我寧願認不出牠們之中有幾位女性。幸好我有風吹日曬打磨出來的厚臉皮，已經不太會臉紅，因為我看到的景物會傷害您纖弱的神經。但若我還有臉紅的能力，當下一定紅得像著了火。

「抱歉，我殺了她。」我回望仍然抱著我的愛麗珊卓。

「那是她的選擇，」愛麗珊卓說。「她自己要走這條刀口上舔血的路，我不會為她感到難過。但我為你難過，你應該會被轉化成克羅司，親愛的。牠們謊稱是我的主意，但絕對不是，我極力反對，牠們根本不聽。」（注32）

「那之前又幹麼把我丟在山洞裡等死？」我問。

「那只是個考驗，」愛麗珊卓說。「是最後一道挑戰。牠們原本打算三天後就放了你，如果你沒逃走的話。既然你成功逃脫，就證明你有資格成為牠們的一員，進而擔任牠們的新族長。在此之前，你還必須接受轉化！你會失去自我，變成牠們的同類，只憑本能行動。」（注33）

既然如此，那我肯定要逃了。變成克羅司，失去神智，那不是比死還淒慘。儘管我相當尊敬這些野人（注34），卻完全沒有成為牠們一員的意願。

「是妳引我來這裡的。」我恍然大悟，轉過去看著她。「打從我們在蠻橫區發現妳開始，妳就一步步地把我引來這個部落。妳早就知道這處水潭的存在。」

「我是聽了你的描述，才猜測這裡就是你在尋找的藏寶地，」我的美人說。「但我並不確定。我從沒進來過聖池這裡。賈克……一旦牠們把你轉化了，接下來就輪到我了。牠們要違背我的意願、轉化我。我一輩子都在抗拒這件事。年少時我拒絕牠們剝奪我的神智，現在也

注31　我拿這一節給愛麗珊卓看，她的反應是放聲大笑。大笑何意，任君解讀。不過我要在注解記錄下我和她談論此事時，她對自己的血統沒有絲毫羞愧，儘管她打從一開始就對我們隱瞞真相。

注32　愛麗珊卓讀到這裡，笑得更大聲了。若您認識珊卓本人，就會發現她說話總會夾帶粗話，所以任何少於三個字的粗話——以及關於賈克可疑身世的評語——絕不會是她說的話。不過她的確對賈克有好感。這一點，令人費解。

注33　若您被弄糊塗了——這也包括賈克，那確實是把人變成一個實實在在的克羅司的過程。牠們的孩子出生時，膚色介於藍色到麻灰之間，但不是真正的克羅司那種深藍。在孩童階段的克羅司大多還是人類，不過已具備強壯勇武的天賦。

注34　還是不夠尊敬，仍然稱牠們為野人。

一樣！」

「夠了！」一個老克羅司說。「妳一定會被轉化！」

其他克羅司開始動作一致地鼓掌。其中一個伸出一隻顫抖著、血淋淋的手，手掌中就握著一把小尖刺。

「不要啊！」我大叫。「不需要這樣！我已經是你們的一員了！」

愛麗珊卓緊抓著我的手臂。「什麼？」她輕聲低語。

「我現在只能想到這個辦法，」我低聲回應，然後提高音量，大聲說。「我是克羅司！」

「不可能。」一個老克羅司說。

「你的膚色不是藍的。」另一個說。

「你不像。」第三個說。

「我殺了你們派出的戰士！」我說。「這就夠了，還要什麼證據！普通人類做得到這點嗎？」

「你用槍，」一個老克羅司說。「用槍，就不需要力氣。」

鐵鏽滅絕的！「那好，」我說。「再給我一次機會，我會證明給你們看。我會找到倖存者寶藏，交給你們！」

克羅司沉默下來，也不再鼓掌了。

年滿十二歲時，牠們才選擇是否接受最後一道轉化的程序。選擇不接受的克羅司，必須離去，加入人類社會。我估計還滿多數選擇離開。但也有許多普通人類，因為不滿足於都市生活，想方設法進到克羅司部落，加入牠們，並且接受轉化。自此，克羅司族中已分辨不出哪些是由人類轉化而成，哪些又是生來就帶有克羅司血統。

「不可能，」一個老克羅司說。「就連最勇猛精壯的克羅司都失敗了。」

「若是我成功了，你們就知道我說的是實話。」我說。

我簡直是把自己往死路上逼。我當然希望能告訴您，那天我的嘴唇是在勇氣的驅使下吐出這些豪言壯語的，但其實那全是我在情急之下的胡言亂語。我想到什麼，就說什麼，只要能拖延時間即可。

若傳說是真實的，那麼寶藏就藏在「天空的對立面，只有生命本身才能抬得起」。天空的對立面，指的必定是水潭的潭底。深不可測，看都看不到底的潭底。我得潛下去搜尋寶藏。

「不可能。」另一個老克羅司說。

「我會向你們證明！」我斬釘截鐵地說。

「賈克！」愛麗珊卓將一隻手搭在我手臂上。「你蠢了啊！」

「也許吧，」我說。「但我絕不任由牠們把我變成克羅司。」

她一把拉我過去，親吻了我。我是個不容易受到驚嚇的人，親愛的讀者，但那個時候，不可能的事發生了，我嚇傻了。她對我總是冷冰冰的，我還以為落花有意，流水無情。

但這個吻……這個吻！就像身旁的水潭一樣深不可測，像倖存者的教導一樣真實，像疾射中的子彈一樣威力無窮，像三百碼處的公牛眼一樣嚇人。我們兩人熱情的擁吻溫暖了我，驅趕走了溼衣服下的涼意，為一顆顫抖的心克服了恐懼。

她退開時，我體內的金屬瞬間驟燒起來。她並不是鎔金術師，但嘴裡含了一些錫粉，再藉由親吻傳給了我！

我退開，驚呼一聲。「妳太了不起了。」

「該死的，賈克，」她低聲回應。「你終於開竅，說了一次人話。」（注35）

克羅司又開始鼓掌了。我撿起抱得動的最大岩石，然後深吸口氣，躍入潭水中，任由岩石將我往下帶去。

好深的潭水，深不可測。（注36）

很快地，我就被黑暗吞噬了。親愛的讀者，您必須自行想像這種徹底的漆黑，因為我無法精確描述它。被漆黑吞下這件事本身就是難得的體驗，但在深水中，當光線逐漸褪去……就為體驗添加了相當恐怖的成分。連我鋼鐵般的意志也棄械投降，不斷下降中的我，居然開始發抖。

我的耳朵一陣劇痛，知道這不是我頭上的傷口造成的。水中的下墜似乎無窮無盡，沒有終點。我的肺灼痛起來，腦袋遲鈍，差點就放開了岩石。

我無法思考。頭上的傷口彷彿就要爆炸了，雖然我看不見，卻很清楚我的視覺越來越模糊，身體也開始麻木，漸漸陷入昏迷中。我知道我就要葬身在這深不可測的水潭中。就是在這種時刻，我想到愛麗珊卓被轉化成克羅司，失去了令我著迷的機智……這個想法給了我力量，瞬間驟燒起錫。

驟燒錫能令我神智清醒，我之前提過這點，從未如此迫切需要它發揮此項功效。這片刻的清醒，驅散了腦袋中的黑影。

我感覺到了潭水的冰冷，以及頭部的劇痛，但我活下來了。

我撞上了潭底。手上仍然緊抱著岩石，不敢放開，只用一隻手慌亂地四下摸找。我的肺像熙燒的金屬般熾熱。在這裡嗎？

對！就在這裡。是個方形的、非天然的物體，一個金屬盒。保險櫃？

我試著搬起盒子，使勁移動它，但它跟我的岩石一樣沉重。

我沮喪地意識到我不可能把它帶到水面上去。我現在很虛弱，沒力氣抱著這麼重的事物游泳。

這樣就認栽了？若是沒把寶藏帶上水面，牠們很可能直接殺了我，也可能把我轉化成克羅司，無論哪個結局，我都玩完了。

我又試著搬起金屬盒，但只能游幾呎而已。沒有空氣，沒有體力，一切都是徒勞！

此時，我又想起那首詩句。立於天空的對立面，就會尋到；它只能被生命本身抬起。（注37）

生命本身。潭底這裡有什麼生命？

空氣。

我摸找著盒子的四邊，發現一個彈簧鎖，彈開它，露出一個物件。皮革手感，像是個皮水袋。我對著它吐氣，把肺裡所有的空氣全吐了進去，雖然我不能呼吸了，但袋內的空氣可以救我（注38）。於是我用力朝潭底一踹，我的金屬存量耗盡，也沒氣了。

注35　我相信這整個故事中，這是唯一一句確實按照愛麗珊卓的原話引用的句子。因為她跟我透露，她威脅過賈克如果不把這句話寫進傳紙連載中，就拿槍射他的……啊呃……男性特徵。

注36　他所謂的深，精確來講是十八點三呎（三十三公尺）深。我回去測量過。

注37　對，我知道他在連載中，總共引用這首詩六次，而且每次的說法都不太一樣。但他不允許我更改，不要統一的說法。

漫長的上浮旅程開始了。

我衝出水面，視線又一次模糊起來。光芒一閃而過，我又被抓回到黑暗中，但一雙柔軟的手抓住了我，在我陷入噩運之前，把我拽出了潭水。我聞到愛麗珊卓的香水，視覺也恢復了，只見她一臉擔憂，扶著枕在她大腿上的我的頭。從下仰望她的皮衣並不恰當，卻滿養眼的。

「你這個笨蛋。」她低聲說，我翻身把肺裡的水咳出來。

「他失敗了！」老克羅司們大叫。

就在這緊要關頭，一個物體啵地冒出水面。看起來像是某種充了氣的膀胱。可能是綿羊的。

我伸手到水裡，抓起半浮著的保險櫃。(注39)

四周的克羅司趴了下來，看著我跪在金屬盒旁邊解鎖。愛麗珊卓把我們在梅爾暴風的礦區找到的鑰匙遞給我，我插進鎖頭，果然，鑰匙完全合拍(注40)。我一轉，喀嚓一聲，蓋子打開了。

盒裡全是尖刺。

克羅司開始吼叫，讓我擔心了一下，結果，那是牠們的歡呼聲。我困惑地看著愛麗珊卓。

「新尖刺，」她說。「好多的新尖刺。有了它們，部落就能向外擴展。牠們和附近部落打仗時，都吃了敗仗。我的部落是這一區最小的族群，這些尖刺能幫我們增加幾十個克羅司。對牠們來說，這是實實在在的寶藏。」

我往後坐在小腿上。我必須說，親愛的讀者，其實我有些失落。雖然我旅行不是為了錢財，只為享受探索，以及和您分享世界的樂趣，但仍然感到失落。這和我想像中的寶藏落差太大了。一把的小尖刺？這就是我日以繼夜、努力找尋的寶藏？這就是傳說中，倖存者親自留下的財寶？

「別臭著臉，親愛的。」愛麗珊卓把尖刺倒出來，讓老克羅司取走。她拉著我退出逐漸聚攏而來的克羅司群。看來，牠們興奮到忘了我們的存在。「我們的性命又回到自己手上了。」

我們逃走時，克羅司追都沒追上來。我們很快就逃出了綠洲山谷，朝那條河衝去，希望能趕上其他商隊。（注41）

我後來發現自己依然很失望。也就是這個時候，我注意到一件事。愛麗珊卓帶著的金屬盒，並沒有因為在水底待了三百年而黯淡無光。我示意她把盒子給我，擦了擦盒蓋。這一擦，驚得我不停眨眼。

「怎麼？」她在小徑上停了下來。

我嘻嘻一笑。「純鋁，親愛的——值好幾千。我們終究還是找到了自己的寶藏。」

她大笑一聲，鍾愛地靠過來，又吻上了我。

走筆至此，我的讀者，艾塔尼亞深坑的旅程日誌也該結束了。尋寶、死裡逃生，我實現

注38 瞭解浮力和壓力的讀者應該在這裡打住，別再閱讀下去。因為在這種情況下，肺裡的空氣又能有多少，是顯而易見的事。

注39 如果搬起寶藏只需要一個氣囊，有人就納悶了，為什麼在各式各樣的氣囊中，他獨獨中意綿羊的膀胱。

注40 唉。

注41 沒錯，他們把我忘了。

了親愛的亡者密卡夫漸漸淡去的遺願。

這趟旅程是我至今最驚心動魄的冒險。等我稍事休息後，將會整裝再出發。我聽說南方天空會放射出奇特的光芒，裡面必定藏有另一個祕密。

到時，冒險啟動！（注42）

〈鎔金賈克與艾塔尼亞深坑〉全文完

注42 就此，又一本書的注解來到了尾聲。我確信品味高超、目光獨到的讀者，會肯定我長期以來，為了讓賈克存活下去所做的努力，期望這些注解如我所願的，在漫漫冬夜帶給讀者別有特色的樂趣。再會了！賈克已向您保證將有更多的冒險旅程和探索未知的故事，而我只能謙卑地承諾，會設法督促他至少一輩子一次，正確使用標點符號。如此看來，我的工作將比他來得更加辛苦，任重而道遠啊。

含蓄的泰瑞司人，含德維

三四一年，哈姆達月十七日

後記

這是我為Crafty Games桌遊公司所寫的第二個短篇故事（注1），原本只是《執法鎔金》裡的傳紙報刊連載。

我從不同的視角來創作這些故事。第一個故事比較像是樣品，主要是針對新讀者而寫，至於這一篇的走向則比較深入和風趣，是以忠實的老讀者為主。文中首次揭露司卡德利亞系列第二紀元期間，克羅司的形成過程和生活狀態，讀者似乎對這類祕史充滿了好奇心。

許多年前，我的兄弟喬丹找我共同創作一齣廣播劇，發布於網際網路上的播客數位媒體（podcast，由iPod和broadcast組成的字）。他希望我幫忙寫腳本，但當時我實在抽不出時間（《寫作理由》（注2）就是在這種情況下誕生的，但我知道他後來找了丹．威爾斯做了幾集廣播劇的腳本）。他將故事鎖定在老一代的冒險家／探險家。儘管我無法承接此案，但多年來，我總是在想若有時間，我會如何創作這類故事。

〈鎔金賈克〉就是多年思考下的產物。這位紳士冒險家的故事，以舊時通俗書刊的風格為本，卻又別出心裁，試圖突破。然而，單單寫個紳士的冒險故事，又似乎行不通。在瓦和偉恩系列中，我已經採用了優化通俗書刊的寫法來講故事，將創作重點集中在人物性格上，減少了誇張的情節。

如此說來，賈克的故事就必須採取完全相反的手法，以立體化新舊的差別。他是否就如他「忠誠的管家」所說的是個吹牛大王，亦或是唐吉訶德式的冒險家，有著無可救藥的樂觀。這個角色的設定就是要呈現出某種程度的不可靠，他與瓦在性格上形成鮮明對比，就像你拿蝙蝠俠的幾位新化身與早年亞當．韋斯特（注3）所扮演的蝙蝠俠，放在一起對照（特此聲明，無論早年或近期的蝙蝠俠化身，我都愛）。

順帶一提，創作含德維注解的過程充滿趣味，是作家生涯中最有意思的工作之一。

注1 第一個故事是〈第十一種金屬〉。

注2 Writing Excuses，山德森與其他數名作者家合辦的線上廣播，內容主要教導聽眾如何創作。

注3 Adam West，1928-2017，美國演員，於六〇年代演出蝙蝠俠影集而大受歡迎。

MISTBORN: SECRET HISTORY

迷霧之子：祕史

＊本篇包含了《迷霧之子三部曲》的重大劇情，

以及《執法鎔金：悼環》的些許劇情，閱讀前請知悉。

PART 1　帝國

1

凱西爾燃燒了第十一種金屬。

什麼也沒變。他仍然站在陸沙德廣場上，面對著統御主。觀眾一片寂靜，司卡與貴族，注視著場內。咿啞的輪子在風中空轉，在一旁傾覆囚車的側邊懸掛著。一個審判者的頭顱被釘在囚車底部的木板上，牢牢地被他自己的尖刺卡死。

什麼也沒變，同時一切都變了。對凱西爾的眼睛而言，有兩個人站在他面前。

一個是統治天下千年之久的不死君王，威風凜凜站立著，頂著一頭黑髮，彷彿沒注意到自己的胸膛已經被兩柄長矛刺穿。站在他身旁的是外貌和他如出一轍的男人——但姿態截然不同。他披著一身厚重的毛斗篷，鼻子和臉頰似乎被寒冷所凍紅，頭髮因風的拍掃而糾結，表情和樂地微笑著。

他們是同一個人。

*我可以利用這點嗎？*凱西爾瘋狂地思考著。

黑色的灰燼輕輕落在他們之間。統御主瞥向倒在一旁那個凱西爾殺死的審判者。「那些很難遞補的。」他的聲音聽來帶點蠻橫。

這樣的聲調和他身旁的人形成直接的對比：一個遊民，一個戴著統御主面孔的牧人。這就是你的真面目，凱西爾心想。但這幫不上忙。只進一步證明了第十一種金屬並不像凱西爾原先期盼的那樣。這金屬沒什麼能夠終結統御主的魔法效果。他早該仰賴自己的另一個計畫的。

於是，凱西爾微笑。

「我殺過你一次。」統御主說。

「你嘗試過。」凱西爾回答，心跳奔騰著。另一個計畫，祕密計畫。「但是你殺不死我的，暴君。我代表你一直都殺不死的事物，無論你有多努力。我是希望。」

統御主嗤之以鼻，懶懶地舉起手。

凱西爾繃緊自己。他沒辦法對抗一個不朽的人。

至少，活著沒辦法。

挺身而出。給他們值得銘記的東西。

統御主反手揮了他一巴掌。痛楚如同閃電般向凱西爾襲來。在那個瞬間，凱西爾驟燒第十一種金屬，瞥見一眼全新的景象。

統御主站在一個房間內——不，是一個地窖！統御主站進一個發亮的池子中，而世界在他身邊天旋地轉起來，翻滾又崩陷，房間扭曲著，一切都在變化。

幻象消失。

凱西爾死去。

過程比他所預期的還要痛苦太多。比起軟弱地褪入虛無之中，他感受到的是一陣糟透的撕裂感——好像他是一塊碎布，被兩隻凶狠的獵犬扯咬著。

他大叫，絕望地想撐住，不讓自己碎散。但他的意念毫無意義。他被撕碎、剝毀，最後摔入一個充斥著無限游離迷霧的地方。

他跪著，喘息著，痛楚依舊。他不確定自己跪在什麼東西上面，下方看起來似乎只有更多的迷霧。地面如液體般散布著漣漪，在他的碰觸下也同樣柔軟。

他跪在那兒，隱忍著疼痛，感受到它慢慢消散。最後他鬆開下巴，開始呻吟。

他還活著。算是吧。

他試著抬頭。同樣的一片濃厚蒼灰在他身邊游移。虛無？不，他能在那之中看見一些形狀、幻影。山丘？而高掛在天空中的是某種微光。從濃密的灰雲中看來，也許是個微小的太陽。

凱西爾在吸吶吐氣後低咆，試著站起來。「好吧，」他揚聲說。「那還真是徹底的糟透了。」

看起來真的有死後世界的存在，不錯的發現。這是不是代表著……這是不是代表著梅兒仍然在這裡的某處？他總是陳腔濫調地告訴別人有一天會跟她重逢，但內心深處從未如此相信，從來沒想過……

結局並不是結局。凱西爾再次微笑，這次是真正興奮地笑著。他轉身，就在他檢視著周遭的環境時，迷霧看起來開始退散。不，比較像是凱西爾開始變得實體化，完全進入了這個空間，退卻的迷霧更像是他的心智變得清晰的結果。

迷霧聚合成形體。那些他誤認為山丘的幻影其實是建築，由朦朧而游移的迷霧構成。在他腳下的地面也是霧，一片深遠的寬廣，就好像他站在海上。他感受到底下的柔軟，就像布料，甚至有點彈性。

附近躺著那輛傾覆的囚車，但在這裡它也是由霧所構成。迷霧飄流，但囚車仍然能保持它的形狀。彷彿迷霧被某種不可見的力量侷限在特定的形狀中。更驚人的是，囚車的鐵欄杆在這邊會發光。無獨有偶，其他刺眼的小白光在他身邊出現，點綴著整個大地。門把。窗鎖。生命世界的一切都在這裡被投射出來，大部分是晦暗的迷霧，而金屬以強光的形式表現。

有些光會動。他皺眉，靠近其中一個，然後發現裡面許多光點其實是人。他看見的那些是以人形輻射出來的強烈白光。

他觀察到，金屬和靈魂是一樣的東西。誰想得到呢？

而當他了解情況後，他開始理解生命世界正在發生什麼事。上千個光點移動、流竄。人們正在逃離廣場。一道強大的光，有著高眺的身材，朝另一個方向步去。是統御主。

凱西爾試著跟上，但腳底踩過某個東西。一個霧狀的形體倒在地上，被長矛刺穿。

凱西爾自己的屍體。

碰觸它就像回想起美好的經驗。來自幼時的、熟悉的氣息。他母親的聲音。和梅兒躺在山丘旁，抬頭看著灰燼落下時的暖意。

這些體驗逐漸褪色並且變冷。逃竄的人群中有一團光——每個人都是光，看不出是誰——簇擁向他。一開始他以為這個人能看見他的靈魂。不過，他們其實是奔向他的屍體，然後跪倒。

於是，他看出這個人是誰了，能看出她的面容和特徵，如同霧氣被裁切，從核心處發光。

「噢，孩子，」凱西爾說。「我很抱歉。」他伸出手捧住紋為他哭泣的臉龐，發現自己竟然感覺得到她。在他虛空的手指下，她是真實明確的。她似乎感受不到他的碰觸，但凱西爾能看見真實世界的她，看見她的臉頰沾滿了眼淚。

他對她說的最後一番話太嚴厲了，不是嗎？也許他和梅兒從來沒有小孩是件好事。

一個發光的形體從逃竄的人群中衝來，把紋抱走。那是哈姆嗎？看那個體格，鐵定是。

凱西爾站起來，看著他們撤退。他已經為他們設下計畫。也許他們會因此恨他。

「你讓他殺了你。」

凱西爾轉身，驚訝地發現竟然有人站在他旁邊。不是由霧組成的人影，而是一個穿著奇怪衣服的男人：一件幾乎垂到腳邊的薄羊毛衣，裡面穿著一件領口繫繩的襯衫，下身是一件圓錐狀裙；一條腰帶綁住裙袍，旁邊配著一把骨柄的刀子。

這男人矮矮的，有著一頭黑髮和明顯的大鼻子。不像其他人——由光組成——這個男人看起來很正常，就像凱西爾。既然凱西爾已經死了，這男人會不會是另一個鬼魂？

「你是誰？」凱西爾質問。

「噢，我想你知道。」男人對上凱西爾的眼，凱西爾在那之中看見了永恆。一陣冰冷、平靜的永恆——如同磐石見證世代交替，或是從未被光觸及，不在乎歲月消長的深谷，如此的永恆。

「噢，見鬼，」凱西爾說。「真的有神存在？」

「是的。」

凱西爾狠狠地揍了祂一拳。

那是漂亮、紮實的一拳，從肩膀揮出時還要用另一隻手反向平衡。老多會很驕傲的。

神沒有迴避。凱西爾的攻擊正中祂的臉，伴隨著令人滿意的一聲悶響。這一拳讓神跌落在地，祂看起來更震驚而不是痛苦。

凱西爾逼向前說：「祢該死的搞什麼鬼？祢真實存在，而祢讓這一切發生？」他的手揮向——讓他顫慄的——光點正在消失的廣場。審判者正在攻擊人群。

「我做我能做的。」倒地的人看起來有點扭曲，有一部分的祂正在擴張，像是迷霧想從輪廓中逃脫。「我做……我做我能做的。如你所見，這在運行，我……」

凱西爾退後一步，眼睛瞪大的看著神解體，又合而為一。

在他周圍，其他的靈魂開始進行傳送了。他們的身體停止發光，隨後他們的靈魂被扯入這片迷霧大地：蹣跚、跌倒，就像被他們的身體射出來。當他們抵達的時候，凱西爾看見他們有了色彩。一樣的男人——是神——在他們每個人附近出現。突然有超過一打的神之分身出現，每個都是獨立的個體，每個都在和一位死者說話。

凱西爾附近的這個神站起來，摸摸自己的下巴。「沒人這麼幹過。」

「什麼，真的嗎？」凱西爾問。

「沒有。魂魄的心智通常都太渙散。不過，有些會逃跑。」祂望向凱西爾。

凱西爾緊握拳頭，神後退並且——很有趣地——把手伸向腰帶的刀子。

好吧，凱西爾沒打算再攻擊祂，不會了。但是他能聽見這些話裡面的挑釁。他會跑嗎？

當然不會。他能跑去哪裡？

近處，一個不幸的司卡女人被扯進陰間，接著幾乎是瞬間褪散。她的輪廓延伸，變形為一道白霧，被吸入一個遙遠的黑點。至少，看起來是這樣，儘管她延展而去的點並不是一個地方——不完全是。那是……彼端（Beyond）。某種無論他怎麼移動都離他遙遠的地點。

她被延伸，然後消散，其他廣場中的靈魂亦然。

凱西爾轉向神。「發生什麼事？」

「你不會以為這裡就是終點，對吧？」神的手揮向這個朦朧的世界。「這是個轉運階段，後於死亡而先於……」

「先於什麼？」

「先於彼端。」神說。「某個未知的地方。所有魂魄都得去的地方。你也得去的地方。」

「我還沒去。」

「對鎔金術師來說會久一點，不過還是會發生。這是個自然的過程，就像溪流注定流向大海。我在這裡不是要讓它發生，而是在你們離開的時候安慰你們。我將之視為一種……在我這個職位應該做的義務。」祂摸摸自己的側臉，朝凱西爾瞪去，眼神道盡了祂對這頓招呼的感受。

近處，另一批人褪入永恆之中。他們看起來接受了，帶著解脫似的和樂笑容，踏入延伸的虛無之中。凱西爾看著那些離開的魂魄。

「梅兒。」他低語。

「她到彼端去了。你也會。」

凱西爾看向彼端之點，所有亡者都被吸去的點。他感受到了，微弱地，也想把他帶走。

不。還沒。

「我們需要一個計畫。」凱西爾說。

「一個計畫？」神問。

「幫我擺脫這一切。我可能需要祢的幫忙。」

「沒有任何辦法能擺脫這一切。」

「這態度不行噢，」凱西爾說。「如果祢老是這麼講，我們什麼事都辦不到。」

他看看自己的手臂，它正在──令人不安地──變得模糊，像是還沒乾就被意外抹掉的墨水。他感受到一股疲累。

他開始走路，強迫自己邁開步伐。他不能就站在這裡，等著永恆試圖吸走他。

「覺得徬徨是很自然的，」神跟到他身邊。「很多人都會焦慮。放輕鬆，你身後的那些人會找到他們自己的路，而你──」

「對，祢好棒，」凱西爾說。「沒時間說教了。告訴我。有人試著抵抗過，不讓自己被吸入彼端嗎？」

「沒有。」神的身子停下，身體再次碎散又重組。「我已經告訴過你了。」

該死，凱西爾心想。祂看起來離解體只差一步了。

好吧，你也只能將就著跟現有的人合作。「你得給我一點可以嘗試的機會啊，阿糊。」

「你剛剛叫我什麼？」

「阿糊啊，我一定得找個名字叫祢吧。」

「你可以試試『我的主』。」阿糊有些惱怒地說。

「這對組員來說是個爛透的小名。」

「組員……」

「我需要一支小隊，」凱西爾繼續朝朦朧版的陸沙德走去。「如祢所見，我沒什麼選擇。我寧願找老多，不過他得先處理一個自稱是祢的傢伙。順道一提，我這個團隊的元老成員可是個殺手。」

「可是——」

凱西爾轉身，把手搭在矮子的肩膀上。凱西爾的手臂越發模糊了，就像水被吸進附近一道隱形的小溪一樣。

「祢看，」凱西爾平靜又急切地說。「祢說祢是來這裡安慰我的。這就是祢安慰我的方式？如果祢是對的，那我現在做什麼都沒差，所以幹麼不讓我笑一下？讓我在面對終極結局之前再開心最後一次。」

阿糊嘆氣。「如果你接受現況，事情會好很多。」

凱西爾迎向阿糊的眼神。快沒時間了，他能感覺到自己正在往極樂世界飄去，遙遠的、黑暗而不可知的一點。他盯著阿糊。如果這東西表現得就和祂呈現的人形一樣，那麼——用自信、微笑和自我肯定——盯著祂會有用的。阿糊會屈服。

「這麼說來，」阿糊說。「你不只是第一個揍我的人，還是第一個想招募我的人。你真的是特別怪異的一個人。」

「祢不認識我那群朋友。站在他們旁邊，我很正常。給點想法，拜託。」他開始走上街道，為了移動而移動。兩側朦朧的房屋由游移的迷霧組成，它們就像是建築的鬼魂，有時一道波——一閃即逝的光——會脈動穿過地面和建築，讓迷霧翻騰扭曲。

「我不知道你期待我告訴你什麼。」阿糊趕上腳步走在他身邊。「來到這裡的靈魂都會被吸入彼端。」

「祢沒有。」

「我是一個神。」

「一個」神。不只是唯一的「神」。值得注意。

「好吧，」凱西爾說，「當個神可以讓祢對這檔事免疫的原因是什麼？」

「因為我等於一切。」

「阿糊，我不敢相信祢竟然把個人地位帶到這個團隊裡面來。拜託，合作一下。祢說鎔金術師可以待久一點，藏金術師也是嗎？」

「是的。」

「有力量的人們。」凱西爾的手指向遠端克雷迪克．霄的尖塔。這是統御主走過的路，一路領向他的皇宮。雖然統御主的馬車已經走遠，凱西爾還是能看見他的靈魂在遠方某處發著光。比其他人的靈魂都更亮。

「那他呢？」凱西爾說。「祢說每個人都必須折服於死亡，很明顯根本不是這麼一回事嘛。他是不死的。」

「他是特殊案例，」阿糊精神一振地說。「他有很多不馬上死掉的方法。」

「而如果他真的死了呢？」凱西爾強調。「他會比我在這裡待得更久，對吧？」

「噢，當然，」阿糊說，「他昇華過，雖然只有短短一陣子。他曾持有足夠的力量，得以擴張他的魂魄。」

瞭解。擴張我的魂魄。

「我……」神開始振動，人影變得扭曲。「我……」祂甩甩頭。「我剛剛在說什麼？」

「關於統御主怎麼擴張他的魂魄。」

「那真是賞心悅目，」神說。「那真是太壯觀了！現在他被存留了。我很高興你沒找到摧毀他的方法。每個人都會死，但他沒有。真是太美妙了。」

「美妙？」凱西爾覺得想吐。「他是個暴君，阿糊。」

「他是不變的，」神有點防衛地說。「他是個精美的樣本。獨一無二。我不同意他所做的事，不過一個人可以在憐憫羔羊的同時讚美一頭獅子，不是嗎？」

「幹麼不阻止他？如果祢不同意他所做的，那就做點什麼呀！」

「看看你，看看你，」神說。「那太急躁了。除掉他能完成什麼事？那只會帶來另一個暫時的領袖——帶來比統御主更多的混亂，甚至死亡。穩定比較重要。是的。一個固定的領袖。」

凱西爾覺得自己又被吸向遠方。他很快就得走了。看來他的新身體不會流汗，不然他的前額現在肯定溼成一片。

「也許祢會想看看其他人做一樣的事，就像他，」凱西爾說，「擴張魂魄。」

「不可能的。昇華之井的力量要超過一年後才會集結就緒。」

「什麼？」凱西爾說。「昇華之井？」

他探向記憶，試著回想起沙賽德告訴他的信仰和理念。那些概念廣闊得像是要吞噬他。他一直在玩反抗軍跟權位的遊戲——只聚焦在那些對他的計畫可能有用的宗教上——一直以來，這一個都只能退居幕後，被遺忘跟忽視。

他覺得自己就像個孩子。

阿糊繼續說話，直到凱西爾回神，那些話才能進入他的腦袋。「可是不行，你不可能使用井的。我沒辦法成功鎖住他。我早就知道了；他更強大。他的精質（essence）用自然界的形式滲了出來。固體、液體、氣體。因為我們創造世界的方式。他有計畫，是否它們比我的計畫更深遠，還是我終於智取他了……？」

阿糊再次扭曲。祂的碎碎念對凱西爾來說沒有意義。祂覺得那好像很重要，但沒那麼緊急。

「力量會回歸到昇華之井。」凱西爾說。

阿糊遲疑。「嗯。對。嗯，不過那很遠，非常遠。對，遠到你到不了。太可惜了。」

神啊，還真是個糟糕的說謊大師。

凱西爾抓住祂，小個子退縮了。

「告訴我，」凱西爾說。「拜託。我能感覺得到自己要被吸走了，墜落、被帶走。拜託。」

阿糊掙脫他的抓握。凱西爾的手指……或更像是，他魂魄的手指……不再有作用了。

「不，」阿糊說。「不，這樣不對。如果你碰了井，你也只是增強它的力量。你得跟其他所有人一樣離開。」

非常好，凱西爾心想。開始哄祂。

他讓自己靠在鬼魂建築的一道牆上。他嘆氣，背對著牆坐定。「好吧。」

「看吧，就是這樣！」阿糊說。「好多了，這樣好多了，不是嗎？」

「是啊。」凱西爾說。

神似乎鬆懈下來。令人不安的是，凱西爾注意到祂還是在流瀉。迷霧從祂身上的幾個小孔逸散。這東西就像是一頭受傷的野獸，若無其事地忽略身上的咬痕，繼續過著正常的生活。故作鎮靜好難。比面對統御主時還困難。凱西爾想奔跑，想尖叫，想翻滾又離開。被吸走的感覺真是太恐怖了。

但他只能假裝放鬆。「祢問過我，」他很勉強的裝出疲累的樣子。「一個問題吧？當祢一開始出現的時候？」

「噢！」阿糊說，「對，你讓他殺了你。我沒預料到這點。」

「祢是神，不能看見未來嗎？」

「某種程度上可以，」阿糊說。「但那很模糊，非常模糊。太多可能性了。我沒辦法看到這件事，雖然這也應該在那團機率之中。你得告訴我。為什麼你讓他殺了你？到最後，你就只是站在那兒。」

「我逃不掉，」凱西爾說。「一旦統御主抵達，我就沒有出路了。我必須跟他對峙。」

「你甚至沒有反抗。」

「我用了第十一種金屬。」

「愚蠢，」神說著，開始踱步。「那是滅絕對你的影響。但理由是什麼？我不了解為什麼他要你使用那沒用的金屬。」祂精神一振。「還有戰鬥。你跟審判者。是的，我見過很多事，但都不像這樣，令人欽佩。但我希望你沒有造成這般的破壞，凱西爾。」

祂繼續踱步，但更像是步伐的跳躍。凱西爾沒料想到神會如此的……人性化。容易亢奮，甚至可說是精力充沛。

「我看到了一些東西，」凱西爾說。「就在統御主殺我的時候。是他曾經擁有的身分。他的過去嗎？是他在過去的樣本嗎？他站在昇華之井旁邊。」

「你有嗎？是的，那金屬，在傳送的時候被驟燒。因此，你有一瞬間得以瞥見了靈魂界（Spiritual Realm）吧？他的聯繫和他的過去？很不幸的，你是在使用雅提的精質。一個人不該相信那玩意兒的，即便是被稀釋的型態也一樣，除了……」祂皺眉，甩甩祂的頭，彷彿試著想起某樣祂忘記的事情。

「另一個神，」凱西爾低語，閉上眼睛。「祢說……祢困住了祂？」

「他終究會逃脫的。那勢在必行。但那層監牢不是我最後的籌碼。不可能是。」

也許我該就這麼放下了，凱西爾飄浮著心想。

「現在呢，」神說。「永別了，凱西爾。比起我你更貼近於他，但我尊重你的本意，還有你存留你自己的獨特能力。」

「我看見了，」凱西爾低語。「在群山之中的地窨。昇華之井……」

「是的，」阿糊說。「那就是我安置它的地方。」

「但是……」凱西爾開始延伸。「他移動了井……」

「自然的。」

對於這般的力量泉源，統御主會怎麼做？把它藏在世界的盡頭？或者把它放在非常、非常近的地方？唾手可得。凱西爾為什麼沒看到幻象穿的毛皮？他經過一名審判者，在房間中看過它們。建築中的建築，潛藏在皇宮深處。

凱西爾睜開眼睛。

阿糊轉向他。「什麼——」

凱西爾站起來，開始奔跑。他的自我沒剩下多少了，只餘一團模糊的影像。他奔跑的雙腳變成扭曲的影蹤，他的形體拖曳著，如同鬆散的布料。他幾乎感覺不到霧狀的地面了，而當他衝向建築時，他猛地衝過，就像被微風拂過一樣地忽略牆的存在。

「你還真是愛跑。」阿糊在他身邊出現。「凱西爾，孩子，這成就不了什麼事的。我想我該對你有多一點的期待，讓你瘋狂抵抗著你的宿命，直到最後一刻。」

凱西爾幾乎聽不見神說的話。他專注於奔馳，專注於抵抗那股往後拖曳他，直達虛無的拉力。他和死亡的攫握賽跑著，它冷酷的手指包覆著他。

跑。

專注。

為了存在而掙扎。

這讓他想起另一次，爬過深坑的日子，雙臂的鮮血淋漓。他不會被帶走！

那股脈動變成他的指標，那股週期性掃過整個朦朧世界的波動。他追尋著脈動的根源。他闖過建築，穿過街道，忽略金屬和人們的靈魂，一路直達克雷迪克．霄的灰色霧狀輪廓。千塔之丘。

這時，阿糊好像了解發生什麼事了。

「你這隻鋅舌的烏鴉，」神說，在凱西爾拚命狂奔時毫不費力的移動到他身邊。「你不可能趕得上的。」

他再次穿過迷霧。牆、人、建築開始褪去。除了黑暗，翻騰的迷霧。

但迷霧向來不是他的敵人。

有了引導他的脈動，凱西爾一路闖進扭轉的虛無，直到一道光在他面前炸開。在那裡！

他能看見井在迷霧中燃燒著。他幾乎能碰到井了，幾乎……

他會失去它，失去自我。他沒辦法再移動了。

有東西抓住他。

「拜託……」凱西爾低語、墜落、飄離。

*這樣不對。*阿糊的聲音。

「你想看……壯觀的東西？」凱西爾低語。「幫我活下去。我會讓你看看……*壯觀的東西。*」

阿糊振動了一下，凱西爾能感受到這位神祇的猶豫。有東西伴隨某種意念而來，像是被點燃的燈臺，或是笑聲。

非常好。保持存留，凱西爾。倖存者。

有東西掃過他，隨後，凱西爾和光合而為一。

少頃，凱西爾眨眼醒來。他仍然躺在迷霧世界中，但他的身體——或，嗯，他的靈魂——已經重新集結了。他躺在一池的光芒之中，就像液態的金屬。他能感受到力量環抱著他的溫暖，振奮著他。

他能看出池子外面的霧狀地窖；這個地窖似乎是由天然的岩石構成，但他不太確定，畢竟這邊的一切都由霧組成。

脈動竄透了他。

「這股力量，」阿糊說，站在光的外面。「你現在是力量的一部分了，凱西爾。」

「是啊，」凱西爾站起身，滴落一身燦爛的光輝。「我感覺得到，我正和這股力量一起波動。」

「你和他困在一起。」阿糊說。和凱西爾佇足的強大光輝相比，祂看起來虛弱而蒼白。「我警告過你了。這是個監牢。」

凱西爾坐下來，吸氣、吐氣。「我還活著。」

「以非常寬鬆的定義來說的話。」

凱西爾微笑。「等著看吧。」

2

變得不朽比凱西爾原本想像的還要讓人挫敗。

當然，他不知道自己是不是真的變得永生不死。他沒有心跳——他注意到這點時感覺不安——而且不必呼吸。不過誰知道他的魂魄在這個地方會不會老化呢？

在他倖存後的幾個小時，凱西爾檢查了他的新家。神是對的，這是個監牢。他所在的池子，中心點轉為深淵，並且充斥著液態的光芒，彷彿是某種……在另一端更有力量的存在所投射出來的。

幸運的是，儘管井不太寬闊，只有正中央的區域比他的身高還深。他可以在圓周內居處，光只達到他的腰際。它好輕盈，比水還要輕盈，而且可以很輕鬆地在其中穿梭。

他也能踏出這個池子和之中的光柱，踩上岩石邊緣。在這個深窖中的一切都是由霧構成的，而井的邊緣……他能更清楚地看見石頭，它們也更加完整清晰，甚至，看起來帶有些真實的色彩。宛如這個地方也是由一部分的靈體所構成，就像他一樣。

他可以坐在井的邊緣，讓雙腿在光芒中擺蕩。但如果他試著走到離井太遠的地方，一絲一縷的霧狀微光會拖拽著他，如同鎖鏈般地把他拉回來。它們不會讓他遠離井超過幾呎。他試著伸展、推擠、暴衝或翻滾自己的身體逃離這裡，但總是徒勞無功。只要遠離幾呎，他就會被猛地拉回來。

花了幾個小時嘗試脫逃之後，凱西爾坐在井邊，感到一陣……筋疲力竭？這麼形容是對的嗎？他沒有身體，也沒有一般疲倦的跡象，不會頭痛，沒有痠痛的肌肉。但他真的好疲倦。感覺就像一面老舊的錦旗在暴風雨中隨風拍打一般殘破。

他必須休息，然後轉而觀察，摸索這個環境中有什麼東西。阿糊不見了，在凱西爾存留後不久，神就被其他東西分心，然後消失無蹤。凱西爾只能與一個由影子組成的地窖、發光的池子，還有些延伸到整個房間的柱子為伍。在另一邊，他看見一點象徵金屬的光芒，但他也搞不清楚它們究竟是什麼。

這就是他所擁有的一切了。他是不是剛剛把自己困在一個囚牢中，直到永恆？他才想騙過死神，卻發現受了更大的苦難，對他而言，這一點似乎極端諷刺。

在這裡待上幾十年對他的神智會有什麼影響？也許幾百年？

他坐在井邊，想想自己的朋友，試著讓自己分神。直到死前的一刻，他都信心十足自己的計畫，但現在他看到自己想激發革命的計畫有太多漏洞。如果司卡沒有崛起呢？如果他籌備的物資不夠充足呢？

假使一切都順利運作了，這麼多的責任將會由一群準備不足的人扛起。以及那個傑出的少女。

有光抓住了他的注意力，他蹲到自己的腳上，期盼任何可能發生的插曲。一群身影，有著發光魂魄的輪廓，進入了生命世界中的這個房間。他們有些地方很奇怪。他們的眼睛……

審判者。

凱西爾拒絕退縮，儘管他的每項本能都要他畏懼這些怪物。他曾經擊敗過他們最強的人之一，他不必再害怕他們了。反之，他踏上自己的邊界，試著搞清楚這三個審判者拖著什麼東西往他這裡而來。某個又大又重，卻完全不發光的東西。

一具屍體，凱西爾察覺到。被斬首了。

是他殺掉的那一個嗎？是啊，一定是。另一個審判者虔敬地拿著死者的尖刺，一整堆，全部放在一大罐液體之中。凱西爾盯著看，從他的監牢中踏出一步，試著辨清他正在觀察的東西。

「血，」阿糊突然出現在他身旁說。「他們把尖刺儲存在血中，直到可以再拿出來使用為止。如此一來，就可以預防尖刺失去它們的效用。」

「噢。」凱西爾說著，一邊踏上井的邊緣，審判者把無頭屍體丟入井中，接著屍首也是，兩者雙雙蒸發。「他們常常這麼做嗎？」

「每當他們的成員死去的時候就會。」阿糊說。「我懷疑他們是否了解自己在做什麼，把屍體扔進池子裡完全沒有意義。」

審判者們帶著往生者的尖刺離去。從他們拖曳的步伐來看，這四頭怪物已經累了。

「我的計畫，」凱西爾望向阿糊說。「它進行得怎麼樣？我的組員現在應該已經找到倉庫了。城市裡的人們……有什麼作用嗎？司卡們憤怒了沒？」

「嗯？」阿糊問。

「革命計畫啦。」凱西爾往前踩了一步說。神往後移了一步，退到凱西爾碰不到的地方，手伸向腰帶上的刀。也許之前的那一拳不太明智。「阿糊，聽著，祢得幫他們一把。我們再也沒有更好的機會能夠推翻他了。」

「計畫……」阿糊失神了一會兒，又清醒回來。「對，以前有個計畫。我……記得我有過一個計畫。在我還比較聰明的時候……」

「計畫就是，」凱西爾說。「要讓司卡反叛。不管統御主有多強大，不管他是不是不死的，我們只需要把他捆起來、鎖住他就行。」

阿糊點了點頭，一臉無神。

「阿糊？」

祂甩了甩頭，望向凱西爾，而祂的頭部輪廓開始慢慢地散逸，像一條破爛的抹布，每條線都逐漸剝離，化為虛無。「他正在殺害我，你知道的。他要我在下一個循環前消失，不過……也許我能撐住。你聽見了吧，滅絕！我還沒死。還在……還在這裡……」

該死，凱西爾心想，心裡一陣發寒。神快發瘋了。

阿糊開始踱步。「我知道你在竊聽，改變我寫的東西，我寫過的東西。你讓我們的宗教充滿了你。他們幾乎不再記得真相了。一如以往的狡猾啊，你這賊蟲。」

「阿糊，」凱西爾說，「你能不能就——」

「我需要一個信號。」阿糊低聲喃喃，在凱西爾身邊停下。「某個他改變不了的東西。象徵我已經埋葬的一項武器。水的沸點吧，我想。或是水的凝固點？但如果單位跟著歲月改變了呢？我需要會被永遠記得的東西。他們一眼就能辨認出來的東西。」他傾身。「十六。」

「十……六？」凱西爾問。

「就是十六。」阿糊露齒一笑。「很聰明，你不覺得嗎？」

「因為那象徵著……」

「金屬的數量，」阿糊說。「鎔金術金屬的數量。」

「只有十種。十一種啦，如果祢把我發現的那種算進去。」

「不！不不不，那太蠢了。十六。那是完美的數字。他們會看見的。他們必須要看見。」

阿糊再次開始踱步，而祂的頭──大致上──回到了先前的狀態。

凱西爾在囚牢的邊緣坐下。神的行為比先前更加怪異了，是不是有什麼事情改變了，或者──就如同患有精神疾病的人類──神只不過是在某些情況下，會比另外一些情況正常？

阿糊突然往上望，瑟縮著，眼睛翻向天花板，彷彿它們會塌在祂身上一樣。祂張開嘴，下巴抽動著，卻啞然失聲。

「你……」祂終於說。「你幹了什麼好事？」

凱西爾在他的囚牢中站起來。

「你幹了什麼好事？」阿糊大叫。

凱西爾微笑。「希望，」他柔聲回答。「我曾經如此希望過。」

「他是完美的，」阿糊說。「他……是你們之中唯一的……唯一能……」祂猛地轉身，眼神穿過凱西爾囚牢之外的模糊房間。

有人站在另一端。一個高大、充滿威嚴的身影，不是由光組成的。令人熟悉的裝扮，既穿白又穿黑，是自身的對比。

統御主。至少，是他的靈魂。

凱西爾站上池子周圍的石頭邊緣，等待統御主往井的光芒走來。當他注意到凱西爾的時候，停了下來。

「我殺死過你，」統御主說。「兩次。但你還活著。」

「是啊，我們都看得出原來你也驚人地無能。我很高興你開始有自覺了，這是做出改變的第一步噢。」

統御主對他的話嗤之以鼻，觀察著房間和它半透明的牆。他的眼神掠過阿糊，卻沒給祂太多關注。

凱西爾感到一陣歡騰。她辦到了。她真的辦到了。怎麼做的？他漏掉了什麼祕密？

「那個笑容，」統御主對凱西爾說。「簡直無可容忍。我確實殺了你。」

「我回敬了你。」

「你沒有殺死我，倖存者。」

「我鑄造了殺死你的利刃。」

阿糊清了清祂的喉嚨，「在你傳度的時候陪伴著你是我的義務。別擔心，或是——」

「安靜。」統御主檢視著凱西爾的囚牢。「你知道你做了什麼嗎？倖存者。」

「我贏了。」

「你把滅絕帶來這個世界。你只是個卒子，自以為是，就像戰場上的士兵，自信地認為能掌控自己的命運——卻忽視了軍隊中還有其他成千上萬跟你一樣的人。」他搖搖頭。「只剩一年了，這麼迫近，我原本還得拯救這個已經沒救的星球。」

「這只是……」阿糊嘖了嘖口水。「這只是個轉運階段。在死亡之後，別處之前。每個魂魄都得前去的地方。你也必須去的地方，拉剎克。」

拉剎克？凱西爾再次看著統御主。你不能單從膚色辨別泰瑞司人，這是許多人會犯的錯誤。有些泰瑞司人的膚色是深的，有些是淡的，然而，他還是以為……

堆積著皮毛的房間。這個男人，站在風寒之中。

白癡。那就是這個意思，當然了。

「一切都是謊言，」凱西爾說。「一個詭計。神話一般的不朽？治癒能力？都是藏金術。但你是怎麼變成鎔金術師的？」

統御主踩上從囚牢邊升起的光柱，兩個人彼此對視著。就跟他們還活著時在廣場上一樣。然後統御主將他的手伸入光之中。

凱西爾鬆開了嘴，瞥見一眼可怕的景象，要跟這個殺了梅兒的男人困在一起，直到永恆。然而，統御主將他的手抽出，光芒如糖漿般拖曳。他把手翻過來，看著光逐漸褪散。

「現在呢？」凱西爾問。「你要留在這裡？」

「這裡？」統御主大笑。「跟一隻無能的老鼠還有一隻混血大田鼠？拜託。」

他閉上雙眼，往那個不符幾何的點延伸而去。他變得黯淡，接著完全消失。

凱西爾滿臉詫異。「他離開了？」

「到別處去了，」阿糊坐下來說。「我早該別這麼樂觀的。一切都會消逝，沒有什麼是永恆，就像雅提一向說的……」

「他大可不必離開，」凱西爾說。「他可以存續下來，可以活下來！」

「我告訴過你了，到了這個關頭，正常人會想要繼續前進。」

阿糊消失了。

凱西爾繼續站在那裡，在他自己囚牢的邊界上，發光的池子將他的影子投射在地上。他望進迷霧狀的房間和樑柱，等待著什麼，卻也不確定是什麼。確證、慶祝，或某種轉變的到來。

什麼都沒有。沒有人到來，甚至連審判者都沒有。革命進行得怎麼樣了？司卡現在是社會的統治者了嗎？他很想看看貴族階級的大屠殺，用他們對待奴隸的方式——被回敬。

他沒有得到任何證據、沒有跡象，無從得知上頭發生了什麼事。很顯然的，他們不知道井的存在。凱西爾所能做的就只是待著。

繼續等待。

PART 2　井

1

凱西爾想要紙跟鉛筆。

可以寫的東西，可以打發時間的方法。一種可以收集他想法的手段，創造出一個逃脫的計畫。

日子逐漸過去，他試著在井的四周抓出筆記，但根本不可能。他試著用他衣服上解開的繩子製造出繩結，用它們來代表字。不幸的是，繩子在他鬆開之後就會消失，他身上的衣服和褲子也會立刻變回它們原先的模樣。阿糊，在祂少數幾次的拜訪中，解釋了那些衣服不是真實的——或者應該說，它們只是凱西爾靈魂的延伸。

同樣的原因，他沒辦法用頭髮或血來寫東西。技術上來說，兩者他都沒有。這真是超級令人挫敗的。但在監禁生活的第二個月，他接受了事實。寫下來並不全然是那麼重要。在深坑被囚禁的日子裡，他根本沒機會寫東西，但同樣想出計畫來了。是啊，它們是激昂的策略、不可能的夢想，但少了紙並沒有阻撓它們的出現。

他之所以這麼想寫東西，更像是為了找事情做而不是為了計畫。一個消磨時間的渴望。他已經這麼試了幾個禮拜，但面對現實後，他已經失去了嘗試寫字的興致。

幸好，大約在他認知到這點的同時，他找到監禁中的新玩意兒。

低語聲。

噢，他聽不見。他能「聽見」任何東西嗎？他沒有耳朵。他是個……阿糊怎麼說的來著？一個意識之影（Cognitive Shadow）？一股心靈的力量，把他的靈魂併在一塊，讓它們不至於擴散。阿沙在這裡會過得很開心的，他最愛這種邪門的主題。

無論如何，凱西爾能感覺到某個東西。井如同先前一樣脈動著，從它的囚牢內牆送出扭曲的波動，遍及整個世界。這些波動似乎在變強，就像鎔金術裡，被青銅聽見的連續低鳴。

每股脈動裡都有……東西。低語聲，他這麼稱呼它們——雖然它們之中不只是話語而已。它們揉合了聲音、氣味和影像。

他看見一本扉頁中有著墨水痕的書。一群人共享一個故事。穿袍子的泰瑞司人？沙賽德嗎？

脈動低語著顫動的話語。世紀英雄。宣告者。世界引領者。他認出那些艾蘭迪日記中，來自古代泰瑞司預言的詞。

凱西爾現在知道了令人不舒服的真相。他遇過神，代表信仰的確是真實而且有深度的。這是不是代表，阿沙一直珍藏的宗教中有著某種安排，就像暗中布局的卡牌？

你把滅絕帶來這個世界……

凱西爾坐在牆裡的強光中，發現——經過練習——他如果讓自己在脈動前沉浸於井的中心，他可以駕馭它一小段距離。它能讓自己的神智被送出井外，瞥見脈動抵達的地方。

他覺得他看到圖書館，遙遠的泰瑞司人在密室中對話，交換記憶和故事的密室；他看到發瘋的人縮在街上，喃喃著脈動送出的字詞；他看見一個迷霧之子，是個貴族，在樓房之間跳躍。

有凱西爾之外的東西駕馭著這些脈動。某個指揮著隱形工程的東西，某個對泰瑞司神諭有興趣的東西。凱西爾花了長得尷尬的時間，才意識到他最好嘗試其他策略。他潛入池子中央，被輕薄的液態光芒環繞，當下一波脈動推來時，他讓自己往反方向推進——不是與脈動共乘，而是朝向它的來源。

光線變得淡薄，他望見某個新的地方。一個不屬於死亡或生命世界的黑暗領域。

在那個地方，他發現了毀滅。

腐敗。並非闇黑，闇黑是一個太過完全，太過整體的詞，無法代表他在彼端感覺到的這個存在。那是一股廣闊無邊的力量，樂於將事物拖入黑暗之中，並且撕碎它。

這股力量不朽於光陰消長。它是消蝕之群風，摧折之風暴，永恆的波動，慢慢地、慢慢地、慢慢地奔流著，讓恆星與行星冷卻至虛無。

它是終極的結局和一切事物的宿命。而且它很憤怒。

凱西爾撤退，把自己抛出光芒之外，喘息著、顫抖著。

他已經見過神了。但是有推，就會有拉。神的對立面會是什麼？

他看見的東西已經嚴重糾纏他，差點讓他回不了頭。他幾乎要說服自己忽略在黑暗中那可怕的東西了。他幾乎能屏除那些低語聲，試圖假裝自己從來沒看見那股劇烈、高遠的毀滅力。

但他當然不能這麼做。凱西爾從來就沒辦法抗拒祕密。就算凱西爾已經見過阿糊，這東西也再次證明了，他玩的是一場完全超越理解範疇規則的遊戲。

這點同時讓他嚇個半死又亢奮不已。

因此，他回去凝視那東西。一次又一次，掙扎地想理解它，雖然他感覺自己就像一隻試圖了解交響樂的螞蟻。

他這麼做了好幾個禮拜，直到那東西注視著他。

在那之前，它好像沒有注意到他——就像一個人不會注意藏在鑰匙孔裡面的蜘蛛。然而這一次，凱西爾不知怎的弄醒了它。那東西在一陣情緒變化的迸裂下扭曲，接著朝凱西爾流去，它的精質從凱西爾觀察的地方包覆了四周，慢慢地旋轉成一股渦流——就像在一個定點周圍翻騰的海洋。凱西爾忍不住感到有股無限、深遠的眼神，突然睥視著他。

他開始逃，潑濺，朝液體光打水，想撤回他自己的囚牢。他驚恐到能察覺幽靈般的心跳在他體內搏動，他的精質了解面對震驚的適當反應，並試著複製那種感覺。直到他回到池邊安定的位子時，心跳才靜止下來。

那東西的注意轉向他的那一眼，那種面對龐然巨物的渺茫感，深深地糾纏著凱西爾。拿掉他的自信和策劃能力，他根本什麼都不是。他的一生不過是一再演練著無意義的虛張聲勢罷了。

幾個月過去了。他不再回頭研究彼端的東西，取而代之的是等待阿糊來訪和確認他無恙，祂很規律地這麼做。

當阿糊這次終於到來的時後，看起來比上次更加離散了。迷霧從祂的肩膀脫逸，左臉頰的一個小孔能望進祂的嘴巴，祂的衣著也變得殘破。

「阿糊？」凱西爾問。「我看到某個東西。這個……祢提過的滅絕，我想我看得見它。」

阿糊只是來回踱步，甚至沒說話。

「阿糊？嘿，祢有在聽嗎？」

沒有。

「白癡，」凱西爾繼續試。「嘿，祢這個羞羞臉之神。祢有在認真聽嗎？」

就連羞辱也起不了作用，阿糊只是繼續踱步著。

根本沒用。凱西爾在一股力量脈動離開井時想著。他在脈動經過時瞥見阿糊的眼神。

在那當下，凱西爾想起了一開始他會把這生物認為是神的原因。在祂的雙眼中能看見永恆，就和被困在井裡的這東西一樣。阿糊象徵著完美保持，永不擺蕩的無限。代表著完成的畫作，凍結而靜止，在時光流逝中捕捉生命的片段。祂是把許多、許多時刻融合為一的力量。

阿糊在他面前停下，臉頰完全流逝，露出底下同樣流逝著的骨骸，眼神中燃燒著永恆。這東西是個神；只是，是崩潰的那一個。

阿糊離開了，凱西爾接下來數個月沒再看見祂。囚牢中的靜止與沉默，似乎就像他研究的怪物一樣無邊無際。有一度，他發現自己計劃著怎麼吸引那毀滅者的注意，只求那東西可以了結他。

直到他開始跟自己說話的時候，他真的擔憂了起來。

你做了什麼？

我救了世界。解放了人類。

得到了復仇。

這些目標可以共存。

你是個懦夫。

我改變了世界！

如果你只是彼端那東西的走卒呢？就像統御主所說的那樣？凱西爾，如果你除了聽命行事外，別無天命呢？

他壓抑住爆發，回歸自我，但理智的脆弱程度讓他感到不安。他在深坑中也從來沒完全理智過。在一個靜止的瞬間——注視著游移的、構成穴室牆壁的迷霧，他向自己坦承了一個更深層的祕密。

他從深坑之後從來沒真正理智過。

這就是為什麼當有人跟他說話的時候，他原先還不相信自己的感官。

「我還真沒料到這個。」

凱西爾甩甩頭，懷疑地轉身，擔心自己是不是發暈了。如果注視得夠久，在這些游移的迷霧中是有可能看見各種東西的。

然而，這東西，卻不是霧狀的形體。那是個有著鮮白頭髮的男人，尖銳的五官和高挺的鼻子。他看起來似乎有點像凱西爾，但說不上來為什麼。

那人坐在地上，抬起一條腿，手臂靠在膝蓋上。他的手上握著某種棍子。

等等……不，他不是坐在地上，而是一個莫名能在迷霧中飄浮的東西。一個白色，像是浮木的物體，在迷霧組成的地板中載浮載沉，就像小船一樣在水中搖晃、原地擺蕩著。在那人手中的棍子其實是根短槳，而他的另一條腿——沒抬起來的——在浮木的一旁倚著，沒入霧狀的地面，只能看見一陣模糊的輪廓。

「你，」男人向凱西爾說。「真的很不會做你應該做的事。」

「你是誰？」凱西爾問，踩上囚牢的邊界，眼睛瞇成一線。這不是幻覺。他拒絕相信他的理智已經消失無蹤。「一個靈魂嗎？」

「哎呀，」那人說。「死亡從來就不適合我，對皮膚不好，你看看。」他審視了一下凱西爾，嘴唇上揚地會心一笑。

凱西爾突然覺得很討厭他。

「被困在那裡了，是吧？」那男人說。「在雅提的囚牢裡……」他嘖了嘖舌頭。「很合適的賠償，對你幹的好事來說，甚至有點詩意。」

「我幹的好事？」

「摧毀深坑啊，帶疤的小子。那是這個星球上唯一方便出入的垂裂點。這一個則非常危險，每分每秒越來越危險，而且很難找到。就因為你這麼做，基本上你把司卡德利亞的交通整個毀了，你把整個商業系統都給掀了。不過我得承認，我看得很爽。」

「你是誰？」凱西爾說。

「我？」那人說。「我是個漂流者。是個小惡棍。是火焰的最後一次吐息，在熄滅的時候化作輕煙。」

「那……還真是不必要地讓人一頭霧水。」

「噢，我也是那樣。」那人點點頭。「大致上啦，只要我誠實的話。」

「所以你是在宣稱自己不是死人？」

「如果我是，我還需要這個嗎？」漂流者用槳敲敲他小小的浮木狀載體。它載浮載沉，而凱西爾第一次能看出那是什麼東西。他剛才忽略了垂伸到迷霧下的模糊手臂，脖子上端的頭浸在霧中，一件白袍掩飾了它的原樣。

「一具屍體。」他低語。

「噢，阿尻在這裡只是個靈體。在這個星域還真是他媽的難移動——如果有實體的人想滑過這些霧的話就會墜落，可能是永遠墜下去。一堆想法湊在這裡，就變成了你在這周遭看得到的東西，所以你會需要更好的東西來穿過它們。」

「這太可怕了。」

「從一個用死人堆出革命的人嘴裡也能說出這種話啊。至少我只需要一具屍體。」

凱西爾交抱雙臂。這個人很警戒——雖然他講話輕鬆，但他用謹慎的眼神看著凱西爾，隱約計劃著攻擊的策略。

他想要些什麼？凱西爾猜測著。也許，是我有的東西？不對，他看起來是真的很驚訝凱西爾在這裡。他來過這裡，想造訪昇華之井。也許他想要進來，得到力量？或者，也許，他只是想看看那個彼端的東西？

「嗯，看來你懂得很多，」凱西爾說。「也許你能幫助我脫困。」

「啊哈，」漂流者說。「你的情況沒救了。」

凱西爾的心一沉。

「對，做什麼都沒用。」漂流者繼續說。「你，事實上，還是那副嘴臉。在這邊呈現一樣特徵的狀況下，就連你的魂魄都讓你永遠只是個長壞掉的小——」

「你這雜種，」凱西爾打斷他。「你贏了。」

「噢，這話很明顯是錯的。」漂流者指著他。「我相信在這房間裡只有一個人是私生子，而那不是我。除非……」他用槳拍拍屍體的頭。「是你嗎，阿尻？」

屍體還真的喃喃了兩聲。

「幸福美滿的父母？還活著？真的嗎？我對他們的損失感到遺憾。」漂流者看向凱西爾，天真地笑著。「我們這邊沒有小雜種，你那邊呢？」

「生來就是雜種，」凱西爾說。「總比選擇當個小雜種好多了，漂流者。這是我天生的，希望你也是。」

漂流者笑了笑，眼睛一亮。「很好，很好。告訴我，既然我們的話題一致，你是哪一種？是有著貴族脈系的司卡，還是有著司卡血統的貴族？你的哪邊占比較多呢，倖存者？」

「這個嘛，」凱西爾乾硬地說。「考慮到我的貴族親戚們花了大概四十年想滅了我，我會說自己更偏向司卡那邊。」

「啊，」漂流者說著，身體前傾。「但我不是問你更喜歡哪邊。我問的是你屬於哪種。」

「有差嗎？」

「有趣，」漂流者說。「對我來說夠了。」他的手伸向被他當成船的屍體，從口袋中拿出某個東西。那東西發著光，凱西爾說不出那是自然的散發光輝，或只是由金屬構成。

當漂流者把它塗在他的載體上時，光褪去了，然後——他用咳嗽掩飾他的動作，好像要隱瞞凱西爾他在做的事——偷偷也把一些抹在他的槳上。當他把槳放回霧中的時候，它讓船更駛近井一些。

「你有讓我能逃出這個囚牢的方法嗎？」凱西爾問。

「這樣如何？」漂流者說。「我們來一場口水戰。贏家可以問一個問題，另一個人要誠實回答。我先來。什麼東西又溼，又醜，在手臂上還有一堆疤？」

凱西爾挑眉。這些對話只是幌子，從漂流者——又一次——駛近囚牢可以看得出來。他準備試著跳進井裡，凱西爾心想。跳進來，希望能快到唬住我。

「不猜嗎？」漂流者問。「答案基本上是每個跟你相處過的人，凱西爾。他們會把手腕扯下來，打自己的臉，然後讓自己溺死，只為了忘掉跟你相處的經驗。哈！好，換你了。」

「我要殺了你。」凱西爾輕輕地說。

「我——等等，什麼？」

「如果你踩進來這裡，」凱西爾說。「我就殺了你。我會把你手腕上的韌帶剝下來，這樣在我跪到你喉嚨邊，慢慢把你的命從嘴巴擠出來的時候，你的手就沒辦法對我做什麼了——同時我還要把你的手指一根根清掉，最後我會讓你吸一口瘋狂的喘息——不過那時我要切下你的中指，放在你的嘴唇之間，這樣你在為吸不到氣而掙扎時，非吞下它不可。你會知道被自己的爛肉嗆死的感覺是什麼。」

漂流者無言以對，嘴巴無聲地開合著。「我……」他終於說。「我不認為你知道怎麼玩這遊戲。」

凱西爾聳肩。

「說真的，」漂流者說。「你需要一些幫忙，朋友。我認識一個傢伙。高高的，禿頭，帶著一對耳環，下次試著跟他聊——」

漂流者中斷自己的話，躍向囚牢，踢掉浮屍後將自己拋向光芒。

凱西爾已經準備好了。當漂流者進入光芒中的時候，凱西爾抓住那人的一隻手臂，甩著他撞向池子的邊緣。這招有用，漂流者看起來可以碰到井裡的牆和地面。他撞向井邊，噴濺出一波波的光芒。

當漂流者還在蹣跚時，凱西爾想一拳迎向漂流者的頭，那傢伙退到井邊往後踢，從下方擊中凱西爾的腳。

凱西爾在光芒中踉蹌，反射性地想燃燒金屬。但什麼事也沒發生，雖然光芒裡有東西。某種熟悉的——

他努力站穩，發現漂流者試圖走向中央，最深的地方。凱西爾抓住那人的手臂，把他甩離中央。凱西爾的直覺告訴他，無論這傢伙想要什麼，都不應該讓他得逞。除此之外，這口井是凱西爾唯一的資產，如果他能阻卻這個人得到他想要的，制服他，就能找到答案。

漂流者的步伐蹣跚，接著站穩，試著抓住凱西爾。

凱西爾按住他，把拳頭埋進那人的肚子裡回敬他。這動作讓他一陣慄然。坐了太久，沒活動筋骨之後，能做點什麼事的感覺真好。

漂流者對那一拳悶哼一聲。「那麼好吧。」他喃喃說。

凱西爾的拳頭往上抬，穩住重心，接著往漂流者的臉上送出一連串應該能讓他昏過去的拳頭。

當凱西爾收手——不想把這傢伙傷得太嚴重時——他發現漂流者在對他笑。看起來不是好現象。

不知怎的，漂流者擺脫了連擊對他的影響。他跳向前，閃過凱西爾的攻擊，接著俯身把拳頭捶向凱西爾的腎臟。

*好痛。*凱西爾沒有身體，但很明顯的，他的靈魂感受得到痛。他悶哼一聲，舉起雙臂保護他的臉，在液態光中後退。漂流者蠻橫地攻擊著，在凱西爾毫無防備下掄著他的拳頭。

彎下身來，凱西爾的直覺告訴他。他放下一隻手試著抓住漂流者的手臂，打算把他一起抓到光裡頭扭打。

不幸的是，漂流者更快了一些。他閃避後從下方再次踢了凱西爾的腿，接著箝住他的喉嚨，不斷地對他——極度凶悍地——揮巴掌，他被壓在囚牢的淺處底部，輕薄得不像水，而是令人窒息的虛無光芒，潑濺在他的身上。

最後，漂流者把癱軟的凱西爾拉起來，他的眼神中閃著火焰。「這令人很不悅，」漂流者說。「但還是奇怪地讓人很滿意。很明顯你已經死了，代表我可以傷害你。」當凱西爾試著抓住他的手臂時，漂流者再次揍倒凱西爾，接著把昏昏沉沉的他又拉起來。

「我對這份粗魯的款待感到遺憾，倖存者，」漂流者繼續說。「但你*不應該*在這裡的。你已經做了我需要你做的，但你是個我寧可不現在處理的王牌。」他停頓了一下。「如果這麼說可以安慰你的話，你應該感到驕傲，已經幾百年沒人攻擊過我了。」

他放開凱西爾，讓他滑落並倚在囚牢的一側，半沉在光之中。凱西爾呻吟著，試著讓自己爬在漂流者之後。

漂流者嘆氣，接著又重複地*踢著*凱西爾的腿，用疼痛遏阻他。他哀嚎，抱住自己的腿。這些踢他的力量理應讓他的腿裂掉，而雖然它們沒斷，痛苦還是幾乎足以吞噬他。

「這是一次教訓，」漂流者說，雖然凱西爾在疼痛中很難聽清楚他說的話。「但不是你想的那種。你沒有肉體，我也不打算真的傷害你的魂魄。這種痛苦是你的心靈造成的，它認為你應該會遇到什麼事，然後做出反應。」他遲疑了一下。「我會避免讓你被自己的爛肉嗆死。」

他走向池子中間。凱西爾在痛苦閃爍的眼神下看過去，漂流者把他的手伸向兩邊並閉上雙眼。他踏入池子的中央，最深的地方，然後在光芒中消失。

一會兒後，一個身影爬出池子，但這一次，這個人是模糊的，散發內蘊的光芒，就像是……

像是生命世界的人。這個池子讓漂流者能從死亡世界傳度到現實世界。凱西爾一愣，目送漂流者走過房間的樑柱，在另一邊停下來。兩點金屬的微小光源發著強光，射入凱西爾的雙眼。

漂流者挑走了一個。它很小，讓他能往上拋到空中後接住。凱西爾從那動作中嗅得到勝利的意味。

凱西爾閉上眼睛，試著專注。不痛。他的腿不是真的在痛。*專注*。

他試著讓一些疼痛褪去。他坐在池中，波動的光芒來到他的胸前。他呼吸著，雖然他不需要空氣。

該死。他在這幾個月來看到的第一個人竟然痛宰了他，還偷走了外面密室的某個東西。他不知道漂流者打算從一個世界滑到另一個的目的、理由，甚至方法是什麼。

凱西爾爬到池子的中心，蹲低到池深的部分。他站著，腿依然微微作痛，接著將他的手伸向兩側。他專注，試著……

試著做什麼？傳度？那會對他有什麼影響？

他不在乎。他受挫又受辱。他需要證明自己不無能。

但他失敗了。任何專注、冥想，或肌肉緊繃都沒能讓他辦到漂流者做的事。他從池中爬出來，筋疲力竭又悲慘地坐在一旁。

因此他沒注意到阿糊，直到神開口說話：「你在幹麼？」

凱西爾轉身。阿糊這陣子不太常來拜訪，但當祂來的時候，也不發一語。就算祂說話，也會像個瘋子胡言亂語。

「這裡剛才有人，」凱西爾說。「一個白髮的男人。他不知道怎麼搞的，用井從死亡世界到了生命世界。」

「我懂了，」阿糊輕柔地說。「他敢這麼做，對吧？很危險，敢在滅絕試圖掙脫它的束縛時這麼做。不過會蠻幹做這種嘗試的人，一定是賽凡琉斯。」

「我想，他偷了東西，」凱西爾說。「在房間的另一頭。一點金屬。」

「啊……」阿糊輕柔地說。「我還以為當他駁斥我們其他人的時候，他就會停止干預了。我早該別相信他的話，大半時間你都不能相信他直率的承諾……」

「他是誰？」凱西爾問。

「一個老朋友。還有在你提問之前，不行，你沒辦法像他一樣在界域之間傳度。你在實體界的羈絆已經被摧毀了。你是連不上地面的斷線風箏。你沒辦法穿過垂裂點。」

凱西爾嘆息。「那為什麼他能來到死亡世界？」

「這裡不是死亡世界。這裡是心靈世界。人們——事實上，所有東西——就像一道光。地面是實體界，光照耀的地方；太陽是靈魂界，光產生的地方；而這個界域，意識界（Cognitive Realm），就是光線在兩地間穿梭的地方。」

這個比喻對凱西爾來說一點道理也沒有。他們都懂得好多，凱西爾心想，而我知道的這麼少。

不過，至少阿糊今天聽起來不錯。凱西爾向神微笑，接著在阿糊轉頭的時候呆住了。阿糊的半邊臉都不見了。整個左半邊完全消失，沒有傷口，也沒有骸骨。完整的半邊則冒著煙，拖出一絲絲的迷霧。祂的嘴唇還在，也向凱西爾笑了笑，彷彿一切平常無恙。

「剛剛那傢伙偷走了我的一點點，精煉純粹的精質。」阿糊解釋。「那可以授予一個人，讓他或她取得鎔金術的能力。」

「祢的……臉，阿糊……」

「雅提想要了結我，」阿糊說。「事實上，他很久以前就下手了。我已經死了。」祂再次微笑，構成一種恐怖的表情，旋即消失。

凱西爾覺得自己被榨乾，他滑坐在池邊，躺在石頭上——它感覺起來像是真的石頭，而不是其他由霧組成的一股柔軟。

他討厭這種無知的感覺。每個人都參與了這場大騙局，而他卻是被蒙在鼓裡的那一個。

凱西爾盯著天花板，沐浴在井中閃耀的柱狀光芒。最後，他自己做了個決定。

他會找到答案的。

在海司辛深坑，他覺醒並且下定決心摧毀統御主。好吧，他可以再覺醒一次。他站起身踏入光中，感受到自己被活化了。這些神的糾紛很重要，而井裡的那東西很危險。除了這些之外，還有更多他不知道的事情，也因為這樣他有了活下去的理由。

也許更重要的，是他有了保持理智的理由。

2

凱西爾不再擔心自己會發瘋或無聊了。當他在自己的監禁中感到厭倦時，就會想起被漂流者的手痛宰的那種感覺——那種恥辱。沒錯，他被困在一個約莫只有五呎的空間，但還是有很多事可以做。

首先，他回頭去研究彼端的那東西。他強迫自己潛入光芒中，面對它和迎向它高深莫測的凝視——他持續這麼做，直到那東西注意他的時候也不再畏縮。

滅絕。對於那一股廣闊的朽壞、腐敗和破壞而言，是再貼切不過的名字。

他繼續跟隨井的脈動。這些探視讓他對於滅絕的動機和計畫有了模糊晦暗的線索。他在它所改變的事物中找到了熟悉的形式——滅絕似乎正在做凱西爾已經做過的事情：修改宗教。滅絕正藉由改變神諭和典籍的方式，操縱著人們的心。

凱西爾嚇壞了。藉由這些脈動觀察世界的同時，他的目標擴張了。他不止需要了解，更需要對抗這東西。只要有能力，這恐怖的力量會終結一切。

因此，他掙扎著，急切地想了解他所看到的事情。為什麼滅絕要竄改古老的泰瑞司預言？漂流者那傢伙——偶爾能在脈動中看見他——在泰瑞司統御區做什麼？那個滅絕花了很多心力關注的神祕迷霧之子是誰？而它會對紋造成威脅嗎？

當他駕馭著這些脈動的時候，凱西爾觀察著——也渴望著——他所認識和心愛的人們的狀況。滅絕對於紋非常有興趣，它的許多脈動都環繞著她或是她所愛的男人——依藍德·泛圖爾運行。

這些堆疊的線索讓凱西爾憂心忡忡。陸沙德周圍的軍隊，仍然陷入混亂的城市，還有——他最討厭面對的一點——看來那個泛圖爾小子稱王了。當凱西爾發現這點時，氣憤得好幾天都不再騎乘脈動。

他們把一個貴族放上了領袖的位子。

沒錯，凱西爾救過這男孩的命。撇開明智的判斷，他救了紋愛的那個男人。出於對她的愛，或許也包含某種變相的父愛與責任感。和泛圖爾的同類相比起來，那個小子並不是太壞。可是把王座交給他？看起來連老多都聽泛圖爾的話了。凱西爾不意外微風會當個牆頭草，但是多克森？

凱西爾氣得冒煙，但他沒辦法一直這個樣子。他渴望看見他的朋友，雖然每一眼都只是驚鴻一瞥——就像眨眼間看見的景象——他還是想念他們。他們提醒著凱西爾，在他的囚牢之外，凡世仍繼續運作。

偶爾他會瞥見某個人的身影。他的兄弟，沼澤。

沼澤還活著。這是個很棒的發現。不幸的是，這個發現被玷汙了。因為沼澤現在是個審判者。

他們兩個之間的關係不能用親近來形容。他們的生命步上不同的路途，但那不是兩人產生隔閡的主因——甚至也不是沼澤執拗的作風衝擊著凱西爾的能言善道，或是沼澤對於凱西爾擁有的一切有種不可言喻的嫉妒。

不，真相是他們從小就清楚，自己在下一刻隨時都可能被審判者拖走，因為他們的混血本質而遭到殺害。兩個人對於這種死刑下過活的生命有著截然不同的應對方式：沼澤時刻沉默緊繃，保持謹慎；凱西爾則帶著強勢的自信掩飾他的祕密。

兩人都明白同一個不可逃脫的事實。只要兄弟倆之一被抓，就代表另一個人的混血身世也會曝光，接著大概也會被殺掉。也許這樣的狀況發生在其他手足身上，足以讓他們團結起來。凱西爾愧於承認的是，對於他們而言，這卻是一切分裂的肇因。每個「保持安全」或「照顧你自己」的提醒，總會染上一層「別搞砸了，否則你會害死我」的晦暗色彩。讓他們鬆了口氣的是，在雙親死後，他們同意放棄這樣的矯作，並且進入了陸沙德的地下生活。

好幾次，凱西爾會幻想著另一種可能。他和沼澤會不會能夠完全交融，成為貴族社會的一部分？他會不會找到方法，不再厭惡貴族與他們的文化？

無論如何，他不喜歡沼澤。「喜歡」這個字是用在公園散步或吃餡餅上的。一個人可以喜歡他最愛的書。才不呢，凱西爾才不喜歡沼澤。但奇怪的是，凱西爾仍然愛他。起初發現他還活著的時候，凱西爾很開心，但也許就他的遭遇而言，死亡對他會更好。

凱西爾花了好幾週才了解，滅絕為什麼對沼澤這麼有興趣——滅絕能夠跟沼澤說話。從凱西爾的觀察和聽到的字句判斷，沼澤和其他的審判者都能接收滅絕的話語。

怎麼會呢？為什麼是審判者？凱西爾從他看見的景象中找不到答案，雖然他也沒目睹什麼重要的事件。

這個叫作滅絕的東西正在變得強大，而它一直糾纏著紋跟依藍德。凱西爾在一次脈動中的勘查清楚看見了。他瞥見那個男孩，依藍德．泛圖爾，睡在帳篷裡。滅絕的力量正在凝聚、形成實體，變得險惡又危險。它等待著紋進來，接著捅了依藍德一刀。

當凱西爾失去脈動時，最後只看見紋招架了襲擊，拯救了依藍德。但他被搞混了。滅絕在那裡只為了等紋回來。

它其實不想傷害依藍德。它只想讓紋看到它有這個嘗試。

為什麼？

3

「那是個塞子。」凱西爾說。

阿糊——也就是存留，這是神允許凱西爾稱呼的版本——坐在囚牢外面。祂仍然少了半邊臉，身體的其他部分也缺東漏西地流瀉著。

這些日子以來，神花了更多時間守在井旁邊，這讓凱西爾很感激。他一直在練習怎麼從這傢伙身上套出訊息來。

「嗯？」存留問。

「這口井，」凱西爾比著四周說。「它就像個塞子。祢替滅絕創造了一個監牢，但就連最堅固的密穴都會有個入口。這裡就是那個入口，用祢自己的力量封印滅絕，因為祢們兩個是對立的。」

「這……」存留的語氣拉長。

「這？」凱西爾追問。

「這麼說簡直大錯特錯。」

媽的，凱西爾心想。他花了好幾個星期構築出這個理論。

他開始覺得事態急迫了。井的脈動變得越來越強勢，而滅絕似乎也變得更加渴望碰觸這個世界。最近，井的光芒變得越發怪異，不知怎的開始凝聚，互相擠壓。有事情要發生了。

「我們是神，凱西爾，」存留用拖長的聲音說，接著變得大聲，接著又再次拖長。「我們滲透了一切。那些石頭是我，那些人們是我，還有他。所有東西都會存續，也會腐朽。滅絕……和存留……」

「祢告訴過我，這是祢的力量，」凱西爾再次比著井說，試著讓神回到話題上。「那是它們聚集的地方。」

「對，其他地方也是。」存留說。「不過沒錯，這裡，就像露珠的匯聚，我的力量會在那個點集結起來。這是自然的規律。一個循環：雲、雨、河、溼氣。你不能在一個系統裡面塞入太多精質，卻不讓它們在這裡或那裡凝聚。」

好極了，這段沒告訴他任何事。他試著延續這個話題，但阿糊變得沉默，所以他試了點別的。他需要讓存留繼續說話，才不會讓神陷入安靜的恍惚狀態中。

「祢會害怕嗎？」凱西爾問。「如果滅絕自由了，祢會害怕它來殺祢嗎？」

「哈，」存留說。「我告訴過你了。他很久、很久以前就殺死我了。」

「我覺得這很難讓人相信。」

「為什麼？」

「因為我就坐在這裡跟祢講話。」

「我也在跟你說話。你又算哪門子的活著？」

說得好。

「像我們這樣的死亡和你們不一樣，」存留再次出神地凝視。「我在很久以前就被殺了，就在我決定打破我們的諾言時。但我持有的這份力量……它會存續跟記憶。它本身想繼續活著。我已經死了，但我的一部分還存在，還讓我能夠記得……記得以前有個計畫……」

試著摸索出這些計畫什麼也沒用。祂根本不記得祂的這個計畫到底是什麼。

「所以這個井不是塞子，」凱西爾說。「那它是什麼？」

存留沒有回答。祂似乎根本沒聽見。

「祢曾經跟我說過一次，」凱西爾繼續說，音量放大。「那股力量是為了被使用而存在的。力量需要被使用，為什麼？」

仍然沒有回應。他得要試試不同的策略。「我又看著它了。祢的對立面。」

存留立刻站得筆直，轉頭讓他駭人、只有半邊臉的凝視射向凱西爾。提到滅絕常常能讓祂震懾得脫離恍惚狀態。

「他很危險，」存留說。「離遠一點。我的力量保護著你。別挑釁他。」

「為什麼？它被監禁著。」

「沒有什麼是永恆的，就連時間本身亦然，」存留說。「我不能監禁他，頂多只能拖延。」

「那力量呢？」

「沒錯……」存留點點頭。

「什麼沒錯？」

「沒錯，他會使用那東西。我知道。」存留開始理解起──或只是回想起──很重要的事。「我的力量創造了他的牢籠。我的力量也可以解禁他。但他怎麼能找到可以這麼做的人？

誰會持有創造的力量，又放下那股力量……」

「這……我們不會想要他們這麼做。」凱西爾說。

「當然不，那會解放他！」

「那麼上一次呢？」凱西爾問。

「上一次……」存留眨眨眼，似乎更加回歸自我。「是啊，上一次，是統御主。我上次讓這一切成功了。這次我揀選她來這位置持有力量，但我能聽見她的想法……他一直在操弄她……好複雜……」

「阿糊？」凱西爾遲疑地問。

「我得阻止她，有人……」祂的眼神失焦了。

「祢在做什麼？」

「噓，」阿糊的語氣忽然轉硬。「我在試著阻止他。」

凱西爾環顧四周，但沒有別人在。「誰？」

「別以為你在這裡看到的我是唯一的我，」阿糊說。「我無所不在。」

「可是——」

「噓！」

凱西爾噤聲，有部分是因為很高興看到神在這麼久的無神狀態後，又恢復到有精神的狀態了。但過了一陣子，他頹喪了起來。「沒辦法，」阿糊喃喃。「他的爪牙比我強大。」

「所以……」凱西爾試探自己會不會再被喝令閉嘴。「上一次，拉刹克使用了力量，而不是……怎樣？放棄力量嗎？」

阿糊點頭。「艾蘭迪會做他所認定的正確之事。選擇放棄力量——事實上卻只會釋放滅絕。所謂『放棄力量』不過是讓原本候補的滅絕，成為力量接收的持有者。原本用來囚禁它的力量會當作是我轉而要釋放它。我的力量，會直接應允滅絕回歸世界的意願。」

「好極了，」凱西爾說。「那麼我們需要一個犧牲品，得有人接下永恆的力量，然後讓他做任何他想做的事而不能放棄它。這個嘛，我就很適合當這個犧牲品。我來做如何？」

存留打量著他。這傢伙之前展現的精力已經蕩然無存。祂正在褪散，失去人模人樣的特質。例如，祂不再會眨眼了，也不會在說話前刻意吸口氣。祂可以變得全然無神，就像根鐵桿一樣毫無生機。

「你，」存留終於說。「用我的力量。你。」

「祢讓統御主這麼做了。」

「他試著拯救世界。」

「我也是啊。」

「你想藉由沉船把一船的人從火災中解救出來，然後宣揚『至少他們沒被燒死』。」神遲疑了一下。「你又要揍我了，對吧？」

「現在可碰不到祢，阿糊。」凱西爾說。「那份力量，我要怎麼使用它？」

「你沒辦法，」存留說。「那份力量是囚牢的一部分。跟你把自己的魂魄鑄進井裡是一樣的，凱西爾。不管怎樣你都沒辦法掌握它，你跟我不夠有聯繫。」

凱西爾坐下來思考這點，但在他開始好好這麼做前，他注意到了一件怪事。密室外面有更多的人影嗎？沒錯，真的有。活人，從他們發光的魂魄就看得出來。更多審判者要來丟屍體了嗎？他已經好久沒看見他們。

在凱西爾眼中，兩個人闖進走道後，模糊的霧狀身影穿過一排柱子朝井走來。

「他們來了。」存留說。

「誰？」凱西爾瞇著眼說。從魂魄的光芒，很難看出臉部的細節。「那是……」

那是紋。

「什麼？」存留看向凱西爾，注意到他的震驚。「你以為我在這裡是空等嗎？就是今天。昇華之井滿了。時候到了。」

另一個身影是那個男孩，依藍德．泛圖爾。凱西爾很訝異地發現自己對這個景象並不感到憤怒。沒錯，他的組員應該要知道別把貴族放上王位，但那真的不是依藍德的錯。依藍德跟貴族的致命性完全掛不上邊。

再者，不管他的族裔有什麼罪過，這個泛圖爾小子跟紋在一起了。

凱西爾雙手交叉，看著泛圖爾跪在井邊。「如果他碰了這個，我要甩他一巴掌。」

「他不會，」存留說。「這是準備給她的。他知道。我一直在為她做準備。至少，我試過了。」

紋轉過身來，看起來好像正看著神。對，她可以看見他。有什麼辦法是凱西爾可以利用的嗎？

「你試過了？」凱西爾說。「你有解釋她要做什麼嗎？你的對手一直在觀察她、跟她互動。我看過它這麼做，它試著要殺依藍德。」

「不，」阿糊陰森地說。「他在模仿我。他看著我對他們做的事，然後試著殺那男孩。不是因為他在乎死亡，而是因為他要她不信任我，要她覺得我是她的敵人。但她難道看不出差別嗎？在他的仇恨跟毀滅，與我的祥和之間。我沒辦法殺人，我從來都沒辦法殺……」

「跟她說話！」凱西爾說。「告訴她應該做什麼，阿糊！」

「我……」存留搖搖頭。「我沒辦法滲透她，沒辦法跟她說話。我可以聽見她的心聲，凱西爾。他的謊言都在那裡，她不信任我，她覺得自己該放棄，我已經試著阻止這點了。我為她留下線索，試著讓其他人阻止她這麼做。可是……我……我失敗了。」

噢，該死，凱西爾心想。得有個計畫。快點。

紋要放棄力量了。要釋放那東西了。就算沒有存留的介入，凱西爾知道紋也會那麼做。她是個比他還好的人，而她從來就不曾認為自己值得她收到的獎賞。她會提起力量，並認為自己應該為了更偉大的理想而放棄這股力量。

但要怎麼改變這點？如果存留不能跟她說話，那怎麼辦？

依藍德站起來接近存留。對，那男孩也看得到存留。

「她需要動機。」凱西爾說，一個點子閃過他的腦海。滅絕試著要捅依藍德一刀，為了嚇她。

那個點子是對的。只是它沒有做足全套。

「捅他。」凱西爾說。

「什麼？」存留驚駭地說。

凱西爾硬是往自己囚牢的邊界走去，靠近就站在外面的阿糊。他用盡每分力氣來擺脫自己的枷鎖。

「捅他，」凱西爾說。「用祢腰帶上的刀子，阿糊。他們可以看見祢，祢可以影響他們的世界。捅依藍德．泛圖爾。給她一個理由使用力量，她會想要救他。」

「我可是存留，」他說。「那把刀……我已經幾千年沒用過那把刀了。你要我表現得跟他一樣，就像他以為我會做的一樣！太可怕了！」

「祢必須做！」凱西爾說。

「我沒辦法……我……」阿糊顫抖的手伸向腰帶。刀子出現了，祂往下看著那把刀，刀刃閃爍著光芒。「老朋友……」他對著刀子低聲說。

祂看向依藍德，對方點了點頭。存留舉起手臂，武器在手。

然後停了下來。

祂的半邊臉被痛苦覆蓋。「不要……」祂低聲說。「吾仍存留……」

祂不打算這麼做，凱西爾心想，看著依藍德擺出寬慰的樣子跟紋說話。祂辦不到。

只剩一個辦法了。

「抱歉了，孩子。」凱西爾說。

凱西爾抓起存留顫抖的手臂，把上面握著的刀鋒甩過泛圖爾小子的腹部。

他覺得自己就像在刺自己的骨肉，不是因為泛圖爾這個人，而是因為他知道這對紋會有什麼傷害。在她奔向泛圖爾身邊哭泣的時候，他的心狠狠被扯了一下。

好吧，他救過這男孩的命一次，所以這樣扯平了。況且，她會救他的。她得要救依藍德。她愛他。

凱西爾退後一步，回到他囚牢的邊緣，留下驚駭的存留盯著自己的手，踉蹌遠離那個倒下的男孩。

「腸子重傷，」凱西爾低語。「他要死也得花點時間。紋，拿起力量，它就在這裡，快用它。」

她把泛圖爾抱在懷裡。凱西爾焦急地等著。如果她踏入池子裡，就能看見凱西爾，不是嗎？她會成為超然的存在，就像存留一樣。或是她得先使用力量才行？

那會釋放凱西爾嗎？他不知道，他只清楚不管發生什麼事，都不能讓彼端的那東西脫逃。他轉過身來。

然後他驚訝地發現它在那裡。他感覺得到，它擠壓著真實的世界，是一股無盡的黑暗。不只是先前偽裝成存留的淺薄形體，而是一整股廣大的力量。它不存在於任何特定的空間，而是同時擠壓著，並且熱切地注視著現實世界。

令他恐懼的是，凱西爾看見它幻變，像是伸出蜘蛛腿一般散發出一條條的長刺。在它們的末端，有個人形的身影，像個傀儡般搖晃著。

紋……他低語，紋……

她望向池子，身影哀傷。接著她離開泛圖爾進入井裡，無視凱西爾地經過他，踏入最深的那個點，緩慢地潛入光芒中。在最後一刻，她從自己的耳朵上扯下某個發亮的東西，扔了出去——一點金屬。是她的耳針嗎？

在紋完全潛入之後，她並沒有在這一端出現，取而代之的是一片成形的風暴。一股上升的光柱包圍著凱西爾，讓他除了一股原始的能量之外，什麼都看不見。就像一波驟浪、一場爆炸、一道乍現的曙光，全部都在他身旁，活躍著、興奮著。

妳不能這麼做，孩子，滅絕用人形的傀儡說。它為什麼能用這麼平穩的聲音說話？它可以看見在那之後的力量，一股純粹的毀滅，但表現在外的樣子卻是這麼的和藹仁慈。妳知道妳必須怎麼做。

「紋，別聽它的！」凱西爾大叫，但他的聲音被一股爆發的力量蓋過。在那個聲音迷惑她的時候，他咆哮又斥罵著紋，警告著她釋放力量就會毀滅世界。凱西爾奮力穿過光芒，試著找到她、抓住她，跟她解釋一切。

他失敗了。他慘烈地失敗了。他沒辦法讓紋聽見他，沒辦法觸及她。什麼都辦不到。就連他捅依藍德一刀的急中生智都變得愚蠢，因為她釋放了力量。在哭泣、自責和撕裂般的心傷下，她做出了他所見過最無私的事。

也因為她這麼做，她毀了他們所有人。

在她釋放的瞬間，那股力量變成了一副武器，在空中變成一柄尖矛，在滅絕潛伏的地方和現實世界之間劃開了一道裂口。

讓滅絕從裂口中竄向了自由。

4

凱西爾坐在已經空蕩的昇華之井邊。光芒消失了，只留下他的囚牢。他可以離開了。

他似乎沒有延伸和褪散。很顯然地成為存留力量的一部分，已經擴張了凱西爾的魂魄，讓他得以存續。但坦白說，他希望此刻自己可以消失。

紋——在他的眼中發光燦爛著——躺在依藍德．泛圖爾的身旁，緊抓住他並痛苦哭泣。他的魂魄脈動著，逐漸黯淡。凱西爾站起來，別過身去。因為他自以為的機智，他傷透了那個可憐女孩的心。

我一定是這裡最聰明的白癡，凱西爾心想。

「那遲早會發生的，」存留說。「我以為……也許……」從他的眼角餘光，凱西爾看見阿糊接近紋，接著俯視著倒下的泛圖爾。

「我可以存留他。」存留低語。

凱西爾轉過身來。存留開始對著紋揮手，而她慢慢站起來。她跟著神來到幾呎外，依藍德先前扔下的東西那兒，一塊金屬。那是從哪來的？

那個泛圖爾小子在他進來的時候帶著它，凱西爾心想。那是房間另一頭的最後一點金

屬，兩塊中的其中一塊，另一塊被漂流者偷走了。凱西爾在紋拿起金屬，回到依藍德身邊的時候接近她，看著她將金屬放進他的嘴裡。她用一瓶金屬液讓他順著喝下去。

靈魂與金屬融為一體。依藍德的光增強，燦爛地閃爍著。凱西爾閉上眼睛，感到一股寧靜的脈動。

「幹得好，阿糊。」凱西爾張開眼睛對著存留說，神往他的方向走來。紋的手勢表現出驚人的喜悅。「我差點要覺得祢是個好神了呢。」

「刺他一刀很危險，很痛苦，」存留說。「我沒辦法寬容這樣的魯莽。但也許這是對的，不管我的感受是什麼。」

「滅絕自由了，」凱西爾往上看。「那東西脫逃了。」

「是的，幸運的是，在我死之前，我啟動了一個計畫。我不記得了，但我確定它被設計得很精緻。」

「祢知道，我在某個場合也說過類似的話，在一夜大醉之後。」凱西爾摸摸下巴。「我也自由了。」

「沒錯。」

「現在不就是祢之前開玩笑說，自己不確定釋放誰比較危險的情況嗎？我或另一個傢伙。」

「不，」阿糊說。「我知道哪個比較危險。」

「我恐怕祢會大失所望噢。」

「但也許……」存留說。「也許我不能判定誰比較惹人厭。」祂微笑。讓人緊張的是，祂說話時半邊臉是消融的，頸部也開始流逝。像隻瘸腿的小狗開心地吠叫著。

凱西爾拍拍祂的肩膀。「我們之後會讓祢變成一個穩固點的集團成員的，阿糊。但現在，我想離開這個天殺的房間。」

PART 3　靈魂

1

凱西爾真的想喝點東西。出獄之後不是就該這麼做嗎？去喝兩杯，把自由揮霍在一點豪飲跟頭痛上？

當他還活著的時候，通常不會這麼輕狂。他喜歡控制局面，而不是讓局面反過來控制他——但他無法否認自己真的很渴望喝點東西，好好麻痺一下才剛經歷的一切。

這實在太不公平了。沒有軀體，卻還是會口渴？

他從昇華之井周遭的地窖爬出來，通過霧狀的密室與隧道。就跟之前一樣，當他碰觸某個東西的時候，他就能看到它在真實世界的樣子。

他的步伐可以堅定地踏在飄忽的地面，儘管它似乎如布料般充滿彈性，卻能支撐他的重量，只要他不大力踩的話——否則他的腳會像是擠入厚泥一樣地下沉。如果他想要的話，也能穿過牆壁，不過現在和之前他快被吸走的時候比起來，沒那麼容易了。

他從統御主的皇宮，克雷迪克．霄的地窖中穿越到地下室來。一切在他眼裡看來都是一片霧狀，在這個地方到處晃晃比原本輕鬆得多。他觸碰自己經過的霧狀物體，讓自己更能在腦海中捕捉他所處的環境。一只花瓶、一條地毯、一扇門。

凱西爾最後以自由──和死人──之姿踏上了陸沙德的街道。有一段時間，他就只是在城市裡漫遊，因為逃出那個囚坑而感到放鬆，讓他得以忘卻滅絕的脫逃帶來的憂懼感。

他幾乎就這樣遊蕩了一整天，坐在屋頂上，走過噴泉，或俯瞰著城市被發亮的金屬點綴，就像燈火在夜晚的迷霧中搖曳。他最後來到城牆上，觀察著在城鎮外面紮營卻不知為何沒有大開殺戒的克羅司。

他得看看有沒有辦法和他的朋友們接觸。不幸的是，沒了那些──在滅絕脫逃時就停止的──脈動，他不知道要從哪裡開始找起。在他急於離開地窖的時候，就丟失了紋跟依藍德的去向，但他還記得之前在脈動中看過的印象，這給了他幾個可以調查的地方。

最後，凱西爾在泛圖爾堡壘找到了他的組員。在昇華之井的災難隔天，他們似乎打算舉辦一場葬禮。凱西爾穿過前庭，經過人們發光的魂魄，每一個都如鎂光燈般燃燒著。每個他拂過的魂魄，都讓他得以窺見他們的面目。其中有不少是他認得的：在他生命的最後幾個月中，他所互動、鼓勵、振奮過的司卡們。他不太認得其他人。還有一大票惹人厭的、侍奉過統御主的士兵。

他在前面發現紋，正坐在泛圖爾堡壘的階梯上，頹喪地蜷縮著。依藍德不見人影，而哈姆站在附近，雙臂交疊。在前院，有個人在群眾前揮舞著手臂，進行著一場演講。會是德穆嗎？在葬禮中領導大家？庭院外那些魂魄不再閃耀的人一定都作古了。他聽不見德穆在說什麼，但是他的演說似乎非常堅定。

凱西爾坐在紋旁邊的階梯上，他的雙手在身前交握。「所以……這樣還不錯啦。」

想當然，紋沒有回答。

「我是說，」凱西爾繼續說。「沒錯，我們最後釋放了摧毀世界的毀滅和渾沌力量，但至少統御主死了。任務完成。再加上妳還有妳的貴族男朋友，所以就這樣吧。別擔心他肚子上的疤痕，那會讓他看起來更有歷練的，霧才知道，那個小書蟲可以更強悍一點。」

紋沒有動，維持著她頹喪的姿勢。他將他的手臂倚在她的肩上，瞥見一眼她在真實世界中的樣子。她充滿色彩和生命力，卻不知怎的……滄桑了點。現在的她看起來老了許多，不再是當初那個在街巷中拐騙聖務官的孩子了。

他在她身旁向前傾。「我要打敗這東西，紋。我要搞定這件事。」

「那你要怎麼……」存留從階梯下的庭院中說。「完成這件事？」

凱西爾抬頭，雖然他已經準備好看見存留的樣子，還是忍不住瑟縮了一下。因為祂已經——幾乎不成人形，更像是一綑由輕煙組成的纏絲，勉強勾勒出頭、手臂和雙腿的輪廓。

「他自由了，」存留說。「到此為止了。時間到。契約到期。他會履行他被承諾過的權力。」

「我們會阻止它。」

「阻止他？他是代表熵(注)的力量，是宇宙的定數。你想阻止他，就跟你想阻止時間流動一樣不可能。」

凱西爾站起來，離開紋走向階梯前的存留。他真希望自己能聽見德穆正在跟那一小群發光的魂魄說些什麼。

「如果它不能被阻止，」凱西爾說。「那我們就拖延它。祢這麼做過，對嗎？祢的那個偉大計畫？」

「我……」存留說。「對……曾經有個計畫……」

「我現在自由了，我能幫祢實踐它。」

「自由？」存留大笑。「不，你只是進到了一個更大的牢籠中，和這個界域鏈在一塊，沒得脫身。已經沒什麼是你能做的了，也沒什麼是我能做的。」

「那——」

「你知道的，他在監視著我們。」存留抬頭看向天空說。

凱西爾不情願地跟著祂的視線往上看。天空——模糊又游移——看起來好遙遠。感覺好像天空正在從這個星球被抽離，就向人群會躲開屍體一樣。在這股深遠中，凱西爾看見了某個黑暗、抽縮、翻騰的存在。比迷霧更加緊實，像是黑蛇組成的海洋，不斷掩映著微小的太陽。

他認得這股深遠。滅絕的確監視著他們。

「他覺得你微不足道，」存留說。「他覺得你很有趣——雅提深埋在那裡面某處的靈魂，鐵定會覺得好笑。」

「它有靈魂？」

存留沒有回答。凱西爾穿過地上由霧組成的屍堆，站到他面前。

「如果它是活的，」凱西爾說。「那它就能被殺死。不管它有多強大。」你就是個鐵證，阿糊。它正在殺死祢。

注：entropy，統計物理學名詞，指稱宇宙中由有序到失序的趨勢。

存留用一種尖銳、咆哮式的嗓音大笑。「你一直忘記我們兩個之中，誰是神而誰只是個可悲的、等著被時間抹去的死人殘影。」祂揮了揮幾乎不成形的手臂，手指幾乎只由絲縷散逸的迷霧組成。「聽聽他們說的。他們稱呼你的時候，你還不覺得丟臉嗎？倖存者？哈！我存留了他們幾千年的時光，你又為他們做了什麼？」

凱西爾轉向德穆。存留似乎忘了凱西爾聽不見他的演講。為了看看德穆是什麼樣子，凱西爾拂過地上的一具屍體。

這是個年輕人。一個士兵，從它的樣子看來的話。他不認得這個男孩，但他開始擔心了。他回頭看看哈姆站著的地方——他身旁的人影一定是微風。

其他人呢？

他的身體一陣發寒，開始碰觸屍堆，尋覓著任何他認得的人，動作像發狂一樣。

「你在找什麼？」存留問。

「這裡面——」凱西爾嚥了嚥口水。「這裡面有多少是我的朋友？」

「有些是。」存留說。

「有任何集團成員嗎？」

「沒有，」存留說。凱西爾鬆了口氣。「沒有，他們在第一波攻陷的時候就死了，好幾天了。多克森，還有歪腳。」

凱西爾感覺痛澈心扉。他想要從自己正在檢查的屍體旁站起來，卻踉蹌兩步，試著忘卻方才聽見的話。「不。不要，不可能是老多。」

存留點頭。

「什……什麼時候發生的？怎麼會？」存留用瘋狂的聲音發笑著。祂看起來幾乎完全不像當初凱西爾來到這地方時，那個仁慈、膽怯、問候他的人了。

「這兩個人都在圍城戰被攻破時，就被克羅司殺死了。他們的屍體好幾天前就被燒毀了，凱西爾，就在你還被困著的時候。」

凱西爾顫抖著，失神落魄。「我……」

老多。在他有需要的時候，我不在他身旁。他走的時候，我原本可以再見到他的，可以和他說話。也許可以救他？

「他死的時候還在咒罵你，凱西爾，」存留的語氣嚴厲。「他把這一切歸咎於你。」

凱西爾垂下頭。又一個逝去的朋友，還有歪腳……兩個好人啊。他的一生中失去太多這樣的人了，該死，真的太多了。

我很抱歉，老多、歪腳。我很抱歉讓你們失望了。

凱西爾挾著這股憤怒、苦痛和羞愧，然後轉化它。他在牢裡的這段時間再次找到了目標。如今，他不會再失去方向了。

他站起來，轉向存留。神——震驚地——在驚嚇時候畏縮起來。凱西爾抓住神的形體，在那剎那看見了無盡、未知的影像，滲透在一切之中，無窮瀰漫的存留之光。世界、迷霧、金屬、每個人獨一無二的魂魄。這生物也許算是死了，但祂的力量可一點也沒有消逝。

他也感覺到了存留的痛苦。就像是凱西爾對老多死去的悵然感，只是被放大了數千倍。存留感覺得到每股淡出的光芒，感受得到，也視他們如同自己所愛的人。

而在這世界上，他們都以加速的步調邁向死亡。太多灰燼落下了，而存留只能參與它們的增加。克羅司大軍的蹂躪已經失控。死亡、毀滅，世界已經快站不住腳了。

而……南方……那是什麼？有人？

凱西爾抓住存留，對這生命神聖的苦痛感到敬畏。接著他拉近存留，擁抱祂。

「我很抱歉。」凱西爾低語。

「噢，瑟娜……」存留低語。「我正在失去這個地方，全盤皆輸……」

「我們得阻止它。」凱西爾拉回正題。

「不可能的。我們的約定……」

「約定可以被打破。」

「不是那種約定，凱西爾。我曾經能夠拐騙滅絕，封鎖它，用我們的共識矇騙它。但那不是契約的漏洞，而是在消耗我們的共識。這次沒有漏洞可鑽了。」

「那我們就出去大鬧一場，」凱西爾說。「就祢和我，我們是個團隊。」

存留似乎凝聚起來，祂的形體變得集中，絲線開始重組。「一個團隊。對。一個小組。」

「幹點不可能的事情。」

「抗拒現實，」存留低聲說。「每個人總是會說你瘋了。」

「而我總是會承認他們說得沒錯。」凱西爾說。「問題是，每次他們要質疑我的理智的時候，從來就沒能做出正確的歸納。我的雄心壯志不應該是他們的困擾。」

「那什麼是？」

凱西爾笑了笑。

存留倒是大笑起來——用一種渾圓的嗓音，而非先前的尖銳。「我沒辦法幫忙你做……你覺得自己正在做的事。沒辦法直接幫忙。我不再……能夠清晰思考了，但是……」

「但是？」

存留變得更集中了一點。「但是我知道你去哪裡能找到幫手。」

2

凱西爾跟著一絲的存留，就像一縷發光的迷霧，穿過城市。他週期性地抬頭確認，面對著天空中的那股力量，在那裡蒸滅著迷霧，準備從四面八方鋪天蓋地而來，統御世界。

凱西爾不會退縮。他不會讓那東西再次恐嚇他。他已經殺過一個神了。一回生，二回熟。

絲縷的存留力量引領他穿越晦暗的房屋，經過在這個地方看起來更加陰鬱的貧民窟——人們全擠在一塊，魂魄畏懼地緊縮在一起。他的組員拯救了這座城市，但凱西爾經過的許多人卻好像還不知道。

最後，絲線帶領他離開殘破的城門，來到北方，穿過殘壁瓦礫和慢慢腐朽的屍體；穿過活人軍隊和令人戰慄的克羅司軍團，遠離城市、沿著小溪跋涉了一小段距離，來到……一座湖？

陸沙德建立在一座跟它同名的湖附近，但大部分的市民執意忽略這個事實。陸沙德湖不是什麼適合游泳或運動的地方，除非你喜歡泡在灰燼比水多的濃稠汙泥裡面——幸運的話，還能抓到一條經過幾個世紀、住在市郊的司卡飢民都沒抓到的魚。由於它距離灰山實在太近，疏通這條河與湖需要一整個階級的人全時關注，包括運河工人，還有一群難以跟城市居民共處的司卡來負責。

如果他們來到這一邊，一定會驚愕於這座湖——其實也包括這條河——顛倒過來了。不同於凱西爾腳下感覺起來是液體的迷霧，這座湖以一道固體小丘的形狀升起，雖然只有幾呎高，卻比他原本所行走，屬於地面的地方來得更加堅硬與穩固。

事實上，這座湖就像是在迷霧之海中升起的一座矮小島嶼，固體跟液體似乎在這個世界翻轉過來。凱西爾踏上島嶼的邊界，而一段存留的精質翻騰，經過他身邊並引向那座島嶼，如同神話中從伊夏森大迷宮指引歸途的那條繩索一樣。

凱西爾的雙手插在他的長褲口袋裡，踢了踢島嶼的地面。是某種黑暗，會冒煙的石頭。

「幹麼？」阿糊低語。

凱西爾跳了起來，瞥了一眼光的絲線。「阿糊，祢……在那裡面？」

「我無所不在。」存留的聲音輕柔脆弱，祂聽起來筋疲力竭了。「你為什麼要停下來？」

「這很奇怪。」

「對，它在這裡凝聚了。」存留說。「這跟人們思考的方式，還有跟他們常忽略這裡有關。至少，跟這點有關係。」

「但這是什麼？」凱西爾站上島嶼說。

存留沒有繼續說話，於是凱西爾繼續走向島嶼的中心。不管在這裡「凝聚」的是什麼，它都跟石頭驚人地相似，而且上面還生長了東西。凱西爾經過從堅硬地面長出來的矮小植物——不只是霧狀的、模糊的植物，而是充滿真實色彩的植物。它們有寬大的棕色葉子，還似乎有——很有趣的——類似迷霧的煙從它們身上冉冉升起。沒有任何一棵植株高及他的膝蓋，但他還是沒料到會在這裡找到這些東西。

當他穿過這一片植物的時候，覺得自己看見了什麼東西在其間亂竄，還在穿過葉子的時候發出沙沙聲。

死人的世界有著植物跟動物？他心想。但這不是存留的稱呼方式，祂說這裡叫意識界。植物要怎麼在這裡生長啊？要怎麼澆灌它們？

當他越深入這座島嶼，天色就變得越暗。滅絕正在吞沒上方的小小太陽，漸漸地，凱西爾連來自城市那端、穿過迷霧的幽幻光芒都看不見了。很快地，他已經在暮光一般的天色下前進。

最後，存留的光緞變得稀薄，接著消失無蹤。凱西爾停了下來，小聲問：「阿糊，祢在嗎？」

毫無回應。這股寂靜駁斥了存留稍早宣稱自己無所不在的說詞。凱西爾搖搖頭，也許存留在聽，但不夠集中到給予他回答。凱西爾繼續前進，穿過一片來到他腰際的植物，在它們寬大的葉子上，迷霧如同熱盤子上的蒸汽裊裊升起。

最後，他在前方看到亮光。凱西爾抬起頭，很自然地俯下身子，順從他在另一端，從出生起就引導著他的本能。他手頭沒有武器，於是他跪下來，摸索著地上有沒有任何石頭或是木枝，但這些植物沒有大得足以提供這樣的枝條，而地面也堅硬光滑，毫無碎粒。

存留承諾過祂會幫忙，但他不敢確定能相信幾分存留所說的。怪了，經歷過自己的死亡，應該讓他對於神所說的話更加猶豫才是。他從腰帶上拿起武器，但它來到手上時就蒸發了，並且再次回到了腰際。凱西爾搖搖頭，往前潛行得更近些，接近到足以看見火光勾勒出兩個人影。他們是活人，在這個界域看來，只是發光的魂魄或霧狀的靈體。

有一個是穿著司卡服裝的男人——背帶、襯衫和捲起的袖子——靠向小小的炊火。他有著一頭短髮，還有一張瘦長、尖細的臉。在他皮帶上的刀子長得算是把劍，揮起來想必很順手。

另一個人坐在小折疊椅上，也許是個泰瑞司人。她的皮膚和一些泰瑞司人看起來一樣黑，不過凱西爾也看過一些南方統御區的人，膚色比她還暗得多。她穿的絕對不是泰瑞司服飾：堅韌的棕色長裙，腰上繫著大皮革帶，頭髮則編成一條條的小辮子。

兩個人。他還能應付得了兩個人，對吧？就算不能使用鎔金術或武器也一樣。儘管如此，小心為上，他還沒忘掉被漂流者痛打一頓的恥辱。凱西爾謹慎地站起來，拉直他的外套，直接走進他們的營地。

「這個嘛，」他宣布。「我只能說，這幾天發生的事滿不對勁的。」

營火邊的男人往後爬，手按在刀子上，瞠目結舌。女人則坐在原地，伸手向身旁的一樣東西。一個小小的管子，底部有個把手，她用那東西指著凱西爾，好像那是某種武器一樣。

「所以，」凱西爾看看浮動的天空，翻騰著大量濃密的黑霧。「有人也是被空中的這股毀滅之力給惹毛嗎？」

「影子的！」那男人大叫。「是你。你死了！」

「看你怎麼定義死的意思啦。」凱西爾跨過火堆。女人繼續用那奇怪的武器指著他。「你的火堆裡燒的是什麼啊？」他望向兩人。「怎麼？」

「怎麼會？」那個男人喃喃說。「這是什麼？什麼時候……」

「……還有為什麼？」凱西爾補上一句。

「對！為什麼？」

「如你所見，我有敏感體質。」凱西爾說。「死亡好像滿不適合消化我的，所以我就不打擾它了。」

「一個人不能決定變成一個幻影！」那男人大叫。他有著某種奇怪的口音，凱西爾認不出來。「這是大事！要有要求跟傳統。這……這是……」他往空中揮了揮手。「算了，當我沒說。」

凱西爾笑了笑，迎向女人的目光，她的手探向地上一杯暖暖的玩意兒，另外一隻手早已收起她的武器，好像從來沒拿出來一樣。她看起來也年過而立了。

「海司辛倖存者啊。」她饒富興味地說。

「妳好像有什麼手法能對我不利。」凱西爾說。「我想，這是我的惡名昭彰帶來的麻煩之一。」

「在我看來，對一個竊賊而言，出名就是一種不利。一般人在當扒手的時候，應該不會特別想被認出來。」

「不過考慮到這地方的人對他的看法，」男人繼續用警惕的眼神看著凱西爾。「我想他們也會被這傢伙搶得心甘情願。」

「是啊，」凱西爾乾笑。「他們還會排隊來享受這種福利。我還需要自我介紹嗎？」

她深思了一下，「我的名字是克里絲，來自泰爾丹。」她朝另一個人點點頭，那男人不情願地收起刀子。「他是納哲，我的隨從。」

「很好。」凱西爾說。「有人知道為什麼存留叫我來找你們講話嗎？」

「存留？」納哲站了起來，緊抓住凱西爾的手臂，跟漂流者一樣，他們都能真正地碰到凱西爾。「你曾經直接跟一個碎神說過話？」

「對啊，」凱西爾說。「阿糊跟我是老朋友了。」他掙脫納哲的手，順手抓起火堆旁的另一張折凳——兩片交叉的木頭，上面有一張可以坐著的布塊。

他來到克里絲對面坐下。

「我不喜歡這樣，克里絲，」納哲說。「他很危險。」

「幸運的是，」她回應。「我們也同樣危險。倖存者，碎神存留，長什麼樣子？」

「這是在測試我是不是真的跟祂說過話，還是純粹想確認那東西的狀況？」凱西爾問。

「都是。」

「祂快死了，」凱西爾一邊在指間轉著納哲的刀子，一邊回答。他在兩人剛剛爭論的時候就抄過來了，凱西爾很好奇這把刀子是不是金屬製的，它沒有發光。「祂是個有著黑髮的矮傢伙——曾經是啦。祂看起來……嗯，分崩離析了。」

「嘿，」納哲瞇眼凝視著那把刀子，又看看自己的皮帶跟空的刀鞘。「嘿！」

「分崩離析，」克里絲說。「垂死。雅提不知道怎麼裂解另一個碎神嗎？還是他沒有那種能力？嗯……」

「雅提？」凱西爾問。「存留也提過這個名字。」

克里絲啜飲她的飲料，用一根手指指向天空。「那就是他，至少是他變成的東西。」

「那……碎神是什麼？」凱西爾問。

「你是學者嗎，倖存者先生？」

「不是，」他回答。「不過我殺過幾位。」

「很可愛。這個嘛，你已經踏入比你、你的政治鬥爭，還有你的小小星球還要大上很多的深淵了。」

「比你可以掌握的一切還大啊，倖存者。」納哲順便把凱西爾手指上的刀子抽了回來。「你現在可以退下了。」

「納哲說得沒錯，」克里絲說。「你的問題很危險。一旦你掀開簾幕、看過演員是誰，你就很難再相信演出是真實的了。」

「我……」凱西爾前傾，雙手交握。地獄啊……這火焰是暖的，但是它看起來根本沒燒任何東西。他望著火焰，嚥了嚥口水。「我從死亡之中復甦，原本以為不會有來世之類的東西。然後我發現神是存在的，結果現在祂快死了。我需要答案。拜託。」

「有趣。」她說。

他抬頭皺眉。

「我聽過不少你的故事，倖存者。」她說。「他們常常吹捧你各種令人讚賞的特質，而真誠可不是其中之一。」

「我還是可以從妳的男僕身上偷點什麼別的，」凱西爾說。「如果符合妳的期待會讓妳好過一點的話。」

「你試試看啊。」納哲說在火堆旁踱步，雙臂交叉，看起來想讓自己有點威脅性。

「碎神，」克里絲拉回凱西爾的注意。「不是真神。不過祂們是神的殘片。滅絕、存留、自主、培養、奉獻……一共有十六位。」

「十六位，」凱西爾抽氣。「還有十四個這種鬼東西在外面游蕩？」

「剩下的在其他的星球上。」

「其他的……」凱西爾眨眨眼。「其他的星球上。」

「啊，你看看，」納哲說。「妳已經害他腦筋打結了，克里絲。」

「其他的星球。」她柔和地重覆。「是的，有數十個星球。很多都居住著像你我一樣的人們。不過有一個是我們共同的來源，被隱藏在寰宇的某個角落。我還沒找到那裡，但我已經找到了一些故事。

「總之啊，曾經有一個神：雅多納西。我不知道那是一股力量或是一個生命，雖然我比較懷疑是後者。然後有十六個人，一起合作，殺死了雅多納西，拆裂了祂，並分配了祂的十六份精質，成為了第一代的昇華者。」

「他們是誰？」凱西爾試著理解一切。

「一個各有所長的團體，」她回答。「也各有其志。有些人想得到力量；有些人覺得殺死雅多納西是他們僅存的選擇。他們同心協力謀害了真神，然後自己成為了神。」她慈愛地笑了笑，好像在為接下來的話做鋪陳。「其中的兩位創造了這個星球，倖存者，包括上面的人們。」

「所以……我的世界，還有我認識的所有人，」凱西爾說。「都是一對……半神的產物？」

「或者說支離破碎的神。」納哲說。「而且沒有一位特別擁有神性，反而比較擅長把上一位擔任這份工作的傢伙給幹掉。」

「噢，地獄啊……」凱西爾喘息。「難怪我們都這麼喋血。」

「事實上啊，」克里絲補充。「人們幾乎都是這樣，不管是誰創造的。如果這麼說可以讓你好過點，雅多納西創造了第一批人類，你的神才有範本可以用。」

「所以我們是再版的瑕疵品，」凱西爾說。「這好像不太勵志。」他抬頭。「那東西呢？它原本是人類嗎？」

「那股力量……扭曲了，」克里絲說。「曾經有個人在那裡頭指揮它。或者只是在當下剛好駕馭著它。」

凱西爾想起滅絕展現給他看的人偶，人類的形體，基本上就是個充斥著可怕力量的空殼。「所以如果這些東西之一……死掉了呢？」

「我很想看看，」克里絲說。「我從來沒親眼見證過，而且過去的死亡跟這個不一樣。之前的都是單一、震撼性的事件，讓神的力量解離碎散。這個比較像是絞死，其他的比較像是斬首。這件事應該還滿有教育性的。」

「除非我阻止祂。」凱西爾說。

她笑了笑。

「別裝得一副憐憫我的樣子。」凱西爾厲聲說，站了起來，折凳在他背後倒下。「我要阻止這件事。」

「這世界正在沉淪，倖存者。」克里絲說。「真的很可惜，但就我所知，沒有什麼辦法能救它了。我原本帶著一絲希望，也許自己能幫上什麼忙，但是我連這裡的實體界都不再能進得去。」

「因為有人摧毀了進來的大門，」納哲補充。「一個驚人愚蠢的傢伙，蠻幹、無知、根本沒——」

「你想太多了。」凱西爾說。「是漂流者告訴我，我才知道自己幹了什麼好事。」

「漂……誰？」克里絲問。

「一頭白髮的傢伙，」凱西爾說。「瘦瘦的，有著尖挺的鼻子跟——」

「該死，」克里絲說。「他到過了昇華之井沒有？」

「還偷了點東西呢，」凱西爾說。「一點金屬。」

「該死，」克里絲看著她的僕人說。「我們得走了。我很遺憾，倖存者。」

「但——」

「這跟你剛才告訴我們的事情無關，」她站起來，指揮納哲把東西收妥。「反正我們都得走。這個星球正在垂死邊緣，雖然我想見證碎神的死亡，但可不想冒險在這麼近的地方完成。我們會在遠處觀察。」

「存留覺得你們可以幫忙，」凱西爾說。「這裡一定有什麼是你們能做的。有什麼是你們能告訴我的，不能就這麼結束。」

「我很抱歉，倖存者。」克里絲溫柔地說。「如果我能知道多一點東西，如果我能說服哀瑞（Eyree）回答我的問題……」她搖搖頭。「這件事會慢慢發生的，倖存者，還要幾個月，不過也快要降臨了。滅絕將會吞噬這個世界，就算是過去的雅提也沒辦法阻止，如果他還在乎的話。」

「一切，」凱西爾低語。「我所知道的一切。所有在我的……星球上的人？」

不遠處，納哲彎腰撿起火堆，讓它轉瞬消失。一團火焰縮減成他手上的大小，凱西爾覺得自己看到一團迷霧在縮減時冒了出來。凱西爾用一隻手指挑起折凳，解開底部的螺栓，在把凳子交給納哲前，將螺絲抓進自己的手中

納哲提起掛著一堆卷軸套的背包，望向克里絲。

「留下來，」凱西爾轉向克里絲。「幫我。」

「幫你？我連自己都幫不了了，倖存者。我是被流放的，而且就算我不是，我一樣沒有可以阻止碎神的資源。也許我根本就不該出現在這裡。」她遲疑了一下。「我很抱歉，但是我不能讓你跟我們同行。你的神會盯著你，凱西爾。他會知道你在哪裡，因為你的體內有他的一部分。光是在這邊跟你說話，就已經夠危險了。」

納哲把背包交給她，她往肩後一背。

「我會阻止這件事。」凱西爾告訴他們。

克里絲舉起手，把手指彎曲成一個陌生的手勢，看起來是在跟他道別。她轉身大步邁開，進入密叢之中，納哲跟在她身後。

凱西爾倒了下來。他們把凳子拿走了，所以他只好坐在地上，垂著他的頭。這是你應得的，凱西爾，一部分的他這麼想。你想跟神共舞，然後從祂們身上偷東西，現在才驚覺自己引火上身了是嗎？

樹葉一陣沙沙作響，讓他緊繃地變換為蹲姿。納哲從一片陰影中出現。矮小的男子在營地的邊界上停下，咒罵了一聲，往前踩了一步，接著把他腰側的刀子跟刀鞘取下，交給凱西爾。

凱西爾遲疑了一下，收下了皮革包覆的武器。

「你跟你的人，處境的確很可悲。」納哲輕聲說。「但我還滿喜歡這個地方的，該死的迷霧跟其他的東西。」他指向西方。「他們的位置在那個方向。」

「他們？」

「哀瑞，」他說。「這夥人在這裡待得比我們久，倖存者。如果有人知道怎麼幫你，一定是他們。去地表再次變得穩固的地方找他們。」

「再次穩固……」凱西爾說。「特瑞安湖？」

「彼端。遙遠的彼端，倖存者。」

「海洋嗎？那可是幾百哩外。在至遠統御區之外！」

納哲拍拍他的肩膀，然後轉身趕上克里絲。

「我有希望嗎？」凱西爾喊著。

「如果我告訴你沒有呢？」納哲說。「這麼說吧，如果我告訴你，我發現你真是媽的壞掉了。你會改變作法嗎？」

「不會。」

納哲舉起手指到他的前額。「再見啦，倖存者。好好照顧我的刀子，我還挺喜歡它的。」

他在黑暗中匿跡。凱西爾目送他離開，然後做了唯一一件合理的事。

把凳子上拆下來的螺栓吞下去。

3

螺栓什麼作用也沒有。他原本期待自己能讓鎔金術重新運作，但螺栓只不過是待在他的肚子裡——有種奇怪又不舒服的重量。不管怎麼嘗試，他都沒辦法燒它。他開始走路，最後把它咳出來丟掉。

他從島嶼的堅固地面，再次回到陸沙德周圍的迷霧地表，感到身上多了一股新的負擔。一個將近滅亡的世界，垂死的諸神，還有一整個他不知道的宇宙存在著。而他現在唯一的希望就是……一趟前往海洋的旅程？

那比他到過的地方都遠，甚至比他和蓋莫爾的旅途還遙遠，得花上幾個月才能抵達。但他們還有幾個月可以消磨嗎？

他離開島嶼，踏上迷霧河岸的柔軟地面。陸沙德在不遠處明滅閃爍，如一片翻騰的迷霧構成的影牆。

「阿糊，」他呼喚。「祢在嗎？」

「我無所不在。」存留在他身邊出現。

「所以祢剛剛有在聽嗎？」凱西爾問。

祂心不在焉地點點頭，形體變得渙散，面容變得模糊。「我想是吧……我當然有……」

「他們提到某個叫作矮仔瑞的人？」

「對，埃——瑞（Ire）」存留用比較不同的腔調說。「兩個字，塵埃的埃，瑞雪的瑞，那在他們的語言裡面有意思，他們來自另一塊土地。在那裡，他們死過，但沒死透。我在自己的視野邊界感覺得到他們，就像夜空中的靈魂。」

「死了，但活著，」凱西爾說。「像我這樣嗎？」

「不是。」

「不然呢？」

「死過，但沒死透。」

好棒啊，凱西爾心想。他轉向西邊。「他們應該在海洋那端。」

「埃瑞建了一座城，」存留輕柔地說。「在世界之間的地方……」

「好，」凱西爾深吸口氣。「那就是我要去的地方。」

「去？」存留說。「你要離開我？」

祂話語中的緊張讓凱西爾愣住了。「如果那些人能幫我們，我就得跟他們聊聊。」

「他們幫不了我們，」存留說。「他們……他們很無情。他們像是在我屍體上等待最後一下心跳的爛蛆。不要去。不要離開我。」

「祢無所不在，我根本離不開祢啊。」

「不，他們在我之外。我……我沒辦法離開這片土地，我在這裡授予太多了，在每個石塊和每片樹葉之中。」祂脈動著，模糊的形體越發稀薄。「我們……很容易變得緊密，而且獻身特別多的人會沒辦法離開。」

「那滅絕呢？」凱西爾轉向西方說。「如果它摧毀了一切，它就能脫逃嗎？」

「是的，」存留非常小聲地說。「那樣他就能離開。但凱西爾，你不能拋棄我。我們……我們是個團隊，對吧？」

凱西爾將他的手放在那東西的肩膀上。祂曾經那麼實在，如今卻只剩下空中的一片淡痕。「我會盡快回來。如果我要阻止那東西，我需要某種協助。」

「你在可憐我。」

「我可憐任何不是我的人，阿糊。我只是個人。但祢可以辦得到。盯著滅絕，還有把話傳給紋和她的貴族小伙子。」

「可憐蟲。」存留重複。「我……我已經變成這樣了嗎？對……對，我是。」

祂伸出自己輪廓模糊的手，從下方抓住凱西爾的手臂。凱西爾抽氣，在存留用另一隻手抓住他的頸後時屏息。他們緊緊地四目相交，眼神突然變得專注，模糊的影像突然變得清晰。一道光芒由此炸開，一片銀白沐浴著凱西爾，幾乎弄瞎了他。

所有的一切都蒸發了；沒有什麼能比得上這股嚇人、美妙的光芒。凱西爾失去了形體、思想、存在。他的自我躍升，進入了一個充滿浮動光芒的境界。一段段的光芒在他身邊迸發，無論他怎麼想要大叫，都沒有聲響。

時間沒有流逝；時間在這裡沒有意義，這裡甚至不是個地方。地點也沒有意義，只有聯繫存在，人與人、人類與世界、凱西爾與神。

而且神就是一切。那可憐的東西就是凱西爾剛才走過的地面、空氣、金屬——祂自己的靈魂。存留的確無所不在。在那之外，凱西爾微不足道，不值一提。

幻象褪去了。凱西爾猛地從存留身邊退開，後者站立著，一股平靜如空氣中的一股殘像——卻代表著更多的東西。凱西爾把手放在胸膛上，感到一陣心喜，他說不出為什麼，發現自己的心跳奔騰著。他的魂魄會試著模仿身體，不知怎的，擁有飛快的心跳是件讓人開心的事。

「我想這是我應得的。」凱西爾說。「祢用這些幻象的時候要小心點，阿糊。現實對於一個人的自我來說不太健康。」

「我會說這非常健康。」存留回答。

「我看到了一切，」凱西爾喃喃說。「每個人，每件事。我跟他們的聯繫，還有……還有……」

往未來的延伸，他心想，試著想找到一個說法。可能性，好多的可能性……就像天金。

「沒錯，」存留聽來筋疲力盡。「這可以用來了解一個人在萬物中的真實位置。只有很少人可以——」

「帶我回去。」凱西爾爬起來，抓住存留的手臂說。

「什麼？」

「帶我回去。我得再看一次。」

「你的心靈太脆弱了，它會崩潰的。」

「那東西他媽的好多年前就崩潰了，阿糊。再一次，拜託。」

存留猶疑地抓住他，而這次祂的眼睛花了久一點的時間發光。它們閃爍，祂的形體再次顫抖，有一刻，凱西爾覺得神會完全消散。

接著光芒襲來，凱西爾一瞬間被吞噬了。這次他強迫自己看向存留之外的地方——雖然比較不能算是看，更像是試著釐清這一大群朝自己襲來的可怕資訊量和感官刺激。

不幸的是，當他把注意力從存留撤開，他就得面對另一個東西——同樣強大的另一個東西。那裡有第二個神，黑暗又恐怖，有著脊刺和蜘蛛般細長的觸手，從漆黑的霧中翻騰，延展向這片大地的萬物。

也包括凱西爾。

事實上，比起千百隻把他跟彼端那東西連結起來的黑色手指，他跟存留的鏈結簡直微不足道。他感受到一股強大的滿足感，還有一個念頭。無須字句闡述，就只是個無可否認的事實。

你是我的，倖存者。

凱西爾抗拒這個想法，但在這個充滿完美光輝的地方，真相必須被承認。魂魄掙扎著，在這個可怕的事實前只能崩潰，凱西爾轉向延伸至遠處的絲縷光芒。一層又一層的可能性，彼此之間不斷交疊。鋪天蓋地的無限。未來。

他再次退出幻象，這次他感覺膝蓋癱軟。光芒褪去，他再次回到陸沙德湖的湖岸。存留在他身旁坐下，手放在凱西爾的背上。

「我阻止不了它。」凱西爾低聲說。

「我知道。」存留說。

「我看到了成千上萬的可能性，在那之中沒有一個是我能擊敗它的。」

「未來的片段永遠不像……想像中的那麼有用。」存留說。「過去，我常常駕馭它們。其實要看清楚真正的樣貌太困難了，而且它們都只是脆弱的……脆弱、遙遠的可能而已……」

「我沒辦法阻止它，」凱西爾低聲說。「我太接近它了。我所做的一切只會服侍它。」凱西爾抬頭微笑。

「他讓你崩潰了。」存留說。

「不，阿糊。」凱西爾笑著站起來。「對，我阻止不了它。不管我怎麼做，我都沒辦法。」他低頭看著存留。「但她可以。」

「他知道你是對的。他已經在為她做準備了，灌注著她。」

「她可以打敗這點。」

「渺茫的可能，」存留說。「幾乎是破空的承諾。」

「不，」凱西爾輕聲說。「是個希望。」

凱西爾伸出手，存留抓住它，讓凱西爾帶祂站起來。神點了點頭。「一個希望。我們的計畫是什麼？」

「我繼續向西，」凱西爾說。「我看到在那團機率之中……」

「不要相信你看到的東西。」存留聽起來比祂先前還要堅定。「對於一個無限擴張的心靈而言，要釐清這些未來的絲線都還只是個開始。即便如此，你很可能依然是錯的。」

「我看到的路是從我往西開始，」凱西爾說。「這是我想得到唯一能做的了。除非祢有更好的建議。」

存留搖搖頭。

「祢得待在這裡，擊退它、抵抗它——還有試著跟紋聯絡。如果她不行，那就找沙賽德。」

「他……不太好。」

凱西爾搖搖頭。「他在戰鬥中受傷了？」

「更糟。滅絕試著要讓他崩潰。」

該死。但除了繼續他的計畫，還能怎麼做？「做祢能做的就是了。」凱西爾說，「我會去西邊找那些人。」

「他們不會幫忙的。」

「我不是要去請他們幫忙，」凱西爾笑了笑。「我是要去洗劫他們。」

PART 4　旅程

1

凱西爾奔跑著。他需要行動起來的那股緊張感、那股力量。有目標的人就會奔跑。

他離開了陸沙德周邊的區域，沿著一條運河前進著。就和湖泊一樣，運河在這邊也是相反的——運河已經不再是溝渠，而是一壟又長又窄的土墩。

跑動途中，凱西爾回憶起那個能夠感知到一切的地方，試著釐清他體驗到的各種衝突畫面、意象以及概念。紋能夠打敗那個東西。凱西爾非常確定這一點，就像他很確定自己並無法擊敗滅絕一樣。

然而在這點以外，他的思續逐漸變得模糊。這些埃瑞，他們正在準備著某種危險的東西。某種他能拿來對付滅絕的東西……也許吧。

這就是他知道的一切了。存留是對的，在那個地方裡，連結著各個時刻的絲線太過糾結、太過短暫，以至於他得不到除了模糊印象以外的更多資訊。但至少這些是他能夠去做的事。

所以凱西爾跑了起來，沒有時間用走的了。他再次希望能夠擁有鎔金術，能有白鑞提供他力量與耐力。跟他一生的長度相比，他持有能力的時間是如此之短，這些能力很快地就成了他的第二天性。

但他已經不再有那些能力可以依靠了。幸運的是，由於他沒有身體，只要不停下來去想他應該要覺得疲累，他就不會感到累。這不成問題。如果說世上有什麼事是凱西爾最擅長的，那就是欺騙他自己。

希望紋能堅持得夠久，直到拯救他們所有人。但對一個人來說，這樣的負擔實在太過沉重。他會幫忙扛起力所能及的部分。

2

我知道這個地方，凱西爾想著。他在經過一個運河邊的小城鎮時慢下他的腳步。運河商人在這裡讓他的司卡們休息，自己則可以來一杯酒，以及在晚間享受一下熱水澡。各統御區裡有著許多這樣的城鎮，每個幾乎都一模一樣。只不過這裡在運河另一側有著兩座崩塌的高塔，足以讓人清楚辨識出這座城鎮。

沒錯，凱西爾想著，在街上停下腳步。就算是在這個如夢一般，由迷霧組成的界域裡，那兩座塔依然非常明顯。隆司法洛，他怎麼可能已經到這裡了？這裡已經離中央統御區很遠。他到底跑多久了？

對他來說，時間的概念在他死亡後變得很奇怪。他不需要食物，也不會疲累——除了他自己想像的疲勞感。滅絕又擋住了這迷霧世界中的唯一光源，也就是太陽，因此要辨認日子的變換非常困難。

他已經跑了……一段時間了。很長一段時間？

他突然感覺到疲倦，思考開始麻木，就像處於白鑞延燒的狀態一樣。他呻吟著，在運河土墩的邊上坐下。土墩上長滿了植物，這些植物似乎會生長在任何現實世界裡是水面的地方。他還曾看過它們從迷霧狀的杯子裡發出芽來。

偶爾他會發現其他更奇特的植物生長在城鎮間的野地上——在那些地方，原本應該有彈性的地面會變得更加緊實，那些沒有人煙的地方，那些被灰燼掩蓋的荒野，在點點的文明間延展著。

他站起身，對抗著疲累感。那些感覺真的都只是他自己想像出來的。他不太想強迫自己繼續奔跑，於是漫步著穿過隆司法洛的街道。這裡是一座在運河站周圍發展出的城鎮，或至少算是個村莊。在離運河較遠處經營著農園的貴族會到這裡來交易，並將貨物運往陸沙德。這裡成為了一處商業據點，是熱鬧的民眾聚集地。

凱西爾曾經在這裡殺了七個人。

還是八個？他慢慢地散步，一個一個數著。那個貴族、他的兩個兒子、他的妻子……對，是七個人，加上兩個警衛還有那個貴族的表親。那就對了。他饒了表親的妻子一命，因為她當時懷有身孕。

他和梅兒曾經在那邊的雜貨店樓上租了一間房，假裝成來經商的低階貴族。他走上那棟房屋外的階梯，停在門邊，將手指放在門上，感受著實體界裡的門。就算過了這麼久，那扇門依然讓他感到熟悉。

我們有著計畫！梅兒在他們狂亂地打包行李時說著，你怎麼能這麼做？

「他們殺了一個孩子，梅兒。」凱西爾悄聲說。「在她腳上綁上石頭，把她沉到了運河底。只因為她弄灑了他們的茶。就因為她弄灑了那該死的茶。」

噢，阿凱，她說，他們每天都在殺人。很糟糕，但這就是人生。難道你要報復各地所有的貴族嗎？

「沒錯，」凱西爾悄聲說，他握拳頂著門。「我做到了。我讓統御主付出了代價，梅兒。」

而那些在天上翻騰交疊著的毒蛇……它們就是結果。在他與存留一起待在時間夾縫時，他見到了真相。統御主原本能夠繼續阻止這個末日一千年。

殺一個人，完成了復仇，卻又導致了多少額外的死亡？他和梅兒逃離了這座村莊。後來他才知道審判者來了這裡，拷問了許多他們認識的人，並在訊問途中殺害了不少人。

殺人，他們也以殺人做為回應。報復，他們就再以十倍報復回來。

你是我的，倖存者。

他抓住門把，除了得到它的長相的印象外，無法做到其他的事，他沒辦法移動它。幸運的是，他還能夠擠向門，迫使自己穿過去。他踉蹌著停下腳步，驚愕地發現這間房已經被人占據了。一個單獨的魂魄平躺在角落的床上——正發著光，所以他並不在這邊，而是真實世界裡的人。

他和梅兒當時匆忙地離開了這個地方，被迫留了一些財物在這裡，就塞在壁爐裡的一塊石頭後面。那些東西已經不在這了；在梅兒死後，他逃離了深坑，後來接受了那名奇怪的鎔金術師蓋莫爾的訓練，之後他把這些東西又偷了回去。

他避開了那個人，走向小小的壁爐。在回來取走錢幣時，他正在前往陸沙德的途中，腦中充滿了各種宏大的計畫以及危險的主意。他回收了錢幣，還發現了更多意料之外的物品——裝滿硬幣的錢袋旁，放著梅兒的日記。

「如果我死了，」凱西爾大聲說。「如果我讓自己被拉進那個地方……我現在就會和梅兒在一起了，是吧？」

沒有回應。

「存留！」凱西爾大喊。「祢知道她在哪裡嗎？祢看見她走進祢所說的那股黑暗中，到人們從這裡啟程前往的那個地方嗎？我能和她在一起，是不是？如果我讓自己去死的話？」

再一次的，存留沒有回應。就算祂的精質遍布在各處，祂的意識卻肯定是沒有。如果考慮祂近來的不穩定行為，祂可能就連將意識維持在同一個地方都做不到。凱西爾嘆口氣，環顧著這間小房間。

他後退了一步，發覺那個躺在床上的人已經站起身來，正在四處張望。

「你想做什麼？」凱西爾怒問。

那個人影跳了一下。他聽見了那句話？

凱西爾走向那個人影並觸碰他，獲得的影像是一個老乞丐，有著凌亂的鬍子和瘋狂的眼神。那名男子正在喃喃自語，而凱西爾——在觸碰他的時候——能夠聽懂其中的一些內容。

「在我腦袋裡。」男子喃喃自語著。「從我腦袋裡滾出去。」

「你能夠聽見我。」凱西爾說。

人影又再度跳了起來，「該死的悄悄話，」他說。「從我腦袋裡滾出去！」

凱西爾放下手。他曾經在那些脈動中見過這種狀況。有時候瘋子會悄聲說著他們從滅絕那裡聽來的事物。看來他們也能聽見凱西爾。

他能利用這個人嗎？蓋莫爾有時候也會這樣喃喃自語，凱西爾恍然大悟，感到一陣涼意。我一直以為他只是瘋了。

凱西爾試著進一步和那名男子說話，卻徒勞無功。男人不斷驚跳與喃喃自語，但不願做出任何回應。

最終凱西爾離開了這個房間。他很慶幸那個瘋子分散了他的注意，沒讓他沉浸在有關這間房的回憶裡。他在口袋中掏了掏，這才想起梅兒的花的圖片，已經不在他這裡了。他將它留給了紋。

他早已知道自己早些時候向存留提問的答案。凱西爾拒絕了死亡，也一併放棄了與梅兒團聚的機會。除非在那扭曲後真的什麼也沒有。除非那才是最終真正的死亡。

她肯定不會希望他就這樣放棄，讓延伸的黑暗就這樣帶走他吧？我遇見的所有人都自願離開了，凱西爾想著，就連統御主也是。為什麼我一定要堅持留下來？

蠢問題。一點用處都沒有。他不能在世界面臨如此危險時離開。他不會讓自己就這樣死去，就算是能和她在一起也一樣。

他離開了這座城鎮，將行進方向再次轉往西方，開始繼續奔跑。

3

凱西爾跪在一處營火旁，這堆火焰早已熄滅，在這個界域中呈現出的是一堆幻影般的冷木柴。他發現每幾個星期就停下來休息一下很重要，他已經跑了……反正很久就是了。

今天他打算要解開一個謎團。他抓起舊火堆迷霧般的殘骸，馬上獲得了它們在真實世界中的景象——但他推開那些景象，進一步向深處去感受。

不只有景象，還有感覺，幾乎像是情緒一樣。不知為何，冷木柴記得溫暖的感覺。這堆火在現實世界已經熄滅，但它希望自己能夠再次燃燒。

這是種奇怪的感受，發覺木柴也有願望。這團火焰已經燃燒許多年，餵飽了許多司卡家庭。無數代的人曾坐在這地上的淺坑裡，他們幾乎不曾讓火焰熄滅；他們歡笑著，享受著短暫的喜悅時刻。

這團火焰給了他們那些時光，它渴望再次這麼做。不幸的是，人們已經離開了。這一陣子凱西爾發現越來越多被拋棄的村莊，落灰的時間比平時更久，而且就算在這個界域，他偶爾還是能感覺到地面的震動。是地震。

他能夠給予這團火焰一些什麼。*再次燃燒吧，*他握住火堆，*再次溫暖起來吧。*

這在實體界不可能發生，但是所有那邊的事物都能在這邊顯現。這團火焰並沒有生命，但對那些曾住在這裡的人們來說，它幾乎就像是活著一樣。一個熟悉、溫暖的朋友。

燃燒吧……

光芒從他的指間迸發，流淌出他的雙手，一團火焰出現在那裡。凱西爾快速地放下它，向後退，對著劈啪作響的烈焰咧嘴而笑。這看起來非常像納哲和克里絲帶著的那團火焰；木柴顯現在世界的這一側，上頭還有著舞動的火焰。

火。他在死亡的世界裡生了火。*不錯嘛，阿凱*，他想著，跪了下來。在一次深呼吸後，他將手伸進火焰之中，抓住木柴的中心點，接著收攏拳頭，握緊構成火堆精質的那一絲迷霧。火堆就自行收疊起來，消失不見了。

他雙手環捧起那一小堆迷霧。就像是能夠感覺到腳下的地面一般，他也能感覺到這團迷霧。它有些彈性，而且只要別太用力去抓的話，也還算得上是有實體。他將火堆的魂魄收入口袋中，十分確定只要他不去下令，它就不會自己燒起來。

他離開那間司卡茅屋，來到一片農園。他從未來過這裡——比他和蓋莫爾一起旅行時所到過的區域還要更靠西邊。農園遍布著奇異的方形矮房，每一棟都有著大片的庭院。他走出庭院，進入一條途經許多茅屋的街道。

整體來說，住在這裡的司卡，生活條件比在內統御區裡好得多。不過這如同是說淹死在啤酒裡比淹死在酸液裡好得多那樣。

灰燼從天空落下。雖然他剛來到這個界域時還看不出灰燼，但現在已經學會如何認出它們了。灰燼在這邊就像是一小團捲曲的迷霧，幾乎看不見。凱西爾跑起來，灰燼從他身邊拂過。有些灰燼直接穿過了他，讓他獲得了他就是灰燼的印象。他是一小片燃盡的外殼，是在風中飄蕩的一點餘燼。

他經過的地面上堆積著太多的灰燼。這麼遠的地方不應該有這麼多灰燼，灰山距離這裡很遠，依據他以前在旅途中所學到的，這裡一個月內大概只會落灰一到兩次。至少在滅絕甦醒以前是這樣。此處仍然生長著一些樹木，外型像影子一般，它們的魂魄則是一點點捲曲的迷霧，就像人們的魂魄一樣發著光。

他靠近路上正向西行的人們，他們正朝著海岸邊的城鎮前進，很有可能是統治他們的貴族，被突然增加的落灰和其他毀滅徵兆嚇壞了，因此早已逃往那個方向。凱西爾經過時伸出手穿過人們，讓他能獲得每個人的印象。

一名瘸著腳的年輕母親，將她的新生兒緊抱在胸前。

一名年老的女人，就像所有的老年司卡一樣強壯。虛弱的老人通常活不下來。

一名長著雀斑、穿著華美衣物的年輕人。那些衣服八成是從貴族莊園裡偷來的。

凱西爾留意著這些人是否有任何類似發瘋的徵兆。他已經確認過那種人最常能夠聽到他，就算他們並沒有明顯的瘋狂舉動。許多人似乎沒辦法聽懂他說的話，只能聽見幽魂般的低語，或是感知到一些印象。

他加快速度，把村民們拋在後頭。他可以從腳下少量的迷霧，判斷出這裡是有許多人行經的區域。在數個月的奔跑中，他已經大致了解——某種程度上也接受了——這片意識界。某種限度內，他在這裡可以自由穿過牆壁，也能窺探人們與他們的生活。

但他卻如此孤單。

他試著不去想這點，專注在他的奔跑以及接下來的挑戰上。因為時間在這裡的表現如此模糊，所以感覺上並不像是已經過了數個月。比起他被困在井裡、逐漸喪失神智的那一年來說，現在好多了。

只是他想念人群。凱西爾需要人們、對話、朋友。沒有了他們，他覺得自己乾枯了。即便存留已經神智不正常，他還是肯付出一切，讓存留馬上現身跟他說話。就連那個白髮的漂流者，他也歡迎，至少能讓他從這片迷霧荒野中轉移注意力一陣子。

他想要找到發瘋的人，這樣他才能與其他生命有一點互動，不論內容是多麼沒有意義。

至少我得到了一點東西，凱西爾想著。一個能收在口袋的營火。他*一定會離開這裡*，而且當他離開這裡時，肯定會有很多故事可以講。

4

凱西爾，死亡倖存者，終於越過了最後一座山頭，接著驚嘆於眼前的壯闊景象：大地。地面從迷霧的邊緣隆起，一整片不祥、黑暗的遼闊平原。那邊感覺不像他腳下捲動的灰白色迷霧一樣富有生命力，但還是一幅令人開心的景象。

他長嘆了口氣，放鬆下來。最後幾個禮拜實在非常艱難，光是想到跑步就讓他作嘔，而孤單已經讓他在迷霧中看見幻影，在死寂一片中聽見聲音。

他和離開陸沙德時的外型已經大不相同。他把他的手杖放在身旁的地面上——那是從一名真實世界中已經死亡的難民那裡得到的。凱西爾給了它一個新的歸宿和一名新的主人。他也從同樣的來源處取得了身上的披風，它磨損的邊緣處看來幾乎和迷霧披風相同。

他帶著的背包也不一樣了，凱西爾是從一間被遺棄的店舖中取得它的。這個背包從來沒有被人帶著過，所以它覺得自己的使命就是應該坐在架子上供人景仰。到目前為止，它也還算是個不差的旅伴。

凱西爾坐了下來，將手杖推到一邊，開始在背包中翻找著。他數著他的迷霧球，每一顆都被他好好地固定在背包裡。非常好，這次沒有任何一顆消失不見。當一個物件在實體界被取用——或是更糟的狀況下，被破壞——的時候，它的身分就會改變，靈魂會回歸到軀體所在的地點去。

被遺棄的物品是最合適的。那些物品被持有過很長的時間，因此有著強烈的身分認同，但目前實體界裡又沒人會去在意它們。他拿出營火的迷霧球並展開它，沐浴在它所散發的溫暖之中。這堆營火已經開始破損，木柴逐漸出現了迷霧般的空洞。他只能猜測原因是它被帶離實體源頭太遠，兩者之間的距離已經造成了損害。

他拿出另一顆迷霧球，它在手中展開，變成了一個皮製水袋。他大口地喝著水。實際上那對他來說毫無助益，水在被倒出來後很快就會消失，而且其實他也不需要飲水。

他還是繼續喝。水滋潤了他的嘴唇和喉嚨，帶來清爽的感受，讓他能假裝自己還活著。

凱西爾蹲坐在山丘上，望著那條新出現的分界線，在火堆的魂魄旁啜飲著虛幻的水。他在神的領域、時間的夾縫中所體驗到的一切，現在都已是遙遠的記憶了……老實說，他一離開那領域後，記憶就馬上變得很遙遠。那些燦爛輝煌的聯繫以及跨越永恆的理解，立刻就如太陽底下的迷霧一般消逝。

他必須要到達這個地方。在那之後……他就完全沒有概念了。外面有著一群人，但他要怎麼找到他們？在找到他們之後，又該怎麼做呢？

我需要某樣他們持有的東西，他想著，再次仰起水袋。*但是他們不會把它交給我*。凱西爾很確定這一點。但是他們到底有著什麼？某種知識？他就連自己和那些人是不是說同種語言都不清楚，又要怎麼樣才能誆騙他們呢？

「阿糊？」凱西爾試探著說。「存留？祢在嗎？」

沒有回應。他嘆了口氣，將水袋收起來，接著回頭瞥向他前來的方向。

凱西爾立刻起身，從身側的鞘中抽出小刀。他回過身，讓火堆擋在自身與站在那裡的存在之間。那個人影穿著長袍，有著火焰般的明亮紅髮。他的臉上掛著溫暖的微笑，但凱西爾能看見他皮膚之下的脊刺。數千隻尖銳的蜘蛛腳在推擠著，讓皮膚不穩定地向外皺曲。

滅絕的魁儡。他曾經看過那股力量在紋面前構築出這具魁儡。

「你好啊，凱西爾，」滅絕透過人型的嘴說。「我的同僚現在沒空。如果你希望的話，我可以幫你轉達你的需求。」

「別靠近我。」凱西爾舞動著手上的小刀，下意識伸向他已無法使用的金屬存量。該死，他真的很想念鎔金術。

「噢，凱西爾，」滅絕說。「別靠近你？我早就在你身邊了——你假裝呼吸著的空氣、你腳下的地面。我存在於那把小刀中，甚至是你的魂魄裡。我該怎麼樣才能『別靠近』？」

「你愛怎麼說都可以，」凱西爾說。「但是你並沒占有我。我不是你的所有物。」

「你為什麼要這麼抗拒呢？」滅絕繞著火堆漫步。凱西爾朝著反方向移動，保持著他和怪物之間的距離。

「噢，我不知道耶，」凱西爾說。「也許因為你是一股帶來毀滅與痛苦的邪惡力量。」

滅絕瑟縮了一下，表現得好像是被冒犯了一樣。「沒必要說的這麼難聽吧！」他攤開雙手。「死亡並不邪惡，凱西爾。死亡是必要的。任何時鐘終究都會停下，每一天終究會結束。沒有了我，生命就無法存在，而且是從一開始就不可能出現。生命就是變化，我就代表了變化。」

「而你現在要終結掉它們。」

「這是我給予的禮物。」滅絕將他的手伸向凱西爾。「生命，神奇、美麗的生命。新生的喜悅、為人父母的驕傲、完成工作的成就感。這些都來自於我。

「但現在要結束了，凱西爾。這顆星球是個老人，它活了圓滿的一生，現在正奄奄一息。給予它渴望的安息並不邪惡，是慈悲。」

凱西爾看著那隻手，那些蜘蛛腳頂起的尖點，正在手的表面不斷蠕動著。

「不過，看看我這是在向誰說教？」滅絕嘆了口氣後，將手收了回來。「一個就算是自己的魂魄渴望著安息，就算是自己的妻子在彼端渴望著與他團聚，卻仍然不願意接受己身終結的男人。不，凱西爾，我並不認為你會理解終結的必要性。所以，如果你堅持的話，就繼續把我當成邪惡吧。」

「再給我們多一點時間，」凱西爾說。「對你也沒多少壞處吧？」

滅絕笑了。「果不其然是名盜賊，總是在尋找能下手的角度。不，我早就已經給予過一次又一次的緩刑了。這樣看來，我猜你沒有要我幫你傳達的訊息？」

「當然有，」凱西爾說。「告訴阿糊，叫祂幫我拿一支又長又硬又尖的東西，然後再從你的後背捅進去。」

「你說得好像他能夠傷害我一樣。你知道如果是他來當家的話，沒有人會增長年紀？沒有人能夠思考、能夠生活？如果照他的意思來，你們全都會被凍在時間中，什麼事也做不了，免得你們互相傷害彼此。」

「所以你就要殺掉祂。」

「就像我說的，」滅絕微笑著回答。「這是慈悲，賦予一位早已過了人生巔峰的老人。不過，如果你只打算一直侮辱我的話，我就要離開了。真是可惜，你居然要在終結來臨時離開這裡，去到那座島上。我還以為你會想在其他人死去時，和他們打聲招呼呢。」

「終結不可能來得那麼快。」

「令人慶幸，就是這麼快。就算是有些你能幫上忙的事，人不在現場也沒用。真可惜。」

當然。凱西爾想，所以你就特地跑來這裡告訴我，而不是靜靜地留在原地，因為我自行離去而感到開心。

當凱西爾看見圈套時，他認得出來。滅絕想要他相信終結已經非常接近了，而且大老遠來到這裡是沒有意義的。

那就代表有意義。

存留說祂不能離開祂的所在地，前往我打算去的地方，凱西爾想，所以滅絕也是被類似的條件束縛著，至少在世界毀滅之前都是。

或許，在好幾個月來第一次，他能夠從蠕動著的天空以及毀滅者的雙眼之下逃離。他向滅絕敬禮，接著收起他的火焰，開始走下山丘。

「想逃跑嗎，凱西爾？」滅絕雙手交疊著出現在凱西爾身旁。「你無法逃離你的命運。你和這個世界是連接在一起的，和我也是。」

凱西爾繼續前進，滅絕又出現在山丘的底部，維持著同樣的姿勢。

「那些住在堡壘裡的傻子幫不了你的。」滅絕又說。「我在想，等到這個世界終結之後，我就會去拜訪他們。他們在那裡待太久了。」

凱西爾停在那片黑石地的邊界，這裡就和那座變成了島的湖泊一樣，只是規模更龐大。海洋變成了一整片大陸。

「我會在你離開時殺了紋，」滅絕悄聲說。「我會殺光他們。在你的旅程中想想這點吧，凱西爾。當你回來時，如果還有任何事物留下，我可能還會需要你呢。謝謝你代表我所做的一切。」

凱西爾向前踏上海洋大陸，將滅絕留在了岸邊。凱西爾幾乎能看見力量所構成的細線，操作著那具魁儡，代替那股可怕的力量發聲。

該死。那些都是謊話。他知道的。

而謊話還是刺傷了他。

PART 5　埃瑞

1

凱西爾原本希望在滅絕從天上消失後，能夠再度看見太陽露頭。但在走了這麼長一段距離之後，似乎是整個世界都被他拋在了後頭——就連太陽也是。這裡的天空只有一片漆黑的空無，最終凱西爾成功地用一些藤蔓，將他搖曳的營火綁在手杖的末端，做成了一枝自製的火把。

這真是種奇怪的體驗。越過整片黑暗的大地，還拿著一枝上面有整團營火的火把手杖。不過木柴並沒有掉落下來，重量也沒有實物那麼重。營火的溫度也不像真的火焰那麼熱，這是因為在他拿出火堆時，並沒有讓它完全顯現的緣故。

他的周圍長滿了植物，而且是他能真正看見和摸到的那種。雖然這些樹都是奇怪的種類，例如有些有著紅褐色的羽葉，其他則有著寬大的掌狀樹葉。樹木的數量非常多——這裡是由奇異樹木構成的叢林。

在這裡還是有一些迷霧。如果他跪在地上仔細尋找的話，就會發現一些小小的亮點，那是魚類與水生植物。雖然在另一邊，它們八成是待在海洋深處，但在這邊，它們卻顯現在地面之上。凱西爾站起身，手上捧著某種大型深海生物的魂魄——牠長得就像魚，卻和一棟房子一樣大——並感受到了牠沉重的身軀。

這感覺上十分不真實，但不真實就是他最近的生活寫照。他放下魚的魂魄後繼續前進，在手杖熾熱的光芒照明下，從高度及腰的植物叢裡穿行。

隨著遠離海岸，他能感覺到有股拉力在拉扯著他的魂魄。是他與世界之間互相連結的表現。就算不去嘗試他也很清楚，這股拉力終究會增大到使他無法再繼續前進。

他可以利用這一點。這股拉力能讓他判斷是否正在遠離原本的世界，還是不小心在這片黑暗中回頭了。除此之外，要辨認方向幾乎是不可能的事，尤其現在已經沒有運河或是道路能夠指引他。

藉由衡量他的魂魄所受到的拉力大小，他讓自己直直朝外前進，遠離他的家園。他不是很確定這樣是否會到達他想去的地方，但這大概是最有機會的方向了。

他在叢林穿行了好幾天，接著叢林漸漸變得稀疏。最終他來到了一處地點，這裡只零星散布著幾叢植物，取而代之的是些奇怪的岩石構造，就像玻璃雕塑一般。這些鋸齒狀的結構大多都有十呎以上的高度。他不知道該對這些岩石做何感想。他也已經不再碰見魚的魂魄了，在這個地方，不論是哪個界域似乎都沒有任何活物。

要對抗那股將他向後扯的拉力，已經開始有點吃力。就在他擔憂起自己必須回頭時，他終於看見了某種不一樣的景象。

地平線的一道光。

2

當你沒有實體時，潛行就變得輕而易舉。

凱西爾已經先將披風與火把手杖收了起來，無聲地移動著。他把背包留在了後頭，因此即便是這裡還有一些植物，他也能直接穿過它們，完全不會擾動到任何葉片。

前方的光芒是從一棟白石建造的堡壘中散發出來。這裡還算不上是座城市，但對他來說也相去不遠。那股光芒有點奇異，它並沒有像火焰一樣會燃燒或閃動。也許是某種鎂光燈？他往前靠近，躲在一塊此地常見的怪異岩石構造旁。這塊岩石上垂著彎曲的尖刺，幾乎就像是樹枝一樣。

這座堡壘的牆壁本身也在微微地發著光。是迷霧嗎？色調看起來不太像，有點太偏藍色了。凱西爾利用岩石構造做為掩護，繞著建築走動，朝著發出較強光源的另外一側前進。

光源原來是一條粗大的發光纜線，就和大樹的樹幹一樣粗。它緩慢、有節奏地脈動著光芒，顏色和牆壁散發出的光芒一模一樣——只是亮得多。看起來像是某種能量導管，一直延伸到遠處，就連好幾哩外的黑暗中都還見得到。

纜線穿進了堡壘後側的一扇大門內。隨著凱西爾靠得更近，他發現組成牆壁的石塊上爬滿能量構成的細線。它們不斷分支，越來越細，如同發著光的血管網路。

這座堡壘很高大，外貌威風，就像是座城樓——但表面並沒有任何裝飾。它附近沒有其他防禦工事，不過本身的牆面既陡峭又筆直。警衛們在屋頂上移動著，凱西爾在其中一個警衛靠近時將自己沒入了地面。他能夠整個人沉到地下，變得幾乎隱形，但需要先抓握住地面，接著把自己往下拉，直到只剩頭頂還露在外面。

警衛並沒注意到他。他爬回地面上，慢慢移動到要塞牆邊。他將手按在發光的石頭上，接著獲得了一面石牆的印象，它的實體在距離這裡很遙遠的地方。是一處陌生的地點，還生長著驚人的綠色植物。他倒抽一口氣，移開了他的手。

這些不是石頭，而是石頭的靈魂——就像他帶著的火焰靈魂一樣。它們是被帶到這裡來建造成這棟建築的。突然間，他覺得能夠找到一根手杖和一個背包好像也沒多厲害。

他再次觸摸石頭，望進那綠色的地景。這就是梅兒說過的，有著開闊藍天的大地。另一個星球，他下了結論，一顆沒遭受到像我們一樣命運的星球。

他暫且先忽略那地方的景象，試著讓手指穿過這塊石頭的靈魂。奇怪的是，石頭在抵抗著他。凱西爾咬緊牙關更用力一推，成功讓手指沉入大概兩吋的深度，就無法再更深入了。

是因為那股光芒，他想著，石牆回推著他。看起來很像是魂魄發出的光。

好吧，穿牆偷溜進去是行不通了。現在怎麼辦？他退回陰影中考慮著。他該試著從其中一扇大門溜進去嗎？他繞著建築行走，考慮著這個選項，不過馬上發覺自己像個笨蛋。他快速回到牆邊，將他的手按在牆上，把手指沉入數吋之深，接著向上伸出另一隻手，做出一樣的舉動。

他開始攀牆而上。

雖然他很想念鋼推，但事實證明這方法也滿有效的。基本上，他可以抓住牆面上任何一個地方，而且他的形體沒什麼重量，只要集中注意力，攀爬起來是很容易。但那片有著綠色植物的景色讓人非常容易分心，而且連一點灰燼也沒有。

有一部分的他，總是認為梅兒的花只是個幻想故事而已。就算那片景色看來怪異，它依舊以某種異樣的美感吸引著他。不知是什麼因素，讓那片景色非常地誘人。不幸的是，牆壁一直試著要將他的手指吐出來，他需要很集中注意力才能維持住抓握。凱西爾繼續移動。他可以之後再找時間來好好享受那片綠草與山丘的奢華美景。

在上層，有著一扇大到可以穿過的窗戶，對他來說是件好事，否則要躲過城樓頂部的所有警衛會很困難。凱西爾溜進窗內，建築內部是一條長走廊，遍布於牆壁、地板、天花板上的能量蜘蛛網提供了些許照明。

肯定是能量阻止了石頭消散，凱西爾心想。他帶來的所有魂魄都開始劣化了，而這些石頭卻還是完好無損。那些細小的能量以某種方式維持住石頭的靈魂，也許還提供了額外的效果，能夠阻止像凱西爾這樣的人穿牆而過。

他沿著走廊小心前進。他不確定自己在找什麼，不過坐在外面乾等，肯定不會有任何幫助就是。

流淌在這地方的能量，持續讓凱西爾看到另一個世界的景象——而且，他不安地發現，這股能量似乎滲透進了他體內。他的魂魄先前曾被井裡的力量觸碰過，現在又與這股能量相互混合在一起。才過了沒多久，他已經開始覺得，那個長著綠色植物的地方看起來很普通了。

他聽見走廊裡迴蕩起人聲，說著某種帶有鼻音的奇怪語言。已有心理準備的凱西爾趕忙又爬出窗戶，整個人掛在窗外。

一對警衛從他身邊的走廊匆匆走過，在他們經過後，凱西爾朝內偷看，看見他們穿著藍白色的長戰袍，長矛靠在肩上。他們的膚色很正常——撇去他們使用的奇怪語言，這兩人就和來自隨便一個統御區的普通人沒兩樣。他們熱烈地對話著，說話聲拂過凱西爾時，他覺得……他覺得自己能夠聽得懂其中一些內容。

沒錯。他們在講的是那個長著綠色植物的平地的語言。這些石頭就是來自那裡，還有這股能量也是……

「……很確定他看見了某種東西，長官。」其中一個警衛說著。

聽著這些話，讓凱西爾感覺很奇怪。一方面他覺得自己應該無法理解這些話才對；但另一方面，他又馬上就知道他們在講些什麼內容。

「輓星的東西怎麼可能千里迢迢跑到這裡來？」另一個警衛怒說。「我告訴你，這一點道理都沒有。」

他們穿過了走廊另一端的門。凱西爾爬回走廊內，感到有點好奇。所以外面有某個警衛看見他了？感覺上並不像是全體戒備，所以就算他真的被看見，時間一定也非常短暫。

他考慮逃離這裡，但馬上改變主意，決定跟上那兩名警衛。大部分的新手小偷在潛入宅邸時都會嘗試躲開警衛，但根據凱西爾的經驗，反而應該尾隨著他們才對——因為他們一定都會待在最重要的物品附近。

他不確定警衛有沒有辦法傷到他，但決定還是不要知道比較好，所以他一直和警衛保持著夠遠的距離。在穿過幾條石頭走廊後，警衛進入了一扇門內。凱西爾小心地向前打開一道門縫，看見一小群警衛在一間稍大的房裡架設著一具奇怪的裝置。裝置中央有著一顆和凱西爾的拳頭一樣大的黃色寶石，散發著比牆壁還要耀眼的光芒，周圍則是有著金色的金屬構成格子狀的結構，將寶石固定在裝置中央。這具裝置整體來說，大概和一具桌上座鐘的大小差不多。

凱西爾向前靠，就躲在門外而已。那顆寶石……肯定價值不菲。

房間中的另一扇門——就位在他正對面——突然被打開，讓好幾個警衛跳了起來，趕緊接著敬禮。進入房間裡的那生物……嗯，大概算得上是人類。那是名乾癟的女人，她的嘴唇皺在一起、頭頂光禿，還有著奇怪的暗銀色皮膚。她微微散發著藍白色的光芒，和牆壁發出的光是相同的。

「這是在做什麼？」那名生物以綠地的語言憤怒地說著。

警衛隊長舉手敬禮。「大概只是假警報，上古尊者。馬歐德說他在外面看見了某種東西。」

「那看起來就像是個人影，上古尊者。」另外一個警衛緊接著說。「我親眼看見的。它在測試著牆壁，它把手指沉進了牆裡，不過被牆回絕了。接著它撤退回黑暗之中，我就失去了它的蹤跡。」

所以他真的被看到了。該死。至少他們好像還不知道，他已經爬進建築物裡了。

「你看看，」那個上古尊者說。「現在我的遠見就顯得一點都不愚蠢了，是吧，隊長？來自輓星的力量渴望著要登上主舞臺。啟動裝置。」

凱西爾立刻心裡一沉。不論那個裝置能做什麼，對他來說八成都不是好事。他轉身快步穿過走廊，朝向其中一扇窗戶前進。在他身後，寶石發出的強烈金光開始消散。

凱西爾什麼也沒感覺到。

「很好，」隊長在後方的房間裡說著，聲音在走廊迴蕩。「在離這裡一天路程以內的區域，沒有任何從輓星來的人，最終看來還是假警報。」

凱西爾在空蕩的走廊裡猶豫了一下，接著小心地爬回門邊，往內偷看。警衛們與那個乾癟的生物圍繞著那具裝置站著，感覺上不太滿意的樣子。

「我毫不懷疑您的遠見，上古尊者，」警衛隊長繼續說。「不過我很信任自己布署在輓星邊界的兵力。這裡是不會有影子的。」

「也許吧。」那個怪物將她的手指放在了寶石上。「也許那裡的確是有某種存在，只是警衛誤把它當成是意識之影了。叫警衛們保持注意，並且開啟著裝置以防萬一。我感覺在這個時間點上會發生巧合也太過剛好，我必須要找其他埃瑞談話。」

在她說出那個詞後，凱西爾理解了這個詞彙在那種綠地語言裡的意義。那代表年歲，而且他還突然接收到了某個奇怪符號的印象，包含著四個點以及一些曲線，就像是河流上的波紋一樣。

凱西爾搖了搖頭，驅散那幅景象。女性生物正朝凱西爾的方向走來。他快速退開，在生物推開門來到走廊上之前，千鈞一髮地躲到了其中一扇窗戶的外側。

新計畫，凱西爾在心裡決定，身體掛在了窗戶外，感覺行蹤完全暴露在空中。跟著那個發號施令的奇怪女士走。

他先讓她走在前頭，拉開一段距離，接著進入走廊內，安靜地尾隨著她。她繞著要塞外側的走廊而行，最後停在了走廊尾端，有一扇警衛看守著的門前。她進入門內，凱西爾考慮了一下，接著爬出窗外。

他必須更加小心。就算樓頂上的警衛現在還沒有開始注意牆面，他們也很快就會這麼做。不幸的是，如果他想直接闖進那間房，造成的騷動肯定會引來所有的警衛。所以他改為沿著堡壘的牆外攀爬，直到他搆到下一扇窗戶為止。這扇窗比他爬出來的那扇來得小，比起窗戶更像是個用來射箭的窄口。幸運的是，從這裡看進去，就是那奇怪的女人所進入的房間內部。

在房內，有一整群那種樣子的生物，正在互相討論著。凱西爾貼近窄口向內窺看，整個人搖搖欲墜地攀在五十呎高的牆上。那些生物們都有著一樣的銀色皮膚，不過有兩名膚色比其他人更暗一點。要從他們之中分辨出個別的個體並不容易；他們都非常年老，所有男性的頭都完全禿了，女性也是差不了多少。每個人都穿著一樣顯眼的長袍——白色的布料，有著可以拉起的兜帽，袖口還有銀色的刺繡。

有趣的是，房間裡牆壁發出的光比較黯淡一些，這個現象在其中任何一個生物坐下或起身時特別明顯，就好像……他們自身在吸收著光芒。

至少他能從皺起的嘴唇與修長的手指，辨認出先前遇到的那個女人。她的長袍上帶有銀色刺繡的區域比較寬。「我們必須要提前時間表，」她對其他人說。「我不相信這次目擊事件會是個巧合。」

「呿，」一名坐著，手上拿著一杯發光液體的男人說。「艾隆諾，妳總是太小題大作了。

不是每次發生巧合，都是有人在使用『幸運』（Fortune）的徵兆。」

「難道你不同意現在正是需要謹慎的時候嗎？」艾隆諾質問。「我們已經走了這麼遠，做了這麼多，絕不能到現在才讓獎賞從手裡溜走。」

「存留的載體已經幾乎氣絕了，」另一個女人說。「我們行動的時機即將到來。」

「一整份完整的碎力，」艾隆諾說。「都是我們的。」

「如果警衛們看見的是滅絕的代理人怎麼辦？」那個坐著的男人問。「會不會我們的計畫已經被發現了？就連在此刻，滅絕的載體都有可能正從天上注視著我們。」

艾隆諾看起來對這個想法很不安，她往上方看了一眼，彷彿在確認天上是否真的會有碎神的眼睛一樣。她回復原本的姿態，堅定地說：「我肯冒這個險。」

「無論如何，我們都會引來祂的憤怒，」另一個生物補充。「如果我們其中有一人昇華成存留，我們就安全了。也只有到那時才會安全。」

凱西爾在那些生物們陷入沉默的同時，思索著這段對話。所以其他人是可以接手碎力的。阿糊已經差不多快死了，如果有人能在祂死去時取得祂的力量……

但先前存留不是和凱西爾說過，這是不可能做到的嗎？不管怎樣你都沒辦法掌握它，存留曾經這麼說過，你和我之間的聯繫不夠。

他在時間的夾縫之中，也曾經見證過這個事實。難道這些生物和存留之間的聯繫會強到讓他們能夠持有力量嗎？凱西爾很懷疑。所以他們的計畫是什麼？

「我們進行下一步吧。」坐著的男人看著其他人說。他們一個接著一個點頭。「願奉獻保佑我們。我們進行下一步。」

「你以後就不需要奉獻了，俄瑞歐。」艾隆諾說。「你將會有我。」

你得先把我宰了才行。凱西爾想。或著是呃……總之差不多那個意思就是了。

「那麼時間表得加快了。」俄瑞歐，也就是那個拿著杯子的男人說。他喝下發光的液體，接著站起身來。「到金庫去？」

其他人點頭，他們一起離開了房間。

凱西爾等到他們都遠離後，開始嘗試進入房間。這扇窗戶對一般人來說太小了，不過他也已經不完全算是個人。他可以融入石頭大概幾吋的深度，在一番努力後，他成功地扭曲了自己的身體，從那條窗縫擠了進去。

他終於跌進房間，肩膀向外彈回到原本的形狀。剛才的行動讓他頭痛欲裂。凱西爾坐起身，背靠著牆，等待疼痛消退後才站起身，開始徹底搜刮這間房。

他沒得到多少收穫。這裡有幾瓶酒，還有一個抽屜裡隨意地放著幾顆寶石。兩者都是真實的物體，而不是被投射在這界域裡的靈魂。

房間內有扇門能通到堡壘內部，所以——在偷窺一番後——他就偷偷溜了進去。下一個房是臥室，感覺上比較有希望。他快速翻過抽屜，找到好幾件那些乾癟人在穿的長袍。然後他在壁爐旁的小桌子上中了大獎。那是一本書，裡頭畫滿了奇怪的符文，類似於他先前在影像中看見過的那個符文。他漸漸地覺得自己能夠看懂這些符文。

沒錯……這些是書寫文字，即便他已經能讀懂這些符文，書裡大部分的頁面也都寫滿他無法理解的詞彙。例如雅多納西、聯繫、界域理論等等的詞語。

不過，在最後幾頁裡，有一些素描和筆記為整本書做了總結，那就是有種圓球形的祕法裝置。若將它擊碎並吸收裡面的力量，就能暫時與存留產生聯繫——也就是他在時間縫隙中看見的那些線條。

這就是他們的計畫。行進到存留死亡的地點，再利用這個裝置吸收祂的力量——然後昇華取代祂的位置。

大膽的計畫。就跟凱西爾欣賞的計畫一模一樣。現在，他終於知道該從他們那裡偷走什麼東西了。

3

偷竊就是一種最真切的讚賞。

有什麼事能比知道自己持有的某種物品，它美妙、貴重到足以讓另一個人賭上一切去奪取它，還來得更令人滿足的？這就是凱西爾生命的意義，藉由奪走它們來提醒人們所愛之物的價值。

近期以來，他已經不在乎那些小偷小盜了。沒錯，他是把找到的寶石收入口袋，不過那只是基於務實主義的行動而已。自從離開海司辛深坑之後，他就對偷竊一般財物失去了興趣。

不，近來他偷的是更加宏大的東西。

凱西爾偷的是夢想。

他蹲在堡壘外面，躲在兩塊扭曲的黑石之間。為什麼要在存留與滅絕的領域邊界，建造一棟如此堅固的建築，現在他瞭解了。這棟堡壘保衛著一座金庫，而金庫中有著一個絕佳的機會。一顆在合適的條件下，能讓凡人成為神的種子。

要取得那個裝置簡直是不可能的任務。他們有警衛、門鎖、陷阱，還有他完全無法預期的各種祕法裝置。潛入並洗劫那座金庫，需要將他的盜賊技巧發揮到極致，即便如此，他還是很有可能會失手。

他決定不去嘗試。

這種大型防禦金庫有個特點，就是你不可能把東西永遠放在裡面。你終究得去使用那些一直看守著的物品——而那時，就會讓凱西爾這種人有機可趁。

大概過了一星期後——藉由警衛的班表來判斷時間的話——終於有一支遠征隊從城樓中啟程了。整支隊伍有二十人，騎在馬上，高舉著燈籠。

馬，凱西爾想著，一邊退入黑暗中跟上行進隊伍的步伐。沒料到會有馬。

不過就算有坐騎，他們的行進速度也不快。他能夠輕鬆地跟上他們，尤其是和活著的時候不一樣，現在他已經不再會感到疲累了。

他辨認出了五名乾癟上古尊者與十五名士兵。令人好奇的是，每個上古尊者都穿著相似的袍子，也都戴上了兜帽，肩上背著一樣的包袱，連馬身上也掛著相同的鞍袋。

是誘餌，凱西爾判斷，如果有人發動攻擊，他們就會散開。敵人很可能會不知道要跟著誰才對。

凱西爾可以利用這點，特別是他很確定誰會帶著真正的聯繫裝置。艾隆諾，那名應該是領導者的蠻橫女人，她絕不是那種會讓權力從她細長手指間溜掉的人。她想要成為存留，讓她的同伴拿著裝置風險太大了。如果他們有異心怎麼辦？如果他們自己使用了裝置怎麼辦？

不。她一定在身上某處帶著那項武器。唯一的問題是，該如何從她那裡搶走它。

凱西爾決定多等一段時間。在這數天之間，凱西爾一邊跟著遠征隊穿過漆黑的大地，一邊計劃著。

偷盜的方法基本上分成三種。第一種會用到一把抵在脖子上的刀，還有低聲的威脅。第二種則是在黑夜中潛入搜刮。還有第三種……這一種是凱西爾的最愛。這種只會用到一條舌頭。不使用尖刀，而是施展迷惑；不需要偷偷摸摸，而是在大庭廣眾下行動。

最高級的偷竊，會讓你的目標連自己是不是被偷了都不確定。帶著戰利品遠走高飛是很棒沒錯，但那不代表城市警備隊不會在隔天來敲你家的房門。只要能確保在接下來幾週內，都不會有人發覺他的詭計，就算只拿走一半的盒金他也願意。

而真正的技術頂點是你的偷竊計畫夠高明，目標永遠都不會發現是你從他那裡偷了東西。

每個「晚上」，遠征隊都會紮營，圍繞著營火展開十數個睡舖。那簇營火和凱西爾背包中的火堆非常類似。那些上古尊者會拿出一罐罐的光液飲用，以補充他們皮膚的光澤。他們不太聊天，那些人感覺上不像是朋友，反而比較像是一群因共同目標才結盟的貴族。

在晚間用餐過後沒多久，那些上古尊者就會回到各自的睡舖去。他們設置了看守，但是並沒有睡在帳篷裡。在這裡要帳篷做什麼？這裡不會下雨，也不需要擋風。這裡只有著無盡的黑暗、簌簌作響的植物，還有一個死人而已。

不幸的是，凱西爾想不出能夠取走武器的方法。艾隆諾睡覺時會抓著包袱，旁邊還有兩名護衛。每天早上她都會確認武器是否還在。某天，凱西爾成功地瞥見一眼包袱內部，看見裡面發著光，讓他更加確定她的包袱並不只是個誘餌。

他終究會成功的。第一步是要種下一些誤導的種子。他先等到了某個合適的晚上，接著將自己拉往地底，讓自己的精質沉入地面之下。然後他拉動自己穿過地底的岩石，感覺上就像是在非常黏的泥巴裡游泳。

他在艾隆諾剛睡下的地方附近往上浮，只讓嘴唇露出地面上。老多看見這個肯定會笑翻，凱西爾想著。不過凱西爾自大到不會去在意自己的尊嚴。

「所以，」他用艾隆諾的語言悄聲說。「妳打算要持有存留的力量。妳以為妳對抗我時，能夠做得比祂更好嗎？」

他馬上把自己拉回地面之下。底下就像夜晚一樣漆黑，不過他還是能夠聽見腳步聲，還有因為他說的話而引起的驚慌叫喊聲。他游出一段距離，接著將一隻耳朵抬到地面之上。

「是滅絕！」艾隆諾正在說著。「我發誓，那一定是祂的載體在對我說話。」

「所以祂知道了。」另一個上古尊者說。凱西爾猜想這是俄瑞歐，之前在堡壘裡曾挑戰過她的那個人。

「妳的防衛術式應該要預防這個狀況的！」艾隆諾說。「是妳和我說那些法術能夠阻止祂感應到裝置的！」

「祂不必感應到球體，在那以外也有許多方法能夠找到我們，艾隆諾。」另一個女性說。

「我的法術是很精準的。」

「祂怎麼找到我們的不是重點，」俄瑞歐說。「問題是祂為什麼還沒有摧毀我們。」

「存留的載體還活著，」另一個女性思索著回應。「可能阻止了滅絕的直接干涉。」

「我不喜歡這樣，」俄瑞歐說。「我覺得我們應該回頭。」

「我們已經討論過了，」艾隆諾回答。「我們繼續前進。不得爭論。」

營地裡的騷亂最終平息下來，上古尊者們也回到了睡舖裡，不過保持清醒的警衛比平常來得更多。凱西爾露出微笑，接著再一次把自己推到艾隆諾旁邊。

「妳想要什麼樣的死法，艾隆諾？」他對她悄聲說，接著躲回地底下。

這一次沒人回去睡覺了。隔天啟程越過黑暗大地的是一支睡眼惺忪的隊伍。那天晚上，凱西爾再次去刺激他們。接著又一次。他讓那隊人接下來一整週都像活在地獄一樣，他對許多不同的成員說了悄悄話，承諾會對他們做出各種恐怖的事。對於自己能夠想出這麼多種說詞來煩擾、驚嚇、動搖這些人，他覺得還滿得意的。他還沒找到機會能夠搶走艾隆諾的包袱——硬要說的話，他們現在比先前還更加小心保管那些包袱。他的確成功在某天早上拔營時摸走另外一個人的包袱，裡頭除了有一顆偽造的玻璃球體之外，基本上是空的。

凱西爾繼續這樣的擾亂行動，等隊伍到達那片奇異的叢林時，他們的耐心已經被消耗殆盡，互相爭吵愈發頻繁，早晚休息的時間也越來越少。已經有一半的人認為他們應該回頭，但艾隆諾堅持正因為「滅絕」除了對他們說話之外沒有做出其他事，反倒證明了它其實沒辦法阻止他們。她敦促著分崩離析的隊伍往前進，走入樹林之中。

那裡正好是凱西爾希望他們去的地方。要在糾纏的叢林中超前馬匹不是難事，特別是他能夠直接穿過樹葉，就像當它們根本不存在一樣。他先溜到前方，為遠征隊設下了一些小驚喜，回頭後發現他們又在鬥嘴。簡直太完美了。

他把自己推進某棵樹裡，只留了雙手藏在樹幹後面，手上拿著納哲送給他的小刀。當馬匹隊伍經過時，他伸手劃傷其中一匹馬的臀部。

那隻動物發出一聲痛苦的嘶叫，整支隊伍緊接著陷入了混亂。靠近隊伍前方的人——他們已經被凱西爾一週來的悄悄話折磨到神經耗弱——駕著馬匹向前衝。士兵們大聲叫喊，警告著其他人他們正遭受攻擊。上古尊者們各自催促著馬匹前往不同方向，其中有些人還因為馬匹絆到灌木而跌落在地。

凱西爾穿過叢林，跟上在最前頭的人們。艾隆諾大致上還能控制住馬匹，不過樹林內比外面更加昏暗，而燈籠又在馬匹移動時晃動得非常厲害。凱西爾追過艾隆諾，在前方將他的斗篷掛在兩棵樹之間，並用藤蔓固定好位置。

他爬上樹，在既憔悴又少了人的隊伍前端到達時，將手伸向披風。他把營火放進斗篷中，並在他們靠近時點燃起來。結果就是那支已經疲憊不堪的隊伍正上方，突然出現了一個燃燒著、穿著斗篷的人影。

他們大聲尖叫，喊著滅絕已經找上他們了，接著四處奔逃，在一團混亂中騎著馬到處跑——有些朝向這邊，有些朝向另一邊。

凱西爾跳下樹，在黑暗中移動，將位置保持在艾隆諾以及她身旁僅存的護衛附近。那個女人的馬匹很快就被一團糾纏的灌木給絆住。太完美了。凱西爾低身跑去取回他的行李，接著套上一件他在堡壘中發現的那種長袍。他手忙腳亂地穿過樹叢，長袍不斷勾到東西，直到他剛好進入艾隆諾的視線範圍內為止。

凱西爾踏出樹叢，讓她能看見他，然後揮著手呼叫著她。艾隆諾與她唯一的護衛騎著馬朝著他的方向小跑前進，以為自己發現了大多數的同伴。但實際上，這反而是引誘他們遠離其他同伴的圈套。凱西爾讓他們與同伴分離，接著潛回黑暗之中甩掉了她，孤立了她與她的護衛。

緊接著，他快速穿過黑暗的樹叢，朝著遠征隊其他人的方向前進，他的幽靈心臟怦怦作響著。

就是這個。他好想念這種事。

騙局。像吹奏笛子一般玩弄著人們，讓他們自我懷疑，將他們的思緒打成死結。他快步穿過森林，聽著恐懼的叫喊、士兵們互相呼叫的聲音，以及馬匹的嘶叫聲。這處緻密的植被已經成為混亂的煉獄。

附近，其中一個乾癟的男人正在召集士兵與他的同伴們，叫他們保持警覺；然後他開始領著他們回頭，朝著先前過來的方向前進，也許是想要重新找回那些一開始就走散的人。

凱西爾——還是穿著那件長袍，手中拿著他之前偷來的包袱——躺在他們路徑前方的地面上，等待著有人發現他。

「那裡！」一名護衛說。「那個是——」

凱西爾沉進地底下，只留下長袍與包袱。那名護衛看見一位上古尊者就在他的眼前融化消失，嚇得放聲尖叫。

凱西爾從一段距離外爬出地面，此時隊伍已經聚集在了他剛留下的長袍與包袱周圍。「她就這樣消散掉了，上古尊者！」那名護衛說。「我親眼看見的。」

「這是艾隆諾的袍子。」一個女人驚恐地舉起雙手摀住胸口。

另一個上古尊者看了看包袱。「是空的，」他說。「上神慈悲……我們到底在想什麼？」

「回頭，」俄瑞歐說。「回頭！所有人上馬！我們要離開了。詛咒艾隆諾和她的餿主意！」

他們一下子就不見了。凱西爾漫步穿過森林，回到了他丟棄的長袍旁邊——他們把長袍留了下來——耳裡仍聽得見遠征隊的大多數成員們為了要遠離他，正倉皇地逃出這片叢林。

他搖搖頭，接著在樹林中走了一小段路，回到艾隆諾與她的護衛身邊。他們現在正嘗試跟著主要隊伍的聲音前進。以目前的狀況來說，其實他們的成果還滿好的。

趁著上古尊者沒看見時，凱西爾抓住了那名護衛的脖子，將他拖進黑暗中。那個男人掙扎著，但凱西爾給他來了一記鎖喉，沒花太多力氣就勒暈了男人。他安靜地將男人拖走，接著回頭找到那名孤單的上古尊者，她正拿著燈籠站在馬匹旁，慌亂地四處張望。

叢林已經陷入詭異的寂靜。「哈囉？」她喊著。「俄瑞歐？蕊依娜？」

凱西爾待在陰影中等待著，呼喊聲變得越來越慌亂。最終，女人的聲音停下了。她筋疲力盡地跌坐在了森林裡。

「把它留下。」凱西爾悄聲說。

她抬起頭，雙眼紅腫，表情驚恐。不管是不是上古尊者，她很明顯還是感受得到恐懼。她的目光掃向一邊，接著再掃往另一邊，但凱西爾藏得太好，不可能被她發現。

「把它留下。」凱西爾重複一次。

他不必再多說一次。她點點頭，顫抖著取下她的包袱並打開，倒出一顆大型的玻璃球體。它發出刺眼的光芒，逼得凱西爾必須後退，以免被光照到而洩漏行蹤。球體內裝著發光液體，比起那些上古尊者在喝的光液還更純粹、更耀眼。

那個女人準備爬上馬，她的每個動作都顯露著疲憊。

「用走的。」凱西爾命令。

她看向黑暗，搜索著，並沒看見他。「我……」她舔了舔她乾枯的嘴唇。「我可以服侍您，載體。我——」

「滾。」凱西爾下命令。

她畏縮著解下鞍袋，接著緩緩地將它們扛在肩上。他沒有阻止她。她八成需要那些光液才能存活，而他並不希望她去死。他只想要她的移動速度比她的同伴們來得慢。只要她找到她的同伴，他們就能比對彼此經歷的事，然後察覺究竟發生了什麼事。

也許不會。

艾隆諾走進了叢林裡。希望他們都會同意是滅絕擊敗了他們。凱西爾等到她完全離去後，才漫步向前撿起那個大玻璃球。除了把它打破之外，似乎沒有其他比較明顯的方法可以打開它。

他將球體舉到面前，然後搖動它，直盯著內部那令人著迷的神奇光液。

他好久沒有玩得這麼開心了。

PART 6　英雄

1

凱西爾奔跑越過破碎的大地。在他離開海洋、回到組成最後帝國的迷霧地面時，馬上就遇到了顯而易見的麻煩。他發現了一座海岸城市的殘骸，到處都是被砸毀的建築與碎裂的街道。一直等他站上城市高處，他才注意到有建築物的影狀殘骸，從離岸遠處的海洋島上突出，整座城市似乎是滑進了海裡。

從那裡開始，情況只變得越來越糟。空蕩蕩的城鎮，大堆的灰燼，在這邊的世界顯現成綿延的丘陵，他已經在上面跑了好一會兒，才發現它們是由灰燼構成的。

在他往回跑了幾天後，經過了一座小村莊，這裡有少數幾個發光的魂魄在一棟建築裡抱在一起。他恐慌地看著屋頂倒塌，灰燼傾倒在他們身上。三個光芒瞬間消失，接著三個蒼白的司卡魂魄出現在意識界，聯繫著他們與物質世界的弦已被切斷。

存留並沒有現身接待他們。

凱西爾抓住其中一人——一名上了年紀的女人——握住她的手時，她嚇了一跳並睜大眼睛看著他說：「統御主！」

「不是，」凱西爾說。「但是也相差不遠。發生了什麼事？」

她開始被拉走，她的同伴們早已經消失了。

「結束了……」她悄聲說。「一切都要結束了……」

然後她就消失了。只留下凱西爾抓著空氣，感到一陣不安。

他再次開始奔跑。他對於把馬留在森林裡有種罪惡感，但那些動物留在那裡，肯定比待在這裡來得好。

他太遲了嗎？存留已經死了嗎？

他用力地奔跑，玻璃球體沉甸甸地壓在他的背包裡。也許是因為狀況緊急，他現在比去程時更加專注在奔跑上。他不想看見崩壞的世界與周遭的死亡。和那些比起來，奔跑造成的疲勞還好一點，所以他追求著疲勞，讓自己跑到殘破不堪。

他日復一日地跑著、週復一週。從不停下，從不去看。直到……

凱西爾。

他在一片滿是風吹灰燼的田野上顛簸著停下，感覺到實體世界中的迷霧。發著光的迷霧。力量。他在這邊看不見，但他能感受到迷霧圍繞著他。

「阿糊？」他抬起一隻手摸摸額頭。那聲音是他想像出來的嗎？

不是那個方向，凱西爾，那聽起來很遙遠的聲音說。但是沒錯，那就是存留。我們

不……不在……那裡……

疲倦重擊凱西爾，像是要碾碎他一般的沉重。祂在哪裡？他四處環顧，尋找著某種地標，但在野外很難找到。灰燼已經掩埋了運河。他記得幾星期前曾游到地底下去尋找運河，最近……他就只是一直在跑……

「在哪裡？」凱西爾質問。「阿糊？」

好……累……

「我知道，」凱西爾悄聲說。「我知道，阿糊。」

法德瑞斯。到法德瑞斯來。你很靠近了……

法德瑞斯城？凱西爾在年少的時候去過那裡。就在那個地方的南邊……

在那裡。在意識界中幾乎是看不見，但他還是認出了遠處莫拉格山影子狀的山峰。那方向是北邊。

他轉身背向灰山，開始用盡全力奔跑。感覺眨眼之間他就到達了城市，那裡有著歡迎、溫暖的亮光。是許多的魂魄。

這城市還活著。城中的高塔以及城市周遭高起的岩石上有著警衛，人們在街道上走動、在床上睡覺，讓建築物充滿著美麗、閃耀的光芒。凱西爾穿過城市大門，進入這美妙燦爛的城市，人們還在這裡抗爭著。

沉浸在這溫暖的光芒中，他知道自己還不算太遲。

不幸的是，他不是唯一注意這個地方的人。他在奔跑時，一直抗拒著向上看的意圖，但現在他已經沒法阻止自己這麼做了，他直面那片翻滾、沸騰的物質。如同黑蛇一樣的形體交錯滑移著，向著每個方向延伸到地平線。它正在觀察。它就在這裡。

那麼存留在哪裡？凱西爾穿過城市，沐浴在其他靈魂的存在之中，從他漫長的奔跑中逐漸回復。他停在一處街角，接著發現了什麼。一條細小的光線，在他的腳邊，像是一條非常長的頭髮。他跪下來撿起光線，發現到它其實沿著街道一直延伸下去——纖細到幾乎不可能存在，微弱地發著光，但仍強韌到他沒辦法破壞。

「阿糊？」凱西爾沿著細線前進，接著發現它連接到另一條線——看起來這些線是以網格狀分布在整座城市裡。

對。我……我在努力……

「做得好。」

我沒辦法和他們說話……阿糊說。

我快死了，凱西爾……

「撐住，」凱西爾說。「我找到了某樣東西，就在我的背包裡。我從祢提到的那些生物那裡拿來的。就是那些埃瑞。」

我沒有感覺到任何東西。阿糊說。

凱西爾猶豫了。他不想把那個物品展現給滅絕看。他撿起了那條細線，那線足夠鬆弛，讓他能將它滑進背包中，並且貼在圓球上。

「這樣如何？」

啊……是的……

「這東西能夠幫到祢嗎？」

很不幸，沒辦法。

凱西爾的心向下一沉。

力量……力量是屬於她的……但是滅絕掌握了她，凱西爾。我沒辦法……我沒辦法給她……

「她的？」凱西爾問。「紋嗎？她在這裡嗎？」

那條細線像是樂器的弦一般，在凱西爾的手指上振動。波動沿著線從某個方向傳來。

凱西爾跟著波動，再次注意到存留是如何用祂的精質覆蓋了整座城市。也許祂在想，既然自身不論如何都會被扯散，不如就變成一張保護毯鋪蓋住整座城。

存留領著他來到一個充滿著發光魂魄的小廣場，牆面上也有著些許的金屬。他們耀眼地發著光，和他單獨一人的那幾個月成了明顯的對比。紋會是其中一個魂魄嗎？

不，他們是乞丐。他在他們之間移動，用指尖感覺他們的魂魄，瞥見他們在另一個界域的樣子，他們窩在灰燼中咳嗽及顫抖著。這些是最後帝國中最潦倒的男女，就連一般司卡都只想打發他們。他偉大的計畫並沒有讓這些人的生活變得更好，不是嗎？

他停在了原地。

最後一個乞丐，靠著老磚牆而坐的那一個……有些令人在意。凱西爾回頭，再次碰觸那個乞丐的魂魄，看見的畫面是一個手和臉都包在繃帶裡的男子，白色的頭髮從繃帶之下穿出。尖刺狀的白髮，顏色亮白得就算上面抹著灰燼也掩飾不住。

凱西爾突然感受到一陣刺激，一股刺痛從他的手指傳向他的魂魄。他在那名乞丐望向自己所在方向時，向後一跳。

「是你！」凱西爾說，「漂流者！」

乞丐在原地動了一下，接著望向了別處，在廣場上搜尋著。

「你在這裡做什麼？」凱西爾質問。

那個發光的形體沒有回應。

凱西爾前後甩著手，試著甩掉疼痛。他的手指是真的麻掉了。那是怎麼回事？那名白髮漂流者又是如何影響到身處在這個界域的他？

一個小小的光源降落在附近的屋頂上。

「噢，完蛋了。」凱西爾的目光從紋移向漂流者。他馬上做出反應，往牆上一躍，不顧一切地向上爬到紋的身邊。「紋，紋，離那個男人遠一點。」

大喊當然是毫無意義的。她聽不見他。

不過，凱西爾還是抓住她的肩膀，見到了實體界的她。她什麼時候變得如此有自信，如此睿智？她的肩膀曾經縮在一起，現在則展現了一位完全掌控一切的女人所應有的姿態。那對眼睛曾一度因驚奇而大張，現在則是敏銳地細細觀察著。她的頭髮變長了，她的形象不知如何比他第一次遇見她時來得有力許多。

「紋，」凱西爾說。「紋！聽著，拜託。那個男人是個麻煩。不要靠近他。不要——」

紋抬起頭，接著從屋頂上跳起，遠離漂流者。

「天啊，」凱西爾說。「她真的聽見了我嗎？」

還是那是個巧合？凱西爾跟著她跳起，毫無顧慮地將自己拋離屋頂。他並沒有鎔金術，但他很輕，而且落下也絲毫不會受傷。他輕柔地落地後，衝刺過有彈性的地面，盡最大的可能跟著紋，跑步穿過建築、忽略牆壁，試著保持在近距離內。她還是趕在他前面。

凱西爾……存留的聲音對他悄聲說。

某種東西在他體內嗡鳴著，一股熟悉的力量，來自內部的溫暖。讓他想起燃燒金屬的感覺。存留自身的精質正強化著他。

他跑得更快，跳得更遠了。這不是真的鎔金術，而是更原初、原始的某種存在。它湧過凱西爾，溫暖了他的魂魄，讓他能夠接近紋——她停在一棟大建築物前的街道上。當他一靠近她，她就再次跳離街道，這一次凱西爾勉強跟上了腳步。

她察覺到他的存在。他能從她跳躍的方式中感覺到，她在試著甩掉跟蹤，或是至少想要看見跟蹤者的身影。她做得很好，但他可是在她還沒出生之前，就已經玩這遊戲幾十年了。

她能夠感覺到他。為什麼？怎麼做到的？

她加速而他隨之跟上，雖然不是很容易。他的動作有點笨拙。他有存留在推著他，但沒有真正鎔金術的精確性。他不能推或拉，只是跳躍、抓住建築影子般的牆面，接著繼續跳躍。

他仍然大大地咧嘴笑著。他從沒發覺自己有多麼想念和紋一起在迷霧中訓練，面對另一名迷霧之子，看著他的門徒一步步邁向頂尖的日子。她現在做得很好。甚至是好極了。每次鋼推對力道的判斷都值得讚賞，並將她自身的體重平衡於她的錨點上。

這就是能量；這就是刺激。他幾乎忘記了他所面對的麻煩。這幾乎就足夠了。如果他能在晚上和紋在迷霧中起舞，那麼要想辦法讓他再次活在實體界這件事，也沒那麼重要了。

他們來到一處交叉口，轉向了城市的邊緣。紋以鋼線維持在前方，凱西爾落在地面準備再次起跳，體內存留的力量嗡鳴著。

某種東西在他身邊降下。純黑的碎裂尖刺，由漆黑的迷霧所構成，在空中如蜘蛛腳般伸展著。

「不錯，」滅絕從每個角度說著。「不錯，真不錯。凱西爾？我怎麼沒早點看見你呢？」

那股力量掩蓋住他，將他推向地面。前方，一個小小的形體跟隨在紋身後，那是由黑霧所構成，並且以類似於凱西爾先前所散發的節奏脈動著。是某種誘餌。

就像它之前做過的，凱西爾想著，模仿阿糊來混淆紋。他在它的禁錮中洩氣地掙扎著。存留，在凱西爾的腦海裡像個孩子般嗚咽一聲，接著從他身上退離。那股溫暖的力量從凱西爾身上淡去。意外的是，在力量減弱時，滅絕壓制凱西爾的能力也一樣在減退。滅絕的力量變得沒那麼強勁，讓凱西爾能夠掙扎著站起身，穿過那層尖銳的霧狀薄紗，踉蹌地踏上街道。

「你去了哪裡？」滅絕問。凱西爾身後的力量凝縮在一起，形成那個他見過的男人形體，頂著一頭紅髮。男人皮膚之下的動靜這一次比較受控。

「到處晃晃。」凱西爾望向紋。他現在絕對追不上她了。「我得去觀光一下，看看死掉會是什麼樣子。」

「啊，何必這麼委婉。你去拜訪埃瑞了嗎？而我想你是被他們拒於門外了吧。是的，我猜得到。我好奇的是你為何要回來，我還很確定你會逃走。你負責的部分已經結束了，你已經照我的需要去完成了。」

凱西爾放下他的背包，希望能夠繼續把那個發光球體藏在裡面。他向前走，繞著滅絕的化身緩步走著。「我負責的部分？」

「第十一種金屬，」滅絕似乎被逗樂了。「你以為那是巧合？一個沒有任何人聽過的故事，一個能殺害不死君王的祕密方法？就這麼直接地掉到了你的手裡。」

凱西爾邁著大步聽著。他知道蓋莫爾曾被滅絕碰觸過，而凱西爾自身也曾經是那怪物的一枚棋子。但為什麼紋能聽見我？他漏掉了什麼？他再次看向紋。

「啊，」滅絕說。「那孩子。你還是認為她會打敗我，是吧？就連她放我自由之後也一樣？」

凱西爾轉身面向滅絕。該死。這怪物到底知道多少？滅絕微笑著走近凱西爾。

「離紋遠一點。」凱西爾嘶聲說。

「離她遠一點？她是我的，凱西爾。就如同你一樣。我從那孩子出生的那一天就認識她，甚至從那之前就開始為她做準備了。」

凱西爾咬牙切齒。

「真可愛，」滅絕說。「你真的以為全都是你自己的主意，是吧？最後帝國的殞落、統御主的末路……在一切開始時招募紋入夥？」

「主意從來都不是原創，」凱西爾說。「只有一樣東西才是。」

「那又是什麼？」

「風格。」凱西爾說。

接著他一拳揍穿滅絕的臉。

或著說他試著這麼做。滅絕在他的拳頭靠近時蒸發消失，過了一下，又在凱西爾身旁重新出現了另一個它。「啊，凱西爾，」它說。「這樣做明智嗎？」

「不，」凱西爾說。「只是要維持一貫的主題而已。離她遠一點，滅絕。」

滅絕用一種可憐著他的表情微笑著，接著有上千支細長如針般的黑色尖刺，從那怪物身上射出，扯穿它做為衣物的長袍。尖刺像長矛一樣刺進凱西爾，折磨著他的魂魄，帶來一波令人盲目的疼痛。

他尖叫著跪下。就像他初次進入這地方時被拉扯的感覺，只是更加強迫、更加侵略。

他倒在地上抽搐著，捲曲的迷霧從魂魄內向外洩漏。尖刺已經消失，滅絕也是一樣。當然那怪物從來不會真的離開。它從那起伏著的天空向下看著，覆蓋著所有事物。

沒有東西能夠被毀滅，凱西爾，滅絕的聲音悄聲說，直接侵入他的腦海中。這是人類無法理解的地方。所有事物只會變化、分解、轉變成某種全新的……完美的存在。存留和我，我們是一枚硬幣的兩面，真的。在我完成後，他終於能夠得到他渴望的靜滯、恆久不變。居時，將不再會存在著任何物體或是魂魄，能夠去擾亂那狀態。

凱西爾努力吸氣吐氣，利用他活著時熟悉的動作使自己平靜下來。最終，他呻吟著翻身跪起。

「你活該。」存留的聲音很遙遠。

「那當然，」凱西爾踉蹌著起身。「不過還是值得一試。」

2

接下來幾天，凱西爾嘗試著再次讓紋成功聽見他。不幸的是，滅絕現在已經盯上他了。每次凱西爾一靠近，滅絕就會插手困住他，不讓他向前。黑煙會嗆住他，並且驅離他。

凱西爾逗留在紋位於法德瑞斯城外的營地附近，滅絕似乎覺得這樣很有趣，並沒有趕他走。但每次只要凱西爾試著直接和她說話，滅絕就會懲罰他，就像父母在小孩太靠近火焰時會打他的手一樣。

這讓人很生氣，特別是滅絕所說的話一直縈繞在他心頭。凱西爾成就的所有事，都僅只是這東西重獲自由的計畫的一部分罷了。而且這個怪物的確對紋有某種程度的掌控，它能出現在她前面，就像某一天，它將她引離了營地，這行動太過突然，讓凱西爾感到困惑。

他試著跟上，追在滅絕所製造的幻影身後。那東西像迷霧之子一般行動著，而紋跟隨在後，她顯然認定自己發現了一名間諜。他們遠離營地而去。

凱西爾慢下來，站在城外迷霧狀的土地上，看著他們消失在遠處，感覺自己很沒用。他能感覺到那東西，而且只要那東西還在這裡，它就能壓過凱西爾的存在。

他永遠也沒辦法和她說話了。

滅絕將紋引走的理由很快就顯現出來。有某種東西對紋和依藍德的克羅司軍隊發動攻擊。凱西爾從營地的忙亂景象發現這件事，並且比實體界的人們更早到達現場。看起來有攻城器具被布署在克羅司紮營處上方的山脊上。

死亡如驟雨般落在這些野獸身上。凱西爾什麼也沒辦法做，只能看著突然的攻擊殘殺數千隻克羅司。他並不會因為克羅司被摧毀而感到憾恨，但這的確是種浪費。

克羅司們感到洩氣而發怒著，因為牠們沒辦法碰觸到敵人。令人好奇的是，牠們的魂魄開始在意識界出現。

牠們竟然是人類。

完全不是克羅司，而是人類，穿著各種服裝。大多數是司卡，但也有士兵、商人，他們之中甚至還有貴族。男性女性都有。

凱西爾張大了嘴。他一直都不知道克羅司是什麼，卻沒有料到會是這樣。普通人，不知怎的被做成了野獸？他在那些死去的魂魄開始淡去時，趕緊接近他們。

「妳發生了什麼事？」他質問其中一個女人。「這種事是怎麼發生在妳身上的？」

她用困惑的表情望向他。「這是哪裡，」她說。「我在哪裡？」

下一刻她就消失了。看來這種轉變會造成很大的刺激。其他人也有著同樣的困惑，他們伸出雙手，好似驚訝地發現自己又再度變回人類——卻沒有幾個人感到寬慰。凱西爾看著幾千道人影出現，接著淡去。在另一邊是一場大屠殺，四處都有石頭砸下。其中一顆在滾走前直接穿過凱西爾，壓碎了許多屍體。

他能利用這一點，但需要特定的目標。不是司卡農夫，甚至也不是狡猾的貴族。他需要的是那些……

在那裡。

他從淡去的靈魂間衝過，閃躲著還沒死亡的生物魂魄，向著某一個才剛出現的特殊靈魂靠近。男人頂著光頭，眼眶周圍有刺青。那是一名聖務官。他看來對發生的事不太驚訝，而是表現出接受的樣子。在凱西爾到達時，這個瘦高的聖務官已經開始被拉走了。

「怎麼會？」凱西爾質問，料想著聖務官會知道比較多關於克羅司的事。「你怎麼會發生這種事？」

「我不知道。」那男人說。

凱西爾的心向下沉。

「那些野獸，」那男人繼續說。「應該要知道不能利用聖務官的！我是牠們的看守，這些野獸居然這樣對我？這世界完蛋了。」

應該要知道？凱西爾在男人被拉向虛無時，抓緊他的肩膀。「怎麼做？拜託，那是怎麼做到了？把人變成克羅司？」

聖務官看向他，在消失時說了一個詞。

「尖刺。」

凱西爾再次張大了嘴。在他身邊迷霧狀的平原上，魂魄明亮地發著光，接著閃爍，然後落入這個界域——最終再淡入虛無之中。就像是人形的營火被撲滅一般。

尖刺。像是審判者的尖刺嗎？

他走近倒下的死屍旁邊跪下，檢查著牠們。沒錯，他能看得見。金屬在這邊會發光，而那些屍體中有著小小的尖刺——如餘燼一般，微小但劇烈地發亮著。

從活著的克羅司身上要辨認出尖刺難得多了，因為魂魄會發出強光，但就他看來，這些尖刺似乎是刺進了魂魄裡。這就是其中的祕密嗎？他朝著一對克羅司大喊，牠們就轉向他，接著一臉困惑地望著他。

那些尖刺轉化了牠們，凱西爾想著，就跟審判者一樣。這就是如何控制牠們的方法嗎？靠著刺穿靈魂？

那麼瘋子們又如何？難道是他們的魂魄有裂縫，所以有類似的效果？他困擾著，離開充斥著死亡的原野，這場戰鬥——或是屠殺——看起來也即將要結束了。

凱西爾穿過法德瑞斯城外的迷霧原野，在那裡獨自徘徊、遠離人們的靈魂，直到紋回來。紋還是被那道影子跟隨著，雖然她這一次並不知道它在那裡。她從一旁經過，然後消失在營地裡。

凱西爾在存留的一小條觸鬚旁邊坐下，接著碰觸祂。「它影響著萬事萬物，是不是，阿糊？」

「是的，」存留的聲音脆弱而細微。「看。」

一連串的畫面出現在凱西爾的腦海：審判者們抬頭朝著滅絕的聲音聆聽著。紋在那怪物的陰影之中。一個他不知道的男人，坐在燃燒著的王座上看著陸沙德，嘴角有著扭曲的微笑。

接著，是小雷司提波恩。鬼影披著一件對他來說似乎太大件的燒焦斗篷，而滅絕蹲在附近，用凱西爾自己的聲音在那可憐男孩的耳邊說著悄悄話。

在他之後，凱西爾看見沼澤站在落下的灰燼中，被刺穿的雙眼無神地盯著地表。他似乎動也不動，灰燼堆積在他的頭上與肩膀上。

沼澤……看見他的兄長變成這樣，讓凱西爾十分難受。凱西爾的計畫需要沼澤加入聖務官。他推測出這想必是後來發生的事，沼澤的鎔金術能力，還有他認真的生活方式被注意到了。

熱忱與關心。沼澤從來不像凱西爾這麼有能力。但他一直是，一直是個更好的人。存留又展示了十幾個不同的人，大多是有權力的人，引領著追隨者們走向滅亡，在灰燼高堆、迷霧使作物枯萎時大笑、舞蹈著。他們每一個要不是被金屬穿刺，就是被身旁遭金屬穿刺的人所影響。他在昇華之井時就應該要發覺這項聯繫，就在他從脈動中看見滅絕能對沼澤和其他審判者說話的時候。

金屬。這就是一切的關鍵。

「這麼多的毀滅，」凱西爾對著影像悄聲說。「我們沒辦法存活下來的，是吧？就算我們阻止了滅絕，我們還是會滅亡。」

「不，」存留說。「不會滅亡。記住……希望，凱西爾。你曾經說過，我……我……就是……」

「就是希望。」凱西爾悄聲說。

「我沒辦法救你們。但是我們一定要相信。」

「相信什麼？」

「相信曾經的我。在計畫……裡面……徵兆……還有英雄……」

「紋。它擁有著她，阿糊。」

「他知道的並不像他以為的那麼多，」存留悄聲說。「那是他的弱點。那是……所有聰明人……的弱點……」

「當然，除了我以外。」

存留還有足夠的活力對這句話笑出聲來，讓凱西爾感覺好過了一點。他站起身，拍掉衣服上的灰塵。這其實沒有意義，因為這裡根本沒有灰塵——更別說他其實也沒有真正的衣服。「少來，阿糊，祢有哪次看見我做錯事過？」

「嗯，那次——」

「那些都不算。我那時候還不是完全的自己。」

「那……你什麼時候變成……完全的你？」

「就是現在。」凱西爾說。

「你可以……你可以每次都用……這個藉口……」

「現在祢跟上思路了，阿糊。」凱西爾把手靠在臀部上。「我們要使用祢還神智清醒的時候訂下的計畫，對吧？我該怎麼幫忙？」

「幫忙？我……我不……」

「不，要果斷，要大膽！一個好的團隊首領永遠都對自身很確定，就算是在他並不確定的時候。尤其是在他不確定的時候。」

「那一點道理……都沒有……」

「我已經死了。我不必再講道理了。有點子嗎？祢現在是團隊首領了。」

「……我？」

「當然。祢的計畫，祢作主。是說，祢是個神啊。我想那應該算得上些什麼。」

「謝謝你……終於……肯承認那點……」

凱西爾推敲著，接著將他的背包放在地上。「祢確定這個幫不上忙？這會在人與神之間建立連結。我在想這能治好祢還是什麼的。」

「噢，凱西爾，」存留說。「我告訴過你我已經死了。你沒辦法……救我的。去救我的……繼任者吧。」

「那我會把它拿給紋。這樣幫得上忙嗎？」

「不。你必須告訴……她。你能觸及……透過魂魄的間隙……而我不行。告訴她一定不能相信……被金屬刺穿的人。你必須解放她來獲取……我的力量。全部的力量。」

「沒錯，」凱西爾將玻璃圓球收起。「解放紋。小事。」

只要他找到方法繞過滅絕就好。

3

「所以，米居，」凱西爾對著打盹的男人悄聲說。「你懂了嗎？」

「任務……」那個衣衫襤褸的士兵咕噥著。「倖存者……」

「你不能相信被金屬刺穿的任何人，」凱西爾說。「跟她這樣說，一字不漏地說。這是倖存者賦予你的任務。」

男人發出鼾聲醒過來。他應該在負責衛哨，所以接替的人來到時，他趕緊站起身來。凱西爾焦急地注視著那個發光的人影。他一連花了好幾天——在這期間滅絕一直不讓他靠近紋——在軍隊中搜尋腦子有被觸碰過的人，靈魂裡有那種特殊瘋狂的人。

他一開始猜想那些靈魂是壞掉了，不過不太正確。他們只是……被打開了。這個男人，米居，看上去是個完美的人選。他對凱西爾的話有反應，但也沒有脫線到其他人會忽略他的地步。

凱西爾熱切地跟著米居穿過營地，來到一處營火旁邊，米居主動開始與其他在那裡的人聊起天來。

告訴他們，凱西爾想著，把消息散布到整個營地裡。讓紋聽見吧。

米居繼續說話，其他人在火邊站起身來。他們正在聽！凱西爾觸碰米居，試著聽出他正在說的話。不過他做不到，直到一條存留的觸鬚觸碰他後才成功——接著語句開始震動過他的魂魄，能從耳邊微弱地聽見。

「沒錯，」米居說。「他對我說話了。說我很特別，說不能信任你們任何一個人，我是神聖的，你們都不是。」

「什麼？」凱西爾怒罵。「米居，你這白癡。」

事情從此開始走下坡。凱西爾退後，營火邊的男人們漸漸爭吵起來，互相推擠，接著就演變成實實在在的鬥毆。凱西爾嘆了一口氣，坐在一顆石頭的迷霧影子上，看著幾天來的努力放諸水流。

有人把手放在了他的肩膀上，他瞥向出現在那裡的滅絕。

「注意點，」凱西爾說。「你會把你沾到我的衣服上。」

滅絕咯咯笑。「我還在擔心擱著你一個人呢，凱西爾。看來你在我不在場的時候，也是有好好地服侍我。」其中一個鬥毆者往德穆的臉上揍了一拳，讓滅絕畏縮了一下。「好拳。」

「有待精進，」凱西爾咕噥著。「必須全神貫注在拳頭上。」

滅絕露出一個深深的、理解的、令人難以忍受的笑容。老天，凱西爾想，我希望我笑起來不是那個樣子。

「你現在一定已經理解了，凱西爾。」滅絕說。「你做任何事，我都會反制。掙扎只會助長滅絕。」

依藍德・泛圖爾到達現場，以凱西爾羨慕的鋼推滑行著，看起來恰如其分地尊貴。這男孩已經長成了凱西爾從來沒預想到的男人。除了他的笨鬍子之外。

凱西爾皺眉。「紋在哪裡？」

「嗯？」滅絕說。「噢，我抓住了她。」

「在哪裡？」凱西爾質問。

「遠處。在我的手心裡。」他向凱西爾傾身。「做得好，把時間都浪費在那瘋子身上吧。」

他消失了。

我真的很痛恨那個傢伙，凱西爾想。滅絕……追根究柢與存留相比的話，它並沒有比較厲害。老天，凱西爾想著，*我當神當得比他們好多了*。至少他鼓舞了群眾。

不幸的是，那些群眾裡也包含了米居和其他鬥毆者。凱西爾從岩石上起身，完全瞭解一項他一直想要逃避的事實。他在這裡什麼也做不到，在目前滅絕這麼注意紋和依藍德的情況下沒辦法。凱西爾必須得去別的地方。也許去找沙賽德？或著是沼澤。如果他能在滅絕注意力被分散時接觸他的兄長……

他希望球體上依附的保護，能夠讓他躲避黑暗之神的眼睛，就像他剛到法德瑞斯時的情形那樣。他需要離開這個地方，主動出擊，甩掉滅絕的注意，接著嘗試連絡沼澤或鬼影，讓他們把訊息傳遞給紋。

要把她留在滅絕的掌握之中讓他感到痛心，但這裡已經沒什麼他能做的事。

凱西爾在那個小時內就離開了。

4

在神終於死亡之時，凱西爾身處在一個哪兒都稱不上的地方。

他沒辦法確認地點。附近沒有城鎮，至少沒有那些尚未被灰燼掩埋的城鎮。他原本想朝陸沙德前進，但在所有地標都被蓋住的情況下——而且還沒有太陽指引方向——他不是很確定自己是否朝著正確的方向前進。

大地震動，迷霧狀的地面在顫抖。凱西爾慢下腳步，看向天空，他一開始認為震動是滅絕造成的。

接著他感覺到了。也許是因為他在昇華之井時與存留之間建立的小小聯繫，也有可能是神在他體內放入的那片碎片所造成，那片每個人都有的碎片。魂魄的光芒。

不論理由是什麼，凱西爾感到像是一聲拉長嘆息般的終結。他的背脊發涼，接著忙亂地想找出一條存留的細線。在他的旅程剛開始時，那些線到處都是，而現在什麼也找不到了。

「阿糊！」他大叫。「存留！」

凱西爾……那聲音從他身上振動而過，再見了。

「老天，阿糊，」凱西爾搜尋著天空。「我很遺憾，我……」他吞了口口水。

奇怪，那聲音說，這麼多年在其他人死亡時出現在他們面前，我從來沒預料到……我自己的離去會這麼冰冷、孤獨……

「祢還有我在這裡啊。」凱西爾說。

不，你並不在。凱西爾，他在分裂我的力量。他在將力量擊碎。它會消失……裂解……他會毀掉它。

「它最好是會。」凱西爾將他的背包丟下。他將手伸進裡面，抓住那個裝著液體的發光球體。

那不是給你的，凱西爾，存留說，它不是你的。它屬於其他人。

「我會將它交給她。」凱西爾將球體拿高。他深吸一口氣，接著用納哲的刀砸向球體，液體噴灑在他的手臂與身上。

細絲般的線條從他身上爆發出來。發亮，發光。就像是燃燒鋼或鐵時會產生的線條，但它們指向所有東西。

凱西爾！存留的聲音嚴肅起來。要比你先前做得更好！他們稱你為他們的神，而你卻對他們的信念蠻不在乎！人心**不是你的玩具**。

「我……」凱西爾舔了舔嘴唇。「我明白。我的主。」

要做得更好，凱西爾，存留命令著，祂的聲音淡去。如果終結來臨，帶他們到地底下去。那可能會有幫助。而且記住……記住很久很久之前，我告訴你的話……做我做不到的事吧，凱西爾……

活下來。

這個詞振動著透過他，凱西爾張大嘴。他知道那種感覺，記得這項命令。他待在深坑時曾經聽過這個聲音。那喚醒了他，驅使他向前。

拯救了他。

凱西爾低下頭，感覺著存留淡去，最終延展至黑暗之中。

接著，他身上滿是借來的光芒，凱西爾抓緊在他身邊旋轉的細線，然後用力一拉。力量在抵抗。他並不知道為什麼——他對自己正在做的事只有最粗淺的了解。為什麼力量能與某些人同調，與其他人卻不行？

不過，以前他也有鐵拉過很頑強的錨點。他用盡全力拉扯，將力量拖向他。它掙扎著，幾乎就像是有生命一般抵抗著他……直到……

它斷開，湧向他。

接著，凱西爾，死亡倖存者，昇華了。

隨著一聲歡呼，他感覺力量竄流過全身，像是好幾百倍的鎔金術。激昂、熔融、燃燒的能量沖刷過他的魂魄。他大笑，上升至空中，擴張著，成為無處不在的萬事萬物。

這是怎麼一回事？滅絕的聲音質問。

凱西爾發現自己面對著一名對立的神，它的形體延伸至永恆——一邊是冰冷凍結的生命，毫無動靜。另一邊是四散、崩壞、狂亂、黑暗的凋亡。凱西爾在感覺到滅絕全然的震驚時，咧嘴大笑。

「你之前說過的那句話是什麼？」凱西爾問。「我做任何事，你都會反制？那這樣又如何？」

滅絕震怒，力量在憤怒的旋風中爆燃著。人型碎裂開來，露出了那個東西，那股純粹的力量已經盤算和計劃了這麼久，現在卻被阻止了。凱西爾的笑容漸寬，他想像著——十分享受地——將這個殺害了存留的怪物撕碎時的感覺。那團無用、過時的廢物能量。將它碾碎的感覺一定很好。他驅使著自己無盡的力量去攻擊。

什麼事也沒發生。

存留的力量還是在抵抗他。它阻擋住他的謀殺意圖，就算他想要，也沒辦法用存留的力量來傷害滅絕。

他的敵人振動著、顫抖著，接著顫抖變成笑聲般的聲響。攪動著的黑霧回歸，再次組成那名在天空中延展著的神化男子。「噢，凱西爾！」滅絕笑喊著。「你以為我會在意你做了什麼？拜託，我還想要你來持有那股力量呢。這太完美了！畢竟，你就像是我的化身一樣。」

凱西爾咬牙切齒，接著以手指延伸向前，成為呼嘯著的風，彷彿要抓住滅絕掐死它一樣。

那怪物只是笑得更大聲。「你幾乎沒辦法控制它，」滅絕說。「就算它真的能傷到我，你也沒辦法做到。看看你，凱西爾！你沒有身體或形狀，你不算活著，你只是個概念。你僅僅是一個人的記憶在持有著力量，效果絕對比不上一個連結到三界域的真人。」

滅絕輕易地將他揮到一邊，但凱西爾在他們接觸時感覺到一陣碎裂聲。這兩種力量對彼此的反應就像火與水一樣。這讓凱西爾確定有方法用他持有的這股力量來毀滅滅絕，只要他能弄清楚該怎麼做。

滅絕將注意力從凱西爾身上轉開，所以凱西爾趁這時試著熟悉這股力量。不幸的是，他的所有嘗試都遭到了阻礙——同時來自於滅絕的能量以及存留自身的力量。他現在能看到自己在靈魂界的樣子——那些黑線還是存在，將他與滅絕綁在一起。

他持有的力量對此完全不喜歡。它在他體內翻滾著、攪動著，試著要脫離他。他目前還能夠抓住它，他知道一旦讓力量離開，它就會立刻逃離，再也無法將它捕捉回來。

然而，能夠成為超越一個靈魂的存在依然感覺很偉大。他能夠再度看進實體界了，金屬在他眼中看來依舊閃耀著，能夠看見迷霧影子與發光魂魄以外的東西，實在是種解脫。

他真希望這景象能更鼓舞人心一些。到處都是無盡的灰燼之海，只有非常少數的城市被挖出到表層，就像是火山口一般。燃燒的群山吐出的不僅是灰燼，還有熔岩和硫磺；大地破碎，裂谷四起。

他試著不要想這些，而是想著人們。他能感覺到他們，就像他能感覺到這星球的地殼與地核一般。他輕易地就找到了那些魂魄向他敞開的人們，然後急切地擺動而下。在這些人之中，他肯定能找到一個人來傳訊息給紋。

但不論他如何對他們說悄悄話，他們似乎都無法聽見。這令他既沮喪又困惑。他有著無窮的力量，怎麼會失去他先前的能力，失去能夠與他的人們溝通的能力？

在他周圍，滅絕笑了。

「你以為你的前任沒試過？」滅絕問。「你的力量沒辦法從那些裂縫中穿過，存留。這力量太忙著要撐住裂縫，保護他們。只有我能把裂縫擴大。」

它的解釋是不是正確的，凱西爾並不知道。但他一次又一次地確認了瘋子們已經無法聽見他。

然而，現在他能聽見人們了。

不止是瘋子，而是所有人。他能像聽見聲音一般聽見他們的思緒——他們的期盼、他們的擔憂、他們的恐懼。如果他將注意力轉向城市，長時間專注於在思考之上，思緒量就會多到有如要壓倒他。那是一種嗡鳴、一種潮湧，他發現要從那一團混亂中，分離出單一個人的思緒非常困難。

在一切——土地、城市、灰燼——之上懸掛著迷霧。它們包覆著所有事物，即使是白天也一樣。他被完全困在意識界的時候，並不知道迷霧已經蔓延成這樣了。

那些是力量，他想著，從上方凝視著迷霧。*我的力量。我應該要能持有它們、操縱它們。*

他沒辦法。因而導致滅絕比他強大得多。為什麼存留會放任迷霧不管？當然，那還是他的一部分，但那就像……一支分散出去的軍隊，被做為偵查兵散布至全國各地，而不是集中在一起準備戰鬥。

滅絕並沒有被如此抑制。凱西爾現在能看見它的力量做的事，其中一些方法對昇華前的他來說規模太大而無法辨認。滅絕扯開了灰山的頂部，將它們維持在敞開的狀態，讓死亡噴灑而出。它碰觸了整個帝國的克羅司，驅使牠們進入嗜血狂暴。當牠們已經沒有人類能殺時，它開心地讓牠們轉而互相殘殺。

它在每個殘存的城市都掌握了許多人。它的詭計令人難以置信——錯綜複雜、無比細緻。凱西爾甚至無法跟上每一條線，但結果非常明顯——渾沌。

凱西爾對此什麼也不能做。他有著無法想像的力量，但他*還是*無能為力。不過有一點很重要：滅絕必須要行動才能反制他。

這是項重要的啟發。他和滅絕同時在所有地方，他們的魂魄就是這星球的骨架。但他們的注意力……只能分散到一定程度而已。

凱西爾嘗試要改變滅絕專注的地方，卻總是會輸。當凱西爾試著阻止灰山，滅絕的手臂會將它們扯開，比起他的封閉嘗試來得更強力。當他試著要鼓勵紋的軍隊士氣時，滅絕就像一層阻礙，將他擋在外頭。

在最後一次絕望的嘗試，他向外推出接近紋。他並不確定自己能做什麼，但想要試著將滅絕擊退——推動他自身，看看他能夠做到什麼。

他用盡他的全部，與滅絕拉扯著——紋被關在法德瑞斯城宮殿內的一間房間裡，他靠近時，感覺到他與滅絕的精質互相接觸摩擦著。他的精質與滅絕的接觸產生衝擊，傳過大地，造成顫動。地震。

他能夠靠近。他能感覺到紋的心智，聽見她的想法。她知道的太少了——就像他一開始時一樣無知。她並不知道存留的存在。

那陣碰撞將凱西爾的精質推離，將存留從他身上向後扯開，裸露出他的核心——就像是皮肉被扯掉的猙獰骷髏頭一樣。那是個內含著黑暗的魂魄，但不知如何與紋聯繫在一起，以那些構成靈魂界、無法被毀滅的線條與她連結在一起。

「紋！」他痛苦地大喊，拉扯著。他和滅絕的對決導致地震在增強，而滅絕在毀滅之中歡騰著，短暫地減弱了注意力。

「紋！」凱西爾靠得更近。「另一個神，紋！有另一股力量！」

困惑。她沒有看見他。有些東西從凱西爾身上漏出，朝著她被吸引過去。在震驚之中，凱西爾看到一幅糟透了的景象，是他從來沒懷疑過的事。紋的耳朵裡有一丁點閃亮的金屬，那與她明亮的魂魄顏色太過相似，以至於他之前都漏看了，直到現在靠這麼近才發現。

紋被穿刺了。

「鎔金術的第一原則是什麼，紋！」凱西爾大叫。「我教妳的第一件事！」

紋向上看。她聽見了嗎？

「尖刺，紋！」凱西爾咆哮。「妳不能信任——」

滅絕回歸，並以一股劇烈的爆發力量推向凱西爾，打斷了他。再堅持下去會讓滅絕把存留的力量從他身上完全扯離，所以凱西爾只能讓自己退開。

滅絕將他推出建築物，再完全推出城市。他們的碰撞為凱西爾帶來難以想像的痛苦，他不禁有種印象——雖然他是個神——卻是跛著腳離開城市的。

滅絕很專注在這個地方。它在這裡太過強大，幾乎將所有的注意力都放在紋和這座法德瑞斯城上。它甚至派了沼澤過來。

也許……

凱西爾試著接近沼澤，將他的注意力專注在他哥哥身上。那些在紋那裡出現過的線條，同樣出現在這裡，聯繫的線條將凱西爾的魂魄連結到他的兄長。也許他也一樣能接觸到沼澤。

不幸的是，滅絕太輕易就注意到了，而凱西爾因為先前一次的碰撞還太虛弱——太疼痛。滅絕輕鬆地揮絕他，但在那之前，凱西爾已經聽見沼澤散發出的一些想法。

記住你自己，沼澤的思緒悄聲說著。戰鬥，沼澤，**戰鬥**。記住你是誰。

凱西爾在逃離滅絕時，感到一股鼓漲的驕傲感。沼澤體內的某部分，他兄長的某部分，存活了下來。然而，現在沒有凱西爾能幫得上忙的地方。不論滅絕在法德瑞斯想要的是什麼，凱西爾都只能讓它得到。直接面對滅絕是不可能的，因為正面對抗時，滅絕能擊敗凱西爾。

幸運的是，凱西爾就是靠著躲避公平對決來混口飯的。騙局開始後，在貴族的守衛警覺之前，最好的策略就是先低調一段時間。

滅絕如此專注地盯著法德瑞斯，它在其他地方一定會露出破綻。

5

要做得更好，凱西爾。

他一邊看一邊等待著。他也是可以很小心的。

人心不是你的玩具。

他飄浮著，化身為迷霧，觀察滅絕如何移動它的棋子。審判者們是它主要的雙手，滅絕有意地將他們放置在各個地點。

所有聰明人的弱點。

一個破口。凱西爾需要一個破口。

活下來。

滅絕認為它已經控制了整個最後帝國。如此自滿，但缺陷依然存在。它投入在鄔都這座殘破城市上的注意力越來越少，對於城內的空運河及飢餓群眾亦然。它的其中一項計畫圍繞在一名用布條蒙住眼睛、身披燒焦披風的年輕男子身上。

沒錯，滅絕以為這座城早已落入它的掌心之中。

但凱西爾……凱西爾瞭解那個男孩。

凱西爾將注意力集中在鬼影身上，那名年輕人——他已經被驅策到了瘋狂的邊緣，即將被淹沒——正踉蹌著走上人群前方的平臺。滅絕以凱西爾的形體，驅使男孩走到這一步。它正試著要將那男孩變成審判者，並在同一時間，讓這座城市因為暴動及瘋狂而燃燒。

它在這座城的行動和在其他許多地方很類似。在只專注於法德瑞斯的情況下，滅絕在其他地方的注意力太分散了。它在鄔都有所行動，卻沒有將那視為優先。它已經啟動了它的計畫：滅絕這些人的希望，將城市燒毀殆盡。這一切只需要那個迷惘的男孩謀殺一個人。

鬼影站在臺上，準備在人群面前下毒手。凱西爾將自身的注意力如一絲迷霧般抽出，謹慎、安靜。他就是鬼影腳下木板的顫動，他就是被呼吸的空氣，他就是火苗和火焰。

滅絕就在那裡，狂怒地命令鬼影下手殺人。這不是那個小心謹慎、微笑著的人型化身。這是那股力量中更純粹、更原始的形體。這部分的它只包含了滅絕的一點點注意力，而它也沒有讓其乘載全部的力量。

滅絕並沒有注意到凱西爾從力量裡脫出，並將自己的魂魄顯露出來，向著鬼影靠近。那些代表親切感與聯繫的絲線也出現在了那裡。奇怪的是，鬼影這邊的絲線比起沼澤與紋那裡還來得更強。為什麼會這樣？

現在，你必須殺了她，滅絕對鬼影說。

在那股憤怒之下，凱西爾對著鬼影破裂的靈魂悄聲說。希望。

鬼影，你想要得到力量嗎？滅絕的聲音如轟雷般響著。你想要成為更優秀的鎔金術師？那份力量必須來自某處，從來不是免費的。這女人是名射幣。殺了她，你就能得到她的能力。我會將她的能力給你。

希望。凱西爾說著。

他們不斷來回拉鋸著。殺。滅絕送出印象和話語。謀殺、毀滅。滅絕。

希望。

鬼影向他胸口的金屬伸出手。

不要！滅絕震驚地大喊。鬼影，你想要變回普通人嗎？變成沒有用的人嗎？你會失去你的白鑞，繼續當個弱者，就像你讓你叔叔死去時那樣！

鬼影看向滅絕，面目猙獰，接著割開自己的身體，將尖刺拉出。

希望。

滅絕否定地尖叫著，它的形體變得模糊，蜘蛛腳從它披著的殘破身體中穿刺出來。那形體開始毀滅，變成黑色的迷霧。

鬼影垮在了平臺上，先是跪下，接著向前倒地。凱西爾跪下扶住他，將存留的力量拉回到自己身上。「噢，鬼影，」他悄聲說。「你這個可憐的孩子。」

他能感覺到這年輕人的靈魂向外噴濺。崩壞。裂痕深至核心。男孩的思緒飄向凱西爾。關於他愛的女人的想法。關於他自己失敗的想法。困惑的想法。

在心底深處，這男孩會跟隨滅絕，正是因為他不顧一切地期盼凱西爾能夠指引他。他很努力地想要成為凱西爾。

看到這年輕人的信念，讓凱西爾的心絞在一起。這是對他的信念。凱西爾，倖存者。一個假冒的神。

「鬼影，」凱西爾悄聲說，再次用他自己的魂魄碰觸鬼影。他的話梗在喉嚨，但強迫自己說出來：「鬼影，她的城市正在燃燒。」

鬼影顫動了一下。

「數千人會死在火焰中。」凱西爾悄聲說，碰觸男孩的臉頰。「鬼影，孩子，你想要像我一樣？真的想要像我一樣嗎？那就在被打倒時，繼續戰鬥！」

凱西爾往上看向那盤旋、攪動著的憤怒滅絕形體。更多滅絕的專注力正朝這個方向集中。它很快就會阻止凱西爾。

在這裡擊敗它只是個小小的勝利，但這就是證據。這東西是能被抵抗的。鬼影做到了。而且還會再做一次。

凱西爾往下看著在他手臂間的孩子。不，已經不再是孩子了。他讓自己對鬼影開放，接著說出一句單一、有力的命令。

「**活下來！**」

鬼影尖叫，開始燃燒他的金屬，刺激自己清醒過來。凱西爾站起身，充滿勝利感。鬼影爬著跪起身，他的靈魂在增強。

「不論你做什麼，」滅絕對凱西爾說，就像是第一次發現他的人在那裡一樣。「我都會反制。」

毀滅的力量向外爆發，將黑暗觸鬚送進城市。它沒有將凱西爾推走。凱西爾不確定是因為滅絕的注意力仍然太集中在別處，還是只是它不在意凱西爾留下來見證這座城市的終結。

火焰。死亡。凱西爾在一瞬間看見了那東西的計畫：將城市燒成平地，抹除一切滅絕失敗的證據。終結這裡的所有人。

鬼影已經開始動作，面對著他周圍的人，像是統御主一般下達著命令。那該不會是……沙賽德！

凱西爾在看到那名安靜的泰瑞司人走近鬼影時，感到一股舒心的溫暖。沙賽德永遠會有答案。但他在這裡的樣子看起來憔悴、困惑、疲憊。

「噢，朋友，」凱西爾悄聲說。「它對你做了什麼？」

那群人遵從鬼影的命令，向外跑開。鬼影落在他們後方，沿著街道行走。在靈魂界裡，凱西爾能看見未來的絲線。包覆在黑暗之中，被毀滅的城市。可能性的終結。

但還是有寥寥數條光線殘留下來。沒錯，還是有可能做到。首先這名男孩必須拯救他的城市。

「鬼影。」凱西爾用力量替自己形成一具身體。沒人看得見他，但不重要。他落下和鬼影一起行走，鬼影基本上是蹣跚著前進，一腳接著一腳，幾乎沒有移動。

「繼續走。」凱西爾鼓勵著他。他能感覺到這個男孩的痛苦，他的煎熬與困惑。他的信念被擊碎。但不知為何，透過聯繫，即便對其他人做不到這點，凱西爾還是能夠和他說話。

凱西爾在鬼影每一次顫抖、痛苦的跨步時，與他分享著疲憊。他重複地說著悄悄話。繼續走。那成了一種誦念。鬼影的年輕女子到了他旁邊，協助著他。凱西爾走在他的另一邊。繼續走。

上天祝福，他做到了。這個累垮的年輕人不知如何成功地蹣跚走了整段路，來到一棟燃燒的建築物前。他停在外頭，在那裡，沙賽德不得已地被擋在門外。從他們垮下的肩膀、他們雙眼中與火焰互相映照著的恐懼，凱西爾讀出了他們的心。他聽見思緒從他們身上脈動而出，靜默且害怕。

這城市完了，而且他們都心知肚明。

鬼影讓其他人將他從大火前拉離。情感、記憶、念頭從男孩身上湧出。

凱西爾並不關心我。鬼影想著。他沒想到過我。他記得其他人，但不記得我。他給了他們工作去做。我對他來說不重要……

「我為你起了名字，鬼影。」凱西爾悄聲說。「你曾是我的朋友。這樣還不夠嗎？」

鬼影停在原地，扯開其他人的抓握。

「我很抱歉，」凱西爾啜泣著。「因為你接下來必須做的事。倖存者。」

鬼影從其他人的抓握中將自己扯離。狂怒的滅絕在上方，怒罵著與尖叫著——它終於將注意力轉向這裡並開始逼退凱西爾——但年輕人已經進入火焰之中。

並且拯救了城市。

6

凱西爾坐在一片奇特、蒼翠的原野上。到處都是綠草。如此奇異。如此美麗。

鬼影走過來坐在他旁邊。那男孩將布條從眼睛前取下後，搖了搖頭，接著用手指梳過自己的頭髮。「這是什麼？」

「半夢境。」凱西爾拔下一片草，開始嚼起來。

「半夢境？」鬼影問。

「你差點就死了，小子。」凱西爾說。「你的靈魂被砸得可厲害了，有一大堆裂縫呢。」他微笑。「所以就讓我進來了。」

其實不止這樣。這個年輕人很特別。至少，他們的關係很特別。鬼影相信他的程度是其他任何人都比不上的。

凱西爾一邊這麼想著，一邊拔起另一片草來嚼。

「你在做什麼？」鬼影問。

「這看起來好奇怪，」凱西爾說。「就像梅兒一直在說的樣子。」

「所以你就去吃它？」

「大部分是在嚼啦。」凱西爾說著將它吐到一邊。「只是好奇而已。」

鬼影深呼吸。「不重要。這些都不重要。你不是真的。」

「好吧，嚴格來說沒錯。」凱西爾說。「我不完全是真的。從我死後就不是了。但我現在也是一個神了……我想是啦。這很複雜。」

鬼影看著他，皺起眉。

「我需要有個能和我聊天的人。」凱西爾說。「我需要你。某個崩壞的人，卻能抵抗它的人。」

「另外一個你。」

凱西爾點頭。

「你總是那麼嚴峻，凱西爾。」鬼影望向綿延不絕的綠色原野。「我能看出在心底深處，你是真的痛恨那些貴族。我以為憎恨就是你堅強的原因。」

「像是疤痕一樣堅強，」凱西爾悄聲說。「非常實用，但是很僵硬。那是一種我寧願你永遠不要擁有的堅強。」

鬼影點頭，似乎是瞭解了。

「我為你感到很驕傲，小子。」凱西爾往他的手臂認同地敲了一拳。

「我差點就毀了一切。」他垂下目光。

「鬼影，如果你知道我有多少次差點毀掉整座城市，你就不會好意思說這種話了。老天，你幾乎沒有破壞到那個地方。他們把火撲滅了，還救出了大多數的居民。你是個英雄。」

鬼影抬頭，微笑著。

「有件事情，小子，」凱西爾說。「紋並不知道。」

「不知道什麼？」

「那些尖刺，鬼影。我沒辦法傳訊息給她。她必須要知道。還有鬼影，她……她身上也有一支尖刺。」

「統御主啊……」鬼影悄聲說。「紋？」

凱西爾點頭。「聽我說。你很快就要醒了。就算你忘記了夢裡的其他所有事，我依然需要你記住這部分。當終結來臨時，把人們集中到地底下。送一份訊息給紋。把訊息刻在金屬上，因為任何不是寫在金屬上的皆不可信。

「紋必須要知道滅絕與它那些虛假的面孔。她必須要知道尖刺的事，埋在身體中的金屬能夠讓滅絕對人耳語。記住，鬼影。別相信任何被金屬刺穿的人！就連最小一點都可以玷汙一個人。」

鬼影開始變得模糊，他正在甦醒。

「記住，」凱西爾說。「紋正在聆聽著滅絕。她不知道能相信誰，這就是你為什麼一定要派人把這個訊息送出去的原因，鬼影。這件事的所有線索都散在風中，四處飄蕩。你有著別人沒有的線索。為我將它灑出去。」

鬼影在醒來時點了點頭。

「好孩子，」凱西爾悄聲說，微笑著。「你做得很好，鬼影。我為你感到驕傲。」

7

一名男子離開了鄔都，穿過迷霧與灰燼向前進，開始前往陸沙德的漫長旅程。

凱西爾並不認識這名男子，葛拉道。不過，他的力量認得他。知道他在年輕時便加入統御主的警備隊，希望能讓他自己與他的家人過上更好的生活。他就是那種如果凱西爾有機會，就會毫不留情痛下殺手的人。

現在葛拉道也許能拯救全世界。凱西爾在他後方翺翔著，感覺迷霧的期盼正在增強。葛拉道帶著一片寫著祕密的金屬。

滅絕如同陰影般翻滾越過大地，宰制了凱西爾。他在看到葛拉道奮力穿過如山峰積雪般高的灰燼堆時，笑了出來。

「噢，凱西爾，」滅絕說。「你使盡全力就只能做到這樣？在鄔都的那個孩子身上花了那麼多心血，只為了這個？」

凱西爾咕噥著，同時滅絕的力量朝著他的一雙手伸出觸鬚，召喚著他們。在現實世界中，數小時過去了，但在神的眼中時間是可變化的，它會照你想要的方式流動。

「你玩過牌嗎，滅絕？」凱西爾問。「在你還是普通人的時候？」

「我從來就不是個普通人，」滅絕說。「我是個正在等待著力量的載體。」

「那麼載體在空閒時都在做什麼？」凱西爾問。「玩牌嗎？」

「幾乎沒有，」滅絕說。「我以前是個比那還好得多的人。」

凱西爾在滅絕的雙手抵達時，發出一聲呻吟。那個人高飛著從落下的灰燼間穿過。他是一名眼睛被尖刺刺穿的男人，嘴唇向後扯成一絲冷笑。

「當我還是孩子時，」凱西爾柔聲說。「我對玩牌很在行。我的第一個騙局就是和牌相關的。不是交換三張牌的那種，那太簡單了。我比較喜歡的騙局是那種只包含了你自己、一疊牌，還有一名盯著你一舉一動的目標。」

在下方，沼澤掙扎著——然後終於殘殺了——不幸的葛拉道。看著他的哥哥不僅是殺了人，還在滅絕瘋狂的汙染驅使下陶醉於死亡中，讓凱西爾瑟縮了一下。奇怪的是，滅絕居然是在阻止沼澤。就好像在這當下，它失去了對沼澤的控制。

滅絕很小心地不讓凱西爾靠得太近，凱西爾甚至沒辦法靠近到能夠聽見他哥哥思緒的範圍內。在殺戮的嗜血性消退以後，沼澤終於取回了鬼影送出的信件，滅絕在此時大笑。

「你以為自己很聰明嗎？」滅絕說。「凱西爾。把文字刻在金屬上面，我是沒辦法讀它們沒錯，但是我的手下可以。」

凱西爾向下沉，而沼澤正看著鬼影下令雕刻的金屬片，並且將內容大聲讀給滅絕聽。凱西爾為自己構成了一具身體，接著跌向前跪在灰燼中，看上去彷彿遭到擊敗。

滅絕在他身旁現形。「沒事的，凱西爾。這才是事物應該要有的狀態。這才是他們被創造的理由！別對即將來臨的死亡感到悲傷，要為了逝去的生命而慶祝才對。」

他拍拍凱西爾，然後蒸發消失。沼澤站起身，灰燼黏在他被血沾溼的衣服與臉上。接著他起跳跟隨滅絕，聽從著他的主人的指示。終結很快就會來臨了。

凱西爾跪在倒下的男人屍身旁，他正在緩緩地被灰燼覆蓋。紋赦免了他，但凱西爾最終還是讓他被殺了。他伸進意識界，男人的靈魂進入了那片迷霧與陰影之地，現在正看著天空。

凱西爾靠近，雙手緊握住那個男人的手。「謝謝你，」他說。「還有很抱歉。」

「我失敗了。」葛拉道在被拉走時說。

凱西爾心痛如絞，但他不敢否定那名男子。原諒我。

現在要安靜下來。凱西爾再次讓自己飄浮著，散布開來。他不再試著去阻止滅絕的影響。在收手時，他看見他的確有幫助到一點點。他阻止了一些地震，減緩了熔岩的流速。總體上無關緊要，但至少他有做到一些事。

現在他放手讓滅絕加強力道。終結正在加速，因為一名年輕女子的行動而扭曲著，而她在一場風暴來臨時，回到了陸沙德。

凱西爾閉上雙眼，感覺世界沉寂下來，就像是大地本身屏住了呼吸一樣。紋奮戰著、舞動著，將她的能力推到極限——接著超越自己。她面對滅絕集結的強力審判者們，以凱西爾為之驚嘆的高超技巧戰鬥著。她比他對打過的審判者還要厲害，比他知道的任何人都要厲害。比凱西爾自己還要更厲害。

不幸的是，對上一整群嗜殺的審判者，這樣還是遠遠不夠。

凱西爾強迫自己不插手。但老天啊，還真難。他讓滅絕統治一切，讓他的審判者們將紋打到屈服。這場戰鬥結束得太快了，留下被擊敗後殘破不堪的紋，落在了沼澤手裡。

滅絕走近，對著她耳語著。紋，天金在哪裡？它說。妳對天金知道多少？

天金？凱西爾看著沼澤跪在紋身邊，準備傷害她時，靠近了他們。天金。為什麼……

他想通了一切。滅絕同樣並不完整。在殘破的陸沙德城裡——雨水傾瀉而下，灰燼堵塞在街道上，審判者們待在這裡，以毫無表情的尖刺雙眼觀看著——凱西爾恍然大悟。

存留的計畫。那行得通！

沼澤折斷紋的手臂，咧嘴一笑。

現在。

凱西爾將他全部的力量擊向滅絕。並不多，而且他也沒辦法好好控制，但這卻是意想不到的一擊，因而引開了滅絕的注意力。力量碰在一起，其中的摩擦——與對立——碾磨著他們。

痛苦穿透凱西爾，大地從城市向外顫動著。

「凱西爾，凱西爾。」滅絕說。

在下方，沼澤大笑著。

「你知道，」凱西爾說。「為什麼我每次玩牌都贏嗎，滅絕？」

「拜託，」滅絕說。「這很重要嗎？」

「那是因為，」凱西爾因為痛苦而咕噥著，他的力量繃緊。「我每次都能。強迫。別人去選。我要他們選的牌。」

滅絕暫停動作，接著看向下方。那封信——並不是要葛拉道送給紋，而是要送給沼澤的——成功達成了它的任務。

沼澤扯掉了紋的耳針。

世界凍結。滅絕，宏大而不朽的滅絕，看起來陷入完全、絕對的驚恐。

「你從我們之中選錯人做成審判者了，滅絕。」凱西爾斷聲說。「你不應該去選我那位好兄弟的。他一直都有個壞習慣，他不做聰明事，但是會去做正確的事。」

滅絕看著凱西爾，將它完全、驚人的注意力轉向他。

凱西爾微笑。看來就算是神，也還是會落入經典的誤導騙局裡。

紋伸向迷霧，而凱西爾感到他體內的力量急切地顫動著。這就是它們存在的原因；這就是它們存在的目的。他感覺到紋的渴望，感覺到她的疑問。她在哪裡感受過這種力量？

凱西爾將自己撞向滅絕，力量互相碰撞，將他的魂魄裸露出來。他那暗沉、傷痕累累的魂魄。

「當然是昇華之井，」凱西爾對紋說。「畢竟是同樣的力量。妳餵給依藍德吃的金屬，是固體；妳燃燒的水池，是液體；而水氣則出現於空氣中，僅限夜間出現，隱匿妳、保護妳……」

凱西爾深呼吸。他感覺到存留的能量正從他身上剝離。他感覺到滅絕的狂怒痛毆著他，將他活剝，貪婪地摧毀他。他在最後一刻感受著這世界。最遙遠的落灰；南方遠處的人們、盤旋的風和生命緊繃著——掙扎著——想要在這星球上延續下去。

接著凱西爾做出了有生以來最困難的事。

「**給妳力量！**」他對紋大吼，放開存留的精質，讓她得以持有它。

紋吸入迷霧。

而滅絕完全的狂怒迎向凱西爾，將他擊落，扯下他的魂魄，撕碎他。

8

凱西爾被那四處蔓延、撕心裂肺的痛楚扯得支離破碎——就像是骨頭被活生生抽出來一樣。他顫抖著，看不見也無法思考——在這樣的攻擊下，除了尖叫之外什麼事也不能做。

他最終來到某個被迷霧包圍的地方，游移的迷霧遮掩住了一切。死亡，這次是真的嗎？不……但很接近。他能感覺到那股拉力再次來到身上，包覆住他，試著將他拉去那個所有人都會前往的遙遠之地。

他想要去。他非常痛苦。他要一切都結束，想要遠離。遠離一切。他只希望痛楚能停止。

他也曾經感受過這種絕望，就是在海司辛深坑裡的時候。不像當時，現在他沒有存留的聲音來引導他了，不過——啜泣著，顫抖著——他將雙手沉進周圍的迷霧空間中抓住。緊緊抓著，拒絕離開。否定那股呼喚著他、承諾著平和與結束的力量。

那股拉扯感最終平靜下來，逐漸淡去。他曾掌握神祇之力。除非他自己想要，否則最終的死亡無法帶走他。

又或著是他被完全消滅也行。他在迷霧中打著寒顫，感激著它們的包覆，但還是不確定自己身在何處——也不確定為什麼滅絕沒有祭出最後一擊。凱西爾感覺得到它是打算要那麼做的。幸運的是，當面對新的威脅，毀滅凱西爾就不再是優先事項了。

紋！她做到了！她昇華了！

凱西爾呻吟著，將自己拉向上方，他發覺滅絕的攻擊是如此強而有力，將他打進了意識界裡柔軟迷霧大地的深處。雖然有些困難，他還是將自己拉了出來，癱倒在地面上。他的魂魄變形、扭曲，就像是被巨石砸中的軀體一般，暗色的煙從其上的數千個小洞中漏了出來。

就在他躺在那裡緩慢地復原時，那股疼痛——過了這麼久終於——消退了。好長一段時間流逝過去。他不知道有多久，但至少是很多個小時以後了。他的人不在陸沙德。反昇華——然後被滅絕的力量擊碎——將他的魂魄拋離了城市很遠一段距離。

他眨了眨虛幻的眼睛。上方，整片天空都是白黑觸鬚所構成的風暴，有如互相攻擊著的雲。他能聽見遠處有什麼東西，讓整個界域都在震動。他強迫自己起身行走，最終登上一座山丘時，他看見了——在下方——由光組成的人形們正在戰鬥。這是一場戰爭，人類對抗克羅司。

存留的計畫。他在最終時刻看見並瞭解了。滅絕的身體就是天金。那計畫是創造某種全新而特別的存在——能夠燒掉滅絕身體的人們，以此擺脫掉天金。

下方，人們為了自己的生命而戰，他看見他們因為燃燒著神的身體而超越了實體界。上方，滅絕與存留撞擊在一起。紋做得比凱西爾好得多了。她擁有迷霧的全部力量，但在那以外，她使用那股力量的方法不知為何就是感覺比較自然。

凱西爾拍掉身上的灰塵，然後整理著衣服。還是同樣的襯衫與長褲，就是他很久以前與審判者打鬥時穿著的那一套衣物。他的背包，還有納哲給他的小刀怎麼了？它們都被丟失在從這裡到法德瑞斯之間無盡的灰燼原野上。

他穿過戰場，遠離路徑上的狂怒克羅司，以及那些可以看進靈魂界的人們，即便他們只能看見很侷限的一部分。

凱西爾登上並停留在山丘頂部。在前方另一座山丘上，雖然有段距離但還是近得足以辨認，依藍德．泛圖爾正站在屍體堆中與沼澤對打著。紋在上方盤旋，既寬廣又非凡，一個充滿亮光與神力的形體——就像是太陽與雲朵的原型。

依藍德．泛圖爾舉起手，接著爆發出光芒。白色的線條從他身上往所有方向散射而出，鑽進所有事物。線條將他聯繫到凱西爾、到未來，還有到過去。

*他正在完整看見，*凱西爾想。*那處時間的間隙。*

依藍德的劍最終落在沼澤的脖子前，他直接看向凱西爾，超越了三界域。

沼澤將斧頭砍進了依藍德的胸膛。

「不！」凱西爾尖叫。「不！」他從山丘上踉蹌而下，跑向泛圖爾。他翻越過屍體堆，它們在這邊就像影子一般，接著手腳並用，爬向依藍德死亡的地點。

他還沒到達那裡，沼澤就砍掉了依藍德的頭。

噢，紋。我很抱歉。

紋所有的注意力都圍繞著那個倒下的男子。凱西爾停下腳步，感覺麻木。她會陷入狂怒。她會失去控制。她會……

在光芒中崛起？

他敬畏地觀看著紋的力量凝聚。從她湧出的波動之中並沒有憎恨，將萬物平靜下來。

在她之上，滅絕大笑著，又一次認定自己最了解一切。就在紋升向它的同時，那笑聲戛然而止，她是一柄輝煌、燦爛的力量之槍——毫不失控、充滿關愛、慈祥，但是無比堅強。

凱西爾現在瞭解為何需要是她，而不是他，來做這件事。

紋將她的力量衝撞向滅絕，讓它窒息。凱西爾走向山丘頂端，觀看著，感覺著那股熟悉的力量。他在紋進行終極的英雄作為時，感受一股溫暖的親切感。

她將毀滅帶給了毀滅者。

一切在一股光芒的噴發中作結。黑白交雜的縷縷迷霧，開始從天上流瀉而下。凱西爾微笑，知道一切終於結束了。很快地，迷霧迴旋著構成兩道煙柱，聳立到不可能的高度。兩股力量都被釋放了。它們抖動著，游移不定，像是醞釀中的風暴。

沒有人持有它們……

凱西爾伸出手，膽怯地顫抖著。他可以……

依藍德．泛圖爾的靈魂，在他身旁跌進意識界中，絆了一跤跌在地上。他大聲呻吟著，而凱西爾對他咧嘴一笑。

依藍德在凱西爾伸出手時，眨了眨眼。「我總是想像在我死去時，」依藍德讓凱西爾協助他站起身。「所有我愛的人都會現身來迎接我。我可沒想過那會包括你。」

「你的注意力得要再好一點，小子。」凱西爾打量著他。「制服不錯啊。是你要求他們把你弄得像是個廉價的盜版統御主，還是這只是個意外？」

依藍德眨眨眼。「哇，我已經開始討厭你了。」

「你需要多點時間適應。」凱西爾往他的背後一拍。「通常到最後就會淡化成輕微的惱怒而已。」他看著還在他們周圍盤旋著的力量，接著對著一個由光構成的人影皺眉，那人正忙亂地跑過原野，身形讓他感到很熟悉。那人影來到已經落在地上的紋的屍身旁邊。

「沙賽德。」凱西爾悄聲說，接著觸碰他。看見在這種狀況下的沙賽德，為凱西爾帶來了許多情緒波動，他對此並沒有心理準備。沙賽德很害怕。不敢置信。被擊垮。滅絕已經死去，但這世界還是會終結。沙賽德以為紋會拯救他們。老實說，凱西爾也是。

但看來永遠都還有另一個祕密。

「是他。」凱西爾說。「他才是永世英雄。」

依藍德．泛圖爾把一隻手放在凱西爾的肩膀上。「你的注意力得要再好一點，」他補充著。「小子。」他將凱西爾拉離，沙賽德朝兩邊各伸出一隻手，取得了力量。

凱西爾為兩股力量結合的方式感到驚嘆。他一直都將它們感受為相反的存在，但它們在沙賽德旁盤旋的樣子，看起來就像是屬於彼此一樣。「怎麼會？」他悄聲說。「他怎麼會與兩者都有聯繫？為什麼不是只有存留？」

「他在這一年之間變了。」依藍德說。「滅絕不只是死亡與毀滅。這股力量還代表了能夠平和地接受這些事。」

轉變在持續，縱然這變化無比非凡，凱西爾的注意力卻被其他東西所吸引。在山丘頂部，力量開始凝聚在他附近。那組成了一名年輕女子的形體，她輕巧地滑進了意識界。她幾乎沒有踉蹌，令人覺得既合適卻又極度不公平。

紋瞥向凱西爾然後微笑。一個歡迎、溫暖的微笑。那是喜悅與包容的微笑，讓他感到無比驕傲。他多麼希望自己能夠更早一些找到她，在梅兒還活著的時候。在紋需要父母的時候。

她先走向依藍德，給了他一個長長的擁抱。凱西爾瞥向沙賽德，他正在擴張成為萬物。對他來說是件好事。那是項困難的工作，沙賽德可以盡量拿去沒關係。

依藍德向凱西爾點點頭，而紋走過來。「凱西爾，」她對他說。「噢，凱西爾。你真的永遠都有自己的玩法。」

他猶豫著，並沒有擁抱她。他伸出手，感覺奇怪地恭敬。紋接過他的手，指尖蜷曲在他的掌心上。

附近另一個人影從力量中凝聚現身，但凱西爾忽略那個傢伙。他往紋靠近了一步。「我……」他要說什麼？老天，他不知道。

有生以來第一次，他不知道。

她擁抱了他，而他發現自己在啜泣。他從來沒能擁有的女兒，待在街頭上的小小孩。雖然她還是很小，但是已經成長、超越了他。而且就算如此，她還是愛著他。他緊抱著他的女兒，緊貼著他崩壞的魂魄。

「妳做到了，」他終於悄聲說。「沒有人能夠做到的事。妳獻出了自己。」

「因為，」她說。「我有個好榜樣，你知道的。」

他將她更加拉進懷裡，抱著她更久一些。不幸的是，他終究要放手。

滅絕在附近站起身，猛眨著眼。或者……不，那已不再是滅絕了。這只是那名載體，雅提。那名曾經持有力量的男子。雅提用手梳過他的紅髮，接著四處張望。「費克斯？」他聽起來很困惑。

「不好意思。」凱西爾對紋說，接著放開她，走近那名紅髮男子。

他狠狠揍了男子的臉一拳，將他完全撂倒在地。

「太棒了。」凱西爾甩著他的手。在他腳邊，那男人看向他，然後閉上眼睛嘆了口氣，就這樣被拉入永恆之中。

凱西爾走回到其他人身邊，經過了一個穿著泰瑞司長袍的人影，他雙手交疊在前，被垂下的袖子所遮住。「嘿，」凱西爾說，然後看向天上正在發光的人形，「你不是……」

「一部分的我是。」沙賽德回答。他看向紋與依藍德，接著伸出他的雙手，一隻手分別朝向一人，「感謝你們帶來了這個新的開始。我已經治癒了你們的身體。只要你們願意，現在就可以再回去了。」

紋看向依藍德。凱西爾驚恐地發現，她已經開始被拉走了。依藍德轉向某個凱西爾看不見的事物，某個彼端的事物，微笑著，接著走向那方向。

「我不認為事情是那樣辦的，阿沙。」紋接著親了他的臉頰。「謝謝你。」她轉身，握住依藍德的手，然後開始被拉向那看不見、遙遠的所在。

「紋！」凱西爾大喊，抓住她的另一隻手，握住它。「不，紋。妳持有過力量，妳不必離開的。」

「我知道。」她越過肩膀回看著他。

「拜託，」凱西爾說。「別走。留下。和我一起。」

「啊，凱西爾，」她說。「關於愛，你還有很多要學的，是吧？」

「我懂得愛，紋。我做的所有事——帝國的殞落、我放棄的力量——全都是因為愛。」

她微笑。「凱西爾。你是個偉大的人，也應該為你的所作所為感到驕傲。而且你的確有著愛。我知道的。但同一時間，我不認為你了解愛。」

她將視線轉向依藍德，他已經消失，只剩下他的手——在她手中——還看得見。「謝謝你，凱西爾。」她悄聲說，回看他。「因為你所做的一切。你的犧牲很了不起。但是你做了那些你必須做的事，為了保衛這世界，你必須成為某種存在。某種令我擔憂的存在。

「曾經，你教了我一堂關於友誼的課程。我必須回報你一堂課。這是最後的禮物。你需要去了解，你需要去提問。你做的事裡有多少是因為愛，又有多少是為了證明些什麼？證明你沒被背叛、沒被擊敗、沒被打倒？你能誠實地回答嗎，凱西爾？」

他迎向她的目光，然後看見那個隱含著的疑問。

有多少是為了我們？它詢問著。又有多少是為了你自己？

「我不知道。」他告訴她。

她捏了一下他的手，然後微笑——那個在他第一次找到她時，她還沒辦法露出的微笑。那，比起其他所有事，更讓他為她感到驕傲。

「謝謝你。」她再次悄聲說。

接著她放開他的手，跟著依藍德進入彼端。

9

大地在死去時搖動著、呻吟著，接著重生。

凱西爾在其上行走，雙手插在口袋裡。他漫步過世界的終結，力量往所有方向噴灑著，讓他看見三個界域的景象。

火焰從天而降；岩石相互撞擊，接著被扯開；海洋沸騰，然後那些蒸汽成為空氣中全新的迷霧。

凱西爾繼續走著。他走著，就好像他的腳能夠帶著他從一個世界走到另一個，從一個生命走到另一個。他並沒有感覺被拋棄，但他的確覺得孤單。就像他是全世界留下的最後一人，一個紀元的最後目擊者。

灰燼被大地變成的岩漿所吞噬。在凱西爾身後，就像是跟著他腳步的節奏，山峰崩塌成了平地，河流從高地流瀉而下，填滿了海洋。生命出現，樹木萌芽伸向天空，在他四周形成森林。接著一切掠過，讓他身處在沙漠之中，周圍快速乾燥，沙賽德創造出的砂礫從地底深處噴湧而出。

眨眼間，十數種不同的景象掠過他，轉瞬後大地再次成形。凱西爾最終停在了一片聳立的高原上，俯瞰著新世界，來自三界域的風吹皺了他的衣著。細草從他腳底下長出，接著冒出花朵。梅兒的花朵。

他跪下來垂下頭，將手指放在其中一朵花上。

沙賽德出現在他身旁。緩緩地，凱西爾所見的真實世界景象淡去，他再次被困在了意識界裡，周遭的一切都變成了迷霧。

沙賽德在他身旁坐下。「我老實說吧，凱西爾。這不是我當初加入你的團隊時所預想的結局。」

「叛逆的泰瑞司人。」凱西爾說。雖然他在迷霧構成的世界裡，他還是能——模糊地——看見現實世間中的雲朵。它們從他腳下經過，在山丘底部周圍湧動著。「你那時候就是個活著的悖論了，阿沙，我早該看出來的。」

「我沒辦法把他們帶回來，」沙賽德柔聲說。「還不行……也許永遠都不行。彼端是個我無法觸及的地方。」

「沒關係，」凱西爾說。「幫我個忙。你能替鬼影做些什麼嗎？他的身體狀態不太好。他太努力了。把他治好一些，好嗎？你在做的時候也許能順便把他變成迷霧之子。他們在即將面對的新世界裡，會需要一些鎔金術師。」

「我會考慮的。」沙賽德說。

他們一起坐在那裡。兩位朋友，在世界的邊緣，在時間的終結與起始。最終，沙賽德站起身向凱西爾鞠躬。對一位神來說，這可是個很崇敬的舉動。

「你覺得呢，阿沙？」凱西爾看向外面的世界。「有方法能讓我離開這裡，然後再次活在實體界嗎？」

沙賽德猶豫了。「不，我想沒有。」他拍了拍凱西爾的肩，接著消失。

哼，凱西爾想。他擁有兩倍創世的力量，一位神中之神。

結果他還是個差勁的騙子。

尾聲

鬼影對於自己能住在華宅，其他人卻都一無所有，感到很不自在。不過他們都這麼堅持——而且這其實也算不上什麼華宅。沒錯，這是棟兩層樓的木屋，別人都還住在棚屋裡。只不過這房間很小，晚上還很悶熱。他們並沒有玻璃能拿來做窗戶，要是他不把窗板關起來的話，昆蟲就會跑進來。

在這個美麗新世界裡，正常的東西真是令人失望的少。他打了個呵欠，關上門來。房間裡有張床及桌子，沒有蠟燭或檯燈；他們還沒有製作那些東西的資源。他滿腦子都是微風關於如何當王的教導，而他的手臂還因為哈姆的訓練而疼痛著。貝爾黛馬上就會等著他去共進晚餐了。

樓下的一扇門關起，讓鬼影跳了一下。他一直預期過大的聲響會比實際上更刺痛他的耳朵，而且即便過了好幾週，他還是很不習慣像這樣子不遮住眼睛到處走。他的其中一個助手在桌上一塊小寫字板上——他們還沒有紙張——用木炭寫了字，列出明日的預定計畫。最底下則是一小段簡單的訊息。

我終於讓鐵匠照您的要求去做了，雖然他對於要使用審判者的尖刺感到很害怕。我不確定您為什麼這麼想要這個，陛下。不過這就是您要的。

在寫字板的基座上有一支尖刺，被做成了耳環的形狀。鬼影將耳環拿起，舉在眼前。

他再問自己一次，為什麼他會想要這個？他記得有某種東西在他的夢中低語著。去拿一支尖刺來鑄造成耳環。審判者的舊尖刺就可以了。你會在那座曾經位於克雷迪克．霄底下的洞窟裡，找到一名……

一個夢？他衡量著，接著——也許是違背了自己的最佳判斷——將耳環刺穿了耳朵。

凱西爾出現在房間裡。

「啊！」鬼影往後一跳。「是你！你已經死了。紋殺了你，阿沙的書裡說——」

「沒關係的，小子。」凱西爾說。「我是真的凱西爾。」

「我……」鬼影結巴著。「那……啊！」

凱西爾走了過來，將手臂搭在鬼影的肩上。「你看，我就知道這會成功。你現在兩者都有了。破損的心靈，以及血金術尖刺。你也已經能夠些許地看進意識界，這代表我們兩個可以一起合作了。」

「噢，老天。」鬼影說。

「拜託，別這樣好嗎？」凱西爾說。「我們的工作可是很重要的。生死交關。我們要去揭開這個宇宙，或著叫作寰宇，其中所包含的謎團。」

「你……你是什麼意思？」

凱西爾微笑。

「我覺得我快吐了。」鬼影說。

「外面的世界可是大得很呢，小子，」凱西爾說。「比我知道的大得多。無知差點就讓我們全盤皆輸，我可不會讓那再次發生。」他輕拍著鬼影的耳朵。「在我死時，我得到了一個機會，我的心智擴張了，而我學到了一些事情。我當時的注意力並不在這些尖刺上；我在想，如果我有的話，就可以完全弄懂它們了。不過我還是學到了很多，多到足以構成危險，但我們兩個也會把剩下的部分全都弄懂。」

鬼影向後退開。他現在是個獨立的人了！他不需要去做凱西爾所說的任何事。老天，他甚至不知道這是不是真的凱西爾。他已經被騙過一次。

「為什麼？」鬼影質問著。「我為什麼要去在乎這些事？」

凱西爾聳聳肩。「你知道，統御主是永生不死的。藉由結合不同力量，他成功讓自己不會老化──在大多數狀況下也不會死。你是個迷霧之子，鬼影。你已經走到半途了。難道你不會對其他可能性感到好奇嗎？我們有著一小堆審判者尖刺，沒用地堆在那裡……」

永生不死。

「你呢？」鬼影問。「你從中又能得到什麼好處？」

「沒什麼重要的啦，」凱西爾說。「只是件小事罷了。曾經有人這樣形容我遇到的問題：那條將我連結到實體界的弦被切斷了。」他的笑容漸大。「這個嘛，我們只要替我找條新弦就行了。」

後記

我在撰寫正傳三部曲時，就開始規畫這個故事了。在那時，我對我的編輯丟出了一個「由三部曲構成的三部曲」的想法（這個想法是基於『迷霧之子』系列會在寰宇逐漸成熟之際，在時代與科技發展程度上演變的緣故）。

我並不反對讓角色死亡。我相信每個我完成的系列，都會在視點角色群之中造成某些巨大、永久的死傷。但同時，我非常清楚凱西爾的故事還沒完結。他在第一冊的結局之中已經學到了一些事情，但還不至於功德圓滿。

因此，我早早就開始計劃怎麼把他救回來。我在《永世英雄》中填滿了線索，暗示著他在幕後做了哪些好事，甚至打算四處插入一些更早的線索。對於一些詢問過我的書迷，我清楚地聲明了凱西爾從來就不擅長做他該做的事。

我非常清楚讓角色重生是個很危險的手法，而我仍然在摸索其中的平衡。我不認為他會特別具有爭議性，有部分是因為我已經做了些鋪陳。但我的確想讓死亡在我的故事中，是種極度真實的危險，或者結局。

這表示，凱西爾從一開始就會回歸——雖然有好幾次，我一直搖擺著自己到底該不該寫這個故事。我擔心如果寫出來了，會變得不連貫，因為時間已經過了太久，而且我說故事的技巧也大有改變。我在終於出版它之前就寫了好幾年，在章節間增增減減，東改西改。

直到我寫了《悼環》時，我突然明白，自己必須盡快對讀者有所交代。這讓我更加勤勉地寫作這個故事。最後，我很高興有如此的結果產生。它的確有一點不連貫，就如同我曾擔心的那樣。然而，有個機會讓我終於能討論寰宇幕後發生的故事，實在非常值得，對我自己和粉絲而言皆然。

為了避免更多的問題產生，我的確知道凱西爾跟鬼影在故事結束後做些了什麼，而我也知道凱西爾在瓦跟偉恩的時代中正做些什麼事情（在他們的書中有些提示，就如同原本的書中有這個故事的提示）。

我不能保證我會寫《祕史》的續篇。我的清單上已經有太多東西了。然而，這樣的可能性依然潛伏在我的腦海中呢。

有關凱西爾的旅程，是我在剛完成《迷霧之子：最後帝國》後就開始構思，那時大約是二〇〇三或二〇〇四年。身為一個作家，這種事要在書迷提問時，忍住不透露出來讓他們知道，實在很困難（我承認曾破例了幾次，偷偷和某些心碎的書迷說過，要他們在之後的系列多留意凱西爾出現的徵兆）。

對於一個作家來說，讓角色起死回生是非常危險的決定。那有可能會破壞掉整個故事的後果，也會讓角色們承受的風險變得很小。但在同時，我知道凱西爾的故事還沒有結束。讀者們也有感覺到這點，這裡還有更多的故事能說。

能夠把這篇故事帶給大家是我的榮幸。許多年來，我並不確定我是否會寫這篇故事。凱西爾在做的事和「迷霧之子」系列是相互連結的（第三集中充滿著他想做的事情的提示）。然而，我不確定自己是否能將這寫成一篇完整的故事，而不只是列出一系列的附注而已。

到最後，我決定如果我不去寫這個故事，問題會更大——因為凱西爾的離去在「迷霧之子」系列中留下了一個缺口。如果沒有這篇故事的話，原本的三部曲中會有太多無法解釋的疑問。

總之，一如往常地，感謝各位能夠與我一起度過這段旅程。另外，對於那些還沒有閱讀過的讀者們，我要藉由這個機會推薦一下瓦與偉恩的系列（『迷霧之子』第二紀元，由《執法鎔金》做為起始）。如果你喜歡這個故事，我想你也會喜歡那些作品。瓦與偉恩的系列是構築於正傳三部曲的基礎之上，將發生在司卡德利亞的故事，擴展到了許多很有意思的方面。

在那之外，如果你在看瓦與偉恩的系列時夠注意的話，也許會發現凱西爾在那個時間點打算做的事。

因為他可還沒收山。還早得很呢。

注：本篇後記前半段為實體書收錄版本，後半段為電子書收錄版本。

THE TALDAIN SYSTEM

泰爾丹系統

泰爾丹系統
粒子環帶
泰爾丹
暗面
尼茲達
日面

泰爾丹系統

泰爾丹可說是寰宇中最奇異的一顆星球。但對我來說，這項事實反而很奇異。我自小在泰爾丹的暗面長大，就算過了這麼多年，有一部分的我仍直覺地認為這顆星球的狀態非常自然且尋常。

泰爾丹是被雙星系統的重力所固定住的潮汐鎖定行星。其中比較小的恆星是一顆被粒子環帶所圍繞的白矮星，從泰爾丹的暗面（Darkside）僅是依稀可見。我們這些來自暗面的人都認為這種均勻黑暗的環境是再自然不過了（對其他人而言，這裡的天色看起來大概像是太陽剛落下後的暮色）。

與一些無知的推論相反的是，我們星球的環境並不黯淡。從環帶透出的紫外光導致這裡的動植物發育出了反射性的螢光。誠然，我所遇見過的來訪者大多覺得此處很醒目，甚至有些過度花稍了。

星球的另一面是日面，面對著雙星系統中較大的恆星：一顆與白矮星互相繞行的藍白超巨星。日面被太陽所主宰，表面主體是廣大的沙漠，大部分的動植物都居住在地底。

許多年來，我們都假定這裡的碎神自主（Autonomy），只透過日光授予了日面。我們現在知道實情並不是這麼單純，不過如果要解釋魔法機制，先這麼假設還是比較簡單。授予從天上射下，被生長在沙粒外層如地衣般的微型植物所吸收，使其呈現亮白色（充滿授予時）或是深黑色（耗盡授予時）。

給予這些微型植物水分會導致一連串牽涉生長、能量以及界域轉換的連鎖反應。有些特定人士能夠控制這種反應，利用自己體內的水分來構成短暫的意識締結。他們能夠直接從靈魂界汲取（非常少量的）授予，用以控制沙粒。

雖然成效頗具戲劇性，但實際上用到的力量並不多。比起直接力度，這種魔法更著重於精細的操作。

日面只有兩個主要文化，暗面的文明則較多樣化且具包容性。兩面的動植物都非常特別，但很不幸的是，現在想去參觀的人怕是無緣親自體驗了。自主近來的孤立政策（我必須說，這與祂干涉其他星球的行動相互矛盾）已經阻止任何人往來泰爾丹許多、許多年了。

這一點我有太深的體會。

WHITE SAND
白沙

*本篇摘錄自二〇一六年出版的圖像小說。接續的文章是一九九九年版本的小說開頭，圖像小說即是基於此版本改編。

注：為維持原版美漫格式，取得最佳觀圖效果，每頁閱讀順序請由左至右瀏覽。

所以
宗師之路。誰來提醒我一下，我怎麼會覺得這是個好主意？
白沙
原作：布蘭登．山德森
劇本：瑞克．霍斯金
作畫：朱理斯．哥培茲
上色：羅斯．坎貝爾
文字：馬歇爾．迪利歐
編輯：瑞奇．楊
我猜是因為我一直都想在宗師主，也就是我父親面前證明自己。
「資深宗師坦戴爾，這一個如何？他有顯露出天分嗎？」
「有的，宗師主。今年的群體能力特別好，他也是其中之一。」
孩子？告訴宗師主你的名字。
我叫特雷本，大人。
全力展現你的御沙術吧。

特雷本，
你可以開始
了？
嗯──！
你有好的
開始。
宗師主會將你安
排到日殿裡合適
的位置，讓你能
好好學習御沙術。
程序繼續進行，
每個學徒候選人
在入門前都要證
明自己的天賦。
有的人弱。
有的人強。
轟
令人驚嘆的表
現。我好幾年沒
看過這麼強的
了。他是誰？
德萊歐。凜
斯特・萊歐
的兒子。
嗯哼，看來是
個一石二鳥的
人選呢。

接著，
輪到我了。
最後一個學從候選人是您的兒子——坎頓。
當然，我的父親不發一語。我是他不成材的孩子們中最年幼的那一個。我的手足沒有任何一人展現出一丁點御沙的天分。
我的父親身為宗師主，卻沒有任何一個孩子當上御沙師——這是前所未聞的醜聞！
謠傳說是因為我們的母親來自暗面，因此玷汙了我們的血脈，毒害了整個家族系譜的根基。
我來此是要證明他們錯了。
他們全都錯了。
但即便有滿腹的決心與正義感，
嘶
依然無法取代真正的才能。
呼、
呼、
呼。
我很……抱歉，宗師主。
沒什麼，不是每個男孩都能當上御沙師。
但是，這是……
我知道。

把他們帶走。有天分的男孩們可以加入日殿，其餘人則會選擇其他天職。
我要成為御沙師！這是我的權利！
你沒有御沙師的天分，小子。回家去吧。
你看見了。
根據律法，我的天分足夠了！
小子，你讀過律法了嗎？那你就該知道我身為宗師主，是日殿中唯一能夠核准晉階的人——
任何御沙師在晉升階級前都要經過我的同意。
除了第一階以外！
你在日殿中不會好過的，小子。
但如果你想要的話，就加入吧。
加入，然後失敗。這才是他的意思。

加入、失敗，被掃地出門，這才是他想講的。我這個父親眼中的失敗者，現在打算以最接近自殺的方式把自己掃地出門。
哼，反正都要被羞辱，比起縮在角落，倒不如騎到別人頭上！
不過我已經找到兩顆球了，特雷本還說這應該很困難的！
倘若我想完成一整圈，就得加快腳步了。我沒時間再走回頭路了——只希望我不會漏掉任何一顆球！
此處幾乎可說是御沙師的聖地。附近的克茲塔人甚至不會到這裡來——他們說這裡的沙層太淺，不足以支撐城鎮，而且他們視御沙術為怪物般懼怕。
這裡是御沙師的天地。

日殿會基於新生的能力
高低來分配地位。
好，這是座懸崖。比
我預期的還高，但能
從旗幟的位置確認這
是正確的路徑。
測試這才正式開始。
對御沙師來說，力量就是一
切。我小時候一加入日殿就
學到了這點。
我弱小的力量讓
我被分配到了比
這個懸崖還深兩
倍的深谷底。

但在我看來……
能力是一回事……
控制又是另一回事。
沒錯，我的方法也許並不亮眼……
但依舊可以達成目標。
一旦被使用過，沙子就不再是白色──而是變為黑色。代表其中的能量被消耗殆盡了。
這也提醒了我，比起在意消耗沙子的能量，我更需要注意自身的損耗。
我的嘴巴很乾燥，這是脫水的第一個徵兆。施展御沙術除了消耗體力也會消耗水，寶貴的水分會從御沙師體內被吸取。

學習當御沙師的第一課就是掌握體內的水分。
必須要注意不能過度操御到脫水，導致身體遭受永久性傷害。
他在做什麼?!
最好要管用！
御沙師應當要能自在舞動，駕著閃亮的沙雲橫空而過，而不是像隻懶散的沙蟲沿著牆邊慢慢爬！
我沒辦法把自己舉太高——我能夠控制的沙量不夠多。
不過這也是有好處的，慢慢爬牆代表我有時間好好觀察周遭！

測驗持續進行，第三顆球不難找到，而一道被操御過的沙痕帶領我找到了第四顆球。那很明顯是人為的痕跡。
沙子被操御過後，必須在太陽下充能四小時才會再變回白色。這代表從某個御沙師把球藏在這裡還不到四小時。
為了拿到那顆球，我花了很多時間。我沒時間可浪費了。不論我再怎麼努力，我的時間都所剩無幾，而且我的身體也幾乎沒水了。
如果我會化水術就好了。
我真笨。父親就像是沙子一樣嚴厲。他絕不會讓我當上宗師的，就算我把五顆球……
全都找齊……？
難以置信！這是最後一顆球，我做到了！

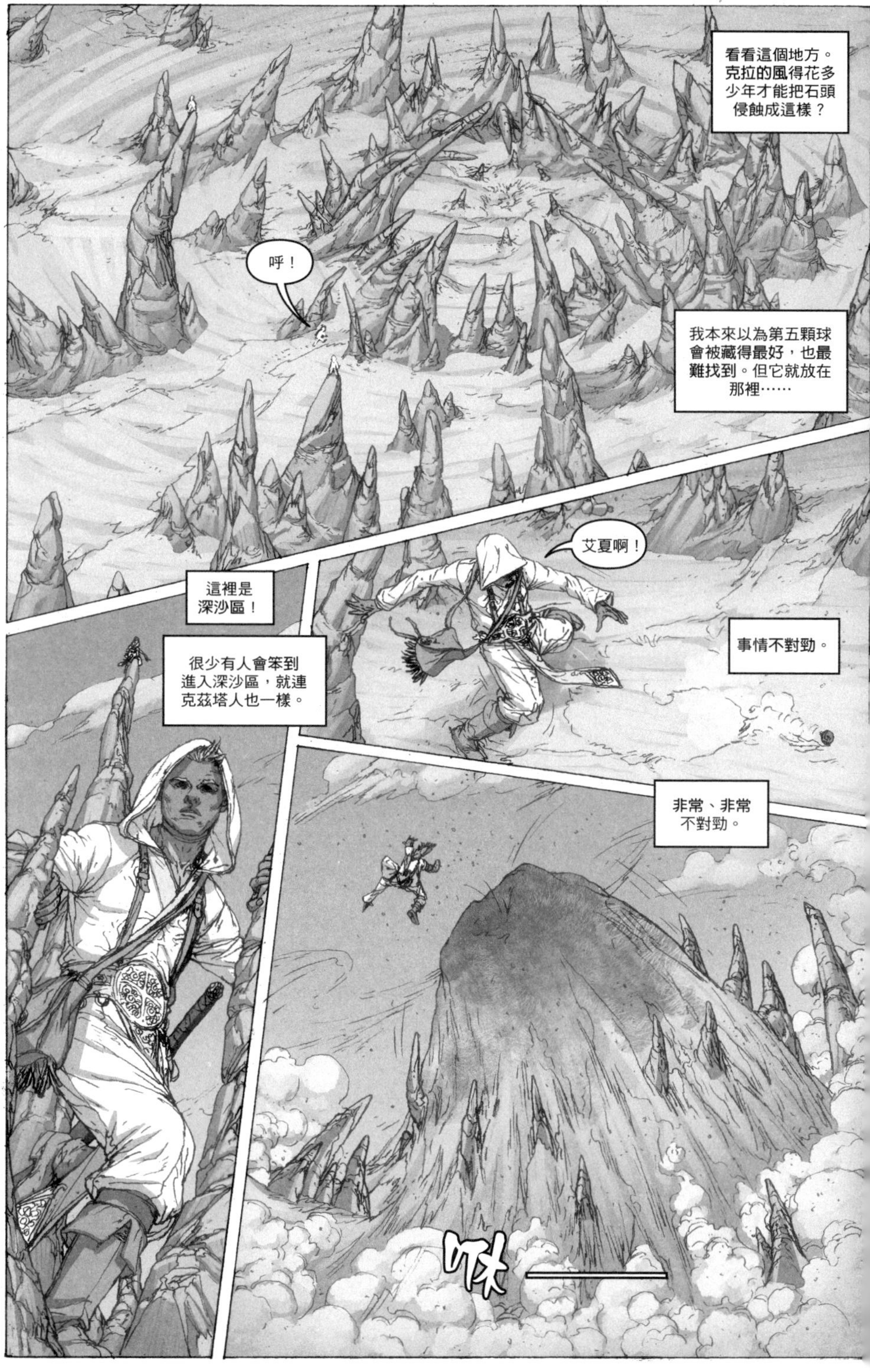
看看這個地方。克拉的風得花多少年才能把石頭侵蝕成這樣？
呼！
我本來以為第五顆球會被藏得最好，也最難找到。但它就放在那裡……
這裡是深沙區！
艾夏啊！
很少有人會笨到進入深沙區，就連克茲塔人也一樣。
事情不對勁。
非常、非常不對勁。
咻——

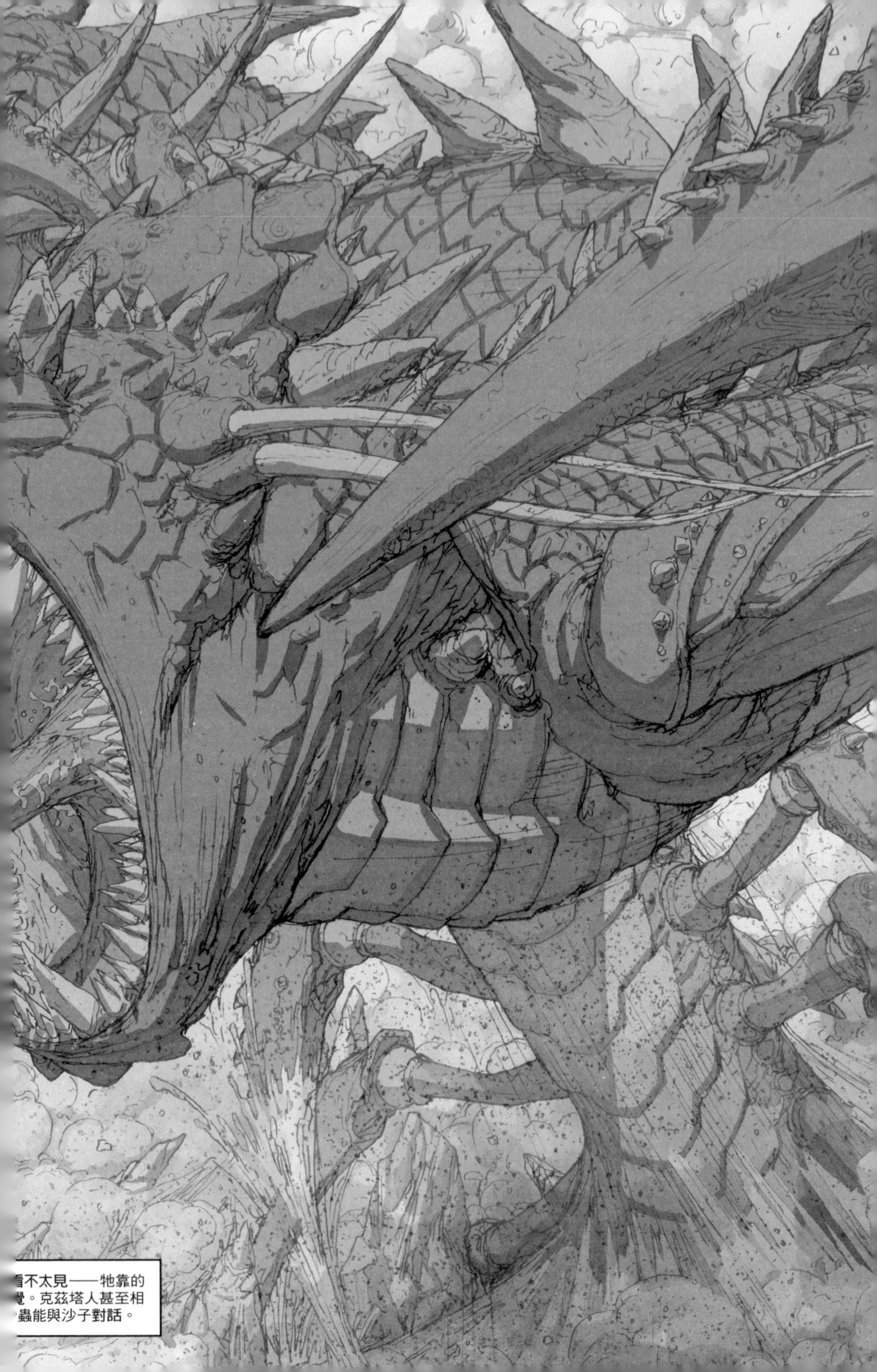

看不太見——牠靠的覺。克茲塔人甚至相蟲能與沙子對話。

現在我記得為什麼克茲塔人不進入深沙區了！
因為這些生物——沙蟲——能在沙中自在巡游的掠食者。牠們動作很快且堅不可摧，平時潛在深沙中，只在獵捕時浮上表面。

我突然很感激先前和來自塔樓的士兵對練。那時鍛鍊出的反射神經讓我活著撐過了五秒。
來試試能不能再撐五秒！
看來是有點想得太美了。
鏘！
坎頓！你不求助的話我們就無法出手！
我也許沒辦法一次控制一打沙帶，但如果只單比一條的話——
——在速度與精準度上，沒人比得過我。

當然，這隻沙蟲有拓殼，代表御沙術對牠無效。沙子的能量接觸到牠就會消散。
你沒聽見嗎，小子？叫我們救你出來！
不。
我很清楚該做什麼。所有沙蟲都有一個大弱點，就是水。水能溶解牠們的甲殼與皮膚。
宗師之道的最終挑戰是測試最困難的御沙術技藝——化水術。
宗師主。您必須馬上叫停。否則您的兒子會死的！
規則很明確，艾洛林。坎頓必須主動要求我們干預。

我沒辦法
用化水術。
但我有別的
手段。
就算一次只控制一條沙帶，只要動得夠快，就能像是同時操縱許多條。
但我為了取得圓球消耗寶貴的資源，開始脫水了。進入日殿第一天的第一課：
御沙師不得過度操御。
在那裡！
但……等
一下！
另一顆球?!
這不可能！

除非……宗師之路上
不止五顆球，
其實有六顆！
我的宗師主父
親，他永遠都不
滿意。即便已是
完美，他也
絕不滿足。
喝啊！
就算是死了也
比當個懦夫
好！
唰——

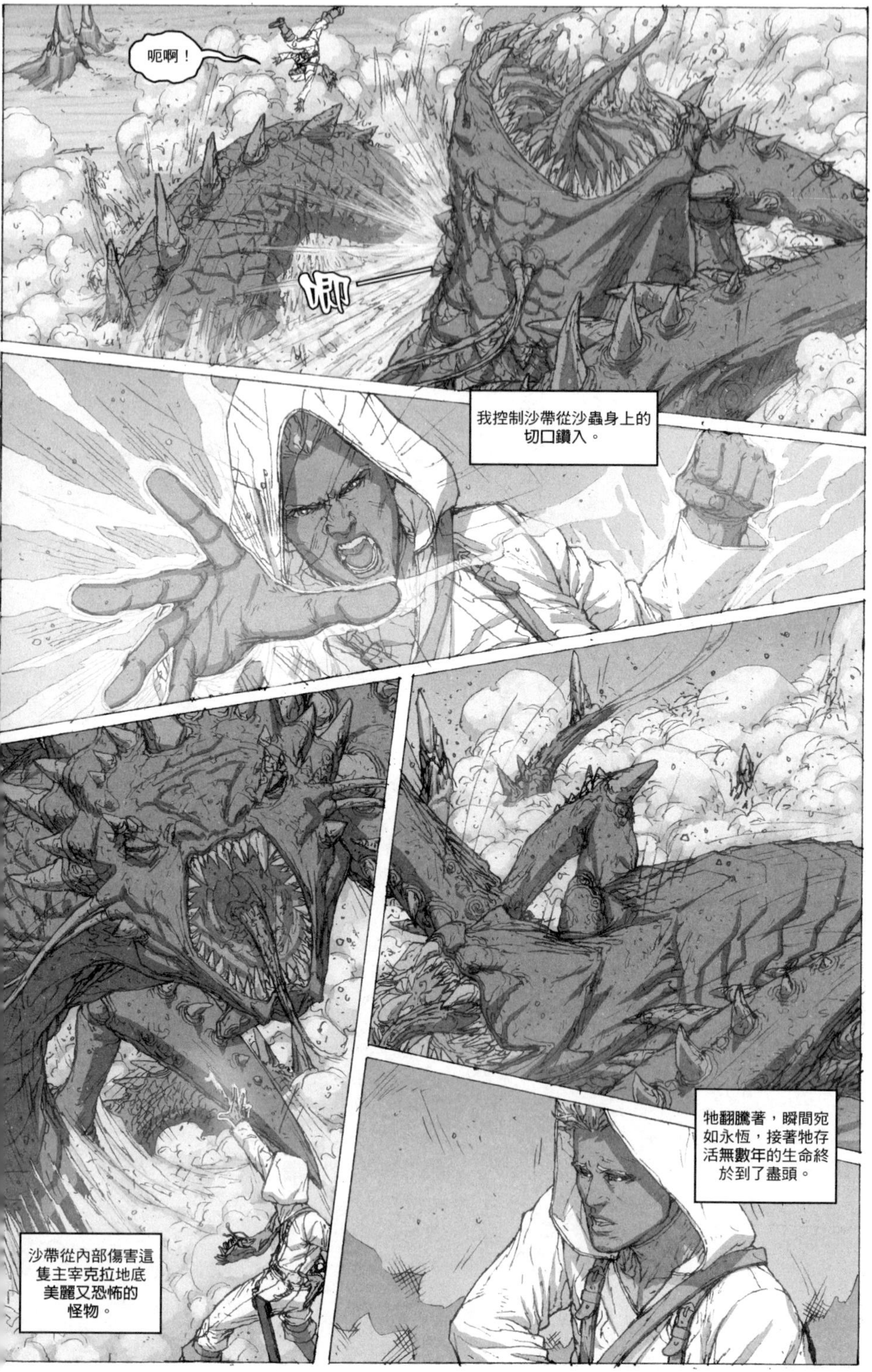
呃啊！
唧
我控制沙帶從沙蟲身上的切口鑽入。
沙帶從內部傷害這隻主宰克拉地底美麗又恐怖的怪物。
牠翻騰著，瞬間宛如永恆，接著牠存活無數年的生命終於到了盡頭。

我的時間要到了，但我必須完成這項挑戰。
六顆球！這不可能！
我只放了五顆，第六顆是哪裡來的？
水！快拿水給這小子！
他把自己逼到極限了！感謝沙之主，他還活著。宗師主，您該為您的兒子感到驕傲。
我一定要嗎？
砰！

序幕

風吹拂過陡峭的沙丘，細緻沙粒如成千上萬微型戰車一般向前奔騰。在此處，沙子與其構成的沙丘皆如骨骸般慘白。太陽的嚴酷瞪視漂白了它——這瞪視永不停歇，因為在這個由白沙構成的帝國裡，太陽永不落下。它動也不動地掛在那裡，既不上升也不下降，像個善妒的帝王，永遠凝視著沙丘。

帕克斯頓（Praxton）清楚感覺到隨風飛行的沙粒刮過臉頰。他拉起長袍的兜帽，但沒什麼幫助。他還是能感覺沙粒如憤怒的昆蟲般襲擊著側臉。御沙師的動作必須得快——幾分鐘之內，克拉沙地的風勢就能從停滯靜止轉強成呼嘯狂風。

不遠處，一些身著褐衣的人影站立著。雖然他們都拉起了兜帽擋風，依然能輕易地從矮小的身形辨識出都是孩童，年紀只略大於十歲上下。男孩們不自在地站著，迎著風吹過長袍，雙腳也不安地挪移。他們都知道這一天有多重要，但絕不像帕克斯頓的理解如此深刻。他們不會知道自己未來會回想起這一天多少次，也不會知道測試結果對人生會有多麼重大的影響。話雖如此，他們確實能感覺到接下來即將發生的事情很重要。

男孩們聽從一名白袍宗師的叫喚，紛紛將手伸進袍子裡，取出一個小布袋。帕克斯頓在一旁觀看，表情一如既往嚴肅。身為御沙師的宗師主，他主導著整項儀式，冷酷地看著每一名男孩分別從布包中抓起一把白沙。他們必須盡量握緊，以防止逐漸增強的風勢將手中的沙粒吹散到克拉各地。

帕克斯頓皺起眉頭，好像光憑藉不滿就能讓風勢減弱一樣。進行這項測試的地點很靠近克瑞達山，那是克拉少數幾處岩石能夠破沙而出的地點，那邊的山峰及周圍的峭壁通常能夠稍微屏蔽此處的風勢。

他搖搖頭，將注意力從風轉移到第一個接受測試的男孩身上。兩名宗師站在男孩面前低聲指導他，風聲掩蓋了說話的內容。就算聽不見聲音，帕克斯頓依舊看見了結果——男孩緊盯著手中的沙粒，風中的亂流揭露出他專心的面孔。他小心握在掌中的沙粒短暫地發出微光，接著轉為暗黑色，有如燃燒後殘餘的焦炭。

「不錯的開始。」其中一名資深宗師，坦戴爾，在他身後低聲說。帕克斯頓安靜地點點頭，坦戴爾說得沒錯，這是個好徵兆。帕克斯頓覺得自己認得這名男孩，他應該是某個低階御沙師的兒子，名叫特雷本。他能讓沙子發亮到一小段距離外都看得見，代表他的力量至少有中等水準。

測試持續進行，有些男孩發出的光芒強度與特雷本相近，有些則只能勉強讓沙子變黑。大體而言，這批男孩算是罕見有才華的一群。他們的加入會使日殿壯大許多。

突然一陣強烈的閃光出現，伴隨著爆炸般的巨響，在獵獵風聲中依然清晰可聞。帕克斯頓驚訝地眨眨眼，試著清除強光在眼中造成的殘像。執行測試的兩名宗師驚愕地站在一名顫抖著雙手的男孩面前。

坦戴爾在帕克斯頓身旁吹了聲口哨。「我已經很多年沒看過這麼強大的孩子了，」老宗師說。「他是誰？」

「德萊歐，」帕克斯頓不情願地說。「凜斯特．萊歐的兒子。」

「看來，是個一石二鳥的人選呢。」

負責測試的宗師已從驚訝中回神，並移動到下一名，也是最後一名男孩身前。即便帕克斯頓天性穩重、冷靜又嚴肅，在最後一位測試者聽取指導時，他依然感到了心跳些微的加速。

*拜託，*他發現自己下意識地低聲祈禱著。他並不相信宗教，但這是最後的機會了。他已經失敗了太多次……

男孩看向他手中的沙子。他的兜帽已被風吹開，金色短髮下是一張神色專注的圓臉。然而什麼事也沒發生。帕克斯特的興奮之情逐漸流失。終於，沙子發出了非常微弱的光芒——黯淡到帕克斯頓懷疑是自己想像出來的——接著褪為暗黑色。

即便知道自己並沒有顯露出一絲失望，帕克斯頓還是感受到周遭的宗師們因為預期他的反應而僵住了身姿。

「我……很抱歉，宗師主。」坦戴爾在他身旁說。

「這沒什麼，」帕克斯頓不在乎地揮了揮手。「不是每個男孩都能成為御沙師。」

「但……這是您最後一個兒子了。」坦戴爾又說。帕克斯頓忍不住覺得這句話很多餘。

「帶他們離開。」帕克斯頓大聲命令。*所以這就是我的遺產，*他想著。*一名沒有御沙師後代的宗師主。後世只會記得我就是與暗面來的女子成婚、因此玷汙了自己血脈的那個男人。*

他嘆了口氣，繼續說：「那些有天賦的男孩可以進入日殿，其他人則選擇其他天職。」

御沙師們的動作很迅速，否則腳步會陷進沙丘上翻騰的細沙中。他們急著離開狂暴的飛沙去尋求庇護。然而，有個人影並沒有跟上白袍宗師們。一名身形瘦小的男孩佇立在逐漸增強的狂風之中。他的長袍在身邊飛蕩，如一頭瀕死的野獸般痛苦扭曲著。

「坎頓（Kenton）。」帕克斯頓低語。

「我會成為御沙師！」年輕男孩的聲音幾乎被風聲掩蓋。一小段距離外，宗師與男孩們的隊伍停下腳步，其中幾人驚訝地回頭看。

「小子，你沒有御沙術的天分！」帕克斯頓怒斥，一邊揮手要隊伍繼續前進。他們聽命前行，但動作十分敷衍。很少人敢挑戰宗師主，更別說是一名小男孩了，能目睹這種景象，就算要站在沙暴中也值得。

「根據律法，我的天分足夠了！」坎頓回嘴，幼小的聲音幾乎像是在尖叫。

帕克斯頓皺眉。「小子，你讀過律法了，是嗎？」

「我讀過了。」

「那你就該知道，我是日殿中唯一能夠核准晉階的人，」帕克斯頓因為自己的權威被挑戰而怒氣漸升。與一名男孩爭執看起來已經夠糟了，更何況還是自己的兒子。「任何御沙師在晉升階級前，都必須得到宗師主的認同。」

「除了第一階以外！」坎頓大喊著反駁。

帕克斯頓愣了一下，感覺自己的怒意更甚。每一件事都逆著他的心意，難以忍受的強風、男孩的傲慢無禮、其他御沙師的目光……而最糟糕的是他自身的認知。他知道男孩是對的。理論上任何能讓沙子發光的人都能加入日殿。許多力量比坎頓更弱的男孩也曾經成為御沙師。當然，他們都不是宗師主的兒子。如果坎頓加入日殿，他的無能將會連累帕克斯頓、削弱他的權威。

男孩持續站立著，姿勢充滿決心。風吹沙堆積在他腿邊，他膝蓋以下已被埋在游移的沙堆中。

「小子，你在日殿不會有好日子過的，」帕克斯頓嘶聲說。「以沙為證啊，認清事實吧！」

坎頓筆直不動。

帕克斯頓呼出一口長氣。「好吧！」他宣布。「你可以加入。」

坎頓露出勝利的微笑，雙腿抽離沙丘，趕忙前去加入學員的行列。帕克斯頓動也不動地看著男孩離去。

強風拉扯著他的長袍，沙粒飛進他的眼睛與唇縫，但這種不舒服與坎頓即將面對的痛苦相比，只是小巫見大巫。在日殿無情的政治架構中，力量強弱通常是評斷御沙師的唯一標準。能力這麼弱的男孩絕對難以招架，尤其是他的父親如此強大。不管帕克斯頓怎麼做，其他學生都會因為偏愛或放水的傳聞而嫉恨坎頓。

男孩朝著不遠處的洞穴前進，渾然不知即將面對的各種試煉。看來，帕克斯頓最小的兒子，將會成為他最大的恥辱。

1

在坎頓眼中，沙子似乎在呼吸。來自靜止般太陽的光與熱反射在沙粒上，扭曲了空氣，讓沙丘看起來像是由微小的白熱煤炭粒所構成。在這個距離，坎頓能聽到風穿過岩石縫隙產生的呼嘯聲。巨大沙丘所覆蓋的克拉沙地中，唯有此地——克瑞達山邊，御沙師的聖地——有岩石突出沙面，其他地方的沙層都太深了。

已長大成人的坎頓，再次佇立在一群宗師面前。從許多方面看來，他都與八年前站在同一個地點的小男孩非常類似，有著同樣的金色短髮、同樣表情專注的圓臉，以及——最重要的——同樣不服輸的反抗眼神。現在的他穿著御沙師的白色長袍，但與大多數人不同的是，他並沒有綁著彩色腰帶。他的腰帶是純白色，代表他是一名學生，尚未被賦予日殿中的階級。他的腰上還佩著另一項不尋常的事物：一把劍。他是這裡所有御沙師中唯一配帶武器的人。

「別跟我說，你真的打算做這種傻事？」坎頓面前的男人質問他。如今看似比沙子還要古老的帕克斯頓，站在日殿中二十名繫著金色腰帶的宗師之前。雖然他還不到六十歲，但全身皮膚已經乾枯，如同曝曬過的水果一樣充滿皺紋。他與大部分御沙師都沒有蓄鬍。

坎頓反抗地回視，八年來他已經將這個表情練得爐火純青。帕克斯頓盯著兒子，眼神中混雜著不屑與羞恥。隨著一聲嘆息，老人做了出乎意料的事。他遠離了其他在岩石平臺上靜靜站著的宗師們。坎頓困惑地看著帕克斯頓招手要他過去，他父親站的地方距離其他人夠遠，足以讓他們兩人私下談話。坎頓遵從指示跟了上去，聆聽宗師主有什麼話要說。

帕克斯頓回頭望了望宗師們，然後轉身面向坎頓。他的眼神只短暫往下掃過坎頓腰際的長劍，接著就對上坎頓的目光。

「聽著，小子，」帕克斯頓的嗓音帶著些許嘶啞。「我已經忍受你的無禮與胡鬧八年了。只有沙之主才知道你還惹了多少麻煩。為什麼你要一直反抗我？」

坎頓聳聳肩。「因為我很在行？」

帕克斯頓沉哼一聲。

「宗師主，」坎頓的態度轉為嚴肅，但依然充滿反抗。「只要御沙師接受了被賦予的階級，他就會永遠停留在那一階。」

「所以呢？」帕克斯頓回問。

坎頓沒有回答。到目前為止，他已經拒絕了四次晉階機會，這讓他在日殿中成了獨樹一格的蠢蛋。無能的學生有時候會被迫擔任五年的學從，但在御沙史上從來沒有人做了八年的學從。

帕克斯頓再次嘆氣，拿起他的契多啜了一口水。「好吧，小子，」帕克斯頓終於說。「姑且不論你帶來的痛苦——還有恥辱——我必須承認你很努力。沙之主知道你的天賦根本不值一提，但至少你好好活用那點僅有的才能。只要你放棄去挑戰道路這個笨主意，我明天就賦予你分師的階級。」

分師。這在御沙師九個階級中排在倒數第二；只有次分師——坎頓先前四年被賦予的階級——排在其之下。

「不，」坎頓說。「我想成為宗師。」

「艾夏啊！」帕克斯頓咒罵。

「父親，現在先別罵出口，」坎頓提議。「還是等到我挑戰道路成功之後再罵吧。不然到時候您該怎麼辦？」

然而，比起嘴上叛逆的言詞，坎頓真正的想法卻沉重得多。在盛怒的父親面前，他心中再次浮出疑問。

他沙的我在做什麼？八年前沒人覺得我能成為御沙師，而現在我可以被賦予日殿中受到敬重的位階。雖然這不是我要的，但……

「小子，跟你的愚蠢比起來，百傻人個個都聰明絕頂。完成宗師之路也證明不了什麼。這條道路是設計給真正的宗師，不是給低階學從挑戰的。」

「律法並沒有禁止學生挑戰。」坎頓說，心中的自我懷疑依然沒有消滅。

「我不會讓你當上宗師，」帕克斯頓警告。「就算你找到全部五顆球，我還是不會認可。這條道路並不是用來測試或是證明自己的。宗師們可以來挑戰，但只有在晉階後才會被允許。你就算成功了也毫無意義。你永遠不會成為宗師，你連當御沙師的資格都沒有！」

這番話將坎頓的自我懷疑如日光下的水一樣蒸發殆盡。若說這世上有任何人能夠激起坎頓的反叛心理，肯定非帕克斯頓莫屬。

「那麼我到死都會當個學從，宗師主。」坎頓雙手交叉在胸前回應。

「你當不成宗師的，」帕克斯頓再次強調。「你的力量不夠強。」

「我不相信力量，父親。我相信的是能力。宗師能做到的任何事，我都做得到；只是我用了不同的方法。」這是八年來他一直堅持的論點。

「你會化水術嗎？」

坎頓沉默下來。不，他沒辦法做到。化水術是將沙轉化成水的能力，是御沙術中的終極技藝，和其他御沙術能力大相逕庭，坎頓不論靠創意或才智，都沒辦法複製出同樣的效果。

「也曾有宗師不會化水術。」坎頓薄弱地回應。

「只有兩個人，」帕克斯特說。「而且他們兩個人都能同時控制超過兩打沙帶。小子，你能夠控制多少條？」

坎頓咬緊了牙關。這是個很直接的問題，而他不能拒絕回答。「一條。」他終於承認。

「一條，」帕克斯頓重複。「一條沙帶。我所知道的每個宗師至少都能控制十五條沙帶。你說你只想用一條就做到他們用十五條做出的所有事？難道你就不能認清這種說法到底有多荒謬嗎？」

坎頓輕輕一笑。謝謝你的鼓勵，父親。「那我只好證明給您看了，宗師主。」他嘲諷地一鞠躬，轉身離開他的父親。

「這條道路是為宗師而設的，小子。」帕克斯頓嘶啞的聲音在他身後重複著。「而且他們大部分甚至沒有挑戰過——這太危險了。」

坎頓忽略老人的話，走向站在不遠處的另一名御沙師。他矮小的身子之下沒有影子，因為在克瑞達山南側的奇岩地此處，太陽就在頭頂的正上方。這名御沙師有著禿頭以及橢圓形的微胖臉龐，腰間繫著代表次宗師的黃色腰帶，這是只比宗師低一階的階級。他在坎頓走近時露出微笑。

「坎頓，你確定要這麼做嗎？」

坎頓點頭。「是的，艾洛林，我確定。」

「你父親的反對很有道理，」艾洛林繼續說。「宗師之路的創造者是一群自滿的人，極欲證明自己的能力比同儕們更強。這是為那些力量強大的人設計的。曾有宗師在挑戰時不慎身亡。」

「我很清楚。」坎頓心中感到好奇，所有挑戰過這條道路的人，都被禁止洩漏其中的祕密；即便他做了許多研究，還是不理解為什麼一條單純通過克拉沙地的道路會如此危險？因為缺乏水源嗎？懸崖太陡峭？這些對訓練精良的御沙師來說應該都不成問題才是。

艾洛林繼續說：「那好吧。宗師主吩咐我來監督你的挑戰。我們這群人會在你通過道路時觀察你、評斷你的進展，並確保你沒有作弊。除非你請求我們協助，否則我們不能插手幫忙；一旦我們出手了，這次挑戰就會在你當下的位置宣告結束。」

矮小的男人將手伸進白袍，拿出一顆小小的紅球。「道路上藏著像這樣的球，」他解釋。「你的目標就是找出全部五顆球。聽到我的指示後，你就可以出發了。挑戰時間是從月亮被山峰遮住後開始計算，一直到月亮從山另一邊出現為止。當你找到第五顆紅球或時間用盡時，挑戰就結束。」

坎頓向上看。月亮每天會繞天空一圈，而且都會保持在地平線的邊緣。很快的，月亮就要進入克瑞達山後方了。他大約會有一小時，也就是一百分鐘可以挑戰。

「所以我不需要回到起點？」坎頓細問。

艾洛林搖搖頭。「月亮再次出現的時候，挑戰就結束了。我們會計算你找到的球數，那就是你的分數。」

坎頓點點頭。

「你身上不能帶著契多。」艾洛林伸手取走坎頓身上的水瓶。

「還有那把劍。」帕克斯頓從兩人後方發話，他的嘴角下斜，看起來一如既往地不贊同。

「規則裡可沒那麼說，老傢伙。」坎頓抗議，手向下握住劍鞘。

「一名真正的御沙師才不需要那種笨拙的武器。」帕克斯頓反駁。

「規則裡沒有說。」坎頓重複。

「他是對的，宗師主。」艾洛林同意。他也皺著眉頭，即便這名次宗師很溫和，他也不贊同坎頓堅持配劍的決定。在大多御沙師的眼中，武器是粗俗的道具，只有低下的天職如士兵之流才會使用。

帕克斯頓挫敗地翻了翻白眼，沒有再繼續反對。數分鐘後，最後一點月亮也消失在山峰後。

「願沙之主保佑你，年輕的坎頓。」艾洛林說。

道路的開頭很順利，坎頓很快就找到了兩顆球。他實在太輕易就找到那兩顆紅色砂岩球，讓他不禁開始擔心起是不是漏掉了什麼。不幸的是，坎頓知道自己沒有多餘的時間可以回頭。如果沒有第一次就找齊所有球，他就必定會失敗。

決心驅使著坎頓在石脊上飛奔前行。在他四周，各式奇形怪岩從沙地中突出，有些高達數百呎，有些則只勉強從沙粒間突起。他對這種景象很熟悉，御沙師每年都會來這裡挑選新成員、授獎給舊成員。這裡幾乎能算是某種聖地，不過御沙師通常不相信宗教的。住在克拉的克茲塔人們並不會到此地來，這裡的沙層太淺，不足以支撐城鎮。事實上，大部分人根本不知道這裡的存在。這是只屬於御沙師的天地。

四年來，這裡也是恥辱之地——至少對坎頓來說是如此。每一年他都站在所有日殿成員前，等待著不會到來的晉階。他知道大多數人都當他是笨蛋，一名自大的笨蛋。有時候，他也會想著或許他們是對的。他為什麼堅持要獲得自己配不上的位階？為什麼不接受帕克斯頓賦予他的階級？

坎頓在日殿的日子並不輕鬆。御沙師的社會架構既古老又階級化，力量強大的新學從馬上會被分配領導地位或是其他好處；力量較弱的人基本上會被當成具天賦者的僕人與隨從，相同情況由下而上，貫徹了整個御沙師的體系。

對他們來說，力量就是一切。坎頓曾看著群體中的其他學從輕而易舉地御沙。他們不需要挑戰自我極限，不需要學習如何控制沙粒。他們遇到問題時就是丟出一打沙帶，然後希望能夠搞定。今天，坎頓要證明其實還有更好的方法。

坎頓愣了一下，接著猛然停下來。前方沒有路了——在他正前方的是一座底部被沙子覆蓋的深谷。深谷的另一側大約在五十呎外。他幾乎快要看不見峽谷對面飛動的旗幟，那標示著他應當前進的方向。

測驗這才正式開始，坎頓想著，一邊從地上抓起一把沙子。如果是其他力量較強的御沙師，就能用沙子將自己推向半空中，直接跳躍過峽谷。但坎頓沒辦法這麼做。

他反而直直跳下峽谷。

他朝著地面墜落，白袍被風吹起。他沒有往下看，而是專注在拳中的沙子。

沙子活了起來。

隨著光芒爆發，沙子從慘白轉為閃耀著珠母彩光。坎頓一邊下落一邊張開手掌，命令沙子移動。沙子迅速形成一條光帶向前射出，連接著他的掌心與下方正在快速逼近的沙丘。

當沙子接觸到地面時，他命令它帶著下方沙丘的沙粒向上回歸。一秒之後，坎頓與地面之間就形成了一條由沙粒所形成的閃耀繩索。發光的沙子發揮類似彈簧的效果，在他接近地面時逐漸減緩他的下墜速度。他在距離沙丘表面一呎處停了下來，接著從沙帶跳下，落在地面。在跳下的同時，他也解除了對沙帶的控制，那些沙粒馬上變暗，不再移動。沙子的顏色也不再是白色，而是變成暗黑色，因為其中的能量已耗盡。

坎頓慢跑著跨越溝壑底部，強迫自己不要因施展御沙術的疲勞而停下腳步。他已經開始後悔堅持要配劍了，那把武器似乎隨著他的腳步越變越沉重，不斷拉扯著他的身側。

不直接躍過峽谷卻從谷底通過的舉動，消耗了許多寶貴的時間。他已經花掉一小時裡的大約六十分鐘了。他舔了舔越發乾燥的嘴唇。施展御沙術除了消耗體力也會消耗水分，這項技藝會從御沙師體內吸取寶貴的水分，御沙師必須要注意不能過度操御，否則會因脫水導致身體永久性傷害。

坎頓到達了另一側的峭壁，抬頭向上看，同時凝聚著體力。他看得見遠處有一群身穿白袍的人影。那是正在評估他的表現的宗師們。就算在這個距離，坎頓也能看出他們的站姿透露出的訊息。他們認為他被困住了。大家都知道，坎頓只能用沙子將自己舉起頂多二十呎。當然，這件事本身很了不起，沒有其他御沙師能夠只靠一條沙帶就達到這種高度。但不論有多了不起，還是不夠將他送上這道至少一百呎高的峭壁。

宗師們轉過頭，互相討論著，因距離太遠而無法聽見。坎頓不再理會他們，從地上再次抓起一把沙子。他喚醒沙子，感受到它們在他手中開始躁動、發光。沙子發出強烈的光芒，甚至比宗師喚醒的沙子還更亮。坎頓只能控制一條沙帶沒錯，但到目前為止，他的沙帶在所有御沙師中是最強的。

最好要管用……坎頓想著。

他讓沙子向前滑出手掌，像是水流般落向地面。他在那裡聚集起更多沙子，在能力所及的範圍內喚醒盡可能多的沙子，總量大概足夠構成一條二十呎長的沙帶。但這次他並沒有將沙子構成沙帶，反而製造了一塊平臺。

沒錯，他沒辦法把自己舉得太高。御沙師若想把自己舉得更高，需要的沙子就越多；坎頓只能控制相對少量的沙子，不過，他可以讓沙子支撐自己的重量。

他深吸一口氣，踏上自己以沙構成的小平臺，身體緊貼著峭壁粗糙的石面。接著，他盡可能堅持住不朝下看，開始緩緩地向側邊移動，解除平臺末端的沙子再重新集結於另一端。他專注於讓沙子抓緊岩壁，讓它卡進裂縫裡或包住突起處，而不是只將沙子往下推。慢慢地，坎頓往另一側移動，他的平臺持續傾斜一個角度，讓他能倚靠著牆朝斜上方前進。

現在的他看起來一定很蠢。御沙師應當要能自在舞動，駕著閃亮的沙雲橫空而過，不是像隻懶散的沙蟲沿著牆邊慢慢爬。但這方法依然奏效了，不過幾分鐘後，他就已經很接近峭壁頂端。這時他才注意到一件東西——在這一側的崖邊往下約十呎處，有一小塊平臺，平臺上就放著一顆小紅球。

坎頓露出勝利的微笑，笨拙地爬上懸崖邊。他接著把長方形的沙平臺變形成沙帶，利用它去取回圓球。在他的操縱之下，沙子形成的繩索纏繞在石球上，將它帶回主人身邊。只剩下兩顆圓球要找了。不幸的是，他也只剩下差不多三十分鐘。

他慢跑過標誌旗幟，找到遠處的下一支旗幟，那群宗師既驚愕又不悅地在一旁看著。這裡的岩石越來越多，構成了許多石壁及洞穴。坎頓在沙地上前進，目光搜尋著任何一點紅色。下一個圓球應該不會太遠才對。如果他估計得沒錯，這條道路是繞成一個圓，而且他已經很接近一開始的出發點了。一瞬間，他的恐懼又再度回歸——難不成他錯過了兩顆球？

在一小段距離外，數條閃耀的沙索標明了他沉默的跟隨者們的位置。他們每個人都展現出不愧對宗師身分的強大實力，身邊聚集了盡可能多條的沙帶。雖然人不能靠御沙術飛行，但有實力的宗師們能夠用力量推進自己，一口氣跳過數百呎遠的距離。宗師們每次跳躍都會在身後留下一道沙痕，就是將這些沙子推向地面以產生推進力的體現。

宗師們停在了不遠處的一根石柱上。坎頓慢下速度，改成行走。他們停留的位置太像是預先安排好，而不是隨機挑選的——代表圓球一定就在附近。坎頓在四周尋找，目光掃過任何可能藏起小圓球的區域以及陰影處。不幸的是，有可能的地方實在是太多。

一小段距離外，一大塊如牆壁般的岩石從沙中突出。石壁上滿是拳頭般大小的洞穴，每個洞都深入黑暗中。坎頓心一沉，理解到這就是他的下一項測試。

*圓球有可能在任何一個洞裡！*坎頓一陣無聲呻吟。要是他能夠控制一打沙帶，不用花多少時間就能夠搜遍每個洞穴。但只靠他的一條沙帶來搜索，剩餘的時間八成會不夠用。

不過看來這是他唯一的選擇。坎頓嘆了口氣，讓一條沙子活了起來。也許他會幸運地選中正確的洞。就在準備操縱沙帶向前時，他突然暫停了一下。肯定有更好的方法才對。

他的目光掠過石壁。諷刺的是，因為自己缺乏力量，他反而學到有時御沙術並不是唯一的解答。在他的腦袋認出那是什麼之前，差點就漏看了線索。那是一小堆黑色的沙子。沙粒的顏色並不是純黑，比較像是暗灰。這些沙子大概已經在太陽下充能好幾個小時了，再過幾個小時後就會變回和周圍白沙相同的顏色，完全無法區分差別。坎頓將目光從沙堆往上移，看向正上方的牆面。就在比他的頭部高一點的位置，發現了一個有著黑色沙痕的洞穴開口。

坎頓伸入洞中，取回藏在深處的紅砂岩球。雖然他嘴角帶笑，回望宗師們，心中卻充滿憂慮。如果負責藏圓球的御沙師沒有這麼大意——如果他不用御沙術，而是直接用手去藏球——坎頓永遠也找不到這顆球。

不過，在宗師們利用扭轉的沙帶躍入空中離開時，坎頓還是感到一陣快意。現在只剩下最後一顆球了。一旦坎頓找到了它，就能完成這項曾難倒許多宗師的挑戰。

他準備再次起跑時，注意到有一位宗師留了下來。就算那根石柱的距離很遠，坎頓還是知道那名自上俯視的人影是他的父親。他朝上望向帕克斯頓，群風在周圍的岩洞間呼嘯著。

看得出來宗師主很不滿。坎頓持續盯著他，試著傳遞他的反抗。帕克斯頓終於舉起他的手，從下方的沙地召喚出一打沙帶。它們在他身邊如生物般扭曲著，閃耀著御沙才會有的多彩透光。這些沙帶在帕克斯頓跳躍的同時將他拋入空中，留下坎頓一人站在石牆之前。

再一顆。坎頓深呼吸後繼續前進。他的時間快不夠了。不單是因為月亮很快就要再次露首，他也開始感受到使用御沙術的代價了。他的口腔乾渴無比，一點唾液都沒有；他的眼睛也開始疼痛；挑戰開始時因為奔跑而被汗浸溼的眉毛，現在也完全乾燥、卡滿鹽晶。御沙師需要付出的代價，也就是操縱魔法所使用的燃料，正是自己體內的水分。

眼口乾燥是脫水即將造成永久傷害的第一個徵兆。御沙師第一件所學的事就是掌握體內的水量，調整自己的步調避免過度操御。學生就算只是接近過度操御，都會被嚴厲處罰。

如果我會化水術就好了，他已經不是第一次這麼想了。「化沙為水」在御沙術中被當成是最重要的能力，不是沒有原因的。

把這念頭放到一邊，坎頓繼續慢跑。他周圍的石壁越來越高了。就在他覺得這區域看起來很眼熟時，他轉了一個彎，接著猛然停下。他能依稀看見道路起點的平臺，就在前方的岩壁頂端，宗師們就站在上面，等待著他靠近。

坎頓愣了一下，發出一聲呻吟，靠在身旁光滑的石壁上。他的呼吸越來越困難，不斷奔跑又使用御沙術耗盡了他的體力，他的喉嚨乾渴到每次呼吸都會刺痛。他的契多及裝著的水就在宗師們手上，對水的強烈渴望讓他幾乎不再在意自己的挑戰是不是失敗了。

他的確失敗了。他在先前道路的某處漏掉了一顆球。他做得不錯——五顆中找到四顆，已經值得嘉許。他知道有些宗師只找到三顆。不幸的是，坎頓無法接受完美以外的結果。帕克斯頓不會在乎他的兒子拿到四顆球，只會看見他漏掉了一顆。

坎頓背靠在石頭上閉目休息一會，短暫考慮著要折回去嘗試找出第五顆球，但他只剩大約十分鐘。這點時間大概只夠他回到第四顆球所在的石壁附近。他張開眼睛，站直身子。他知道自己的表現已經比任何人所期望的都來得好了。

坎頓踢掉被風吹積在腳上的沙粒，大步走向盆地中央。現實來說，他知道就算完美挑戰成功，也沒辦法改變帕克斯頓的心意。宗師主就像沙子一樣嚴酷，不會輕易被打動。

坎頓抓起一把沙子，他必須使用之前的階梯法來爬上盆地另一端的岩壁，才能與宗師們會合。然而，附近奇特的岩石構造使他停下了腳步。周遭的岩壁既陡峭又光滑，幾乎形成了一處底部被沙填滿的深坑，直徑大概有五十呎。克拉的乾燥強風得花多少年才能侵蝕出這種奇特的碗形地貌？

坎頓突然僵住，猛然停下的腳步震起一小片飛沙。他的目光掃過盆地，看見一幅令人目瞪口呆的景象，讓他驚訝到差點跌倒。就在圓形的沙地正中央，有著一點紅色，就像是一滴鮮血落在那裡，與純白的背景呈現鮮明的對比。他剛才因為沙地的起伏所以沒看見，但在那裡，毫無疑問有一顆紅球。

坎頓困惑地往上看向宗師們。他們站在盆地的邊緣，白袍一齊在風中飄蕩。事情不對勁。一定還有些什麼——這肯定是某種測試。這是最後一顆圓球了，它應該要最難找到才對。

過了一下，他感覺到沙子在腳下滑動。

「艾夏啊！」坎頓驚叫，向後一跳。這不可能……

圓球附近的沙地開始像沸水一般翻騰，下方有著某種東西正在上浮。

深沙區！坎頓震驚地想著。這個填滿沙子的深坑，肯定比他想像中的還要深得多！

一個黑色的形體從地下衝出，噴散而出的沙子埋住了圓球。坎頓詫異地倒抽一口氣，看著這隻從地下現身的生物。牠揚起怪物般的甲殼直到二十呎高空中，沙粒如水般從牠身上流瀉而下。牠的身體是一節又一節圓鼓的帶殼軀段連結而成，一對對腳從任兩節交界處的「腰部」長出，腳肢末端則有著鋸齒狀的粗壯爪子。牠的頭部——如果這是正確稱呼的話——就像一個盒狀物，上面有著深黑色的斑點充當眼睛，並沒有明顯的嘴巴。最糟的是，坎頓知道這隻怪物絕大部分的身體大概都還藏在沙底下。

他看得太入迷，差點就被怪物朝他橫掃而來的爪子擊中。坎頓驚呼，往側邊一躲，開始朝盆地的邊緣衝刺。這隻沙蟲的身體好大，寬度可能就有十呎。坎頓想躲避牠會非常困難。

亢奮與腎上腺素充斥體內，讓他不再覺得身體沉重。他的心臟加速狂跳，但腦袋動得更快。坎頓讀過深沙蟲的資料，甚至看過牠們的畫像，但他從來沒有親自來過深沙區。很少人——就連克茲塔人也一樣——會蠢到會跑來深沙區晃蕩。他在腦海中搜索曾經讀過的深沙蟲類型，但這一隻不符合其中任何條件。沙蟲朝著他攻擊，坎頓再次閃開。這隻怪物似乎能像游水般在沙中滑行，坎頓很勉強才能看見這隻野獸的甲殼上，排列著數以千計細如髮絲的觸手，這就是牠的移動機制。

怪物對他揮下爪子時，所有觀察分析立刻都被丟到一邊去了。坎頓趴在地上，勉強躲掉頭上橫掃而過的第二擊。這生物的速度快得不可思議——人們深深懼怕深沙區不是毫無道理的，據說潛藏在其中的生物幾乎是堅不可摧。

坎頓翻滾站起身，心中感謝著自己與來自塔樓的士兵們對練的經驗。他靈活快速地用左手抽出長劍，另一手則抓起一把沙子。

「你不求助的話，我們就無法出手！」人聲從上方傳來。坎頓並沒有往上看，只專注在他的敵人身上。這隻生物在頭的兩側都有眼斑，要偷襲牠，難度會很高。一般都認為沙蟲的視力其實很差，牠們主要是靠沙子流動來感覺，但那並不完全是感應動作的能力，因為即使是完全靜止的人體，不知為何沙蟲也有辦法感知到。克茲塔人宣稱深沙蟲可以與沙對話，不過落沙（Lossand）這邊只有很少數人相信克茲塔人的迷信。

「你聽見了嗎？」上方的人聲在坎頓閃躲時再次說著。「叫我們救你出來！」那是艾洛林的聲音。坎頓不理會他，喚醒手中沙子的同時迴身躲避爪擊。他舉起劍，擋下緊接而來的下一擊。那怪物的力量大到讓他的格擋幾乎毫無用處，但還是爭取到了足夠的時間閃避與回擊。

在轉身的同時，坎頓舉起拳頭，操縱沙子向前。沙子從他掌中飛離，射向沙蟲的頭部。沙粒移動的速度快到在空中發出尖嘯聲，坎頓也許沒辦法一次控制一打沙帶，但如果只用一條沙帶的話，他無人能敵，沒有任何一名御沙師能夠達到他一半的速度及精準度。

沙子擊中生物頭部的外殼，卻立刻失去了向前的衝勁。沙粒四處飛散，如同對著石牆潑水一樣。坎頓困惑地呆站著，導致怪物的下一擊擊中了他的身側，將他往後拋向石壁，在肩上留下一道深深的傷口。坎頓的劍從發麻的指尖滑脫，掉落在沙地上。

這隻沙蟲有拓殼。它對御沙術免疫。

坎頓再次咒罵，感覺鮮血從肩膀流下。他當然知道拓殼生物，但這些生物理當十分罕見。只有最古老、最受人畏懼的深沙蟲——傳說中沙之主親自保護著牠們——才有拓殼。為什麼會有一隻待在這處淺沙又充斥著岩石的地方，而且還住了下來？

無論如何，他要做的事情很清楚。不論是不是來自深沙區，所有沙蟲都有同樣的弱點：水。水能夠融化牠們的盔甲，分解外殼及皮膚，讓牠們變成一灘爛泥。

這確實有道理。宗師之路的最後一項考驗就是要測試最困難的御沙術：化沙為水。只要有化水術，御沙師就能輕易融掉沙蟲的外殼。不幸的是，坎頓不會化水術。突然間，艾洛林要他逃跑的建議變得很合理。

坎頓把他的推測放在一邊，專注於存活下來。他的動作越來越慢了；他能感覺自己漸漸變得虛弱。坎頓試著忽略肩膀傳來的疼痛，俯身抓起另一把沙子。沙蟲發動下一次攻擊時，他利用御沙推進自己，高高跳入空中，翻越過了爪子。

坎頓重重落在沙上，匆忙地朝著沙蟲原本所在的位置前進。紅球就在那邊沙中的某處。他不需要殺掉沙蟲，只需要找到圓球，然後逃走。

他解除御沙，讓深黑色的沙子落在地上，隨即將手放在最後看見紅球處的沙地上，喚醒一條接著一條的沙帶，操縱它們讓自己跳離後就解放御沙。沙子從他跪地處漫天飛散。他快速地喚醒又解除沙帶，看起來就像能同時操作好幾條沙帶一樣。

不幸的是，沙蟲並不打算等待他慢慢挖掘。坎頓的跳躍雖然迷惑了牠，但牠很快就回神了。牠朝他逼近，唯一發出的聲音是沙與沙之間的摩擦聲。坎頓繼續挖到最後一刻，接著向側邊閃開，不顧一切地衝刺。他能感覺到皮膚變得乾燥，而且每次眨眼時，眼皮都好像要黏在眼球上。他的肺部像火在燒，每次呼吸都疼痛無比。他身上的水分即將耗盡——他大概會因為做到這種程度而遭受責難。*為了日殿著想，個人不得過度操御。*他過往熟悉的教導是這麼說的，該是放棄的時候了。

但就在決定脫逃時，他看見了。在盆地遠端的牆邊有著一點紅色，顏色比他在自己身後留下的暗紅血跡還來得鮮豔。坎頓大喊一聲，改變方向從沙蟲的腳肢下穿梭而過。他無比靠近沙蟲的身體，近到能聞到甲殼所散發出的刺鼻硫磺味。

在他從怪物身邊經過時，除了感受到腳下的沙子因沙蟲的動作而滑動著，還注意到了一件不可置信的景象。在沙蟲甲殼上兩個碗形的凹槽間，居然又卡著另一顆紅色圓球！

坎頓繼續衝刺，思考一片混亂。他在牆邊停下，手指挖掘沙子，直到碰觸到一顆圓形硬物。他挖起圓球，皺著眉頭看它，接著將目光轉回沙蟲身上。從這個角度，他能清楚看見那一顆紅色圓球，和他已經找到的五顆一模一樣。

道路上不只有五顆球，而是有六顆。

坎頓把球丟入身側的布包中，移動目光看向懸崖邊。他能看見懸崖上二十名宗師全都緊盯著他。他現在可以脫逃了，反正時間大概也已經結束。他已經勝出，已經找到了五顆球。他還在等什麼？

不知為何，他又回頭望向沙蟲。牠的外殼與皮膚都是拓殼，但體內……

坎頓知道他父親不會滿足於完美——他一直都是這樣。帕克斯頓總是想要更好的。今天，坎頓就讓他見識什麼是更好。

宗師們驚訝地大叫，眼睜睜看著坎頓離開岩壁邊，表情充滿堅決。

「蠢小子！」帕克斯頓的聲音在從後方響起。

坎頓喚醒沙子，甩越過怪物，利用它從沙地上取回他的劍。劍刃被沙構成的手指抓住，在半空中閃耀著。坎頓在躲過沙蟲第一下攻擊的同時接住了劍，在怪物胸前不到幾吋的距離處又抓起另一把沙子。

他發出充滿決心的叫喊，將劍插入怪物的身側。劍刃從一塊甲殼上滑開，刺進了旁邊防護較薄弱的皮膚，深深插進兩片甲殼之間的軟組織區域。坎頓用盡全身力氣，將武器直直插進最深處。

突然之間，劍一陣抖動後脫手而去，被一股強大的力量向後推飛。沙蟲身上的切口爆出一陣刺耳的嘶聲。牠的皮膚被刺穿了，一陣酸氣撲向坎頓的臉——這氣體相當於沙蟲的血液——接著怪物的一隻腳正中他的胸口，將他擊飛至半空中。

即便他還在飛離那生物，坎頓已喚醒了手中的沙子。他操縱沙帶向前，發揮所有技巧，在沙子擊中怪物胸膛時，坎頓也撞在了石壁上，但他沒有解除對沙帶的操縱。他感覺身體軟倒在地，卻無視疼痛，操縱著沙子找到切口，從拓殼上的間隙鑽入生物腔室般的體內。他必須同時對抗著氣壓差距以及自己逐漸模糊的意識，不過他拒絕釋放沙子。

他感覺到沙子的突破，原本抵抗的氣壓瞬間消失不見。坎頓用盡最後一絲努力，命令沙帶瘋狂舞動，切割著怪物胸腔內的器官。他操作沙帶大略朝上移動，沙蟲的身體開始抖動痙攣。一秒後，沙帶來到了頭部，沙蟲一瞬間變得僵直，身上的沙粒霎時四散。接著，如同生時那樣寂靜，沙蟲倒向一邊默然死去，屍體稍微陷入沙中，不再動彈。

坎頓不知道自己哪來的力氣掙扎起身，走過沙地。他只模糊地記得自己取回長劍，並用它撬出怪物甲殼上的圓球。

不過，有一幕卻清楚地印在了他的腦海中——他抬頭往上看見了父親憤怒的臉孔。宗師主身後是遠方高聳的克瑞達山，而月亮的銀色邊緣才正要從山後出現。

〈白沙〉全文完

後記

我原本以為〈迷霧之子：祕史〉是這本書中初始發想與最終出版之間間隔最久的作品，直到我想起了這篇故事。

該怎麼說〈白沙〉呢？我很興奮終於能出版它的圖像小說（在此要向Dynamite出版社道謝，同意讓我們節錄圖像小說部分內容，放入這本選集裡）。〈白沙〉起源於很久以前的一個場景：一具被埋在沙中的人體被發現。這是我寫的第一本小說——同時也是第八本，因為我在學會更多寫作技巧後，又將它整本重寫了一遍。你在這裡看到的摘錄是一九九九年版的，而不是一九九五年版的。

發表這部作品是條漫漫長路。我依舊對這個世界非常著迷，並且視它為寰宇中很重要的一部分（其中一個證據就是在揭露寰宇資訊時，克里絲常扮演著重要角色）。不過，想規劃出額外的空檔來書寫它實在非常困難。我還有太多書要完成，完全不知道什麼時候才有空能著手進行這個系列。就在此時，Dynamite找上了我們，提議合作圖像小說。我從一開始就很贊同這個主意，因為比起其他任何方法，這麼做能最快讓讀者在架上看到〈白沙〉的正式版本。

至於在本書看到的段落——你可以明顯看出，我從第一本作品開始，就著重於描寫魔法系統了。我讀了很多《時光之輪》與類似的故事，十分喜歡其中力量強大的人物，但我想要創造一個魔法能力並不是那麼強的角色。我試著構築出一種精細度與力量同樣重要的魔法，坎頓因而誕生，御沙術也是由此而來。

讓他使用魔法來完成某種測試（還有許多人相信他沒辦法通過）似乎是種完美的表現方法。最終的效果很棒——而且以圖像表達時更為亮眼。在我所有魔法系統中，這一種似乎最適合以圖像來表現，因為它的視覺效果非常好。

注：〈白沙〉已製作成圖像小說發行，原著目前僅有此版本，未有文字版紙書計畫。

THE THRENODITE SYSTEM

輓歌系統

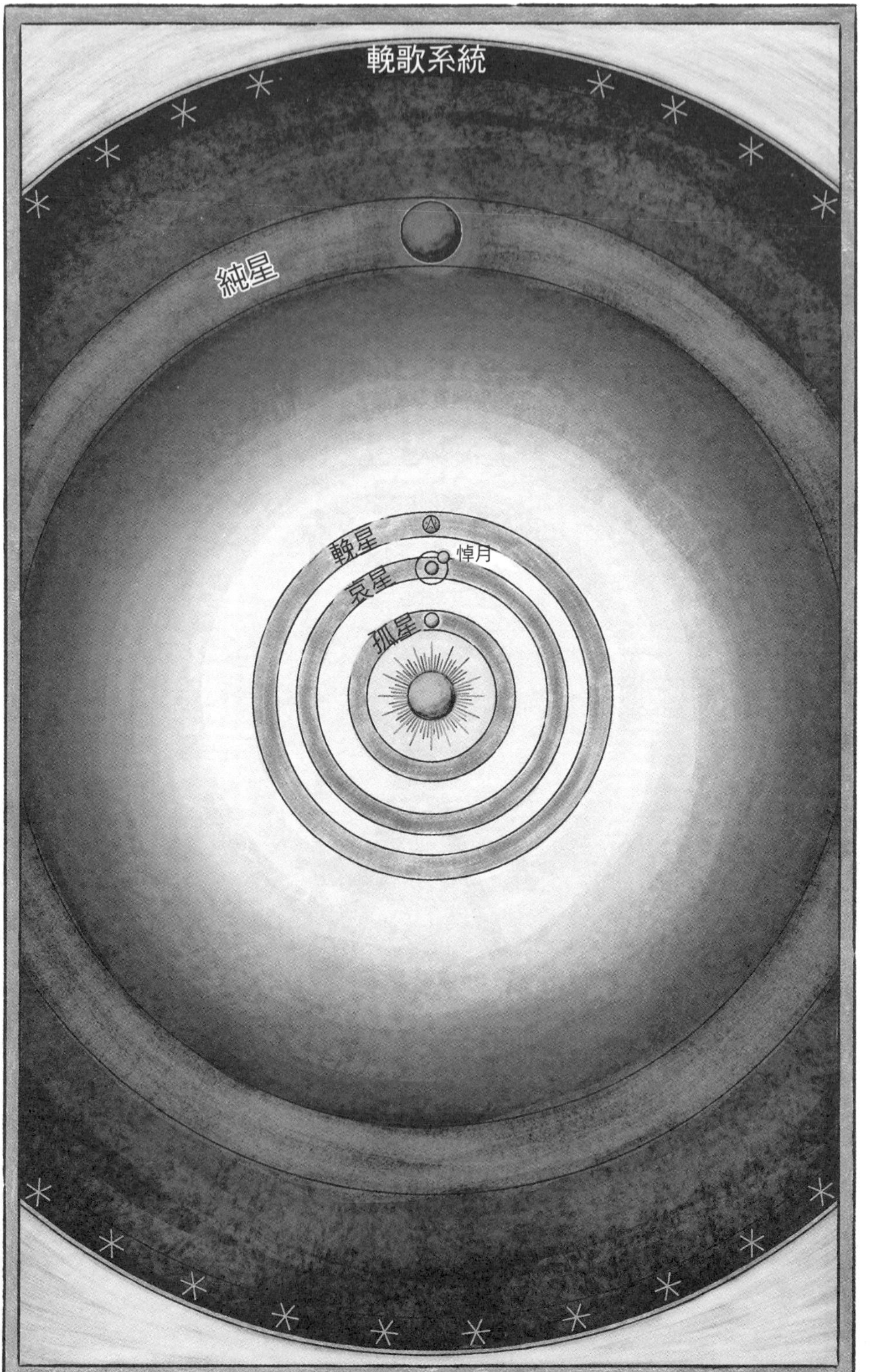
輓歌系統
純星
輓星
悼月
哀星
孤星

輓歌系統

輓歌系統深受一場遠古衝突的影響。很久以前，就在崩碎後不久，憎惡在此地與碎神野心（Ambition）發生了衝突，重傷了祂。後來野心遭到裂解，但最後這一幕發生在其他地點。

兩名雅多納西碎神的直接衝突，對此地的行星有著深遠的影響。雖然實際戰鬥是發生在星球之間的宇宙中——而真正的角力則是位於其他界域——毀滅與變化的波動仍然橫掃了整個星系。這件事對此地其餘星球所造成的影響，基本上沒辦法研究，因為它們並沒有垂裂點，無法實地到訪。

幸運的是，我與來自第三顆星球（也就是輓星）的人有著私交。基於納哲所提供的紀錄，我得出的結論是，此處在碎神相互爭鬥前就已經擁有了某種程度的授予。然而毀滅波動——帶有從野心身上扯離的部分力量——扭曲了輓星以及此地的人們。

這顆星球上有著兩塊大陸。因為某種被稱為「邪靈」（the Evil）的存在，比較廣大的大陸被捨棄了，納哲對此也只做出很模糊的描述。邪靈是蠢動的黑暗，它恐怖的力量侵占整片大陸，吞噬人們的魂魄。我不知道這些紀錄有多少是實際發生過的事，又有多少只是比喻。從較小的大陸前去的探險隊最後總是毫無音信，就連想從意識界到訪此地都非常危險。

比較小的大陸基本上是一道前線，大部分區域未經探索也尚未命名，只坐落著數座文明的堡壘。我曾到訪過其中最大的一處，就連那裡都看似尚未完成——此處是由越海而來的難民們倉皇建起的，因此缺乏許多必要設施。他們先是建立了一座堡壘，然後才以此為家。這很合理，因為此地的居民總是害怕邪惡會找到方法渡海而來。

他們也可能是害怕死人的靈魂。輓星的住民為某種現象所苦，有時他們死後會轉變成我們稱為「意識之影」（Cognitive Shadow）的存在。在此，我就不多加探討意識之影是否就是人類魂魄的問題，這比較屬於神學或哲學的範疇。

不過，我可以從魔法的角度來解釋這個現象發生的原因。有著額外授予的靈魂時常會在力量上留下印痕。就如羅沙的人們將波力看作活生生的存在，導致當地的靈漸漸產生自我意識；額外的授予在與實體分離後，也有可能繼續保持著它的智能。

當地人把它們視為鬼魂，但意識之影其實是授予能夠擁有自我意識的一個實例（雖然此地的案例幾乎沒什麼自我意識）。這是個值得深入研究的領域。不幸的是，要造訪此地十分困難，因為這裡並沒有穩定的垂裂點，只有既不穩定又幾乎無法預測的垂裂點，而且來源有些病態。

SHADOWS FOR SILENCE IN THE FORESTS OF HELL

地獄森林之賽倫絲的幽影

「你該提防的是白狐，」戴根邊說邊小口啜飲啤酒。「聽說他跟邪靈本尊握過手，也有人說他去過殞落世界，帶著神奇力量回來。即使在最深沉的黑夜裡，他也能升火，沒有任何幽影敢來取走他的靈魂。沒錯，就是白狐，他肯定是附近這一帶最歹毒的傢伙。兄弟，可千萬別讓他盯上你。萬一他盯上了你，你就死定了。」

戴根的酒伴脖子像細長的葡萄酒瓶，腦袋像顆馬鈴薯斜插在上頭，說起話來吱吱作響，聲音迴蕩在旅店大廳的屋簷底下，是末世港口音。「他為……為什麼要盯上我？」

「那得看是什麼情況。」戴根說著回頭查看，幾個衣著過度華麗的商人從容地走進旅店。那些人都穿黑色大衣，前襟擠出些許起皺的飾邊，頭上是堡壘區住民常戴的那種高頂寬邊帽。這些人在地獄森林裡活不了兩星期。

「看情況？」戴根的酒伴追問。「看什麼情況？」

「看各種情況。兄弟，你也知道白狐是個賞金獵人。你犯過什麼罪，做過什麼違法的事？」

「沒有。」那吱吱聲像生鏽的輪子。

「沒有？兄弟，哪個人會沒事闖進地獄森林。」

他的酒伴目光掃向兩側。他說他叫厄尼斯特。話說回來，戴根不也告訴人家他叫阿密提。在森林裡，姓名沒多大意義，或者，姓名也可能代表一切，如果是真名實姓的話。

厄尼斯特上身往後，釣竿似的頸子往下擠，像是想躲進啤酒杯裡。這傢伙會上鉤。人們愛聽白狐的傳說，戴根自認是這方面的專家。至少，他很擅長編故事哄厄尼斯特這種獐頭鼠目的人掏錢幫他買酒喝。

先給他點時間發慌，戴根不禁暗笑。讓他著急，他馬上會開始問東問西。

戴根靠向椅背，邊等邊環顧大廳。那群商人嗟嗟呼呼地叫喊，要店家弄吃的來，大聲嚷嚷著他們一小時內就要上路。這說明他們是一群呆瓜：入夜後在森林裡趕路？精明的屯民後裔是會這麼做，可是這些人……恐怕不到一小時就會違反「簡明守則」，引來幽影攻擊。戴根把那些白癡拋到腦後。

不過，角落裡那個傢伙……一身棕色衣裳，在室內還戴著帽子，那傢伙看起來才是真的狠角色。會不會是他？戴根尋思著。據他所知，至今還沒有任何見過白狐的活口。十年了，他交過一百多顆懸賞人頭，肯定有人知道他的名字，畢竟堡壘區的官員付給他賞金。

旅店老闆賽倫絲夫人走過去，粗魯地放下戴根的餐點，發出砰的一聲。她繃著臉斟滿他的啤酒，一滴泡沫灑在他手上，而後一跛一跛地走開。她的體格矮壯，個性強悍——在森林裡討生活的人都很強悍，至少那些存活下來的人都是。

戴根從經驗得知，賽倫絲的臭臉只是她打招呼的方式，她多給了他一份鹿肉，她經常這麼做。他覺得她對他有好感，也許哪天……

別傻了，他把澆了濃稠肉汁的食物送進嘴裡，又灌了幾大口啤酒。娶塊石頭都比娶山之女賽倫絲來得強，石頭都比她有感情。她多給他一片鹿肉，說不定只是為了拉攏常客，如今往這方向來的旅人越來越少了。太多幽影，何況還有切斯特頓，那可不是好惹的人物。

「那麼……這個白狐是個賞金獵人？」那個自稱厄尼斯特的男人好像在冒汗。

戴根笑了笑，這傢伙穩穩上鉤了。「他不是普通的賞金獵人，他是高手中的高手。只不過，那些小角色他還看不上眼。兄弟，恕我無禮，你看起來就像個小角色。」

那人神色越來越不安。他到底幹過什麼事？「可是，」那人結結巴巴地說。「他不會來找我——呃，假設我當真犯了法——總之，他不會到這裡來，對吧？我是指賽倫絲夫人的旅店，這裡受到保護，這件事大家都知道。她過世丈夫的鬼魂在這裡出沒，我有個堂哥親眼見過，真的。」

「白狐不怕鬼，」戴根上身前傾。「我告訴你，我不認為他會冒險闖進來——不是因為某個鬼魂，所有人都知道這裡是中立地帶。就算在森林裡，總得要有個安全區，不過……」

賽倫絲從桌旁經過，又要回廚房了。戴根對她一笑，這回她沒有擺臭臉。他打動了她，肯定是的。

「不過什麼？」厄尼斯特尖聲問。

「嗯……」戴根說。「我是可以跟你說說白狐怎麼殺人，只是，我的啤酒快沒了。真可惜，我覺得你一定會有興趣聽聽白狐怎麼幹掉和事佬哈普夏，那故事精彩極了。」

厄尼斯特尖著嗓子叫賽倫絲再送杯啤酒過來，但賽倫絲埋頭衝進廚房，沒聽見這一句。戴根皺皺眉頭，厄尼斯特見狀掏出一枚錢幣放在桌邊，表示只要賽倫絲或她女兒出現，他會要她們送酒來。這也行，戴根滿意地笑笑，開始細說從頭。

山之女賽倫絲關上通往大廳的門，轉身用背部抵住門板。她大口大口地吸氣吐氣，藉此緩和怦怦狂跳的心臟。剛才沒露出破綻吧？那些人有沒有發現她認出他們了？

威廉安碰巧經過，拿著抹布擦拭雙手。「媽媽？」她停下腳步。「妳……」

「把簿子拿來。快點，孩子！」

威廉安臉上頓失血色，轉身快步走進裡間食物儲藏室。賽倫絲緊抓圍裙，試圖鎮定，然後走向抱著厚厚皮革書包出來的威廉安。書包的封面和脊骨在儲藏室裡沾染了一層麵粉。

賽倫絲接過書包，在廚房流理檯上打開來。裡面有許多單張紙頁，大多數都畫著臉孔。賽倫絲快速翻找，威廉安走到窺視孔查看大廳。

接下來那幾分鐘裡，只有紙張飛快翻動的聲音伴隨賽倫絲狂奔的心跳聲。

「是那個長脖子男人，對不對？」威廉安問。「我記得在懸賞告示裡看過他的臉。」

「那是悲嘆溫納巴雷，只是個小小偷馬賊，幾乎不值兩份銀。」

「那麼是誰？後面戴帽子那個？」

賽倫絲搖搖頭，從整疊紙張最底下抽出連續幾頁，端詳上面的畫像。未知神哪，她心想，我不確定我希望這群人就是他們。至少她的手不抖了。

威廉安快步走回來，站在媽媽背後伸長脖子看。才十四歲的她，個子已經比賽倫絲高。孩子比你高，這種事還不難接受。雖然威廉安老是埋怨自己笨手笨腳又太瘦太高，但她的修長體格意謂著將來肯定能出落成美人兒。她像她爸爸。

「噢，未知神哪！」威廉安一聲驚呼，一隻手掩住嘴巴。「妳是說……」

「切斯特頓．狄拜德。」賽倫絲說。下巴的線條、眼神……一模一樣。「他自己送上門來，還有他的四個手下。」這些人的賞金足夠她採買一整年的物資。也許兩年。

她的視線匆忙移到畫像底下的文字，是搶眼的粗體字：**極度危險**。**因殺人、強暴、勒索等罪嫌通緝在案**。當然，還有最後那一條重罪：**行刺**。

賽倫絲經常納悶，切斯特頓和他那些同夥當真意圖刺殺這塊陸地上最強盛堡壘城市的總督？或者那只是一場意外，只是單純的強盜案擦槍走火？無論如何，切斯特頓很清楚自己做了什麼。那件事發生以前，他只是個攔路打劫的普通——儘管老練——搶匪。

如今他成了氣候，叫人聞風喪膽。他心裡很清楚，哪天他要是落網，絕對得不到寬貸，必定死路一條。末世港將他描繪成陰謀叛亂、高度危險、喪心病狂的暴徒。

切斯特頓沒有理由自我收斂，他也確實沒有。

噢，未知神！賽倫絲暗自心驚，繼續翻閱下一頁切斯特頓洋洋灑灑的犯行。

她身邊的威廉安自言自語似的問。「他在外面？在哪裡？」

「那些商人。」賽倫絲說。

「什麼？」威廉安又衝回窺視孔。窺視孔周遭的木板——其實該說整間廚房的木板——經過賣力刷洗，幾乎褪成白色。薛布魯琪又打掃廚房了。

「我看不出來。」威廉安說。

「看仔細點。」賽倫絲自己第一眼也沒看出來，儘管她每天晚上都抱著簿子，熟記那些臉孔。

片刻後威廉安倒抽一口氣，再次以手掩口。「他也太可笑了，就算有喬裝打扮，也不適合眾目睽睽之下到處亂逛吧？」

「所有人都會以為他們只是另一群堡壘區來的商人，自以為夠勇敢，可以闖進森林。這招很聰明。等幾天後他們在中途消失，大家會猜想——如果有人有那份閒工夫——他們都被幽影吃了。再者，這樣一來切斯特頓的行動可以更快速，不必遮遮掩掩，能大方進出旅店，順便聽聽風聲。」

切斯特頓就是這樣找到新的作案目標嗎？他們之前來過她的旅店？這個念頭讓她的胃部一陣翻攪。她接待過很多罪犯，其中有些人甚至是常客。在森林裡，任何人都可能是罪犯，即使只是為了逃避堡壘區官方課徵的稅金。

切斯特頓那幫人可不一樣。就算沒有他們的犯案紀錄，她也知道這些人是何等心狠手辣。

「薛布魯琪呢？」賽倫絲問。

威廉安甩甩腦袋，彷彿從恍惚中清醒。「她在餵豬。真要命！妳擔心他們認出她嗎？」

「不，」賽倫絲說。「我擔心她認出他們。」薛布魯琪雖然才八歲，可是有時候她的觀察力敏銳得驚人，也很叫人憂心。

賽倫絲闔上懸賞簿，手指擱在書包的皮革上。

「我們要殺了他們，對吧？」威廉安問。

「對。」

「他們值多少？」

「孩子，有時候跟那人值多少無關。」賽倫絲聽見自己語氣裡的虛偽。稜堡山和末世港的銀礦價格節節攀升，她的日子越來越難熬。

有時候跟某個人值多少無關，可惜現在不是那種時候。

「我去拿毒藥。」威廉安離開窺視孔，橫越廚房。

「孩子，拿藥效輕的。」賽倫絲提醒女兒。「這些都是亡命之徒，只要有一丁點異樣，他們就會馬上察覺。」

「媽媽，我沒那麼蠢。」威廉安一本正經地說。「我會拿沼澤草摻在啤酒裡，他們嚐不出來。」

「一半劑量就好，我可不希望他們昏倒在桌邊。」

威廉安點點頭，轉身走進老舊的儲物間。她進去以後掩上門，撬起木地板取出毒藥。沼澤草會讓那些人腦袋昏沉、頭暈目眩，卻不會要了他們的命。

賽倫絲不敢用其他更致命的毒藥，萬一有人對她的旅店起疑，她的事業——甚至她的性命——將會不保。她必須維持她在旅人心目中那個陰陽怪氣卻處事公正、不愛管閒事的店東形象。她的旅店是一處安全的避風港，即使進來的人是最凶惡的罪犯亦然。她每天晚上懷著深深的憂慮入眠，擔心有人發現白狐交出去領賞的人頭之中，有太多人死前幾天曾光顧過賽倫絲的旅店。

她走進食物儲藏室藏好懸賞簿。這裡面的牆壁也刷得非常乾淨，置物架最近才重新打磨過，撢得一塵不染。那孩子。有誰見過寧可打掃也不玩耍的孩子？當然，考量到薛布魯琪的遭遇……

賽倫絲忍不住把手伸向頂層置物架，摸了摸藏在那裡的十字弓。純銀箭頭，專門用來對付幽影，至今還沒用在人身上。在森林裡濺血的風險太高。不過，萬一事態緊急，她身邊至少還有十字弓。

藏妥懸賞簿之後，她去找薛布魯琪。那孩子果然在餵豬。賽倫絲喜歡圈養一群健康豬隻，當然不是拿來食用。據說豬可以驅走幽影。只要能讓旅店顯得更安全，她什麼都願意做。

薛布魯琪跪在豬圈裡，這孩子個子不高，褐色皮膚、一頭烏黑長髮。儘管外人都不知道她的悲慘過去，也沒人會誤認她是賽倫絲的女兒。薛布魯琪刷著豬圈內牆，嘴裡哼著曲調。

「孩子？」賽倫絲輕聲喚她。

薛布魯琪轉過頭來，露出笑容。短短一年變化可真大。曾經，賽倫絲以為這孩子永遠不會再展露笑靨。剛來到旅店那三個月，薛布魯琪成天盯著牆壁，無論賽倫絲把她放在什麼地方，她總會挪到距離最近的牆壁，坐下來，一整天盯著那面牆，一句話也不說，眼神毫無生氣，像幽影的眼睛……

「賽倫絲阿姨，」薛布魯琪問。「妳還好嗎？」

「我沒事，只是想起一些不愉快的事。妳……在打掃豬圈？」

「牆板該好好刷一刷了，」薛布魯琪回答。「小豬們喜歡牆板乾淨點。呃，至少賈洛姆和以西結很愛乾淨，其他幾隻好像不太在乎。」

「孩子，妳不需要那麼努力打掃。」

「我喜歡打掃，」薛布魯琪說。「感覺很好。至少我會做這個，能幫得上忙。」

刷牆板總比成天對著它們發呆來得好。這一天，賽倫絲很慶幸那孩子有事可忙。任何事都好，只要別踏進大廳。

「我覺得其他那些豬都很喜歡，」賽倫絲說。「不如妳在這裡多刷一會兒？」

薛布魯琪抬眼打量她。「出了什麼事？」

真要命，這丫頭心思太細膩。「大廳裡有些男人嘴巴不乾淨，」賽倫絲說。「我不希望妳學他們說髒話。」

「賽倫絲阿姨，我不是小孩子。」

「妳是小孩子。」賽倫絲語氣堅定。「而且妳要聽話，別以為我不會抽妳鞭子。」

薛布魯琪翻翻白眼，不過她又轉身工作，繼續哼哼唱唱。賽倫絲跟薛布魯琪說話時，總會刻意拿出她祖母的架勢。那孩子喜歡有人對她嚴格，甚至渴望那份嚴格，也許對她來說，那是有人能掌控局面的象徵。

賽倫絲倒希望自己當真能掌控一切。可是她姓佛斯考特（注）——這是她的祖父母和其他那些遠離故土來到這塊陸地探索的人給自己冠的姓氏——沒錯，她姓佛斯考特，所以她寧可死，也不肯讓任何人知道她絕大多數時有多麼充滿無力感。

賽倫絲橫越旅店後院，發現威廉安在廚房裡調製可以溶解在啤酒裡的糊狀物。賽倫絲繼續往前走，進了馬廄。不出所料，切斯特頓說他們吃過飯就要上路。儘管大多數人天黑以後會留在相對安全的旅店，切斯特頓和他那夥人卻更習慣在森林裡露宿。即使四周幽影橫行，他們睡在自己搭造的營地裡會比躺在旅店床上安心。

馬廄裡，達伯——管理馬廄的老僕人——剛刷好馬匹。他不會餵馬兒喝水，賽倫絲有個規矩：餵水這件事要留到最後。

「做得很好，達伯。」賽倫絲說。「你先去休息吧。」

達伯點點頭，喃喃說。「謝謝您，太太。」他照例走到前廊，拿起他的菸斗。達伯的腦子不大靈光，根本不知道她的旅店私底下做什麼營生。威廉過世以前達伯就在了，她很難再找到比他更忠心的人。

注：Forescout，有「前哨」之意，此處採音譯。

達伯離開後，賽倫絲關上門，走到馬廄內側打開上鎖的櫃子，拿出幾個小袋子。她就著微弱光線檢視那些小袋子，之後把它們放在工作檯上，轉身拿起第一套馬鞍放在馬背上。

她快要繫好所有馬鞍時，門突然輕輕打開來。她頓時僵住，立刻想到工作檯上的小袋子。剛剛為什麼不塞進圍裙裡，真粗心！

「賽倫絲・佛斯考特。」門口傳來圓滑的嗓音。

賽倫絲忍住悶哼聲，轉身面對訪客。「席奧波里斯，」她說。「偷偷摸摸跑進女人家裡很不禮貌。你這樣擅自闖進來，我應該把你給轟出去。」

「好說，好說。那不就成了……馬兒反踢餵養牠的人，嗯？」席奧波里斯的瘦長身軀倚著門框，雙手抱胸。他的衣著樸素，沒有標示職務。堡壘區的稅務員通常不喜歡路人知道他的職業。他的鬍子刮得很乾淨，臉上總是掛著那抹以恩人自居的笑容。他的衣裳太新太乾淨，不像住在森林裡的人。他不是浮誇的公子哥兒，當然也不是傻子。他很危險，有別於大多數類型的危險。

「席奧波里斯，你來幹什麼？」賽倫絲問，她把最後一副馬鞍放在一匹噴著鼻息的花毛驅馬背上。

「賽倫絲，我來找妳都是為了什麼？肯定不是因為妳和顏悅色的表情，嗯？」

「我繳了稅。」

「那是因為妳幾乎全額免稅。」席奧波里斯說。「上個月送來的銀妳還沒付清。」

「最近生意比較清淡，就快湊足了。」

「還有妳十字弓的銀箭頭呢？」席奧波里斯說。「妳好像打算忘掉那些銀箭頭的價格，嗯？那批用來替換防護圈的純銀呢？」

賽倫絲正在扣馬鞍，他的牢騷聽得她皺起眉頭。席奧波里斯，真要命，有夠倒楣的一天！

「噢，哎呀，」席奧波里斯走向工作檯，拿起一個小袋子。「這些又是什麼？看起來像溼地韭蔥汁。聽說只要用特別的光線照它，這玩意兒就會在黑暗中發亮。這是白狐不為人知的祕密嗎？」

她一把搶回小袋子，用氣聲說。「別提那個名字。」

他咧著嘴笑。「妳找到下手目標了！太好了。我經常納悶妳到底怎麼追蹤那些人，只要在小袋子上戳個針孔，藏在馬鞍底下，再循著沿路滴下來的汁液去找，嗯？妳可以跟蹤很長一段路，在離這裡很遠的地方解決他們，免得別人對妳的小旅店起疑？」

沒錯，席奧波里斯是個危險人物，可是她需要有個人幫她去提交人頭。席奧波里斯是個鼠輩，但他也像所有老鼠一樣，知道哪裡有最好的孔洞、簷槽和裂縫。他在末世港有人脈，一直以來都能用白狐的名義幫她領回賞金，沒有暴露她的身分。

「最近我很想揭發妳，」席奧波里斯說。「有好幾群人拿惡名昭彰的白狐打賭，下了不少賭金，賭他的真實身分。這條情報可以讓我發大財，嗯？」

「你早就發大財了，」她厲聲回斥。「雖然你一肚子壞水，但你不是白癡。這十年來我們合作得很順利，別告訴我你想拿財富交換壞名聲。」

他笑了笑，卻沒有反駁她。每份賞金她自己只保留一半，席奧波里斯很滿意這樣的安排。他不需要冒險，她就是根據這點斷定他會喜歡。他是個公務員，不是賞金獵人。她唯一看見他殺人的那次，被害人原本就沒辦法還手。

「賽倫絲，妳太了解我了。」席奧波里斯笑著說。「實在太了解了。哎呀，哎呀呀。懸賞要犯，不知道是誰，我得去大廳瞧瞧。」

「你不可以那麼做。天殺的！你以為稅務官的臉孔嚇不跑他們？不准你進去壞事。」

「別激動，賽倫絲。」他仍然笑意盈盈。「我遵守妳的規定，一直很小心，沒有經常在這裡露面，也不讓別人懷疑到妳身上。反正今天我沒空，我來只是想幫妳一個忙，不過現在妳八成不需要了。唉，真可惜，枉費我替妳辦了那麼多事，嗯？」

她覺得背脊發涼。「你能幫我什麼忙？」

他從背包裡拿出一張折好的紙，用那些太長的手指審慎小心地打開來，正要把紙張拿高，賽倫絲一把搶了過來。

「這是什麼？」

「幫妳解決債務的方法，讓妳從此不必再煩惱！」

那是一紙扣押狀，授權賽倫絲的債權人——席奧波里斯——取得她的不動產抵債。堡壘區宣稱他們擁有馬路和兩旁土地的管轄權，他們也確實派士兵前來巡邏，只會偶爾。

「席奧波里斯，我收回剛才的話。」賽倫絲怒罵。「你根本就是個白癡！就為了貪求一塊土地，你寧可放棄我們共同擁有的利益？」

「當然不是，賽倫絲，我們什麼都不必放棄。妳老是還不起錢，我真的很同情，不如由我來掌管旅店的財務，這不是更有效率嗎？妳繼續在這裡工作，繼續獵人頭拿賞金，一切照舊。只是，妳永遠不必再為債務發愁了，嗯？」

賽倫絲揉掉手裡的紙張。「你想把我跟我的家人變成奴隸，席奧波里斯。」

「噢，別這麼誇張。末世港那些人已經開始擔心，覺得這麼重要的一家旅店怎麼可以讓身分不明的人經營。賽倫絲，妳已經引起別人的注意，我覺得這應該是妳最不樂見的事。」

賽倫絲把手裡的紙團壓得更扁，緊握拳頭。廄舍裡的馬匹移來挪去，席奧波里斯還在笑。

「好吧，」他說。「也許沒這個必要。也許妳接下來這筆賞金數額夠大，嗯？給點提示吧，免得我瞎猜一整天。」

「出去。」她低聲說。

「親愛的賽倫絲，」他說。「佛斯考特血統，固執到死。聽說妳的祖父母是第一批移民裡最早來的，最早來到這塊陸地探路，最早在森林裡開墾……最早在地獄裡立樁占地。」

「別這樣說森林，這裡是我的家鄉。」

「可是人們就是這樣看待這片土地，邪靈時代以前就是了。妳不覺得奇怪嗎？地獄，受詛咒的土地，亡者魂魄聚居之處。我一直很好奇，妳死去丈夫的鬼魂當真一直守護這個地方？或者那只是另一個妳編出來的故事，讓大家覺得安全，嗯？妳花大把錢採買純銀，那才是有效的保護。但我始終找不到妳結婚的紀錄。當然，如果根本沒有結婚紀錄，那麼威廉安就是……」

「滾出去。」

他露齒而笑，拉了拉帽子，走出門去。她聽見他上馬，馬蹄聲達達離去。天就快黑了，大概不必奢望幽影取他性命。長久以來，她一直懷疑他在附近有個藏身處，很可能是某個他用純銀圈圍的山洞。她呼氣吸氣，努力讓自己平靜。席奧波里斯是很煩人，但他也不是無所不知。她強迫自己把注意力轉回馬匹身上，轉身提來一桶水，把小袋子裡的東西倒進水裡，讓馬兒們喝個暢快。牠們果然都渴了。

如果照席奧波里斯所說，讓小袋子沿路滴出汁液，會太容易被發現。萬一她的獵殺目標夜裡拿下馬鞍，發現小袋子呢？他們就會知道自己被人跟蹤。不，她需要更隱祕的辦法。

「我該怎麼應付這一切？」她悄聲自言自語。馬兒們就著她手裡的桶子喝水。「真要命，壓力從四面八方過來。」

殺了席奧波里斯，祖母可能會這麼做。她尋思片刻。

不，她心想。我不要變成那樣的人，我不要變成她。席奧波里斯是個痞子、流氓，可是他沒犯法，據她所知也沒做過什麼傷天害理的事。就算在這一帶，也需要有規則，凡事都得有個界限。在這方面，也許她跟堡壘區那些人沒什麼兩樣。

她會想出別的辦法。席奧波里斯只是持有欠條，依規定他必須出示欠條向她討債，這代表她還有一、兩天時間籌款。一切都循規蹈矩。堡壘城市裡的人聲稱自己是文明人，而那些規則給了她機會。

她走出馬廄，視線瞥向大廳，威廉安正在送酒給斯特頓那夥「商人」，她停下腳步觀看。背後的林子在風中顫抖。

賽倫絲靜心聆聽，而後轉身面對森林。堡壘人往往拒絕面對森林，他們會別開視線，從來不敢望向林蔭深處。那些肅穆的林木幾乎覆蓋了這片陸地的每一吋土地，它們的葉子遮蔽地表，一動不動、寂靜無聲。野生動物住在那裡面，但堡壘區測量員宣稱其中已沒有獵食動物，說是很久以前就被幽影收拾掉了，因為那些動物在林中濺了血。

她正視森林時，森林彷彿……撤退了。它們深不見底的黑暗似乎在萎縮，那份死寂之中傳來囓齒動物在落葉堆中覓食的聲音。佛斯考特家的人懂得直視森林，也知道那些測量員錯了。那裡面確實有獵食者，那片森林本身就是。

賽倫絲轉身走向廚房。保住旅店是她的首要目標，所以她現在沒有退路，必須拿到切斯特頓的賞金。如果她償還不了欠席奧波里斯的債，這個地方恐怕就很難維持現狀，屆時她也得任他擺布，因為她不能離開旅店。她沒有堡壘區居留權，時局不好，本地的屯墾區居民沒人有能力收留她。她只能留下來幫席奧波里斯打理旅店，而他會把她榨乾，比例越來越高的賞金會流進他的口袋。

她推開廚房門，裡面……

薛布魯琪坐在桌子旁，十字弓放在腿上。

「未知神哪！」賽倫絲驚呼一聲，連忙走進去，隨手關上門。「孩子，妳這是……」

薛布魯琪抬頭看她。那種呆滯的眼神又出現了，沒有生命、沒有情感的眼神，就像幽影的眼神。

「賽倫絲阿姨，有人來了。」薛布魯琪的語氣冷漠又單調。十字弓的捲繩軸擺在她身邊。她把弓箭上膛，還拉開保險，全部獨力完成。「我在箭頭抹了黑血，我做得很好，對不對？那樣一來，毒藥一定能殺死他。」

「孩子……」賽倫絲上前一步。

薛布魯琪把腿上的十字弓豎起來，斜斜握在手上撐住，一隻小手扣在扳機上，箭尖對準賽倫絲。

薛布魯琪盯著正前方，兩眼空洞無神。

「薛布魯琪，這樣行不通。」賽倫絲扳著臉說。「就算妳有辦法把十字弓拿進大廳，也射不中他……就算妳射中他，他的手下也會殺了我們為他報仇！」

「我不在乎，」薛布魯琪輕聲說。「只要我能殺了他，只要我能扣下扳機。」

「妳不在乎我們？」賽倫絲罵道。「我收留妳，給妳一個家，妳就這樣報答我？偷拿武器，還威脅我？」

薛布魯琪眨眨眼。

「妳在想什麼？」賽倫絲說。「妳想讓這個庇護所濺血？想把幽影都引來，毀掉我們的保護圈？萬一它們闖進來，就會殺死這間屋子裡所有人！殺死那些我答應保護他們的人。妳好大的膽子！」

薛布魯琪身子晃了一下，似乎清醒過來。她冰冷的面孔融化了，也放下十字弓。賽倫絲聽見啪的一聲，鉤子鬆開來，箭頭咻地劃過離她臉頰不到一吋的地方，穿破了後窗。

真要命！萬一箭頭射中她？萬一薛布魯琪傷人濺血呢？賽倫絲舉起顫抖的手撫摸臉頰，幸好沒流血。箭頭沒射到她。

片刻之後，薛布魯琪投進她懷裡，低聲啜泣。賽倫絲跪下來，把她抱得更緊些。「別哭，乖孩子。沒事，沒事。」

「我都聽見了，」薛布魯琪低聲說。「媽媽從頭到尾都沒大聲叫，她知道我在那裡。賽倫絲阿姨，她很堅強。所以就算鮮血流下來，浸溼我的頭髮，我也能堅強。我聽見了，我全都聽見了。」

賽倫絲閉上雙眼，緊緊抱住薛布魯琪。當初只有她願意進入那棟冒煙的農莊察看。薛布魯琪的爸爸偶爾會來旅店投宿，他是個好人，至少是邪靈佔領故鄉後還稱得上好人的人。

在農莊悶燒的殘跡裡，賽倫絲找到十二具屍體。所有家族成員都被切斯特頓那夥人冷血屠殺，連小孩也不放過。唯一倖存的是年紀最小的薛布魯琪，她被塞進臥室木地板底下的窄縫。

她就躺在那裡，全身浸泡在母親的鮮血裡，即使看見了賽倫絲，還是沒發出半點聲響。賽倫絲之所以能找到薛布魯琪，是因為切斯特頓行事謹慎，大開殺戒之前在房間四周遍灑銀粉，以防幽影闖進去。賽倫絲想掏出滲進地板縫裡的銀粉，意外看見一雙在狹縫裡注視她的眼睛。

去年一整年，切斯特頓縱火焚毀十三間屯墾農莊，超過五十人慘遭殺害，只有薛布魯琪在他手底下死裡逃生。

薛布魯琪一抽一抽地啜泣，渾身顫抖。「為什麼……為什麼？」

「很遺憾，沒有原因。」她還能怎麼回答，跟她說說未知神，或說幾句愚蠢的陳腔濫調安慰她？這裡是森林，沒有人能靠安慰活下去。

賽倫絲倒是繼續抱著薛布魯琪，直到她的哭聲停歇。威廉安走進來，在桌子旁站定，手上端著裝滿空杯的托盤。她的視線迅速掃過地上的十字弓，再望向破裂的窗子。

「妳會殺死他嗎？」薛布魯琪輕聲問。「會讓他接受法律制裁？」

「故鄉早就沒有法律了，」賽倫絲說。「不過沒錯，我會殺了他。我向妳保證。」

威廉安怯生生地走過去撿起十字弓，翻轉過來，露出斷裂的弓臂。賽倫絲吐出一口氣，她實在不應該把十字弓放在薛布魯琪拿得到的地方。

「威廉安，妳來顧店，」賽倫絲說。「我帶薛布魯琪上樓。」

威廉安點點頭，又瞄了一眼破窗。

「沒有濺血，」賽倫絲說。「不會有事的。不過如果妳有時間，看看能不能找回那枝箭，箭頭是純銀的。」時局不好，一分錢都不能浪費。

威廉安拿著十字弓進食物儲藏室。賽倫絲把薛布魯琪放在凳子上，小女孩緊抱著她不肯放手，賽倫絲心一軟，又多抱了她好一陣子。

威廉安深吸幾口氣，彷彿要讓自己冷靜，然後推開門，重新走進大廳去倒酒。

薛布魯琪終於放手，賽倫絲趁空調了一杯飲料。她抱著薛布魯琪上樓，到大廳上面的頂樓，她們三個人的床鋪都在那裡。達伯睡在馬廄裡，比較舒適的客房都在二樓。

「妳要讓我睡覺。」薛布魯琪紅紅的眼眶盯著賽倫絲手上的杯子。

「天亮以後世界會變得更美好。」賽倫絲說。何況今晚我可不能讓妳偷偷跟著我出去。

薛布魯琪不情願地接過杯子，一口喝完。「十字弓壞了，對不起。」

「我們想個辦法，讓妳做點事抵修理費。」

這話好像讓薛布魯琪很安心，她是個屯民，森林長大的孩子。「妳以前都會唱歌哄我睡。」薛布魯琪輕聲說，她閉上眼睛往後躺。「就是妳剛帶我來這裡的時候，那時……那時……」她沒說出來。

「我不知道妳聽見了。」那段時期裡，賽倫絲始終弄不懂薛布魯琪有沒有看見或聽見任何東西。

「我聽見了。」

賽倫絲在薛布魯琪小床邊的凳子坐下來。她沒有心情唱歌，所以用哼的。那是她以前唱給威廉安聽的催眠曲，當時她剛生產完不久，日子很困苦。

不久以後，她不由自主地唱起歌詞。

「乖乖睡，我的寶貝……別害怕。夜深了，但太陽會出來。乖乖睡，我的寶貝……別流淚。黑暗包圍我們，但我們會醒來……」

她握住薛布魯琪的手，直到那孩子沉沉睡去。床邊的窗子俯瞰庭院，賽倫絲看見達伯牽出切斯特頓那夥人的馬。那五個衣著考究的商人咚咚咚走下前廊，爬上各自的馬匹。他們一個接一個騎上馬，隱沒在森林裡。

天黑後一小時，賽倫絲就著壁爐火光收拾背包。

壁爐的火是她祖母燃起的，從此不曾熄滅。祖母為了生起這把火差點沒命，因為她不願意花錢請那些生火商人。賽倫絲搖搖頭。

祖母老是愛反抗傳統，話說回來，賽倫絲自己又好到哪兒去？

別生火、別讓他人濺血、夜裡別奔跑，這些行為會引來幽影。這些就是簡明守則，屯民的生存法則。這三條規則她都違反過不止一次，她到現在還沒被吸乾、變成幽影，已經是奇蹟了。

心裡想著殺人的事，火光的暖意顯得無比遙遠。賽倫絲瞄了一眼上了鎖的舊神龕，其實只是個櫃子。火焰讓她想起祖母。有時候，她把那火想像成她祖母：蔑視幽影和堡壘區，頑強到最後一刻。她清理掉店裡所有會讓她想起祖母的物品，只除了那座奉祀未知神的神龕。神龕就放在緊鄰食物儲藏室一扇上鎖的門裡，那扇門旁曾掛著她祖母的銀匕首，是舊時宗教的象徵。

那柄匕首上蝕刻了神聖符號，做為避邪之用。如今賽倫絲把它帶在隨身刀鞘裡，不是為了避邪，而是因為那是銀製品。在林子裡討生活，銀器從來不嫌多。

她仔細地收拾行囊，先放進她的救傷包，再來一大袋銀粉，用來治療枯萎。接著她放進十只空的粗麻袋，麻袋裡層上過瀝青，避免內容物漏出來。最後，她放進一盞油燈。她不打算用它，畢竟她不信任火，火會引來幽影。然而，經驗告訴她，油燈派得上用場，所以她帶了。只有碰上已經點了火的人，她才會點油燈。

收拾妥當後，她遲疑片刻，然後走進舊儲物間，掀起木地板，拿出放在毒藥旁、乾燥包裝的小圓桶。

火藥。

「媽媽！」威廉安的叫聲嚇得她跳起來。她沒聽見女兒走進廚房。

賽倫絲驚嚇之餘，手上的小圓桶差點掉下地，這又嚇得她心臟差點停了。她把桶子夾在腋下，內心暗罵自己蠢。火藥沒有火不會爆炸，這點概念她還有。

「媽媽！」威廉安又喊一聲，兩眼盯著小圓桶。

「我不見得會用。」

「可是……」

「我知道，別說了。」她走過去，把筒子放進背包。她祖母的點火器就綁在筒子側邊，金屬握把之間塞著布塊。引燃火藥也算點火，至少在幽影眼中沒兩樣。無論白天夜晚，它吸引幽影的速度就跟鮮血一樣快速。最早從故鄉逃難過來那批人很快就發現了這點。

某種程度來說，鮮血比較容易避免。普通的流鼻血或破皮流血並不會招來鬼魅，它們甚至不會注意到。一定得是別人的血，是你讓別人流的血，而且幽影會先攻擊害別人出血的那個人。當然，等那人死了，它們不在乎接下來索誰的命。幽影一旦被激怒，周遭所有人都會身陷險境。

賽倫絲收好火藥筒以後，才注意到威廉安穿著外出長褲和靴子，手上拿著類似的背包。

「威廉安，妳這是在幹什麼？」賽倫絲問。

「媽媽，難道妳想獨力殺五個只服下半劑沼澤草的男人？」

「我以前做過類似的事，早就學會單獨行動。」

「那是因為妳沒有幫手，」威廉安把背包甩上肩膀。「現在不一樣了。」

「妳還太小。上床睡覺去，在我回來以前把店顧好。」

威廉安顯然不打算讓步。

「孩子，我叫妳……」

「媽，」威廉安牢牢抓住賽倫絲手臂。「妳已經不年輕了！妳以為我沒看見妳走路越來越跛？妳沒辦法什麼都自己來！天殺的，妳早晚都得讓我幫妳！」

賽倫絲靜靜端詳她的女兒。這孩子哪來的狠勁？她老是忘記威廉安也是佛斯考特的人。祖母如果見到這孩子，一定會嫌惡她，這點讓賽倫絲很自豪。威廉安總算有個童年，她不軟弱，她只是……很正常。女人不需要心如鐵石，一樣可以很堅強。

「別對著妳的母親咒罵。」賽倫絲終於開口。

威廉安挑起單側眉毛。

「妳可以跟去，」賽倫絲掙脫女兒的手。「可是一定要照我的話做。」

威廉安吐出長長一口氣，急切地點點頭。「我去告訴達伯我們要出門。」她轉身出去，走進黑夜裡時，她發揮屯民天性，放慢腳步。即使還在旅店的保護圈裡，她也懂得遵守基本規則。安全時的輕忽，往往會導致危險。

賽倫絲拿出兩只碗，調製了兩種夜光糊。完成以後，她分別將糊狀物倒進兩個瓶子裡，再收進背包。

她走進夜色。空氣很清爽，涼颼颼的。樹林沉寂了。

當然，幽影出來了。

有幾隻橫越草地、發著微光的形體清晰可見。飄渺、半透明，目前在附近的那些都死了很長時間了，幾乎看不出人類體型，腦袋輕輕蕩漾，臉孔像菸圈似地晃動，身後拖著波浪似的白氣，有一條胳膊那麼長。賽倫絲經常想像那是它們生前衣物的破碎殘餘。

任何女人看見幽影，心裡都不免一陣寒顫，就連佛斯考特家的女人也不例外。當然，幽影白天也在，只是看不見。只要生火或濺血，就算大白天它們也會找上你。但到晚上就不同了，它們對違規行為的反應更即時，快速移動也能激怒它們，白天時就不會。

賽倫絲取出一個裝有夜光糊的瓶子，周遭景物鋪上一抹幽幽綠光。光線很微弱，不像火炬的光。火炬不可靠，因為一旦熄滅，你沒辦法重新點燃。

威廉安拿著燈籠竿等在前門。「我們動作要快，」賽倫絲邊說邊把夜光瓶掛在竿子上。「妳可以說話，但一定要很小聲。我要妳聽我指示，妳得做到。無論我說什麼，妳馬上得照辦。我們追捕的這些人……他們會殺了妳，或者更糟，而且連眉頭都不會皺一下。」

威廉安點點頭。

「妳不夠害怕。」說著，賽倫絲把黑色罩子蓋在比較亮的那個夜光瓶上，她們頓時置身黑暗中。所幸今晚繁星帶高掛天空，部分星光會穿透樹葉間隙灑下來，尤其如果她們離馬路不太遠。

「我……」威廉安說。

「記得去年春天哈洛德的獵犬發瘋的事嗎？」賽倫絲問。「妳記不記得那隻狗的眼神？認不得人、目露凶光。威廉安，這些人就是那樣，像得了狂犬病。這些人跟那隻獵犬一樣，都得死。在他們眼中妳不是人，只是一塊肉。妳明白嗎？」

威廉安點點頭。賽倫絲看得出來女兒仍然是興奮多過害怕，那也沒辦法。她把掛著比較暗夜光瓶的那根竿子遞給威廉安，那瓶子發出淡淡藍光，照明效果很有限。賽倫絲把另一根竿子放上自己右肩，背包甩上左肩，朝馬路的方向點了點頭。

附近有一縷幽影飄向馬路邊緣，當它碰觸地上那道細薄的純銀屏障時，銀圈像火花般啪啦作響，那東西嚇得猛地一抽、向後撤退，飄往另一個方向。

像那樣的每一次接觸都會讓賽倫絲荷包失血。幽影的碰觸會毀了銀，她的顧客付錢買的就是這個：一百年多來沒有被突破過的防線，也從來沒有不受歡迎的幽影被困在保護圈裡。維持某種和平局面，森林裡的最佳狀態。

威廉安一腳跨過分界線，那是突出在地面上的大型銀圈。那些銀圈以地底下的水泥固定，沒辦法隨便拔出來。如果要替換那些重疊銀圈——她的旅店周圍有三圈同心圓防護圈——之中的某一段，就得開挖地面，解開銀圈之間的環扣。那工程極其浩大，賽倫絲再清楚不過，因為他們幾乎每星期都得調動或替換某一段。

附近那個幽影飄走了，它沒發現她們。賽倫絲不知道它們是不是只看得見違反規則的人，或者只有犯規的人值得它們注意。

她跟威廉安踏上黑暗的馬路，路面的雜草有點太長。森林裡的馬路從來沒有妥善維護，如果堡壘區信守承諾，這點會有所改變。儘管如此，這些馬路仍然有人行走。屯墾區的人從一座堡壘去到另一座堡壘買賣食物。栽種在林間空地的穀類比山上的農產品風味更濃郁、更美味可口。陷阱捕捉或私人豢養的兔子和火雞可以換到上等純銀。

豬卻不行。只有某個堡壘裡的人粗俗到會吃豬肉。

總之，交易始終存在，因此馬路也不會消失，即使周遭的樹木總是把它們的樹枝——像抓攫的臂膀——伸下來，意圖覆蓋路面、收復失地。森林不喜歡人類的侵擾。

賽倫絲母女步履慎重，從容不迫。動作不能太快。用這種速度走路，感覺過了無限久，前方路面才出現異狀。

「那裡！」威廉安悄聲說。

賽倫絲吐出一口氣、釋放緊張情緒。路上有某種藍色標記與夜光瓶的微光相輝映。對於她如何追蹤獵物，席奧波里斯猜得沒錯，卻不夠完整。沒錯，這種又稱為「亞伯拉罕之火」的夜光糊是會讓溼地韭蔥的汁液發亮。巧合的是，溼地韭蔥的汁液也會造成馬兒頻尿。

賽倫絲蹲下來檢視地上那道發亮的汁液與尿液。她原本擔心切斯特頓那夥人離開旅店不久後就會轉進森林，雖然可能性不高，她還是擔心。

現在她找到他們的蹤跡了。如果切斯特頓打算鑽進林子裡，那麼他會在離開旅店幾小時後才這麼做，確保他們的行蹤不會被發現。賽倫絲閉上雙眼，如釋重負地嘆口氣，發現自己熟練地誦念了一段感恩禱詞。她愣了一下。怎麼會這樣？那是很久以前的事了。

她搖搖頭，起身繼續往前走。她給五匹馬都下了藥，因此路面上有規律的標記可遵循。

這天晚上森林……特別漆黑。天上繁星帶從枝葉間篩下的光芒似乎不如往常，幽影的數目好像也比平時多，潛行在樹幹之間，發著幽冷的光芒。

威廉安緊抓著燈籠竿，這孩子當然不是第一次夜晚出門。沒有哪個屯民喜歡半夜在外頭蹓躂，不過也沒有人刻意逃避。你不能一輩子困在屋子裡，被黑夜嚇得不敢動彈。像那樣過日子，那麼……嗯，你比堡壘區的人好不到哪兒去。森林裡的生活很艱苦，一不小心就會沒命，你卻擁有自由。

「媽媽，」威廉安悄聲說。她們繼續走著。「妳為什麼不再相信神了？」

「女兒，現在是聊這種話題的時候嗎？」

威廉安低頭查看，她們又經過另一道尿液，路面發出藍光。「每次妳都這麼說。」

「每次妳問這個問題，我都想辦法轉移話題。」賽倫絲說。「可是我不是經常半夜在森林裡走路。」

「只是我現在覺得這個問題很重要。妳說我不夠害怕，妳錯了，我幾乎沒辦法呼吸。但我很清楚旅店經營很困難，每次席奧波里斯大人來過以後，妳都很不高興。妳也不像以前那麼頻繁替換邊界的銀圈，每兩天妳就有一天只吃麵包。」

「妳覺得這些跟神有關……為什麼？」

威廉安仍然低著頭。

噢，真要命，賽倫絲心想。她以為我們受到懲罰。傻丫頭，跟她爸爸一樣傻。

她們踏上舊橋，走過搖搖晃晃的木板。光線好一點的時候，還能看得見底下峽谷裡那座木造新橋，那代表了堡壘區的承諾和贈禮，他們的贈禮通常美觀大方卻不耐用。屯民自行重建這條舊橋時，薛布魯琪的爸爸也出了一份力。

「我相信未知神。」賽倫絲說，這時她們已經過了橋。

「可是……」

「我不拜神，」賽倫絲說。「不代表我不信神。古書上說這塊土地是被詛咒的人的家園。我認為，如果妳已經受到詛咒，每天拜神又有什麼用。就這麼簡單。」

威廉安沒有答話。

她們又走了整整兩小時。賽倫絲原本有意抄一條林間捷徑，可惜風險太高，萬一追丟了，到時候還得折回來。再者，那些記號，在夜光糊的隱藏光線中散發著淡淡藍光……給人一種踏實感，是周遭暗影之間的發亮救生索，那些線關係著她和她孩子的安全。

她們沿路數著馬尿的間隔，所以沒有錯過那條叉路太遠。連續幾分鐘沒看見任何記號，她們不發一語地調頭，搜尋馬路兩旁。原本賽倫絲擔心這會是追蹤過程中最困難的部分，但她們輕而易舉就找到那群人轉進樹林的位置。地面上有個發亮的蹄印，有一匹馬踩到另一匹的尿液，一路帶進樹林裡。

賽倫絲放下背包，打開來，拿出絞頸索，再豎起一根指頭在嘴唇前，打手勢要威廉安在路旁等。威廉安點點頭。黑暗中賽倫絲看不清楚威廉安的表情，卻聽見女兒呼吸加快。生活在屯墾區，習慣夜晚外出是一回事，孤伶伶地待在樹林裡……

賽倫絲拿出藍色夜光糊，用手帕遮蓋好，再脫下鞋襪，躡手躡腳走進樹林。每次她這麼做的時候，就覺得又回到童年，跟著祖父走進森林。腳趾踩在土裡，測試會發出碎裂聲的樹葉或會折斷的枯枝，那些都會洩露她的行蹤。

她幾乎聽見祖父在教導她，告訴她該怎麼判斷風向，走過不可避免發出聲響的路段時，又該如何利用窸窣響的樹葉掩護自己。祖父愛這片森林，到頭來也死在森林裡。*永遠別說這個地方是地獄，祖父說過。把這塊土地看成一頭猛獸，尊敬它，但別恨它。*

幽影滑過附近的樹木，在沒有任何光線的情況下，幾乎看不見它們。她跟它們保持距離，即使如此，偶爾她一回頭，會赫然發現有個幽影飄過她身邊。撞上幽影就必死無疑，可是那種意外很少見。除非被激怒，幽影通常會自動避開靠得太近的人，就像被微風吹走似的。只要你緩慢移動——本該如此——就不會有事。

她一直用手帕蓋住夜光瓶，除非她特別想尋找地面上的記號。夜光糊會照亮幽影，太亮的幽影可能會讓人發現她的行蹤。

附近傳來呻吟聲。賽倫絲頓時僵住，心臟幾乎跳出胸口。幽影不會出聲，那一定是人。她繃緊神經，寂靜無聲地搜尋，最後終於瞥見那個人，隱密地躲在樹叢裡。那人動了，伸手按摩太陽穴。威廉安的毒藥造成的頭痛發作了。

賽倫絲評估了一下，悄悄掩到那棵樹後面。她蹲踞下來，等了百般難熬的五分鐘，那人才又動彈起來。他又舉起手，撥動了枝葉。賽倫絲冷不防地撲上去，用絞頸索套住那人的脖子，使勁一拉。在森林裡殺人，絞頸並不是最好的方式，因為耗時過久。

那人死命掙扎，雙手扣緊頸子。附近的幽影停下來。

賽倫絲繼續施力，那人的體力因毒藥而減損，試圖用腳踢她。她後退閃躲，手上的絞頸索依然拉緊，視線投向那些幽影。它們像動物嗅聞空氣般左顧右盼，其中幾個開始變暗，那種天然的冷光開始消失，白色的形體漸漸流逝，遁入黑暗中。

這可不妙。賽倫絲意識到胸腔裡的心跳聲像打雷。快死呀，可惡的傢伙！

那人終於停止抽搐，越來越衰弱無力。等他最後一陣抖動後靜止下來，賽倫絲屏住氣息，萬分難耐地在原地等了無比漫長的一段時間。最後，附近的幽影終於恢復成淡白色，逶迤地朝各自的方向飄走。

她解下絞頸索，放鬆地呼出一口氣。片刻之後重新打起精神，將屍體留在原地，自己悄悄回頭去找威廉安。

女兒的表現讓賽倫絲很驕傲，因為她在樹林裡躲得很隱密，要不是她先出聲，賽倫絲根本沒看見她。「媽媽？」

「是我。」賽倫絲回答。

「感謝未知神。」威廉安說著，從她用樹葉遮蓋起來的洞裡爬出來，抓住媽媽的手臂，她在發抖。「找到他們了？」

「解決了守夜那個，」賽倫絲點點頭。「另外那四個應該在睡覺。這時候我就需要妳了。」

「我準備好了。」

「跟我來。」

她們折回賽倫絲剛剛走過的小路，經過守夜那人的屍體，威廉安冷漠地端詳那人的臉。

「是其中一個，」她悄聲說。「我認得他。」

「當然是其中一個。」

「我只是想確認，因為我們……妳知道的。」

她們在離守夜崗哨不遠的地方找到營地。四個男人睡在舖蓋捲中，幽影在四周遊蕩，只有土生土長的森林之子才敢這麼做。營地中央有一小瓶夜光糊，放在淺洞裡，免得發出太多亮光，暴露他們的行蹤。不過，那光線已經足以照亮繫在營地另一頭近處的馬匹。那抹綠光也照亮威廉安的臉，賽倫絲有點震驚，因為女兒臉上沒有懼怕，只有債張的怒氣。短短時間裡，威廉安已經變成心疼薛布魯琪的大姊姊，也已經做好殺人的準備。

賽倫絲指了指最右邊那個人，威廉安點點頭。這個階段最危險。那些人才服了半劑毒藥，同伴被殺的聲響輕易就能吵醒他們。

賽倫絲從背包裡取出一個麻袋，遞給威廉安，又拿出槌子。那不是她祖父描述過的那種武器，只是用來敲敲釘子或其他東西的普通工具。

賽倫絲俯在第一個男人上方，那人沉睡的臉龐讓她渾身戰慄。她幾乎覺得那雙眼睛隨時會睜開來。

她對威廉安豎起三根指頭，然後一次彎起一根，等第三根指頭彎下，威廉安把麻袋套上那人的頭。那人猛地抖動，賽倫絲掄起槌子狠狠砸向那人的太陽穴。頭骨碎裂了，那人的腦袋往下沉，身體抽動一下，就癱軟了。

賽倫絲緊張地抬頭查看其他人，威廉安連忙束緊麻袋。附近的幽影停下來，但這種方式不像絞殺那樣引它們注意。只要麻袋裡的瀝青阻絕血液流出，她們就不會有事。賽倫絲又對那人腦袋補了兩下，然後檢查脈搏。沒有心跳。

她們小心翼翼收拾了接下來那個，過程很血腥，像宰殺動物。如同她早先對威廉安說的話，想像這些人都是瘋狗，對她們比較有幫助。不需要回想這些人對薛布魯琪家人所做的事，那只會讓她氣憤。這時候她不能發怒，必須冷靜、無聲，還得有效率。

第二個人甦醒的速度比他的同夥慢，不過賽倫絲多敲了他腦袋好幾下，他才斷氣。沼澤草讓人渾身乏力，對她的行動而言是絕佳毒藥。她只需要讓他們昏昏欲睡，外加一點點暈頭轉向。然後……

接下來那個人從舖蓋裡坐起來，口齒不清地問。「怎麼……？」

賽倫絲跳過去，抓住那人肩膀，將他拉到地面。附近的幽影猛地轉身，彷彿聽見了巨響。賽倫絲掏出絞頸索，那人使勁想推開她，威廉安嚇得倒抽一口氣。

賽倫絲翻回來套住那人頸子，拉緊絞索，死命撐住，那人則是拳打腳踢，惹怒周遭的幽影。她就快勒死那人時，第四個人從舖蓋裡跳起來，在昏頭昏腦的驚嚇狀態下，選擇拔腿逃命。

真要命！最後那個人就是切斯特頓，萬一他惹惱了幽影……

賽倫絲放開還在喘氣的第三個人，不顧一切地去追切斯特頓。萬一幽影將他吸乾化為塵土，她就什麼都沒有了。沒有屍體就等於沒有賞金。

賽倫絲追上切斯特頓，在營地邊緣的馬匹旁趕上他。周遭的幽影頓時消隱，她心急如焚地絆倒切斯特頓，把腦袋昏沉的他摔在地上。

「妳這賤人！」切斯特頓一面含糊地咒罵，一面抬腳踹她。「妳就是旅店老闆。妳給老子下藥，妳這賤女人！」

樹林裡的幽影已經完全變黑，它們睜開了凡間視線，一雙雙綠色眼睛發出亮光，那些眼睛拖曳著一道霧狀光芒。

切斯特頓奮力抵抗，賽倫絲揮開他的手。

「我給妳錢，」他的手抓耙她。「我給妳錢……」

賽倫絲的槌子砸向他手臂，他痛得大叫。接著她砰的一記敲中他的臉，切斯特頓痛苦哀嚎，手腳狂揮猛打。賽倫絲扯下身上的毛衣，把他的頭和槌子一起包裹住。

「威廉安！」她尖聲叫喊。「給我個麻袋。麻袋，孩子！拿給我……」

威廉安跪到她身旁，用麻袋套住切斯特頓的頭，他的血已經滲出毛衣。賽倫絲慌忙抓起一塊石頭，砸向套著麻袋的那顆頭。毛衣悶住切斯特頓的慘叫聲，同時也削弱石頭的力道，她只得連番猛敲。

他終於靜止不動。威廉安把麻袋口緊緊束住他脖子，以免鮮血流出來，她的呼吸非常急促。「噢，未知神！噢，神哪……」

賽倫絲壯著膽子抬頭察看，幾十隻綠眼睛掛在樹林間，像黑暗中的小火焰，閃閃發亮。威廉安緊閉眼睛，喃喃祝禱，淚水滑落臉頰。

賽倫絲慢慢伸手到腰際，抽出她的銀匕首。她想起另一個夜晚，另一片大海似的發光綠眼。她祖母死去的那個晚上。跑！孩子，快跑！

那天晚上，奔跑是可行選項，因為她們離安全的地方不遠。即使如此，祖母也沒能逃過一劫。她有機會，可惜沒逃過。

那一夜賽倫絲嚇壞了。祖母做的事，她做的事……今天晚上她只有一個希望。奔跑救不了她們，安全處所離得太遠。

慶幸的是，那些眼睛慢慢淡去。賽倫絲坐倒在地，匕首從她指間滑落地面。

威廉安睜開雙眼。「噢，未知神！」周遭的幽影慢慢蛻變現形。「真是奇蹟！」

「不是奇蹟，」賽倫絲說。「只是走運。我們及時殺死他。再拖個一秒，它們就發怒了。」

威廉安雙手抱住自己。「噢，真要命！噢，真要命！我以為我們死定了。噢，真要命！」

突然間，賽倫絲想起什麼事：第三個男人。切斯特頓逃走時，她還沒勒死那個人。她踉踉蹌蹌站起來，轉身向後。

那人躺在原地，一動也不動。

「我把他解決了。」威廉安說。「不得不用雙手掐死他，用手……」

賽倫絲回頭望著女兒。「孩子，妳做得很好，妳救了我們的命。如果妳不在這裡，就算我殺了切斯特頓，也一定會激怒幽影。」

威廉安仍然出神地盯著樹林，看著那些平靜的幽影。「到底需要什麼？」她問。「人才能碰上奇蹟，而不是巧合？」

「顯然需要的就是奇蹟，」賽倫絲拾起匕首。「而不是單純的巧合。來吧，我們來套第二層麻袋。」

威廉安過去幫忙，有氣無力地把麻袋套在那群盜匪頭上。每具屍體兩個袋子，以防萬一。鮮血最危險。奔跑會驚動幽影，但不會很快。火會立即激怒它們，卻也會讓它們盲目困惑。

至於鮮血……怒氣造成的流血一旦暴露在空氣中……只要一小滴就足以讓幽影殘殺你和出現在它們面前的所有生物。

賽倫絲再次檢查那些男人的心跳，以防萬一。那些人都死了。她們幫馬兒套上馬鞍，把屍體抬到馬背上捆綁妥當，包括那個守夜的人。她們也收起盜匪們的鋪蓋和其他裝備。但願那些人帶著銀。根據懸賞法令，除非懸賞狀上特別載明了失竊物品，否則賽倫絲可以保留她找到的任何東西。以這個案子而言，堡壘區要的是切斯特頓的項上人頭。幾乎所有人都這麼希望。

賽倫絲拉緊一條繩子，突然間頓住。

「媽！」威廉安也注意到了，樹林裡的枝葉沙沙作響。她們掀掉了綠色夜光瓶的遮布，加上盜匪們的夜光瓶，因此整個營區光線明亮，有八名騎在馬背上的男女從樹林裡鑽了出來。是堡壘人。衣著體面，不停望向林間的幽影……肯定是堡壘區來的。賽倫絲上前一步，滿心希望手上這時候拿著槌子，至少看起來有點威脅性。槌子還綁在包覆切斯特頓腦袋的麻袋裡，上面想必沾了血，必須等到血跡乾掉，或她去到某個非常、非常安全的地方，才能拿出來。

「哇噢，看看這個，」帶頭那個陌生人說。「陀拜亞探勘回去以後跟我說了這件事，起初我還不信，看樣子是真的。切斯特頓那一幫子五個人，死在了兩個屯民手裡？」

「你是什麼人？」賽倫絲問。

「瑞德・楊。」那人碰了碰帽子致意。「我追蹤這群人已經四個月了，非常感謝妳們幫我省了麻煩。」他朝幾個手下揮揮手，那些人下馬。

「媽！」威廉安用氣聲喊著。

賽倫絲緊盯瑞德雙眼。他手上有棍棒，背後那個女人拿著那種鈍箭專用的新型十字弓：上膛快、勁道猛，卻是傷人不見血。

「孩子，站遠點。」賽倫絲說。

「可是……」

「站開。」賽倫絲放開手上的韁繩。三名堡壘人過來拉馬，有個男人斜眼打量威廉安。

「算妳識相。」瑞德彎下身子端詳賽倫絲。有個女人走過來，準備拉走切斯特頓的馬和馬背上他的屍體。

賽倫絲上前一步，一隻手搭在切斯特頓的馬鞍上。拉馬的那女人停住腳步，轉頭看她的頭兒。賽倫絲偷偷抽出刀鞘裡的匕首。

「你總得分點給我們，」賽倫絲對瑞德說，拿刀的手藏在背後。「畢竟我們忙了那麼久。兩成五，我保證守口如瓶。」

「沒問題，」他又碰碰帽子。他的臉上掛著假笑，像畫像裡的笑容。「就兩成五。」

賽倫絲點點頭。她將匕首刀刃抵住一條綁著切斯特頓屍體的細繩。那女人拉走馬匹時，她的匕首順勢割了那條繩子。賽倫絲往後退，舉起手搭在威廉安肩膀上，偷偷摸摸把匕首放回刀鞘。

瑞德再次碰帽致意。不一會兒，那群賞金獵人重新沒入樹林裡，朝馬路的方向而去。

「兩成五？」威廉安細聲問。「妳覺得他會給嗎？」

「不太可能。」賽倫絲拿起背包。「我們沒死在他手上已經很走運了。走吧。」她往樹林走去。威廉安走在她身旁，腳步維持該有的謹慎。「威廉安，妳該回旅店了。」

「那妳想做什麼？」

「把我們的賞金找回來。」她是佛斯考特家人，天殺的，沒有哪個假惺惺的堡壘人可以搶走她到手的東西。

「我猜妳打算在白色路段攔截他們。可是妳要怎麼做？我們對付不了那麼多人。」

「我會想出辦法。」那具屍體代表她兩個女兒的自由和她們的人生。她絕不會讓它像輕煙似地從指縫間消失。她們走進黑暗裡，經過那些不久之前差點吸乾她們的幽影。這時它們飄走了，對她們的軀體視若無睹。

動動腦筋，賽倫絲，這裡頭大有問題。那些人怎麼找得到營地？是光線嗎？或者他們無意間聽到她跟威廉安的對話？他們自稱追蹤切斯特頓好幾個月了，那麼她早該聽人說起這些人了，不是嗎？這些男男女女外表太乾淨，不像已經在森林裡追蹤殺人犯幾個月的人。

她得出一個自己不願意接受的結論。有個人知道她今天要追捕懸賞要犯，也看見她如何追蹤那些人。有個人有理由希望她的賞金被人攔截。

席奧波里斯，但願我猜錯了，她心想。如果是你在背後搞鬼……

賽倫絲與威廉安步履沉重地越過森林的心臟地帶。上方的茂密枝葉貪婪地飲盡所有光線，底下的土地因而寸草不生。幽影像盲眼哨兵般在這些木造廳堂裡巡邏。瑞德和他手下那些賞金獵人都是堡壘人，他們會走馬路，這就是她的優勢。森林不是屯民的朋友，正如熟悉的坑壑未必比較不危險。

但賽倫絲是這些深淵裡的水手。她比任何堡壘人更擅長乘著它的風飛翔。也許是時候掀起暴風了。

屯民口中的「白色路段」是指兩旁都是蘑菇田那段馬路，在樹林裡走一小時就可以抵達。賽倫絲走到時，已經感受到徹夜未眠的後遺症，但她無視身體的疲憊，大步踩過蘑菇田。她提著綠色夜光瓶，微弱的光線灑在周遭樹木和田裡的犁溝上。

馬路在森林裡繞了個彎，而後往這個方向過來。如果那些人朝末世港或附近其他堡壘區而去，就一定會經過這裡。「妳繼續往前走。」賽倫絲對威廉安說。「再走一小時就可以回到旅店，回去看看店裡有沒有事。」

「媽媽，我要跟著妳。」

「妳答應我要服從。妳要食言嗎？」

「妳也答應讓我幫妳，妳要食言嗎？」

「接下來不需要妳幫，」賽倫絲說。「何況會有危險。」

「妳打算怎麼做？」

賽倫絲停在馬路旁，跪下來，在背包裡翻找。拿出那個裝火藥的小圓桶。威廉安嚇得臉色跟蘑菇一樣白。

「媽！」

賽倫絲解開她祖母的點火器。她不確定還能不能用。她從來不敢壓下那兩根看起來像鉗子的金屬握把。將握把擠壓在一起，末端就會相互磨擦，弄出火花。兩根握把之間有一條彈簧，一鬆手握把就會彈開。

賽倫絲抬頭看著女兒，把點火器舉到腦袋邊。威廉安後退一步，視線飄向左右兩邊，觀察附近的幽影。

「情況真有那麼糟嗎？」威廉安低聲問。「我是指我們的店。」

賽倫絲點點頭。

「那就是了，我不走。」

傻丫頭。好吧，賽倫絲不趕她走。事實上，也許她會需要幫手。她打定主意要奪回切斯特頓的屍體，死人很重，她也不可能只把他的腦袋割下來。在森林裡辦不到，周遭有太多幽影。

她又在背包裡翻找，掏出她的救傷用品，都綁在兩片充做固定夾板用的小木板之間。她輕而易舉就把兩片木板綁在點火器兩邊握把上。接著，她用小鏟子在馬路鬆軟的土壤上挖了個小坑，差不多跟裝火藥的小圓桶一般大小。

她拉開小圓桶的塞子，放進洞裡，再用燈油浸溼手帕，一端塞進火藥桶，再把點火器的木板放在路上，手帕的另一端貼近點火頭。她鋪了些樹葉在上面，就完成了簡陋的陷阱。如果有人踩中上面那塊木板，就會把金屬握柄往下壓，磨擦產生的火花會引燃手帕。但願如此。

她不能親自動手點火。幽影會先找上引火那個人。

「萬一他們沒踩中呢？」威廉安問。

「那我們就移到下一個路段，再試一次。」賽倫絲回答。

「妳知道這樣可能會有人流血。」

賽倫絲沒有回答。如果她的陷阱被人踩到，幽影不會把帳算到她頭上，它們會先圍攻那個踩中陷阱的人。但如果有人流血，它們就會發怒。過不了多久，是誰引燃的火就無所謂了，所有人都會身陷險境。

「離天亮還有幾小時，把妳的發光瓶蓋起來。」

威廉安點點頭，趕緊拉下瓶子的遮布。賽倫絲再次檢視她的陷阱，然後搭著威廉安的肩膀，把她拉到路旁。那裡的矮樹叢比較茂密，因為馬路多半彎向枝葉比較稀疏的方向：在森林裡的時候，人們習慣走在看得見天空的地方。

那群賞金獵人終於來了。靜默無聲，被各自手上的發光瓶照亮。堡壘人在夜裡不交談。他們正經過陷阱。賽倫絲把陷阱設在最狹窄的路段，她屏氣凝神，看著馬匹魚貫經過，一步一步錯過木板所在的那個突起。威廉安遮住雙眼，蹲低身子。

有個馬蹄踩中木板。沒事。賽倫絲懊惱地吐出一口氣。萬一點火器壞了，她該怎麼辦？她還能想出別的辦法……

爆炸轟一聲襲來，震波撼動她全身。幽影瞬間消失，綠眼睛霍地張開。馬匹發出哀鳴，男男女女驚聲尖叫。

賽倫絲甩甩頭，跳脫麻木狀態，她抓住威廉安肩膀，把女兒拉出藏身處。陷阱的效果優於她的預期。燃燒的手帕讓踩中陷阱的馬匹在爆炸之前又多走了幾步。沒有濺血，只有一大堆吃驚的馬兒和一頭霧水的人們。小圓桶火藥的破壞力沒有她想像中來得嚴重：有關火藥威力如何強大的故事通常就像故鄉的種種傳說，虛幻不實，但聲音確實很驚人。

賽倫絲顧不得耳朵嗡嗡作響，急忙衝進混亂的人群中，找到她想要的結果。馬匹受驚後弓背急躍，加上捆綁的繩索將斷未斷，切斯特頓的屍體被拋在地上。她抓住屍體的腋窩，威廉安抓腿，兩人開始移向側面的樹林。

「白癡！」瑞德在混亂中咆哮。「攔住她。屍……」

他的話聲中斷，因為幽影聚攏了過來，將他們團團圍住。爆炸聲響起時，瑞德勉強控制住坐騎，可是這時他不得不騎著馬蹬呀蹬地躲開幽影，幽影因暴怒而轉為闇黑，只是，乍亮的光線和火花明顯讓它們眼花撩亂，個個盲目亂竄，像火焰周遭的飛蛾。綠色眼睛，也算萬幸，萬一那些眼睛變成紅色……

有個站在馬路上原地打轉的賞金獵人被攻擊了。他的背倏地弓起，皮膚上縱橫交錯著捲鬚似的黑色血管。他雙膝跪地放聲尖叫，臉部肌肉迅速萎縮，皮膚繃向頭骨。

賽倫絲別開視線，威廉安一臉驚懼地望著那個倒地的男人。

「孩子，慢慢來。」賽倫絲說，她希望自己的聲音聽起來像在安撫人，只可惜她自己也心驚肉跳。「小心點。我們有機會離開。威廉安，看著我。」

威廉安轉頭望向母親。

「注視我的眼睛，開始走。就是這樣。記住，幽影會攻擊引燃第一把火的人。它們被搞糊塗了。它們對火的味道沒有對鮮血那麼敏銳，所以它們會尋找火焰附近移動最快速的東西。慢慢來，放輕鬆，讓那些東奔西跑的堡壘人分散它們的注意力。」

她們如履薄冰、出奇緩慢地移進森林裡。相對於眼前的混亂與凶險局面，她們的步伐簡直像在爬行。瑞德組織他的手下合力抵抗。你可以對抗迷失在火光中的幽影，有機會用銀器消滅它們。會有更多幽影趕來，但只要那些賞金獵人夠聰明也夠幸運，他們可以消滅附近那些，再緩緩離開火源。他們可以躲起來，可以生還。或許。

除非他們之中有人不小心傷人濺血。

賽倫絲與威廉安踩過一片蘑菇田，一顆顆蘑菇發著微光，像老鼠的頭骨，在她們腳底下無聲地碎裂。她們的好運不夠多，因為幽影已經甩開爆炸後的困惑，其中兩隻一直留在外圍，這時卻轉頭朝她們撲來。

威廉安倒抽一口氣。賽倫絲輕輕放下切斯特頓的肩膀，拔出匕首。「繼續往前，」她悄聲說。「把他拉走。女兒，動作慢，一定要慢。」

「我不要丟下妳！」

「我會趕上，」賽倫絲說。「妳還不會應付這種事。」

她沒轉頭察看威廉安有沒有照她的話做，因為那些幽影——咻地閃過長滿白色圓鈕地面的漆黑形體——已經攻向她。對抗幽影不能靠蠻力，它們沒有實體，重點只有兩個：速度和膽量。

幽影的確危險，但只要你有銀器在手，就能跟它們搏鬥。很多人會死是因為他們想跑，而不是背水一戰，那只會引來更多幽影。

幽影襲上來的時候，賽倫絲對它們揮動匕首。惡鬼，想要我女兒是嗎？她在內心怒吼。你們應該去找那些堡壘人。

她一刀劃過第一隻幽影，就像祖母教她的那樣。面對幽影時永遠不要嚇得後退，不要畏畏縮縮。妳身上流著佛斯考特家的血，森林是妳的地盤。妳跟其他任何東西一樣屬於這片森林，就跟我一樣……

她的匕首刺穿幽影，有點輕微的拖曳感，幽影噴出鮮明的白色火花，然後往後退開，身上的黑色捲鬚糾結纏繞。

賽倫絲轉身面對另一隻。夜色墨黑，那幽影撲過來的時候，她只能看見它的眼睛，叫人毛骨悚然的綠。她撲上前去。

那雙陰森的影手伸過來，冰冷的手指抓住她前臂。她感覺得到，幽影的手指有實體，可以抓住你，可以拖住你。只有銀器能驅走它們，持有銀器，你才能擊敗它們。

她持刀的手臂又往前推，幽影背部冒出火花，像一整桶汙水潑濺出來。前臂驚人的冰冷劇痛讓賽倫絲大口喘氣，匕首滑出她失去知覺的手指。她猛然往前撲倒，跪倒在地，在此同時那隻幽影往後倒，瘋狂地原地打轉。第一隻幽影像垂死的魚兒，在地上啪啪地鼓動，試圖飄起來，上半身卻已經垮了。

她前臂那股寒氣冷冽刺骨。她盯著自己受傷的手臂，看著上面的肌肉枯乾萎縮，皮膚繃向骨頭。

她聽見啜泣聲。

賽倫絲，妳站在那裡。是祖母的聲音。腦海浮現她第一次殺死幽影的畫面。照我的話做。不准哭！佛斯考特家人從來不哭，佛斯考特從不流淚。

那天她開始憎恨祖母。那時她十歲，拿著她的小刀，在黑夜裡顫抖哭泣，因為祖母把她跟一隻遊蕩的幽影困在銀圈裡。

祖母在外圍奔跑，用行動激怒幽影。賽倫絲卻困在裡面，與死亡為伴。

賽倫絲，妳只能從做中學，無論結果如何，妳都能學到經驗。

「媽媽！」威廉安喊她。

賽倫絲眨眨眼，跳脫回憶，看見女兒往她受傷的手臂灑銀粉。泣不成聲的威廉安把整袋救急用的銀粉都倒在她手臂上，萎縮停止了。銀粉可以修復枯萎，她的皮膚變回粉紅，原本的黑色在陣陣白色火花中消退。

太多了，賽倫絲心想。威廉安匆忙之間把所有銀粉全用光了，遠超過治療她的傷所需的份量。她沒辦法跟女兒生氣，因為她的手恢復知覺，那股冷冽消退了。

「媽媽？」威廉安說。「我聽妳的話離開了，可是他太重，我沒能走遠。我回來找妳。很抱歉，我想回來找妳！」

「謝謝妳，」賽倫絲吸了一口氣。「妳做得很好。」她舉起手搭在女兒肩膀上。那隻一度枯乾的手在草地上摸索祖母的匕首。她找到了匕首，上面有幾個地方黑掉了，但還堪用。

在馬路上，那群堡壘人背對背圍成一圈，用銀頭長矛阻止幽影進攻。馬匹不是跑掉就是被幽影吸乾。賽倫絲在地面摸索，抓起一小把銀粉，其他的都療傷用掉了。太多了。

這會兒操心那個也沒用，她一面想，一面將那把銀粉塞進口袋。「來吧，」說著，她撐起身子站起來。「很抱歉我從來沒有教妳怎麼對抗它們。」

「妳教過，」威廉安邊說邊擦淚。「妳什麼都跟我說過。」

光說，卻不練。真要命，祖母，我知道我讓妳失望，但我不會那樣對她，我辦不到。而我是個盡職的母親，我會保護她們。

她們走出蘑菇田，重新抬起她們的陰森獎賞，一步步沉重地穿越森林。她們遇見更多飄向那場混亂的幽影。火花會吸引它們，那些堡壘人死定了。太多騷動、太多掙扎。一小時內就會有至少上千隻幽影圍攻它們。

賽倫絲和威廉安走得很慢。雖然那份寒氣幾乎完全消失，但還殘留著……某種感覺，一股深沉的寒顫，被幽影碰觸過的肢體要好幾個月後才能恢復正常。

這已經是很值得慶幸的結果了。多虧威廉安反應夠快，否則賽倫絲可能終生殘廢。一旦枯萎發展完成——需要花點時間，視情況而定——就再也沒辦法回復。

樹林裡傳來窸窣聲。賽倫絲頓時僵住，威廉安也停下來四下張望。

「媽媽？」威廉安悄聲呼喚。

賽倫絲皺起眉頭。天色太黑，她們又沒辦法找回夜光瓶。*附近有東西*，她努力想看穿黑暗。*你是什麼？*萬一剛剛的打鬥引來最凶惡的至深者，就只能求未知神保佑了。

那個聲音消失了，賽倫絲遲疑地往前走。她們又走了整整一小時，四周伸手不見五指，賽倫絲直到踏上路面才發現她們已經回到馬路上。

賽倫絲吐出一口氣，放下沉重的屍體，轉動疲累的手臂。繁星帶的稀疏光芒穿透枝葉、灑在她們身上，照亮左邊某種像巨大顎骨的物體。是舊橋，她們就快到家了。這附近的幽影一點都沒受到驚擾，慵懶輕盈地飄蕩，幾乎像蝴蝶。

她的兩隻手臂好痛，屍體似乎每分每秒都在變重。一般人通常不知道屍體有多重。賽倫絲坐下來，她們要休息一下再上路。「威廉安，妳的水壺裡還有沒有水？」

威廉安低聲抽噎。

賽倫絲嚇了一跳，連忙站起來。她女兒站在橋邊，背後有個漆黑身影。那個身形取出一小瓶夜光糊，一抹綠光突然照亮黑夜。在磣人的光線下，賽倫絲看見那人是瑞德。

他手上的匕首抵住威廉安的脖子。瑞德在對抗幽影的戰鬥中顯然沒討到便宜，一隻眼睛已變成乳白色，半邊臉頰發黑，嘴唇萎縮露出牙齒。幽影掃過他的臉，他能活著已經是萬幸。

「我就知道妳們會走這條路回來，」他乾枯的嘴唇說話口齒不清，唾液滴落下巴。「銀，把妳的銀給我。」

他的刀子……是普通鋼刀。

「快！」他大聲咆哮，手上的刀子更貼近威廉安脖子。萬一他劃破她的皮，那些幽影轉眼間就會撲到他們身上。

「我只有這把刀，」賽倫絲沒說實話。她抽出匕首拋在瑞德面前地上。「瑞德，你的臉沒救了，萎縮已經結束了。」

「我不在乎，」他嘶嘶地說。「現在把屍體給我。站遠點，女人。滾開！」

賽倫絲站到一旁。她能不能在他殺了威廉安之前制伏他？他必須彎腰拿匕首，如果她掐準時機撲……

「妳殺了我的人，」瑞德大吼。「他們死了，全死了。天哪，幸虧當時我滾進那個洞……可是我聽見了，聽著他們被屠殺！」

「只有你夠聰明，」她說。「瑞德，你救不了他們。」

「賤女人，妳害死他們。」

「他們害死自己。」她輕聲說。「你們跑到我的森林裡，搶我的東西。瑞德，不是你的夥伴死，就是我的孩子亡。」

「如果妳想要妳的孩子活下去，就站著別動。女孩，把刀撿起來。」

威廉安低聲嗚咽，屈膝蹲下。瑞德跟她一起蹲低，緊跟在她背後，兩眼盯著賽倫絲，手上的刀穩穩握著。威廉安顫抖著雙手撿起匕首。

瑞德一把搶走威廉安手裡的匕首，握在手裡，另一隻手仍然拿刀抵住威廉安脖子。「現在讓妳女兒去拖屍體，妳在那裡等著，不准靠太近。」

「沒問題。」賽倫絲開始想對策。她暫時還不能突襲，他太謹慎。她要尾隨他們沿著馬路穿越森林，等他露出弱點，她再出手。

瑞德往路旁啐了一口。

一枝裹了布的十字弓箭矢從黑夜裡竄出來，擊中瑞德的肩頭。他一個踉蹌，刀刃劃破威廉安頸子，傷口滲出一滴鮮血。儘管只是輕微破皮，威廉安仍然驚惶得瞪大雙眼。她脖子的傷無關緊要。

鮮血才是問題。

瑞德跌跌撞撞後退，手按住肩膀。幾滴鮮血在他刀刃上閃閃發亮。他們周遭樹林裡的幽影瞬間變黑，鮮明的綠眼睛突然發亮，隨即轉成深紅。

黑暗中充滿紅色眼睛。空中有血腥味。

「噢，該死！」瑞德大叫。「噢，真該死！」紅眼睛環繞在他身邊，沒有一點遲疑，沒有一點困惑。它們直接進攻流血的那個人。

幽影快速撲下來，賽倫絲伸手想拉威廉安，瑞德抓起威廉安，推向一隻幽影，試圖阻止它，自己迅速轉身衝向另一個方向。

威廉安撞上那隻幽影，她的臉開始枯萎，下巴和眼窩的皮膚開始退縮。她穿透那隻幽影，跌進賽倫絲懷裡。

賽倫絲感到一股立即的恐慌排山倒海而來。

「不！孩子，不，不，不……」

威廉安動了動嘴唇，發出哽咽的聲音，她的嘴唇往後扯、露出牙齒，她的皮膚繃緊，眼皮皺縮，兩眼圓睜。

*銀，我需要銀，我能救她。*賽倫絲緊緊抓住威廉安，猛然抬起頭。瑞德奔向馬路另一頭，瘋狂揮舞著手上的銀匕首，濺出光芒與火花。幽影將他團團包圍，有幾百隻，像飛落棲木的渡鴉群。

那樣不行，幽影很快就會收拾了他，然後尋找活體——任何活體。威廉安脖子上還有血跡，她是它們下一個目標。即使它們不找過來，她也在迅速乾枯。

那把匕首的銀不夠救威廉安，賽倫絲需要粉末，純銀粉末，直接讓女兒服下。賽倫絲在口袋裡掏摸，抓出那一丁點銀粉。

太少了。她*很清楚那些*不夠。祖母的訓練讓她腦子冷靜下來，周遭的一切突然變清楚了。旅店近在咫尺，那裡有更多銀。

「媽媽……」

賽倫絲抱起威廉安，太輕了，女兒的肌肉在漸漸枯乾。她用盡全身僅剩的力氣跑過舊橋。她的手臂在刺痛，剛剛拖屍體時耗掉太多力氣。那具屍體……她不能失去它！

不，現在不能想那個。那些幽影一旦解決了瑞德，就會轉向仍有餘溫的屍體。賞金沒了。現在她的重點是威廉安。

奔跑的時候，賽倫絲意識到臉龐冰涼的淚水，風吹向她。臂彎裡的女兒渾身打顫晃動，臨死前的抽搐。如果她就這樣死去，也會變成幽影。

「我不能失去妳！」賽倫絲對著黑夜說。「拜託，我不能失去妳……」

在她後方，瑞德發出拖長的痛苦尖嘯，聲音戛然而止，幽影大塊朵頤。周遭其他幽影停下來，眼睛轉成深紅。

空中的血腥味，深紅色眼睛。

「我恨你！」賽倫絲邊跑邊對空氣低語。每一步都痛苦難耐：她真的老了。「我恨你！恨你對我做的事，恨你對我們做的事。」

她不知道自己這番話的對象是祖母，或是未知神。這兩者在她腦海裡經常無法區分。以前她有沒有發現到這點呢？

她繼續向前奔跑，樹枝拍打在她身上。前面是不是有燈火？是旅店嗎？

幾百雙又幾百雙紅眼在她面前睜開。她摔倒在地，精疲力竭，懷裡的威廉安像一綑沉重的樹枝。威廉安在顫抖，眼珠子往上吊，只露出眼白。

賽倫絲拿出她找回來那一丁點銀粉，她很想灑在威廉安身上，幫她減緩一點疼痛，可是她很清楚那只是浪費。她低頭看，淚流不止，用那些銀粉她們身邊畫個小圈子。不然她還能怎麼辦？

威廉安突然一陣痙攣，發出粗嘎的聲音，一面吸氣，一面緊抓媽媽手臂。幾十隻幽影撲過來，將她們圍得密不透風。它們嗅到鮮血，嗅到活人肉。

賽倫絲把女兒拉近。她剛剛還是應該搶回匕首，它治不了威廉安的傷，但至少她會有武器對抗它們。

沒有匕首，什麼都沒有。她失敗了，祖母早就料中了。

「乖乖睡，我的寶貝……」賽倫絲輕聲呢喃，緊閉雙眼。「別害怕。」幽影進攻她薄弱的防線，激起火花，賽倫絲因此睜開雙眼。它們後退了，其他的又撲上來，衝撞銀粉，發紅的眼睛照亮扭曲的黑色形體。

「夜深了……」賽倫絲哽咽地誦念著。「……但太陽會出來。」

威廉安弓起背，然後靜止不動。

「乖乖睡，我……我的寶貝……別流淚。黑暗包圍我們，但有一天……我們會醒來……」

好累。我不該讓她跟來的。

如果她沒讓女兒跟來，切斯特頓就逃走了，她可能也已經死在幽影手上。威廉安和薛布魯琪就會變成席奧波里斯的奴隸，或者更糟。

別無選擇，沒有辦法。

「你為什麼送我們來這裡？」她扯開喉嚨嘶吼，抬頭望穿幾百隻發光的紅眼。「到底是為什麼？」

沒有答案，從來就沒有答案。

沒錯，前面的確有光，她的視線穿過面前的低矮枝椏看見了。她離旅店只有幾公尺，她會跟祖母一樣，死在離家區區幾步的地方。

她眨眨眼，抱著威廉安搖啊搖，周遭的小小銀圈慢慢毀損。

她面前那……那根樹枝，形狀非常奇特，很長，很細，沒有葉子。一點都不像樹枝，反倒像……

像十字弓的箭。

是這天稍早從旅店射出來，卡在樹幹上的。她記得早先低頭面對過那枝箭，凝視它映著火光的箭頭。

是銀。

山之女賽倫絲拖著一具枯乾的身軀衝進旅店後門。她幾乎沒辦法走路，跌跌撞撞進了廚房，漸漸萎縮的手鬆開那枝銀箭。

她的皮膚持續繃緊，身體在皺縮。她對抗那麼多幽影，枯萎無可避免。十字弓的箭頭幫她殺出活路，讓她發狂似地展開最後衝刺。

她幾乎看不見了，淚水撲簌簌從她迷濛的雙眼落下。即使流著淚，她的眼睛也極度乾燥，彷彿睜著眼在強風裡站了一小時。她的眼皮不肯閉合，嘴唇也動不了。

她有……銀粉，不是嗎？

思緒。理智。什麼？

她茫然往前走，窗臺上的罐子，那是保護圈破損時應急用的。她用枯枝般的手指旋開瓶蓋，手指的模樣嚇壞了她腦袋很遙遠的那一部分。

快死了，我快死了。

她把銀粉罐泡進水槽，再拿出來，歪歪倒倒走向威廉安，她跪倒在威廉安身邊，濺出很多水。她用顫抖的手把剩下的水倒在女兒臉上。

拜託，拜託。

黑暗來臨。

「我們被送來這裡學習堅強。」祖母說。她站在懸崖邊俯瞰大海，滿頭白髮在風中捲繞挪動，像幽影拖曳著的輕煙。

祖母轉頭望著賽倫絲，滄桑的臉龐布滿底下浪濤拍岸時噴上來的小水滴。「未知神送我們來的，這是計畫的一部分。」

「妳說起來很容易，對不對？」賽倫絲惡狠狠地回應。「任何事妳都可以套進那個含糊籠統的計畫裡，就連世界的毀滅也不例外。」

「孩子，我不准妳說出那種褻瀆的話。」祖母的嗓音像靴子踩在礫石上。她走向賽倫絲。「妳可以埋怨未知神，可是那根本改變不了什麼。威廉是個傻瓜，是個白癡，他死後妳會過得更好。我們是佛斯考特家族，我們能活下去。總有一天擊敗邪靈的會是我們。」她從賽倫絲身邊走過。

賽倫絲從沒見祖母笑過，至少祖父死後就沒有。笑會耗費體力，至於愛……留在故鄉的人才能奢談情愛，而那些人早已死在邪靈手上。

「我懷孕了。」賽倫絲說。

祖母停下腳步。「威廉的？」

「還會有誰？」

祖母又往前走。

「不罵我嗎？」賽倫絲轉身，雙手抱胸。

「已成事實了。」祖母說。「我們是佛斯考特家人，如果我們必須這樣活下去，那就這樣吧。我比較擔心的是旅店，還有該怎麼準時還錢給那些該死的堡壘人。」

我倒有個主意，賽倫絲尋思著她開始蒐集的懸賞告示。一件連妳都不敢做的事，很危險，也很難以想像。

祖母走到樹林邊，回頭望著賽倫絲，沉下臉，然後戴上帽子，鑽進林木間。

「我不准妳干涉我的孩子，」賽倫絲朝祖母的背影喊著。「我要用我自己的方法養孩子。」

祖母消失在暗影裡。

拜託，拜託。

「我說到做到！」

我不要失去妳，我不要……

賽倫絲倒抽一口氣，清醒過來，手指耙抓地板，呆望著上方。

活著，她還活著！

管理馬廄的達伯蹲在她身邊，手裡拿著銀粉罐。她咳了幾聲，舉起手——飽滿，肉長回來了；摸向脖子——脖子健壯如昔，只是有點吞嚥困難，因為薄銀片被硬灌進她的喉嚨。她的皮膚上散布著斑斑點點變黑的銀片。

「威廉安！」她轉頭尋找。

威廉安躺在靠近門口的地板上，她最先撞上幽影的左半身都變黑了：她的臉狀況還好，但她的手像萎縮的枯骨，恐怕得截肢。她的腿看起來也不太妙，要等幫她處理傷口的時候才能判斷。

「噢，孩子……」賽倫絲跪在女兒身邊。

不過威廉安的呼吸很均勻，這就夠了，畢竟她們已經死裡逃生。

「我想幫她，」達伯說。「可是能做的妳都做了。」

「謝謝你。」賽倫絲轉過頭去，看著額頭高聳、兩眼無神的老達伯。

「妳們逮到他了嗎？」

「誰？」

「懸賞要犯。」

「我……嗯，是逮到了，可惜我不得不放棄。」

「會有下一個的。」達伯一面用平淡的語氣說著，一面起身。「白狐總能弄到下一個。」

「你多久以前知道的？」

「太太，我是個傻子。」他說。「卻不笨。」達伯向她行禮，然後轉身走開，一如往常的無精打采。

賽倫絲從地上爬起來，悶哼一聲，抱起威廉安，把女兒送回樓上房間，開始照料她的傷。

威廉安的腿沒有賽倫絲想像那麼糟：必須截掉幾隻腳趾，腿還算正常；整個左半身變黑，像燒焦了。時間一久，會慢慢褪成灰色。

見到她的人都會知道那是怎麼回事，多數男人永遠不會接近她，害怕她身上的汙染。她可能得孤孤單單過一輩子。

這樣的人生我也略知一二，賽倫絲心想。她把布塊放進盆子裡沾溼，幫威廉安洗臉。威廉安會睡上一整天。這孩子到鬼門關前走了一趟，差點變成幽影，經歷過這種事，身體沒那麼快恢復。

當然，賽倫絲自己也差點沒命。只是，她以前體驗過。是在祖母另一次訓練。噢，她多麼憎恨那女人。可是多虧那些訓練，才造就了如今強悍的她。對於祖母，她能夠同時懷著感恩與憎恨兩種矛盾情感嗎？

賽倫絲幫女兒擦洗完畢，為她換上柔軟的睡袍，從她床邊走開。喝了安眠藥劑的薛布魯琪還在熟睡中。

她下樓回到廚房，獨自思索當前的難題。賞金丟了，屍體應該已經被幽影吞噬了，皮膚變成塵土，頭骨變黑毀損。她沒辦法證實是她殺了切斯特頓。

她倚著餐桌坐下來，雙手在面前十指交錯。她其實寧可喝點威士忌，麻痺一整晚膽戰心驚的神經。

她想了好幾個小時。她有別的辦法償還席奧波里斯的債嗎？跟別人借？跟誰呢？也許再找另一個懸賞要犯。可是近來上門的客人越來越少。席奧波里斯已經帶著借據來討債，頂多再等個一、兩天，他就會來接收旅店。

她花了那麼多力氣，到頭來還是一無所有？

晨曦灑在她臉上，一陣微風從破掉的窗子吹送進來，輕拂她臉頰，喚醒在餐桌上打盹的她。賽倫絲眨眨眼，伸個懶腰，四肢都在抗議。她嘆了一口氣，走到廚房料理檯。昨天晚上整理行裝時用的東西都還沒收拾，陶碗裡厚厚一層夜光糊依然發著微光。從她手上滑落的十字弓銀箭頭仍然躺後門邊。她得整理廚房，幫投宿的客人料理早餐。再想個辦法……

後門開了，有人走進來。

……得應付席奧波里斯。她輕輕呼氣，看見穿著一身乾淨衣裳、臉上掛著施恩笑容的他。他的靴子在地板上留下泥印。「山之女賽倫絲，真美好的早晨，嗯？」

天殺的，她心想。這會兒我沒精神應付他。

他走到窗子旁拉下百葉簾。

「你在做什麼？」賽倫絲問。

「嗯？之前妳不是提醒過我，妳不喜歡別人看見我們在一起，怕他們猜到妳委託我領賞金？我這是在保護妳。出了什麼事，妳的模樣糟透了，嗯？」

「我知道你做了什麼事。」

「是嗎？我做的事可多了。妳指的是哪一件？」

噢，她多麼想割掉他嘴上那抹奸笑，多想割斷他喉嚨，踩爛那討人厭的末世港口音。她不能，這傢伙太會演戲。她只是猜測，或許猜得對了，卻沒有證據。

祖母就會當場殺了他。她會因為急於證明他的過錯，害自己失去一切？

「昨晚你在森林裡，」賽倫絲說。「瑞德在舊橋伏擊我時，我以為早先聽到的聲音──黑暗中的窸窣聲──是他。結果不是，因為他說他一直在橋邊等我們。至於黑暗中那個聲音，是你，是你用十字弓射他，讓他失手濺血。席奧波里斯，這是為什麼？」

「濺血？」席奧波里斯說。「三更半夜，而妳活著回來？我不得不說妳非常幸運，了不起。還發生了什麼事？」

她沒吭聲。

「我來收妳的欠款，」席奧波里斯說。「那麼妳沒有人頭可以領賞了，嗯？看來我們還是需要我的文件，幸好我今天帶了另一份。這對妳我都是最好的安排，妳不覺得嗎？」

「你的腳在發光。」

席奧波里斯愣了一下，低頭查看。他夾帶進來的泥土閃著極微弱的藍光，是夜光糊的殘跡。

「你跟蹤我，」她說。「你昨晚果然在場。」

他用緩慢、毫不在意的表情看著她。「所以呢？」他上前一步。

賽倫絲往後退，後腳跟碰上她背後的牆。她伸手摸索，找到一把鑰匙，打開她背後那扇門，拉開門板。席奧波里斯抓住她手臂，一把將她扯開。

「想拿妳藏起來的武器？」他鄙夷地質問。「放在食物儲藏室架子上的十字弓？沒錯，我知道。賽倫絲，妳讓我很失望。我們不能文明點嗎？」

「席奧波里斯，我絕不會簽你的文件。」說著，她朝他的腳吐口水。「我寧可死，寧可沒有房子沒有家。你可以用暴力奪走我的旅店，但我不會替你工作。下地獄吧，你這混蛋，我才不在乎。你……」

他甩她一耳光，迅速又不動聲色。「妳閉嘴。」

她踉踉蹌蹌後退。

「賽倫絲，何必這麼激動，我只是希望妳能發揮所長，嗯？」

她舔舔嘴唇，臉頰熱辣刺痛。她舉手摸臉，一滴鮮血染紅她的指尖。

「妳以為我會害怕嗎？」席奧波里斯說。「我知道這裡很安全。」

「愚蠢的堡壘人，」她低聲說，順手把那滴血甩向他，正中他的臉頰。「就算你覺得沒有必要，也務必遵守簡明守則。還有，你猜錯了，我剛剛打開的不是食物儲藏室。」

席奧波里斯皺起眉頭，視線瞄向她打開的那扇門。裡面是一座古老的小神龕，是她祖母奉祀未知神的神龕。

那扇門底部鋪著純銀。

席奧波里斯背後的空中出現一雙紅眼，有個烏黑形體在陰暗廚房裡成形。席奧波里斯遲疑片刻，而後轉身。

他連尖叫的時間都沒有，幽影雙手抓住他的頭，取走他的性命。這隻幽影剛死去不久，儘管黑色的衣裳扭曲盤繞，形體卻還相當明顯。是個高大婦人，五官冷峻，一頭捲髮。席奧波里斯張開嘴，他的臉瞬間枯萎，眼珠子陷進頭骨裡。

「你應該跑的，席奧波里斯。」賽倫絲說。

他的腦袋開始粉碎，身體崩塌在地上。

「看見綠眼睛就躲，看見紅眼睛就跑。」賽倫絲說著，拾起躺在後門旁地上的十字弓銀箭。「祖母，那是妳定的規則。」

那隻幽影轉向她。

賽倫絲盯著那雙透著光的無生命眼睛，不寒而慄，那是某個她又愛又恨的威權女性。

「我恨妳，」賽倫絲說。「謝謝妳讓我恨妳。」她把箭頭擋在胸前，但幽影並沒有出擊。賽倫絲慢慢繞過來，逼退幽影。幽影從她身邊飛走，重新回到三面牆壁底部都圈著純銀的神龕。賽倫絲幾年前把它關在裡面。

賽倫絲心臟狂跳。她關上門，組合保護圈，重新上鎖。無論如何，那隻幽影都沒傷害她。她幾乎覺得它還記得，她也幾乎為把那個靈魂關在小壁櫥裡那麼多年感到愧疚。

經過六小時的搜索，賽倫絲才找到席奧波里斯的祕密洞窟。

洞穴的位置就在她預估的範圍裡，離舊橋不遠的山區。洞外有一圈純銀屏障，她可以據為己有，值不少錢。

她在洞穴裡找到切斯特頓的屍體。那些幽影殺死瑞德又去追賽倫絲時，席奧波里斯把屍體拖回了自己的山洞。*席奧波里斯，這回我很慶幸你是個貪得無厭的人。*

她得另尋幫她領賞金的人。那不容易，尤其像這樣臨時通知。她把屍體拖出來，放上席奧波里斯的馬，走一小段山路後，就回到馬路。她停下來，沿著馬路找到瑞德被吸乾的屍體，已經萎縮到只剩骨頭和衣裳。

她找回祖母的匕首。經過一場惡鬥，刀刃上布滿凹痕與黑點。匕首重新回到她的刀鞘。

她舉步維艱、疲累不堪地走回旅店，把切斯特頓的屍體藏在馬廄外的冷藏地窖裡，跟席奧波里斯的殘骸放在一起。她重新走進廚房，拿起薛布魯琪無意中射給她的十字弓銀箭，放在神龕旁原本掛著祖母匕首的位置上。

她向堡壘官員說明席奧波里斯的死因時，他們會做何反應？也許她可以說發現他時早已是那樣……

她停下來，露出笑容。

「兄弟，看樣子你運氣可真好，」戴根啜著啤酒。「白狐一時之間還不會找上你。」

那個依然自稱厄尼斯特的細瘦男人窩進椅子裡。

「你怎麼還在這裡？」戴根問。「我去了一趟末世港又回來了，壓根沒想到回程還能碰上你。」

「我在附近農場打了幾天工。」那個細脖子男人說。「苦差事哪，吃力活兒。」

「你每天晚上花錢住旅店？」

「我喜歡，這裡平靜多了。農莊沒有足夠的純銀保護圈，他們就……讓那些幽影東飄西晃，甚至闖進屋裡。」

戴根聳聳肩。山之女賽倫絲一拐一拐經過時，他舉了舉酒杯。沒錯，她看起來很健壯。他真該追求她，總有一天。她用臭臉回應他的笑容，砰的把餐點扔在他面前。

「我覺得我慢慢打動她了。」戴根望著賽倫絲背影自言自語。

「你得加把勁，」厄尼斯特說。「過去這個月已經有七個男人向她求婚。」

「什麼！」

「賞金哪！」那個細瘦男人說。「逮到切斯特頓的賞金。真走運的女人，山之女賽倫絲，就這樣找到白狐的巢穴。」

戴根埋頭扒飯。他不太喜歡整件事的結果。那個公子哥兒似的席奧波里斯一直都是白狐？可憐的賽倫絲，怎麼會無意中闖進他的山洞，在裡面發現他枯乾的屍骸？

「聽說這個席奧波里斯耗盡最後一絲氣力殺了切斯特頓，」厄尼斯特說。「然後把屍體拖回山洞，還沒來得及拿出銀粉就枯乾了。很像白狐的行徑，不惜任何代價追殺懸賞要犯。短時間恐怕不會有像那樣的賞金獵人了。」

「我想也是。」戴根附和，只是他寧可席奧波里斯還活著。這下子他要編誰的故事？他可不想自己掏錢買酒喝。

附近有個渾身油膩的男人吃完飯站起來，拖著腳步走出前門，已經半醉了，這才中午哪。不像話。戴根搖搖頭。「敬白狐，森林裡最歹毒的混蛋。」

「願他的靈魂安息，」戴根說。「感謝未知神，白狐覺得我們不值得他浪費時間。」

「阿門。」厄尼斯特說。

「當然，」戴根說。「還有血腥肯特，這傢伙才是個狠角色。兄弟，最好別讓他逮到你的小辮子。別用那種無辜眼神看我，這裡是森林，每個人多多少少都會做點不想讓其他人知道的事……」

〈地獄森林之賽倫絲的幽影〉全文完

後記

這個故事起始於我與喬治．馬汀一起參加的一場簽書會上，他傾身靠過來問我：「嘿，你會寫短篇小說嗎？」

我告訴他，我會寫很長的短篇小說，接著他就邀請我加入他的一部選集——這是莫大的榮幸。他與加德納．多茲伊斯（Gardner Dozois）一起進行的這本選集，有種想讓讀者猜測作者「誰是誰」的用意。雖然喬治近來因他的作品聲名遠播，其實他在業界一直都以編輯技巧而聞名（順帶一提，加德納也一樣出名，因此能受到他們邀請，真的是我的榮幸）。

我花了很多時間思索這本名為《危險女人》（Dangerous Women）選集的本質，有點擔心其中每篇故事的女性都會落入同一種危險的類型（幸好最終結果並不是這樣）。我不想寫關於蛇蠍女郎的老哏，或是描寫女士兵的故事，但主角基本上只是個有胸部的男人。

還有什麼方式會讓一個人顯得危險呢？一開始我就知道，我想設定主角是一名中年母親。當時輓星已經是一個建構完整的星球，而這裡對寰宇來說很重要。我試著把故事設定在此處，故事的最後一片拼圖則是來自於我在宗教方面的系譜圖上，發現了一名叫做賽倫絲（Slience，寂靜之意）的女性。

誰會把自己的女兒命名為寂靜？這個美麗的清教徒名字在大部分故事設定裡，大概都行不通，但它與輓星卻有著完美契合（總有一天，會有人搶在我們正式發表之前，就先發現納哲真正的名字），故事就從這裡開始。

在這裡也補充一些與本故事相關的有趣資訊。首先，關於如何應對幽影的守則（大略上）來自於猶太教安息日的禁忌。我們孜孜不倦的繪圖師 Issac 將這裡命名為輓星（他也是為納哲命名的人）。在故事頭尾部分，兩個男人在賽倫絲酒館談天的段落有兩、三次幾乎被刪掉了——就連加德納剛開始閱讀時也對此質疑，但我最終留下了這部分，因為這讓視角轉換到賽倫絲時有所衝擊，也讓故事最後有很好的收尾。我認為這個段落是必要的，卻也代表故事起頭是我感覺力道比較薄弱的部分。

各位很有可能在未來看到更多關於這個世界的故事。

THE DROMINAD SYSTEM

卓米納系統

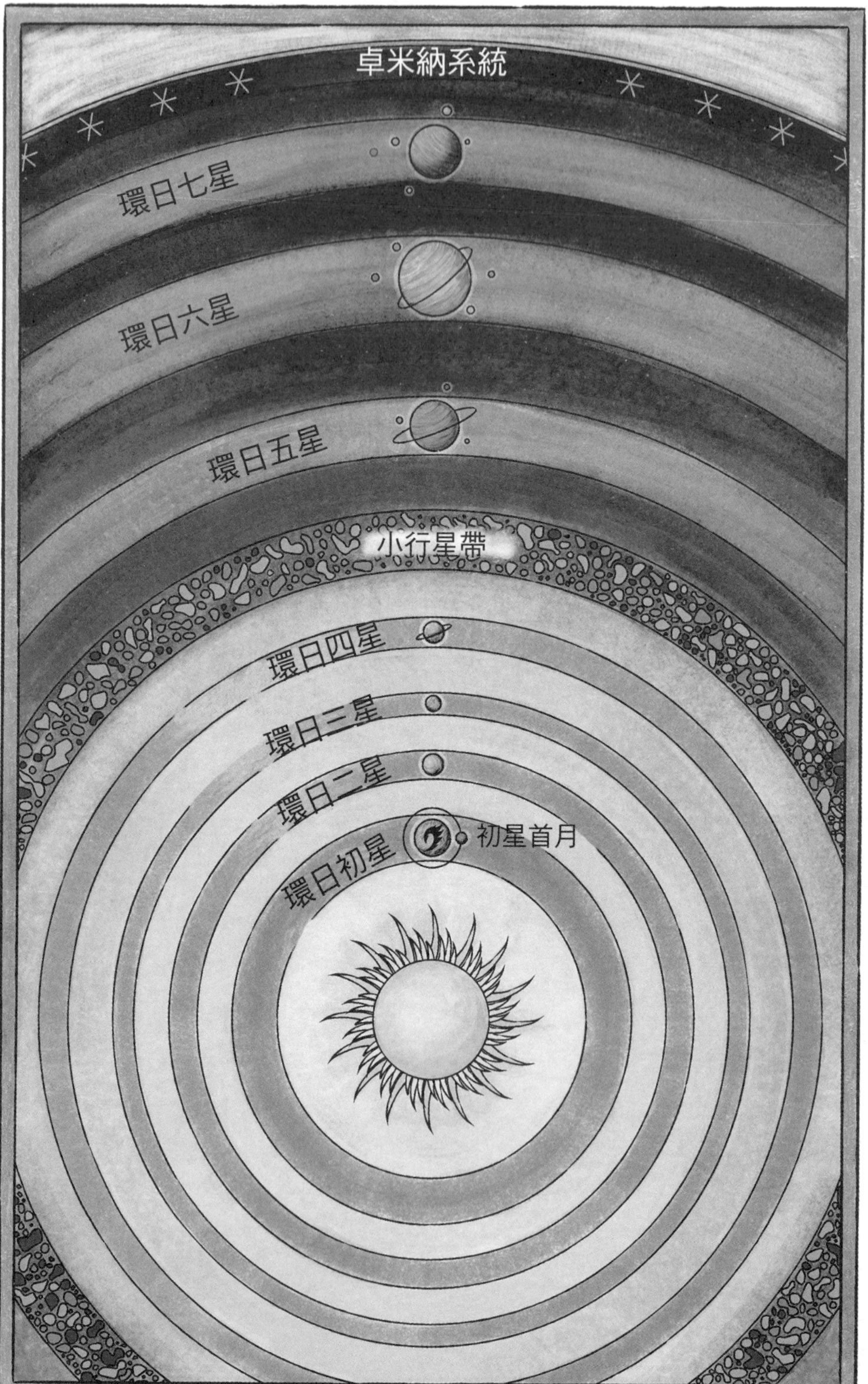
卓米納系統
環日七星
環日六星
環日五星
小行星帶
環日四星
環日三星
環日二星
環日初星
初星首月

卓米納系統

寰宇中有許多星球上都有人類活動，但並沒有碎神在駐。雖然無論居住在何地，人們的生活、嗜好與信仰都同樣重要，但這些星球中只有很少數會與宏觀的寰宇有關聯。最主要的理由是，不論要造訪或離開星球的實體界，都必須依靠垂裂點。人們可以從垂裂點自幽界轉移到星球上。如果一顆星球沒有垂裂點，雖然還是可以從意識界中研究它，就無法實際拜訪了。

一般來說，垂裂點的形成是因為有碎神待在星球上。在意識界與實體界中，如此高濃度的授予會在某處造成……摩擦，形成某種通道。在這些區域，實體界的物質、意識界的思想，以及靈魂界的精質會合而為一，人即能藉此在各界域間轉移。

星球上存在著垂裂點（在實體界中的形態經常是裝滿凝縮力量的池子），通常是此地有碎神的標誌，這也就是為何環日初星如此有趣的原因。

這個俗名為卓米納的星系非常獨特，三顆星球上都有著發展健全的人類社會（在適居帶中還有第四顆）。這點在寰宇中是獨一無二的，只有羅沙星系差可比擬，更何況那裡的其中一顆星球純粹只有裂片（Splinter）居住而已。

這裡的四顆星球主要都被水體覆蓋著，而其中第一顆星球居然有一處垂裂點。

我還沒找出此處存在垂裂點的理由與機制。很顯然的，這個星系並沒有碎神。這個特徵暗示了此星球在過去一定發生過什麼事，只是我並不清楚細節。這裡也很有可能有著授予，不過我尚未親自前往環日初星調查過。這個垂裂點周遭的環境極端危險，先前幾支從銀光出發的探險隊都沒有回歸。

SIXTH OF THE DUSK

夕陽老六

死神在白浪裡追捕獵物，夕陽（Dusk）看著牠一步步逼近，藍海深處那團黑影般的巨大形體，幾乎有六艘綁在一起的窄舟那樣寬。他收緊握著船槳的手，心跳加速，趕緊四下搜尋柯克利（Kokerlii）的蹤影。

幸好那隻鮮豔的鳥就站在牠習慣的位置上，在船首悠哉地啃咬抬到鳥嘴邊的腳爪。隨後牠放下那隻腳，膨起羽毛，彷彿完全不在意徘徊在船底的危險。

夕陽屏息而待。每次倒楣地在開闊的大海上遇到這些東西時，他總是會屏住呼吸。他不知道浪花下那些東西的模樣，也希望永遠都別知道。

黑影逐漸接近，就快來到船底下了。一群打從附近海域經過的細魚躍出海面，形成一道銀波，牠們顯然是被前來的黑影嚇到。受驚的細魚宛如陣雨般落入海水裡，激起的聲音就像是下雨。然而黑影並未改變航道，細魚太小，不足以填飽肚子，引不起牠的興趣。

不過……一艘船倒是能滿足牠的胃口。

牠直接從船底游過。瑟珂（Sak）在他肩膀上低聲啁啾，這隻鳥似乎察覺到了危險。像黑影這類動物就不倚靠氣味或視力，而是以獵物的心思意念來進行獵殺。夕陽又瞥了柯克利一眼，牠是夕陽唯一的護身符，能幫他避開整艘船被吞噬的危險。他沒有剪掉柯克利的羽毛，但每次遇到這種恐怖時刻，他就十分理解為何許多水手喜歡靈羽（Aviar）不能飛。

小船微微晃動，飛躍的細魚靜止了，海浪輕拍著船身。難道黑影停下來了？牠察覺到不對勁，感應到他們的存在了？柯克利的守護靈氣向來足夠應付的，但……

黑影緩緩消失。夕陽明白過來，原來牠往下潛入海裡了。一會兒後，海裡什麼東西都看不到了。他遲疑一下，然後強迫自己拿出剛買來的新面罩。這個現代的時髦品是他在之前僅有的兩次補給之行購買的，是一副四邊包著獸皮的玻璃面板。他把面罩放在海面上，傾身下去朝海洋深處望去，眼下的深深海水變得像寧靜無波的潟湖一樣清澈見底。

什麼也沒看到，只有無止境的深。笨蛋，夕陽想著，收好面罩，再把船槳放入水中。你剛才不是在想，最好永遠都別親眼看見那些東西？

儘管如此，他再次搖槳前行時，心裡很清楚在接下來的航程中，都會覺得那個黑影在下方跟蹤他。這就是大海的本質，你永遠不知道海裡潛伏著什麼。

他繼續行程，一面划著他的懸臂獨木舟，一面觀察浪濤以判斷目前的方位。對他來說，海浪就像指南針一樣精準，曾幾何時，海浪對每一位伊拉津人——也就是他的族人——都精準好用。但現在，只有捕獸人會運用這些古老的技巧了。不過坦白說，就連他也攜帶了最新型的指南針，背包裡還捲著一套新的航海圖，後者是上人今年稍早前來拜訪時，送給族人的禮物。大家都說航海圖比最近一次的勘測更準確，於是他買了一套，以防萬一。他母親說過，你無法阻止時代的改變，就像阻止不了浪花翻捲滾動。

觀察浪濤後，過不了多久，他就看到第一座小島。索莉島是潘席恩群島的一座小島，也是最常被光臨的小島。索莉的意思是「小孩」。夕陽清楚地回憶著當初在那裡的海岸，接受舅舅訓練的日子。

儘管索莉島在小時候很照顧他，但他已經很久沒有焚燒祭品供奉它了。或許一個小小的祭品，不算過分吧，帕特吉不會嫉妒的，不會有人嫉妒索莉這個最小的島嶼。索莉歡迎所有捕獸人，據說潘席恩的每一座島嶼對待它也同樣溫柔親切。

即便如此，索莉島上擁有的珍禽異獸並不多。夕陽繼續往前划去，沿著被族人視為潘席恩群島的一條小島群前進。從遠處望去，潘席恩群島和伊拉津人居住的本島差不多，而本島現在已在他背後三個星期航程之外了。

不過這只是從遠處望去的印象而已，一旦靠近，差別就大了。在接下來的五個小時，夕陽經過了索莉島，以及它的三個近親島嶼。他從未踏上過那三座島嶼，事實上，潘席恩有四十多座島嶼，而其中許多小島，他都未曾光臨過。在學徒生涯的末期，捕獸人要挑選一座島嶼，從此終其一生在那座島嶼上工作。他選了帕特吉。現在回想起來，那已經是十多年前的事了，卻又感覺好像才剛發生不久。

他沒再在海浪裡看到任何黑影，但仍然保持警惕。其實他並沒有能力自保，必須完全仰仗柯克利的保護，而那隻公鳥現在正悠哉地站在船首，眼睛還半閉著。夕陽餵過牠種子，比起果乾，柯克利更愛吃種子。

沒人知道黑影之類的野獸為何只在潘席恩附近的海域活動，又為何不會穿越海洋洄游到伊拉津人的島嶼或本土大陸，那裡的食物充裕，連柯克利之類的靈羽也少很多。以前從沒有人問過這些問題，大海就是大海。然而現在，人們開始深入挖掘所有的事，他們問：「為什麼？」；他們說：「我們應該搞清楚來龍去脈。」

夕陽搖搖頭，船槳搖進了海水裡，木頭在水中划動的聲響，是他一生大部分時刻的同伴。比起人類的語言，他更瞭解這個聲音。

即使是在他們的問題鑽進他腦海裡盤旋不去的時候。

經過那三座表親島嶼後，大部分捕獸人會轉向北行或南行，沿著群島的支線航行到他們挑選的島嶼。夕陽則繼續往前航行，進入群島的中心，直到一面陰影朝他逼過來。帕特吉，潘席恩最大的島嶼，楔子形狀的它拔海而起，島上布滿冷峻的山峰、陡直的懸崖和深廣的叢林。

哈囉，好久不見，毀滅大王，他在心裡想著，哈囉，島嶼之父。

他收起船槳，放到船裡，先坐在船上咀嚼昨晚抓到的魚，並且把魚肉碎塊餵給瑟珂。那隻黑羽鳥以一種正經八百的態度啄食著，而柯克利仍然坐在船首，不時地啁啾幾聲，牠迫切地想上岸，瑟珂則似乎從來都沒有因為任何事而迫不急待過。

想要接近帕特吉不是一件簡單的事，就連專門在它的海岸上獵捕的人也必須全力以赴。獨木舟在浪濤中起伏，夕陽盤算著該從何處登陸。他終於把魚放到一旁，拿起船槳放入海中。儘管已經接近陸地，海水依然深邃湛藍。潘席恩有些小島擁有受到屏障、風平浪靜的海灣，以及平緩的海灘，但帕特吉才沒有耐心裝清純，它全是石礫海灘，還有陡降的海床。

在它的海岸上，你永遠別想安然無事，這裡是島嶼最危險的區域，一旦上了岸，不只陸地會伸出可怕的魔掌，同時還站在地底怪物的地盤上。舅舅曾經一次又一次這樣警告他：只有笨蛋才會在帕特吉的海岸過夜。

浪潮的方向與小舟一致，他小心地不被捲入洶湧的浪濤中，以免船被帶著撞上尖銳的石岸。他靠近了一處特別隱蔽、風浪比較平靜的開闊區域，這裡的奇險石崖和崎嶇石灘是帕特吉典型的海岸樣貌。柯克利振翅飛走，一邊大聲嘎嘎叫，一邊朝森林飛去。

他立即朝海裡瞥了一眼，幸好沒看到任何黑影，但仍然感到自己一絲不掛地曝露在危險下。他跳出了獨木舟，把小舟拉上石塊，溫暖的海水沖刷著雙腿。瑟珂依然留在他肩膀上沒有飛走。

他看到一具屍體在附近的浪濤中，載浮載沈。

他瞥了瑟珂一眼，心裡想著：這麼早就開始顯示異象了，朋友？這隻靈羽母鳥通常會等到完全登陸後，才開始祝福他人、提供保護。

黑羽鳥只是望著海浪。

夕陽繼續手邊的工作。他在浪濤裡看到的那具屍體，是他自己的，目的是為了告訴他，要避開那個海域。那裡或許會有刺人的多刺海葵，也可能有狡猾的暗流正等著他。瑟珂顯示的異象不會透露細節，只是提出警告。

夕陽把獨木舟拉出了水面，拆下浮木，把它們牢牢綁在船的主體上，然後謹慎地把獨木舟拉上海岸，以免尖銳的石塊刮傷船殼。他要把獨木舟藏在叢林裡，如果被其他捕獸人發現小船，他就會多困在島上好幾個星期，努力另外打造一艘，那樣將會——

他倒退拉著船上岸，後腳跟撞上一個柔軟的事物，於是停下腳步，往下瞥了一眼，以為會看到一團海草，結果是一團溼布。難道是襯衫？他撿起溼布後，又看到其他的東西，更多精緻的暗示遍布在海岸上，有斷裂的磨光木頭，以及在漩渦裡打轉的紙張。

那些笨蛋，他心想著。

他回頭去拉獨木舟。在一座潘席恩島上奔跑不是明智之舉，不過他的確加快了步伐。

他來到樹林外時，看到自己的屍體吊掛在附近一棵大樹上，樹冠層的類蕨葉中埋伏著燕尾藤。瑟珂在肩膀上低聲嘎嘎叫著，他從石灘上搬起一塊大石頭，朝那棵樹丟去。大石頭撞上樹幹，想當然耳，燕尾藤就像布滿尖銳倒鉤的網子掉了下來。

藤蔓需要幾個小時的時間才能完全退回原位，於是夕陽拉著獨木舟走過去，將小船藏在那棵樹附近的灌木叢內。希望其他捕獸人夠聰明，知道避開那些燕尾藤，這樣也就不會在無意間發現他的船。

他用樹葉覆蓋小船做最後偽裝之前，從船裡拿出了背包。儘管百年來，時代的變化並未改變捕獸人太多的職責，但現代文明的確帶來了福利。他不再克難地以粗布包裹身體，任由雙腿和胸膛曝露在外，而是穿上厚厚的褲子，褲管部位還有幾個口袋，再加上有釦襯衫來保護肌膚，防止被尖銳的樹枝和樹葉劃傷。腳上穿的也不再是涼鞋，他綁好了厚實耐用的靴子鞋帶。手上拿著的武器不再是狼牙棒，而是用上好鋼鐵打造的大砍刀。背包裡的裝備提升規格，諸如帶有鋼鉤的繩子、提燈，以及一副只要把兩個把手放在一起，就能產生火花的點火器。

他看起來和家裡畫像中的捕獸人差距甚大，但他不在乎，只要能活下來就好。

他離開獨木舟，揹上背包，把大砍刀插入腰側的刀鞘內。瑟珂移到他另一側的肩頭上。在離開海邊之前，他停下腳步，望著自己半透明的屍體依然吊掛在隱藏於那棵大樹裡的藤蔓上。

他真的會笨到被燕尾藤抓到嗎？不過就他所知，瑟珂只會向他揭露大概的死狀。他寧願相信大部分的預警都是靠不住的，瑟珂的異象只是向他展現自己粗心的下場，或是如果他舅舅對他的訓練不足的後果。

他以前都會避開屍體出現的地方，而現在也不是因為勇敢，才故意唱反調，他只是……需要正面迎戰各種可能性。他需要知道他能應付燕尾藤，有能力成功離開海邊。如果總是避開危險，很快就會荒廢了求生技巧。他不能太過倚賴瑟珂。

因為帕特吉不會放過任何機會，必定想方設法殺了他。

他轉身，步履艱難地跋涉過遍滿大石塊的海岸。這麼做違反了他的本能，他通常希望儘快進入內陸。但今天不得已，必須多耽擱一下，他必須去檢視剛才看到的散落物，查明它們的出處。他有個強烈的猜測，想知道這些散落物是從哪裡來的。

他吹一聲口哨，頭頂上傳來柯克利的啼叫，牠從附近一棵大樹振翅飛出，來到石灘上空。牠在天空提供的保護不像在身邊時那麼的強固，但依靠讀心術獵殺的島上野獸，感應力並不像海裡的黑影那麼強大，因此對那些野獸來說，他和瑟珂等於是隱形的。

他從岸邊往上走了大約半個小時後，發現一個龐大的殘破營地。破碎的盒子、半沉在起伏水潭裡的磨損繩子、破爛的帆布，以及曾經可能是圍牆的碎木頭，遍地散落。柯克利落腳在一根折斷的木柱上。

附近沒看到他的屍體，表示這個區域沒有立即的危險，或是意謂著殺害他的凶手，把他的屍體整個吞下肚。

夕陽輕手輕腳地行走在殘破營地邊緣的溼石頭上。不，這裡比所謂的營地還要大。他的手指劃過一塊碎裂開來的木塊，上面印著「北方同業貿易公司」的字樣，那是他家鄉大陸上一股實力雄厚的商業大軍。

他告訴過他們，他告訴過他們的，千萬不要來帕特吉島。笨蛋，他們甚至就在海灘上紮營！那家公司的人，都沒耳朵嗎？他在石礫裡一組半圓形的凹陷旁邊停下來。那凹陷跟他上臂一樣寬，往前拖了十幾步那麼遠，朝海洋而去。

是黑影，地底野獸的一種，夕陽在心裡想著。他舅舅說他曾經親眼看見過一頭。這種龐然大物會突然從地底迸出，單單一頭，就殺掉十幾隻正在咀嚼岸邊海草、來不及帶著大餐退回海裡的奎爾。

夕陽打了一個寒顫，想像著在這座石頭上的營地裡，男人們忙著卸下箱子，準備打造曾向他描述過的堡壘。但他們的船呢？他們不是信誓旦旦地誇耀那艘碩大的蒸汽船鑑包著鐵皮，足以對抗從最深的地底竄出的黑影？它現在在保衛海底嗎？變成細魚和章魚的家了嗎？

他沒看到倖存者，甚至連屍體也沒有，必定全被黑影吃掉了。他往後退到稍微安全的叢林邊緣，掃視著樹葉，尋找有人經過的痕跡。攻擊是最近發生的，不超過兩天，大概就是昨天的事。

他心不在焉地從口袋拿了一粒種子餵瑟珂，視線掃到蕨葉叢裡有幾道生物穿行而過的痕跡，一路通往叢林去。所以有倖存者，而且可能有六個之多，他們分別往不同方向奔竄、逃過突襲。

穿林而過等於自尋死路。這些商人以為自己夠強悍，以為做了萬全的準備，根本錯得離譜。他跟那家公司的一些人談過，試著盡量多說服幾位他們的「捕獸人」放棄這趟旅程。

但行不通。他想把這種追求進步的愚蠢行為歸咎於「上人」的造訪，但事實上多家公司早就計劃在潘席恩設立據點，已經好多年了。夕陽嘆口氣，這些倖存者現在很可能已經沒命了，就看他們自己的造化吧。

只是……一想到外人待在帕特吉島上，他就全身發抖，心裡又是反感，又是焦慮。他們在這裡，真是不應該。這些島嶼是神聖不可冒犯的，捕獸人則是小島的祭司。

附近的草葉窸窣作響，他揮動大砍刀，平舉在胸前，伸手拿口袋裡的彈弓。然而從草叢中現身的不是逃亡者，甚至也不是掠食者，只是幾隻類似老鼠的小生物爬了出來，四處嗅聞。瑟珂嘎嘎叫著，牠向來討厭馴客。

食物？三隻馴客傳來無聲的訊息。食物？

動物最基本的需求直接射進夕陽的腦海裡，雖然他不想分心，但不打算拒絕這個機會，於是拿了一些肉乾餵馴客。牠們朝肉乾聚集過去，並傳來感謝的訊息，他看著牠們尖銳的牙齒，以及嘴尖上單一的獠牙。他舅舅跟他說過，馴客對人類有危險，咬一口就足以要命。幾世紀來，這種小動物已習慣捕獸人的存在，牠們比那些呆笨的動物有想法，他甚至認為牠們跟靈羽一樣聰明。

你們還記得嗎？夕陽透過心電感應傳達問話。還記得你們的任務嗎？

其他人，牠們開心地回應他。咬其他人！

捕獸人通常忽略這些小野獸，不過夕陽認為或許稍加訓練，馴客就能出其不意地震懾住牠的對手。他在口袋裡搜尋著，手指碰到一根舊羽毛硬挺的部分。他不想錯過這個機會，於是從背包裡拿出幾根亮綠和鮮紅色的長羽毛。這幾根羽毛是配種鳥羽，是柯克利最近一次換毛時，他收起來的。

他走進叢林，馴客興奮地跟在後面。他來到牠們的巢穴附近，把配種鳥羽塞進樹枝之間，偽裝成是自然掉落的樣子。路過的捕獸人若是看見這些羽毛，會以為附近有靈羽的鳥巢，可以偷些新鮮的鳥蛋。這些羽毛必定能引誘捕獸人。

咬其他人。夕陽再次指示馴客。

咬其他人！牠們回應著。

他遲疑了一下，細想著。牠們會不會看到了從殘破營地逃出來的人？於是朝右邊指去，無聲地詢問，你們有看到其他人嗎？最近在叢林裡？

咬其他人！牠們回應著。

牠們的確聰明……但沒有那麼聰明。夕陽向牠們道別，轉身朝森林走去，沉思一會兒後，才發現自己正朝內陸走去，還意外碰上逃亡難民的腳印，並且正在跟蹤腳印前行。他選擇追蹤的那排腳印，看起來很可能會經過並侵犯他在叢林深處的一處安全營地。

雖然有樹冠層遮蔭，叢林裡的氣溫依然比外面高，這是一種很舒服的悶熱。柯克利加入他的行列，在前方繞來繞去朝一根樹枝飛去，棲息在那裡啁啾的靈羽數量明顯少了一些。柯克利飛到牠們上方，熱情地對著牠們歌唱。由人類養大的靈羽，很難真正融入野外的同類；同樣的，在靈羽群中長大的人類也是。

夕陽跟著難民留下的腳印，以為隨時會發現那個人的屍體，但他沒有，倒是偶爾看到自己的屍體出現在他行進的路途上。他看到被吃得剩下一半的屍體躺在爛泥中，還有一具被掉落的木頭砸到，只露出一隻腳。只要有瑟珂站在肩膀上，他這輩子都不可能得意過頭。瑟珂提供的異象是否真實並不重要，他需要的是即時提醒，警告他帕特吉是如何對待粗心大意的人。

他邁開熟悉卻不舒服的潘席恩捕獸人式大步快走，抱著十萬分的小心，不去觸碰到爬著咬人蟲子的樹葉，只在必要時才揮動大砍刀，盡量不留下行走過的痕跡，以免被其他捕獸人跟蹤；隨時豎耳聆聽他的靈羽，他不能走得太快超越柯克利，也不能讓牠超前飛得太遠。

那位難民並沒有遭遇到小島上常見的危險，因為他並沒有跟蹤動物的足跡，而是直接穿越它們，畢竟遇上掠食者的最佳方法，就是碰見牠們的食物。那個人不知道掩蓋自己的蹤跡，但也沒有莽撞地侵入火爆蜥蜴的巢穴，也沒觸碰到死腐樹皮，或踏進地上鋪釘般的飢餓泥漿。

難道他是捕獸人？尚未完成訓練的少年捕獸人？這很像那家公司會做的嘗試。資深捕獸人不會接受聘用，誰會笨到帶領一群辦事員和商人到島上亂逛。但尚未選擇自己島嶼的年輕捕獸人呢？一位不滿只能待在索莉島上受訓的少年捕獸人？一位不耐煩等到師父判定他出師那天到來的少年捕獸人？十年前的夕陽也有這樣的感覺。

這麼看來，那家公司終於僱請到自己的捕獸人了。難怪他們膽子大到可組成探險隊。但帕特吉自己的捕獸人呢？他在小溪邊跪了下來。這條溪流並沒有名字，但夕陽很熟悉它。他們為什麼來這裡？

答案很簡單，因為他們是商人。對他們來說，最大的島嶼就是最好的，何必浪費時間在面積較小的島嶼上，不直接找「島嶼之父」？

飛在頭頂上的柯克利降落在一根樹枝上，開始啄食一顆水果。那個難民曾在溪邊逗留，他快追上那位少年了。他能根據軟泥裡的腳印描繪出男孩的體重和身高。十六歲？可能更小？捕獸人十歲便可開始學徒生涯，夕陽簡直不敢相信，就算是那家公司也不可能僱用訓練不足的捕獸人啊。

兩個小時過去了，他一邊思考，一邊轉動一根折斷的莖條，嗅聞它的汁液。男孩的路徑繼續朝夕陽的安全營地而去。怎麼會這樣？他從沒跟別人提過那塊營地。或許男孩是在來過帕特吉的捕獸人手下受訓的，而那位捕獸人發現了他的營地，向男孩提及過。

夕陽皺起眉頭思考。在帕特吉捕獸的十年之間，他只有少數幾次面對面遇到其他捕獸人。每一次的相遇，兩人都立刻轉身，不發一語地朝不同方向離去，這是大家的默契。他們會試著殺掉對方，但絕不會親手對著幹，最好交由帕特吉動手解決敵人，也不要弄髒自己的手。起碼舅舅是這樣教他的。

有時候夕陽發現這個默契令他很挫敗。帕特吉島最終都會收拾所有捕獸人，所以何必多事，助島嶼之父一臂之力呢？但默契就是默契，所以他只好順其自然。無論如何，這個難民確實是筆直地朝夕陽的安全營地而去。那個男孩可能還拿捏不準輕重。他或許是來求救的，又害怕去師傅的營地，不想被責罰，又或者……

算了，別再鑽牛角尖了，他腦袋裡已塞滿各種亂七八糟的猜測。他會找到答案的，現在必須專心對付危機四伏的叢林。就在邁步離開溪流時，他的屍體突然在面前冒了出來。

他單腳往前一跳，隨即飛快轉身，耳中聽到一陣微弱的嘶嘶聲。這特殊的聲音是地上一個破裂小縫的漏氣聲，一大群小黃蟻從裂縫裡湧出來，每隻都像針頭那般小。是新的死蟻穴？剛才只要他再站久一點，就會毀掉牠們隱密的巢穴，死蟻將蜂擁而上他的靴子，被咬一口就會沒命。

他死盯著那灘亂成一團的爬蟲，盯得太久了，死蟻因找不到獵物撤回到巢穴裡去。地上有時候會有微微的隆起，洩露死蟻穴的位置，但今天他並沒有看到，全賴瑟珂的異象救了他。

這就是帕特吉島的生活，即使是最謹慎的捕獸人，也會犯錯，然而就算沒有出錯，死亡依然會找上門。帕特吉是一位跋扈霸道、有仇報仇的父親，在島上四處找尋、索取登陸者的鮮血。

琵珂在肩膀上啾啾叫，夕陽搓揉牠的脖子道謝，不過母鳥的叫聲聽起來帶著歉意，剛才的警告差一點就太遲了。沒有琵珂，帕特吉今天就會解決他。夕陽收回心神，不再胡思亂想，繼續往前走。

黑夜降臨，他終於來到他的安全營地。兩條絆繩被砍斷，營地的前哨防線被破壞了。這並不稀奇，那兩條繩子本來就是故意設置在顯眼的地方。他輕手輕腳地走過另一個死蟻穴，這個較大的蟻穴向來有一條裂縫，死蟻可以從裂口一擁而出，但裂縫如今被一枝冒著煙的焦黑細樹枝堵住。過了蟻穴後，就是他多年培植的晚風蕈，而現在蕈菇被浸泡在水裡，真菌孢子無法飄走，起不了作用。接下來的兩條絆繩被他藏得很隱密，卻也被砍斷了。

不錯嘛，小鬼，夕陽心裡想著。這個人並沒有躲開而是破壞陷阱，以防突然需要從這個方向飛速撤離。但真的需要找人教教這男孩，如何不洩露自己的行蹤。當然，那些足跡本身很可能就是陷阱，企圖誘使夕陽失去戒心。於是他更加警惕，步步為營，繼續前行。沒錯，男孩在這裡留下更多的足印、折斷的葉柄，以及別的痕跡……

有東西往上面的樹冠層移去。他遲疑一下，瞇眼往上望去。

上面的三根樹枝吊掛著一個女人，水母絲藤做成的網子包裹住她，那種藤蔓能令人麻痺、動彈不得。終於有一個陷阱發揮作用了。

「嗯，哈囉？」女人說。

一個女人，夕陽心想，突然覺得自己好蠢。較小的腳印、輕盈的步伐……

「我先把話說清楚，」女人說。「我不想偷你的鳥，也不想侵犯你的地盤。」

天光昏暗，夕陽走近大樹，他認得這個女人，她是那家公司的職員，夕陽和公司會談時，女人也在其中。「妳砍斷了我的絆繩。」夕陽說。詞語在嘴裡的感覺，好奇怪，把它們說出來時，也結結巴巴，粗嘎難聽，彷彿他剛吞下好幾把的泥土。這就是幾個星期沒開口說話的結果。

「呃，是、是我砍的。我以為你可以修復。」她遲疑了一下。「對不起。」

夕陽往後退開。女人緩緩地在網子裡轉身，他注意到網外有隻靈羽緊抓著網線，那隻鳥跟他自己的一樣，也是大約三個拳頭疊起來的高度，但羽毛的顏色較淡，是白綠相間的。那是北極光（streamer），不屬於帕特吉島的品種。他對這種鳥類的瞭解不多，只知道牠們也像柯克利一樣可以罩住心思意念，不被掠食者發現。

落日餘暉投射出一道道陰影，天色逐漸黑暗下來。要不了多久，他就必須蹲下來，因為黑夜即將引出島上最危險的掠食者。

「我發誓，」蜷成一團的女人說。這個女人叫什麼名字？他確定有人跟他說過，但就是想不起來，好像不是什麼傳統的名字。「我真的沒想偷你的東西。你記得我，對吧？我們在公司走廊見過的？」

他沒有回應。

「拜託，」女人說。「我真的不想被吊在樹上、身上塗著厚厚的鮮血當餌料吸引掠食者過來。你應該也不希望吧。」

「妳不是捕獸人。」

「嗯，對，」她說。「你應該注意到我的性別。」

「捕獸人也有女人。」

「就一個，勇者雅阿拉妮，我聽過她的故事上百次了。幾乎每個社會都有女英雄的神話故事，真是奇怪。她女扮男裝上戰場，率領父親的軍隊衝峰陷陣，也能在小島上設陷阱捕獸。我堅信這類故事存在的目的，是為了讓父母教訓女兒『妳不是雅阿拉妮，只要做個乖女兒就好了。』」

這個女人的話真多。回到族人住的島嶼，那裡的人也很多話。女人的膚色跟他一樣黑，說話的音調也跟族人一樣，只是那微微的口音……他在造訪本土大陸時，聽到越來越多的人那樣說話。那是受過教育的人的口音。

「我可以下去了嗎？」她的聲音微顫。「我的手沒有感覺了，我覺得……很不安。」

「妳叫什麼名字？」夕陽問。「我忘了。」太多話了，他的耳朵好痛。這裡應該很安靜的。

「法緹。」

沒錯，就是這個不成體統的名字。名字裡既沒有排行，也沒有出生的時辰，就是那些本土人會取的名字。現在，這種情形在族人之間已很常見。

夕陽走過去，抓起旁邊大樹上的繩子，把網子放了下來。女人的靈羽振翅飛下，嘎嘎的尖叫聲很刺耳，牠一邊的翅膀不太敢用力，顯然受傷了。法緹撞上地面，他看到一團黑色的捲髮和亞麻綠裙。女人跌跌撞撞地站了起來，又摔了回去。她的肌膚因為接觸到那種藤蔓，至少要麻木十五分鐘。

她坐在地上，搖搖手，似乎想甩掉麻木的感覺。「所以……嗯，不把我吊起來了？不塗鮮血了？」她滿懷期望地問。

「那都是父母親哄小孩的故事，」夕陽說。「我們不做那種事。」

「噢。」

「如果妳是捕獸人，我會直接殺了妳，以免妳將來報仇。」他朝女人的靈羽走去，鳥兒張嘴擺出嘶叫的姿勢，抬高雙翅讓自己看起來更大。瑟珂在他肩膀上啾啾叫，但那隻鳥似乎沒把牠放在眼裡。

沒錯，一隻翅膀上都是血。法緹蠻清楚如何照顧她的鳥，這點令他很欣慰。有些本土人根本不在乎自己鳥兒的需求，只把牠們當做擺設，而不是聰明的生物。

法緹把傷口附近的羽毛都拔掉了，包括一根浸了血的羽毛，並用紗布包住傷口，不過傷翅的情況並不樂觀，可能有骨折。夕陽想把兩邊的翅膀都包起來，阻止牠拍動翅膀飛翔。

「噢，米里斯，」法緹終於站了起來。「我試著幫牠。我們摔倒了，怪物——」

「抱好牠，」夕陽抬頭看了看天空，「跟上，走我走過的地方。」

法緹點點頭，雖然手腳的麻木尚未完全褪去，但她沒有抱怨，趕緊撿起藤蔓中的一個小背包，再拍拍裙子。她的裙子上方是緊身背心，而小背包裡插著某種金屬長筒，長筒的一部分露在外面。難道是地圖的套子？她抱起靈羽，鳥兒開心地移到她的肩膀上。

夕陽在前面帶路，女人跟著，並沒有趁他轉身背對時發動攻擊。很好。夜幕覆蓋下來，不過他的安全營地就在前面了，對於通往營地的路徑，他一清二楚。兩人步行前進，柯克利振翅飛下，停在女人另一邊的肩頭上，張嘴友善地叫著。

夕陽停下腳步，轉身看到女人的靈羽移到裙子上遠遠避開柯克利，緊抓著她的背心下襬。牠發出低微的嘶嘶聲，但柯克利顯然和往常一樣繼續開心地啾啾叫。幸好牠這種鳥能夠隱藏心思意念，就連死蟻都以為牠跟木頭一樣不能吃下肚。

「這隻……」法緹看著夕陽說。「是你的鳥？噢，當然是。你肩膀上那隻，不是靈羽。」

瑟珂放低身子，把羽毛撐開來。對，牠不是靈羽。夕陽轉身繼續帶路。

「我沒看過捕獸人携帶非島嶼的外來鳥種。」法緹在後面說。

那不是問句，因此夕陽沒回應。

這座安全營地是他在島上的三處營地之一，彎彎曲曲的小路爬上了小山丘，來到山丘頂上。一棵矮壯的古拉樹上，安置著單間建築物。在帕特吉島，樹上是可以安全過夜的地方之一。樹頂是靈羽的地盤，而大部分的大型掠食動物都是在地面上行走的。

夕陽點燃提燈，把燈舉高在半空中，橘黃色的光芒浸染了他的家。「上去。」他對女人說。

女人回頭張望著越來越黑暗的叢林。夕陽在燈光的照耀下，看到女人的眼白因睡眠不足而發紅，不過在爬上夕陽釘在樹幹上的木樁之前，她仍然給了夕陽一個無所謂的微笑。她肌膚上的麻木感，現在應該已經消退了。

「妳是怎麼知道的？」他問。

法緹怔忡一下，這時，她已經靠近通往夕陽家的地板門。「知道什麼？」

「我的安全營地位置。誰告訴妳的？」

「我是跟著流水聲走的，」小溪從山坡汩汩而出，女人的下巴朝那個方向揚了揚。「一發現那些陷阱，我就知道來對地方了。」

夕陽皺起眉頭，小溪流淌幾百呎後就消失不見，之後再從別的地方冒出來，人是聽不到流水聲的。跟著流水聲來到這裡……根本不可能。

難道她在說謊，又或者只是運氣好？

「妳來找我。」夕陽說。

「我來是想找個人，」女人推開地板門，爬了進去，說話聲也變得悶悶的。「我想找到捕獸人是我活下來的唯一機會。」上面的她朝一扇加了網子的窗戶走過去，柯克利依然停在她肩膀上，「這裡真好。在這個野獸環伺的偏僻小島上，在危險致命的叢林中的山坡上，這樣一個木屋算是很寬敞了。」

夕陽咬著提燈，爬了上去。上面的正方形小屋長寬大約四步，高度僅僅讓人能夠直立而已。「把那些毯子抖開，」他的下巴朝那堆毯子揚去，並把提燈放下。「再拿起櫃子上的每一個杯碗，好好檢查杯裡碗裡。」

女人睜大眼睛問。「檢查什麼？」

「死蟻、蠍子、蜘蛛、血爪子……」夕陽聳聳肩，把瑟珂放到牠在窗邊的棲息處。「這個小屋蓋得很嚴密，但這裡是帕特吉，島嶼之父向來喜歡給人驚喜。」

女人猶疑地把背包放到一旁，開始動手做事。夕陽則爬上另一道梯子，繼續往上爬去檢查屋頂。屋頂上，有一群尺寸跟小鳥一樣大的盒子，盒裡築有鳥巢，還有小洞讓鳥兒自由來去，所有盒子被整齊地排成兩列。除非有特殊原因，鳥兒通常不會飛太遠，而現在牠們由他豢養和管理。

柯克利降落在其中一個盒子的盒頂上，顫音啼叫，不過叫聲輕柔，因為天色已經全黑。其他盒子也跟著傳出了更多的咕咕和啾啾叫聲。夕陽爬出屋頂，檢視每一隻鳥的翅膀和雙腳是否受傷。這一對對的靈羽是他維持生計的工作，每一隻孵化出來的小鳥是他主要的資產。

沒錯，他仍然會在島上設置陷阱、尋找鳥巢和野生的小鳥，不過還是自己飼養比較有效率。

「你叫老六，對不對？」法緹在下面發問，同時伴有抖動毛毯的聲響。

「對。」

「大家族。」法緹說。

一般普通家庭都是這樣，又或者說，曾經都是這樣。他父親在家排行十二，而祖母是十一。

「什麼老六？」法緹進一步追問。

「夕陽。」

「那你是傍晚出生的囉，」法緹說。「我一直覺得傳統名字像在……嗯……記事。」

夕陽心想，好無聊的看法。本土人幹麼一定要沒話找話說？

他繼續下一個鳥巢，檢查裡面兩隻昏昏欲睡的小鳥，又看看牠們的糞便。小鳥開心地回應他的出現。人類飼養長大的靈羽，特別是早年就已經奉獻天賦給人類的鳥兒，會把人當成同類。這些鳥跟瑟珂和柯克利不一樣，不是他的同伴，但在他心裡依然佔有特別的地位。

「毛毯上，沒有蟲。」法緹把頭探出夕陽身後的地板門，她自己的靈羽停在肩膀上。

「杯子呢？」

「我待會就去檢查。牠們是你的繁殖親鳥，對不對？」

答案一看就知道了，所以他覺得沒必要回應。

女人看著夕陽檢視鳥兒，夕陽也察覺到女人正看著他，他最後終於開口說話了。「妳的公司為什麼聽不進去我們給的忠告？一旦上島，就是一場災難。」

「對。」

夕陽轉過去面對她。

「對，」女人繼續說。「這整個探險計畫簡直就是一場災難，一場帶著我們跨出一步、往目標更靠近的災難。」

夕陽接著檢視西西魯。月亮緩緩上升中，他在月光之下繼續工作。「愚蠢。」

法緹在小屋屋頂上交叉雙臂在胸前，她的下半身依然埋藏在下面地板門的方形光環中。

「你以為祖先在海上闖天下時都沒災沒難的？還有捕獸人的先輩們不也是一樣？他們從苦難和錯誤中累積經驗，再把學習來的知識代代傳承下來給你們。如果當初的捕獸人先輩認為探險很『愚蠢』，你以為你現在會在哪裡呢？」

「他們都是單打獨鬥、訓練有素的男人，不是一整船的職員和碼頭工人。」

「夕陽老六，世界正在改變，」女人輕聲說。「本土人對飼養靈羽作伴的需求越來越大。原本專屬於上流富豪的嗜好，現在連普通平民都能盡情享受了。雖然我們對於靈羽的瞭解已經很多，但牠們依然是一團謎。為什麼本土養大的靈羽有祝福他人的天賦？為什麼——」

「狡辯，」夕陽把西西魯放回鳥巢裡。「我不想再聽到這些歪理。」

「那上人呢？」女人問。「他們的科技和創造的奇蹟，怎麼說？」

夕陽猶豫了一下，拿出一雙厚手套，再指著女人的靈羽。法緹看著白綠相間的靈羽，輕柔地對牠卡嗒卡嗒咂舌頭，用雙手抱住了牠。鳥兒忍著痛，不開心地輕啄著法緹的手指。

夕陽戴著手套謹慎地接過鳥，對他，鳥兒就不客氣了，不再羞怯地輕啄。他解開法緹之前纏的繃帶，在小鳥的抗議之下清理傷口，小心地為牠換上新繃帶，最後拿了另外的繃帶將小鳥翅膀固定在身體上，但沒有纏得太緊，以免牠無法呼吸。

小鳥顯然不喜歡全身被纏住，但飛行會讓骨折的翅膀傷勢惡化。繃帶最後還是會被咬掉，但牠至少能得到短暫休養的機會。夕陽把小鳥和自己的一隻靈羽放在一起，他的靈羽友好地輕聲啾啾叫，試著安撫慌張的小鳥。

法緹興味盎然地全程觀看，似乎很願意讓她的鳥兒暫時留在上面。

「妳今晚可以睡在這裡。」夕陽轉回來對她說。

「然後呢？」女人問。「把我趕到叢林去等死？」

「妳有辦法找到這裡，本事很大。」他不情願地說。這個女人不是捕獸人，是個學者，不應該有這樣的本事。「所以妳活下來的可能性很大。」

「那是我夠幸運。我才不可能自己穿越整座小島。」

夕陽愣了一下。「穿越小島？」

「去公司的主營。」

「有更多你們的人在那裡？」

「我……當然。你不會以為……」

「怎麼回事？」他在心裡默問自己，現在誰是笨蛋？你早該先問清楚的。交談向來都不是他擅長的事。

法緹躲開他的視線時，眼睛睜得大大的。是他看起來太有殺氣嗎？可能是他問話時太凶了。沒關係，法緹愛說話，他會得到他要的答案。

「我們在另一頭的海岸設立了營地，」她說。「還有兩艘配備大炮的鐵皮船守護海域，必要的時候，大炮足以解決掉海底行者那樣的凶神惡煞。再加上兩百個士兵，一百位科學家和商人，我們決心找出答案，一勞永逸，瞭解為什麼只有在潘席恩島嶼群出生的靈羽，才能運用天賦祝福他人。

「我們派出一個小隊，沿著這個方向尋找設置另一座基地的合適地點。公司決心獨佔帕特吉島，阻止其他有興趣的同行上島。雖然我認為小型的考察隊成不了大事，但我有自己的理由希望能環島一圈，所以我跟來了。結果，海底行者……」她一臉噁心。

夕陽心不在焉地聽完她下半段的解釋。兩百個士兵？像螞蟻佔據掉下來的水果般在帕特吉四處爬行。真是要命！他想像人們的叫喊、金屬的碰撞聲，以及到處都是的沉重腳步聲，把安靜的叢林搞得像城市一樣雜亂吵鬧。

拍動的黑色羽毛從眼前劃過，宣告瑟珂從底下飛了上來，牠降落在法緹身旁的地板門門沿上。黑羽母鳥一瘸一拐地走過屋頂，朝夕陽而去，張開的雙翅展露出左側的幾處傷口，單是十幾呎的飛行，對牠也都相當吃力。

夕陽彎身搔抓牠的脖子。該來的還是來了，外人侵犯了小島，他必須想辦法阻止。但不知怎麼的……

「對不起，夕陽，」法緹說。「捕獸人一直讓我很著迷。我做了很多研究，我瞭解你們的行事風格，也很尊敬你們。但改變是遲早的事，躲不掉的。總有一天，這些島嶼會被人類征服，靈羽是非常值錢的珍品，不可能只留在幾百個獵人的手裡。」

「酋長們……」

「參加協調會的二十位酋長一致通過贊成這項計畫，」法緹說。「我當時也在會議上。如果伊拉津人不能保衛這些島嶼和靈羽，就會由別人保護。」

夕陽抬眼望了出去，凝視著黑夜。「下去檢查每一個杯子，杯子裡不能有蟲。」

「可是——」

「下去，」夕陽重複。「檢查每一個杯子，杯子裡不能有蟲！」

女人輕嘆一聲，退回到下面的房間，讓夕陽和他的靈羽獨處。夕陽持續搔抓瑟珂的脖子，透過這親密的動作以及瑟珂的陪伴尋求安慰。他可以把希望寄託在黑影身上嗎？期望黑影向那家公司，以及公司的鐵皮船艦顯明牠們可怕的威力？但是法緹似乎信心十足。

法緹沒說出她加入考察隊的理由。那個女人親眼見過黑影，也目睹黑影屠殺其他隊員，依然鎮定地找到他的營地。法緹是個意志強大的女人，他必須記住這點。

不過法緹同時也是個商人，這些人跟夕陽曾經打過交道的士兵、工匠，甚至是酋長們完全不同。這些圓滑的抄寫員，憑藉著一把貨易之劍就能悄無聲息地征服全世界。他被他們打敗了。

「島嶼之父，」他低聲求問。「我該怎麼辦？」

耳裡依然只有夜晚的聲響，只聽到動物行走、獵食的聲音，以及黑夜的窸窸窣窣，帕特吉並沒有給予任何回應。靈羽睡著之後，島嶼最凶狠的掠食者終於有機可乘，準備大展身手。遠方一隻夜喉放聲哀嚎，駭人的淒厲回聲在森林裡穿梭不散。

瑟珂張開翅膀，傾前放低身子，頭部來回轉動，四下張望。那淒厲的叫聲總是令牠發抖，夕陽也有同樣的反應。

他嘆口氣，起身把瑟珂放到肩膀上，轉身正打算離去時，瞥到腳邊的屍體，差點失足絆倒，他立刻全神戒備。危險在哪裡？是樹枝裡的藤蔓，還是靜靜地從上面滑下來的蜘蛛？他的安全營地不應該有致命的危機存在。

瑟珂尖聲大叫，似乎很痛苦。

他的另一隻靈羽也放聲大叫，叫聲尖銳粗厲。不對，不只是牠們兩隻！四周圍……鳥叫聲從遠方迴蕩而來，不論遠近的野生靈羽全都嘎嘎狂叫。樹枝上的鳥群騷動不安，聽起來像是一陣強風穿林而過。

夕陽左轉右看，抬手摀住耳朵，睜大雙眼看著周圍冒出來的屍體。它們一個疊一個，高高疊起，有幾具全身腫脹，幾具鮮血淋淋，還有些只剩下骨頭，幾十具屍體無止境地往上疊，糾纏不散，揮都揮不去。

他砰然跪下去，驚聲尖叫，結果卻和自己的一具屍體對望。只是這具……這具並沒有死透，它張口想說話，鮮血順勢從嘴唇流了下來，夕陽讀著它的唇語，卻無法理解。

然後，屍體就消失得無影無蹤。

所有屍體都不見了，一具都不剩。夕陽瘋狂轉身，四下搜尋，卻沒看到任何屍體。靈羽安靜下來，他飼養的鳥兒也都恢復平靜，待在各自的鳥巢裡。夕陽深深地吸氣和吐氣，心臟劇烈跳動。他全身緊繃，等著黑影隨時從營地四周的黑暗中竄出來，把他生吞活剝。他等待著，感覺牠正步步逼進，恨不得拔腿就逃，逃到天涯海角。

剛才到底是怎麼回事？和瑟珂在一起的這些年來，從未遇到過那種情況。究竟發生了什麼事，居然能同時驚動所有的靈羽？是之前聽到的夜喉？

他心想，別傻了，這次的情況不同，和之前經歷的都不一樣，是他在帕特吉從未見過的。但到底是什麼呢?是什麼改變了……

瑟珂並不像其他小鳥那般鎮靜下來，牠凝視著北方，法緹所說的入侵者的主營就在那個方向。

夕陽站了起來，爬下樹梯，回到下面的小屋，瑟珂依然停在他肩膀上。「妳的人做了什麼?」

法緹聽他口氣不對，轉過來面對夕陽，而她原本正在窗前，望著北方。「我不——」

夕陽一把抓住她的背心前襟，雙拳用力把她拽到面前，瞪著僅隔幾公分遠的她的眼睛說。「妳的人到底做了什麼?」

法緹眼睛睜得大大的，夕陽都能感覺到拳頭下的她在發抖，不過女人咬緊牙關，目不轉睛地回應他的瞪視。抄寫員不應該有這份膽量，夕陽只見過他們在不見天日的封閉房間裡振筆疾書。他收緊拳頭，背心布料陷進女人的肌膚裡，夕陽發現自己低吼了出來。

「放開我，」女人說。「我們可以好好談。」

「呸!」夕陽鬆開了拳頭。女人掉落，隨後砰的一聲摔倒在地板上，夕陽這才發現他剛才把女人抓得雙腳離地。

女人往後退開，盡可能在小小的空間中拉開兩人的距離。夕陽大步朝窗戶走去，望著紗網之外的黑夜。他的屍體從屋頂掉下，撞到下方的地面。他往後跳開，擔心屍體再一次掉下來。

屍體的確不再像剛才那樣掉下來，但他轉回去面向屋內時，他的屍體就躺在正中央，鮮血淋漓的嘴唇張開，雙眼無神地瞪視前方，所以無論面臨的是什麼樣的危險，它都尚未消失。

法緹已經在地板上坐正起來，雙手抱著頭，全身發抖。是他把女人嚇成那樣的嗎？不過法緹的確看起來精疲力盡。女人抱著自己，當她看著夕陽時，夕陽覺得她的眼神跟之前不太一樣，彷彿正看著一頭被解開鍊子的野生動物。

其實，她的感覺還滿準確的。

「你對上人的瞭解有多少？」女人問他。

「他們住在星星上。」夕陽回答。

「我們公司曾跟他們會談過。我們無法理解他們的行事風格。他們的外表跟我們一樣，有時候也跟我們一樣交談，但不願跟我們多談他們的……規矩和法律。他們拒絕把精妙絕倫的產品賣給我們，似乎也被禁止帶走我們的東西，就算是用金錢交易的也不行。他們承諾，等我們的文明更進步的那天到來，就能互相交易做買賣了。他們好像把我們當成小孩子。」

「我們幹麼在乎他們？」夕陽問。「大家各過各的，他們不要多管閒事，我們自然會變得更好。」

「你沒看過他們製造出來的產品，」女人低聲說，眼神似乎飄到遙遠的天邊去。「我們還研究不出如何打造一艘能夠逆風而行的無人駕駛船艇，但是上人……他們已經能駕著飛船航行在天空星際之間。他們懂得那麼多，卻一點都不願意透露給我們。」

女人搖搖頭，把手放進裙子的口袋裡。「他們在找某樣東西，夕陽。我們握有什麼籌碼是他們想要的呢？根據會談時我所聽到的，這個世界上還有很多跟我們一樣的文明存在，一樣都不能在星際之間航行。既然我們不是唯一的文明，不過上人卻一次又一次地回來造訪我們，看來，他們真的想要某樣東西，這在他們的眼神裡表現得一清二楚……」

「那是什麼？」夕陽的下巴朝女人從口袋裡拿出的東西揚去。法緹手掌裡躺著一個蚌殼，它的上半部有個鏡子一般的殼面。

「這是一種機械，」她說。「就像時鐘，只是它不需要上發條，而且……會顯示影像。」

「什麼影像？」

「它會翻譯，把我們的語言翻譯成上人的語言。它還會……顯示靈羽的位置。」

「什麼？」

「它就像地圖，」女人說。「指出找到靈羽的路徑。」

「妳就是靠它才找到我的營地。」夕陽朝她走去。

「對。」女人的拇指摩挲著機械的表面。「我們本來是不可能得到它的。它屬於一位被派下來跟我們合作的特使，但那位特使幾個月前吃東西時噎死了。看來他們也是會死的，而且死因也可能跟我們一樣平凡。這……改變了我對他們的看法。

「他的族人會來要回他的機械，我們很快就得把那些機械還回去，不過這個機械告訴我們，他們在找的東西就是靈羽。上人一直很著迷靈羽。我猜他們在找一個不違背規矩的辦法跟我們做靈羽買賣。這樣看來，不是每一個上人都遵守他們的法律，這也暗示我們並不一定安全。」

「那剛才靈羽為什麼反應那麼大？」夕陽問，轉回去望著窗戶。「為什麼……」為什麼我會看到剛才的異象？現在異象依然出現在眼前，依然無窮無盡呢？無論視線落在哪裡，都是他的屍體，有癱倒在外面一棵大樹旁的、房間中央的，或者吊掛在屋頂活板門之外、全身腫脹的。他剛才應該把那扇門關起來的。

瑟珂鑽進他的頭髮裡，平常只要有掠食者靠近，牠都會有這樣的反應。

「還有……第二臺機器。」法緹說。

「在哪裡？」夕陽問。

「我們船上。」

也就是靈羽剛才望的方向。

「第二臺機器比這個大多了，」法緹說。「我手上這個的偵測範圍有限。另外比較大的那臺，能畫出很大的地圖，可以畫出一整座島嶼的地圖，並且能在紙張上寫下紙版地圖。地圖上會有黑點，標示出每一隻靈羽的所在位置。」

「還有呢？」

「我們打算今晚啟動機器，」法緹說。「它要花好幾個小時的準備時間，就像預熱烤箱一樣需要緩緩加熱後才能使用。公司排定今天太陽下山後開始預熱，這樣明天早上就能正式啟用。」

「其他人，」夕陽問。「沒有妳，他們也照樣會啟動？」

法緹苦笑一聲。「他們剛好稱心如意。看到我沒回去，尤斯托船長肯定高興得手舞足蹈。他一直擔心我會掌控這次的探險。不過那臺機器不會造成任何傷害，它只定位靈羽的位置。」

「上次也這樣嗎？」夕陽指著黑夜問。「你們上次啟動那臺機器，它也驚動了所有靈羽，讓牠們躁動不安？」

「喔，倒是沒有，」她說。「不過剛才的騷動一下子就過去了，不是嗎？所以沒事的。」

沒事？瑟珂還在他肩膀上發抖哪，四周也到處都是夕陽的屍體。他們一啟動那臺機器，屍體就不斷層層疊高。他打從心底知道如果再啟動一次，後果將不堪設想，他感覺得到。

「我們必須阻止他們。」夕陽說。

「什麼？」法緹問。「今晚？」

「對。」夕陽朝隱藏在牆上的一個小櫃子走去，打開櫃門，在櫃裡的補給品、另一盞提燈和備用油之中翻找著。

「別傻了，」法緹說。「沒有人會在這些小島上夜行。」

「我以前夜行過一次，和我舅舅。」

他舅舅就是死於那趟夜行。

「你在開玩笑吧，夕陽。夜喉已經出洞獵食，我聽到牠們的叫聲了。」

「夜喉憑著意念獵捕，」夕陽一面說，一面把補給品塞進背包裡。「牠們幾乎全聾，眼睛也差不多全瞎。我們動作快一點，從島中央穿過，天一亮就能抵達你們的根據地，阻止他們再次啟動那臺機器。」

「可是我們為什麼要阻止他們？」

夕陽揹上背包。「如果不阻止他們，那臺機器會毀了這座島。」

法緹皺眉歪頭看著他。「你不懂就不要亂說。你憑什麼以為自己的猜測是對的？」

「妳的靈羽受傷了，必須留在這裡，」夕陽沒理會她的問題。「如果我們遇到麻煩，牠無法飛走逃生。」其實瑟珂也是，但夕陽不能沒有牠。「等到阻止了那臺機器後，我會把牠還給妳。走吧。」他走到地板門前，拉開了門。

法緹站起來，卻往後退到了牆邊。「我不走，我要留在這裡。」

「妳公司的人不會聽我的，」夕陽說。「妳得去叫他們關掉機器，妳必須跑這一趟。」

法緹舔吮雙唇，她似乎一緊張就會舔唇。她瞥瞥四周，想找路逃掉，最後視線又回到夕陽身上。就在這個時候，夕陽看到自己的屍體吊在下方樹上的梯樁，趕緊跳開。

「你看到什麼？」法緹問。

「沒有什麼。」

「你的眼睛老是瞟來瞟去的，」法緹說。「你到底以為你看到了什麼，夕陽？」

「我們出發吧，現在。」

「你長久以來都是一個人待在這座島上，」法緹顯然很努力地放柔了聲音。「我們的到來讓你很不高興，所以現在你的思路不夠清晰。我瞭解。」

夕陽深吸一口氣。「瑟珂，給她看吧。」

鳥兒起飛，從夕陽的肩膀飛了過去，降落在法緹的肩膀上。法緹轉過去看著瑟珂，眉頭皺了起來。

她隨即倒抽一口氣，跪倒下去，又慌慌張張地退回到牆邊，眼睛來回張望，嘴唇蠕動，卻發不出聲音。夕陽等了一會兒才抬起手臂，瑟珂拍動黑色翅膀飛了回來，一根黑色羽毛掉落在地板上，牠再次停落在夕陽的肩膀上。這樣短距離的飛行，對牠依然辛苦。

「那是什麼？」法緹問。

「出發。」夕陽揹上背包，爬出小屋。

法緹慌亂地朝打開的地板門爬去。「我不走。告訴我，那是什麼？」

「妳看到的是妳自己的屍體。」

「到處都是，全都是我。」

「那是瑟珂的天賦。」

「天底下沒有那種天賦！」

夕陽抬頭看著她，人已經爬下到半途。「妳看到自己死掉了。一旦妳的朋友啟動那臺機器，那就妳的下場。大家都死路一條，這也包括靈羽，以及島上所有的生物。我不知道原因，只知道異象必定成真。」

「你發現了新品種的靈羽，」法緹說。「你怎麼找……什麼時候……？」

「把提燈給我。」夕陽說。

她呆呆地順服，把提燈往下遞過去。夕陽咬著提燈手把，爬下樹，踏上地面，然後拿高提燈朝山坡下望去。

夜裡的叢林，像深海那般漆黑一片。

他打了一個冷顫後，吹一聲口哨，柯克利從上方飛下來，停在夕陽另一側的肩膀上。這隻鳥能遮住大家的心思意念，有了這樣的保護，他們才有一線生機，但前途依然困難重重。雖然叢林裡的飛禽走獸大多依靠心思意念獵捕，但仍然有許多憑著氣味或其他感官獵食。

法緹跟著他的腳步爬下了椿梯，肩上斜掛著背包，那根奇怪的長筒就直挺挺地露了出來。「你有兩隻靈羽，」她說。「你同時運用牠們的天賦？」

「我舅舅有三隻。」

「怎麼可能？」

「牠們喜歡捕獸人。」問題真多。這女人在發問之前，能不能先想一下可能得到的答案？

「我們真的要出發了，」她低聲說，似乎在自言自語。「夜晚的叢林。我應該留下來，應該拒絕……」

「妳可以留下來。妳剛才已經看到自己的死狀了。」

「我剛才看到的，是你所謂的我的死狀。新品種的靈羽……已經好幾百年了。」雖然她聽起來仍然心不甘情不願，但依然跟著夕陽走下山坡，穿過陷阱，再度進入叢林。

夕陽的屍體坐在一棵樹樹下，他趕緊四下尋找足以致命的危險，但瑟珂的感應似乎消散了。小島毀滅的危機迫在眉睫、來勢洶洶，這讓其他的小危險變得毫不起眼。在銷毀那臺機器之前，他不應該老是倚賴瑟珂的異象。

濃密的樹冠層吞沒了他們兩個，即使在夜晚，氣溫依然熾熱，輕柔的海風吹不到遙遠的內陸地帶，所以這裡空氣停滯，盈滿了菇菌、腐葉和花香等叢林的氣味。伴隨氣味而來的，是熱鬧起來的小島聲響。灌木叢裡不停的沙沙聲，像是有蛆在枯葉堆裡蠕動。提燈的光芒並沒有往常那樣照得遠。

跟在後面的法緹拉近了兩人的距離，緊緊地跟著他。「你上次為什麼夜行？」女人低聲問。「為什麼挑在黑夜遠行？」

又問問題。不過，幸好聲音並不是太危險。

「上次我受傷了，」夕陽低聲說。「我們必須到另一座安全營地，拿舅舅存放在那裡的毒蛇血清。」因為夕陽顫抖的雙手，把另一個燒瓶弄掉在地上。

「你活下來了？噢，你顯然活下來了，我很吃驚，就這樣。」

法緹似乎打算用談話填滿空氣。

「牠們可能在看我們，」女人望著黑夜說。「那些夜喉。」

「牠們才沒有。」

「你怎麼知道？」女人壓低聲音問。「黑夜裡可能藏著任何出洞獵食的生物。」

「如果夜喉看到我們，我們已經死了，所以我知道。」夕陽搖搖頭，抽出大砍刀，砍斷前方的樹枝。每根樹枝上都可能有死蟻在樹葉之間移動，夜幕之下很難發現牠們，所以從樹葉之間穿行而過是個很蠢的決定。

我們避不開死蟻的，夕陽這樣想著，帶路下到一條填滿厚泥的小溝，他必須踏著石頭才不會陷進去。法緹跟著他，手腳出奇地敏捷。要想趕路，就不能這樣一路砍下去。

他跳下石頭，踏上溝邊，剛好跨過自己沉入濘泥裡的屍體。不遠處，又是一具屍體，如此地透明，幾乎快看不見了。他拿高提燈，希望不要再看到屍體。

再沒出現其他屍體了，就剛才那兩具，而那具非常模糊的……對，那裡有個水坑。瑟珂輕輕鳴叫，夕陽從口袋裡拿了一顆種子餵牠。瑟珂已經找到向他示警的方法，模糊的屍體代表迫切的危險，他必須特別留心。

「謝謝。」夕陽低聲對瑟珂說。

「還有其他鳥，」法緹在陰沉沉的黑夜裡輕聲說。「跟你的鳥一樣嗎？」

他們爬出小溝，繼續往前走，然後穿過黑夜裡一道奎爾的足跡。在走進一塊死蟻區之前，夕陽示意停下腳步。法緹看著一長串、呈直線爬行的小黃蟻。

「夕陽？」他們繞過死蟻時，法緹開口問。「還有別的鳥嗎？你為什麼沒帶雛鳥出去賣？」

「我一隻雛鳥也沒有。」

「所以你只找到這隻？」她問。

問、問、問，像嗡嗡的蒼蠅一樣纏人。

別傻了，夕陽告訴自己，克制住不耐煩。如果你看到有人帶著新品種靈羽，也會問同樣的問題。他一直想辦法保密，不讓瑟珂曝光；多年來只要離開這座小島，他都不會帶著牠，但現在母鳥的翅膀受傷，他不想丟下牠不管。

他其實很清楚自己不可能永遠守住這個祕密。「還有很多跟牠一樣的，」他說。「但只有牠有祝福別人的天賦。」

夕陽持續在前面以砍刀開路，法緹忽然停下腳步，夕陽轉身看著她單獨站在剛開出來的新路上，手裡拿著夕陽交給她的提燈。

「牠是隻本土鳥，」她拿高了提燈。「我一看就知道，而且應該不是靈羽，因為本土鳥不能運用天賦祝福人。」

夕陽轉回去，繼續揮刀開路。

「把本土雛鳥帶到潘席恩群島，」法緹在後面低聲說，「牠就會得到天賦。」

夕陽揮刀砍斷一根樹枝，繼續邁步前進。還是一樣，女人並不是在發問，所以他不需要回答。

法緹快步跟上去，提燈的光芒隨著她的靠近，將夕陽的影子投射到他前方。「一定有人試過。一定……」

他不知道。

「但他們為什麼要這麼做呢？」她低聲繼續發問，似乎在自問自答。「靈羽很特殊。大家都知道本土和島嶼品種之間的差別。為什麼以為把魚帶上陸地飼養，牠們就能學會用鼻子呼吸？為什麼以為把非靈羽的鳥帶到帕特吉飼養，牠就能變成真正的靈羽……」

他們繼續在黑夜中前行。夕陽帶路避開許多的危險，不過他發覺他需要大量倚仗瑟珂的幫忙。不要沿著那條溪流行走，你的屍體在溪水裡載浮載沉。別碰那棵樹，樹皮有毒，會腐蝕肌膚。轉彎離開那條小徑，你的屍體上有一個死蟻咬的傷口。

瑟珂並沒有跟他說話，但每個訊息都清清楚楚的。夕陽停下來讓法緹飲用她水壺裡的水時，把瑟珂合抱在雙掌中，卻發現牠在發抖。每次夕陽把牠圈在雙掌中，牠都會輕啄他，但這次並沒有。

他們正站在一塊小空地中，純粹的漆黑包圍著他們，天空覆蓋了厚厚的雲層。夕陽聽到遠方傳來雨水拍打樹林的聲音，夜間大雨在這裡並不稀奇。

夜喉一隻接著一隻出聲尖叫。牠們只在合力獵殺或嚇唬獵物時，才會那樣尖叫。奎爾群通常在靈羽的鳥巢附近過夜，只要把鳥群嚇走，就能察覺到奎爾的位置。

法緹已經抽出那支長筒，但那東西不是裝地圖的長筒，也一點書卷氣都沒有，因為她正把某樣液體從底部筒口倒進去。倒完後，她像拿著武器那般舉起長筒，而她腳下，躺著夕陽被亂刀砍死的屍體。

夕陽並沒有詢問法緹關於那支武器的事，甚至在她拿著某種細短的利矛從長筒頂端放入時，也沒有多問。沒有任何武器能穿透夜喉厚厚的皮膚，你只能想辦法避開牠們，否則只有死路一條。

柯克利飛下來停在夕陽的肩膀上，啁啾鳴叫，似乎被黑夜搞迷糊了。牠們為什麼在晚上出來亂叫？鳥類通常不會在夜晚出聲。

「我們不能停下來。」夕陽一面說，一面把瑟珂放回到肩膀上，然後抽出大砍刀。

「你很清楚，你的鳥改變了一切。」法緹輕聲說，跟了上去，把背包揹上肩膀，另一隻手拿著那支長筒。

「未來會有新的靈羽品種出現。」夕陽一面低聲說，一面抬腳跨過他的屍體。

「不可能。夕陽，我們都以為把雛鳥帶離這些小島飼養就無法培養牠們的能力，是因為牠們遠離了訓練者。我們以為牠們的能力是與生俱來的，就像人類的語言能力，都是天生的，但需要別人的協助來發展。」

「新品種的靈羽還是可能出現，」夕陽說。「別的鳥種，例如瑟珂這種，只要接受訓練就能說話。」

「那你的鳥呢？牠被別人訓練過嗎？」

「可能吧。」他並沒有說出心裡的話。那是捕獸人之間的祕密。他注意到前方有具屍體躺在地上。

但屍體不是他的。

他立即豎掌示意停步，正要開口發問的法緹隨即閉嘴。這是什麼？屍體大部分的肉都被吃掉了，剩下骨頭，衣物也被享用他的動物扯破，散布在四周。屍體附近的地上，有小小的菌狀植物發了芽，細小的紅色捲鬚探出來包住部分的骨骸。

屍體躺在一棵大樹的樹根上，夕陽仰頭張望，幸好花朵尚未綻放。他輕輕吐出一口氣，放鬆下來。

「是什麼？」法緹低聲問。「死蟻？」

「不是，是帕特吉的手指。」

女人皺眉問：「那是……某種咒語？」

「是一個名字。」夕陽一面說，一面謹慎地靠近檢視屍體。大砍刀、靴子、粗糙的工具，這些配備證明他的一個同行倒下了。從衣物看來，他想他認得這個人，這是一位名叫「天空老大」的年長捕獸人。

「人的名字？」法緹從他肩膀上方瞥過去。

「樹的名字，」夕陽一面說，一面小心地戳著屍體的衣物，以防裡面藏有蟲子。「拿高提燈。」

「我沒聽過這種樹。」女人懷疑地說。

「只有帕特吉才有。」

「我讀了很多關於這些島嶼上的植物……」

「妳在這裡，只能算是個孩子。燈。」

女人嘆口氣，替他拿高提燈。夕陽用一根樹枝戳著破爛衣物的數個口袋。這個人是被一群獠牙獸殺害，那是身形幾乎跟男人一樣壯碩的中型掠食者，大部分都在白天覓食。但牠們的行為模式是可以事先預測到的，除非那個人剛好在帕特吉的手指綻放時打從樹下經過。

在這裡。夕陽在男人的口袋裡找到一本小書。他拿起小書，往後退開。法緹的視線越過他的肩膀往前看著那本小書。本土人，人和人之間的距離都是這麼靠近。這個女人有必要靠著他手臂站嗎？

夕陽翻閱過前幾頁，上面寫著一串日期。沒錯，從最後的日期看來，這個人是幾天前才死的。後面幾頁詳細記錄了天空的安全營地位置，以及每個營地的陷阱說明。最後一頁則是告別紀錄。

我是天空老大，我終於被帕特吉接走了。我有個兄弟在蘇魯窟。請照顧牠們，我的對手。

就這幾個字。幾個字，很好。夕陽也隨身攜帶類似的小書，而他最後一頁的留言字數更少。

「他希望你照顧他的家人？」法緹問。

「別傻了，」夕陽一面說，一面把小書塞進背包裡。「是他的鳥。」

「你們好貼心，」法緹說。「我聽說捕獸人有非常強烈的領域性。」

「我們是。」他注意到她的語氣。那種口氣又一次聽起來像是把捕獸人看成動物了。「但我們的鳥失去照顧就會死亡。牠們已經習慣和人類相處，所以把鳥送給敵人，總比任由牠們死掉來得好。」

「就算那個敵人殺了你？」法緹問。「你們設置的陷阱就是在阻止彼此的……」

「那就是我們的相處之道。」

「很糟糕的理由。」她仰頭看著大樹。

她說得沒錯。

那棵樹碩大無比，有著下垂的樹葉，每片樹葉的頂端掛著一個含苞待放的大花，花苞的長度有兩隻手放在一起那麼長。「雖然這棵樹應該就是殺了那個人的凶手，」女人說。「但你好像都不擔心。」

「只有開花時才危險。」

「孢子？」女人問。

「不是。」夕陽撿起天空的大砍刀，把其餘遺物留在原地。就讓帕特吉收拾他吧。島嶼之父這麼做，就好像是在謀殺親兒。夕陽邁步繼續帶頭前行，沒去理會橫掛在木頭上的自己的屍體。

「夕陽？」法緹一面拎高提燈，快步跟上。「既然不是孢子，那棵樹是如何殺人的？」

「妳的問題真多。」

「我的人生目的就是發問，」女人回答。「和找答案。如果我的人要在這座島上工作……」

夕陽揮刀砍著某種植物。

「這是一定會發生的，」她的聲音更輕柔。「抱歉，夕陽。你不能阻止世界改變。也許我這次的探險會失敗，但還會有其他探險隊過來。」

「就因為上人！」夕陽怒罵回去。

「他們只是刺激我們加快腳步的馬刺，」法緹說。「真的。只要證明我們進步到足以跟他們做交易，就能跟他們一樣星際航行。不過就算沒有他們，改變依然會發生。世界在不斷進步中，一個人無論再堅決，也不能減緩改變的速度。」

夕陽停下腳步。

夕陽，無論你再堅決，也無法阻止改變的浪潮。這是他母親的話。記憶中殘存的母親的話只有幾句，這是其中之一。

他邁步繼續前行，法緹也跟著走。儘管邪惡的念頭不斷向他低語這個女人很好解決，但他需要她，需要她繼續發問，但更重要的，是她的答案。他猜她很快就能找到那些答案了。

你不能改變……

他是不能，他好恨這個事實。他極度渴望像百年來的先輩一樣保護這座島嶼。他在這片叢林裡工作，他深愛叢林裡的飛鳥，喜歡這裡的氣味和聲響，儘管它危機重重都無所謂。他好希望能向帕特吉證明，他和其他捕獸人配得上這塊土地。

也許，也許到時……

呸，算了，殺了這個女人也無法真正保護這座島。更何況，他怎麼能無恥到狠心殺害一個手無寸鐵的抄寫員？就算是捕獸人，他也不會下這樣的狠手，除非他們接近他的安全營地，並且不打算退走。

「那些花能夠思考，」夕陽帶路繞過一個顯然剛被獠牙獸群翻過的土堆，發現自己正在為女人解說。「帕特吉的手指，樹木本身沒有危險性，就算在開花期間也是，但花朵會模仿受傷動物的痛苦和焦慮，吸引掠食者前來。」

法緹倒抽一口氣。「一棵植物，它會向外發送心理特徵，你確定？」

「對。」

「我需要帶一朵回去。」法緹靈機一動，立即轉身回去。

夕陽飛快轉身，抓住她的手臂。「我們必須繼續往前走。」

「可是——」

「妳還會有機會。」夕陽做了一個深呼吸。「妳的人很快會像腐屍上的蛆一樣侵犯這座島，妳有的是機會再遇到別的樹。今晚我們不能停，必須一直往前走。快天亮了。」

他放開女人的手臂，轉身繼續帶路。他覺得就一個本土人來說，這個女人算是聰明的，應該會聽從他的話。

法緹聽從了，跟了上去。

帕特吉的手指。那位死亡的捕獸人，天空老大不應該死在那裡。那些樹其實並不致命，它們求生的方法就是依靠許多綻放的花朵吸引掠食者前來獵捕，然後掠食者互相撲咬打鬥，大樹就等著享用牠們的屍體。天空老大必定是在無意間經過一棵正在開花的大樹，逃不過這必然的結果。

老人的靈羽無法一次隱藏那麼多綻放花朵的意念。誰會想到自己是這樣的死法呢？沒人會想到在島上工作多年，逃過了許多更可怕的危險，卻死在那些平凡的花朵手中。帕特吉簡直是在嘲弄那位可憐的老人。

夕陽和法緹繼續前行，沒多久後，小徑陡峭起來。他們得爬一段山路，才能抵達通往小島另一面的下坡路段。幸好這條路線避開了帕特吉的主峰，否則就必須應付那座聳立在小島最東邊的高山。他的營地靠近南邊，而法緹的營地在東北方，所以他們要從山腳繞過去到另一邊的海岸。

他們的腳步聲形成了一種節奏，法緹也暫時安靜下來。兩人終於爬上那片特別陡峭的坡面後，夕陽點頭示意休息，隨即蹲下拿起水壺喝水。在帕特吉，沒有人膽敢大剌剌地坐在樹木殘幹或木頭上休息。

因為沉浸在憂慮和不算輕微的挫敗情緒中，夕陽並沒有及時發現法緹的動作。

法緹看到有東西塞在樹枝裡，原來是一根長長的彩色羽毛，是配種鳥羽。

法緹的手朝那棵樹、較低處的樹枝伸過去。

夕陽吃了一驚，彈起身。

她拉動那根樹枝，一組繩釘從附近一棵樹上掉下，揮了過來，夕陽趕到她身旁，挺出一隻手護住法緹。一根針霎時撞了上來，細長的釘子刺進肌膚，又從另一頭穿出去，血淋淋的釘子尖端就停在法緹臉頰邊。

法緹放聲尖叫。

雖然帕特吉有許多掠食者的聽力都很差勁，但尖叫依然不是明智之舉。夕陽沒理會她，只是拔出釘子，也沒設法止血，逕自去檢視繩釘陷阱上的其他釘子。

無毒，太幸福了，釘子沒塗上毒藥。

「你的手！」法緹說。

夕陽咕噥一聲回應。傷口並不疼痛，至少現在還感覺不到。法緹在背包裡翻找出繃帶，夕陽沒有抱怨，哼也沒哼一聲，默默地接受女人為他照護傷口，儘管疼痛的感覺已經湧現了。

「我真的很抱歉！」法緹劈里啪啦地說。「我發現一根配種鳥羽！那表示有靈羽的巢，所以我走過來想仔細看一下。我們是不是闖進了其他捕獸人的安全營地？」

她一面喋喋不休，一面包紮，一般人似乎都會有這樣的表現，不過夕陽自己倒是越感到緊張就越沉默，而這個女人正好相反。

這個女人倒是擅長包紮，這又令夕陽感到意外。

釘子沒傷到主動脈，他會沒事的，只是左手受傷不便會造成一些困擾。女人結束了包紮，臉上的表情既順從又內疚，夕陽彎身撿起她掉在地上的配種鳥羽。

「這個，」夕陽低聲粗啞說，將羽毛拿到女人面前。「象徵著妳的無知。在潘席恩群島上，沒有白吃的午餐，沒有容易和簡單這種事。這根羽毛是別的捕獸人放在那裡，為的就是引誘不應該出現在這裡的人，和自以為中大獎的人。妳不要成為那個人，以後在動手前，先問問自己是不是太容易了。」

女人臉色慘白，伸手接下了羽毛。

「走吧。」

夕陽轉身帶路前行，突然意識到剛才那番話是師傅在教訓徒弟，是徒弟犯下第一件大錯時例行的訓話。他是中邪了，居然在對她訓話？

女人跟在後面，低垂著頭，顯然感到很慚愧，並沒注意到夕陽剛才在不知不覺中表現出來對她的賞識。兩人靜靜地往前走，一個小時過去了，他們繼續前行。

等到法緹開口說話時，夕陽不知怎麼的，反而為她打破叢林的喧鬧而高興。「對不起。」

「妳不必跟我道歉，」夕陽說。「只要小心就行了。」

「我明白。」法緹做了一個深呼吸，跟著他踏著小徑前行。「我的道歉不只是為了你受傷的手臂，還為了這座島，為了不可逆轉的事實。我認為改變是必然的，但我真的不希望那表示如此了不起的傳統會因此而消失。」

「我……」

詞語，他討厭掏空心思找詞語來表達想法。

「我……不是在黃昏出生的。」他終於說出來了，大刀一揮砍斷一根沼澤蔓，隨即閉住呼吸等待藤蔓釋出的毒氣噴過來。這些藤蔓的危險性只有一瞬間。

「抱歉？你是說……」法緹問，與沼澤蔓保持了一段距離。「你出生……」

「我母親並不是以出生的時間為我命名，而是因為她看到族人的命運已經走到黃昏。她經常跟我說，我們的太陽就快要落下了。」他回頭看著法緹，示意她先行進入一塊小空地。

法緹的表情有些怪怪的，給了夕陽一個微笑。他怎麼會跟這個女人說那些話呢？夕陽跟著進入空地，不由得擔心起自己。他沒跟舅舅提過這件事，只有父母知道他名字的來由。

他不清楚自己為什麼會告訴這位惡魔公司的抄寫員，但……說出來的感覺真好。

一隻夜喉從法緹背後的兩棵樹之間，冒了出來。

那頭巨大的野獸若是直立起來，就跟大樹一樣高，不過牠現在前傾呈覓食姿態，有力的後腿承受身體大部分重量，兩隻帶爪前腿撕扯開土地。牠長長的脖子往前伸來，張開的鳥嘴宛如刀鋒般銳利且致命。牠看起來像隻鳥；一頭狼看起來也像寵物狗。

夕陽丟出大砍刀，這是本能反應，因為他根本沒有時間思考，也沒有時間害怕。那咔嗒響的鳥嘴，像一扇門那般高，兩三下就能殺死他們。

大砍刀擦過鳥嘴，實實在在地劈中野獸的側腦。這引來了牠的注意，也令牠遲疑了一下子。夕陽蹤身朝法緹躍去，但法緹往後一退躲開他，把長筒底端放到地上。夕陽想把她拉走——

砰的一聲爆炸，震耳欲聾。

白煙包圍了法緹，而她圓睜著眼睛站在那裡，提燈已被扔在地上，燈油都灑了出來。

突來的爆炸聲驚嚇到夕陽，他差點和法緹撞在一起，就在這個時候，夜喉晃了一下，倒下滑行，一聲巨響乍起。

他意識到自己摔倒在地，趕緊爬了起來，連忙退開正在幾吋外的地上抽搐的夜喉。在提燈晃動的光芒照耀下，夜喉全身的肌膚簡直就是一張凹凹凸凸的皮革，像一隻掉光羽毛的大鳥。

牠死掉了，法緹殺了牠。

法緹說了一些話。

這個女人殺了一頭夜喉。

「夕陽！」她的聲音好遙遠。

夕陽抬手撫摸額頭，才感覺到那裡刺痛起來。受傷的手臂也陣陣作痛，不過身體其他地方都繃得緊緊的，他應該轉身逃跑，他從來都不想如此接近一頭夜喉，從來都不想。

那個女人真的殺了牠。

夕陽轉身面對她，眼睛睜得大大的。法緹在發抖，但掩藏得很好。「所以它可以殺掉夜喉，」她說。「我們特別為了對付夜喉而準備這個，原本還不確定它管不管用。」

「它好像大砲，」夕陽說。「像船上那些大砲，只是這支架在妳雙手之間。」

「對。」

夕陽轉回去面對夜喉。牠其實還沒死，奄奄一息，全身抽搐，還發出一聲悲傷的尖嘯，嚇到了夕陽，即使他仍然在耳鳴中。那武器射出的利矛，筆直插入夜喉的胸口。

夜喉不斷顫抖，一隻無力的腿晃來晃去。

「我們可以殺光牠們。」夕陽說。他轉身朝法緹衝去，用未受傷的右手抓住她。「有了這些武器，我們可以殺光牠們，殺掉每一頭夜喉，或許也能殺光黑影！」

「對，我們有討論過，但牠們在小島的生態系統中扮演了重要角色。消滅了頂端掠食者，會造成不良的後果。」

「不良的後果？」夕陽抬起左手耙過頭髮。「牠們都該死，全部！我才不在乎妳所擔心的後果，牠們全都該死。」

法緹哼了一聲，撿起提燈，踩熄燃燒起來的燈油。「我以為捕獸人和自然是一體的。」

「我們是，所以才知道消滅了那些東西，對大家比較好。」

「我本來對你們抱有很多浪漫的幻想，現在都被你毀了，夕陽。」法緹說著繞過那頭垂死的野獸。

夕陽吹一聲口哨，抬起手臂。柯克利從高高的樹枝振翅飛下。剛才一陣混亂，再加上爆炸，夕陽並沒看到那隻鳥飛走。瑟珂仍然死抓著他的肩膀，用力到爪子都穿透衣料、刺進肌膚裡，但他剛才並沒注意到。柯克利降落在他手臂上，帶著歉意的啾啾叫了一聲。

「不是你的錯，」夕陽安慰著。「牠們是夜間覓食，而且就算感應不到我們的意念，也能嗅聞到我們。」聽說牠們的嗅覺十分靈敏，這頭從後面而來，必定剛好經過他們走過的路徑，聞到氣味，跟了上來。

真危險，他舅舅老是說夜喉越來越聰明，知道不能只靠讀心術獵食人類。*我應該帶大家橫越更多的溪流*，夕陽在心裡盤算，抬手搓揉著瑟珂的脖子安慰牠。*只是沒有時間了⋯⋯*

無論視線落在何處，都有他的屍體躺在那裡，有橫臥在石頭上的，有吊掛在樹藤上，有癱倒在垂死夜喉爪子下的……

那頭禽獸又抖了一下，把那顆可怕的頭顱居然抬了起來，發出最後一聲尖嘯，儘管不像平常夜裡聽到的宏亮，依然令人膽顫心寒。夕陽克制不了心裡的害怕往後退開，瑟珂緊張地啾啾叫。

黑夜傳來其他夜喉的嚎叫，聽起來是在很遠的地方，那叫聲……他接受過訓練，認得那是死神啼聲。

「我們走吧。」夕陽大步過去拉著法緹，離開那頭奄奄一息的禽獸，而牠已經垂下頭，悄然無聲。

「夕陽？」法緹任由夕陽拉走。

黑夜又傳來一頭夜喉的嚎叫，牠接近了嗎？噢，帕特吉，拜託，夕陽心想，不要，別又來了。

夕陽一面拉著她加快步伐，一面伸手去拿腰側的大砍刀，卻摸不到，才想起他剛才拿刀射中夜喉。他抽出從死去對手接收而來的大砍刀，拉著法緹走出空地，再次進入叢林，加速行進，不再擔憂會不會碰觸到死蟻。

更大的危機，逼近了。

死亡啼聲再次響聲。

「牠們要追上了？」法緹問。

夕陽沒有回答。法緹這次是在問他，但他並不知道答案，不過起碼他的聽力恢復了。他放開法緹的手，行走得更快，都快跑起來了，速度比平常無論日夜小心翼翼地穿林而過都要來得快。

「夕陽！」法緹壓低嗓門沙啞地叫喚他。「牠們會過來嗎？會被那頭垂死的夜喉召喚過來嗎？牠們都會這麼做？」

「我怎麼會知道？就我所知，牠們從未被殺死過。」夕陽看著那支長筒，法緹又把它扛在肩上，在她手中提燈的照耀下發亮。

於是他停下腳步，儘管逃生的本能在大嚷催促他快走，他覺得自己真是個笨蛋。「妳的武器，」他說。「能再射擊嗎？」

「可以，」法緹說。「再一次。」

「再一次？」

黑夜傳來六聲尖嘯。

「對，」法緹回答。「我只帶了三支矛，以及足夠發射三支的火藥。我試過朝那頭黑影射擊一次，但作用不大。」

夕陽不再說話，儘管傷口的繃帶需要更換了，他依然忍痛拉著法緹穿林而去。一聲聲的尖嘯傳來，十分激動，人怎麼可能逃出夜喉的魔掌？分立兩肩的靈羽，收緊爪子用力抓住他。在他們橫越一道溝谷時，他跳過了他的屍體，來到溝谷的另一邊。

*如何才能逃過夜喉的追殺？*他快速思考，回想舅舅訓練他時的教導。*一開始就不要引起牠們的注意！*

牠們速度飛快，柯克利可以藏住他的心思意念，但如果牠們從死去的伙伴身上追蹤到他的氣味……

水。他在黑夜之中停了下來，轉向右邊，然後左邊。要去哪裡找溪流？帕特吉是座島嶼，淡水主要來自雨水，最大的湖……唯一的湖……在那座高山通往主峰的路上。沿著小島的東邊有幾處四面全是峭壁的高地，雨水在那裡聚集形成帕特吉之眼，而河水就是它的眼淚。帶著法緹上去那裡，相當危險。更何況他們已經繞過通往高地的山坡，正要斜切過小島朝北方海岸而去。他們快接近……

後面的尖嘯像馬刺一般，他顧不了那麼多了，帕特吉一定會原諒他接下來的行動。夕陽握住法緹的手，拉她更往東邊深入。法緹沒有抱怨，只是不斷地回頭張望。

尖嘯快速逼近。

夕陽大步奔跑，他從沒想過會在帕特吉如此不顧後果地狂奔。他們跳過小溝，繞過布滿青苔的橫倒樹幹，穿過陰暗的灌木叢，嚇得馴客四處亂竄，還驚醒在枝頭上昏睡的靈羽。這麼做很荒謬，也很瘋狂，但重要嗎？不知怎麼的，他就是知道其他危機無法取走他的性命。現在追殺他的可是帕特吉之王，小小的危險不敢在強者面前造次，搶走牠們的獵物。

法緹辛苦地跟上他的腳步，她的裙子是個麻煩，但每次夕陽停下來砍樹開路時，她都能趕上來。情況危急，夕陽只能期待她能跟上，而她也做到了，在萬分恐懼之下，夕陽內心湧起一絲絲的敬佩。這女人會是個出色的捕獸人，但她也可能親手毀掉所有的捕獸人。

尖嘯再度響起，如此接近，夕陽一呆，法緹倒抽口氣，夕陽把注意力轉回到手上的工作，已經不遠了。他揮刀在濃密的灌木林中開出一條路，汗水滑下臉旁。從後方法緹手上的提燈投射而來的跳動光芒，在他前方呈現出一個可怕的影子，舞動在交錯的樹枝、樹葉、蕨類和石頭上。

都是你的錯，帕特吉，夕陽莫名憤怒起來。尖嘯幾乎是從頭頂上壓迫而來，後方的聲響是那些野獸穿林而來嗎？我們是你的祭司，但你卻恨我們！你恨一切。

夕陽衝出叢林，來到了河岸邊。按照本土大陸的標準，這是條小河，不過足夠了。他帶領法緹走進河裡，涉過冰冷的河水逃亡。

他往上游而去，還有別的選擇嗎？若是朝下游走，等於是朝那些尖嘯、死神的召喚而去。

夕陽，夕陽，他心裡想著。

河水只到小腿，冰冷澈骨，是小島上最冰的河流，不過他不知道原因。兩人盡全力往上游跑去，又滑又爬地狼狽不堪。跑過幾處兩岸都是覆著苔蘚、兩個男人高的石岸狹谷，最後衝出來到那個大水塘旁。

這裡鮮少人跡，他也只造訪過一次這個偏僻的翠綠色冰湖。

夕陽拉著法緹往旁邊跑去，出了河流，朝灌木林而去。也許法緹會看不到。夕陽和她一起蹲下，豎指就唇，再熄掉她手中的提燈。雖然夜喉的視力極差，不過微弱的燈光依然可能以某種方法曝露他們的行蹤，絕不能冒險。

兩人在小湖邊等待著，希望河水能沖掉他們的氣味，瞞騙過夜喉，甩掉牠們。因為這裡湖壁陡峭，除了河流，沒有別的出口，一旦夜喉追上來這裡，夕陽和法緹就無路可逃了。

尖嘯響起，野獸追到河邊了。夕陽在幾近全黑的黑夜中等待著，乾脆緊閉上眼睛，向帕特吉，這令他又愛又恨的島嶼之父祈禱。

法緹輕輕倒抽口氣。「什麼……？」

所以她看到了，她當然會看到。她是個探險家，熱愛學習，喜歡發問。

人為什麼會問那麼多問題？

「夕陽！這裡有靈羽，就在樹枝之間！好幾百隻。」法緹壓低聲音說，語氣驚訝。即使死到臨頭了，她仍然有心情觀察周遭環境，而且還是忍不住要說話。「你看到了嗎？這是什麼地方？」她猶豫了一下。「好多幼鳥，幾乎都還不能飛……」

「每一座島嶼的每一隻鳥都會來這裡，」夕陽小聲說。「牠們幼年時必須來這裡。」

夕陽張開眼睛，往上看。雖然熄掉了燈火，天光依然足以讓人看見棲息在那裡的幼鳥，有些被剛才的燈火和聲響驚動了，但下游夜喉的尖嘯更進一步造成了騷動。

瑟珂在他肩膀上啾啾叫，相當害怕。柯克利有生一來第一次安靜無聲。

「每一座島嶼的每一隻鳥……」法緹整理思緒中。「牠們全部來這裡，來這個地方，你確定？」

「確定。」捕獸人都知道這件事，在小鳥尚未到過帕特吉之前，不能捕捉牠們。否則鳥兒就得不到天賦。

「牠們來這裡，」法緹說。「我們知道牠們在島嶼之間遷徙……為什麼要來這裡？」到了這個地步還能隱瞞下去嗎？她終究會找到答案的，不過夕陽並沒有回應，任由她自己去思索。

「牠們是在這裡獲得天賦的，對不對？」法緹問。「怎麼得到的？牠們在這裡接受訓練？你就是這樣將非靈羽訓練成靈羽的？你把幼鳥帶來這裡，然後……」法緹皺起眉頭，拿高提燈。「我認得那些樹，它們就是你說的『帕特吉的手指』。」

許多小鳥在這裡成長，是這座島嶼雛鳥最密集的地方。鳥群棲息處的下方，布滿牠們吃剩的果實殘渣，大部分的果肉都被吃光了，但有些只吃掉一半，剩下的果肉上有被小鳥啄出的一條條紋路。

法緹看到夕陽正看著她，於是皺眉問：「那些水果？」

「蟲子。」夕陽小聲地回答。

法緹的眼睛逐漸亮了起來。「原來不是小鳥的問題，從來都不是……是寄生蟲。牠們體內帶著擁有天賦的寄生蟲！所以在島嶼之外飼養長大的小鳥沒有天賦才能，但把本土鳥帶來這裡就可以。」

「沒錯。」

「這個事實改變了一切，夕陽，一切！」

「對。」

夕陽，他到底是在夕陽時分出生的人，還是將一切帶入夕陽的人？他到底做了什麼？下游夜喉的尖嘯越來越接近了，牠們決定往上游搜尋，真是聰明，比島外的人以為的更聰明。法緹倒抽口氣，轉頭面向小河谷。

「躲在這裡不是很危險嗎？」法緹小聲問。「樹正在開花，夜喉會被吸引過來的！等等，這裡有這麼多靈羽，足夠像掩藏人類心思一般藏住這些花朵？」

「不，」夕陽說。「在這個地方，所有心思都是隱形的，跟靈羽無關。」

「可是……怎麼會這樣？為什麼？是那些蟲嗎？」

夕陽不知道答案，此時此刻也沒心情去在乎答案是什麼。*我在保護你，帕特吉！*夕陽朝帕特吉的手指望去。*我必須阻止那些人啟動機器。我知道我必須阻止！為什麼？為什麼你獵*

殺我？

也許就是因為他知道得太多，太多了，比別人知道的更多，因為他問了那些問題。問了關於人類，以及他們的問題。

「牠們往上游追來了，對不對？」法緹問。

答案顯而易見，所以夕陽沒有回應。

「不，」法緹說著，站了起來。「有了這個發現，我不願束手待斃，夕陽，我不願意。一定有辦法。」

「的確有。」夕陽說著也站了起來。他深吸一口氣，是時候，接受懲罰了。他輕柔地抓起瑟珂，放到法緹的肩膀上，再抓起柯克利。

「你要做什麼？」法緹問。

「我會盡可能跑遠，」夕陽把柯克利遞過去給她。柯克利氣惱地啄著他的手，但力道永遠不足以啄出血。「妳必須抓住牠，牠會想辦法跟著我。」

「不，等等，我們可以躲到湖裡，牠們——」

「會被牠們找到的！」夕陽說。「湖水不夠深，藏不住我們。」

「但你不能——」

「牠們快到了，女人！」夕陽硬把柯克利塞進她手中。「妳公司的人不會聽我的話。關掉機器。妳很聰明，會有辦法阻止他們，妳可以回到營地，有柯克利的協助，妳可以回到營地。現在，做好準備逃跑。」

法緹看著他，一臉震驚，但似乎也很清楚這是唯一辦法。她雙手抓著柯克利站在原地，夕陽則抽出天空老大的日誌，以及他自己記錄靈羽所在的小冊子，把兩本冊子塞進法緹的背包裡。最後，他終於再次踏入河水中。聽著下游傳來的奔跑聲，他必須盡速趕在牠們抵達前，衝到河谷口。只要能把牠們引到叢林裡，甚至只是往南一點也可以，法緹就有機會溜掉。

他一進入河流裡，死亡異象終於都消失了，他沒再看到自己的屍體在水裡載浮載沉，或者躺在河岸上。瑟珂明白發生了什麼事。

牠對他啾啾叫了最後一聲。

夕陽邁步奔跑而去。

一棵帕特吉的手指就聳立在河谷口，花朵盛開。

「等等！」

他真的不該應聲停下腳步，應該繼續奔跑，情勢太緊急了。但一看到花朵，再加上法緹的叫喊，他猶豫了。

花朵……

他靈機一動，法緹必定也想到了。法緹朝背包跑去，放開了柯克利，鳥兒立即飛到夕陽肩膀上，啾啾叫著責罵他。夕陽沒工夫聆聽，抬手摘下花朵。那朵花有人頭那麼大，中央有個大大的隆起。

它在這個水塘跟他們一樣，心思意念都被掩護住了。

「一朵會思考的花，」法緹的呼吸急促起來，趕緊在背包裡翻找著。「一朵能引誘掠食者的花。」

夕陽拉出繩子，法緹拿出武器來填裝彈藥。他把花朵綁在微微突出長筒的箭矛尾端。

夜喉的尖嘯在河谷之間迴蕩而來，夕陽看到了牠們的影子，也聽到牠們踏水而來。

法緹蹲了下去，夕陽趕緊後退幾步，法緹把長筒底端放到地上，拉開基座上的控制桿。

爆炸聲又差點把他震聾。

水塘邊的靈羽全被嚇得嘎嘎亂叫，紛紛沖天飛起，瞬間激起一陣羽毛風暴，與此同時，法緹束著花朵的箭矛弧形般劃過天空，穿過河谷，衝進黑夜之中。

夕陽抓住她的肩膀，拉著她回頭沿著河流，朝湖水衝去。他們悄悄溜進淺淺的湖水，柯克利抓著他的肩頭，瑟珂抓著法緹的肩膀，早已點亮了的提燈，為忽然空蕩蕩的水塘憑添了一分靜謐的柔光。

湖水很淺，才二、三呎深，就算全身趴在水中，也藏不住他們兩人。

夜喉在狹谷中，停了下來。提燈的火光透露出兩頭的黑影，小屋一般大的夜喉轉身望著天空。牠們是很聰明，但跟馴客一樣，沒有人類聰明。

帕特吉，夕陽在心中祈求，帕特吉，拜託……

夜喉轉身沿原路，跟隨花朵發送的意念追去。夕陽盯著牠們，他在附近水面上載浮載沉的屍體，變得越來越透明。

最後褪去得一乾二淨。

他數到一百後，才悄悄走出水塘。法緹浸在自己溼透的裙子之中，緊抓著提燈，不發一語。那支武器射出了最後一發箭矛，再無用途，他們把它留在了原地。

夜喉的嘯聲越來越遠，夕陽帶路出了河谷後，朝北方筆直而去，一路淨是徐緩的下坡。

他滿心等待著尖嘯聲突然掉過頭，又追了上來。

幸好沒有。

那家公司的堡壘令人大開眼界。就著海岸用圓木搭建而起，營地中配備了多架大砲，海邊一艘龐大的鐵殼船艦守住了水路。白煙裊裊，早餐正在爐火上烹煮著。不遠處，顯然有一頭死掉的黑影在太陽下腐爛，巨碩的屍體一半沉浸在海水裡，一半浮在水面上。

到處都沒看到他的屍體，倒是在即將抵達堡壘的最後一段路程見到過幾次，每次都是在最緊急的當下看到。瑟珂的異象恢復正常了。

夕陽將注意力轉回到堡壘上，他並未進入堡壘，寧願留在這熟悉的石岸上，這裡距離堡壘入口大約二十呎，他忍著受傷手臂的疼痛，看著公司的人衝出大門迎接法緹。塞牆上的守衛緊盯著他，在外人眼中，捕獸人是不可信的。

即使站在這裡，距離那扇寬闊的木頭大門約二十呎遠，依然能嗅出那個地方大錯特錯。濃濃的人類氣味，包含了汗臭味、汽油味，還有別的，是他最近前往本土大陸時認識的新穎氣味。那些新氣味，令他身在族人之中更是感到格格不入。

那些隊員穿著耐磨實用的衣服，他們的長褲和夕陽的一樣，但更合身，襯衫和堅固耐穿的外套也是。外套？在酷熱的帕特吉穿外套？他們對法緹鞠躬行禮，夕陽知道她的身分不低，但沒想到大家會那麼尊敬她。那些人和她交談時會比手畫腳，那是尊敬的象徵。笨，任何人都會像那樣比手畫腳，那並不表示什麼。真正的敬意，比抬手在空中揮動更深刻。

不過他們對待她的態度，顯示她絕非一個普通的抄寫員。法緹在公司的地位比他以為的更高。但無論如何，那都不再是他的問題了。

法緹看看他，又看看公司的人。「我們快到機器那裡去，」她對他們說。「就是上人的機器，我們必須關掉它。」

好了，她會做她該做的事。夕陽轉身走開，心裡想著該不該去道別？他從來都不覺得有這個必要，但今天，就是覺得……不說些話，很怪。

他邁步走開。言語，他從來都不擅長言語表達。

「關掉？」後面傳來一個男人的聲音。「什麼意思，法緹小姐？」

「你別裝天真了，文德斯，」法緹說。「我知道你趁我不在的時候啟動了機器。」

「可是我們沒有啊。」

夕陽停下腳步。什麼？那個人聽起來是認真的。不過話說回來，夕陽並不是很了解人類的情緒。從他認識的本土人看來，他們虛偽做作，輕易就能心口不一，裝出畢恭畢敬的樣子。

「那你們做了什麼？」法緹問他們。

「我們……把它拆開了。」

噢，不……

「你們為什麼拆開它？」法緹問。

夕陽轉身看著他們，但不需要聽他們的答案了，答案就在眼前，在被他誤解的小島死亡異象中。

「我們想，」那個男人說。「應該拆開來看看，或許能研究出機器的運作原理。法緹，它的內部結構……比我們想像的更複雜。但機器裡有種子，我們可以──」

「不行！」夕陽朝他們衝過去。

上方一個哨兵射來一枝箭，就插在他腳前。他猛地剎住，狂亂地看看法緹，又往牆上望去。他們都看不出來嗎？鼓起的土地，宣告了死蟻的巢穴所在、獵物的蹤跡，以及燕尾藤與眾不同的卷鬚，這些都在警示我們哪裡有危險，難道還不明顯嗎？

「那樣會毀了大家，」夕陽說。「千萬不要研究……你們看不出來嗎？」

他們愣愣地看著他，他有機會說話了，詞語，他需要詞語。

「那臺機器是死蟻！」他說。「一個蟻穴，一個……啊！」該怎麼說才能讓他們聽懂？

他做不到，越是焦急，詞句越是像靈羽那般飛走，飛入黑夜中。

那些人終於回過神來，擁護著法緹朝表面安全、其實危機四伏的堡壘而去。

「你說屍體都不見了，」法緹被帶進大門時喊著。「我們成功了。我不會讓那臺機器啟動的，我保證，夕陽！」

「可是，」他喊回去。「問題不在啟動它！」

堡壘巨大的木門咯吱咯吱關上，他看不到法緹了。他低咒一聲，為什麼不能把話說清楚呢？

因為他不知道如何與人交談，這輩子第一次明白了語言的重要性。

他氣急敗壞，邁開步伐離開那個地方和可怕的氣味，朝叢林而去，但是走到半路時，又停了下來，轉了回去。瑟珂飛下來，停在他肩膀上小聲咕咕叫。

問題，那些問題想要鑽進他腦袋裡。

他並沒有對哨兵大叫，反而要求他們把法緹還給他，他甚至哀求他們。

但沒有用，他們連話也懶得跟他說，他終於明白自己像個傻瓜、白費力氣了。他轉身朝叢林而去，繼續自己的路程。他的推測很可能是錯的，畢竟屍體都不見了，一切都會回歸正常的。

……正常，背後那座堡壘陰森森地聳立在那裡，能正常嗎？他搖搖頭，走進樹冠層的庇蔭裡，帕特吉叢林的濃厚溼氣，應該能平撫他的情緒。

結果他反而更煩躁了。他朝他另一個安全營地前進，但就像小時候第一次進入索莉島那般心亂，靜不下來，甚至還差點踩到一個有裂口的死蟻穴，他完全沒看到瑟珂顯示的異象。這次他真的走狗屎運了，當腳趾踢到一個東西時，低頭一看，才同時看到他的屍體和那個爬滿沙粒般小黃蟻的裂口。

怒從中來，冷笑一聲，抬頭對著樹冠頂仰天大叫。「你還是想殺了我？帕特吉！」

寂靜無聲。

「你費盡心力，就是想殺掉保護你的人！」他大叫。「為什麼？」

大叫聲消失在密林中，被吞噬了。

「你活該，帕特吉！」他說。「你的下場，是你自找的。你的山林被破壞，是你活該！」

他大口喘氣，汗水淋漓，終於把心裡話喊出來了，真是痛快。也許語言還是有它的用處的。有時候他也跟法緹和她的公司一樣無情無義，幸災樂禍地等著看帕特吉毀在那些機器手中。

當然，緊接著滅亡的就是那家公司本身，然後是上人、他的族人和整個世界。

夕陽在樹冠層的濃蔭下，頹然垂下頭，汗水從臉龐兩側滴下，他跪了下去，沒注意到只有三步之遙的巢穴。

瑟珂磨蹭著鑽進他頭髮中。頭頂上方的樹枝間，傳來柯克利不安的啾啾聲。

「你看，這是陷阱，」他喃喃自語。「上人的規矩，是要等我們的文明進步到一定程度，才跟我們做生意。這邏輯就像有良心的成人，要等孩子長大了，才會跟他們簽定商業合約。於是他們留下機器協助我們探索和研究，那個死掉的人不過是作戲罷了，況且法緹也早就打定主意要把那些機器弄到手。

「一定還有假裝不小心留下的說明書，讓我們挖掘和學習。所以在不久的將來，我們就能依樣畫葫蘆打造出他們的機器，我們進步的腳步會加快。我們仍然會像孩子一般無知，但上人的法律會通融讓這些訪客跟我們做交易，接下來，他們就會霸佔這片土地。」

他剛才應該這麼說明的。保護帕特吉是不可能的任務，保護靈羽，也是。想保護整個世界，也同樣的不可能。他剛才為什麼說不出這些話呢？

也許是因為說與不說，都一樣。就像法緹說的……進步的腳步必定會到來，如果那是所謂的「進步」的話。

夕陽抵達了安全營地。

瑟珂飛離他的肩膀，頭也不回地飛走了。夕陽看著牠的背影，暗罵一聲，母鳥並沒有在附近降落下來。雖然飛行對牠是辛苦的，牠依然拍著翅膀消失在他的視線之外。

「瑟珂？」他呼喚著，起身踉踉蹌蹌朝牠消失的方向追去。他跟著瑟珂的嘎嘎叫聲，掙扎著往來路走去。一會兒後，他蹣跚地走出了叢林。

法緹站在堡壘前方的石頭上。

夕陽在叢林外緣猶豫不決，法緹是獨自一個人，就連哨兵也退回到堡壘裡。難道他們把法緹趕出來了？不對，他看到大門是開著的，一些人正從門裡向外張望著。

瑟珂停在下方法緹的肩膀上。夕陽皺眉，側抬起手讓柯克利降落在手臂上，然後往前大步而去，冷靜地朝岩岸走下去，來到法緹的面前停住。

法緹換上了一套洋裝，但頭髮依然打結，聞著有花香味。

她的眼神，充滿恐懼。

夕陽曾跟她冒險穿越夜幕下的島嶼，一起對付過夜喉，清楚她就算在生死一瞬間，也沒像現在如此焦慮。

「什麼事？」他發現自己的聲音好沙啞。

「我們在那臺機器裡找到說明書，」法緹小聲說。「那本手冊說明了操作步驟，就放在那裡，假裝成之前操作它的人不小心丟下的。手冊上的語言是他們的，但我手上那臺小型機器……」

「它翻譯了。」

「手冊詳細記載了機器結構，」法緹說。「它好複雜，我勉強能理解，但它不只解釋了那臺機器的運作模式，似乎還說明了構想和概念。」

「妳不高興？」夕陽問。「妳很快就會有飛行器了，法緹，比任何人想像的都快。」

法緹默默地拿高一個東西，是一根羽毛，配種鳥羽。她一直把羽毛留在身邊。

「以後在動手前，先問問自己是不是太容易了？」法緹小聲地說。「我抽走它時，你說那是個陷阱。我們發現手冊時，我……噢，夕陽。他們對我們的計畫……就如同我們對帕特吉的，對不對？」

夕陽點點頭。

「我們會失去所有。我們無力反抗。他們會找個藉口霸佔靈羽。對，這一定就是他們的計畫。靈羽利用蟲子，我們利用靈羽，最後上人利用我們。躲不掉的，不是嗎？」

對，夕陽在心裡回答。他張口想把心裡話說出來，但瑟珂啾啾叫著。夕陽皺起眉頭，轉身面向島嶼，這座突起於海面，既自大又無助的島嶼。

帕特吉，島嶼之父。

他最後終於想明白了。

「不對。」他輕聲說。

「但是——」

夕陽解開長褲的口袋，伸手到最裡面翻找著，終於拿了一個東西出來。那是一根羽毛的殘骸，如今只剩下了羽軸。這根配種鳥羽是舅舅送他的，那是好幾年前的事了，當時他在索莉島第一次掉進陷阱內。他拿高羽軸，想起舅舅當時的教導，每一位捕獸人都會領受的教導。

這象徵著你的無知。在潘席恩群島上，沒有容易和簡單這種事。

法緹拿高她的羽毛，新舊羽毛並列。

「不，他們不會得逞，」夕陽說。「我們看穿了他們的陰謀，不會中計。因為島嶼之父親自訓練我們，就是為了這一天。」

法緹凝視著他的羽毛，然後抬眼看著他。

「你真的這麼想嗎？」法緹問。「他們相當狡猾。」

「他們也許狡猾，」夕陽說。「但他們並不住在帕特吉。我們去召集其他捕獸人，絕不能讓自己掉入陷阱中。」

法緹遲疑地點點頭，似乎不再那麼害怕了。她轉身朝站在背後的人揮手，示意他們打開堡壘的大門。人類的氣味再次迎面撲來。

法緹轉回來，朝他伸手過去。「你會幫忙嗎？」

他的屍體出現在法緹腳旁，瑟珂啾啾警告著：危險。沒錯，前方的路將會是危機重重。

無論如何，夕陽牽起法緹的手走進了堡壘。

〈夕陽老六〉全文完

後記

在原版故事中，夕陽稱呼他自己為「老六」，這點讓讀者們非常困惑。我很喜歡這個稱呼，因為很獨特，但我最後決定向接收到的反饋妥協——因為這麼做才是正確的。不僅以主題來說「夕陽」比「老六」更重要，在語句中也比較容易辨識。

如果有人不知道，這個故事是在某一集《寫作理由》上腦力激盪而出的。我們在其中四集進行了這種腦力激盪，然後每集有一個人負責將點子帶回去寫成小說。原本我該負責的那一集失敗了，我就是對那個故事提不起勁。所以我們又試了一次，而這個故事就是成果。

這是本書裡唯一一個並非發生在寰宇原本計畫中的世界的故事。不過，我在寰宇的大綱中留下了一些空間，給尚未設定好的世界——因為我知道，最終我一定會有些想講的故事並不適合放在有碎神所在的世界裡。在我們腦力激盪時，並沒有特別限定要是寰宇故事，但在進行故事大綱時，我對於利用這種（新型態的）共生關係來控制寰宇中的授予感覺很有趣。

我很快就愛上了這個點子，這篇故事因而誕生。你們可能會見到更多來自這個星球的人物，不過我並沒有計畫撰寫其他位於這個世界的故事。如果你還沒從《邪惡圖書館》以及《颶光典籍》的食角人文化中注意到的話，其實我對玻里尼西亞文化非常著迷。在無盡的波濤中尋找方向，這個概念一直縈繞在我的腦海，還有描寫角色獨自一人在海上——在各方面都遺世獨立——讓我感到十分有趣。另外，考慮到我的書中有這麼多健談的角色，能夠嘗試像夕陽這樣的新角色也讓人很開心。

以時間軸來看，本篇是選集中最靠近未來的故事，所以在克里絲寫這個系統的介紹文時，故事內的事件其實還沒有發生。

如果你們想要看當初的原始文檔以及本故事的早期版本，它們都收錄在《暗影潛伏》（Shadows Beneath）這本選集之中（另外三名《寫作理由》的主持人：Mry Robinette Kowal，Dan Wells，以及 Howard Tayler 所創作的故事也收錄其中）。

THE ROSHARAN SYSTEM

羅沙系統

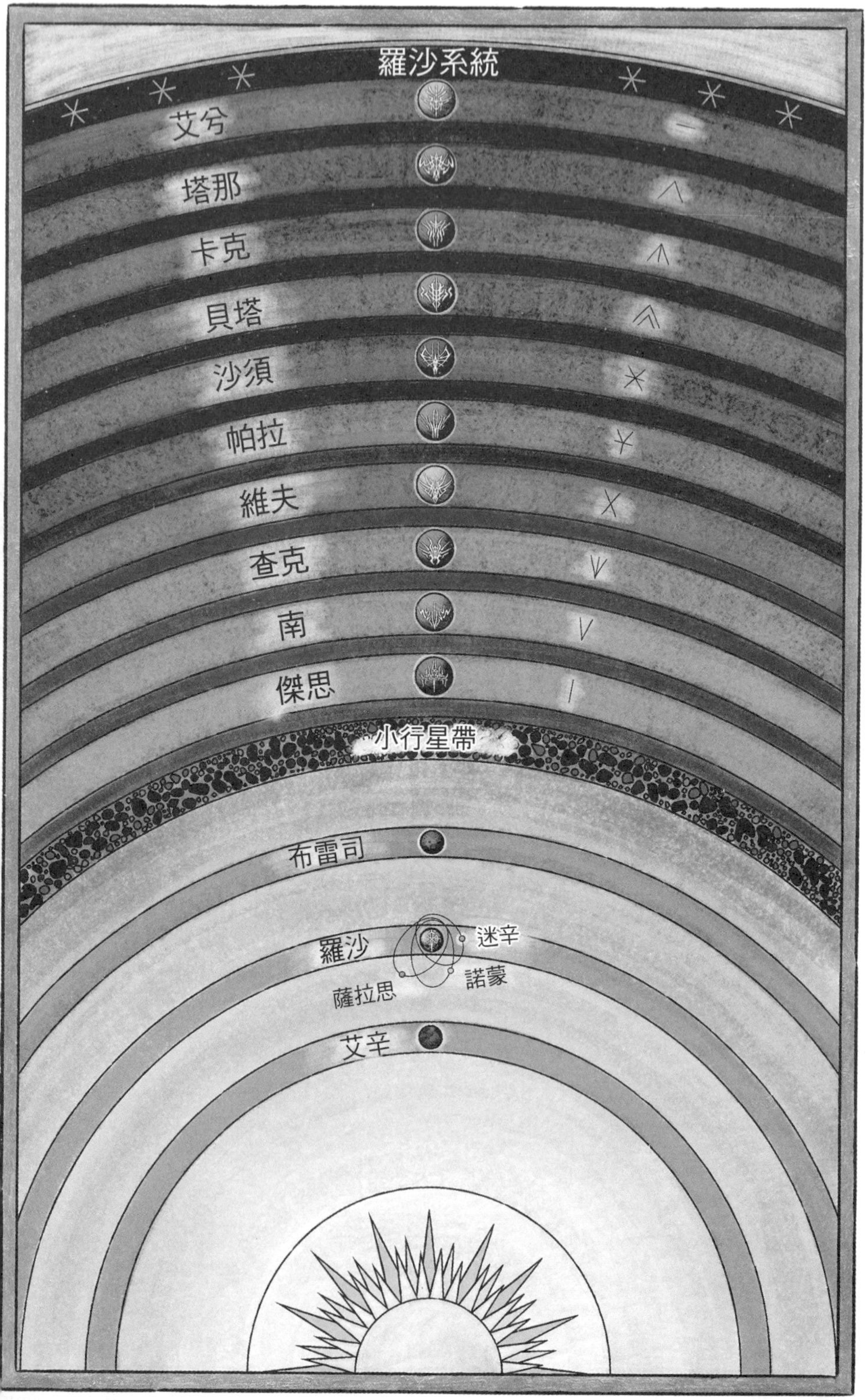

羅沙系統
艾兮
塔那
卡克
貝塔
沙須
帕拉
維夫
查克
南
傑思
小行星帶
布雷司
羅沙
迷辛
諾蒙
薩拉思
艾辛

羅沙系統

羅沙（這個詞同時是星系、星球，以及星球上主要大陸的名字，展現出此地人們充滿自信的特質）是個繁忙的地點。一如我覺得司卡德利亞系統空蕩蕩的，這裡則是感覺太擁擠了。外星系擠著一連串的巨型氣體行星，不過沒人能夠親眼目擊它們，因為它們在幽界中的顯現非常薄弱。

這裡有整整三顆星球位於適居帶，在某種程度上，每一顆星球都有居民。第一顆是燃燒的行星艾辛，此處許久之前曾發生過巨大的災難，人們居住在非常侷限的可生存區域，其中也包含了著名的浮空城市。離太陽最遠的則是布雷司，雖然對人類來說，它過於寒冷、不宜居住，但此處有著純粹具自我意識的裂片所構成的生態系統（當地說法把它們稱作靈）。我相信其中有一些應該是意識之影，但要在此地研究既困難又危險，因此目前我打算只停留在理論階段。

這個星系的焦點當然是中央的星球羅沙。羅沙的重力是寰宇標準的0.7倍，體積則是0.9倍，有著高氧濃度的環境，讓此地的生態圈展現獨特的多樣性。這裡有誇張的巨型動物，以及生物（不管是否為人類）與授予裂片間迷人的共生關係。

其中最具特色的就是人類與擁有自我意識的靈之間的締結，也就是魔法封波術的來源。這項魔法的根源來自於物理現象，因為這些靈本身就是人格化的自然力量（在此地稱之為波力）。重力、強軸作用力、表面張力……這些現象在此地活了過來，甚至更抽象的概念例如轉化或傳輸，亦是如此。

不過這種現象（人類與靈締結）僅僅是這顆星球上自然現象的延伸罷了。此地巨大的甲殼類之所以不會被自己的體重壓垮，除了星球本身的環境外，也與靈的共生有關。有些動物利用類似的方法飛行，甚至有一種馬匹——藉由與靈締結——適應了當地的環境，發展出高度的自我意識，幾乎可稱作智慧生物了。

我不會在此細述羅沙多樣化的生態環境，這個主題對這篇簡單的文章來說太過龐大了。然而，前往這顆星球的旅行者們必須要注意颶風。強大且充滿授予的颶風，數千年來形塑著此地的生態，這種風暴的危險性絕對不容小覷。

我猜測颶風與許多種類的靈，在碎神榮譽（Honor）與培養（Cultivation）到來前就已經存在於羅沙。不過，因碎神完全改造及轉化了此地的自然環境，到現在已難分辨何種現象是源自崩碎前時期，何者又是之後才發展出來的。但確實，目前星球上有許多靈是源自於榮譽、培養以及憎惡之間的摩擦。

憎惡。請注意碎神憎惡目前正居留在此星系的實體界與意識界中。毫無疑問的，這名碎神造成了奉獻、統治與榮譽的裂解，在寰宇中也許還有更多的受害者。

來到羅沙的拜訪者們，最好知道此地的高氧環境會造成火焰的表現異常，我相信這也是當地人很早就發展出替代光源的原因之一。另外也要注意，在論文中所提及的長度及時間都是使用當地的單位。一羅沙年比一寰宇標準年來得久，一羅沙呎也比一寰宇標準呎來得長。在這個由壯麗風暴所主宰的星球上，有時很難不感覺到自己的渺小。

EDGEDANCER

緣舞師

*本篇故事發生在《燦軍箴言》之後，
此文會提及其中劇情，閱讀前請知悉。

1

利芙特正準備變厲害。

她奔跑在塔西克北部的開闊田野中。從亞西米爾到這需要一週又多幾天。這個地區長滿了一、兩呎高的褐色長草，偶爾也會出現又高又彎的樹。它們的樹幹像是藤蔓編織成的，大部分樹枝不是朝外延伸，而是朝上生長。

這種樹八成有正式名稱，不過她認識的所有人都叫它裝死樹，因為它的樹根很有彈性。當颶風來臨時，它們會倒下來平躺在地上，過後它們又會彈回來，看起來就像是在對路過的風比出不雅的手勢。

利芙特的奔跑驚動了附近一群低頭吃草的野斧鹿；這些細瘦的動物用四隻後腿跳開，兩隻前爪則縮起貼在身側。這種野獸很好吃，牠們身上幾乎沒什麼殼。但現在，利芙特沒有心情吃東西。

她正在跑路。

「主人！」她的引虛者寵物溫德叫喊著。他的外型就像是藤蔓，在她身旁的地面配合著她的步伐，以超快的速度生長著跟上。他現在沒有臉，但還是可以講話。真不幸。

「主人，」他請求著。「我們能不能回去？」

不行。

利芙特變得厲害。她汲取著身體裡的那些東西，就是那些可以讓她發光的東西。她的一隻腳底變滑，向前一跳，開始滑行。

突然間，她與地面完全沒有了任何摩擦力。她從田野間穿梭而過，就像溜在冰上。周邊的草被她驚嚇到，捲曲著縮入了石穴中，彎曲的草在她身前形成了一道波浪。

她持續滑行，風將她的一頭黑色長髮向後吹，也拉扯著她寬鬆的外衣。她在這件外衣之下穿著一件比較緊身的棕色內襯，紮入鬆鬆扣住的長褲裡。

她滑動著，感覺很自由。只有風伴隨著她。一個小小的風靈開始跟著她，有如空氣中的一條白色緞帶。

然後她就撞到了石頭。

那顆笨石頭在原地一動不動，因為它被一簇苔蘚固定住了。生長在地面的苔蘚會黏在石頭或其他東西上，做為防風的遮蔽。利芙特的腳閃過一陣痛楚，接著她就彈到了半空中，然後臉先著地。

她反射性地把自己的臉變厲害——所以她繼續向前溜，用臉頰滑行直到撞上一棵樹，總算是停了下來。

那棵樹慢慢地倒下，開始裝死，著地時還伴隨著一陣樹葉及枝條的抖動聲。

利芙特坐起來，揉揉自己的臉。她割到腳了，但她的厲害已經填住了傷口，正快速地癒合中。她的臉甚至不怎麼痛。當她身上某個地方變厲害的時候，就不會和接觸到的東西摩擦，而是直接……滑過去。

她還是覺得自己很笨。

「主人。」溫德爬向她。他的藤蔓像是那種有錢人會拿來種在房子上，用來擋住看起來不夠有錢部分的種類。只不過他的藤蔓上長著小顆小顆的水晶，它們從完全想像不到的地方長出來，就好像有人臉上長了腳趾甲一樣。

他移動的時候不是像鰻魚般扭動。他是真的在「生長」，經過之處後方留下一長條的藤蔓，很快就會結晶化，然後碎成粉塵。

引虛者真的很奇怪。

他把自己像繩圈一樣繞成圓形，形成一小座藤蔓塔，接著頂端長出某樣東西：一張由藤蔓、葉片和寶石構成的臉。他說話的同時嘴巴也會動。

「喔，主人，」他說。「拜託，我們能不能不要一直在外面玩？我們得回去亞西米爾！」

「回去？」利芙特站起身。「我們才剛從那裡逃出來耶！」

「逃出來？從皇宮？主人，妳可是皇帝的貴客！妳擁有妳想要的一切，有那麼多食物，那麼多——」

「全都是謊言，」她雙手扠腰大聲說。「都是為了阻止我發現真相。他們要把我吃掉。」

溫德瞠目結舌。就一個引虛者來說，他不算太恐怖。他以前一定……例如戴了一頂蠢帽子然後被其他引虛者取笑之類的；或是他總是在糾正其他人，例如應該要用哪支叉子來吃人類的靈魂才對。

「主人，」溫德說。「人類不會吃其他人。妳是客人！」

「對啦，但是為什麼？他們給我太多東西了。」

「妳救了皇帝的命呢！」

「那應該值得幾天的吃到飽。」她說。「有一次我把一個人從牢裡弄出來，他讓我在他的窩裡免費住了整整五天，還給了我一條好手帕。那才叫做慷慨。而那些亞西須人讓我想待多久都可以？」她搖了搖頭。「他們一定想要什麼。唯一的解釋就是他們要餓死人的吃掉我。」

「但是——」

利芙特再次跑了起來。她腳下踩著冰涼的石頭，上面還有著草穿出的孔洞，感覺很舒服。她才不要鞋子。鞋子有什麼好的？在皇宮裡，他們開始給她一堆鞋子，還有高級的衣服——又大又舒服的外套和袍子。大到可以迷路在裡面的衣服。她偶爾也想穿輕便的衣服。

然後他們就開始一直問：為什麼不上點課，學著識字呢？因為她幫助了搞斯，所以他們很感激。搞斯現在是阿卡席克斯首座了，這是他們對統治者的花稍稱號。因為她的服務，他們說她可以擁有導師，她可以學習如何穿正式的衣服，如何寫字。

這一切快要把她吞沒了。如果她留下來，再過多久她就不是利芙特了？再過多久她就會被吃掉，被另一個女生取代？有著相似的臉，但又同時是全新的人？

她試著再用一次她的厲害。在皇宮裡，他們開始討論起遠古力量的回歸。燦軍騎士。締結的波力，自然的力量。

我會記得那些被遺忘的人。

利芙特用力量把自己變滑，不過在地上才滑了數呎後就跌倒了，翻滾在草裡。

她用拳頭揍著石頭。笨蛋地面。笨蛋厲害。如果她的腳比沾滿油還更滑溜，是要怎麼保持站立？她應該改回用膝蓋滑行的。那樣簡單多了。她能夠平衡，而且可以用手來導向，就像一隻小螃蟹，到處跑來跑去。

他們是美和優雅的存在，黑暗說。可以疾速滑過最細的繩索，舞過屋頂，像是風中緞帶一般……

黑暗，一個追著她的人形暗影，曾經在皇宮裡說過那些話，提到那些很久以前曾經擁有利芙特的力量的人們。也許他在說謊，畢竟他那個時候打算要殺她。

不過同樣的，他為何要說謊？他對她就像是在看笑話，不把她當成一回事。毫無價值。

她咬緊牙關站起身。溫德還在說話，但她不理他，反而穿過原野，以最快速度奔跑，驚動了草株。她在到達一座小山丘頂部時起跳，將力量包覆在腳上。

她立刻開始失控。是空氣。她在移動時，穿透過的空氣反推著她。利芙特嘶叫一聲，然後用力量包覆了全身。

她從風中切過，在滑下山丘時身體轉成側向。空氣從她身上掃過，彷彿找不到她，就連陽光都像是從她身上融化了。她處在空間之間，在這裡卻又不存在。沒有空氣、沒有地面，只有純粹的運動，快到她能夠在草縮走前碰到它們。它們從她身邊流過，它們的碰觸被她的力量拂到一旁。

她的皮膚開始發光，煙霧狀的光鬚從她身上揚起。她接近山丘的底部，一邊大笑著。到達時，她跳過數個大石塊。

然後直接用臉撞在另一棵樹上。

包圍著她的力量泡泡破裂了。那棵樹倒向地上，旁邊另外的兩棵樹也決定跟著一起倒下。也許它們覺得自己錯過了什麼事。

溫德發現她時，她倒在樹椿上，手臂卡在枝條間，盯著太陽，像個傻子一樣咧嘴笑著，一個像是金色圓球的勝靈正環繞著她。

「主人？」他說。「喔，主人。妳在皇宮時很快樂。我看到了！」

她沒回應。

「還有皇帝，」溫德繼續說。「他會想妳的！妳甚至沒跟他說妳要去哪裡！」

「我留了訊息給他。」

「訊息？妳學會寫字了？」

「颶他的，才沒有。我把他的晚餐吃掉了。在他們準備端去給他之前，直接從他的托盤裡下手。搞斯會知道那是什麼意思。」

「我對此感到懷疑，主人。」

她從倒下的樹上爬起，伸展身子，然後把頭髮從眼前吹開。也許她可以舞過屋頂，滑過繩索，或是……什麼來著？漏風？這個她倒是可以做到。她從樹上跳下，繼續穿過田野。

不幸的是，她的肚子對她用了這麼多厲害有點意見。她得靠食物才能活動，甚至比大多數人更依賴食物。她能從她吃的任何東西裡汲取厲害，但只要肚子空了，她就沒辦法做出任何厲害的事，一直到她再次吃了東西為止。

她的肚子發出抱怨的叫聲。她喜歡想像肚子是在咒罵她做了一些糟糕的事。她搜尋著口袋。今天早上她把背包裡的食物全吃完了，但她帶了很多呢。不過她是不是丟掉背包前，在最底下發現一截香腸？

喔，對。幾個小時前她在看河靈的時候把香腸吃掉了。她還是挖了挖口袋，只找到一片手帕，是之前拿來包住塞進背包裡的一疊扁麵餅用的。她把手帕的一角放進嘴裡開始嚼起來。

「主人？」溫德問。

「也與有一演驗包屑。」她透過手帕說。

「妳不該使用這麼多封波術的！」他在她身邊的地面纏繞著，留下藤蔓與水晶的痕跡。「而且我們應該要留在皇宮裡。喔，為什麼這種事會發生在我身上。我現在應該在做園藝才對。我可是有著最為富麗堂皇的椅子們啊。」

「椅之？」利芙特暫停咀嚼，詢問著。

「對，椅子。」溫德在她身邊繞成一圈。他在藤圈的頂端形成一張臉，傾向她。「在幽界的時候，我蒐集了你們這邊最為了不起的椅子的靈魂！我培養它們，讓它們長成華美的水晶。我有一些溫斯泰椅，一個很棒的脩柏椅，可觀的杓背椅收藏，甚至有一、兩個王座！」

「以用椅之沃園藝？」

「當然用椅子做園藝，」溫德緞帶般的藤蔓從線圈上延展出來，跟上又開始走動的她。「不然我的園藝應該做什麼？」

「鵝物。」

「植物？嗯，在幽界是有那些東西，但是我並不是平庸的園丁，我可是一個藝術家啊！在主環（Ring）選中我來進行這項糟透了的任務前，我正在籌畫一整個沙發的展覽會呢。」

「阿乎嘎米馬艾。」

「妳能夠把那個從嘴裡拿出來嗎？」溫德惱怒地說。

利芙特照做了。

溫德氣呼呼的。利芙特不知道一條小藤蔓是要怎麼呼出氣，但是他很常這樣。「好，妳剛才是想要說什麼？」

「亂講一通，」利芙特說。「我只是想看看你會怎麼回應。」她把手帕的另一邊塞進嘴裡，然後開始吸它。

他們在溫德的嘆氣聲中繼續前行，他不斷碎念著有關園藝的事以及他可悲的生活。他絕對是個很怪的引虛者。現在回想起來，她從來沒見過他對於吃人的靈魂有一丁點興趣。也許他吃素？

他們進入了一處密林，這真是種奇怪的說法，她還沒看過哪一顆樹是有祕密的。這些不是裝死樹，雖然裝死樹會集中生長在一起，但每一棵樹和其他棵都是分離的。在這裡的這些樹木，枝幹在生長時就互相纏繞，密集地交織在一起以應對颶風。

那不就是做人做事的方法嗎？一般人把他們的枝幹纏繞在一起，支撐著彼此。但是利芙特就是裝死樹。沒有交纏，不被束縛。自己走自己的路。

沒錯，這就是她。顯然這就是她必須離開皇宮的理由。妳沒辦法過那種每天早上起床都看到相同景象的生活。妳必須要一直移動，不然其他人會開始知道妳是誰，然後他們會對妳有所期待，然後距離被吞掉只有一步之遙了。

她停在樹林的邊緣，站在一條有人開闢、維護的道路上。她向回看，望向北方，朝向亞西米爾。

「是因為之前發生在妳身體上的事嗎？」溫德問。「我對人類懂得不是很多，雖然令人不安，但我相信這是會發生的正常現象。妳並不是受傷了。」

利芙特用手替眼睛遮著光。發生變化的東西出錯了。應該是她要保持原樣，而世界隨著她變化。這才是她要求的，不是嗎？

她被騙了嗎？

「我們……要回去了嗎？」溫德充滿希望地問。

「不，」利芙特說。「只是說聲再見。」利芙特把雙手插進口袋，轉身繼續穿過森林。

2

耶達是利芙特一直想拜訪的城市之一。它坐落在塔西克，一個比亞西爾還更奇怪的地方。她每次都覺得這裡的人太有禮貌又太內向了，他們還穿著讓人很難懂的衣服。

但所有人都說一定要來看看耶達。這是你可以看到最接近瑟瑟瑪雷達的地方——考慮到那邊大概已經打仗一億年了，她八成永遠都不會去。

她雙手扠腰，俯瞰著耶達城，發現自己完全同意其他人說的話。這裡的確值得一看。亞西須人總是認為自己很偉大，但他們只是把銅或是金之類的東西貼在建築上，然後假裝這樣就很足夠了。那到底有什麼好的？只會映射出她自己的臉，她已經看過太多次自己的樣子，早就不覺得有什麼驚人的了。

不，這個才驚人。一個從餓死人的地上刻出來的大城市。

她在亞西爾聽過一些愛賣弄的抄寫員提起這裡，他們說這是座新城市，是一百年前用亞西爾的皇家碎刃所創造出來的。那些碎刃沒怎麼被拿去打仗，反而是用在挖礦坑或切石頭之類的地方，真的非常實際，就像拿國王的王座當墊腳凳去拿高架上的東西一樣。

她之前真的這麼做，結果就被罵了。好不公平。

總之，他們在這裡使用了那些碎刃。這裡曾經是個又大又平的平原。她站在小山丘上，讓她能看清那數百條刻進石塊的壕溝。它們相互連接在一起，就像個大迷宮。有些壕溝比其他處寬，大致上以螺旋形朝向平原中心，其中有座巨大的丘狀建築，也是整座城市中唯一突出平原地表的地方。

人們在平原上壕溝之間的區域做著農活。上面完全沒有任何建築，所有東西都在底下。人們住在那些壕溝裡，看起來大概有兩、三層樓深。他們是怎麼可以不被颶風沖走的？他們確實是挖出了通向城市外的大水道——看起來沒人住在附近，所以水可以從那邊離開。感覺還是不太安全，但是真的很酷。

她可以好好地躲在這裡。畢竟這就是她為什麼來這裡的理由：來躲藏。沒有其他事。沒有其他理由。

這座城市沒有城牆，但周圍有一些警衛塔。她所在的道路從山坡上延伸向下，與大路匯合，盡頭是一列排隊等待進城許可的人流。

「羅沙在上，他們是怎麼切開這麼多石頭的！」溫德在她身旁形成一堆藤蔓，像是一個扭曲的柱子，高度大概到她的腰際，傾著臉面向城市。

「碎刃。」利芙特說。

「喔。喔喔喔。那個啊。」他不自在地移動著，藤蔓互相扭曲纏繞，發出擠壓聲。「嗯，那個。」

她雙手抱胸。「我應該去弄一把來，怎樣？」

溫德非常奇怪地開始大聲呻吟。

「我在想，」她解釋。「黑暗有一把碎刃，不是嗎？他打算殺我和搞斯的時候有拿著，所以我也應該去找一把碎刃。」

「沒錯，」溫德說。「妳就該這麼做！讓我們去市場裡買一把傳說中的全能神話武器，價值超過好幾個國家！我聽說每年春天，東方那邊會把碎刃整批整批地拿出來賣。」

「閉嘴，引虛者。」她看向他纏繞而成的臉。「你知道一些關於碎刃的事，對不對？」

藤蔓看起來枯萎了。

「所以你真的知道。說出來。你知道些什麼？」

他搖了搖藤蔓頭。

「告訴我。」利芙特警告他。

「這是禁止事項。妳一定要自己發現才行。」

「這就是我正在做的事啊，我自己從你那邊發現。快跟我說，不然我咬你喔。」

「什麼？」

「我咬你喔。」她說。「我會啃你，引虛者。你是藤蔓對吧？我有時候會吃菜的。」

「就算妳沒有因為吃我的水晶把牙齒弄壞，」溫德說。「妳也沒辦法吃我的身體維生。那些會分解成灰塵。」

「不是要維生，是要折磨你。」

令人驚訝地，溫德用奇怪的水晶雙眼迎上她的目光。「老實說吧，主人，我認為妳不是做那個的料。」

她對著他低吼，他更枯萎了，不過仍沒有告訴她祕密。颶他的，看到他有點骨氣挺不錯的……不過既然他是植物，應該要叫啥，樹幹氣？

「你應該服從我，」她把手插進口袋，開始沿路朝城市的方向前進。「你沒有遵守規則。」

「我有，」他憤怒地說。「只是妳不知道那些規則是什麼。而且妳要知道我是個園丁，不是士兵，所以我不會讓妳用我去打人。」

她停下腳步。「我為什麼要用你去打人？」

他枯萎到一個程度，基本上已經在發抖了。

利芙特嘆了口氣，繼續前進，溫德跟著。他們走到大路上，朝向城市入口的塔樓前進。

「所以，」溫德在他們經過一輛芻螺拖車時說。「這就是我們的目的地？這個刻進地面的城市？」

利芙特點點頭。

「妳該早點跟我說的，」溫德說。「我一直擔心我們會在野外遇到颶風！」

「為什麼？現在已經沒有下雨了。」泣季很突然地結束了。然後又開始了。然後又結束了。這真的很奇怪，泣季不再跟原本那樣像是個又長又弱的颶風，反而變得跟普通天氣一樣。

「我不知道，」溫德說。「有哪裡出了問題，主人，是世界的某個部分，我可以感覺得到。妳有聽說雅烈席王寫了什麼給皇帝嗎？」

「關於新的颶風？」利芙特說。「會從反方向吹來？」

「是的。」

「麵條們說那很傻。」

「麵條？」

「一直在搞斯旁邊的那些人。一直對他講話告訴他該做什麼，還有要我穿袍子的人。」

「他們是亞西爾的大臣。皇帝的主要幕僚以及首座的顧問！」

「對啦，手揮來揮去又嘰哩呱啦的。一群麵條。總之，他們認為那個氣呼呼的人——」

「——達利納·柯林藩王，雅烈席卡的真正國王以及現在全世界最有權力的軍閥——」

「——在胡說八道。」

「也許吧。但妳沒有感覺到什麼嗎?在遠處?正增強著?」

「有個遙遠的雷聲,」利芙特悄聲說,看向西方,越過城市,朝向遠方的山岳。「或是……那種你發現有人掉了鍋子的感覺,你看見鍋子墜落,準備迎接它撞到地上的哐啷聲。」

「所以妳有感覺到。」

「算是吧。」利芙特說。剛剛的芻螺拖車從一旁經過。沒有人注意到她,從來都沒有。而且除了她沒人能看見溫德,因為她很特別。「你的引虛者朋友們不知道這件事嗎?」

「我們不是……利芙特,我們是靈,但是我的族類——培養靈——並不是很重要。我們沒有王國、甚至沒有自己的城市。我們會與妳締約,純粹是因為謎族靈及榮譽靈還有其他人都開始行動了。喔,我們兩腳朝下直接跳入玻璃之海,但根本不清楚自己在做什麼!有概念該怎麼做才會成功的人,早在好幾世紀前就死光了!」

他沿著路在她身旁生長,一起跟著芻螺拖車前進。拖車在路上輕輕彈跳,搖動著發出聲響。

「所有事都出錯了,而且一點道理都沒有,」溫德繼續說。「我以為和妳締結應該會更困難的。我的記憶有點模糊,但這點我確實記得越來越清楚了。我身上並沒有受到我們預期會出現的創傷,那可能是因為妳的……特殊狀況。但是主人,當我說有重大事情來臨時,請聽我說,這時間點離開亞西爾是錯誤的。我們在那裡很安全。我們需要安全措施。」

「已經沒時間再回去了。」

「沒錯,大概是沒時間了。至少前面那裡可以庇護我們。」

「對啊。如果黑暗沒有把我們殺掉的話。」

「黑暗？那個在皇宮裡攻擊妳還差點殺掉妳的破空師？」

「對，」利芙特說。「他在城裡。你不是聽到了我抱怨需要一把碎刃嗎？」

「在城裡……在耶達城裡，我們現在要去的地方？」

「沒錯。麵條們有叫人注意關於他的報告。就在我們離開之前，有消息傳來，說有人目擊到他在耶達。」

「等等。」溫德快速向前，留下一道藤蔓及水晶。他生長到芻螺拖車的車後，蜷曲在她正前方的木板上，在那裡變成了一張臉，盯著她看。「這就是為什麼我們突然離開的原因嗎？這就是為什麼我們在這裡嗎？妳是來追那個怪物的？」

「當然不是，」利芙特把手插在口袋裡。「那樣就太笨了。」

「妳當然不笨。」

「當然。」

「那為什麼我們在這裡？」

「因為他們這裡有鬆餅，」她說。「煮的時候還會加料在裡面，聽說超級好吃，而且他們只會在泣季的時候吃。總共有十種不一樣的，我每一種都要偷一片。」

「妳走了這麼遠，丟下榮華富貴，就為了吃一些鬆餅？」

「一些厲害的鬆餅。」

「儘管有個具有神力的碎刃師在這裡，一個曾經大費周章想要處決妳的人？」

「他想要阻止我用我的力量。」利芙特說。「有人也在其他地方看過他。麵條們有做研究，覺得他很有意思。所有人的注意力都放在那個專門蒐集國王人頭的光頭身上，但這個人也在全羅沙到處殺人。小人物。不重要的人。」

「那我們為什麼來這裡？」

她聳聳肩。「這裡看起來和其他地方差不多好啊。」

他讓自己從拖車後面滑下來。「事實上，這裡一點都沒有和其他地方差不多好。這裡明顯比較糟糕，因為——」

「你確定我真的不能吃你？」她問。「那樣超方便的。你有很多額外的藤蔓。也許我可以拿一些來啃。」

「我可以向妳保證，主人，妳將會發現那樣做非常不舒服。」

她咕噥一聲，肚子叫著。餓靈出現，飄浮在她身旁，長相像是有翅膀的小褐斑。這並不奇怪，許多排隊隊伍中的人都吸引了它們出現。

「我有兩種力量，」利芙特說。「我可以到處溜，也就是厲害，我還可以讓東西生長。我應該生長一些植物來吃嗎？」

「生長植物需要的颶光能量，保證會比植物所提供的維生能量還來得多，畢竟這是宇宙的定律。在妳說任何話之前，有一些定律就算是妳，也不能忽視。」他暫停了一下。「我想應該是這樣。畢竟只要扯到妳，有誰說得準呢？」

「我很特別，」利芙特在碰到準備進城的人所構成的隊伍時停下腳步。「而且也很餓。現在的話，比起特別我還比較餓。」

她從隊伍探出頭來。數個警衛站在下傾進入城市的坡道上，旁邊有一些穿著奇怪塔西克衣服的抄寫員。他們從頭到腳都包在一條長長的布裡。對於一條單純的布來說，這穿法實在很複雜：它分別繞在手背和腿上，但又在某個步驟繞到背後腰際處，變成類似裙子的樣式。男人和女人都穿著這種衣物，但警衛除外。

在放人進城這件事上，警衛確實是不慌不忙，而且真的有很多人在排隊。所有人都是馬卡巴奇人，有著深色的眼睛及皮膚——比利芙特曬出的褐色還來得深。在等待的團體有很多是家庭，穿著普通的亞西爾式服飾。長褲、髒裙子，有些還有補丁。他們被疲憊靈和餓靈環繞著，多到讓人分心。

她以為大部分會是商人在這裡等待，而不是家庭。這些人是誰？

「主人？」溫德問。

「噓，」她說。「太餓了沒辦法講話。」

「妳是不是……？」

「是不是很餓？沒錯，所以閉嘴。」

「但是——」

「我敢賭那些警衛有食物。人們總是會給警衛東西吃。他們肚子餓的話，就不能好好地打別人的頭了。這是事實。」

「或是，提供一個相反作法，妳可以直接用皇帝賞賜給妳的錢球買一些食物。」

「我沒帶。」

「妳沒……妳沒有帶錢來？」

「我趁你沒在看的時候丟掉了。沒有錢就不會被搶，帶著錢球就等於是請麻煩找上門。而且啊，」她瞇起雙眼，看著警衛。「只有有錢人才那樣用錢，我們普通人得用其他方法。」

「所以現在妳又是普通人了。」

「我當然很普通，」她說。「是其他所有人都怪怪的。」

在他回應之前，她就鑽到了芻螺拖車的底下，偷偷接近隊伍的前端。

3

「你說這是塔露穀？」蒿卡掀起蓋著一堆可疑穀類的油布。「從亞西爾來的？」

「是的，大人。」坐在車前的男人侷促不安地說。「我只是一個低賤的農夫而已。」

不但手上沒有老繭，蒿卡想著。還是個買得起利亞佛製精品靴子與絲綢皮帶的低賤農夫。蒿卡拿起她的長槍鈍端，朝前刺進穀物堆。她在穀物中並沒有發現任何隱藏的難民或是違禁品。這倒是第一次。

「我需要公證你的文件，」她說。「把你的拖車靠邊停在這裡。」

男人抱怨了一下，還是服從指示，將他的拖車轉向，驅趕芻螺退到警衛亭旁的空位去。這座警衛亭是少數在城市之上的建築物，和其他幾座塔相同，它的位置讓他們能夠射擊任何意圖使用坡道或是準備圍城的敵人。

帶著拖車的農夫非常、非常小心地倒退著他的拖車——因為他們所在位置很接近城市壁面的邊緣。此處是移民區，有錢人不會從這邊進入，這裡只有那些缺少文件的人，或是希望能夠躲避審查的人。

蒿卡捲起男人的憑據，走向警衛亭。香味從那邊飄散而出，代表午餐正在準備中，這也表示排在隊伍裡的人需要等更久了。一位老抄寫員坐在靠近警衛亭前面的位子上。尼西甘喜歡在外面曬太陽。

蒿卡朝他鞠躬。尼西甘是今天執勤的移民事務負責人，這位老人從頭到腳包在一件黃色席卡裡，不過他把臉部的布拉了下來，露出了一張有著下巴有著凹陷、看似裂痕的皺紋臉寵。他們在家鄉，所以不太需要在神的敵人南．瑞利希面前遮蔽自己。據說在這裡，塔西會保護他們。

蒿卡自己則是穿著胸甲、頭盔、長褲，以及一件有她的家族及學院花紋的披風。當地人輕易地就接納了像她一樣的亞西須人——塔西克本身並沒有很多士兵，而且她的成就憑據是由一位亞西米爾官員所認證的。在大馬卡巴奇區域的任何一個地方，她應該都能獲得類似的警衛官職務，不過她的文件上確實清楚寫著，她並沒有戰場指揮的認證。

「隊長？」尼西甘調整眼鏡，開始看她所提供的農夫憑據。「這個人有拒絕付關稅嗎？」

「關稅好好地放在保險箱裡，」蒿卡說。「不過我覺得很可疑。這個人不是農夫。」

「偷渡難民嗎？」

「穀物堆和拖車底部都檢查過了，」蒿卡回頭張望，那個男人臉上滿是笑容。「這些是新穀，有一點過熟了，但還是可以吃。」

「那麼城市會很樂意接收。」

他說得沒錯。艾姆歐和圖卡之間的戰爭越演越烈，一直以來大家總是這麼說，但這幾年事情確實有所改變。關於圖卡人的神王……他有很多瘋狂的流言。

「正是如此！」蒿卡說。「閣下，我敢打賭這個男人去過艾姆歐。有能力的農人都去抵擋入侵時，他趁機搶收了他們的農田。」

尼西甘贊同地點著頭，用手搓著下巴，然後開始在檔案夾裡翻找。「用走私販以及持有贓物的罪名向他課稅。我想……對，行得通。三倍關稅。依據公民投票三—七—一—沙，我會指定將額外的關稅用於救濟難民。」

「謝謝您。」蒿卡放鬆下來，拿起表格。你愛怎麼說塔西克人的奇怪衣服和宗教都沒關係，但他們真的很懂得制訂有效的公民條例。

「我有錢球可以給妳，」尼西甘又說。「我知道妳一直想要還有充光的。」

「真的嗎？」蒿卡說。

「在意料之外的那個颶風通過時，我表弟的錢球籠裡還放著一些錢球。純粹是運氣好，其實他根本就忘記它們了。」

「太棒了。」蒿卡說。「我晚一點再來與您交易。」她有一些尼西甘會很感興趣的資訊。

在這裡，資訊被當成一種貨幣，如同錢球一樣。

颶他的，能有一些會亮的錢球就太好了。在泣季之後，大部分的人都沒有剩餘，那真是颶他的不方便——因為城裡禁止使用明火。除非她能找到一些充光的錢球，否則晚上根本沒辦法讀書。

她走回那個走私販身邊，翻閱著表格。「我們需要你上繳這份關稅，」她向他遞出表格。

「贓物允許證明！」男人大叫著。「還有走私！這根本是搶劫！」

「還有這一份也是。」

「對，我認為這些就是搶劫而來的。」

「妳沒辦法證明這些指控。」他用手拍打著表格。

「的確，」她說。「如果我能證明你曾非法穿越國境到艾姆歐，在認真工作的人被戰爭分心時掠奪他們的農田，然後又在沒有許可的情況下運來這裡，我就會直接沒收整輛車了。」她向前傾身。「我們彼此都知道，你這次算是僥倖逃過了。」

他迎上她的目光，然後緊張地轉開視線，接著開始填起表格。很好。今天沒出麻煩。她喜歡沒麻煩的日子。這些——

蒿卡停下動作。那個男人車上的油布正在沙沙作響。蒿卡皺著眉頭，把它向後一掀，發現一個女孩埋在穀物堆裡，只有頭露了出來。她有著淡褐色的皮膚，看起來像是雷熙人或是賀達熙人，大概十一或十二歲。她正咧嘴對著蒿卡笑。

她之前並不在那裡的。

「這玩意，」女孩用亞西須語說話，看來嘴裡滿滿都是沒煮過的穀物。「真難吃。我猜這就是為什麼我們要先把它做成別的東西。」她吞嚥著。「有什麼可以喝的嗎？」

那名走私販從車上站起身，一邊噴口水一邊指著女孩。「她毀了我的貨！她根本在裡面游泳！警衛，做點事啊！我的穀物裡有個骯髒難民！」

太棒了。這事件的書面報告保證會是一場噩夢。「從那裡出來吧，孩子。妳有父母嗎？」

「我當然有，」女孩翻了翻白眼。「每個人都有父母。不過我的已經死掉了。」她抬起頭。「我聞到的是什麼？該不會是……鬆餅吧？」

「是啊，」蒿卡突然發覺這是個好機會。「太陽日鬆餅喔。妳可以吃一個，只要——」

「謝啦！」女孩從穀物裡跳了出來，把它們撒得到處都是，走私販大叫起來。蒿卡試著抓住那個小女孩，但那女孩不知怎的從她的掌握中溜了開去。她跳過蒿卡的手，接著向前彈起。

然後恰恰落在蒿卡的肩膀上。

蒿卡因為突如其來的女孩體重哼了一聲，女孩從她的肩膀上跳下，落到她身後。

蒿卡失去平衡，身體轉了一圈。

「塔西啊！」那個走私者說。「她踩在妳颶他的肩膀上，大人。」

「謝謝你。待在這裡不要動。」蒿卡扶正她的頭盔，衝刺著追向那個孩子。那孩子正好越過尼西甘——害他把資料夾弄掉了——然後跑進了警衛室。很好，這房子沒有其他出口。蒿卡跌跌撞撞地越過了門口，把長槍放到一邊後抽出了腰帶上的短棍。她並不想傷害一個小難民，但稍微嚇一下應該不算太過分。

女孩就像是地上抹了油般滑過木製地板，從幾個抄寫員和兩名蒿卡的警衛正在吃飯的桌子下直接穿過。女孩接著站起身來，把整個桌子撞到一邊，嚇得所有人往後一震，食物也掉到地上。

「對不起！」女孩從一片混亂中叫著。「不是故意的。」她的頭從翻倒的桌邊冒出來，嘴邊還懸著半塊鬆餅。「這些還不錯吃。」

蒿卡的屬下跳起身來。蒿卡衝過他們，試著越過桌子抓住那個難民。她的手指從女孩手臂上拂過，再一次讓她溜走了。那孩子往地上一蹬，直接從瑞茲兩腿之下的空檔溜了過去。

蒿卡再次向前衝，將女孩困在了警衛室的角落。

女孩卻往上一伸，從房間裡唯一的縫窗擠了出去。蒿卡驚訝地張大了嘴。那窗戶絕對不夠大，即使是個體型很小的人，也肯定沒那麼容易就鑽出去。她緊靠在牆上，從窗戶往外看。一開始她什麼都沒看到，然後那女孩的頭從上方探了下來——她不知怎麼跑到了屋頂上。

那女孩的頭髮隨著微風飄飛著。「嘿，」她說。「話說回來，剛才那是哪一種鬆餅啊？我打算十種全都要吃到。」

「回來這裡，」蒿卡伸出兩手，試著抓住女孩。「妳還沒通過移民程序。」

女孩的頭向上縮了回去，腳步聲在屋頂響起。蒿卡咒罵一聲，從前門衝出來，她的兩個警衛跟在身後。他們搜索了小警衛亭的屋頂，卻什麼也沒看到。

「她又跑回裡面了！」其中一個抄寫員從屋裡大喊。

下個瞬間，女孩從屋裡的地上滑了出來，一手一個鬆餅，另一個咬在嘴裡。她越過了警衛，爬向走私販的拖車，走私販早已從車上下來，正在亂吼著他的貨物被汙染了。

蒿卡向前跳撲向往那孩子，這次成功地抓住了她的一條腿。不幸的是，她的兩名警衛也同時撲向那女孩，卻被絆倒了，直接亂跌成一團，壓在蒿卡身上。

但她沒有放開手。就算背上的重量壓得她肺裡的空氣都被擠了出來，蒿卡還是緊緊抓住小女孩的腿。她向前看去，忍住不發出呻吟。

那名難民女孩坐在她前面的石頭上，頭往上抬。她把其中一個鬆餅塞進嘴裡，再向後伸展，手迅速伸向將拖車栓在芻螺身上的卡栓。卡栓被鬆開後，女孩從底部一拍，那個鉤子就直接彈了出來，半點阻力都沒有。

喔，颶他的拜託不要。

「從我身上下來！」蒿卡尖叫著鬆開女孩，再把身上的人推開。那個笨蛋走私販一臉疑惑回過頭來。

拖車開始向後方的崖邊移動，崖邊的木欄杆恐怕無法阻止拖車下落。蒿卡使勁全力跳向拖車，抓住它的邊緣，她被它拖著一起前進，而她已經預見恐怖的景象：拖車從城市的邊緣筆直落下，直接掉在移民區內難民的頭上。

然而，拖車開始緩慢地停下。蒿卡的雙腳抵著石頭，雙手抓著拖車，喘著氣抬頭看，還不敢放手。

女孩就在那裡，她又一次待在穀物頂端，吃著最後一片鬆餅。「這真的很好吃。」

「這叫圖克餅，」蒿卡筋疲力盡地說。「吃了它代表祈求明年的繁榮。」

「那人們應該隨時都要吃它才對吧？」

「也許吧。」

女孩點了點頭，然後站向一邊，一腳踢開拖車的尾門。穀物開始快速地滑出拖車。

這是她看過最奇怪的景象。大堆的穀物變得像是液體一樣，縱然傾斜角度很小，卻還是從拖車裡奔流而出。那……那些穀物流動、落入城市時在發光。

女孩對著蒿卡微笑。

然後跟著往下一跳。

蒿卡在女孩和穀物一起掉落時張大了嘴。另外那兩個警衛終於回神，趕過來幫忙，接手抓住了拖車。走私販在尖叫，怒靈像是血池一樣在他旁邊的地面上沸騰著。

下方，穀物有如一股大浪落入移民區，揚起了一陣灰塵。這裡離下面很遠，但蒿卡確定她聽見了底下的人發現食物從天而降時，發出的開心呼喊以及讚美聲。

確保了拖車的安全後，蒿卡走向崖邊。女孩已經消失無蹤。颶他的。那女孩是某種靈嗎？

蒿卡再次搜索後，還是什麼都沒看見。不過她腳邊有些奇怪的黑色灰塵，馬上就被一陣風吹散了。

「隊長？」瑞茲問道。

「下一個小時的移民程序由你接手，瑞茲。我需要休息一下。」

颶他的。羅沙在上，她要怎麼在報告裡解釋這種事啊？

4

利芙特應該碰不到溫德才對。那個引虛者總是說「就算有我們的締結，我在這個界域還是沒有足夠的實體」或是「妳一定有部分位在意識界裡」。基本上就是胡說八道。

但她就是可以碰到他。這件事在某些時候非常有用。例如當你從某個懸崖往下跳，然後需要東西抓的時候。溫德在她往下跳時驚訝地叫了一聲，接著馬上像箭一樣沿著崖面往下移動，比她掉落的速度還快。他終於學會要集中注意力了。

利芙特像抓住繩子一樣抓住他，藤蔓在她的指尖滑動。這不算太有效，但的確幫助她在落下時減速。她著地的力道對一般人來說可能太強了，幸好她有厲害。

她熄滅厲害造成的發光，跑進一條小巷子裡。人們在她周圍擠成一團，讚美著各個神將還有神祇帶來這堆穀類禮物。他們嘴上愛怎麼說都行，但看來心裡都很清楚這些穀子不是來自於神——至少不是直接的——因為這些穀子被搶光的速度，比巴伕人搶漂亮妓女的速度還快。

幾分鐘之內，整車的穀粒就只剩下一些隨風飄散的穀殼。利芙特停留在小巷的巷口，觀察著左右周遭，感覺像從中午直接掉進了傍晚，到處都是長長的影子，東西聞起來也很潮溼。

建築物是直接從石頭裡鑿出來的，門口、窗戶，以及其他東西都直接嵌在石頭上。居民把牆漆成明亮的顏色，大多是漆成垂直的區塊，用來區分每棟「建築」的分界。人們聚在各處聊天、走動、咳嗽著。

這種生活很不錯。利芙特喜歡四處移動，但她不喜歡孤單一人。獨身和孤單是不一樣的。她站起來開始走動，雙手插在口袋，試著看看每個方向。這個地方真是太神奇了。

「妳的舉動真是非常慷慨，主人，」溫德在她身邊生長著。「在聽到擁有者是個賊之後，就把穀物倒了下來。」

「那個啊？」利芙特說。「我只是想著要是你打瞌睡的話，至少會有一些軟東西可以接住我啊。」

經過她身邊的人們穿著各式各樣的服裝，大部分是亞西爾的紋飾服或是塔西克的席卡；也有些是商人，八成是圖卡人或艾姆歐人。其他人則穿著淺色的鄉村服飾，大概是來自奧姆或是德西。她喜歡那些地方。在奧姆和德西的時候，沒什麼人想殺她。

不幸的是，除非你喜歡吃糊糊的粥，否則那邊沒什麼好偷的，而且他們吃什麼都會加那種奇怪的肉。那是某種住在山坡上的野獸的肉，一種全身長滿髒毛的醜東西。連利芙特覺得那種肉吃起來很噁心，她可是曾經嘗試吃過屋瓦呢。

總之，街道上的塔西克人看起來比外國人少很多——不過剛剛上面的人叫這裡啥？移民區？至少她在這裡不會很顯眼。她甚至經過了幾個雷熙人身邊，他們大多窩在巷子內的棚子附近，身上穿的衣服只比破布好一點。

那確實是這個地方很奇怪的一點。這裡有棚子。自從離開扎費司之後，她就沒看過這種東西了，扎費司的棚子搭在舊礦坑裡，在大多數地方，如果有人用這麼劣質的材料來搭建住處……整個棚屋就會在第一個颶風到來的時候被吹飛，留下裡面的人像笨蛋一樣坐在便桶上，周圍一面牆也沒有。

在這裡，棚屋侷限在小巷道中，這些小巷道從比較大的路輻射出來，連接著平行的下一條大路。大部分的小巷道都塞滿了掛著的毯子、人們，還有湊合起來的房屋，你根本看不到另一邊的巷口。

更奇怪的是，這些事物全都架在高蹺上。就連最搖搖晃晃的構造，都在大概四呎左右的半空中。利芙特站在一條巷子的開口，雙手放在口袋，順著大路看過去。就像她剛才注意到的，這城市的每面牆都是刻入岩石中的住家或商店，以油漆和它們的鄰居分隔。如果要進門的話，全部都要先往上走三、四階的石刻階梯。

「這裡跟純湖一樣，」她說。「所有東西都架得高高的，沒人想碰到地面。就好像地板一直在咳嗽那樣。」

「聰明，」溫德說。「能夠在颶風來時提供保護。」

「水大概還是會把這地方整個沖走。」利芙特說。

但很明顯的，水沒沖走它，不然這座城就不會在這裡了。她繼續沿著路漫步，經過整排刻在石壁裡的住家，以及擠在它們之間的一連串棚屋。這些棚屋看起來很誘人，溫暖、擁擠、滿是生命。她甚至還看到一個綠色微塵般的生靈飄浮、跳動著，這景象平常只會在有很多植物的地方才看得見。可惜的是，她知道有時不管一個地方看起來有多麼吸引人，大概都不會歡迎一個外來的野孩子。

「所以，」溫德她頭旁邊的牆上爬著，身後留下藤蔓的痕跡。「妳把我們帶來這裡，而且驚奇地逃過了被抓進牢裡的下場，接下來呢？」

「食物。」利芙特的肚子咕嚕叫著。

「妳才剛吃過！」

「對啊。不過從餓死人的守衛那邊逃走時把能量用光了，我比一開始的時候更餓了！」

「喔，讚美母親，」他惱怒地說。「那妳為什麼不乖乖排隊呢？」

「那樣就什麼都吃不到了。」

「結果根本沒有差別，因為妳把吃到的食物都轉化成颶光了，還從牆上跳下來！」

「可是我一定要吃到那些鬆餅！」

他們從一群塔西克婦人中間穿過，她們的手臂上掛著籃子，互相抱怨著利亞佛的手工製品。其中兩個人在利芙特經過的時候，無意識地蓋上籃子並抓緊提把。

「我真不敢相信，」溫德說。「我無法置信這是我的下場。我是個園丁！一向受人尊敬！現在不管到哪裡，大家都用看口袋扒手的眼神看我們。」

「她們口袋裡才沒有東西咧。」利芙特轉頭望去。「我猜席卡根本就沒有口袋。那些籃子倒是……」

「妳知道我們曾經考慮和一個好人鞋匠締結，而不是妳嗎？一個會照顧小孩的好男人。我原本可以安靜過生活的，幫忙他做鞋子。我本來可以完成整批鞋子的展品！」

「那即將來到的危險呢？」利芙特說。「從西邊來的？如果就是有戰爭的話？」

「鞋子對戰爭很重要，」溫德從身上往牆面射出許多藤蔓——她不確定這代表什麼意思。「妳以為燦軍會光著腳去戰鬥嗎？我們原本可以幫他們做鞋子的，我和那個老好人鞋匠，以及美妙的鞋子。」

「聽起來很無聊。」

他呻吟著。「妳果然會拿我去打人，對不對？我將會變成一把武器。」

「你在說什麼沒道理的話啊，引虛者？」

「我得讓妳說出那些箴言，是吧？那就是我的工作？喔，這真是太悲慘了。」

他常常講類似這種話。大概腦子要有問題才能當引虛者吧，所以她不怪他。利芙特反而從口袋掏出了一本小書。她把它拿起來，翻著書頁。

「這是什麼？」溫德問。

「我從那個警衛亭摸出來的，」她說。「我在想可以把它賣掉還是怎樣。」

「讓我看看。」溫德從牆上蔓延下來，移上她的腿，繞著她的身體，最後沿著她的手臂長到書上。為了提供支撐，他的主藤分出了許多小小的細藤貼在她身上，感覺癢癢的。

他在書頁上散出另一些小藤蔓，爬滿了整本書及書頁之間。「嗯……」

利芙特在他幹活的時候靠在牆邊。她覺得自己不像在城市裡，她覺得自己像在……一條通往某處的隧道裡。雖然頭上是有明亮的天空沒錯，但是這些街道感覺很孤立。通常在城市裡，你可以看見房屋構成的漣漪，朝著遠方擴展而去，你能夠聽見來自好幾條街外的喊叫聲。

就算滿是人群——感覺有點多得沒道理——這裡的街道還是感覺很孤立。一隻奇怪的小克姆林蟲爬到她旁邊的牆上。牠是黑色的，比一般尺寸來得小，背上的薄甲殼有著一條褐色的毛絨，讓牠看起來有點軟軟的。塔西克的克姆林蟲很奇怪，而且再往西走，牠們還會更奇怪。在靠近山邊的地方，有些克姆林蟲甚至還能飛。

「嗯，沒錯，」溫德說。「主人，這本書應該沒什麼價值，只是警衛的輪值紀錄冊。舉例來說，那位隊長在她每天離開的時候——依照牆上的鐘，準時十點整——會做登記，然後由夜班隊長接替。每週固定一次到大訊息廳做詳細週報。看來她很注重細節，但我懷疑有誰會對她的紀錄冊感興趣。」

「一定會有人想要，這是書耶！」

「利芙特，書是因為裡面的東西而有價值。」

「我知道啊，書頁嘛。」

「我是說在書頁上的東西。」

「墨水？」

「我是說墨水所講述的東西。」

她抓了抓頭。

「妳在亞西爾的時候，真該認真聽聽那些寫作導師上課的。」

「所以……不能拿這個換食物囉？」她的肚子咕咕叫，引來了更多餓靈。

「不太可能。」

笨書——還有笨人。她咕噥著，一邊把書往後一拋。

很不幸地，那本書砸中了一位拿著一籃紗線的婦人，她大叫一聲。

「妳！」一個聲音大喊。

利芙特嚇了一跳。一個穿著警衛制服的男人從人群裡指著她。

「妳剛剛是不是攻擊那位女士？」警衛對她大吼。

「只有一點點！」她吼回去。

警衛開始朝著她靠近。

「要逃跑嗎？」溫德問。

「快跑。」

她鑽進一條小巷裡，引起警衛又一陣大喊，朝她追了過來。

5

大約半個鐘頭後，利芙特躺在一座棚屋屋頂的油布之上，因為剛才的奔跑而喘著大氣。那個警衛真的很堅持要抓到她。

她閒適地掛在油布上，風沿著巷子吹拂過棚屋。底下一個家庭正在討論整車穀物突然被倒進貧民區的奇蹟。母親、三個兒子，還有父親，全都聚在一起。

我會記得那些被遺忘的人。她在救搞斯的命的時候說了這個誓言。正確的誓言，重要的誓言。但這代表什麼意思？她的媽媽又怎麼樣呢？沒有人記得她。

感覺這世界有太多被忘記的人了。多到一個女孩無法全部記得。

「利芙特？」溫德搭了一小座藤蔓塔，葉片隨風飄揚著。「妳為什麼從來都不去雷熙群島？妳是從那裡來的，不是嗎？」

「媽媽是這麼說的。」

「為何不去造訪看看？聽妳說，妳已經橫越了大半個羅沙又回頭了，但從來都沒去過妳的家鄉。」

她聳聳肩，往上看著接近傍晚的天空，感覺著風吹。和這個凹洞裡的氣味比起來，風聞起來很新鮮。這座城並不臭，但有一種厚重的封閉氣味，就像被關著的動物一樣。

「你知道為什麼我們必須離開亞西爾嗎？」利芙特輕輕地說。

「為了追那個破空師，妳稱之為黑暗的那一個。」

「不是。我們才沒有要追他。」

「當然囉。」

「我們離開是因為人們開始知道我是誰了。如果你在一個地方待得夠久，大家就會開始認得你。店家的老闆會記住你的名字，他們會你在進門時微笑，然後早就知道要拿哪些東西給你，因為他們記得你需要什麼。」

「這樣子不好嗎？」

她點點頭，繼續望著天空。「如果他們覺得你是他們的朋友，那就更糟了。搞斯、大臣們。他們會開始假設，覺得自己了解你，然後開始對你有所期待，然後你就必須得成為大家想像中的那個人，而不是實際上的你。」

「實際上的妳又是什麼人呢，利芙特？」

這不就是問題所在嗎？她不是曾經知道答案嗎？還是其實只是她年紀太小了所以不在意？

其他人是怎麼知道的？微風搖動著她的棲身處，她蜷起身來，想起了媽媽的懷抱、她的氣味、她溫暖的聲音。

肚子飢餓的陣痛打斷了她的思緒，現實的需求壓過了對過去的渴望。她嘆了口氣，然後從油布上站起身。「來吧，」她說。「我們去找些野孩子。」

6

「給拿嗑的，」髒兮兮的小女孩說。她的手大概從學會挖鼻孔之後就沒有洗過。她還缺了好幾顆牙，以她的年紀來說缺太多顆了。「那個太太，她給拿好嗑的。」

「拿嗑的給小子？」

「拿嗑的給小子，」女孩對利芙特說，點著頭。「可是也罵人。她像大石頭，眼睛又像劍。不喜歡小孩，可是給他們拿嗑的。腦袋怪怪，那個人。」

「也許外人在注意？」利芙特說。「像如果她給小孩嗑的，外人就拿給她光？」

「也許，」女孩說。「也許對。可能腦袋怪怪，但是也糟糕。我說的。真的糟糕。」

「謝啦，」利芙特說。「給妳。」按照她們的約定，她給了女孩她的手帕交換情報。

女孩把手帕包在頭上，對著利芙特露出缺牙的笑容。塔西克人都喜歡交換資訊，這是他們的特色。

髒兮兮的女孩停頓了一下。「上面有光，天上掉嗑的。我聽很多。那是妳，是外人，嗯？」

「對。」

女孩轉身像是要離開，但又重新想了一下，把一隻手放在利芙特的手臂上。

「妳，」女孩對利芙特說。「外人？」

「對。」

「妳聽？」

「我在聽。」

「其他人，他們不聽。」她再次對利芙特微笑，然後終於離開了。

利芙特在一個公用烤爐對面的巷子裡坐下來，那是個往牆內挖空的大洞穴，連接著向上鑿出的大煙囪。烤爐裡燒的是來自農田的石苞殼，任何想煮飯的人都可以來使用這些中央爐灶。這裡的住家內不許用火。利芙特聽說，城裡早期曾經有一場大火竄燒過好幾個貧民窟，燒死了一大堆人。

在巷子裡看不到煙跡，只有偶爾透出的錢球光線。現在還是泣季，大部分的錢球應該都已經變暗了，只有幾天前颶風意外出現時，運氣好掛出錢球的人才有光。

「主人，」溫德說。「那真是我有史以來聽過最奇怪的對話了，我可是曾幫敏銳靈做過一次園藝呢。」

「我聽起來很正常啊。只是個街頭的小孩。」

「是妳說話的方式！」

「什麼方式？」

「那些奇怪的字詞啊。妳怎麼知道要說什麼？」

「就感覺上很對，」利芙特說。「字就是字啊。不管那些了，她說我們能在塔西之光孤兒院拿到食物，跟我們談過的其他人也講了同樣的地方。」

「那為什麼我們還不過去？」溫德問。

「沒人喜歡經營那裡的女負責人。他們不信任她，說她餓死人的惡劣，分送食物只是為了要給官方留下好印象。」

「主人，用妳自己的話來反駁，食物就是食物。」

「是啦，」利芙特說。「只是……吃別人給你的午餐有什麼挑戰性呢？」

「我很確定妳能帶著這項恥辱好好活下去，主人。」

不幸的是，他說對了。她太餓了無法製造出厲害，代表她現在只是個普通的小乞丐而已。不過她沒有移動，還沒有。

其他人，他們不聽。利芙特有在聽嗎？她通常都有，對吧？說到底，那個街頭小女孩又為什麼會在意這個？

利芙特將手插在口袋，起身小心穿過街上擁擠的人群，偶爾閃開一些嘗試推打她的手。這邊的人會做件很奇怪的事——他們會用長繩子把錢球串在一起，就算放進袋子也一樣。她看到所有錢球在玻璃底部都有洞，讓人們能夠這麼做。那如果要拿剛好的零錢出來該怎麼辦？把餓死人的一大串全都解開，然後再重新串起來？

至少他們還用錢球。住在更西邊的人，他們直接用寶石的碎片；有時候鑲在一大塊玻璃裡，有時候沒有。那些真的是餓死人的容易弄不見。

人們在她把錢球弄不見時都會超級生氣的。他們對錢的看法很奇怪，大家對於這種不能吃的東西實在是太重視了，不過利芙特已經弄懂這大概就是錢球的用意。如果人人都用食物做交易，那大家就會把所有錢都吃光，然後社會就崩壞了。

塔西之光孤兒院是一棟角間，位在兩條街道相會的地方，正面對著移民區的主要幹道，漆成了亮橘色；另外一面則對著一條非常寬的巷子開口，那裡有著一排排階梯狀、形成一個半圓形的座位區，像是某種劇場，中心處則是直通到另一條巷子。巷子朝著遠方延伸，但看起來沒有像其他巷子那麼髒亂。這裡有些棚屋甚至有門，連從巷子裡傳來的打嗝聲也感覺比較有格調。

其他的街童告訴她不要從幹道那一側過去，那邊是留給官方和重要人士的。街童們都從巷子這邊接近，所以利芙特靠近那個露天小劇場的石長椅——上面坐了些穿著席卡的老人——然後敲了敲門。高過門的石面區塊上刻著字，漆上了金色和紅色，不過她不認識字。

一個年輕人拉開了門。他有著又寬又扁的臉，利芙特知道只有天生不太正常的人才會長成這樣。他看了看她，然後指向長椅。「坐那裡，」他說。「食物晚一點會來。」

「要多晚？」利芙特雙手扠腰說。

「問這做什麼？妳跟人有約嗎？」年輕人露出微笑。「坐在那裡，食物晚一點會來。」

她嘆了口氣，在那些正在聊天的老人附近坐了下來。她覺得這些人住在貧民窟的更深處，閒著沒事就來這個圓形的巷子口坐著吹風。

當日落越來越接近，這些巷道裡的陰影也越來越深。現在錢球沒辦法在晚上提供光源，人們八成會比平常更早上床睡覺，這在泣季是很平常的事。利芙特縮在其中一個位子上，溫德纏繞在一旁。她盯著那個笨孤兒院的笨門，她的笨肚子咕咕叫著。

「那個來應門的年輕人是怎麼了？」溫德問。

「不知道，」利芙特說。「有些人生下來就是那樣。」

她在階梯上等待，聽著一些來自貧民窟的塔西克男人談笑著。終於，有個人影從巷子的開口處逐漸現身——看起來像個女人，全身包在深色衣物裡。那不是真正的席卡，也許是個外國人，想要隱瞞自己身分才穿成這樣。

那女人大聲地吸著鼻子，牽著一個大孩子的手，他大約是十歲或十一歲。她領著他到孤兒院的門口，然後把他拉進懷裡。

那男孩盯著前方，雙眼無神地流著口水。他頭上有一道傷疤，大致上癒合了，但依然呈現憤怒的紅色。

那女人低頭縮背，接著沉步離開，留下了那個男孩。他只是坐在那裡，兩眼發直。他並不是放在籃子裡的小嬰兒；不，那只是故事書裡的劇情。照利芙特的經驗來說，這才是真正發生在孤兒院的狀況。人們丟下的是那些年紀已經太大、無力再照顧，卻又沒辦法自己照顧自己或幫忙家裡的小孩。

「她就這樣……把小孩留在這裡？」溫德驚恐地問。

「她大概還有其他孩子，」利芙特柔聲說。「她幾乎沒辦法餵飽他們。她沒辦法把所有時間都花在照顧這個孩子身上，沒辦法再撐下去了。」利芙特的心揪在一起，她想看向別處，但她做不到。

相反的，她站起身走向那個男孩。有錢人，例如亞西爾的官員們，對孤兒院有種奇怪的印象。他們以為那裡會有滿滿的小可愛，勇敢又有好心腸，渴望能夠工作以及擁有一個家。

但在利芙特的經驗裡，孤兒院中更多是類似這個男孩的孩童。太難以照顧的小孩。需要隨時關照的小孩，或是腦袋不正常的。還有會使用暴力的。

她痛恨那些有錢人捏造出對孤兒院的浪漫幻想。完美，充滿著甜美笑容與歡樂歌聲，而非滿是挫折、痛苦與困惑。

她坐在男孩旁邊。她的體型比他還小。「嘿。」她說。

他用無神的眼睛看著她。她現在能看清楚他的傷了，他頭側邊的頭髮還沒長回來。

「一切都會沒事的。」她用雙手握住他的手。

他沒有回應。

一小段時間後，孤兒院的門打開，出現了一個像是一團枯萎雜草的女人。真的。她看起來就像一枝掃把和一大團青苔所生的小孩，皮膚垂掛在骨架上，好像是泡進貧民窟的髒水後沾上去的；她的手指又細又長，利芙特覺得大概是她真的手指掉下來之後，用樹枝黏上去代替的。

女人雙手扠腰看著他們兩人。神奇的是，她動作的時候居然沒有折斷骨頭。「一個蠢蛋和一個投機取巧的。」她說。

「嘿！」利芙特站起身來說。「他才不是蠢蛋。他只是受傷了。」

「我是在說妳，孩子。」那女人跪在頭受傷的男孩身邊，咋了咋舌。「沒用的，沒用的，」她咕噥著。「我可以看出你在假裝。你不會在這裡待太久的，等著看吧。」她向後比了個手勢，利芙特剛才看見的年輕人走出來牽住受傷男孩的手，領著他進去孤兒院裡。

利芙特想跟過去，但是樹枝手走過來擋在她面前。「妳可以吃三頓飯。」那個女人對她說。「妳可以挑要吃的時間，但是三頓之後就結束了。我肯給像妳這樣的小鬼東西吃，妳就該慶幸了。」

「這是什麼意思？」利芙特質問。

「就是說，如果不想要老鼠跑到船上來，就不應該餵牠們。」那女人搖了搖頭，開始拉上門。

「等一下！」利芙特說。「我需要可以睡覺的地方。」

「那妳就來對了地方。」

「真的？」

「真的，那些長椅通常天黑以後就會淨空。」

「石頭長椅？」利芙特說。「妳要我睡在石頭長椅上？」

「喔，別抱怨了。至少現在沒繼續下雨了。」那女人關上門。

利芙特嘆了口氣，看向溫德。過了一下，剛才那個年輕人打開門丟了樣東西給她，是一大捲烤好的克雷馬麵包，質地粗硬又充滿顆粒，中間夾著辣味的抹醬。

「你們該不會有鬆餅吧？」利芙特問他。「我的目標是要吃——」

他關上了門。利芙特嘆口氣，又在老人附近的長椅上坐下，開始狼吞虎嚥。不是特別好吃，至少還是溫熱的，份量也算多。「颼他的老巫婆。」她咕噥著。

「別太嚴厲評斷她，孩子。」長椅上其中一個老人開口。他穿著一件黑色席卡，包著臉的部分向後拉開，露出了灰色的鬍鬚及眉毛，深褐色的臉上帶著大大的笑容。「要處理所有人的問題並不容易。」

「那她不用這麼凶吧。」

「如果她不凶的話，這裡就會被要飯的孩子塞滿了。」

「那又怎樣？那不就是孤兒院存在的意義嗎？」利芙特嚼著麵包捲。「睡在長椅上？我應該去偷走她的枕頭。」

「我想妳只會發現，她早已經準備好對付暴躁的兒童小偷了。」

「但她以前從來沒遇過我。我很厲害。」利芙特看著她剩下的食物。當然，如果她用了厲害，最終她還是會肚子餓。

那男人笑了。「大家都叫她樹椿，因為任何颶風都吹不動她。我不認為妳能占上風，小東西。」他向前靠。「但是如果妳有興趣做交易的話，我有些資訊。」

塔西克人和他們的祕密。利芙特翻了個白眼。「我沒剩什麼東西可以跟你交易。」

「那麼就用妳的時間來交換吧。我會告訴妳怎麼引出樹椿好的一面，也許能幫妳賺到一張床。妳只要回答我一個問題。成交嗎？」

利芙特對他揚起眉毛。「好啦。隨便。」

「樹椿有一些小……嗜好，我說的祕密就是這個。她在做交換錢球的生意。這麼說吧，算是一種換錢的服務。去找出一些願意跟她交易的對象，她就會好好地獎賞妳。」

「交換錢球？」利芙特說。「用錢換錢？這有什麼意義？」

他聳聳肩。「她很努力要掩蓋這件事，所以這一定很重要。」

「好爛的祕密。」利芙特把最後一點麵包捲丟進嘴哩，克雷馬麵包在嘴裡迅速地化開，幾乎變成一團糊。

「妳還會回答我的問題嗎？」

「要看問題有多爛。」

「妳覺得妳最像哪個身體部位？」他問。「妳是永遠忙著工作的手嗎？妳是負責指引方向的心嗎？還是妳覺得妳更像……也許是腿？支撐著其他人，卻很少被注意？」

「果然。爛問題。」

「不，不，這是最重要的問題。每個人都是某種更宏大的個體——某種構成城市的龐大有機體中的一小部分。妳看，這就是我正在建構的哲學。」

利芙特看著他。太棒了。壞脾氣的枯枝經營孤兒院，外面還有奇怪的老頭。她拍掉手上的碎屑。「如果我要是什麼的話，會是鼻子。因為我有滿滿的髒東西，而且你永遠不知道有什麼會掉出來。」

「啊……有趣。」

「我講的東西沒什麼幫助吧。」

「沒錯，但妳很誠實，誠實是好哲學的一項基石。」

「是是，對啦。」利芙特跳下長椅。「跟你聊這些瘋玩意兒挺有趣的，但是我有重要的地方要去。」

「妳有？」原本在她身後長椅上繞成圈的溫德抬起身來。

「沒錯，」利芙特說。「我跟人有約呢。」

7

利芙特擔心會遲到。她一直都對時間不在行。比較重要的部分她還是知道的，像是太陽出來、太陽下去之類的。但是再更細的區分……這麼說吧，她從來不覺得那有多重要。不過其他人就不一樣了，所以她匆匆趕路。

「妳要去找錢球給那個孤兒院的女人嗎？」溫德在她身旁地上移動，藤蔓交織在人群的雙腿之間。「引出她好的一面？」

「才不要，」利芙特吸著鼻子說。「那是詐騙。」

「是嗎？」

「當然。她大概是在幫罪犯洗錢，把它們當成『捐款』收進來，然後再還回去。尤其在這種抄寫員整天餓死人的盯著你的地方，人們願意付不少來洗白他們的髒錢。當然，她不一定是做那種詐騙。她也有可能是利用人們的罪惡感，讓大家拿發光的錢球去她那裡換沒光的。她會講到可憐的孩子們，所以大家會同情她，然後她可以再拿充了光的錢球去換錢人那裡賺一些差價。」

「那可真是驚人地不道德，主人！」

利芙特聳聳肩。

「不然收留那些孤兒還能做什麼？總是要有點好處的，對吧？」

「但是，拿人們的感情來賺錢？」

「憐憫可以是很強力的工具。不論何時，只要你能讓別人有所共鳴，你就擁有了掌控他們的力量。」

「我想……是吧？」

「我會確保自己不犯同樣的錯，」利芙特說。「這就是保持強大的方法，學著點。」

她沿路找回了一開始進入街道的地方，然後在附近到處繞繞，直到發現了進入城市的坡道。坡道又長又緩，如果有需要的話，可以直接把車開下來。

她往上爬了一段距離，視野剛好夠瞄到警衛亭。那邊還是有人在排著隊，而且比她來的時候排得更長了。許多人已經開始在石面上紮營。一些有生意頭腦的商人正在賣食物、清水，甚至是帳篷。

祝你們好運，利芙特想著。大部分排隊的人看起來除了一層皮之外就沒有其他東西了，也許還有一些怪病吧。利芙特向後撤退。她現在不夠厲害，沒辦法承受再次遭遇警衛的風險。她改成躲在坡道底部的一道石縫裡，待在那裡看著毛毯商人經過。他用一種奇怪的小馬來運貨——牠們毛絨絨的、顏色是白色，頭上還有角，長得很像住在西邊那種很難吃的動物。

「主人，」溫德從她的頭旁邊的牆上說。「我對人類了解不多，但對植物是略知一二。你們兩者驚人地相似。你們都需要光、水和養分。妳知道的，植物以根做為颶風中來襲時的錨點，否則它們就會被吹走。」

「有時候被吹走也挺不錯的。」

「當有強力的風暴來臨時呢？」

利芙特的眼神飄向西方。朝向……在那裡醞釀著的什麼。*從相反方向吹來的颶風，大臣們這麼說。這絕對不可能。雅烈席人在玩什麼把戲？*

幾分鐘過後，那名警衛隊長走下了坡道。那個女人基本上是拖著腳走路，而且當她一離開警衛亭的視線範圍後，肩膀就垮了下來。她看起來像是度過了艱難的一天，真不知道為什麼？

利芙特蹲下身，女人並沒有看向她。當隊長一走過，利芙特就站了起來，小心地跟在後面。

事實證明，在這座城市要跟蹤別人很容易，這裡可供躲藏的角落與分岔的小道真是多到不能再多了。就跟利芙特猜的一樣，天色變暗後街道上就開始淨空。也許在第一個月亮升到夠高時會有人潮回流，但目前的光線實在不夠。

「主人，」溫德說。「我們在做什麼？」

「只是想看看那女的住哪。」

「但是為什麼？」

隊長的住處毫不意外並沒有離警衛亭太遠。她住在城內幾條街的地方，已經離開了移民區卻又還在附近，所以大概是比較便宜的區域。石牆上鑿出了大量的房間，每個都有著自己的窗戶。這裡是公寓，而不是單一的「房屋」。垂直的石面上有著一堆窗子，看起來滿奇怪的。

隊長進入了屋裡，但利芙特沒有跟進去，反而仰著脖子往上看。有一扇接近頂部的窗戶被錢球光芒點亮，接著隊長推開窗戶，讓空氣流通。

「嗯，」利芙特在黑暗中瞇著眼睛。「我們爬牆上去吧，引虛者。」

「主人，妳可以叫我的名字。」

「我可以叫你很多東西，」利芙特說。「你該慶幸我的想像力不豐富。走吧。」

溫德嘆了口氣，還是攀上了隊長的住所，利芙特用他的藤蔓當成握把和踏腳處往上爬。她在爬的過程經過了許多扇窗，其中只有幾扇是亮著的。在這一側有一對窗戶之間牽了一條曬衣繩，利芙特從上面抓了一件席卡。把衣服留在外面的人真是好心，還特地掛這麼高只讓她拿得到。

她沒有停在隊長的窗戶外，令溫德有點驚訝。她一路爬到頂端，最終攀進了一片垂柏田裡，這是一種穀類，會一堆堆長在藤蔓上的硬豆莢裡。這邊的農夫把它們種在石縫中，裂縫寬度比一呎還窄一點，藤蔓會在裡面長成一堆，長出的豆莢會卡在縫裡，就不會被颶風吹到滾走。

農夫今天的農活已經結束，留下了一堆雜草等待颶風吹走它們——不論下次是什麼時候吹來。利芙特坐在溝渠的開口處俯瞰著城市。錢球的光線從城市裡迸射出來，數量並不多，但也比她預期的還多了。亮光在街道內閃耀，好似地底中心有個光源，而街道是讓光透出來的裂縫。不知道大家都有充光錢球的時候，這裡是什麼樣子？她的想像是許多明亮的光柱從地面的洞中朝上射出來。

在她下方，隊長關上了窗戶，顯然是罩住了錢球。利芙特打了個呵欠。「你不需要睡覺吧，引虛者？」

「我不需要。」

「那你看著那棟建築。如果有人走進去，或是隊長走出來的話，隨時把我搖醒。」

「能請妳至少和我解釋，為什麼要監視這名城市警衛隊的隊長嗎？」

「不然我們還能做什麼？」

「其他事情？」

「無聊，」利芙特又打了個呵欠。「記得叫醒我，好嗎？」

他說了些什麼，大概是在抱怨，不過她已經睡著了。

感覺只過了一下子，他就把她推醒了。

「主人？」他說。「主人，我發現自己同時對妳的聰明才智以及愚蠢感到佩服。」

她打了個呵欠，在她偷來的席卡毯子上移動，碰到了一些在周遭浮動的生靈。幸好她沒作夢。她討厭夢。夢裡要嘛是她沒辦法擁有的生活，不然就是讓她感到恐懼的生活。不論是哪一種都沒什麼好的。

「主人？」溫德問。

她扭動著坐起身。她沒發現自己選的地方被太過茂盛的藤蔓所包圍，藤蔓都卡在她衣服裡了。她跑到這上面來幹什麼？她用手梳過頭髮，頭髮朝各個方向亂捲亂翹著。

日光剛從地平線透出，農夫們已經回到田裡工作。在她從藤蔓構成的巢裡坐起來後，有些農夫轉過來以驚訝的表情打量著她。平常大概很少有雷熙小女孩睡在田裡的斷崖邊吧。她笑著對他們揮手。

「主人，」溫德說。「妳吩咐過我，如果有人進入建築物時就警告妳。」

沒錯。她嚇了一跳，記起了她要做的事，思考也不再模糊了。「然後呢？」她緊接著問。

「黑暗本人，那個差點在皇宮殺了妳的人，剛剛進到了我們下方的建築物裡。」

黑暗本人。利芙特心中一陣警戒。她抓住懸崖邊緣，只敢露出一點眼睛偷看。她懷疑過他會來這裡。

「妳來這城市真的是來追他的。」溫德說。

「純粹是巧合。」她咕噥著。

「不，才不是。妳在那個警衛隊長面前展現妳的能力，知道她一定會把所見所聞寫成報告，然後就能吸引黑暗的注意。」

「我沒辦法在整座城裡找一個人，所以要讓他主動來找我。不過我沒想到，他會這麼快就找到這裡，一定有一些抄寫員在替他監看報告。」

「但是為什麼？」溫德的聲音幾乎是哀叫。「妳為什麼要找他？他很危險啊。」

「很明顯啊。」

「喔，主人。這太瘋狂了。他——」

「他是個殺手。」她輕聲說。「大臣們在追蹤他。他謀殺的目標之間看似沒有任何關聯，大臣們對此感到很困惑，但我沒有。」她深呼吸。「他在獵殺這城市裡的某個人，溫德。有著特殊能力的某個人……像我一樣的某個人。」

溫德的聲音減弱，接著發出一陣「啊」聲表示理解。

「我們下去到她的窗戶邊吧。」利芙特無視農夫們，從懸崖邊爬了下去。城市裡還是很昏暗，還在緩慢地甦醒，在街道變更繁忙之前，她應該都不會太顯眼。

溫德妥善地從她面前朝下生長，讓她有抓握的地方。她不太確定是什麼驅使她來的。也許是希望找到和她相似的人，一個能夠向她解釋她究竟是什麼，以及為何最近她的生活這麼沒道理的人。也許她只是無法接受黑暗正在追殺無辜的人。就像她一樣沒做錯事的人——至少不是大錯——只因為他有黑暗認為不應該擁有的能力。

她把耳朵貼在隊長房間的窗板上，清楚聽見他的聲音從裡面傳來。

「一個小女孩，」黑暗說。「賀達熙人或是雷熙人。」

「是的，長官，」那位隊長說。「您介意讓我再看一次您的文件嗎？」

「妳會發現一切都很齊全。」

「我只是……親王直屬特別執行官？？我以前從來沒聽過這個職位。」

「這是個很古老卻鮮少被使用的稱號。」黑暗說。「向我仔細解釋那名孩童做了什麼。」

「我——」

「直接再對我解釋一次。」

「好吧，她把我們耍得團團轉，長官。她溜進我們的警衛亭、撞翻我們的東西，還偷了一些吃的。主要罪行是她把那一車穀物倒進了城裡。我很確定她是故意的。那個穀物商人已經向上級投訴城市警衛怠忽職守。」

「他的案子站不住腳，」黑暗說。「因為他還沒被允許進入城市，所以還不在你們的管轄範圍內。他要做的是向道路衛隊回報遭到搶劫。」

「我就是這麼跟他說的！」

「沒有人責怪妳，隊長。妳面對的是妳無法理解的力量，而我也無權向妳解釋。然而，我需要細節當作證據。她有發光嗎？」

「我……那個……」

「她有發光嗎，隊長？」

「有，我發誓我的神智很清楚，沒有產生幻覺，長官。她有發光。那些穀物也發出微弱的光。」

「她摸起來很滑溜嗎？」

「比整個人泡在油裡還要滑，長官，我從來沒摸過類似的東西。」

「預料之中。在這裡簽名。」

一些沙沙聲響起。利芙特抓緊壁面，耳朵貼在牆上，心臟怦怦跳著。黑暗有碎刃。如果他懷疑她就在外面，他能直接刺穿牆把她切成兩半。

「長官？」警衛隊長說。「您能告訴我究竟發生了什麼事嗎？我感覺很迷惘，就像一名士兵身在戰場，卻不記得自己所屬的旗幟。」

「這不是妳能知道的內容。」

「嗯……是的，長官。」

「注意那個孩子。叫其他人也這麼做，如果發現她的蹤跡，回報你們的上級，我會得到消息的。」

「是，長官。」

腳步聲代表了黑暗正走向門口。在他離開前，似乎注意到了些什麼。「充了光的錢球，隊長？最近這陣子，要很幸運才能擁有它們。」

「這是我交易來的，長官。」

「但牆上燈籠裡卻是黯淡的錢球。」

「它們幾個禮拜前就沒光了，長官。我還沒更換它們。這……有什麼關係嗎，長官？」

「沒有。記住妳的任務，隊長。」他告別。

門關上了。利芙特再次往上爬——溫德似乎快哭出來地跟著——然後躲在頂部，看著黑暗走到底下的街道上。早晨的陽光溫暖著後頸，但她還是止不住身子發抖。

黑色和銀色的制服。像是馬卡巴奇人的暗色皮膚，一邊的臉上有個淺色的記號：一個新月形的胎記。

死亡的眼神。一對不在乎看到的是人、芻螺，還是石頭的眼神。他把一些紙張收進外套口袋，然後戴上長手套。

「所以我們找到他了。」溫德悄聲說。「現在呢？」

「現在？」利芙特吞了吞口水。「我們要跟蹤他。」

8

跟蹤黑暗和跟蹤隊長完全是不一樣的體驗。首先，現在是白天。雖然還是清晨時分，不過已經亮到利芙特擔心會被發現了。幸好遇上黑暗已經把她剛睡醒的昏沉感一掃而空。

一開始她試著待在牆上，留在城市上方的田園中。事實證明很困難。雖然這上面有一些跨越街道的橋，但它們的數量比她需要的少。每當黑暗走到一個交叉口，她就會泛起一陣恐慌，擔心他會轉向她不想辦法跳過街道開口就會跟不上的方向。

最後她選擇了比較危險的路線。她從一副梯子爬下去，在壕溝裡追著他。幸運的是，這邊的人在街上行走時都會相互稍微推擠。其實這裡並沒有真的那麼擠，許多比較寬的街道有很多空間，只不過牆壁的確增強了被困住的感覺。

利芙特對這種事很有經驗，盡量讓她的跟蹤不顯眼。儘管有幾次好機會，她也沒有扒任何人的口袋——有幾個人根本就像是捧著他們的錢包，拜託別人來把它拿走。如果她不是在跟蹤黑暗，可能就會重操舊業扒幾個了。

她沒有用厲害，反正也快耗盡。她從昨天晚上開始就沒吃東西，就算不用她的力量，它們最後也會消失。大概要半天的時間，她不知道為什麼會這樣。

她閃身避開準備去工作的農夫、提著水的女人、蹦蹦跳跳去上課的小孩——他們坐成一排排聽老師講課，同時做著一些簡單的工作，例如紡織，來支付學費。一群笨蛋。

人群從黑暗身邊讓開，給了他很大的空間，就好像是他的屁股忍不住要告訴大家，他昨天吃了什麼一樣。她被這個想法逗笑了，和幾個街童一起爬到了一些箱子上面。不過，黑暗沒有那麼正常。她很難想像他吃東西或是做類似的事。

一名店老闆把他們從箱子上趕下來，但利芙特已經看到了黑暗的位置，並且趕上他的腳步，溫德一直在她身旁。

黑暗完全沒停下來考慮他的路線，或是觀看街頭販子的商品，感覺上他移動的速度快到不像是用走的，而是消融在影子之中穿梭著。她好幾次都差點追丟他。這非常奇怪。她通常都能追蹤到人們的位置在哪裡。

黑暗最終到達了一個陳列著許多水果的市場，看起來彷彿有人想辦一場超級食物大戰，不過必須臨時取消，只好不情願地把彈藥都擺出來賣。就在一名店老闆不自在地盯著黑暗時，利芙特偷拿了一顆她不知道名字的紫色水果。大部分人都跟老闆一樣。他──

「嘿！」那名店老闆大喊。「嘿！住手！」

利芙特轉身，把她的手縮到背後，然後丟下水果，同時用腳跟把它踢進人群裡，再露出甜甜的微笑。

但店老闆並不是在看她。他是在看另一個趁機動手的人，一名比利芙特大幾歲的女孩。她拿走了整籃的水果。那名年輕女子被發現的當下就竄了出去，壓低身子，緊抓著水果籃，靈巧地鑽過人群。

利芙特聽到自己在喃喃祈禱。

不要。不要往那邊去。不要朝著──

黑暗從人群中抓住了年輕女子。他就像是液體一樣向她奔流過去，然後用捕鼠器的速度扣住了她的肩膀。她掙扎著捶打他，不過他紋風不動，彷彿根本沒注意或是不在意這些攻擊。黑暗的手依然抓著她不放，彎下腰撿起了那籃水果，拿著它走回店面，身後拖著那名小偷。

「感謝您！」店老闆拿回了水果籃，打量著黑暗的制服。「呃，大人？」

「我是特殊代理執行官，由親王授權在全國享有自由管轄權。」黑暗從他的外套口袋裡拿出一張紙舉高。

女孩從籃子裡抓了顆水果丟向黑暗，水果從他的胸口彈開、砸爛在地。他對此毫無反應，就連女孩咬他的手也完全無動於衷。他收起文件，盯著她看。

利芙特知道面對那對冰冷、透明的眼睛是什麼感覺。被抓住的女孩在他面前瑟縮了一下，似乎發慌了，她從腰帶中抽出一把刀，開始揮舞，絕望地試著砍向黑暗的手臂，但他輕易地徒手打掉了她的武器。

在他們周遭，人群開始感到事情不對勁了。雖然市場其他地方依然忙碌，這一區卻陷入了寂靜。利芙特退到一輛形狀窄小、方便穿過巷道的故障推車旁，那裡有一些其他的街童正在打賭媞卡「這一次」可以在多久時間以內逃掉。

有如做出回應般，黑暗召喚了他的碎刃，然後一把刺穿了正在掙扎的女孩胸口。

長長的刀刃沒入直到刀柄，她倒抽口氣，雙眼睜大、抖動著，然後燃燒殆盡，眼洞只留下兩道朝天空升去的煙柱。

店老闆驚叫出聲，一手抓住胸口，弄掉了那籃水果。

利芙特閉上雙眼。她聽見屍體跌落在地面，黑暗用無比冷靜的聲音說：「把這份表格拿給市場守衛，他們會處理屍體以及聽取你的證詞，確認日期和時間……這裡……」

利芙特強迫自己張開眼睛。她身旁的兩個街童驚恐地張大嘴巴，其中一個不敢置信地哭了起來。

黑暗填完了表格，拿給店老闆，強迫那個男人寫下書面證明，以及事發經過的簡短敘述。結束之後，黑暗點點頭，準備轉身離開。水果四散在店老闆腳邊，附近是一疊疊盒子與板條箱。老闆直盯著屍體看，文件鬆鬆地抓在手上。怒靈在他周圍沸騰著，像是地面上的紅色池塘。

「這真的有必要嗎？」他質問。「塔西……塔西在上啊！」

「塔西不太關心你們在這做什麼，」黑暗一邊說一邊走開。「事實上，我會祈禱他不要來你們的城市，我想你們不會喜歡他來此的後果。至於那個小偷，她原本可以只因偷竊罪去享受監獄時光的，然而她使用刃器攻擊官員，罰則是死刑。」

「但是……但是太野蠻了！你就不能……砍斷她一隻手……或其他……什麼嗎？」

黑暗停下腳步，回頭看著店老闆，老闆畏縮了。

「我試過了，當然是在法律允許自由裁量處罰的地區，」黑暗說。「只砍斷手導致了很高的再犯率，因為竊賊已經無法進行許多正常的工作，會被逼著必須去偷竊。這種情形下，反而會導致犯罪的情況更惡化，而不是加以改善。」

他抬起頭，目光從店老闆移向屍體，好像在困惑為什麼有人會對他的作為有意見。最後，他不再關注這件事，轉身繼續前進。

利芙特在原地目瞪口呆，接著不管會不會被看見，她壓下自身的震驚跑向倒地的女孩，蹲下去抓住那副軀體的肩膀，呼出她的厲害——在她體內燃燒著的亮光——將它傳給那名死去的女子。

有一下子看起來似乎生效了。她看見了某種東西，一個人形的光芒包圍了屍體，顫動著。但緊接著就消散掉了，而軀體仍在地上一動不動，眼睛依然焦黑。

「不……」利芙特說。

「對她來說，時間已經過太久了，主人。」溫德柔聲說。「我很抱歉。」

「搞斯那時候更久。」

「搞斯並不是被碎刃殺死的，」溫德說。「我……我想人類不會立刻就死掉，至少大部分的時候是。喔，我的記憶有著太多空洞了，主人。但我知道碎刃的情況不一樣。也許妳在她倒下時馬上幫助她，大概還有辦法。但時間真的太長了。就算如此，妳也沒有足夠的力量。」

利芙特跪在石頭上，感覺全身被抽乾。這具屍體甚至沒有流血。

「她確實對他拔了刀。」溫德小聲說。

「她嚇壞了！她看到他的眼睛就慌了。」她咬緊牙齒，低吼著站起身。她走向商店老闆，抓起兩顆水果，雙眼直瞪著他，接著咬下一口多汁的水果，大嚼了起來。他被嚇得向後一跳。

然後她追向黑暗。

「主人……」溫德說。

她不理他。她一心跟著那個沒心肝的生物，那個殺人犯。她設法再次找到了他，現在他身後表情不自在的人比之前又更多了。她看見他離開市場，走上幾階階梯，穿過一個大拱門。

利芙特小心地跟在後面，來到了城市裡的某個奇怪區域。他們在這裡的石地上挖出了巨大的圓錐型坑洞，還滿深的，裡面裝滿了水。

這是個非常、非常大的蓄水池。一個跟好幾棟房子一樣大的蓄水池，用來收集颶風的雨水。

「啊，」溫德說。「隆起的邊緣區隔了這裡與城市其他區域。街道上的雨水會向外流出，而非流進蓄水池以確保水源純淨。大部分的街道看來都有著坡度，讓水能排出去。不過，排出去之後又會到哪裡去呢？」

隨便啦。她觀察著這個大蓄水池，上面有著一道簡單俐落的石橋橫跨而過。這池子大到需要蓋條橋在上面，而人們站在橋上，用繩子把水桶垂降到水裡。

黑暗沒有穿過橋。池子的外緣有一圈平臺，上面有少少的一些人。他很明顯是想走不太需要與人推擠的路徑。

利芙特在入口處猶豫著，和她的洩氣與無力感對抗。她不小心擋住了交通路線，引起了一、兩聲咒罵。

她的名字是媞卡，利芙特想著。我會記得妳的，媞卡。因為記得妳的人太少了。

下方，大蓄水池的水面因為許多人取水而泛起了漣漪。如果她跟著黑暗繼續走，她就會進入開闊處，沒人會擋在他們之間。

至少他不太常往後看。她必須要冒這個風險。她朝那條路踏出一步。

「不要！」溫德說。「主人，繼續躲著。他有妳看不見的眼睛。」

好吧。她走下階梯，加入人群裡。這條路比較短，但是橋上有很多人。一陣忙亂之中，因為她的身高太矮，黑暗從她的視野裡消失了。

冷汗開始戳刺著她的後頸。如果她看不見他，感覺上——雖然很沒道理——他就一定在看著她。她腦中不斷出現他在市場裡抓住那個小偷的畫面，那種輕鬆到不自然的移動方式。是的，他知道關於利芙特這類人的事情。他先前講起她的能力時，感覺上很熟悉。

利芙特汲取厲害。她沒有把自己變滑溜，但她感到光充斥著全身，激勵著她。有時候這力量感覺上是活的，那急切的本質就像個靈。它驅使著她閃躲、穿越橋上擁擠的人潮，向前邁進。

她到達橋的另一端，而平臺上已經沒有了黑暗的人影。颶他的。她從另一測的拱門離開，回到了城區裡，進入了一個大交叉路口。

包在席卡裡的塔西克人從她眼前經過，偶爾穿插著穿著多彩花紋的亞西須人。這裡很明顯是城裡比較高級的區域。陽光由上而下灑在了牆上的壁畫，那是一幅畫著塔西與九人在聯結世界的大壁畫。有些經過她身旁的是帕胥人奴隸，他們的皮膚是紅黑色的大理石紋。不像在亞西米爾，她在這裡並沒有看到太多帕胥人。也許只是她還沒到達夠有錢的城區吧。

這裡的許多建築前方都種著小樹或是裝飾用的灌木。它們被繁殖、培養成很懶惰的品種，就算很靠近人群也不會縮起葉子。

解讀人群……利芙特想著。人。哪裡的人行為很奇怪？

她穿過交叉路口，領會著人群的模式。人們的站姿、他們看的方向。那邊有著一波擾動。像是魚群的擾動，安靜卻非靜止。

她轉過彎道，瞥到了黑暗一眼，他正走上一排小樹旁的一段階梯，進入一間房屋，接著關上門。

利芙特潛到黑暗進門的房屋旁邊，她的臉拂過樹葉，讓它們收了起來。這些植物是很懶，但還沒有笨到被碰了還不動。

「你說他擁有的『眼睛』是什麼意思？」她在溫德繞在她身旁時問。「我看不見的那些。」

「他應該有一個靈，」溫德說。「就跟我一樣。它很有可能對妳還有除他之外的人來說是隱形的，我想在這邊大部分都是這樣，我記不得所有規則了。」

「你有時候真的滿笨的，引虛者。」

他嘆了口氣。

「別擔心，」利芙特說。「我大部分時候都滿笨的。」她抓了抓頭。那道階梯通到一扇門前。她敢打開門溜進去嗎？如果想知道關於黑暗的事，還有他來這座城做什麼，她就不能只是找出他住在哪裡而已。

「主人，」溫德說。「我也許笨，但我敢保證妳一定不是那個怪物的對手。妳有太多箴言還沒說了。」

「我當然沒說過那種東西，」利芙特說。「你從沒聽我說過嗎？我可是天真甜美的小女孩。我才不會說蛋蛋啊雞雞啊那種東西呢。我又不下流。」

溫德嘆氣。「不是那種發言。主人，我——」

「噓，安靜啦，」利芙特蹲在建築前方的樹旁。「我們得進去裡面，找出他想幹什麼。」

「主人，拜託別讓妳自己被殺掉。那種創傷太大了，我想我得花很多很多個月才能康復！」

「那還是比我康復得快。」她搔搔頭。她不能再像在警衛隊長家那樣，掛在建築外邊偷聽黑暗。在這種高級區沒辦法，而且也不能在大白天這麼做。

除此之外，她有著比偷聽更遠大的目標。她得闖進去才能做到她想做的事。但要怎麼做？這裡的建築不像是有後門，畢竟它們是直接從石頭裡切出來的。也許她可以從前面某扇窗子爬進去，但看起來肯定會很可疑。

她瞥向經過的人群。城市裡的人會注意街童想闖進窗戶裡這類看起來像是麻煩的事情，但其他時候，他們會忽略眼前最明顯的事。

也許……她確實還有著吃掉水果所產生的厲害。她看向一扇緊閉的窗戶，大概有五到六呎高。那裡是房屋的一樓，只是高度有點高，這城市裡的所有建築都往上墊高了。

利芙特蹲下，放出她的一些厲害。她身旁的小樹輕柔地伸展開來，葉苞彈出，舒開蜷曲，就像伸了個懶腰，枝條開始向天空伸展。利芙特慢慢替樹冠充能，讓它長得夠大，能遮住整扇窗戶。在她腳邊，颶風吹來的石苞種子開始發出小圓麵包狀的芽，藤蔓纏繞著她的腳踝。

看來沒有任何一個路人注意到她。他們會因為街童用奇怪的姿勢替屁股抓癢，而把她銬起來，卻不會注意到奇蹟。利芙特嘆了口氣，微笑著。只要她小心移動，這棵樹就能在她爬進窗戶時提供遮蔽。她繼續讓她的厲害向外擴散，安撫著樹，讓它變得更懶。生靈開始出現，發亮的綠色塵埃圍繞著她。

她等著經過的人群稍微少些時，乘機往上一跳，抓住一段樹枝，把自己拉上樹。這棵樹吸收著她的厲害，並沒有把葉片收回來。她在被枝幹包圍著的地方感覺很安全，這裡聞起來豐富鮮明，彷彿燉湯的香料。藤蔓纏繞著樹枝，長出新葉，就好像溫德那樣。

不幸的是，她的力量快用光了。一、兩個水果提供不了太多能量。她把耳朵抵在窗戶的厚重颶風護板上，並沒聽見房屋裡有任何動靜。她安全地躲在樹裡，用手掌輕拍著護板，利用聲音找出窗門的位置。

看吧，我能夠聽。

不過當然，這不是正確的那種聽。

這種窗戶的另一側是用某種長形棒子抵住的，大概是卡在護板背面的凹槽裡。幸運的是，這些護板不像其他城鎮裡的那麼緊密，畢竟是在安全的壕溝裡面，所以大概不需要太注意這些。她讓藤蔓纏在樹枝上，吸收著她的颶光，接著扭轉手臂把藤蔓擠進護板的縫隙間。藤蔓在護板內伸展開來，推著卡住護板的長棍，然後……

然後成功了。她用了最後一點厲害包住了絞鍊和護板，讓它們無聲無息地互相滑開。她溜進一間盒子似的石造房間，生靈在她身後湧進，在空氣中舞動著，就像在發光的耳語草種子。

「主人！」溫德蔓延進了房內的牆壁上。「喔，主人。那真是太棒了！我們何不忘記這些扯上破空師的破事，然後去……什麼……什麼，去經營農場！沒錯，農場。一個可愛的農場。妳可以每天都塑形這些植物，然後吃到快撐死！然後……主人？」

利芙特穿過房間，注意到牆邊架子上一整排收在鞘裡卻致命的劍，練習用的皮手套放在角落地板上。這裡聞起來有油和汗水的味道。房間門口並沒有門板，她偷偷望向黑暗的走廊，傾聽著。

這裡是個三叉路口。走廊上一整排房間向著她的左右延伸，一條比較長的走廊直直向前，沒入黑暗中。有人聲從那個方向傳來。

在她前方的走廊被鑿向石頭的深處，遠離窗戶——也遠離出口。她改往右邊看，那裡是房子的入口處。一個老人坐在椅子上，穿著利芙特只在黑暗和他的手下身上看過的黑白相間制服。除了幾絲頭髮以外，他的頭已經幾乎禿光了，再加上那對豆子眼和擠成一團的臉，看起來就像顆乾癟的水果假扮成人。

他站起身確認門上的小窗戶，用懷疑的眼光看著外面的人群。利芙特趁著這個機會竄入左邊的走廊，躲進隔壁的房間裡。

這裡看起來比較有希望一點。

此處因為颶風護板關閉而光線黯淡，看起來像是某種工作間或起居室。利芙特鬆開護板，引入一點光線，然後快速地搜索了一輪。滿是地圖的架子上沒有東西，寫字桌上除了幾本書和一些信蘆外也沒有其他東西。牆邊有個箱子，但是上了鎖。就在她開始絕望的時候，她聞到了味道。

她往門外偷看。那個警衛走去了別的地方；她可以聽見他在某處吹著口哨，還伴隨著水流注入夜壺的聲音。

利芙特繼續往左方的走廊前進，遠離那個警衛。接下來是間房門半開的臥房。她一偷溜進去就發現了一件掛在掛鉤上的筆挺外套，上頭有著水果的汙漬。這肯定是黑暗的外套沒錯。

在外套之下，有個托盤放在地板上，上面蓋著金屬蓋子——有錢人會用這個放在盤子上，這樣他們就不會看到漸漸冷掉的食物。在蓋子底下，利芙特發現了三盤鬆餅，它們看起來有如寧靜宮裡的翡翠珍寶。

黑暗的早餐。任務完成。

她開始以一種復仇的熱忱把自己的嘴塞滿。

溫德在她旁邊用藤蔓構成了一張臉。「主人？我們做了這麼多事……就只是為了讓妳偷吃他的食物？」

「對啊，」利芙特回答，接著一口吞下食物。「當然是。」她又咬了一大口。給他好看。

「喔，當然囉。」他深深地嘆了口氣。「我想這樣……其實還不錯。是啊。不用拿著無辜的靈揮來揮去，或是拿來戳人什麼的，就只是……偷吃一些食物而已。」

「黑暗的食物。」她偷過皇宮的食物，還有餓死人的亞西爾皇帝。她需要更有趣的目標做為下一次的挑戰。

終於拿到足夠食物來填飽肚子，這種感覺真好。其中一種鬆餅是鹹的，裡面有著蔬菜丁；另外一種是甜的；第三種比較蓬鬆，幾乎沒什麼份量，不過配了一些沾醬。她直接把醬喝了——誰有時間慢慢沾啊？

她把每一片都吃掉了，然後向後靠坐在牆邊，開心地咧嘴笑著。

「所以，我們大老遠來這裡，」溫德說。「然後跟蹤這個我們見過最危險的男人，就只是因為妳想偷吃他的早餐。我們不是來這裡做……其他事情的，對吧？」

「你想要多做什麼事嗎？」

「颶他的，不要！」溫德扭動著小小的藤蔓臉，看向走廊的方向。「我的意思是……我們在這裡多待一秒都很危險。」

「沒錯。」

「我們應該逃跑的。跑去找個農場，就像我說的。把他留在這裡，縱然他很可能在追蹤城裡的某個人。某個像我們的人，某個打不贏他的人。某個在掌握能力之前就會被他殺掉的人……」

他們坐在房間裡，空托盤放在一邊。利芙特感覺厲害再次開始在她體內翻騰。

「看來，」她說。「我們要去刺探他們囉，嗯？」

溫德發出一聲嗚咽，但是出人意料地點了點頭。

9

「請別死得太淒慘，主人，」溫德在利芙特爬向人聲來源時說。「頭上被好好敲一記，總比被五馬分屍好。」

那絕對是黑暗的聲音。他的聲音讓她打了個寒顫。那個男人在亞西爾皇宮追捕她時，並沒有顯露出絲毫的情緒，即便他對他即將做的事似乎有些抱歉。

「我聽說窒息還不錯，」溫德說。「不過在那種情形下，當妳氣絕時請別看著我，我可能沒辦法承受那種景象。」

記住市場裡的那個女孩。穩住。

颼他的，她的手在發抖。

「我不太確定摔死好不好，」溫德再說。「感覺有點髒，但總好過被刺穿。」

走廊的盡頭是一間被穩定鑽石光照亮的大房間。光源不是來自碎片也不是錢球，而是整顆的大寶石。利芙特蹲在半開的門邊，藏身在陰影中。

穿著筆挺白襯衫的黑暗正在踱步，在他面前是兩名身穿黑白制服、腰間配劍的手下。其中一人是個有著蠢圓臉的馬卡巴奇男人，另一人則是個膚色淺一點的女人——她看起來像雷熙人，尤其是那頭綁成辮子的深色長髮。她有著方臉寬肩，還有一個超級小的鼻子，好像她把原本的鼻子賣了拿去買新鞋，再從垃圾堆裡挖出另一個代替。

「對於我們軍團的成員而言，你們的藉口完全不成立。」黑暗說著。「如果你們想贏得靈的信任，從備選人進階為碎刃師，那就必須全心投入。今天稍早，我去追了一條你們都漏掉的線索，發現城裡有第二個犯罪者。」

「長官！」那個雷熙女人說。「我在一條巷弄裡阻止了一件襲擊案！有群惡棍在騷擾一名男子！」

「雖然這是件好事，」黑暗仍然平靜踱步著，甚至像在漫步。「但我們必須注意不能被輕罪分散了注意力。我能理解面對破壞社會法則的人時，很難保持專注。記住更遠大的目標、更重大的罪行，這些才是我們必須優先考量的。」

「封波師。」女人說。

封波師。像利芙特這樣的人，有著厲害的人，能夠做出不可能的事的人。她在溜進皇宮時都沒感到害怕，但蹲在這扇門邊、偷看這個她取名為黑暗的男人……她發覺自己嚇壞了。

「但是……」男性備選人說。「真的有必要……我的意思是，難道我們不該希望他們回歸，這樣我們才不會是唯一的燦軍軍團嗎？」

「很不幸的，並非如此。」黑暗說。「我曾經和你的想法一樣，但艾沙讓我認清了事實。如果人與靈再次開始觸發彼此間的締結，人類終將會再次發現誓言帶來的強大力量。沒有了榮譽來管束我們，接下來發生的事將有微小的可能性，會導致引虛者再次跨越世界、引發寂滅。即便世界毀滅的可能性很小，依然是我們無法承受的風險。對於艾沙賦予我們的任務，也就是成為保護羅沙的律法，維持絕對專一乃是必要的。」

「你錯了，」一個聲音從黑暗中傳來。「你也許是個神……但你依然錯了。」

利芙特差點從她的身體裡面跳出來。颶他的！有個男人就坐在門口內側，就在她躲的地方的旁邊。她的目光太集中在黑暗身上了，所以沒有看見他。

他坐在地上，穿著破碎的白衣。他有著一層褐色短髮，好像不久之前還是光頭；他的皮膚蒼白、像鬼一樣，手握著一把收在銀色劍鞘裡的長劍，劍柄靠在肩膀上，劍身則沿著他的身體和腿朝下。他的手臂垂放在劍鞘上，有如那是給小孩子抱的玩具。

他在位子上動了一下，然後……颸他的，他居然在身後留下了白色的殘影，彷彿你盯著太亮的寶石看太久一樣。殘影一下子就漸漸淡去了。

「他們已經回來了。」他悄聲說，聲音帶有平滑、空靈的雪諾瓦腔。「引虛者已經回歸。」

「你弄錯了，」黑暗說。「引虛者沒有回歸。你在破碎平原上看到的，只是數千年前的遺物罷了，是那些一直躲藏在我們之中的引虛者。」

白衣男人抬頭看，利芙特忍不住縮了一下。他的動作再度留下了一道發亮的殘影，接著逐漸淡去。颸他的。白色衣服。奇怪的能力。光頭的雪諾瓦人。碎刃。

這是餓死人的**白衣刺客**！

「我看到他們回來了。」刺客悄聲說。「新的颶風，紅色的眼睛。你錯了，神之子寧。你錯了。」

「偶然罷了。」黑暗的聲音不容否定。「我聯絡了艾沙，他是這麼向我保證的。你看見的是一些早期遺留下來的聆聽者，他們能夠任意使用舊形體。他們召喚了一群虛靈。我們以前也在羅沙發現過躲藏著的遺民。」

「那颶風呢？有著紅色閃電的新颶風？」

「沒有任何意義。」黑暗看起來並不在乎被挑戰。他好像對什麼事都不在乎。他的聲音非常平穩。「我敢肯定只是個異常現象。」

「你錯了。大錯特錯……」

「引虛者們沒有回歸，」黑暗堅定地說。「艾沙向我保證過的，而他絕不會說謊。我們必須履行職責。你有疑問，奈圖羅之子賽司。這不是件好事，而是種軟弱。疑問會導致躊躇不前。想要保持神智與行動力，唯一的方法就是選擇遵從一個法則。這就是為什麼我一開始會去找你的理由。」

黑暗轉身，經過其他人。「人類的心智很脆弱，他們情緒變化多端又時常難以預料。通向榮譽的唯一道路，就是遵從你所選擇的法則。這曾經是燦軍的行事方式，現在依然是破空師的行事方式。」

站在一旁的男女朝著他敬禮。刺客只是再次低下了頭，閉上眼睛，握著那把奇怪的銀鞘碎刃。

「您說有第二個封波師在這座城裡，」那女人說。「我們可以找——」

「她是我的。」黑暗平穩地說。「繼續你們的任務。找出自我們到達後，就一直就躲在這裡的那一個。」他瞇起眼睛。「如果我們不阻止他，其他人就會聚集過來。他們總是會集合在一起。在這五年間，我經常發現如果放任的話，他們必定會互相接觸。他們一定是被彼此吸引。」

他轉向兩名備選人。除了被搭話以外，他似乎都直接忽略刺客。「你們的獵物會犯錯——他會觸犯法律。其他軍團總是認為自身凌駕於法律之上。只有破空師們了解界限的重要性。要選擇自身以外的東西做為指引。不能信任自己的心智。就連我的心智——尤其是我的——也不能信任。

「我已經給了你們足夠的幫助。你們有我的祝福，以及確保有權在這座城市行動的授權書。你們會找出那個封波師，揭露他的罪行，然後給予裁決。以全羅沙之名。」

兩人再次敬禮，房間突然變暗。那名女人開始發出幽靈般的光，然後她臉一紅，溫順地看向黑暗。「我會找到他們的，長官！我的搜查正有所進展。」

「我也有一條線索，」男人說。「我很確定今晚就能得到消息。」

「互相合作，」黑暗說。「這不是比賽。這是評量能力的測試。我給你們的時間到日落為止，不能再等更久了。其他人已經開始出現，風險變得太大了。日落時，我就會自己處理這件事。」

「蛋蛋啊。」利芙特悄聲說。她搖搖頭，沿著走廊回去，遠離那群人。

「等等，」溫德跟在一旁說。「蛋蛋？妳不是說妳不會講這種髒話……」

「他們每個人都有，」利芙特說。「那女的除外，不過她的臉長成那樣，我其實不太確定。總之剛剛那不是髒話，只是觀察。」她回到走廊的交叉口，向左邊偷看。看門的老頭正在打盹。利芙特溜了過去，回到一開始進來的房間。她向外爬到樹上，然後關起護板。

幾秒鐘後，她已經跑過轉角、鑽進一條小巷內。她背靠著牆往下滑坐，心臟怦怦狂跳著。在巷子的更深處，有個家庭正在一間還不錯的棚屋裡吃著鬆餅，那間棚屋有兩面完整的牆。

「主人？」溫德說。

「我肚子餓了。」她抱怨著。

「妳才剛吃過！」

「只補充了進入那間餓死人的房子所用掉的量而已。」她緊閉雙眼，控制著她的擔憂。

黑暗的聲音實在太冰冷了。

不過他們跟我一樣。他們像我一樣會發光。他們就像我一樣，有著……厲害？這沉淪地獄的是怎麼回事？

還有白衣刺客。他會離開這裡，然後去刺殺搞斯嗎？

「主人？」溫德繞在她腿上。「喔，主人。妳有聽到他們是怎麼稱呼他的嗎？寧？那是神將納拉的名字！這不可能是真的。他們不是離開了嗎？就連我們都有關於神將的這些傳說。如果那個怪物真的是他們其中之一……噢，利芙特，我們該怎麼辦？」

「我不知道，」她悄聲說。「我不知道。颶他的……我來這裡是為了什麼？」

「我確信從一開始我就一直在問——」

「閉嘴啦，引虛者。」她強迫自己轉身站起來。在巷道的深處，那個家庭的父親伸手拿起了木棍，太太則是用簾子遮住小屋的開口。

利芙特嘆口氣，朝著移民區漫步回去。

10

當她到達孤兒院時，利芙特終於弄懂了為什麼它會開在巷子口的空地旁邊。孤兒院的主人——那個叫做樹椿的女人——開了門讓孩子們出來外面玩耍。這真是史上最無聊的遊樂場，就只有露天劇場的階梯和一些空地。

但孩子們看來很開心。有幾個在階梯跑上跑下大笑或咯咯笑著，其他孩子在地上坐成一圈，用彩繪的小石子玩著遊戲。幾乎有一整群的笑靈在大概十呎高的空中舞動，像是四處穿梭的小小銀魚。

小孩的數量很多，平均年紀比利芙特預想的還小一些。大部分就像她猜的一樣，不是腦袋不正常，就是缺胳膊少隻腿，大概都是那種狀況。

利芙特隨意站在寬闊巷口附近，靠近兩個正在玩遊戲的盲人女孩。其中一個會丟下一些大小形狀各異的石頭其中一塊，而另一個會根據它落地的聲音來猜是哪一塊石頭。前一天那群穿著席卡的老人，又再次坐在了半月狀劇場座位上，一邊聊著天一邊看兒童玩耍。

「我以為妳說孤兒院都很悲慘呢。」溫德蔓延在一旁的牆上。

「出來戶外放封的時候，大家都會高興一下。」利芙特看著樹椿。那個老巫婆皺著眉頭，拉著一輛推車穿過大門，走向劇場。更多的克雷馬麵包捲。太棒了。那東西只比粥來得好一點點，粥又只比冷襪子好一點點。

即便如此，利芙特還是加入了拿麵包捲的隊伍裡。輪到她時，樹椿不發一語地指向了推車旁邊。利芙特沒力氣跟她吵，所以乖乖站到一邊。

樹椿確認過每個小孩都拿到一個後，才打量了一下利芙特，把最後兩個麵包捲之一拿給了她。「三頓飯裡的第二頓。」

「第二頓！」利芙特生氣地說。「我還沒——」

「妳昨天晚上拿了一個。」

「我又沒跟妳要！」

「妳還是吃了。」樹椿把推車推走，自己吃掉最後一個麵包捲。

「颶他的老巫婆。」利芙特咕噥著，在石座位上找了地方坐下。她坐在遠離一般孤兒的地方，不想被搭話。

「主人，」溫德爬上階梯加入她。「妳說妳離開亞西爾的理由，是因為他們要妳穿漂亮的衣服和教妳識字，我不相信。」

「是喔。」她嚼著麵包捲。

「妳喜歡那些衣服，這是其中一點。當他們要叫妳去上課時，妳似乎很享受和他們玩你追我跑的遊戲。他們沒有強迫妳做什麼，只是提供一些機會而已。待在皇宮並沒有如妳所說的那麼令人窒息。」

「也許對我來說沒有。」她承認。

對搞斯來說才有。他們期望新皇帝做各種事情，上課、露臉等等。人們前來觀賞他吃每一餐，他們甚至來看他睡覺。在亞西爾，皇帝是人民的所有物，就像一隻有七個不同家庭在餵的好脾氣流浪野斧犬，每一家人都說牠是自己養的。

「也許，」利芙特說。「我只是不想要大家對我有那麼多期望。如果你認識一個人太久，他們就會開始依賴你。」

「哦，所以妳是不想背責任囉？」

「我當然不想。我只是個餓死人的街頭野孩子。」

「但妳卻來這裡追蹤一個八成是神將的人，他不但已經發瘋，同夥中還有一名謀殺了好幾個國王的刺客。沒錯，我相信妳一定是在逃避責任。」

「你在對我耍嘴皮子，引虛者？」

「我想是吧？老實說，我不知道那個詞是什麼意思，但依妳的語調來判斷，我會說我就是在對妳耍嘴皮子，而且妳活該。」

她咕噥了一聲回應，繼續嚼著她的食物。有夠難吃，味道像是已經在外面放了一個晚上。

「媽媽總是叫我去旅行，」利芙特說。「趁我還年輕的時候去各種地方走走。」

「那是妳離開皇宮的理由？」

「不知道。也許吧。」

「完全沒道理。主人，究竟是為什麼？利芙特，妳究竟想要什麼？」

她垂眼看著手上吃了一半的麵包捲。

「所有東西都在改變。」她低聲說。「沒關係，東西就是會變。只是，我應該不會改變才對。我許願要求不要改變的。她應該要達成我的願望。」

「守夜者？」溫德問。

利芙特點頭，覺得好渺小、寒冷。孩子們在附近歡笑玩樂著，但不知道為什麼只讓她感覺更糟糕。雖然她這幾年都試著要忽視這件事，但顯而易見的，她和三年前去尋找上古魔法時相比，確實是長高了。

她的目光越過孩子們，看向前方街道上的行人。一群女人匆忙經過，手上拿著一籃紗。一個拘謹的雅烈席人往另一個方向走去，有著黑色的直髮和專橫的儀態。他至少比街上其他人都高了一呎。清潔工沿著街道撿垃圾清理著。

在街道口，樹樁已經放好推車，正在管教一個亂打人的小孩。在露天劇場後方的座位上，老人們一起說笑著，其中一人正在倒茶，遞給其他人。

他們全都看起來……知道該做什麼事。克姆林蟲知道該怎麼爬行，植物知道該怎麼生長，所有一切都在應該的位子上。

「我唯一知道怎麼做的事只有找吃的。」利芙特悄聲說。

「為什麼，主人？」

一開始要餵飽自己很難。但隨著時間過去，她開始抓到訣竅。她變得很擅長。但是一旦不再隨時餓肚子了，接著該做什麼？又該怎麼知道？

有人戳了戳她的手臂，她轉頭看見一個孩子跑到了她旁邊，那是個剃了頭的瘦弱男孩。他指著利芙特的半個麵包捲，發出咕嚕聲。

她嘆氣後把麵包捲給了他，看著他吃得津津有味。

「我知道你，」她抬起頭說。「你是那個昨晚被自己媽媽丟下的男孩。」

「媽媽，」他看著她。「媽媽……回來什麼時候？」

「嗯哼，所以你會說話嘛，」利芙特說。「看你昨天呆坐在那眼睛直瞪的樣子，沒想到還能說話。」

「我……」那男孩眨了眼睛，然後看著她。他沒有流口水，這對他來說很了不起，今天一定是他狀況很好的日子。「媽媽……回來嗎？」

「大概不會，」利芙特說。「抱歉，小子。他們不會回來的。你叫什麼名字？」

「米克，」男孩困惑地看著她，徒勞地搜尋著想要認清她是誰。「我們……朋友？」

「才不是。」利芙特說。「你不會想當我朋友的。當我朋友的下場是變成皇帝喔。」她顫抖了一下，身體前傾。「有專人幫他挖鼻孔呢。」

米克一臉茫然地看著她。

「沒錯，我是認真的喔。他們會挖他的鼻孔。他有一個幫他弄頭髮的女人，我跑去偷看的時候，看到她把某個東西伸到他鼻子裡面。大概是用一把小鑷子來夾他的鼻屎還是什麼的。」利芙特又抖了一下。「當皇帝還真奇怪。」

樹椿拖來一個一直在打別人的孩子，叫他坐在石頭上。接著很奇怪的，她給了他一副耳罩，好像天氣很冷一樣。他戴上耳罩，閉上眼睛。

樹椿停下動作，看向利芙特和米克。「正在計畫怎麼搶劫我嗎？」

「什麼？」利芙特說。「才沒有！」

「還有一餐。」那女人舉起一根手指，指向米克。「還有妳走的時候，把這傢伙也帶走。我知道他在假裝。」

「假裝？」利芙特轉向米克，他眨了眨眼，一臉迷惑，似乎嘗試要跟上對話。「妳開玩笑的吧？」

「我可以看穿為了要飯假裝身體不對勁的野孩子，」樹椿怒罵。「這一個才不是白癡。他是在假裝。」她重重踩著腳步離開。

米克縮了起來，看著自己的腳。「我想媽媽。」

「是啊，」利芙特說。「這樣很好，嗯？」

米克看著她，皺著眉頭。

「我們還能記得自己的媽媽，」利芙特站起身來。「那已經比大部分像我們這樣的人還來得好了。」她拍拍他的肩膀。

不久後，樹椿叫嚷著玩耍時間結束。她把孩子們趕進孤兒院裡睡午覺，即便有許多孩子的年紀已經大到不必這麼做了。樹椿在米克進門時，生氣地盯著他看，但還是讓他進去了。

利芙特留在她的石頭座位上，突然用手拍向在隔壁階梯上爬行的克姆林蟲。那餓死人的蟲居然閃開了，然後敲著有殼的腳，就好像在笑她一樣。這裡真的有一些很奇怪的克姆林蟲，跟她看慣的種類完全不同。奇妙的是，在你注意到克姆林蟲之前，有時根本就忘記自己身處在不同的國家。

「主人，」溫德說。「妳決定好我們接著要去哪裡了嗎？」

決定。為什麼要做決定？她通常都直接做事。挑戰出現的時候她就會去面對，去別的地方只因為她還沒見過那裡。

原本看著兒童的老人們慢慢地起身，就像老樹在颶風後伸出它們的枝條。他們一個接著一個離開，直到只剩下一人。他穿著黑色席卡，包頭的部分向下拉，露出了一張留著灰色鬍鬚的臉。

「欸，」利芙特叫他。「你還是很怪嗎，老頭子？」

「我就是我該成為的人。」他回答。

利芙特咕噥一聲，爬下她的座位走向他。剛才有些孩子留下了他們的小石頭，上面塗著褪色的彩色顏料。窮人版的玻璃彈珠。利芙特踢了它們一下。

「你怎麼知道該怎麼做？」她問那個男人，雙手插在口袋裡。

「做什麼事，小東西？」

「做任何事，」利芙特說。「是誰教你怎麼決定什麼時間要做什麼事的？是你父母嗎？祕訣是什麼？」

「什麼的祕訣？」

「怎麼當一個人。」利芙特悄聲說。

「那個，」老男人呵呵笑著。「我恐怕不知道，至少沒比妳好到哪裡去。」

利芙特看著槽狀牆壁之上的天空，牆上的植物已經被刮除乾淨，又被漆成深綠色，彷彿要模仿植物那樣。

「奇怪的是，」那男人說。「人的時間如此短暫。我認識的很多人都這麼說——等到你覺得事情開始上手了，白天早已結束，夜幕已然降臨，而光芒也已熄滅。」

利芙特看著他。沒錯。還是很怪。「我猜當你老了之類的，你就會開始想死掉的事。就好像一個人想尿尿的時候，他就會開始找個方便的小巷子。」

男人咯咯笑。「小鼻子，妳的生命會逝去，但這整個城市做為一個有機體，會繼續活下去。」

「我不是鼻子，」利芙特說。「我是厚臉皮。」

「鼻子、臉皮，都是在臉上。」

利芙特翻了個白眼。「我不是那個意思。」

「那麼妳又是什麼？也許是一隻耳朵？」

「不知道。也許吧。」

「不，還不是，但是接近了。」

「對啦對啦，」利芙特說。「那你又是什麼？」

「我會根據不同時間來做改變。某些時候我是觀察城市裡眾人的眼睛；另一些時候我是嘴巴，講述著哲學的語句。話語就像疾病般散播——所以有時候我就是疾病。大部分的疾病都是活的，妳知道嗎？」

「你……不是真的在講你講的事情，是吧？」

「我相信是的。」

「太棒了。」在所有她可以詢問要如何成為負責任的大人的對象裡，她偏偏挑了一個腦袋裡裝蔬菜湯的傢伙。她轉過身離開。

「妳會為這座城市做什麼，孩子？」那男人問。「這是我的問題的一部分。妳會做選擇，還是只被大局塑造著？如果妳身為一座城市，會有著雄偉皇宮的城區嗎？還是妳對自己而言是個貧民窟？」

「如果你能看見我裡面，」利芙特倒退著走，讓她能繼續面向階梯上的老人說話。「你就不會說那種話了。」

「為什麼？」

「因為貧民窟的人至少知道自己在蓋什麼東西。」

她轉過身，加入街道上的人流。

11

「我覺得妳似乎不太了解事情該如何運作，」溫德蜷曲在她身旁的牆上。「主人，妳……對增進我們之間的關係似乎沒什麼興趣。」

她聳聳肩。

「有一些箴言，」溫德說。「至少我們是這麼說的——它們更像是一種……概念。活著的概念，伴隨著力量。妳必須讓它們進入妳的靈魂。讓我進入妳的靈魂。妳聽見了那些破空師說的話，對吧？他們正打算進展到下一階，那時他們就會……妳知道的……得到碎刃……」

他對著她微笑，表情是牆面上跟著她腳步的一連串藤蔓圖案所構成。每個微笑的影像都有些許不同，一個接一個長在她身邊，就像一百幅畫。它們構成了微笑，但沒有任何一幅就是微笑。所有的圖案加在一起才是微笑。又或許微笑只存在於連環影像的空隙之間。

「我只懂得做一件事，」利芙特說。「就是怎麼偷黑暗的午餐。那就是我一開始來這裡打算做的事。」

「那個，呃，我們不是已經做過了嗎？」

「不是他的食物。他的午餐。」她瞇起眼睛。

「啊……」溫德說。「妳是說他準備要處決的人。我們要搶在他之前把人救走。」

利芙特沿著路邊慢步而行，來到了一座花園。這是一處石刻的碗型盆地，分別有四個出口朝向不同的街道。藤蔓爬滿了背風側的牆上，另一側的空間逐漸讓給了布里檀，它們有著防護用的扁盤形狀，盤緣長了許多植莖，朝著陽光往上生長。

溫德哼了一聲，從她身邊橫越地面。「這根本算不上花園，幾乎沒有好好地培育，負責維護的人該被大大訓斥一頓。」

「我喜歡這裡。」利芙特的手舉向一些生靈，它們在她指間跳動著。花園中擠滿了人，有些人來來去去，另一些人則逗留在此，還有一些人在乞討錢球。她在這座城裡沒見到太多乞丐，八成是因為有一大堆管理乞討時段和方式的法規。

她停下腳步，兩手扠腰。「住在亞西爾和塔西克的人超愛把事情寫下來。」

「喔，這是絕對的，」溫德說著盤在一些藤蔓上。「嗯嗯。很好，主人，這些是水果藤。這樣至少好一點，代表這裡的植物並不是完全亂長一通。」

「而且他們很愛資訊，」利芙特說。「也喜歡互相交易，對不對？」

「千真萬確。這是他們文化上的顯著特徵，皇宮裡負責教妳的導師是這麼說的。妳當時人不在，我有替妳去聽課。」

「人們寫的東西可能很重要，至少對他們自己來說是，」利芙特說。「但是他們寫完之後要拿這些字怎麼辦呢？把它丟掉？燒掉？」

「把它丟掉？母親的藤蔓啊！不、不、不。妳不能隨便就丟掉！那些以後可能還有用處。如果是我的話，會找一個安全的地方保持原樣放好，以免我有一天會用到！」

利芙特點頭，雙手抱胸。人們跟他有相同的想法。在這座城，所有人都在寫筆記和規則，而且隨時都想把點子賣給其他人……某種程度上，這裡像是有著一整座城的溫德。

黑暗叫他的獵人去找能做出怪事的人。厲害的事。而這座城連哪個小朋友吃什麼早餐都會記下來。如果有人看到奇怪的事情，一定會有紀錄。

利芙特走過花園，她的腳趾頭刷過藤蔓，讓它們翻動著遠離她。她跳到一個目標身旁的長椅上，那是一名穿著褐色席卡的年長女性，布料包頭的部分朝上下拉開，露出畫了妝的中年臉龐以及些許造型過的頭髮。

那女人立刻皺起鼻子。這太不公平了。利芙特差不多是上禮拜才在亞西爾洗過澡，還用了肥皂呢。

「呿，」那女人對她揮著手指。「我沒錢可以給妳。呿，走開。」

「我不要錢，」利芙特說。「我想要交易。交易資訊。」

「我想要的東西妳沒有的。」

「我可以給妳沒有。」利芙特鬆了一口氣。「這我很會。我只要走掉妳就什麼都沒有了。妳只要回答我一個問題。」

利芙特蹲在長椅上沒有移動，接著抓了抓背後。女人動了一下，看起來像是準備要離開，利芙特向前逼近。

「妳違反了乞丐的規矩。」女人怒罵。

「我不是乞討。我在交易。」

「那好，妳想知道什麼？」

「在這座城裡，」利芙特說。「有沒有哪個地方可以讓人把寫下來的東西放在裡頭，保障它們的安全？」

女人皺皺眉，接著舉手指向某一條街。那條街筆直地通向遠方，朝城市中央那座隆起的丘型堡壘而去。那座堡壘比周邊的其他東西來得高，頂端還從壕溝探出頭去。

「妳是指大訊息廳嗎？」那女人問。

利芙特眨眨眼，抬起頭。

那女人乘機逃去了花園其他地方。

「那個一直都在那裡嗎？」利芙特問。

「呃，沒錯。」溫德說。「它當然一直都在。」

「真的嗎？」利芙特搔了搔頭。「是喔。」

12

溫德的藤蔓從巷子側邊交織而上，利芙特往上爬著，毫不在乎是否引人注目。她把自己拉上牆壁上方的農田，那裡的農夫們正看著天空發牢騷。天氣根本就發瘋了，現在應該要一直下雨才對，通常這是個不適合播種的時節，因為水會把種子糊沖走。

但是已經好幾天沒下雨了。沒有颶風，沒有水。利芙特繼續走著，經過正在分灑種子糊的農夫們，那些種子會先長成小小的芽球，最後大到和大石塊一樣，塞滿多到爆出來的穀子。碾碎那些穀子——不論是用手還是靠颶風——就可以製成新的種子糊。利芙特總是奇怪為什麼自己吃完穀子，肚子裡不會長出芽球，到現在還沒有人給過她清楚的答案。

困惑的農夫們工作著，他們的席卡下拉到腰際。利芙特從旁邊經過，她有試著去聽。去聆聽。

現在原本是農夫一年之中唯一不必工作的時間。沒錯，他們會在裂縫裡種一些垂柏，因為它耐水淹。但他們不應該種拉維穀、塔露穀還有克雷馬穀的，這些是需要更多勞力的穀類，獲利也更高。

但看看現在，如果明天又開始下雨，把今天的努力都沖走了怎麼辦？萬一，再也不下雨了怎麼辦？泣季的雨水目前填滿了城裡的蓄水池，卻也不是無窮無盡的。農夫們實在太過擔心，利芙特看見一些像是紫色水滴的懼靈聚集在他們周圍的土堆上。

生靈就像是要與之對抗一般，隨著她的腳步從芽球上脫離，在利芙特身邊浮動。它們跟隨著她的行跡，形成一陣發著綠光的迴旋塵埃。在她前方，拔地而起的大訊息廳彷彿禿子的頭頂從椅背上緣露出來一般，可看見這座圓頂是由很多石頭所構成的。

城市裡所有結構都圍繞著這個中心點，街道彎向這邊，朝著中心扭曲著。隨著利芙特更加靠近，她可以看見訊息廳周圍有大量的石頭被削掉了。這個圓形碉堡看起來沒什麼特別的，至少能很穩固地抵抗颶風。

「沒錯，地面確實自這個中心點向外傾斜，」溫德提到。「這個地點一定是整座城的最高處，我猜建城當時人們就知道這件事，才把這個中心節點建成一座堡壘。」

一座書本專用的堡壘。有時候人們真的很怪。這棟建築物有著許多螺旋狀的坡道通向內部，群眾在底下進進出出，大多是塔西克人。

利芙特在牆邊坐下，雙腳懸在半空中。「看起來有點像男生某個部位的頭。似乎有個傢伙的劍實在太短，大家覺得他很可憐，所以就說：『嘿！我們幫你那裡建了一個超大的雕像，這樣就算它很小，看起來還是很大！』」

溫德嘆了口氣。

「這不是下流，」利芙特補充。「這叫做詩意。老白髮說只要你在講藝術，那就不是下流，而是優雅。這就是為什麼皇宮裡掛很多裸體女人畫像的原因。」

「主人，那位不就是故意讓瑪拉貝息安巨殼獸吞掉自己的人嗎？」

「沒錯。那傢伙就跟一整箱喝醉酒的貂一樣瘋。我想念他。」她喜歡假裝他沒有真的被吃掉。他在跳進巨殼獸大開的喉嚨前，還向她擠了擠眼睛，嚇壞了群眾。

溫德堆積起自己，形成了一張臉——眼睛是水晶做的，嘴唇是小小的藤蔓網絡。「主人，我們有什麼計畫？」

「計畫？」

他嘆氣。「我們得進去那棟建築物。妳都是想到什麼才做什麼嗎？」

「沒錯。」

「我可以提供些建議嗎？」

「只要不是吸走別人的靈魂就好，引虛者。」

「我不是——聽著，主人，那棟建築是一座檔案庫。以我對這地區的了解，裡面的房間一定是塞滿了各種法規、紀錄與報告，肯定有成千上萬份。」

「是啊，」她手握成拳說著。「有那麼多紙，一定有記著怪事的紙在裡面！」

「具體而言，我們要如何精確地找到想要的資訊？」

「簡單。都讀一遍。」

「……讀一遍。」

「沒錯。我們先進到裡面，你就去讀書之類的，然後我們就會知道怪事發生在哪邊，那就會帶我們找到黑暗的午餐。」

「……全部讀一遍。」

「沒錯。」

「妳真的清楚那裡有多少資訊嗎？」溫德說。「那裡可是有好幾十萬份的報告和帳冊啊。再講明白點，幾十萬比十還來得大，所以妳數不來。」

「我不是傻瓜，」她怒罵。「我還有腳趾頭呢。」

「還是遠遠多於我有辦法讀的量。我沒辦法幫妳篩選所有資訊，那是不可能的事。絕對沒辦法。」

她看著他。「好吧。也許我可以給你一個靈魂。也許找個收稅員……不過他們根本就不是人。他們算嗎？還是你需要，像是，三個他們的靈魂，才抵得過一個正常人的靈魂？」

「主人！我不是在討價還價！」

「拜託，大家都知道引虛者最喜歡划算的交易。一定要是重要人物的靈魂嗎？還是隨便哪個沒人喜歡的笨蛋也可以？」

「我不吃靈魂，」溫德吶喊著。「我不是在跟妳講價錢！我是在陳述事實。我沒辦法讀完檔案庫裡的全部資料！為什麼妳就不能認清——」

「喔，冷靜一下你的觸鬚，」利芙特晃著她的腳，腳跟在岩壁上彈著。「我聽見了。你的抱怨這麼多，不想聽見都難。」

後方的農夫們開始在問她是誰家的女兒，為什麼沒幫大人們送水、做小孩子該做的事情。利芙特揉著臉思考著。「沒辦法等到晚上再偷溜進去，」她嘟噥。「黑暗到時候已經殺掉那個可憐人了。而且，我敢打賭那些抄寫員晚上也在工作。他們是吃墨水過活的。當你可以寫新的法律來規定大家只能用幾隻手指拿湯匙，誰還需要睡覺？

「不過他們很懂自己做的事，到處在賣這些服務。大臣們常常會寫信來要一些事情的資訊，通常是世界各地的新聞。」她咧嘴一笑，站起身來。「你說得對。我們要用不一樣的方法做事。」

「當然。」

「我們要很聰明。繞圈。像引虛者一樣思考。」

「我沒說——」

「別抱怨了，」利芙特說。「我要去偷一些看起來很重要的衣服。」

13

利芙特喜歡柔軟的衣服。這些柔順的亞西須外套和袍子就像是衣櫃中的絲滑布丁，能被提醒生活中不只有粗糙的事物還是不錯的，有時候生活是軟軟的枕頭、蓬鬆的蛋糕。或是好聽的話語。或是媽媽。

只要有柔軟的衣服，這世界就不算太糟糕。現在身上這一套服裝對她來說太大了，但是沒關係，她喜歡鬆鬆的衣服。她裹著長袍坐在椅子上，雙手交疊放在大腿，頭頂上戴著帽子。這一整套服裝都以亮色繡著代表很重要的花紋。她很確定這點，因為所有亞西須人談到花紋時嘴巴都停不下來。

這個抄寫員很胖，大概要三件席卡才能把她包起來。或是一件給馬穿的席卡。利芙特沒想到他們會給抄寫員這麼多食物。抄寫員要那麼多能量做什麼？筆明明就很輕啊。

這個女人戴著眼鏡，即使身在信奉塔西的地方，也還是遮著臉孔。她用筆敲擊桌面。「妳是從亞西爾的皇宮過來的。」

「沒錯，」利芙特說。「我是皇帝的朋友。我都叫他搞斯，但是他們把他的名字改成別的東西了。其實沒關係啦，搞斯這名字有點白癡，沒人想要皇帝聽起來像個白癡。」她抬起頭。「不過他一講話就露餡了。」

溫德在她身邊的地上微微發出哀嚎。

「妳知道嗎？」利芙特傾身向抄寫員。「居然有人專門負責幫他挖鼻孔呢！」

「年輕女士，我覺得妳在浪費我的時間。」

「這句話很傷人耶，」利芙特在她的座位上坐直身子。「尤其是你們在這裡好像沒什麼事情做。」

這是真的。整座建築裡都是跑來跑去的抄寫員，從各個無窗的凹室中搬進搬出大疊大疊的紙。這裡甚至有一種利芙特以前只看過幾次的靈，它們看起來是空氣中的小漣漪，有如雨滴掉進池塘裡——只是這裡既沒有雨滴、也沒有池塘。溫德叫它們專注靈。

總之，這地方的紙多到需要用帕胥人拉車載著走！一個載著一大盒紙的帕胥女人正經過外面的走廊，那些紙會被拉去給坐在桌子旁邊的一億名抄寫員其中一人，所有抄寫員都被閃爍的信蘆包圍著，溫德說他們在回應來自世界各地的查詢以及傳遞訊息。

現在跟利芙特待在一起的是個比較重要一點的抄寫員。利芙特靠著溫德的建議——不要說話——才來到了這間房間。大臣們也常這樣做，只點點頭，不說一句話。她只亮出過一張卡片，上面的字是她照著溫德用藤蔓形成的圖案去描的。

前門的人被她唬住了，領著她穿過走廊，來到這裡。這間房間比其他的都大，但還是沒有任何窗戶，不過牆上的白漆有著黃褐色的汙漬，大概可以假裝是陽光。

一個放著許多信蘆的長架子靠著另一面牆，幾幅亞西須掛氈掛在後方。這名抄寫員是某種專門負責亞西爾政府的聯絡人。

等到進了房間，利芙特就必須說話，無法繼續逃避了。她需要更有說服力一點。

「妳是從哪個可憐人那裡搶來這件衣服的？」那名巨大的抄寫員問。

「妳說得好像我在那個人還穿著這件衣服時就把它搶走一樣。」利芙特翻了翻白眼。「聽好了，妳去拿一支那種會發光的筆寫訊息給皇宮，然後我們就能談重要的事情了。我的引虛者說，你們這邊有一大堆紙，我們要從裡面找東西。」

女人站了起來，利芙特幾乎可以聽見她的椅子鬆了一口氣的聲音。女人一臉不屑地指向門口，但就在此時，一個穿著黃色席卡又戴著奇怪黃褐色帽子、身材高瘦的低階抄寫員進了門，附在女人的耳邊說了些悄悄話。

女人看起來不太高興。新來者尷尬地聳聳肩，接著快步離開。那個胖女人轉過來看著利芙特。「告訴我，妳在皇宮裡認得的官員名字。」

「嗯，有阿達——她的鼻子長得像塞子，很好笑。還有大啊，我不會念他真正的名字，裡面有一些像是嗆到的發音。還有垂屁屁老爹，他其實不算官員，其他人叫他嗣者，是另外一種重要人物。喔！還有肥嘴唇！她負責管其他人。她的嘴唇其實不肥啦，她很討厭我這麼叫她。」

那女人瞪著利芙特，然後轉身走向房門。「在這裡等著。」她說完離開了房間。

利芙特彎腰靠近地面。「我做得怎麼樣？」

「很糟糕。」溫德說。

「對啦。我有發現。」

「這就是文書們之前一直告訴妳的，」溫德說。「學好說話禮儀很有用處。」

「哇啦哇啦。」利芙特走向門邊聽著。她可以聽見門外抄寫員們微弱的說話聲。

「……符合移民區警衛隊長請求在城中搜索的外觀描述……」其中一人說。「她就出現在這裡！我們已經派人去找隊長，幸好她正巧在這裡匯報……」

「沉淪地獄的，」利芙特悄聲說，一邊往後退。「他們盯上我們了，引虛者。」

「我從一開始就不該幫妳做這個瘋主意的！」溫德說。

利芙特橫越房間，到了信蘆架旁。它們上面全都有標籤。「快過來告訴我，我們需要哪一支？」

溫德蔓延上牆壁，讓藤蔓橫越過標籤們。「嗯，嗯，這些都是很重要的信蘆。我看看……那邊第三支，那支可以連到皇宮抄寫員那裡。」

「太棒了，」利芙特抓住它，爬到桌子上。她把它設置在板子上正確的位置——她已經看別人做過非常多次——然後扭轉信蘆頂端的紅寶石。信蘆馬上就有了回應，皇宮抄寫員通常不會離信蘆太遠，他們把信蘆看得比自己的手指頭還重要。

利芙特抓起信蘆，放在紙上。「呃……」

「喔，看在培養的份上，」溫德說。「妳之前根本就沒在學，對吧。」

「沒錯。」

「告訴我妳想說什麼。」

她說了出來，接著溫德再次讓藤蔓延伸過桌面，形成正確的形狀。她用拳頭握著筆，一次一個蠢字母地描著那些字。這樣下去要寫到天荒地老。寫字實在太可笑了，就不能用說話的嗎？幹麼要發明一種讓人不看見對方也能叫對方做事的方法？

我是利芙特，她寫著。告訴肥嘴唇我需要她。我有麻煩了。還有去叫搞斯過來。如果現在沒人在挖他鼻孔——

房門突然打開，利芙特驚叫一聲，迅速扭轉了紅寶石，再爬下桌子。

門外有一大群人。五個抄寫員，胖子也是其中之一，還有三個警衛，其中一個是負責城市入口警衛亭的女人。

颾他的，利芙特心想。動作還真快。

她衝向他們。

「小心！」那個警衛大喊。「她很滑溜！」

利芙特把自己變厲害，但那個警衛把抄寫員們推進房間，開始關閉身後的房門。利芙特鑽到他們腿中間，輕易地溜過去，卻直接撞上剛關好的門。

警衛向她撲來。利芙特驚呼，將厲害包覆在全身，所以當她被抓住時，便從寬袖的亞西須外套中滑了出來，只穿著一件袍子般的長裙和底下的長褲，還有她的普通上衣。

她快步跨過地面，這房間並不大，她試著繞著房間邊緣亂跑，但是那個警衛隊長早已盯住她了。

「主人！」溫德喊著。「喔，主人。別被刺傷了！妳聽見了嗎？避免被任何銳器擊中！鈍器也一樣！」

其他警衛溜進房間，緊接著關上門。利芙特低吼一聲。警衛們分別從房間的兩邊小心地朝她包攏靠近。她往其中一邊閃開，接著往另一邊，然後重拍了放信蘆的架子，抄寫員們在信蘆倒下時跟著尖叫。

利芙特衝向房門。警衛隊長一把擒抱住她，另一個警衛則直接壓在她身上。

利芙特扭動著，讓自己變厲害，掙脫他們的手指。

她只需要再——

「塔西啊，」一個抄寫員悄聲說。「神中之神與世界聯結者！」長得像藍色菸圈的讚嘆靈從她頭部周圍噴出。

利芙特從警衛的抓握中彈了出來，爬起身站在其中一人背上，讓自己能清楚地看見書桌。那支信蘆正在寫字。

「他們也拖太久了。」她從警衛身上跳下，坐在椅子上。

警衛在她身後站起身咒罵著。

「隊長，住手！」肥胖抄寫員看向那名黃衣抄寫員。「再去拿一支連接亞西爾皇宮的信蘆。拿兩支好了！我們需要確認。」

「確認什麼？」抄寫員走近書桌。警衛隊長加入她們，讀著被寫下的內容。

接著，緩慢地，三個人全都睜大眼睛一齊盯著利芙特。

「『致任何關切之人，』」溫德念著，他的藤蔓爬上桌面，分散在紙張上。「『此乃吾，阿卡席克斯首座、大馬卡巴奇皇帝、亞納高一世之諭令，告諸如遇以利芙特為名之年輕女子，須以最高禮節與尊重予以相待。

「『爾等須如同服從吾般服從她之命令，若有因她……入侵爾等城市而導致任何財物損失，皆可一律向皇家帳戶請償。下文為此女子之外觀描述，及兩則唯她本人才能回答之問題，以示認證。然須知——若她遭受任何形式之傷害或阻礙，皇帝之怒將降於諸君。』」

「謝啦，搞斯。」利芙特看向抄寫員與警衛們。「這代表你們要照著我說的話做！」

「那……妳想做什麼？」胖抄寫員問。

「還不一定，」利芙特說。「先看看你們今天中午吃什麼？」

14

三個小時後，利芙特坐在胖抄寫員的桌子正中間，用手抓著鬆餅吃，頭上還帶著瘦抄寫員的帽子。

一群助理抄寫員在她前面的地上翻找著報告，一堆堆書本到處四散，就像吃完大餐後剩下的碎蟹殼一樣。胖抄寫員坐在桌邊，讀著搞斯最近一次的信蘆回應內容給利芙特聽。她終於拉下了遮臉布，比利芙特想像中年輕漂亮多了。

「『利芙特，我很擔心，』胖抄寫員讀給她聽。「所有人都擔心。西邊已經開始傳來了報告，使丁和奧姆已經看見新颶風了，一切描述都符合那個雅烈席軍閥的說法：有著紅色閃電的颶風正從反方向吹來。』」

那女人抬臉看向利芙特。「他的資訊沒錯，呃……」

「說出來。」利芙特說。

「鬆餅飽飽大人。」

「念起來很順口吧？」

「皇帝陛下對這個奇異新颶風的資訊是正確的。我們有分別來自雪諾瓦與依瑞的確認，一個有著紅色閃電的巨大颶風，正從西邊吹來。」

「還有怪物呢？」利芙特說。「黑暗中有紅色眼睛的生物？」

「所有訊息都一片混亂，」抄寫員回答，她的名字是捷娜。「很難獲得明確的答案。我們先前取得了一點點相關訊息，來自於同一個颶風在出海之前襲擊東海岸的報告。當時大部分的人都認為那些報告太過誇大，颶風應該會自己散掉。但現在它已經繞了星球一圈，並且襲擊了西部……據說親王正準備對全國發布緊急命令。」

利芙特看著溫德，他在她身旁的桌上繞成圈狀。「是引虛者，」他小聲地說。「已經開始了。美德啊……寂滅已經回歸了……」

捷娜回過頭繼續念搞斯的信蘆訊息。「『這是場災難，利芙特。沒有人對從反方向來的颶風有任何準備。不過，雅烈席人簡直和颶風一樣糟糕。他們怎麼會知道這麼多？難道是他們的軍閥用某種方法召喚出颶風嗎？』」

利芙特嚼著她的鬆餅，這是比較密實的種類，中間還有搗碎的醬，吃起來太黏又太鹹了；旁邊另一種是以酥脆的小種子包覆在餅外面。比起來，幾個小時前她吃過的那兩種鬆餅比較好吃。

「它什麼時候會來？」利芙特問。

「颶風嗎？很難判斷，不過大部分的報告說它的速度比一般颶風慢，大概三、四個小時後會抵達亞西爾和塔西克。」

「照我講的寫給搞斯，」利芙特趁著咬鬆餅之間的空檔說。「他們這裡的食物很好吃。有很多不同種類的鬆餅，其有一種中間包了糖。」

抄寫員猶豫了。

「寫下來，」利芙特說。「不然我就逼妳用更多蠢稱號來叫我。」

捷娜嘆了口氣，但照做了。

「『利芙特，』」她朗讀著來自搞斯的下一段回應。那邊肯定有大概十五個嗣者和大臣圍著搞斯告訴他要寫什麼，等他同意後再替他寫下來。「『現在不是閒聊食物的時候。』」

「當然是，」利芙特回覆。「我們要記住，也許颶風要來了，但人們還是要吃飯。就算明天是世界末日，等到後天，大家還是會問早餐吃什麼。那就是你的工作。」

「『那些更糟糕的傳聞該如何是好？』」他回應。「『雅烈席人針對帕胥人做出了警告，在這麼短的時間內，我已經盡我所能了。但他們說的那些在颶風中的引虛者，又該怎麼辦呢？』」

利芙特看著塞滿了抄寫員的房間。「我正在想辦法處理那部分。」她在捷娜寫下這段話時站起身，用身上華麗的袍子擦擦手。「嘿，你們這些聰明人，找到什麼了嗎？」

抄寫員們抬頭看向她。「女士，」其中一個說。「我們完全沒概念到底該找什麼。」

「奇怪的事情啊！」

「哪種奇怪的事情呢？」黃衣的抄寫員提問，這個瘦傢伙在沒了帽子後露出來的禿頭，讓他看起來很蠢。「不尋常的事在城裡每天都會發生啊！妳想要的報告是有個男人宣稱他的小豬一生下來就有兩個頭？還是另一個男人說他家牆上的地衣是亞什爾的形狀？或是有個女人預感她妹妹會跌倒，然後她妹妹就跌倒了？」

「不，」利芙特說。「這些都是正常的怪事。」

「那什麼才是不正常的怪事？」他再問，明顯被激怒了。

利芙特開始發光。她叫出她的厲害，量大到從她的皮膚散發出來，好像她是個餓死人的錢球一樣。

在她身邊，一片還沒被吃的鬆餅上面的種子開始發芽，長出了互相纏繞著的長長捲鬚，還發出了葉子。

「就是像這樣的事情。」利芙特說著，然後看向旁邊。真是太棒了，她把鬆餅毀了。

抄寫員們全以敬畏的眼神盯著她，所以她大聲拍拍手，叫他們繼續回去工作。溫德嘆了口氣，她知道他在想什麼。已經過了三小時，還沒找到任何有關的東西，他說得沒錯，在這座城裡，他們的確會把事情寫下來——但這就是問題。他們把所有事情都寫了下來。

「皇帝陛下傳來了另一則給妳的訊息，」捷娜說。「嗯，鬆餅飽……颼他的，這真的很蠢。」

利芙特咧嘴一笑，看向紙張。訊息是以流暢、優雅的字體所寫成，八成是肥嘴唇寫的。

「利芙特，」捷娜讀著。「妳會回來嗎？我們都很想妳。」

「連肥嘴唇也是？」利芙特問。

「諾拉大臣也很想妳。利芙特，這裡已經是妳的家了，妳不必繼續住在街頭了。」

「如果我回去了，在那邊要做什麼？」

「妳想要做什麼都可以，」搞斯寫著。「我保證。」

這就是問題所在。

「我還不知道接下來要做什麼，」就算是在滿是人的房間裡，她還是感覺奇異地……孤獨。「再看看吧。」

捷娜盯著她看，顯然覺得不論亞西爾的皇帝想要什麼，他就能得到什麼——一個雷熙小女孩不該養成違逆他的習慣。

房門被打開，接著那名城市警衛隊長探頭入內。利芙特跳下書桌跑向她，再跳起來看她手上拿的是什麼。是一份報告。太棒了。更多的字。

「妳找到什麼了？」利芙特熱切地問。

「妳是對的，」隊長說。「我的一名城區衛隊同事關注著這間塔西之光孤兒院已久，那名女負責人——」

「那個樹椿，」利芙特說。「惡毒的女人。她的下午茶點心是小朋友的骨頭；她有一次跟肖像畫比賽瞪眼睛還贏了。」

「——正在被調查當中。她的確進行著某種洗錢騙局，但細節上有很多疑點。她看起來像是拿錢球去換比較低價的錢球，如果她沒有其他詐騙收入的話，理論上會破產才對。報告裡說，她應該是向犯罪集團以捐款為名義接收錢球，抽取一部分之後，再祕密地將錢球轉給其他組織，以增加錢球流向的複雜度。這裡面應該還有更多內幕。無論如何，那些兒童只是她用來吸引注意力的門面而已。」

「我就跟妳說了，」利芙特說著把紙張抓走，「妳應該逮捕她，然後拿她的錢去買湯，給我一半做為我告訴妳去哪裡找她的回報，我就不會跟其他人講這件事。」

警衛揚起眉毛。

「如果妳想要，我們可以分完之後把這件事寫下來，」利芙特說。「這樣比較正式。」

「我會忽略這些賄賂、強迫、勒索，以及盜用公款的提議。」隊長說。「我對這間孤兒院並沒有管轄權，但我向妳保證，我的同事們很快就會針對這位……樹椿展開行動。」

「還可以接受。」利芙特爬回書桌上，面對她的抄寫員軍團。「所以你們找到什麼了嗎？有任何會發光的人，像是某種餓死人的神力化身，或是其他類似的玩意？」

「這個臨時計畫對我們來說規模太龐大了！」胖抄寫員抱怨著。「女士，這類的研究通常要進行好幾個月。給我們三個禮拜，我們就能提供詳盡的報告！」

「我們沒有三個禮拜，我們連三個小時都沒有。」

就算這麼說了也於事無補。接下來幾小時內，她試過哄騙、威脅、跳舞、賄賂，還有最後孤注一擲的選項——完全保持安靜讓他們閱讀。隨著時間過去，他們沒找到任何東西卻也找到了一堆東西。警衛報告中有著超多不明怪事：有個男人從極高之處墜落卻存活的故事、某個女人投訴窗外總是有著奇怪噪音、有個行為異常的靈每天早上都待在某個女人的屋前，除非她留一碗糖水在門外。不過每一件事都沒有超過一人的目擊者，而且警衛除了傳聞以外，也沒發現任何異常。

每出現一件怪事，利芙特就忍不住想衝出房門、擠出窗戶，跑去找那個牽涉其中的人。每次溫德都會告誡她要有耐心。如果這些報告全都是真的，基本上城市裡每個人都是封波師了。要是她跑出去，結果只追到那好幾百個普通的迷信報告之一呢？她會白白浪費幾個小時。

但她覺得現在也一樣在浪費時間。她覺得煩躁、耐性耗盡，而且鬆餅還吃完了。

「我很抱歉，主人。」溫德在他們駁回其中一份報告時說。那份報告是一個費德女人聲稱她的嬰兒「被塔西祝福過所以膚色比父親來得淺，讓他與外國人交流時能更自在」。

「我不覺得接下來會有任何傳聞比之前的更可信。我開始覺得，我們可能要隨便挑一個去碰運氣，希望夠幸運能撞上。」

利芙特最近很討厭幸運。她沒辦法說服自己說她還沒長到不幸的歲數，所以她放棄相信幸運了。她甚至用她的幸運錢球去換了一塊野豬起司。

她越是想，越覺得幸運就是厲害的相反。一個是你自己做到的事，另一個是不論你做什麼都會發生的事。

當然，這不代表幸運不存在。你要麼相信幸運，不然就得相信那些弗林教牧師的說法——窮人是被選中成為窮人的，因為他們太笨沒有去拜託全能之主讓他們出生在錢球山上。

「那我們該怎麼辦？」利芙特說。

「從這些候選裡挑一個，我想。」溫德說。「隨便一個。也許別挑小嬰兒的那個，我想那位母親可能不是很誠實。」

「你想？」

利芙特看著散在面前的紙張——她讀不懂的紙張，每張都列著一項模糊的可能性。颶他的。選到對的她就能救一條命，或許可以找到和她做得到一樣事情的人。

選到錯的，那麼黑暗和他的僕人們就會處決一個無辜者。悄悄地進行，沒人會看著他離開或是記住他。

黑暗。她突然間很恨他。那股濃濃的惡意強烈到連她自己都嚇一跳。她不認為自己真正恨過任何人，不過他……那雙冰冷的眼睛似乎拒絕了一切情感。他對自己的所作所為沒有一絲罪惡感，讓她的恨意更加高漲。

「主人？」溫德問。「妳要選哪一個？」

「我沒辦法選，」她悄聲說。「我不知道怎麼選。」

「就挑一個吧。」

「我沒辦法。我不做選擇的，溫德。」

「胡說！妳每天都做。」

「不。我只是……」她只是隨著風飄揚。一旦做了決定，你就有了承諾，就是在說你覺得這樣是對的。

房間的門突然被大力推開。開門的人是一位利芙特不認識的警衛，他汗流浹背地喘著氣。「親王發布第五級強制命令，全國即刻生效。城市馬上進入緊急狀態。有颶風正從反方向襲來，預計在兩小時內到達。

「所有人必須離開街道，進入避風碉堡，帕胥人則實施監禁或放逐至颶風中。他要求耶達的巷弄及低城區全部淨空，下令政府官員至各自指定的碉堡中進行人數清查、擬定報告，以及調解撤離過程中的混亂與糾紛。此命令已在全城發布，所有集合點都必須張貼一份副本。」

房間中的抄寫員們全數從工作中抬起頭，接著立刻開始打包書本及帳冊。

「等一下！」利芙特在傳訊人離開時說。「你們要做什麼？」

「妳的指示被上級命令蓋掉了，小東西，」捷娜說。「妳指定的研究必須要先暫停了。」

「要暫停多久！」

「直到親王決定結束緊急命令為止。」她說著，快速地取下架上的信蘆，集中放到一個有內襯的箱子裡。

「但皇帝有命令！」利芙特抓起搞斯的訊息搖晃著。「他說你們必須幫助我！」

「我們很樂意幫助妳前往避風碉堡。」警衛隊長說。

「我需要你們幫我這件事！他命令你們服從我！」

「當然，我們會聽皇帝的命令，」捷娜說。「我們會好好聽的。」

但不一定會服從。大臣們解釋過，亞西爾也許宣稱自己是個帝國，屬地中大部分國家也都乖乖配合。但這就像是小孩子在玩佔地遊戲時，會配合那個叫自己隊長的小孩，一旦他的命令開始過火，可能很快就會發現他只剩一條空巷子可以下令。

抄寫員們的效率奇高，沒多久他們就把利芙特趕到走廊上，塞了一疊她讀不懂的報告給她，然後分散奔向他們各自的職務。他們留下了一個年輕的見習抄寫員，年紀比利芙特大不了多少，她的工作是帶利芙特去避風碉堡。

利芙特一有機會就甩掉了那個女孩，趁著她正對著一名身穿著棕色席卡、睡眼惺忪的老抄寫員解釋緊急命令的時候。利芙特扯下身上精美的亞西須長袍，丟在一個轉角處，穿著剩下的長褲、上衣，以及沒扣起的外衫。她轉向建築物裡比較少人的一區。大走廊上，抄寫員們互相聚集和叫喊著，沒想到一群連血管裡都是墨水的乾癟老頭子老太太們也能鬧出這麼大的動靜。

這裡面很暗，利芙特有點後悔把她的幸運錢球換掉了。不同走廊上掛著不同亞西須花紋掛氈來區別，不過也就只有這樣了。錢球燈籠有秩序地在牆上掛成一排，每五個才有一個充光的錢球。現在大家都餓死人的想要颶光。她花了整整一分鐘抓住其中一個燈籠，咬著掛繩想把它拆下來，不過它們真的固定得好緊。

她繼續沿著走廊前進，經過一間又一間房間，每間都塞滿了紙，但這裡的書架沒有利芙特想像中那麼多，其實不太像是圖書館，牆面上反而有許多抽屜，拉開就能看到一疊疊的紙。

她走得越久，周圍就越安靜，最後她就像走在墳墓一樣——一座樹的墳墓。她把手上的紙張折成一團塞進口袋裡，口袋因此被塞得太滿，讓她的手沒辦法好好地插進去。

「主人？」溫德在她身旁的地板上說。「我們沒多少時間了。」

「我正在想。」這是句謊話。她是在試著逃避不去想。

「我很遺憾計畫沒奏效。」溫德說。

利芙特聳聳肩。「反正你也不想來這裡。你想回去做園藝。」

「是的，我已經計畫好要種一整排可愛的靴子。」溫德說。「但我在想……世界末日時，我們不能只是坐著整理花園，對吧？如果我被派去找那個善良的依瑞利人，我就不會在這裡了，不是嗎？然後妳想救的那個燦軍必死無疑。」

「反正他現在也是會死。」

「但……還是值得一試，對吧？」

笨蛋樂觀引虛者。她瞥向他，然後把口袋中的紙團都拿出來。「這些沒有用。我們得重新想個新計畫。」

「時間不多了，日落就要來臨，颶風也會同時到來。我們該做什麼？」

利芙特丟下紙團。「還有其他人知道該去哪裡。那個跟黑暗說話的女人，就是他的隨從，她說她的搜查有了進展，而且聽起來很有信心。」

「對啊，」溫德說。「她的搜查該不會包括了……一整群幫忙找資料的抄寫員吧？」

利芙特抬起頭。

「這是最聰明的作法，」溫德說。「我的意思是，連我們都想到要這麼做了。」

利芙特咧嘴一笑，朝著她剛才過來的方向跑了回去。

15

「有了，」那個胖抄寫員慌忙地翻閱著一本簿子。「那是畢得洛的小組，在二一三一二號房。妳形容的女人兩週前僱用了他們，進行一項不公開的專案。我們對客戶的隱私非常看重的。」她嘆氣，闔上了書。「除了有皇家諭令時。」

「謝謝，」利芙特抱住了女人。「謝謝謝謝謝謝謝。」

「我真希望能知道這一切代表什麼。颶風啊……妳可能覺得我什麼事都知道，但是大多數時候，我覺得就連國王們都對這個世界正在發生的事困惑不已。」她搖了搖頭後，看向利芙特，她還抱著自己。「我現在要去指定的召集站了。妳也去找個避難所比較好。」

「好我會的再見。」利芙特放開手後，衝出了滿是帳冊的房間。她跑過走廊，直接朝著大訊息廳往下通往避風碉堡樓梯的反方向跑去。

捷娜探出頭，看向走廊。「畢得洛應該已經撤離了！房門會被鎖住的！」她停頓一下。

「引虛者，」利芙特說。「你找得到她剛才說的號碼嗎？」

「可以。」

「別弄壞任何東西！」

「太好了，因為我沒那麼多腳趾頭。」

他們快步穿過洞穴般的訊息廳，這裡感覺上已經空無一人了。緊急命令發布後過了大約半小時——溫德一直在計時——所有人都已經離開。為了應對颶風來襲，門都被上了鎖，人們移動到安全的地方。對於擁有普通住家的人來說，待在自己的房子裡就足夠安全，而窮人們則必須前往避風碉堡。

可憐的帕胥人。他們在這座城裡的數量不像亞西爾那麼多，但根據親王的命令，他們必須被集中、趕到戶外，留在颶風之中。利芙特覺得這樣很不公平。

不過沒人願意聽她抱怨。而且溫德表示……他們會變成引虛者。他知道的。感覺還是不公平。就算溫德說那樣大概不會傷到他，她也不會把他留給颶風。

溫德的藤蔓領著她向上爬了兩層樓，然後他一排排地數著。這層樓的地板是上了漆的木頭，走在上面感覺很詭異。難道木地板不會突然裂開然後讓人掉下去嗎？她總是覺得木建築很脆弱，所以放輕腳步以防萬一。這種——

利芙特皺眉，接著蹲下，左右張望。剛剛那是什麼？

「二——二——一……」溫德說。「二——二——二……」

「引虛者！」利芙特斷聲說。「安靜。」

他扭動了一下，爬到她身邊的牆壁上。利芙特背抵著牆，壓低身子跑過轉角，進入一條側邊的走廊，然後再次背靠牆壁。

靴子踏在地毯上的聲音響起。「我真不敢相信你把那個當成線索，」一個女聲說。利芙特認出她是黑暗的訓練生。「你以前不是警衛隊的嗎？」

「我們葉席爾的辦事方法不一樣，」一個男人生氣地說著。是另外一個訓練生。「這裡每個人都太彆扭了。他們應該要有話直說的。」

「你期待塔西克的街頭線人說話要清楚明瞭？」

「當然。他們不就是做這個的嗎？」

兩人走過去，幸運地沒有看向利芙特所在的側邊走廊。颺他的，那些制服——高筒靴、筆挺的東方式夾克，以及帶釦長手套——真的很威風。他們看起來像是戰場上的將軍。

利芙特忍不住想跟上去看看他們走向哪裡，但強迫自己要等待。

果不其然，一個安靜的人影在幾秒後穿過了走廊。那個衣著破爛的刺客低著頭，那把大劍——保證是某種碎刃——靠在他的肩膀上。

「我不知道，劍兄，」他柔聲說。「我再也無法相信自己的心智了。」他暫停，好像是停下來聆聽著什麼。「那麼說安慰不了人，劍兄。不，那不是……」

他跟著另外兩人走遠，在空氣中留下了淡淡的殘影。殘影在他走動時幾乎不可見，比在黑暗的總部那時來得更不明顯。

「喔，主人，」溫德朝著她纏繞上來。「我害怕到差點就斷了氣！按照他停在走廊的動作，我很確定他剛剛看得見我！」

至少這些走廊很暗，因為大部分的錢球燈籠都沒光了。利芙特緊張地溜進走廊，跟著那群人。他們停在一扇門前，其中一人拿出了鑰匙。利芙特以為他們會搜索整個地方，但他們根本不需要——他們有合法的權限。

事實上，她也有。真奇特。

黑暗的兩個學徒進入了房間，白衣刺客則留在走廊上。他在房門對面的地板坐下，奇怪的碎刃放在大腿上。他大多紋風不動坐著，但只要一動，就會在身後留下殘影。

利芙特再次躲進側邊的走廊，背貼著牆。大訊息廳裡的遠處有人在大喊著，要大家保持秩序。

「我得想個辦法，」利芙特說。「進去房間裡。」

溫德在地上縮成一團，藤蔓擠在四周。

利芙特搖搖頭。「那代表得經過那個餓死人的刺客。颸他的。」

「我來做。」溫德悄聲說。

「或許吧，」利芙特幾乎沒注意他。「我或許能製造些誘餌，引誘他追過去？但那也會驚動房間裡的兩個人。」

「我來做。」溫德重複。

利芙特抬起頭，消化著他剛剛說的話。她往下看著他。「當誘餌？」

「不是，」溫德的藤蔓相互扭在一起，收緊成結。「我來做，主人。我可以偷溜進房間裡。我……我相信他們的靈看不見我。」

「你能不能確定？」

「不確定。」

「聽起來很危險。」

他的藤蔓收緊，發出擠壓聲。「妳覺得會有危險？」

「對呀，一定會。」利芙特越過轉角偷看。「那個白色的傢伙有點不對勁。你會死掉嗎，引虛者？」

「我會被毀滅。」溫德說。「這和人類的死亡不一樣，但我曾經……看過靈……」他輕聲嗚咽著。「這對我來說，或許太過危險了。」

「或許吧。」

溫德鎮定下來，繞成圈狀。

「我還是要去。」他悄聲說。

她點頭。「你只要去聽，記住那兩個人說的話，然後就趕快回來。如果發生了什麼事，就使盡全力尖叫。」

「好的。聽和尖叫。我會聽和尖叫。我很擅長這些事。」他發出了像是深呼吸的聲音，但就她所知，他不需要呼吸。接著他竄向走廊，形成一條鑲著水晶的藤蔓，沿著牆壁與地板的交界生長著。小小的緣芽從他身旁長出，覆蓋在地毯上。

刺客沒看見他。溫德到達了門口，進入了兩名破空師學徒所在的房間裡。利芙特完全聽不見那邊說的任何一個字。

颶他的，她痛恨等待。她把日子活成不需要等待任何人或任何事。她只在自己想要的時間做自己想做的事，這樣子不是很好嗎？每個人都應該隨心所欲。

但如果大家都這樣做，誰來種食物？如果世界上滿是利芙特這樣的人，難道他們不會種到一半就跑去抓羅螺嗎？沒人會保護城市，或是坐著開會。沒人會學該怎麼寫字，或是治理國家。每個人都會跑來跑去搶別人的東西吃，直到全都吃光後，人們就會大批大批倒下然後死掉。

妳知道的，一部分的她雙手扠腰，在她內心以反抗的語氣說話。妳跑去許願不要長大的那時候，就已經知道世界的真相。

年紀小只是一個藉口，只是正當化理由而已。

她等待著，因為什麼事都做不了而全身發癢。他們在裡面說了什麼？他們發現溫德了嗎？他們在拷問他嗎？威脅要……毀掉他的花園還是什麼的？

聆聽，一部分的她悄聲說。

當然她什麼也聽不見。

她想衝進那裡，面對他們所有人，然後在整棟餓死人的房子裡展開追逐，也比她坐在這裡胡思亂想、一邊擔心一邊自責還來得好。

當你一直在忙，就不需要想東想西的。像是為什麼其他人不會一時興起就拋下一切離開。像是媽媽為什麼總是這麼溫暖、這麼和藹、隨時準備好照顧所有人，很難想像羅沙上有任何人會像她一樣好。

她不該死掉的。至少，她離去的時候應該要有個像她一半好的人在她身旁照顧她。某個不是利芙特的人，不像她既自私又笨拙。

還很孤單。

她繃起身子，準備衝出轉角。終於，溫德出現在走廊上。他以一種瘋狂的速度沿著地面生長，然後回到了她身邊，在牆邊留下了一整條藤蔓崩解後的灰塵。

過了一會兒，黑暗的兩個學徒也離開了房間，利芙特則和溫德一起撤入側邊的走廊內。在陰影中，利芙特蹲在地上，避免被遠方的光線映出身形。穿著制服的女人和男人隨後經過走廊，甚至沒瞥來一個側目。利芙特放鬆下來，指尖輕拂過溫德的藤蔓。

接著刺客經過。他停下來看向她所在的方向，手放在劍柄上。

利芙特的呼吸停了。不要變厲害。不要變厲害！如果在陰影中使用能力，她就會發光，刺客一定會看見她。

她只能蹲著不動，刺客瞇起眼睛——他的眼睛形狀很奇怪，好像是太大顆還是怎樣——伸手到腰帶上的布包，然後朝著走廊丟了一個小小發光的物體。一顆錢球。

利芙特心裡一陣驚慌，不確定她應該趕緊跑開、變厲害，還是待在原地不動。懼靈在她周圍鼓動，被滾到她附近的錢球照亮。刺客對上她的目光，她知道他看得見她。

他從劍鞘裡抽出一小段碎刃，黑煙從劍上冒出，滴落在周圍的地面，堆積在他的腳邊。利芙特突然感覺一陣嚴重的暈眩。

刺客研究著她，接著將劍收回了劍鞘裡。令人驚訝的是，他跟著另外兩人而去，只在身後留下微弱的殘影。他一語不發，在地毯上的腳步也幾乎沒有發出聲音——和另外兩人的重踩聲相比就像是一陣微風。利芙特到現在還聽得見那兩人在走廊遠處發出的聲音。

不久後，三人全都走進樓梯間離開了。

「颶他的！」利芙特向後倒在地毯上。「颶他的世界之母和颶風之父在上啊！他差點就嚇死我了。」

「我知道！」溫德說。「妳有聽見我剛才沒哭了嗎？」

「沒聽到。」

「我怕到發不出聲音了！」

利芙特坐起身，抹去眉上的汗水。「哇。好吧，那……真不是蓋的。他們剛才在說什麼？」

「喔！」溫德好像已經完全忘記他的任務。「主人，他們完成了整份調查！花了好幾週的時間，調查城市裡的異常事件。」

「太好了！他們的結論是什麼？」

「我不知道。」

利芙特又躺了回去。

「他們說了很多我不了解的事，」溫德說。「但主人，他們知道那個人是誰了！他們正要前往那個人的所在地。去執行處決。」他用藤蔓戳著她。「所以……也許我們該跟上去？」

「是啊，好啦，」利芙特說。「我想我們跟上去應該不會太難，對吧？」

16

結果實在有夠難。

她沒辦法太靠近，因為現在走廊空到讓人毛骨悚然，這裡還有一大堆岔路，周圍到處都是小走廊和房間，再加上牆上沒有太多錢球照明，要跟蹤那三人真的有夠棘手。

不過她還是辦到了。她跟蹤他們穿過整個餓死人的地方，到達了某扇通往城市裡的門。利芙特成功地從門附近的窗戶鑽了出去，落入戶外階梯旁的植物中。她蹲在那裡，而她跟蹤的三人已經來到能夠掃視城市的樓梯平臺上。

颶他的，能再次呼吸新鮮空氣的感覺真好。此刻雲層已經擋住了夕陽，整座城感覺很寒冷，籠罩在陰影之中。

而且空無一人。

先前通往大訊息廳的階梯和斜坡上有群眾來來去去，現在只剩下幾個拖到最後一刻的落單者，即使是這些人也快速地從大街上消失，躲進門內尋找掩蔽。

刺客看向西方。「颶風要來了。」他說。

「又多了一個要快點行動的理由。」女學徒從口袋裡拿出一顆錢球，握在面前將光吸入。颶光流向她體內，她開始發光、變厲害。

接著浮上半空中。

她居然浮上餓死人的半空中！

他們會飛?!利芙特想著。沉淪地獄的，為什麼我不會飛？

他的同伴上升到她身邊。

「要來嗎，刺客？」女人向下看著平臺上的白衣男子。

「我曾經在那個颶風中起舞，」他悄聲說。「就在我死去的那一天。不了。」

「照這個速度，你永遠也無法加入軍團。」

他沉默不語。那兩個飄浮的人互相看了一眼，然後男人聳了聳肩。兩人再往上升，接著越過城市，免除了所有穿過壕溝的不便。

他們颶他的會飛。

「妳就是他要獵殺的人，對吧？」刺客柔聲問。

利芙特縮了一下，再站起身來，看向刺客所站的平臺邊緣。他轉身看著她。

「我只是個不重要的人。」利芙特說。

「他專門殺死不重要的人。」

「你不是嗎？」

「我殺的是國王。」

「還真是好上一百倍。」

他瞇起眼睛看著她，接著蹲下，上鞘的劍靠在肩上，雙手垂在身前。「不。並沒有。每當看見陰影，我就聽得見他們的尖叫與指控。他們糾纏著我，攪亂我的思想，想要吞噬我的理智。我很害怕他們已經贏了，在這裡和妳說話的男人，其實早已無法分辨狂言與真實之間的區別。」

「好吧，」利芙特說。「但你沒有攻擊我。」

「確實沒有。這把劍喜歡妳。」

「太棒了。我也喜歡這把劍。」她瞥向天空。「嗯……你知道他們要去哪裡嗎？」

「報告裡描述，有個男人曾被城中許多人目擊到憑空消失。他會走進一條巷道，其他人跟上去時裡面卻沒有人；還有人聲稱看過他的臉扭曲變形成另一張臉。我的同伴們相信他是一名織光師，因此必須阻止他。」

「這麼做合法嗎？」

「寧已經從親王那裡取得一份禁令，禁止任何人在這個國家使用封波術，但有特殊授權者不在此限。」他審視著利芙特。「我相信那位神將有了追捕妳的經驗後，學到應該要直接與最上層接觸，而不是隨著各地的執法機關起舞。」

利芙特望著另外兩人離去的方向。天空更加陰暗了，這是個不祥的徵兆。

「他錯了，不是嗎？」利芙特說。「你說是神將的那個人。他說引虛者沒有回歸，但它們回來了。」

「新的颶風證明了這個事實。」刺客說。「但……我又有什麼立場可言呢？我已經瘋了。同樣的，我覺得那名神將也是如此。這件事讓我認同人們的心智是不可信任的。我們需要追隨更偉大的存在、受其引導。但不是我的誓石……如果律法會受到愚笨及殘酷之人的想法左右，追隨它又有什麼好處？」

「好吧，」利芙特說。「嗯，你想怎麼瘋都沒關係。我喜歡瘋子。他們去舔牆壁或吃石頭什麼的時候真的很好笑。不過在你開始跳舞前，可以告訴我另外兩個人去了哪裡嗎？」

「妳沒辦法趕到他們前面的。」

「所以告訴我也沒關係，對吧？」

刺客微笑，不過笑意沒有出現在他的眼中。「那個能憑空消失、據稱是織光師的男人，是移民區廣為人知的老哲學家。他大多時間都坐在一個小型露天劇場裡，和任何願意聆聽他的人說話。那裡很靠近——」

「——塔西之光孤兒院。颶他的。我應該要猜到的。他幾乎跟你一樣怪。」

「妳要和他們戰鬥嗎，小燦軍？」刺客問。「一個人對上兩名破空師？附近還有一名神將？」

她瞥向溫德。「我不知道。不過我還是得去，不是嗎？」

17

利芙特變得厲害。她探入能力的深處，召喚出力量、速度和滑溜。黑暗的手下似乎不在意有沒有人目擊到他們飛行，所以利芙特決定自己也不必在意被人看見。

她從刺客身旁跳開，讓她的腳變滑，降落在環繞建築外圍的樓梯側邊緩坡上。她打算從樓梯側邊滑下，快速溜向城市。

但她只維持了一秒，之後兩隻腳就滑向兩個不同方向，胯下直接撞在石頭上。她因為這份突如其來的疼痛彎起身子，還來不及做出其他反應，就在一陣翻滾後，直接從高樓梯的側邊掉了下去。

不久後她落到了地面，丟臉地跌成一團。厲害讓她不會受太重的傷，所以她忽略溫德從牆上跟著爬下時擔心的呼喊聲。她扭動身子，用手掌和膝蓋撐起身體，接著起跑，奔往那條能夠通往孤兒院的街道。

她沒時間了！一般的奔跑不夠快。她的敵人可是在*飛*。

她從心裡能看見一切應該要如何進行才正確。這座城市的地勢是從正中央的大訊息廳朝外下傾。她應該能雙腳滑溜地在空蕩的街道上滑行。她應該能用手揮向經過的牆壁、突出物、房屋，利用每次推進來加快速度。

她應該要像一枝飛行中的箭，有方向、有目標、不受限制。

她能看到。但她*做不到*。她再次讓自己滑行，但腳又一次從身下滑開。這次她的腳向後滑，讓她往前撲倒，整張臉直接敲在石頭上，瞬間使她看見一陣白光閃過。當她往上看時，空曠街道在她面前晃動著，但厲害很快就治好了她。

這條陰影中的街道是主要幹道，只是現在悲涼又冷清。人們把雨篷和推車都收進了屋裡，只留下垃圾，牆面彷彿要把她擠扁。人人都知道在颶風期間要遠離峽谷，否則只會被洪水沖走。但他們卻建了這座餓死人的城市，明目張膽地違反這項原則。

在她身後的遠處天空響起了雷聲。在颶風來臨之前，兩個自認正義的刺客將前去拜訪一個可憐的瘋老頭。她要阻止他們。她必須阻止他們。她沒辦法解釋為什麼。

好，利芙特。冷靜。妳可以變厲害。妳一直以來都很厲害，現在還有了這些額外的厲害。去吧。妳做得到的。

她大吼一聲，開始奔跑，接著扭成側身開始滑行。她可以也一定會……

這次她卡到了一個轉角處的牆角，下場是整個人趴在地上，雙腳朝天。她洩氣地用頭敲著地面。

「主人？」溫德蜷曲著接近她。「喔，我不喜歡那個颶風的聲音……」

她站起身——感覺丟臉而且一點都不厲害——決定剩下的路程只用跑的。她的能力確實讓她能全速奔跑卻不疲勞，但她感覺這樣還不夠。

她踉蹌著停在孤兒院外面時，似乎已經過了好幾年，疲憊靈環繞在她周圍。她在到達前不久用光了厲害，肚子正在大聲抗議。果不其然，露天劇場是空的。在她左邊是由整塊石頭建成的孤兒院，面前是露天劇場的座位，巷道更深處則被木棚和建築遮蔽住。

天空已經變暗，她不知道是因為太陽下山還是因為颶風接近。

在巷子深處，利芙特聽見一聲低沉、痛苦的尖叫聲。那聲音讓她背脊發涼。

溫德是對的。那個刺客是對的。她在做什麼？她打不贏兩名訓練有素又有厲害的士兵。她垮下身子，筋疲力盡，直接坐在劇場中央地板上。

「我們要過去嗎？」溫德在她身旁問。

「我沒有任何力量剩下了，」利芙特輕聲說。「跑來這裡時用完了。」

那條巷子一直都是那麼……深嗎？那裡滿是棚架的陰影、垂著的衣物，以及突出的木板，看起來如同大型路障，只有一條很窄的通道從中穿過。那邊和這座城看起來像是完全不同的世界。那是只能存在於陰影中、隱藏的黑暗領域。

她腳步不穩地站起身，接著走向巷子。

「妳在幹什麼？」一個聲音大喊。

利芙特轉身，發現樹椿站在孤兒院的門口。

「妳應該去某一座碉堡的！」那女人喊著。「傻孩子。」她走上前來抓住利芙特的手臂，把她拖向孤兒院。「別以為妳現在人在這裡了，我就會照顧妳。這裡沒有給妳這種小孩的空間，也不要跟我講什麼藉口說妳病了或累了。為了要從我這裡得到東西，每個人都在假裝！」

雖然她嘴裡這麼說，還是把利芙特直接扔進了孤兒院，接著用力關上巨大的木門、丟下門擋。「妳該慶幸我跑出來外面看看是誰在尖叫。」她審視著利芙特，大聲嘆氣。「我猜妳想要些食物。」

「我還剩一餐可以吃。」利芙特說。

「老實說，在那樣的惡作劇之後，」樹椿說。「我幾乎想把妳的那份食物拿去分給其他小孩了。在外面尖叫？妳應該去某一座碉堡的。如果妳以為表現得很可憐就能得到我的憐憫，大錯特錯。」

她走開，喃喃自語著。大門後的這間房間又大又開闊，孩子們坐在四散的墊子上。一顆紅寶石錢球點亮了房間。他們看起來很害怕，有好幾個甚至抱在一起。外頭的雷聲響起時，一個孩子摀住耳朵啜泣著。

利芙特重重坐到一張空墊子上，感覺很不真實，感覺與這裡格格不入。她剛才一路跑來，散發著力量的光芒，準備好要面對會在天上飛的怪物們。但在這裡……在這裡她只是另一個孤兒街童而已。

她閉上眼睛，聽著他們說話。

「我好害怕。這個颶風會很久嗎？」

「為什麼大家都要進到屋子裡面？」

「我想我媽咪。」

「巷子裡的流浪漢呢？他們會沒事嗎？」

他們的不確定沖刷過利芙特。她曾經在媽媽死後待過這種地方。她已經在各地的城市裡待過這種地方許多次了。這種被遺忘的孩童要待的地方。

她發過誓要記得像他們一樣的人。她並不是認真的那麼做。就只是發生了。就像她生活中的一切也都只是發生了。

「我想要掌控。」她悄聲說。

「主人？」

「今天早些時候，」她說。「你告訴我，你不相信我說為什麼要來這裡的理由。你問我，我想要什麼。」

「我記得。」

「我想要掌控，」她說著睜開眼睛。「不是像國王那樣。我想要能夠掌控，只要一點點就好。掌控自己的生活。我不想被推來推去，不論是被人或是命運或任何其他東西推動。我只是……我想要能夠自己做選擇。」

「我對你們的世界如何運作，了解並不深，主人。」他蔓延到牆上，在她身旁長出一張突出的臉。「但聽起來這是個很合理的願望。」

「聽聽這些孩子說話。你聽見他們了嗎？」

「他們在害怕颶風。」

「還有害怕突然的避難通知。害怕孤單。這麼不安……」

她能聽見樹樁在另一間房間，對著其中一個年紀比較大的幫手柔聲說話。「我不知道。今天不該是颶風會來的日子。我會先把錢球放到屋頂，以防萬一。真希望有人告訴我們發生了什麼事。」

「我不懂，主人。」溫德說。「我應該從這些觀察裡了解到什麼事？」

「噓，引虛者。」她仍然聽著。傾聽著。她停頓一下後，皺著眉頭站起身，橫越過房間。一個頭上有疤的男孩正在和其他男孩說話，他抬頭看向利芙特。「嘿，」他說。「我認得妳。妳看過我媽媽，對吧？她有說什麼時候要回來嗎？」

他的名字是什麼？「米克？」

「對，」他說。「聽著，我並不屬於這裡，對吧？我記不太清楚前幾個星期發生的事了，不過……我的意思是，我不是孤兒。我還有媽媽啊。」

沒錯，他就是昨天晚上被丟在這裡的那個男孩。你那時還在流口水，利芙特心想。而且吃午餐的時候，你說話還像個白癡一樣。颶他的。我對你做了什麼？她沒辦法治療腦袋有問題的人，至少她是這麼覺得的。他有哪裡不一樣？因為是頭受傷，不是天生就有問題嗎？

她不記得自己有治療他。颶他的……她說了想要掌控，但她就連自己擁有的力量，都不知道該怎麼用。她來這裡的路上已經證明了這一點。

樹椿拿著一個大盤子走回來，開始分送鬆餅給孩童們。她來到利芙特前面，給了她兩片。「這是最後一餐了。」她邊說邊搖著手指。

「謝謝。」利芙特在樹椿繼續動作時嘟噥著說。鬆餅是冷的，更不幸的，這是她已經吃過的種類——中間有甜餡料那一種。但這是她的最愛。也許樹椿並不是真的那麼壞。

她是小偷和罪犯，利芙特邊吃邊提醒自己，補充著她的厲害。她利用孤兒院當成掩護來洗錢。也許小偷和罪犯也能在某方面做些好事。

「我好困惑，」溫德說。「主人，妳在想什麼？」

她看向通往外頭的厚重大門。那個老人現在肯定已經死透了。沒人會在乎，很可能根本就沒人會注意到。只是一個老人，在颶風過後被發現死在巷子裡。

但利芙特……利芙特會記住他。

「來吧。」

她走向門邊，趁著樹椿轉身背對她責罵某個孩子時，利芙特抬起門擋，溜了出去。

18

天空飢渴地在頭頂上隆隆作響，既陰暗又憤怒。利芙特明白那種感覺。它在兩餐之間已經隔了太久時間，準備不計代價吃下所有東西。

颶風還沒完全到達，但從遠處的閃電看來，這個新颶風似乎沒有颶風牆，代表它並不會驟然猛烈地來襲，而是會逐步增強。它就像巷子裡的暴徒一樣盤踞著，手拿刀子等待獵物經過。

利芙特鑽進孤兒院旁的巷子開口，經過一些看起來過於脆弱、八成無法耐受颶風的棚架。就算這座城市的建造方式可以將風襲最小化，這裡的垃圾還是太多了。打一個大噴嚏大概都能讓巷子裡一半的人無家可歸。

人們也察覺到了這點，幾乎所有人都已經去了避風碉堡。她看見掛在窗戶上的一堆破布中，有一張突兀的臉可疑地向外偷看著，期待靈從旁邊像是紅色煙柱般升起。他大概是太固執，或是太瘋狂的那種人，沒有任何事能驚動他們。利芙特並不怪他。政府突然隨便發布了一個命令就要大家動起來？平常的她會直接忽略這種事。

不過他們應該已經看見天空，也聽到了雷聲。一道紅色的閃電劃過，點亮了她的周遭。今天，這些人應該要聽話的。

她緩緩前往巷子更深處，進入了未知陰影籠罩著的區域。頭上頂著烏雲，所有人都把錢球帶走了，這地方幾乎伸手不見五指。如此寂靜，只有從天上傳來的聲音。颶他的，那個老人真的在這裡嗎？也許他正安全地待在某個碉堡裡。早些時候的尖叫聲可能是完全無關的事情，對吧？

不，她想著。不，那才不是無關的事情。她感覺一陣寒意又傳遍全身。就算那個老人在這裡，她又該怎麼找到他的屍體？

「主人，」溫德悄聲說。「喔，我不喜歡這地方，主人。有東西不對勁。」

所有東西都不對勁。從黑暗開始跟蹤她之後就如此了。利芙特繼續前進，經過了可能是棚架之間吊繩上掛著的衣物陰影。它們在陰暗中看起來就像是扭曲、破碎的肢體。又一道閃電亮起，來自正逼近的颶風，但並沒有什麼幫助，閃電發出的紅光讓牆壁和棚子看起來像是塗滿了鮮血。

這巷子到底有多長？當她終於絆到地上的什麼東西時，反而鬆了口氣。她朝下伸出手，摸到了一隻穿著衣服的手臂。一具屍體。

我會記得你的，利芙特向前傾，瞇起眼睛，試著看清楚老人的輪廓。

「主人……」溫德嗚咽著。她感覺到他纏上她的腿並收緊，像是孩子抱著母親一樣。

那是什麼聲音？她聆聽著打破巷道寂靜的輕敲與摩擦聲。聲音包圍著她。而她現在才注意到，她戳著的這具屍體似乎不是包著席卡。它手臂上的布料太硬挺、太厚實了。

媽媽啊，利芙特完全嚇壞了。發生了什麼事？

閃電閃過，讓她能看清屍體一眼。一張女人的臉孔雙眼無神地向上瞪著，黑白色的制服被電光染上了紅色，上面覆蓋著某種絲綢狀的物質。

利芙特倒抽一口氣，向後一跳，撞上身後的某樣東西——另一具屍體。她轉過身，附近的窸窣輕敲聲更加激烈了起來。下一次的閃光亮到讓她足以辨認出，那具抵在巷道牆上的屍體，它被固定在棚架上，頭歪向一邊。她認得他，就像她認得倒在地上的女人。

黑暗的兩個手下，利芙特想著。他們死了。

「我曾經聽過一個很有趣的概念，當時我正在一處妳從未造訪過的地方旅行。」

利芙特僵住。是那個老人的聲音。

「那裡有一群人相信，他們每天睡覺時，就會死去了。」老人繼續說著。「他們相信意識無法接續——如果中斷了，身體再甦醒時，就會誕生出一個新的靈魂。」

颼他的、颼他的、**颼他的**，利芙特轉身四處張望。牆面似乎在移行、變換、滑動著，有如塗了厚厚一層油。她試著退離屍體，但是……她搞不清自己的位置了。那邊是她來的方向，還是通向噩夢巷道的更深處？

「這項哲學，」老人的聲音說。「確實有著它的問題，至少對外在的觀察者來說是如此。記憶，以及文化、家庭、社會的延續該如何解釋？在全襲者的教導中，這些事都是早晨時，你從上一個居住在身體中的靈魂那裡繼承而來的，為了協助你在僅有一日的壽命中，活出最佳的人生。」

「你是什麼東西？」利芙特悄聲說，狂亂地四處張望，試著從黑暗中看出一些東西。

「我覺得這些人最有趣的地方在於，他們的文化究竟是如何延續、存活下來的。」他說。「一般認為如果每個人都真切地相信自己只能活一天，那麼必定會導致混亂。我常常在想，你們對這些極端信仰者的評論，基本上也完全適用於你們其餘的人。」

那裡，利芙特從影子中認出了他。他有著男人的輪廓，但被閃電照亮時，她能看出他並不是全部在那裡。他的身體缺了好幾塊，右肩只接著一截殘肢，而且是颼他的裸體，腹部和大腿上有著許多奇怪的洞。他甚至缺了一顆眼睛，但沒有流血。在一連串的閃光中，她認出了那些在他腿上爬著的東西。是克姆林蟲。

這就是窸窣聲的來源。成千上萬的克姆林蟲覆蓋在牆上，每隻都像手指一樣大。這些小生物用硬殼和腳互相敲擊著，發出可怕的嗡嗡聲。

「這項哲學的特點是它如此難以否定，」老人說。「你怎麼知道你和昨天的你是相同的人？如果有個新的靈魂占據了你的身體，只要它具有一樣的記憶，你就永遠也不會發覺。構成妳的條件是什麼，小燦軍？」

在閃電的閃光之中——它們出現的頻率越來越高了——她看見其中一隻克姆林蟲爬過他的臉，蟲背上有顆球狀的突起物。那隻蟲爬進了眼眶裡，她才意識到那個球狀物其實是顆眼珠。其他克姆林蟲開始群聚而上，填補那些空洞，以及組成缺失的手臂。每隻蟲的背後都有一部分是皮膚構成的，牠們將那部分朝外，在身體內部以腿腳互相環扣在一起。

「對我來說，」他說。「這些都不過是閒聊的理論而已，因為我和你們不一樣，不需要睡眠。至少，不需要全部的我同時一起睡。」

「你到底是什麼？」利芙特說。

「只是另一個難民罷了。」

利芙特向後退。她已經不在意是不是朝著進來的方向往回走了——只要能遠離那東西就好。

「妳不需要怕我。」老人說。「你們的戰鬥就是我的戰鬥，數千年來都是如此。古代的燦軍在一切變糟之前，稱呼我為朋友及盟軍。在最終寂滅前的那些日子多麼美好啊。有著……

榮譽的日子。那些日子早已結束。」

「你殺了那兩個人！」利芙特嘶聲說。

「出於自衛。」他輕聲笑著。「我想這是一句謊話。他們沒能力殺了我，所以我不能主張是自我防衛，就如同士兵不能以自衛為由謀殺兒童那般。但他們的確要求分個勝負，雖然沒用這麼多話來表達，但我如了他們的願。」

他向她跨了一步，一道閃電照亮了他正伸展著新形成的手指，而大拇指——那是一整隻克姆林蟲，在底部的地方有細小的腿——在此時已安上定位，將自己和其他蟲連在一起。

「但妳，」那東西說著。「並不是來一爭勝負的吧？我們觀察著其他人。刺客、醫者、騙徒、藩王，而妳不在其中。其他人都忽略了妳……容我冒險預測一下，那真是個錯誤。」

他拿出一顆錢球，讓這個地方霎時沐浴在鬼魅般的光芒之中，接著對她微笑。她可以看出他皮膚上的線條是克姆林蟲組合在一起時的接縫，那和老年人的皺紋混在一起，幾乎無法辨別。

這只是某種像是老人的東西。一個仿製品。在皮膚之下不是血液和肌肉，而是數以百計的克姆林蟲結合群聚，形成一個偽造的人類。

在他的錢球照明下，還有許多、許多的克姆林蟲，仍然在牆面上蠕動著。利芙特發現自己不知怎的已經繞過了那兩個人的屍體，退到了一條夾在兩座棚架間的死路裡。她向上看，看起來並不算太難爬，尤其是她現在有了照明。

「如果妳逃走了，」那東西再說。「他就會殺了妳想救的那個人喔。」

「我很確定你不會有事。」

怪物輕笑出聲。「這兩個傻子弄錯了，我不是納勒在追捕的人。他知道要跟我和我的族類保持距離。不，這裡還有其他人。他今晚追蹤著獵物，而且將會完成他的任務。納勒、瘋子、正義神將，他不是半途而廢的人。」

利芙特猶豫了，她將兩手放在棚架的屋簷處，準備好往上拉起自己、爬上牆。牆上的克姆林蟲——她從來沒在同一個地方看過這麼多隻——竄向兩側，讓出給她攀爬的空間。

如果她想逃跑的話，他並不打算阻止。這個聰明的怪物。

在她附近的那個生物解開了一包黑色席卡。他沐浴在冷光中，和她剛才來時相比，光芒就如同營火般明亮。他開始將席卡纏上右手臂。

「我喜歡這個地方，」他說著。「如果我想要一個藉口可以包住全身，還有哪裡比這裡更好？我花了好幾千年育養我的種群，但還是無法完全正確地將牠們組合在一起。近來，我敢說自己偽裝成人類的程度大概和西亞人差不多，但是任何仔細觀察的人，還是能發現不對勁，這實在令人有些洩氣。」

「你對黑暗和他的計畫知道些什麼？」利芙特質問。「還有燦軍，還有引虛者，還有所有事？」

「真是挺長的名單啊。」他說。「但我必須坦承，妳問我是問錯人了。我的手足們對你們這些燦軍更感興趣。如果妳再遇見其他無眠者，告訴他們妳和阿克洛說過話。我很確定這能讓妳得到一點同情。」

「這不是答案。不是我要的答案。」

「我不是來這裡回答妳的問題，人類。我來這裡是因為我很感興趣，而妳就是我好奇的源頭。當一個人已經長生不老，就必須找到生存以外的目標，這是老亞克西司所說過的話。」

「看起來你已經找到目標了，就是講一大堆話，」利芙特說。「而且是對誰都沒幫助的廢話。」她爬上一個棚架的頂部，但沒有再往更高處去。溫德爬在她身旁的牆上，克姆林蟲從他附近退開。牠們能感覺到他？

「我正在研究的議題比妳個人的小問題更加宏大。我在建立一種哲學，其中的意義必須能夠經過歲月的考驗。妳看，孩子，我能長出我所需要的東西。思緒太滿了嗎？我能繁殖出新的種群來專門存放記憶；需要感知城裡發生的事嗎？有著額外眼睛的種群，或是擁有味覺或聽覺的觸角，就能解決這問題。給我時間，我幾乎就能應我所需長出一切。

「但是你們……你們被困在唯一的身體裡。你們是怎麼辦到的？我最近開始懷疑城市裡每個人，都是某種更龐大、不可見有機體的一部分，就像組成我族類的種群們一樣。」

「還真棒。」利芙特說。「剛才，你說黑暗正在狩獵其他人？你覺得他還沒殺掉這座城裡的獵物？」

「噢，我很確定他還沒有。他正在狩獵。他將會知道他的手下們已經失敗。」

颶風在上方隆隆作響，十分靠近了。她忍不住想離開，去尋找掩蔽，但……

「告訴我，」她說。「黑暗的目標是誰？」

那生物微笑著。「這是祕密。我們在塔西克，對吧？妳要不要和我交易呢？誠實地回答我的問題，我就會給妳一個提示。」

「為什麼是我？」利芙特說。「為什麼不拿這些問題去煩別人？其他時間再去問？」

「喔，但妳實在是非常有趣。」他把席卡繞過腰部，向下纏住一條腿，接著再次繞上另一條腿。他的克姆林蟲環繞在一旁，有一些爬上他的臉，從他的眼睛爬了出來，新的蟲子代替了牠的位置，讓他從深眸變為淺眸。

他一邊穿衣一邊說。「妳，利芙特，和其他人都不一樣。如果每座城市都是一隻生物，那妳就是最特別的器官。妳從一處地方旅行到另一處，帶來改變、轉化。你們燦軍……我必須知道你們是怎麼看待自己的，這將會是我的哲學中很重要的一角。」

我很特別，她想著。我很厲害。

那為什麼我不知道該怎麼做？

隱藏的恐懼開始浮現出來。那個生物一直說著他奇怪的演講：關於城市、人們，還有他們的歸屬。他讚美著她，但他脫口而出的每一句關於她有多特別的評論，都會讓她抽痛一下。颶風即將來臨，黑暗今晚準備痛下殺手，但她能做的只有蹲在這裡，跟兩具屍體和一個由小蟲子組成的怪物作伴。

聽，利芙特，妳有在聽嗎？人們再也不聽了。

「是的，但妳出生的城市是怎麼知道要創造妳的？」那生物說著。「我能依照自己所想的來繁殖每個個體。繁殖出妳的意義為何？又為何這座城市現在能召喚妳前來？」

又是這個問題。妳為什麼會在這裡？

「那如果我並不特別，」利芙特悄聲說。「這樣也可以嗎？」

那生物停下來看著她。溫德在牆面上嗚咽著。

「如果我一直以來都在說謊，」利芙特說。「如果我並不是真的那麼厲害？如果我其實不知道該怎麼做？」

起。

「我很確定直覺會引導妳。」

我感覺很迷惘，就像一名士兵身在戰場，卻不記得自己所屬的旗幟，警衛隊長的聲音響起。

聆聽。她有在聽，不是嗎？

大多數時候，我覺得就連國王們都對這個世界正發生的事困惑不已。抄寫員捷娜的聲音。

再也沒有人會去聽了。

真希望有人告訴我們發生了什麼事。樹椿的聲音。

「如果你錯了呢？」利芙特悄聲說。「如果『直覺』並沒有引導我們？其實每個人都在害怕著，沒有任何一個人有答案？」

這是她一直以來太害怕去想的結論。嚇壞她了。

不過，一定是這樣嗎？她看向牆上，看著溫德被對著他躁動的克姆林蟲包圍著。她的小小引虛者。

聆聽。

利芙特猶豫了，接著拍了拍他。她……她只能接受，是吧？

在這瞬間，她感覺到和恐慌非常相似的解脫感。她身在黑暗之中，不過，也許她還是能做得到。

利芙特站起身。「我離開亞西爾是因為我很害怕。我來到塔西克是因為是我餓死人的腳帶我來的。但是今晚……今晚我選擇要待在這裡。」

「這是什麼胡言亂語？」阿克洛問。「對我的哲學有什麼幫助？」

她抬起頭，突然明白了，就像一陣電流通過。哼，好好去想破頭吧。

「我……並沒有治癒那個男孩。」她悄聲說。

「什麼？」

「樹樁會把錢球交易成價值比較低的，八成是因為她用黯淡的錢球去換了有充光的。她洗錢是因為需要颶光，她大概是在不自覺的狀況下汲取它們！」利芙特往下看著阿克洛，咧嘴笑著。「你沒看出來嗎？她留下那些有先天疾病的孩子、照顧他們，是因為她的力量並不知道要如何治癒這些孩子。不過其他小孩的病況總是會逐漸好轉，發生的次數已經多到可疑的地步，讓她開始覺得孩子們一定是為了要食物而裝病。樹樁……是一名燦軍。」

怪物無眠者迎向她的目光，接著嘆氣。「我們以後再找機會繼續談話吧。就像納勒，我也不是會半途而廢的人。」

他將錢球拋向巷子，錢球落到石頭上，發出清脆的聲響，往孤兒院的方向滾了過去。利芙特跳下，開始奔跑，錢球替她點亮了前方的道路。

19

雷聲追趕著她。狂風在城市的溝壑中呼號著，風靈竄過她身旁，彷彿在逃離那個詭異颶風的到來。大風推著利芙特的後背，紙屑和垃圾在她周圍紛飛。她到達巷子口的露天小劇場，冒險回頭看了一眼。

她隨即顛簸著停下來，震驚得動彈不得。

颶風湧過天空，一整片雄偉恐怖的漆黑雷雲伴隨著紅色的閃電。颶風規模非常龐大，主宰了整片天際，內部閃過陣陣邪惡的光芒。

雨滴開始砸在她身上，雖然並沒有颶風牆來襲，但風勢已經變得非常狂暴。

溫德在她身邊長成一圈。「主人？主人，喔，這太糟了。」

她向後退，因為空中翻滾著的大片黑與紅而僵在當場。閃電四處落在街道，雷聲強而有力地擊中她，她彷彿要被震飛出去一樣。

「主人！」

「進去裡面。」利芙特趕緊往孤兒院的大門前進。這裡實在是太暗了，她幾乎看不見牆壁。但當她到達時，馬上發現事情不對勁。大門是開著的。

在她離開之後，他們一定有關好門吧？她溜了進去。門後的空間一片黑暗，伸手不見五指，只是觸感告訴她，門檔已經被切穿了。攻擊八成是來自門外，而且是能俐落切斷木頭的武器。碎刃。

利芙特發抖著，摸著地上被切斷的門檔殘段，將它放入定位，固定住關上的門。她轉身進入房間，聆聽著。她聽見孩童的嗚咽聲，還有喘不過氣的啜泣聲。

「主人，」溫德悄聲說。「妳打不過他的。」

我知道。

「妳必須說出箴言。」

那不會有幫助的。

今晚，箴言是比較容易的部分。

待在這裡很難不被周圍孩童的恐懼所感染，利芙特發現自己不停顫抖著，在房間中央附近停下了腳步。如果想要阻止黑暗，她就不能偷偷摸摸地在孩子堆中慢慢前進。

這間孤兒院有好幾層，她能聽見某處傳來了步伐聲。穿著靴子的腳步堅定地踩在二樓的木製地板上。

利芙特汲取她的厲害，接著開始發光。光絲從她的手腕升起，有如從熱鍋升起的蒸氣。不算很亮，但能讓她在漆黑的房間裡看到孩子們。他們安靜了下來，敬畏地望著她。

「黑暗！」利芙特大喊。「被人稱作寧，或是納勒的人！判官納庫！我在這裡。」

上方的腳步聲停止了。利芙特穿過房間，進入下一間房，接著從樓梯間往上看。「是我！」她往上大喊著。「你在亞西爾打算殺掉卻失手的人。」

通往露天劇場的門被風吹得嘎嘎作響，好像外面有人試著要闖進門那樣。腳步聲再次響起，黑暗從樓梯的頂端出現，一隻手裡拿著紫水晶的錢球，另一手握著一柄閃閃發光的碎刃。紫光從下方照亮他的臉，描繪出下巴和臉頰的輪廓，但眼睛處仍然一片黑暗。它們感覺上像是中空的，就像利芙特在外面所遇見的怪物的眼窩。

「我很訝異看到妳前來接受審判。」黑暗說。「我以為妳會留在自認安全的地方。」

「對啦，」利芙特回嘴。「你知道全能之主發腦袋給大家的那一天嗎？我跑去吃麵包了。」

「妳在颶風時刻前來，」黑暗說。「和我一起被困在這裡，而我知道妳在這座城市犯下的罪。」

「不過我在全能之主發漂亮臉蛋的時候趕了回來，」利芙特又回嘴。「你怎麼沒來？」

即便這是她最愛的侮辱之一，對黑暗來說似乎毫無效果。黑暗下樓梯時就像煙霧般流瀉而至，腳步輕盈，制服在看不見的風中翻動。颶他的，但他身穿有著長手套和硬外套的服裝，看起來真的很官方，就像是法律的化身一樣。

利芙特向右逃開，遠離孩童們，朝著孤兒院的一樓更加深入。她在這個方向聞到了香料，於是跟著她的鼻子來到了廚房裡。

「去牆上。」她命令溫德，他正沿著門邊生長著。利芙特從廚檯上拿了一塊根莖，接著抓住溫德開始攀爬。她停止厲害，讓自己變暗，同時爬到牆與天花板的交界處，緊抓著溫德細細的藤蔓。

黑暗從下方進門，看向右邊，再來是左邊。他並沒有往上看，所以當他再往前進時，利芙特輕易就落到了他身後。

黑暗立刻轉身，單手握著碎刃，揮出一劍。這一擊切穿了牆壁和門框，在利芙特往後跳的同時，從她面前一指寬的距離之外揮過。

她一著地就爆發出厲害，滑溜的背後讓她能遠離他，最終撞在樓梯正下方的牆面上。她張開四肢，開始手腳併用地爬上樓梯。

「對妳加入的軍團來說，妳根本就是個恥辱。」黑暗大步追著她。

「大概是吧。」利芙特說。「颼他的，大部分時候我對自己來說都是個恥辱。」

「當然是，」黑暗走到樓梯底部。「那句話一點意義也沒有。」

她對他吐舌頭。這種對抗半神的方法是非常明智且合理的。他看起來並不在意，不過，他也沒辦法在意。因為他的心是一大坨結塊的耳屎做成的，真是個悲劇。

在她左側的孤兒院二樓有著許多較小的房間，右邊則是另一段更往上走的階梯。利芙特往左邊衝刺，大口吞下那塊生的長根，一邊尋找著樹椿。黑暗已經抓到她了嗎？好幾間房裡都有孩童的床鋪，所以樹椿沒有讓他們睡在那間大房間裡，他們八成是因為颼風的關係才聚集在那裡。

「主人！」溫德說。「妳有對策了嗎？」

「我能製造颼光。」利芙特喘著氣說，在確認走廊對側房間時汲取了一點點厲害。

「是的。令人不解，但是沒錯。」

「但他沒辦法，而且錢球很稀有，因為沒人預料到泣季中間會有颼風，所以……」

「啊……或許我們能耗光他的力量！」

「我打不過他，」利芙特說。「感覺這是最好的替代方法。可能要溜下樓再多拿點食物就是了。」樹椿在哪裡？她沒有躲在這些房間裡，這邊也沒有她的屍體。

利芙特潛回了走廊上。黑暗占據了走廊靠近階梯的那一端。他慢慢走向她，以奇怪的反手式抓著碎刃，危險的劍尖指向身後。

利芙特讓厲害安靜下來，停止發光。她需要拖垮他，也許能讓他誤以為她的存量不夠，這樣他就不會保留力量。

「我很抱歉必須這麼做。」黑暗說。「曾經，我會把妳當成姊妹一般歡迎。」

「不，」利芙特說。「你其實並不抱歉吧？你還有辦法感覺到哀傷嗎？」

他停在走廊上，錢球仍然握在手中照明，看起來似乎真的在思考她的問題。該是行動的時候了。她絕不能被逼到角落，即便這代表要衝向一個拿著餓死人的碎刃的人。他在她衝過去時擺出了架式，接著跨步向前揮擊。

她撲向側邊，把自己變滑，閃過他的劍，從左側地面滑了過去。利芙特越過了他，感覺上似乎太容易了。黑暗仔細地盯著她。她很確定他有預料到她會閃開。

他轉身再次超越她，快速移步阻止她下到一樓，逼她的位置接近上樓的樓梯。黑暗似乎希望她往那個方向去，所以她反其道而行，繼續朝著走廊前進。不幸的是，走廊這一側只有一間房間，就位在廚房正上方。她踢開門往裡面看。這是樹樁的房間，有著梳妝檯和床，但沒有樹樁本人的蹤影。

黑暗持續前進。「妳是對的。看來我終於將自己從履行這項職責所產生的最後一絲罪惡感中解放。榮譽已經充滿了我、改變了我。這一天終於來臨了。」

「太棒了，所以你現在就像……某種沒有情緒的靈。」

「嘿，」溫德說。「那很侮辱我們耶。」

「不，」黑暗聽不到溫德的回答。「我僅僅是個人，臻至完美的人。」他用錢球向她比劃著。「孩子，人們需要光。單獨處在黑暗中時，我們的行動雜亂無章，完全基於主觀、易變的想法。但光是純淨的，不會因為我們每天的胡思亂想而改變。遵從準確的法則之時還帶有罪惡感，只是浪費情緒。」

「在你看來，其他情緒不是浪費？」

「有許多種情緒很有用。」

「而你隨時能感覺到它們。」

「我當然可以……」他沒再繼續說下去，似乎又在思考著她所說的話。他低下了頭。

利芙特向前跳，再次把自己變滑。他守著往下的道路，但她還是需要溜過他到下面去。她需要去拿食物，還有引誘他繼續上下移動，直到用光能力。她有預想到他會揮劍，當他真的揮劍時，她猛然倒向側邊，把全身上下都變得滑溜，只有引導方向用的手掌除外。

黑暗丟下錢球，接著以她預料之外的速度移動，颶光像烈火般從他身上噴發。他丟下碎刃，碎刃化作一陣煙霧，再從腰帶裡抽出一把小刀。就在利芙特滑過他時，他用力將小刀向下一刺，釘住了她的衣服。

颶他的！如果是普通的傷口，她的厲害會治好她。如果他試著用手抓住她，那她的滑溜能讓她脫離。但他的小刀咬住了木頭以及她外衣的尾端，讓她驟然停了下來。她的滑溜反而導致她稍微向後反彈，朝他滑了回去。

就在利芙特慌張地想要掙脫時，他將手擺向一邊，再次召喚了碎刃。小刀釘得非常深，而且他的一隻手還握在上面。颶他的，他好強大！利芙用力咬了他的手臂，但毫無效果。她掙扎著要脫掉外衣，將除了上衣以外的身體變滑。

他的碎刃出現，他將它舉起。利芙特扭動著，衣服害她幾乎看不到東西，因為她剛才將衣服半拉扯到了頭上，遮蔽了大部分的視野，但她能感覺碎刃朝著她揮下——

有東西發出撞擊聲，接著黑暗低吼了一聲。

利芙特終於探出頭，看見樹椿站在往上的樓梯，手裡抓著一條長木頭。黑暗甩甩頭，試著讓腦袋清楚點，樹椿又打了他一下。

「離我的孩子遠一點，你這個怪物！」她對著他大聲咆哮。水從她身上滴下。她剛才拿著錢球去樓頂上交換了。她當然是在那裡，先前她就有提到要上去。

她將木條高舉過頭頂。黑暗嘆了口氣，接著碎刃一揮，將她的武器切成了兩段。他從地上抽起小刀，解放了利芙特。太好了！

但他踢了她一腳，讓她因為自身的滑溜而滑過整條走廊，完全失去控制。

「不！」利芙特解除她的滑溜，翻滾起身。她的視線搖晃著，看見黑暗轉向樹椿，抓住她的喉嚨，接著把她拉下階梯、丟在地上。老女人著地時發出了碎裂聲，軟倒在地上一動也不動。

他刺了她——不是用他的碎刃，而是用他的小刀。為什麼？為什麼不解決她？

他轉向利芙特，背對著他丟下的錢球，籠罩在陰影中。此刻的他比利芙特在巷子裡見到的無眠者還更像怪物。

「她還活著，」他告訴利芙特。「但不停流血還失去意識。」他把錢球踢開。「她還太新，身體還不知道怎麼在這種狀況下吸取颶光。如果是妳的話，我就必須刺穿妳，並且等到妳真的死去。這一個只要失血過多就會死。就像現在這樣。」

我能治療她，利芙特絕望地想著。

他也知道。他在引誘利芙特。

她已經沒有時間讓他耗盡颶光了。他用碎刃指向利芙特，整個人現在只剩下一圈輪廓。黑暗。真正的黑暗。

「我不知道該怎麼辦。」利芙特說。

「說出那些箴言。」溫德在她旁邊說。

「我已經說了，在我心裡面講的。」不過，它們又能做什麼？

太少人會去聽自己思緒以外的東西了。但現在聆聽對她又有什麼用？她能聽見的只有外頭颶風的聲音，閃電震動著石牆。

雷電。

新的颶風。

我沒辦法打敗他。我得改變他。

聆聽。

利芙特跑向黑暗，召喚出她僅存的所有厲害。黑暗向前踏出一步，一手拿著小刀，另一手握著碎刃。她朝他逼近，而他再次守住了往下的階梯。他顯然預期她會往那方向去，或是停步在失去意識的樹樁身旁、試圖治好她。

但利芙特兩種都不做。她滑過他們兩個，開始爬上樹樁不久前走下來的那道階梯。

黑暗詛咒一聲，向她揮刀，不過落了空。她到達了三樓，他在她身後追趕著。「妳把她留下來等死。」他警告著，在利芙特找到一段往上的短梯時追過來。希望這裡通往屋頂。務必要讓他跟上來……

天花板上的一扇活板門擋住了她的去路，她將它用力推開，進入了沉淪地獄之中。

恐怖的強風夾雜著不祥的紅色閃電，狂暴的雨水就如針刺一般。這個「屋頂」其實就是城市上方的平原。利芙特沒看見樹樁的錢球燈籠，暴雨遮蔽了視線，狂風又太過凶殘。她踏出活板門，卻必須馬上蹲下，抓緊地上的石頭。溫德為她形成了把手，嗚咽著緊緊抓住她。

黑暗從屋頂上的洞穴出現，進入颶風之中。他看見她，接著向前一步，碎刃像把斧頭般握在他手上。

他揮刀而下。

利芙特尖叫。她放開了溫德的藤蔓，在身前舉起雙手。

溫德發出一聲綿長而輕柔的嘆息，融化散去，轉變為一截銀色的金屬。

她用自己的武器接住了黑暗下揮的刀刃。這不是劍。利芙特完全不懂用劍。她的武器只是一根銀色的棍棒。它在一片黑暗中閃閃發光，並且擋住了黑暗的一擊，不過他的攻擊還是讓她的手臂顫抖不已。

唉喲，溫德的聲音在她腦裡響起。

雨滴打在他們周圍，黑暗身後亮起紅色閃電，在利芙特的眼中留下鮮明的殘影。

「妳覺得妳能打敗我，孩子？」他咆哮著，將碎刃抵在她的棍棒上。「永生不朽的我？斬殺過半神、從寂滅中存活下來的我？我乃正義神將。」

「我會聆聽，」利芙特喊著。「那些被忽略的人！」

「什麼？」黑暗質問。

「我有聽你說的話，黑暗！你想要預防寂滅到來。但看看你的身後！否認你看到的景象啊！」

閃電撕裂空氣，城市中呼嘯聲四起。在農田上，一陣紅色閃光照亮了一群抱在一起的人影。一群遺憾、哀傷的人。被放逐的帕胥人。

紅色的閃電似乎在他們身邊徘徊。

他們的眼睛開始發光。

「不，」納勒說。隨著他的話語，颶風似乎暫時減退了一點。「這只是……獨立事件。那些帕胥人……保留著形體僥倖存活了下來……」

「你失敗了！」利芙特大喊。「寂滅已經來臨了！」

納勒抬頭向上看，雷雲充滿著力量，轟隆作響，紅光不斷在內部閃爍。

就在此刻，看似奇怪，某些東西似乎從他的體內浮現了。要說利芙特能在周遭發生的一切——雨水、強風、紅色閃電——之中看出他的眼神變化似乎很蠢。但她發誓她能夠看見。

他看起來變得專注，就像一個從暈眩中清醒的人。他的劍從指間滑落，消散成一團迷霧。

他搖晃著，跪了下來。「颶風啊。加斯倫……艾沙……這是真的。我失敗了。」他低垂下頭。

接著開始啜泣。

利芙特喘著氣，被雨水打得渾身溼透又疼痛，放下了她的棍棒。

「我好些時日前就失敗了，」納勒說。「我那時就知道了。噢……神啊。全能之神啊。寂滅已經回歸了！」

「我很抱歉。」利芙特說。

他看著她，臉孔被連續的閃電映成紅色，淚水混著雨水。

「妳是真心的。」他摸上自己的臉。「我不是一直都像這樣的。我真的正在惡化，是不是？是真的。」

「我不知道。」利芙特說。然後出於直覺，她做了一件從來沒想過有可能發生的事。

她抱住了黑暗。

他抱緊她，這個怪物，這個曾經是神將的冷酷存在，抱緊了她，在颶風中啜泣著。然後，隨著一聲雷聲，他推開了她。他在溼滑的石頭上蹣跚走著，被強風吹拂，接著開始發光。

他飛射向黑暗的夜空，消失了蹤影。

利芙特迅速爬起身，趕去樓下治療樹樁。

20

「所以你不一定要變成劍囉。」利芙特坐在樹樁的梳妝檯上，因為那女人並沒有一張像樣的書桌能讓她坐。

「傳統上是一把劍。」溫德說。

「但你不一定要是劍。」

「顯然不是，」他聽上去像是被冒犯了。「我一定要是金屬材質。我們的力量……在凝縮之後和金屬存在著某種關聯。話是這麼說，但我也聽過靈變成弓的故事。我不知道他們怎麼做出弓弦的，也許燦軍們會自己另外帶著弦？」

利芙特點點頭，但基本上沒在聽。誰在乎弓啊劍啊那些東西？這可是開啟了各種更有趣的可能。

「我的確有想過自己變成劍會是什麼樣子。」溫德說。

「你昨天一整天都在抱怨我會拿你去打人！」

「顯而易見，我不想被當作用來揮舞的劍。不過碎刃有種莊嚴的特質，可以用來展示。我想我會變成一把精美的碎刃。氣度莊嚴的那種。」

樓下的大門傳來一陣敲門聲，利芙特豎起耳朵。聽起來不像是那個抄寫員。她聽見樹樁正在和某個聲音輕柔的人說話。不久後大門關上，樹樁爬上樓梯，進入利芙特所在的房間，拿著一大盤鬆餅。

利芙特的肚子大聲叫著，她起身站在梳妝檯上。「這些是妳的鬆餅，對不對？」

樹椿停下腳步，外表看起來跟平常一樣乾癟。「有差嗎？」

「差多了，」利芙特說。「這些不是要給孩子們的。妳打算自己吃掉，對吧？」

「一整打鬆餅。」

「沒錯。」

「當然，」樹椿翻了翻白眼。「我們就假裝我會把它們全吃掉吧。」她把那些鬆餅丟在利芙特身旁的梳妝檯上，而利芙特已經開始忙著塞滿自己的嘴巴。

樹椿把枯瘦如骨的手臂抱在胸前，回頭看了一眼。

「剛剛在門口的人是誰？」利芙特問。

「一位母親，雖然很羞愧，但堅持要帶回她的孩子。」

「沒開玩笑吧？」利芙特邊咬鬆餅邊說。「米克的媽媽真的回來接他了？」

「顯然她知道兒子在裝病。這是個騙局……」樹椿沒再繼續說。

有意思，利芙特心想。那個母親不可能知道米克已經被治好了——那是昨天才發生的事，更何況整座城在颶風後都是一團混亂。幸運的是，這裡的狀況還不算太糟糕。在耶達城，颶風從哪個方向來並沒有太大差別。

她倒是很渴望知道帝國其他地區的資訊。感覺一切又都變得不對勁了，只不過是另一種新的不對勁。

不過，能聽到一點好消息還是很棒。米克的媽媽真的回來了。看來這種事有時也是會發生的。

「我居然一直在治療孩子們。」樹椿摸著自己的席卡，上面被黑暗俐落地刺穿了一個洞。

雖然她洗過了，還是留有血漬。「妳確定嗎？」

「是啊。」利芙特邊咬鬆餅邊說。「應該會有個奇怪的小東西跟著妳。不是我啦，是更奇怪的東西。也許長得像條藤蔓？」

「是有一個靈，」樹椿說。「不過不像是藤蔓，比較像是鏡子反射在牆上的光……」

利芙特瞥向溫德。他攀在附近的牆上，點了點藤蔓頭。

「那也行。恭喜妳，樹椿，妳是個餓死人的燦軍。妳一直在汲取錢球來治療孩子們。這大概算是把他們當成髒衣服般對待的補償，是吧？」

樹椿打量著利芙特，她繼續大嚼著鬆餅。

「我還以為，」樹椿說。「燦軍騎士應該更有威嚴的。」

利芙特對著那女人抓了抓臉，接著將手舉到一邊召喚溫德，形成一支巨大、閃閃發光的銀色叉子。一支碎叉，如果你想這樣叫的話。

她把他刺進鬆餅，不幸的是他完全刺穿了它們，還在樹椿的梳妝檯上戳出好幾個洞。不過，她還是成功地叉起了一塊鬆餅。

利芙特就著它咬了一大口。「就跟沉淪地獄的雞雞一樣有威嚴。」她大聲說，接著對樹椿揮舞著溫德。「我們就說這是種花式講法，這樣我的叉子才不會抱怨我很下流。」

樹椿似乎想不到合適的回應，只能張大嘴巴盯著利芙特。樓下的敲門聲把她從這副蠢樣子裡拯救出來。樹椿的其中一個助手打開了門，不過她一聽見客人是誰後，就倉促地趕下樓去了。

利芙特釋放溫德。用手吃東西還是比用叉子簡單多了，就算是一支很棒的叉子也一樣。

他變回藤蔓的形狀，盤捲在牆上。

一小段時間後，捷娜——大訊息廳的那名胖抄寫員——進入房間。從樹椿幾乎貼到地板的鞠躬來看，捷娜的地位也許比利芙特原本所想的更重要。但她並沒有魔法叉子就是了。

「一般而言，」抄寫員說。「我不太常做這種……到府服務。人們通常會自己來找我。」

「我看得出來，」利芙特說。「很顯然妳不太常走路。」

抄寫員發出嗤鼻聲回應，接著將一個書包放在床上。「皇帝陛下對我們先前突然結束通訊感到很不滿，不過他已能理解。考慮到最近這些事件，他也非得理解不可。」

「帝國的狀況怎麼樣？」利芙特嚼著鬆餅說。

「還活著，」抄寫員說。「但是一團混亂。小型村莊受損最嚴重。雖然這個風暴比一般颶風持續得久，風卻沒有那麼強。最糟糕的還是閃電，許多在外旅行的可憐人都被雷擊了。」

她拿出工具：一片信蘆板、紙張，還有筆。「皇帝陛下對於妳聯絡了我感到很滿意，他已經送了一份訊息來詢問妳的健康狀況。」

「告訴他，我還遠遠吃不夠鬆餅呢。」利芙特說。「而且我腳趾頭上有一個奇怪的疣，每次把它切掉都會一直長回來，我想是因為我用厲害治療自己的緣故，真是餓死人的不方便。」

抄寫員看著她，嘆口氣後開始讀搞斯傳送給她的訊息。那上面說帝國會存活下來，不過需要很長時間來恢復——尤其如果那個颶風會一直回來的話；然後還有關於帕胥人的問題，這有可能造成更大的危險。他並不想用信蘆來傳送國家機密，主要還是想知道她是不是沒事。

她大概是沒事。抄寫員正在寫下利芙特告訴她的話，那些話已經足夠告訴搞斯她很好了。

「另外，」利芙特在女人寫字時補充。「我找到了另一個燦軍，只是她真的很老，長得像是一隻營養不良的無殼螃蟹。」她看著樹椿，聳聳肩當作半個道歉。她一定知道。她應該有照過鏡子吧？

「不過其實她人還滿好的，又會照顧小孩，所以我們應該召募她還是什麼的。如果我們要跟引虛者打架，她可以用非常惡毒的眼神盯著它們看。引虛者就會崩潰然後跟她承認說之前是它們偷吃了所有餅乾，然後怪到那個講話怪怪的女生胡希的頭上。」

胡希會打呼，所以她活該。

抄寫員翻了個白眼，還是把她的話寫下來。利芙特點點頭，解決掉最後一塊鬆餅，這種鬆餅中間有著非常黏稠的粥狀餡料。「好，」她站起身來大聲宣布。「這是第九種了。最後一種呢？我準備好了。」

「最後一種？」樹椿問。

「十種鬆餅，」利芙特說。「這是我來這餓死人的城市的原因。我已經吃過了九種，最後一種在哪邊？」

「第十種鬆餅是獻給塔西的。」抄寫員在她寫字時漫不經心地說。「與其說是實物，更像是一種想法。我們烤出九種，然後將最後一種獻給記憶中的祂。」

「等等，」利芙特說。「所以一直都只有九種？」

「是的。」

「你們都在騙我？」

「並不是——」

「沉淪地獄啊！溫德，那個破空師跑去哪了？他得聽聽這個。」她指向抄寫員，再指向樹椿。「在我的堅持之下，他決定不管洗錢的事了。要是他聽到妳們在鬆餅的事上說謊，我可能就沒辦法阻止他了。」

她們兩個人都盯著她，好像覺得自己很無辜。利芙特搖搖頭，跳下梳妝檯。

「抱歉，」她說。「我得去一下燦軍舒爽間。那就是花式地在說——」

「下樓梯，」樹椿說。「就在左邊。跟早上同一個地方沒變。」

利芙特離開她們，跳下階梯。她對著在主臥室裡看門的孤兒眨了眨眼，接著就溜出了大門，溫德跟在她身旁的地面上。她深呼吸一口，空氣因為永颶的關係依然潮溼，各種垃圾、斷裂的木板、掉落的樹枝以及棄置的衣物四散在地，纏繞在許多通向街道的門口階梯上。

但城市確實存活下來了。人們也已經開始清理。他們這一生都活在颶風的陰影之下，已經適應了，而且會繼續適應下去。

利芙特微笑，開始走向街道。

「那麼，我們要離開了？」溫德問。

「沒錯。」

「就像這樣。沒有道別。」

「沒有。」

「所以，一直都會是這樣嗎？我們晃進一座城市，在有時間紮根之前，就會再次離開？」

「是啊，」利芙特說。「不過這一次，我想我們會晃回去亞西米爾的皇宮裡。」

溫德太過震驚，以至於利芙特都越過了他。他快速跟上她，像隻野斧犬崽子一樣興奮。

「真的嗎？喔。主人，真的嗎？」

「我在想，」她說。「其實沒人知道該怎麼活著，對吧？所以搞斯和那些滿頭灰塵的大臣，他們需要我。」她輕拍自己的頭。「我全都弄懂了。」

「妳弄懂了什麼？」

「什麼也沒有。」利芙特充滿自信地說。

但我會去聆聽那些被忽略的人，她想著。就算是像黑暗那種我寧願從沒聽見的人。也許這會有所幫助。

他們走過城市，接著爬上坡道，經過了那個警衛隊長。她今天面對更大一群想進城的難民，因為他們在颶風中失去了家園。她看見利芙特時，驚訝得差點從靴子裡跳出來。

利芙特微笑著從口袋裡挖出一塊鬆餅。那個女人因為她的關係被黑暗騷擾過。利芙特感覺像是欠了她一筆，所以她把鬆餅拋給那個女人——現在已經比較像是一顆鬆餅球——接著用她剛才吃餅得到的颶光治療難民們的傷口。

警衛隊長手中拿著鬆餅球，安靜地看著。而利芙特沿著隊伍移動，對著所有人呼出颶光，有如在證明自己沒有口臭那樣。

這真是項餓死人的辛苦工作，但這就是鬆餅的目的，讓孩子們能感覺好一點。她做完後颶光也耗盡了。她疲累地揮了揮手，漫步到城市外的平原上。

「妳的舉動實在非常仁慈。」溫德說。

利芙特聳了聳肩。那感覺沒什麼差別——只有幾個人，就這樣。不過他們就是那種最會被遺忘和忽略的人。

「一個比我更好的燦軍大概會留下來，」利芙特說。「治療所有人。」

「這是一項大工程。可能太大了。」

「但同時也太小了。」利芙特把手插進口袋，走了一段路。她沒辦法清楚解釋，但她知道有更大的什麼要來了。而且她需要回亞西爾去。

溫德清了清喉嚨。利芙特已經準備好要聽他開始抱怨，像是從亞西米爾大老遠走來這裡，卻又在兩天後走回去有多蠢。

「……我剛才是一支氣度很莊嚴的叉子吧，妳不覺得嗎？」他反而這麼問。

利芙特瞥向他，抬起了頭，咧嘴一笑。「你知道嗎，溫德？這有點奇怪，但是……我開始覺得，你也許根本就不是引虛者呢。」

〈緣舞師〉全文完

後記

雖然到目前為止，利芙特的出場篇幅並不長，但她是我在《颶光典籍》中最喜歡的一個角色。我正在培養她成為這系列未來的要角之一，那也讓我面臨到了一些挑戰。在接下來的故事中，利芙特成為颶光系列的主角之一時，她應該已經說了很多誓言——但如果讀者沒有讀過她說誓言時的情節，感覺會很奇怪。

在寫《引誓之劍》的時候，我發覺了一點劇情連貫性的問題。我們看到神將納勒在其中登場時，已經認清他自己數世紀以來的任務（觀察並確保燦軍不會回歸）已不再重要了。他的為人與目標都有了重大的變化，然而讓他在故事之外經歷這些轉變，感覺也不對勁。

〈緣舞師〉是個能夠一口氣修正這兩個問題的機會，同時也是讓利芙特有所表現的主場。

我喜歡寫利芙特的原因之一，是因為我能在很奇特或愚蠢的語句中，置入角色的成長和深具意義的段落。例如她在《燦軍箴言》的間曲裡，說她已經十歲三年了，這是個表面上裝成笑話的伏筆，直到後來才會揭露，她是真的覺得自己的年齡停在十歲（而且她會這麼想其來有自）。

一名作家在寫大多數的角色時，其實不太可能營造類似的情節。

我也利用這個故事讓塔西克人露露臉，因為他們（沒有重要的視點角色）在主要故事裡大概不會有什麼特別發展。我原本計畫這個短篇大概是一萬八千個字左右，但最終的長度是四萬字。這種事情有時就是會發生（尤其如果你是我的話）。

中英名詞對照表

皇帝魂

A

Anthracite　白煤

Arbiter　決議卿

Arbiters' Study　決議卿廳

Ashravan　亞緒拉凡

Atsuko　敦子

Aunt Sol　索姨

Azalec　阿扎雷克

B

Bellows　風箱

Bloodsealer　封血巫

C

Captain Zu　祖隊長

Chamrav　卡姆拉夫

Cognitive　認知

D

Delbahad　德巴哈節

Dzhamar　扎瑪

E

Eighty Suns　八十太陽神教

Elevation　抬族

Essence Mark　精章

F

Fen　芬文

Flesh Forgery　皮肉仿造

Forge　仿造

Forger　仿師

Forgery　仿作

Frava　芙拉法

Frava's Symbol　芙拉法徽族

G

Gaotona　高佟納

Grand　偉族人

Grindstone　磨石

Gur　葛馬

H

Han ShuXen　韓書慎

Heritage Faction　傳承派

Hurli　胡利

I

Imperial Fool　宮廷弄臣

Imperial Gallery　帝國藝廊

Imperial Seat　王都

Imperial Wing　皇殿

J

Jindo　占杜國

K

Kilin　窯燒

KuNuKam　庫弩卡

Kurshina　可希娜

L

Laio Quarry　賴礦

Lamio　拉苗

Lily of the Spring Pond
《春池百合圖》

Limestone　石灰岩

M

Maipon　麥彭族

Medallion　長命鎖

Moon Scepter　《月笏》

Mulla'dil　穆拉狄

N

Nyen　奈恩

P

Physical　實體

R

Ralkalest　拉卡賴司特

Realm　領域

Rememberer　憶師

Reo　瑞歐符文

Resealer　重合師

Resealing　重合

Rose Empire　玫瑰帝國

Rose Throne　玫瑰寶座

S

Scribe 書記

Shaizan 珊戰

Soapstone 皀石

Sogdian Forest 索格迪森林

Soulstamp 魂印

Southern Provinces 南省區

Spiritual 靈魂

Stivient 史第維恩特

Striker 兵族

Svorden 思弗丹

Svordish 思弗丹文

Sycla 席克拉

T

Tao 道

Teoish Peninsula 泰歐半島

Teullu 特兀魯族

The Glory Faction 榮光派

Theater of Address 宣喻廳

U

Ukurgi 烏克吉

Uncle Won 汪叔

Unknown God 未知神

Upper Arm Bracer 上臂環

Ushnaka 兀緒納卡

V

Vivare 維瓦耳

W

Wan ShaiLu 王珊露

Weedfingers 草指

Y

Yazad 雅沙德

Yil 義

伊嵐翠的希望

A
Aeo　艾依歐

Aons　符文

Ati　艾提

Arelon　亞瑞倫

Ashe　艾希

Aon Ashe　艾歐・艾希

Aon Daa　艾歐・達

Aon Rao　艾歐・瑞歐

AonDor　艾歐鐸

D
Dashe　戴希

Duladen Republic　杜拉丹共和國

E
Elantris　伊嵐翠

F
Fjorden　菲悠丹

G
Galladon　迦拉旦

H
Hoed　霍依德

I
Idotris　埃多崔斯

K
Kae　凱依城

Karata　卡菈塔

M
Mai　梅依

Matisse　麥黛西

N
New Elantris　新伊嵐翠

R
Raoden　瑞歐汀

Riika　莉卡

Roost　鳥巢

S

Sarene 紗芮奈

Seon 侍靈

Skaze 御靈

Spirit 靈性

T

Taid 泰埃德

The Shaod 霞德祕法

Teod 泰歐德

Teor 提歐爾

Tiil 泰埃爾

第十一種金屬、鎔金賈克與艾塔尼亞深坑、迷霧之子：祕史

A

Adonalsium 雅多納西

Alendi 艾蘭迪

Allomancer 熔金術師

Allomancer Jak / Gentleman Jak
鎔金賈克／紳士賈克

Allomancer Jak and the Mask of Ages 〈鎔金賈克與世紀面具〉

Allomancer Jak and the Waters of Dread 〈鎔金師賈克與惡水〉

Antillus Shezler 安提勒斯·沙茲勒

Ashmount 灰山

Ati 雅提

Atium 天金

B

Beyond 彼端

Brass 黃銅

Breeze 微風

Bronze 青銅

C

Cephandrius 賽凡琉斯

Cognitive Shadow 意識之影

Cognitive Realm 意識界

Connection 聯繫

Copper 紅銅

D

Dockson (Dox) 多克森（老多）

Drifter　漂流者

E

Elend Venture　依藍德・泛圖爾

Elendel　依藍戴

Elizandra Dramali　愛麗珊卓・達瑪麗

Entropy　熵

Essence　精質

Eyree　哀瑞

F

Faceless Immortals　無相永生者

Fortune　幸運

Fuzz　阿糊

G

Gemmel　蓋莫爾

Glint　閃光手槍

Goradel　葛拉道

H

Handerwym　含德維

Hathsin　海司辛

I

Ire　埃瑞

Iron　鐵

K

Keep Shezler　沙茲勒堡

Kelsier　凱西爾

L

Lake Tyrian　特瑞安湖

Lestibournes (Spook)　雷司提波恩（鬼影）

Longsfollow　隆司法洛

Lord Ruler　統御主

Luthadel　陸沙德

Lyndip　琳蒂普

M

Mantiz　曼提茲

Mare　梅兒

Marsh　沼澤

Midge　米居

Mistborn　迷霧之子

Misting　迷霧人

Morag Mountain　莫拉格山

O

Odium 憎惡

P

Perpendicularity 垂裂點

Pewter 白鑞

Physical Metal 肢體金屬

Physical Realm 實體界

Pull 鐵拉

Push 鋼推

Pits of Eltania 艾塔尼亞深坑

Preservation 存留

R

Realm 界域

S

Sazed 沙賽德

Senna 瑟娜

Shard 碎神

Skaa 司卡

Soother 安撫者

Spanky 阿尻

Spike 尖刺

Spiritual Realm 靈魂界

Splinter 裂解

Steel 鋼

subastral 星域

T

Terris 泰瑞司

Theories and suppositions regarding the existence of an Eleventh Metal 《第十一金屬存在之理論與假設》

Tin 錫

Transition 傳度

Trap 陷阱

V

Vin 紋

W

Well of Ascension 昇華之井

Western Dominance 西方統御區

Z

Zinc 鋅

白沙

A

Acolent 學從

Aisha 艾夏

D

Darkside 暗面

Dayside 日面

Deep Sand 深沙區

Diem 日殿

Diemfen 殿分師

Drile 德萊歐

E

Elorin 艾洛林

F

Fen 分師

H

Hundred Idiots 百傻人

K

Kenton 坎頓

Kerla 克拉

Kerztian 克茲塔人

KreaDa 克瑞達山

L

Lord Mastrell 宗師主

Lesstrell 少師

Lossand 落沙

M

Mastrell 宗師

Mastrell's Path 宗師之路

P

Praxton 帕克斯頓

Profession 天職

Q

Qido 契多

R

Reenst Rile 凜斯特・萊歐

S

Sand Lord 沙之主

Sand Master　御沙師

Sandling　沙蟲

Slatrification　化水術

T

Tendel　坦戴爾

Terken　拓殼

Tower　塔樓

Traiben　特雷本

U

Underfen　次分師

Underlestrell　次少師

Undermastrell　次宗師

地獄森林之賽倫絲的幽影

A

Abraham's Fire

亞伯拉罕之火

Amity　阿密提

B

Bastion Hill　稜堡山

Bloody Kent　血腥肯特

C

Chesterton Divide

切斯特頓・狄拜德

Coronach　悼月

D

Daggon　戴根

Deepest Ones　至深者

Dob　達伯

E

Earnest　厄尼斯特

Elegy　哀星

Evil　邪靈

Ezekiel　以西結

F

Fallen World　殞落世界

Fenweed　沼澤草

Forestborn　森林之子

Forests of Hell　地獄森林

Fortfolk　堡壘區

G

Glowpaste　夜光糊

God Beyond　未知神

H

Hapshire　哈普夏

Harold　哈洛德

Homesteader　屯民

J

Jarom　賈洛姆

L

Lamentation Winebare
悲嘆溫納巴雷

Lastport　末世港

M

Monody　孤星

O

Old Bridge　舊橋

P

Purity　純星

R

Red Young　瑞德・楊

S

Sebruki　薛布魯琪

Shade　幽影

Silence Forescout
賽倫絲・佛斯考特

Simple Rules　簡明守則

T

The Threnodite System　輓歌系統

Theopolis　席奧波里斯

Threnody　輓星

Tobias　陀拜亞

W

Waystop　旅店

Wetleek sap 溼地韭蔥汁

White Fox 白狐

White span 白色路段

William 威廉

William Ann 威廉安

Withering 枯萎

夕陽老六

A

Asteroid belt 小行星帶

Aviar 靈羽

B

Bloodscratches 血爪子

C

Cutaway vines 燕尾藤

D

Deathants 死蟻

Deathweed bark 死腐樹皮

Deepwalker 海底行者

Dusk 夕陽

E

Eelakin 伊拉津人

Eusto 尤斯托

F

Fifth of the Sun 環日五星

Firesnap lizards 火爆蜥蜴

First of the First 初星首月

First of the Sky 天空老大

First of the Sun 環日初星

Fourth of the Sun 環日四星

G

Gurratree 古拉樹

H

Hungry mud 飢餓泥漿

J

Jellywire vines 水母絲藤

K

Kokerlii　柯克利

Krell　奎爾

M

Meekers　馴客

Mirris　米里斯

N

Nightmaw　夜喉

Nightwind fungi　晚風蕈

Northern Interests Trading Company
北方同業貿易公司

P

Pantheon　潘席恩群島

Patji　帕特吉

Patji's Finger　帕特吉的手指

Patji's Eye　帕特吉之眼

S

Second of the Sun　環日二星

Seventh of the Sun　環日七星

Sak　瑟珂

Shadow　黑影

Sisisru　西西魯

Sixth of the Sun　環日六星

Slimfish　細魚

Sori　索莉島

Suluko　蘇魯窟

T

The drominad system
卓米納系統

The Ones Above　上人

Third of the Sun　環日三星

Trapper　捕獸人

Tuskrun pack　獠牙獸

V

Vathi　法緹

W

Winds　文德斯

Y

Yaalani the Brave　雅阿拉妮

緣舞師

A

Alethi 雅烈席人

Alm 奧姆

Angerspren 怒靈

Anticipationspren 期待靈

Arclo 阿克洛

Axehind 野斧鹿

Axies 亞克西司

Azimir 亞西米爾

Azir 亞西爾

Azish 亞西須人

B

Bavland 巴伏

Bidlel 畢德洛

Binder of the World 世界聯結者

Brittels 布里檀

C

Clemabread 克雷馬麵包

Clema 克雷馬穀

Concentrationcpren 專注靈

Cremling 克姆林蟲

Cultivationspren 培養靈

D

Dalinar Kholin 達利納・柯林

Damnation 沉淪地獄

Darkness 黑暗（納勒）

Desh 德西

Drop-dead 裝死樹

E

Emul 艾姆歐

Exhaustionspren 疲憊靈

G

Gawx 搞斯

Ghenna 捷娜

Gloryspren 勝靈

Grand Indicium 大訊息廳

H

Hauka 蒿卡

Herdazian 賀達熙人

Highprince 藩王

Hoardling 種群

Honorspren 榮譽靈

Huishi 胡希

Hungerspren 餓靈

I

Immigrant Quarter 移民區

Iri 依瑞

Iriali 依瑞利人

Ishar 艾沙

J

Jezrien 加斯倫

K

Keenspren 敏銳靈

L

Last Desolation 最終寂滅

Laughterspren 笑靈

Lavis 拉維穀

Liafor 利亞佛

Lifespren 生靈

Lift 利芙特

Lightweaver 織光師

Lougroot 長根

Lurg 羅螺

M

Makabaki 馬卡巴奇人

Marabethian 瑪拉貝息安

Mik 米克

N

Nakku the Judge 判官納庫

Nalah 納拉

Nale 納勒

Nightwatcher 守夜者

Nin-Son-God 神之子寧

Nissiqqan 尼西甘

Noura 諾拉

Nun Raylisi 南・瑞利希

O

Ol' Whitehair 老白髮

Omnithi 全襲者

P

Parshman 帕胥人

Prime Aquasix　阿卡席克斯首座

Purrelake　純湖

R

Radiant　燦軍

Rez　瑞茲

Reshi　雷熙人

Ring　主環

Riverspren　河靈

Rockbud　石苞

S

Scion　嗣者

Sesemalex Dar　瑟瑟瑪雷達

Shardfork　碎叉

Shardblade　碎刃

Shin　雪諾瓦

Shiqa　席卡

Shober　脩柏椅

Siah　西亞人

Sleepless　無眠者

Spanreed　信蘆

Spoonback　杓背椅

Steen　使丁

Stump　樹樁

Sun Day　太陽日

Surgebinder　封波師

Szeth-son-Neturo
奈圖羅之子賽司

T

Tallew　塔露穀

Tashi　塔西

Tashi and the Nine　塔西與九人

Tashi's Light Orphanage
塔西之光孤兒院

Tashikk　塔西克

Tiqqa　媞卡

Treb　垂柏

Tukar　圖卡

Tuk-cake　圖克餅

V

Veden　費德

Vizier　大臣

Voidbringer　引虛者

Voidspren　虛靈

W

Weeping　泣季

Whispermill 耳語草
Winstel 溫斯泰椅
Wyndle 溫德

Y

Yaezir 亞什爾
Yeddaw 耶達
Yezier 葉席爾

Z

Zawfix 扎費司

其他

A

Aagal Uch 雅高・兀克
Aagal Nod 雅高・納德
Ambition 野心
Arcanist 祕法學家
Ars Arcanum 祕典
Ashyn 艾辛
Asteroid Belt 小行星帶
Autonomy 自主

B

Betab 貝塔
Beyond 彼端
Braize 布雷司

C

Chach 查克
Cognitive Realm 意識界
Cognitive Shadow 意識之影
Connection 聯繫
Cosmere 寰宇
Comet Belt 彗星帶
Coronach 悼月
Cultivation 培養

D

Darkside 暗面
Dayside 日面
Devotion 奉獻
Dominion 統治

Donne / Doo　督／督涅

Dor　鐸

Drominad　卓米納

Dwarf Planet　矮行星

E

Elegy　哀星

Evil　邪靈

F

First of the First　初星首月

First of the Sun　環日五星

First of the Sun　環日初星

Fourth of the Sun　環日四星

Fain　焚

G

Guyn　蓋因

H

Hoid　霍德

Honor　榮譽

I

Investiture　授予

Ire　埃瑞人

Ishi　艾兮

J

Jes　傑思

K

Kak　卡克

Khriss　克里絲

Keenspern　敏銳靈

Ky / Kii　凱／凱依

L

Lord Ruler　統御主

M

Mashe　瑪曦

Mishin　迷辛

Monody　孤星

N

Nalthis　納西斯

Nan　南

Nazh　納哲

New Calendar　新曆

NizhDa　尼茲達
Nomon　諾蒙
Non Fain Life　非焚生物

O

Odium　憎惡
Oem　歐姆
Old Calendar　舊曆
Old Orbit　舊軌道

P

Palah　帕拉
Perpendicularity　垂裂點
Physical Realm　實體界
Preservation　存留
Purity　純星

R

Ralen / Raa　拉崙／拉
Roshar　羅沙
Ruin　滅絕

S

Salas　薩拉思
Scadrial　司卡德利亞
Scadrial New Orbit
　司卡德利亞新軌道
Sel / Seol　賽耳／賽歐
Second of the Sun　環日二星
Seventh of the Sun　環日七星
Sixth of the Sun　環日六星
Shadesmar　幽界
Shard of Adonalsium
　雅多納西碎神
Shash　沙須
Shatter　崩碎
Silverlight　銀光
Spiritual Realm　靈魂界
Splinter　裂片（名詞）
Splinter　裂解（動詞）
Spren　靈
Surge　波力

T

Taldain　泰爾丹
Tanat　塔那
Tashikkis　塔西克人
Threnody　輓星
The Drominad System
　卓米納系統

The Particulate Riag 粒子環帶

The Rosharan System 羅沙系統

The Scadrian System
司卡德利亞系統

The Selish System 賽耳系統

The Taldain System 泰爾丹系統

The Threnodite System 輓歌系統

Third of the Sun 環日三星

U

Universities of Silverlight
銀光大學

V

Vessel 載體

Vev 維夫

Y

Yolen 攸倫

BEST 嚴選 127

無垠祕典（典藏精裝版）

原著書名／Arcanum Unbounded
作　　者／布蘭登・山德森（Brandon Sanderson）
譯　　者／段宗忱、周翰廷、李玉蘭、傅弘哲、吳冠璋、陳錦慧
企畫選書人／王雪莉
責任編輯／王雪莉
版權行政暨數位業務專員／陳玉鈴
資深版權專員／許儀盈
行銷企畫／陳姿億
行銷業務經理／李振東
副總編輯／王雪莉
發　行　人／何飛鵬
法律顧問／元禾法律事務所　王子文律師
出版／奇幻基地出版
城邦文化事業股份有限公司
台北市 104 民生東路二段 141 號 8 樓
電話：(02)25007008　傳眞：(02)25027676
網址：www.ffoundation.com.tw
e-mail：ffoundation@cite.com.tw
發行／英屬蓋曼群島商家庭傳媒股份有限公司城邦分公司
台北市 104 民生東路二段 141 號 11 樓
書虫客服服務專線：(02)25007718・(02)25007719
24 小時傳眞服務：(02)25170999・(02)25001991
服務時間：週一至週五 09:30-12:00・13:30-17:00
郵撥帳號：19863813　戶名：書虫股份有限公司
讀者服務信箱 e-mail：service@readingclub.com.tw
歡迎光臨城邦讀書花園　網址：www.cite.com.tw
香港發行所／城邦（香港）出版集團有限公司
香港灣仔駱克道 193 號東超商業中心 1 樓
電話：(852) 2508-6231　傳眞：(852) 2578-9337
e-mail：hkcite@biznetvigator.com
馬新發行所／城邦（馬新）出版集團
【Cite(M)Sdn. Bhd】
41, Jalan Radin Anum, Bandar Baru Sri Petaling,
57000 Kuala Lumpur, Malaysia.
Tel: (603) 90578822 Fax:(603) 90576622
email:cite@cite.com.my

封面設計／朱陳毅
排　　版／極翔企業有限公司
印　　刷／高典印刷有限公司
■ 2021 年（民 110）1 月 26 日初版
■ 2023 年（民 112）12 月 27 日初版 4 刷

售價／ 999 元

國家圖書館出版品預行編目資料

無垠祕典 / 布蘭登・山德森 (Brandon Sanderson) 作；段宗忱等譯 . – 初版 . – 臺北市：奇幻基地出版，城邦文化事業股份有限公司出版：英屬蓋曼群島商家庭傳媒股份有限公司城邦分公司發行，民 110.01
面：公分 . -（Best 嚴選；127）
譯自：Arcanum unbounded
ISBN 978-986-06317-7-7（精裝）

874.57

ISBN 978-986-06317-7-7

Printed in Taiwan.

廣　告　回　函
北區郵政管理登記證
台北廣字第000791號
郵資已付，免貼郵票

104台北市民生東路二段141號11樓

英屬蓋曼群島商家庭傳媒股份有限公司城邦分公司 收

請沿虛線對摺，謝謝

奇幻基地

每個人都有一本奇幻文學的啓蒙書

奇幻基地粉絲團：http://www.facebook.com/ffoundation

書號：1HB127X　　書名：無垠祕典（典藏精裝版）

請於此處用膠水黏貼

奇幻基地

讀者回函卡

謝謝您購買我們出版的書籍！請費心填寫此回函卡，我們將不定期寄上城邦集團最新的出版訊息。

姓名：________________________ 性別：□男 □女

生日：西元________年________月________日

地址：________________________

聯絡電話：____________傳真：____________

E-mail ：________________________

學歷：□ 1.小學 □ 2.國中 □ 3.高中 □ 4.大專 □ 5.研究所以上

職業：□ 1.學生 □ 2.軍公教 □ 3.服務 □ 4.金融 □ 5.製造 □ 6.資訊

□ 7.傳播 □ 8.自由業 □ 9.農漁牧 □ 10.家管 □ 11.退休

□ 12.其他________________________

您從何種方式得知本書消息？

□ 1.書店 □ 2.網路 □ 3.報紙 □ 4.雜誌 □ 5.廣播 □ 6.電視

□ 7.親友推薦 □ 8.其他________________________

您通常以何種方式購書？

□ 1.書店 □ 2.網路 □ 3.傳真訂購 □ 4.郵局劃撥 □ 5.其他

您購買本書的原因是（單選）

□ 1.封面吸引人 □ 2.內容豐富 □ 3.價格合理

您喜歡以下哪一種類型的書籍？（可複選）

□ 1.科幻 □ 2.魔法奇幻 □ 3.恐怖 □ 4.偵探推理

□ 5.實用類型工具書籍

您是否為奇幻基地網站會員？

□ 1.是□ 2.否（若您非奇幻基地會員，歡迎您上網免費加入，可享有奇幻基地網站線上購書75 折，以及不定時優惠活動：
http://www.ffoundation.com.tw/）

對我們的建議：________________________

____

____

請於此處用膠水黏貼

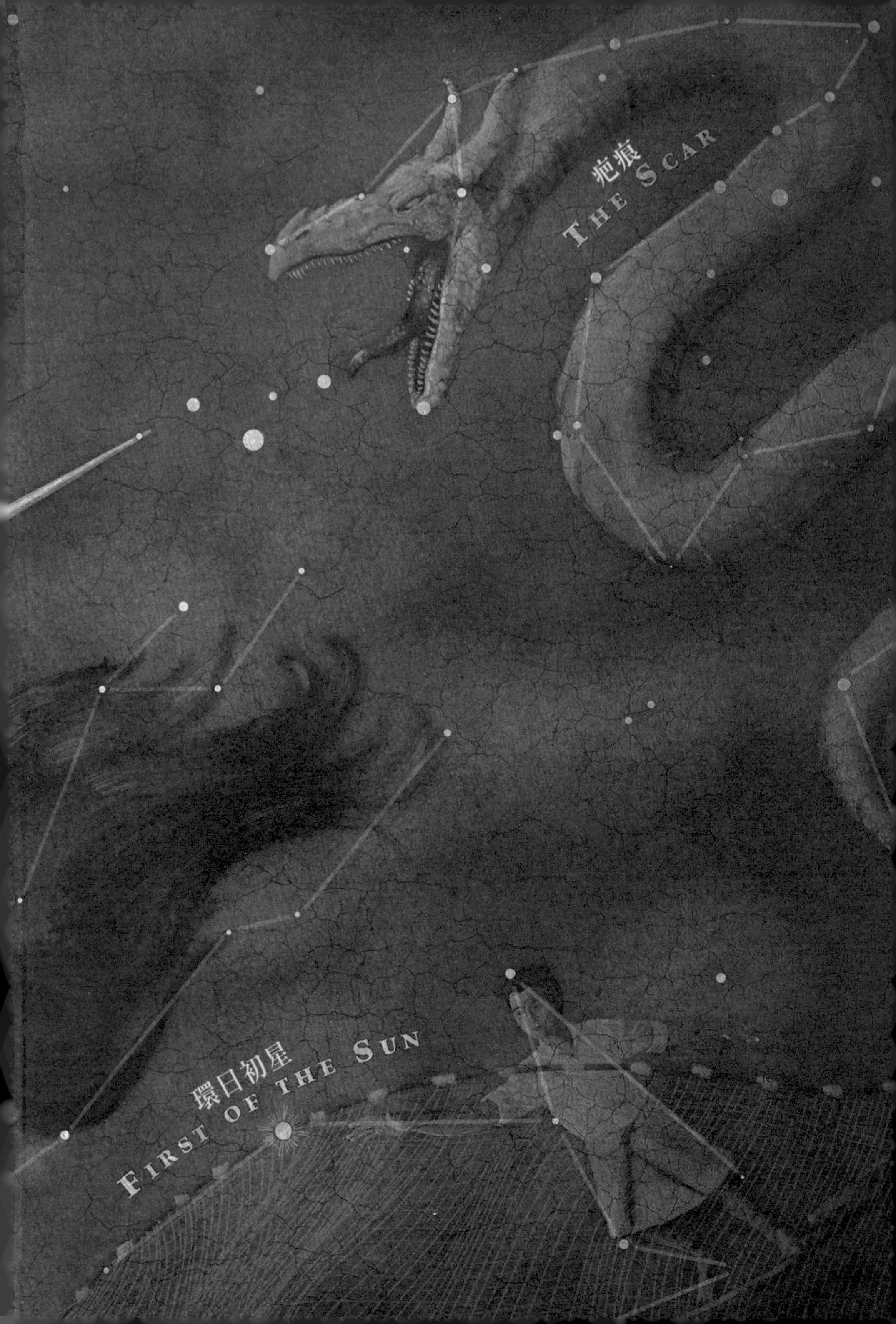
疤痕
THE SCAR
環日初星
FIRST OF THE SUN